Date: 1/23/13

LA ABSOLUCIÓN DE BOURNE

Robert Ludlum

La absolución de Bourne

Por Eric Van Lustbader

Traducción de Esther Roig

Umbriel Editores

Argentina • Chile • Colombia • España
Estados Unidos • México • Perú • Uruguay • Venezuela

Título original: *The Bourne Sanction*
Editor original: Grand Central Publishing, Hachette Book Group USA, New York
Traducción: Esther Roig Giménez

1.ª edición Abril 2012

Copyright © 2008 by Myn Pyn, LLC
Published in agreement with the author c/o Baror International, Inc.,
New York, NY, USA
All Rights Reserved
© de la traducción 2012 *by* Esther Roig Giménez
© 2012 *by* Ediciones Urano, S.A.
  Aribau, 142, pral. – 08036 Barcelona
  www.umbrieleditores.com

ISBN: 978-84-92915-11-8
E-ISBN: 978-84-9944-234-1
Depósito legal: B - 6.830 - 2012

Fotocomposición y coordinación: Víctor Igual, S.L.
Impreso por Romanyà Valls, S.A. – Verdaguer, 1 – 08786 Capellades (Barcelona)

Impreso en España – *Printed in Spain*

Para Dan y Linda Jariabka, con agradecimiento y amor

Mi agradecimiento a:

Los intrépidos periodistas de *The Exile*. Las aventuras de Bourne en Moscú y la historia de Arkadin en Nizhni Tagil no habrían existido sin su ayuda.

Gregg Winter, por ponerme al día de la logística del transporte del GNL.

Henry Morrison, por prestarse a tener ideas a todas horas.

Nota para mis lectores:

En mis novelas intento ser lo más realista posible, pero, al fin y al cabo, esto es una obra de ficción. Para que el relato sea lo más emocionante posible, no he tenido más remedio que tomarme algunas licencias artísticas con los lugares, los objetos y, posiblemente, incluso con el tiempo. Confío en que los lectores pasen por alto estas pequeñas anomalías y disfruten de la lectura.

PRÓLOGO

Centro penitenciario de máxima seguridad 13, Nizhni Tagil, en Rusia / Campione d'Italia, en Suiza

Los cuatro reclusos esperaban a que apareciera Boria Maks mientras se apoyaban contra la piedra sucia de unas paredes cuya frialdad ya no les afectaba. En el patio de la prisión fumaban cigarrillos caros del mercado negro, hechos con tosco tabaco negro turco, y hablaban entre ellos como si no tuvieran nada mejor que hacer que introducirse el áspero humo en los pulmones y expulsarlo en bocanadas que parecían endurecerse con el aire gélido. Sobre sus cabezas, la cúpula de esmalte del cielo centelleaba de estrellas. La Osa Mayor, el Lince, Canes Venatici o Perseo. Eran las mismas constelaciones que resplandecían en el cielo nocturno de Moscú, a mil kilómetros al sudoeste, pero ¡cuán diferente era aquí la vida de los clubes chillones y calurosos de Triojgorni Val y la calle Sadovnicheskaya!

De día los reclusos del centro número 13 fabricaban piezas para el T-90, el formidable tanque de batalla ruso. Pero de noche ¿de qué hablan los hombres que carecen de conciencia y de sentimientos? Curiosamente, de la familia. La estabilidad de sus vidas anteriores se traducía en que pensaban en la mujer y los hijos que tenían en casa, del mismo modo que los imponentes muros del centro penitenciario de máxima seguridad número 13 definían sus vidas actuales. Lo que hacían para ganar dinero —mentir, engañar, robar, extorsionar, chantajear, torturar y matar— era lo único que conocían. Se daba por hecho que hacían todas esas cosas bien, pues, de otro modo, estarían muertos. Las suyas eran unas existencias ajenas a lo que la mayoría de la gente entiende por civilización. Regresar con el pensamiento a la calidez de una mujer conocida, a los aromas caseros de la remolacha dulce, la col hervida, la carne estofada y el ardor picante del vodka eran consuelos que ponían nostálgicos a todos. Ese sentimiento los unía tanto como los tatuajes de su oscura profesión.

Se oyó un quedo silbido que rasgó el gélido aire nocturno y evaporó sus reminiscencias como la trementina sobre la pintura al óleo. Al aparecer Boria Maks, la noche perdió todo el color de la imaginación y volvió a ser azul y negra. Era un hombretón, un hombre que, desde que estaba dentro, levantaba pesas durante una hora, y después saltaba a la comba durante noventa minutos todos los días. Como asesino a sueldo de la Kazanskaya, la rama de la *grupperovka* rusa que traficaba con drogas y coches en el mercado negro, gozaba de cierta posición entre los mil quinientos reclusos del centro número 13. Los guardias lo temían y despreciaban. Su reputación lo precedía como una sombra al atardecer. No era muy distinto del ojo de un huracán, alrededor del cual se arremolinaban los vientos aullantes de la violencia y la muerte. El último de ellos había sido el quinto hombre del grupo que ahora se componía de cuatro. Perteneciera a la Kazanskaya o no, Maks debía ser castigado; en caso contrario, todos ellos sabían que sus días en el centro penitenciario número 13 estaban contados.

Sonrieron a Maks. Uno de ellos le ofreció un cigarrillo, y otro se lo encendió mientras él se inclinaba, protegiendo la diminuta llama del viento con la mano. Cada uno de los otros dos hombres agarró un brazo de acero de Maks, mientras que el que le había ofrecido el cigarrillo avanzaba con un rudimentario cuchillo casero en la fábrica de la prisión hacia el plexo solar de Maks. En el último instante, Maks lo apartó de un manotazo con un toque soberbiamente sincronizado de la mano. Acto seguido el hombre de la cerilla consumida descargó un gancho de abajo a arriba con todas sus fuerzas en la barbilla de Maks.

Éste retrocedió tambaleándose contra los torsos de los dos hombres que le sujetaban los brazos. Pero al mismo tiempo clavó el tacón de la bota izquierda sobre el empeine de uno de los hombres que lo sujetaban. Después de liberarse del brazo izquierdo, lanzó el cuerpo en un arco brusco, hundiendo el codo doblado en la caja torácica del hombre que le sujetaba el brazo derecho. Libre por un instante, apoyó la espalda en el muro en la oscuridad. Los cuatro hombres cerraron filas, preparados para matar a la presa. El que tenía el cuchillo se adelantó, y otro se colocó un pedazo de metal curvo sobre los nudillos. La pelea empezó de manera impetuosa, con gruñidos de dolor y de esfuerzo, chorros de sudor y manchas de sangre. Maks era fuerte y astuto —su reputación era bien merecida—, pero aunque atacó con todas sus fuerzas, se enfrentaba a cuatro enemigos decididos. Cuando Maks derribaba a uno, otro ocupaba su lugar, de modo que siempre había dos golpeándolo mientras los demás se reagrupaban y se recuperaban lo mejor que podían. Los cuatro hombres no se habían hecho ilusiones acerca de la tarea a la que se enfrentaban. Sabían que no lograrían superar a Maks con un solo ataque, ni con dos. Su plan era agotarlo por turno; ellos se tomaban descansos, pero a él no le permitían ninguno.

Y parecía funcionar. Ensangrentados y magullados, siguieron con su implacable ataque, hasta que Maks golpeó con el canto de la mano el cuello de uno de los cuatro hombres —el del cuchillo casero— y le aplastó la nuez de Adán. El hombre cayó hacia atrás en brazos de uno de sus compatriotas, jadeando como un pez en el anzuelo. Puso los ojos en blanco y se convirtió en un peso muerto, lo que aprovechó Maks para arrancarle el cuchillo de la mano. Cegados por la rabia y sedientos de sangre, los otros tres se arrojaron sobre Maks.

Su impulso estuvo a punto de penetrar en las defensas de Maks, pero él los rechazó con calma y eficacia. Los músculos de los brazos sobresalían cuando se volvió hacia los hombres y se enfrentó a ellos con el lado izquierdo, de modo que presentase un blanco más pequeño. Al mismo tiempo blandía el cuchillo con estocadas breves y fugaces que infligían una serie de heridas que, pese a ser profundas, hacían que corriera la sangre. Era una táctica premeditada de Maks para contrarrestar la manera en que sus contrincantes intentaban dejarlo agotado. Pero una cosa era estar fatigado, y otra muy diferente era perder sangre.

Uno de sus agresores se lanzó hacia adelante, resbaló con su propia sangre y Maks lo golpeó. Esto creó una abertura, y el que tenía el puño de hierro casero intervino, hundiendo el metal en un lado del cuello de Maks. Éste se quedó inmediatamente sin respiración y perdió las fuerzas. Los otros hombres le grabaron a golpes un impío tatuaje, y estaban a punto de acabar con él cuando apareció un guardia entre las tinieblas y los dispersó a conciencia con una porra de madera maciza cuya fuerza era mucho más devastadora que ningún pedazo de metal.

La porra que el guardia manejaba con tal destreza hizo que uno de los agresores se dislocase un hombre y después se lo rompiese. Otro acabó con un lado del cráneo hundido. Cuando el tercero se volvió para huir, recibió un golpe en la tercera vértebra lumbar, que se rompió con el impacto y le partió la espalda.

—¿Qué haces? —preguntó Maks al guardia mientras intentaba recobrar la respiración—. Creía que esos cabrones habían sobornado a todos los guardias.

—Lo hicieron. —El guardia cogió a Maks por el codo—. Por aquí —indicó con el extremo brillante de la porra.

Los ojos de Maks se entornaron.

—Por ahí no se vuelve a las celdas.

—¿Quieres salir de aquí o no? —preguntó el guardia.

Maks asintió un poco perplejo, y los dos hombres caminaron rápidamente por el patio desierto. El guardia mantenía el cuerpo apretado contra la pared, y Maks lo imitaba. Por lo que veía Maks, se movían a un ritmo controlado que los mantenía fuera del ir y venir de las luces de los faros. Le habría gustado saber quién era el guardia, pero no había tiempo. Además, en el fondo de su mente se esperaba algo así. Sabía que su jefe, el cabecilla de la Kazanskaya, no dejaría que se pudriera en en centro número 13 durante el resto de su vida, aunque sólo fuera porque era demasiado valioso. ¿Quién podría sustituir al gran Boria Maks? Sólo uno, quizá: Leonid Arkadin. Pero Arkadin —fuera quien fuera, pues, que Maks supiera, nadie lo conocía ni había visto su cara— no trabajaría para la Kazanskaya, ni para ninguna de las familias. Trabajaba por libre, era el último de una saga en extinción. Suponiendo que existiera, cosa que, a decir verdad, Maks dudaba. Había crecido oyendo cuentos sobre hombres del saco con poderes increíbles. Por algún motivo retorcido, los rusos disfrutaban intentando asustar a sus hijos. Pero la verdad era que Maks nunca había creído en hombres del saco, ni se había asustado nunca. Tampoco tenía ningún motivo para temer al fantasma de Leonid Arkadin.

Para entonces el guardia había abierto una puerta que se encontraba a medio camino en la pared. La cruzaron justo cuando uno de los focos de rastreo serpenteaba sobre las piedras en las que, momentos antes, se habían apoyado.

Tras varios giros, Maks se encontró en el pasillo que conducía a las duchas comunes de hombres, pasadas las cuales sabía que estaba una de las dos entradas al ala de la prisión. No tenía ni idea de cómo pensaba cruzar el guardia el puesto de control, pero Maks no malgastó energía intentando adivinarlo. Hasta ese momento había demostrado saber lo que tenía que hacer y cómo hacerlo. ¿Por qué motivo habría de ser diferente en eso? Estaba claro que era un profesional. Había investigado la prisión a fondo, y resultaba evidente que tenía alguna clase de apoyo importante: primero, para entrar, y segundo, para moverse a su antojo por el lugar, como parecía. El asunto llevaba la marca del jefe de Maks.

Mientras bajaban por el pasillo hacia la sala de las duchas, Maks dijo:

—¿Quién eres?

—Mi nombre no es importante —dijo el guardia—. Quien me manda, sí.

Maks absorbió todo en la quietud insólita de la noche de la prisión. El ruso del guardia era impecable, pero al ojo experimentado de Maks no parecía ruso, ni georgiano, ni checheno, ni ucraniano, ni azerbaiyano, ni nada parecido. Era bajo para Maks, pero para él todo el mundo era bajo. Aun así, su cuerpo estaba musculado y sus reacciones estaban perfectamente sincronizadas. Poseía el sosiego antinatural de la energía dominada de la manera correcta. No hacía ningún movimiento que no fuera necesario y, cuando eso sucedía, sólo utilizaba la cantidad de energía requerida y no más. El propio Maks era así, o sea que para él era fácil detectar los signos sutiles que otros no habrían advertido. Los ojos del guardia eran claros, su expresión lúgubre, casi despegada, como la de un cirujano en el quirófano. Sus cabellos claros eran abundantes en la parte alta, y estaban cortados con un estilo que a Maks le habría parecido raro de no haber sido aficionado a las revistas internacionales y a las películas extranjeras. De hecho, si Maks no supiera que aquello era imposible, habría dicho que el guardia era estadounidense. Pero eso era imposible. El jefe de Maks no empleaba a estadounidenses: los asimilaba.

—Así que te manda Maslov —dijo Maks. Dimitri Maslov era el jefe de la Kazanskaya—. Ya era hora, joder, te lo juro. Quince meses aquí son como quince años.

En aquel momento, al llegar junto a las duchas, el guardia, sin volverse del todo, golpeó a Maks con la porra en un lado de la cabeza. Maks, con la guardia bajada, se tambaleó sobre el suelo de hormigón de la sala de duchas, que olía a moho, a desinfectante y a hombres que no mantenían una higiene adecuada.

El guardia fue tras él con despreocupación, como si estuviera paseando con una muchacha del brazo. Blandió la porra casi perezosamente. Golpeó a Maks en el bíceps izquierdo, con la fuerza suficiente como para empujarlo hacia atrás en dirección a la hilera de alcachofas de ducha que sobresalían de la pared húmeda del fondo. Pero Maks no se dejaba empujar, ni por ese guardia ni por nadie. Mientras la porra iniciaba el descenso, se adelantó y rompió la trayectoria del golpe con su antebrazo en tensión. Situado en la línea de defensa del guardia, podía actuar de la manera más favorable para sus intereses.

En la mano izquierda tenía el cuchillo casero. Lo blandió hacia adelante con la punta afilada. Cuando el guardia se movió para detenerlo, lo levantó, rasgando el borde de la hoja contra la carne. Había apuntado a la parte interior de la muñeca del guardia, el nudo de venas que, si se cortaban, inutilizarían la mano. Pero los reflejos del guardia eran tan rápidos como los suyos, y la hoja dio en la manga de la chaqueta sin penetrar en la piel como habría debido. Maks sólo tuvo tiempo de pensar que la chaqueta debía de estar forrada con Kevlar o algún otro material impenetrable antes de que el borde calloso de la mano del guardia le hiciera soltar el cuchillo.

Otro golpe lo mandó hacia atrás, tambaleándose. Tropezó con uno de los agujeros de desagüe, donde se le hundió el talón, y el guardia aplastó la suela de su bota contra el costado de una rodilla de Maks. Se oyó un sonido horrible, de hueso triturado contra hueso al tiempo que la pierna derecha de Maks se hundía.

Mientras se agachaba, el guardia dijo:

—No me mandó Dimitri Maslov. Fue Piotr Zilber.

Maks luchó por liberar el talón, que ya no sentía, del agujero del desagüe.

—No sé de quién me hablas.

El guardia lo agarró por la camisa.

—Mataste a su hermano, Aleksei. De un tiro en la nuca. Lo encontraron boca abajo en el río Moskva.

—Era trabajo —dijo Maks—. Sólo trabajo.

—Sí, pues esto es personal —dijo el guardia mientras lanzaba la rodilla a la entrepierna de Maks.

Maks se dobló hacia adelante. Cuando el guardia se inclinó para enderezarlo, Maks levantó la cabeza con la intención de golpear la barbilla del guardia. El guardia se mordió la lengua y brotó sangre de sus labios.

Maks usó esa ventaja para lanzar el puño contra el costado del guardia justo por encima del riñón. Los ojos del guardia se abrieron exageradamente, única señal de que sentía dolor, y dio una patada a la rodilla destrozada de Maks. Éste cayó y se quedó en el suelo. El dolor era como un río que fluía dentro de él. Mientras se esforzaba por aplacarlo, el guardia le dio otra patada. Sintió que sus costillas cedían y su mejilla besó el hediondo suelo de hormigón. Se quedó echado y aturdido, incapaz de levantarse.

El guardia se puso en cuclillas a su lado. El ver la mueca del guardia proporcionó a Maks cierta satisfacción, pero fue todo el alivio que estaba destinado a recibir.

—Tengo dinero —jadeó Maks débilmente—. Está enterrado en lugar seguro, donde nadie lo encontrará. Si me sacas de aquí, te llevaré hasta él. Puedes quedarte con la mitad. Son más de medio millón de dólares estadounidenses.

Aquello sólo sirvió para poner más furioso al guardia. Golpeó a Maks con fuerza en la oreja, y haciéndole ver las estrellas. Su cabeza resonó con un dolor que en cualquier otra persona habría sido insoportable.

—¿Crees que soy como tú? ¿Que no tengo lealtad? —Escupió a la cara de Maks—. Pobre Maks, cometiste un grave error matando al chico. Las personas como Piotr Zilber nunca olvidan. Y tiene medios para mover cielos y tierra para conseguir lo que quiere.

—Entendido —susurró Maks—, puedes quedarte con todo. Hay más de un millón de dólares.

—Piotr Zilber te quiere muerto, Maks. He venido a decírtelo. Y a matarte. —Su expresión cambió sutilmente—. Pero primero...

Extendió el brazo izquierdo de Maks y le pisó la muñeca, sujetándola con fuerza contra el áspero hormigón. Entonces sacó un par de tijeras de podar de hoja gruesa.

Eso despertó a Maks de su letargo inducido por el dolor.

—¿Qué haces?

El guardia cogió el pulgar de Maks, en cuyo dorso había un tatuaje de un cráneo, igual que el más grande que tenía en el pecho. Era un símbolo de la elevada posición de Maks en su profesión sanguinaria.

—Además de querer que supieras la identidad del hombre que ha ordenado tu muerte, Piotr Zilber exige pruebas de tu defunción, Maks.

El guardia colocó las tijeras en la base del pulgar de Maks, y apretó las hojas. Maks emitió un gorgoteo, no muy diferente del de un bebé.

Como haría un carnicero, el guardia envolvió el pulgar en un cuadrado de papel de cera, lo ató con una goma elástica y lo metió en una bolsa de plástico hermética.

—¿Quién eres? —logró decir Maks.

—Me llamo Arkadin —dijo el guardia. Se abrió la camisa, mostrando un par de palmatorias tatuadas en el pecho—. O, en tu caso, la Muerte.

Con un movimiento lleno de gracia, Arkadin rompió el cuello a Maks.

La luz revitalizante de los Alpes iluminaba Campione d'Italia, un enclave italiano diminuto y exquisito de apenas dos kilómetros cuadrados, ubicado en Suiza, en un escenario perfecto como un mecanismo de relojería. Debido a su privilegiada situación en el extremo oriental del lago de Lugano, era maravillosamente pintoresco al mismo tiempo que un lugar excelente donde empadronarse. Al igual que Mónaco, era un paraíso fiscal para los individuos acaudalados que poseían lujosas mansiones y pasaban las horas de ocio jugando en el casino de Campione. El dinero y los objetos de valor podían guardarse en bancos suizos, que tenían una reputación bien merecida de discreción en el servicio, completamente a salvo de los ojos fisgones de la ley internacional.

Ese lugar idílico y poco conocido fue el que Piotr Zilber eligió para su primer encuentro cara a cara con Leonid Arkadin. Se había puesto en contacto con Arkadin a través de un intermediario, porque por razones de seguridad prefería no tener relación directa con el asesino. Desde temprana edad, Piotr había aprendido que toda precaución era poca. Nacer en una familia con secretos comportaba una pesada carga de responsabilidad.

Desde su noble atalaya en el mirador junto a Via Totone, Piotr gozaba de un panorama impresionante de los tejados de teja pardorrojiza de los chalés y los apartamentos, las plazas rodeadas de palmeras de la ciudad, las aguas cerúleas del lago y las montañas, con las laderas cubiertas de capas de neblina. El ronroneo lejano de las lanchas motoras, que dejaban espumosas estelas blancas con forma de cimitarras, le llegaban de manera intermitente al asiento de su BMW gris. En realidad, parte de su cabeza ya estaba ocupada con el viaje que se aproximaba. Después de obtener el documento robado, lo había mandado en un largo viaje por su red de comunicaciones hasta su destino final.

Estar allí lo excitaba de forma extraordinaria. Su anticipación por lo que estaba a punto de suceder, los elogios que recibiría, especialmente de su padre, le hicieron sentir como una descarga eléctrica. Estaba al borde de una victoria inimaginable. Arkadin lo había llamado desde el aeropuerto de Moscú para informarle de que la operación había culminado con éxito, y que tenía en su poder la prueba física que Piotr exigía.

Había corrido un riesgo yendo en pos de Maks, pero aquel hombre había asesinado al hermano de Piotr. ¿Se suponía que debía presentar la otra mejilla y olvidarse de la afrenta? Conocía mejor que nadie la férrea regla de su padre de mantenerse en la sombra, de permanecer ocultos, pero creía que merecía la pena embarcarse en ese acto de venganza concreto. Además, había gestionado el asunto a través de intermediarios, tal como sabía que habría hecho su padre.

Al oír el rugido sordo de un motor de coche, se volvió y vio un Mercedes de color azul oscuro subiendo la pendiente hacia el mirador.

El único riesgo real que estaba asumiendo era el que corría en ese momento, y sabía que era inevitable. Si Leonid Arkadin era capaz de infiltrarse en el centro penitenciario número 13 de Nizhni Tagil y matar a Boria Maks, era el hombre que Piotr necesitaba para el siguiente trabajo. Una tarea de la que su padre debería haberse encargado hacía años. Ahora tenía la oportunidad de acabar lo que su padre tenía demasiado miedo de intentar. El botín era para los osados. El documento que había obtenido era prueba suficiente de que el tiempo de ser precavidos había llegado a su fin.

El Mercedes se paró junto al BMW y de él bajó un hombre de cabellos claros y ojos más claros aún, dotado de la agilidad de un tigre. No era un hombre muy corpulento, ni tenía el exceso de músculo de muchos de los empleados de la *grupperovka* rusa; de todos modos, algo en su interior irradiaba una silenciosa aire amenazante que impresionó a Piotr. Desde muy joven, Piotr había estado en contacto con hombres peligrosos. A los once mató a un hombre que había amenazado a su madre. No había dudado lo más mínimo. De haberlo hecho, su madre habría muerto aquella tarde en un bazar de Azerbaiyán, a manos del asesino que blandía el cuchillo. Quien había enviado a aquel asesino, así como a otros a lo largo de los años, había sido Semion Ikupov, el implacable enemigo del padre de Piotr, el hombre que en aquel momento estaba en el seguro refugio de su mansión de Viale Marco Campione, a un kilómetro de donde se encontraban ahora Piotr y Leonid Arkadin.

Los dos hombres no se saludaron. Nadie pronunció ningún nombre. Arkadin cogió el maletín de acero inoxidable que Piotr le había mandado. Piotr buscó el maletín gemelo dentro del BMW. El intercambio se realizó sobre el capó del Mercedes. Los hombres dejaron los maletines uno junto al otro y los abrieron. El de Arkadin contenía el pulgar cortado de Maks, envuelto y embolsado. El de Piotr contenía treinta mil dólares en diamantes, la única moneda que Arkadin aceptaba como pago.

Arkadin esperó pacientemente. Mientras Piotr desenvolvía el pulgar, contempló el lago, quizá deseando estar en una de las lanchas que dibujaban un camino lejos de tierra. El pulgar de Maks había comenzado a pudrirse en el viaje desde Rusia. Desprendía cierto olor, que a Piotr Zilber no le resultaba desconocido. Había enterrado a unos cuantos familiares y compatriotas. Se volvió para que la luz del sol diera en el tatuaje, sacó una lupa y con ella examinó el dibujo.

Al cabo de un buen rato, apartó la lupa.

—¿Le dio problemas?

Arkadin se volvió para mirarlo. Miró un momento a Piotr a los ojos con expresión implacable.

—No especialmente.

Piotr asintió. Echó el pulgar por la barandilla del mirador y detrás de él, la bolsa vacía. Arkadin se lo tomó como la conclusión de su trato, y fue a coger el paquete lleno de diamantes. Lo abrió, sacó una lente de aumento de joyero, eligió un diamante al azar, y lo examinó con el aplomo de un experto.

Cuando asintió, satisfecho con la transparencia y el color, Piotr dijo:

—¿Qué le parecería ganar tres veces lo que le he pagado por esta misión?

—Soy un hombre muy ocupado —dijo Arkadin, sin mostrar ninguna emoción.

Piotr inclinó la cabeza con deferencia.

—No lo dudo.

—Sólo acepto encargos que me interesen.

—¿Le interesaría Semion Ikupov?

Arkadin se quedó muy quieto. Pasaron dos coches deportivos,

subiendo la carretera como si fuera el circuito de Le Mans. Con el eco gutural de sus tubos de escape, Arkadin dijo:

—Qué conveniente es que nos encontremos en el diminuto principado donde vive Semion Ikupov.

—¿Se da cuenta? —dijo Piotr sonriendo—. Sé exactamente lo ocupado que está.

—Doscientos mil —dijo Arkadin—. Las condiciones habituales.

Piotr, que se había anticipado a la tarifa de Arkadin, asintió a modo de aceptación.

—Condicionado a la entrega inmediata.

—De acuerdo.

Piotr abrió el maletero del BMW. Dentro había dos maletines más. De uno de ellos transfirió cien mil dólares en diamantes al maletín del capó del Mercedes. Del otro sacó un paquete de documentos que entregó a Arkadin, entre ellos un mapa por satélite, que indicaba la ubicación exacta de la mansión de Ikupov, una lista de guardaespaldas y un juego de planos de la mansión, incluidos los circuitos eléctricos, el suministro de energía y detalles de sistemas de seguridad y su situación.

—En este momento Ikupov está allí —dijo Piotr—. El cómo consiga entrar es cosa suya.

—Estaremos en contacto. —Tras hojear los documentos y formular algunas preguntas, Arkadin los guardó en el maletín sobre los diamantes, bajó la tapa y los metió en el asiento del acompañante del Mercedes con la misma facilidad que si estuviera hinchando globos.

—Mañana a la misma hora, aquí —dijo Piotr mientras Arkadin subía al coche.

El Mercedes se puso en marcha, con un ronroneo del motor. Arkadin metió la marcha. Cuando se incorporó a la carretera, Piotr caminó hacia la parte delantera del BMW. Oyó el chirrido de los frenos, el coche girando bruscamente, y al volverse vio que el Mercedes se dirigía directamente hacia él. Se quedó paralizado un momento. «¿Qué coño hace?», se preguntó. Tardíamente, echó a correr. Pero el Mercedes ya estaba encima de él y lo empujaba contra el lado del BMW con la rejilla frontal.

A través de una niebla de dolor, Piotr vio que Arkadin bajaba del coche y caminaba hacia él. Entonces algo se soltó dentro de él y perdió el conocimiento.

Recuperó el conocimiento en un estudio forrado de madera, con ornamentos brillantes y dorados, lleno de exuberantes alfombras de Isfahán. En su campo de visión había una mesa y una silla de nogal, lo mismo que una enorme ventana que daba a las aguas centelleantes del lago Lugano y las montañas brumosas que había detrás de él. El sol estaba bajo por el oeste, y mandaba largas sombras del color de un moratón reciente sobre el agua, que ascendían por las paredes encaladas de Campione d'Italia.

Estaba atado a una silla sencilla de madera que parecía tan fuera de lugar como él en aquel entorno de riqueza y poder. Intentó respirar hondo y la cara se le contrajo de dolor. Miró hacia abajo y vio que tenía el pecho fuertemente vendado y se dio cuenta de que debía de tener al menos una costilla rota.

—Por fin has vuelto de la tierra de los muertos. Ya empezaba a preocuparme.

A Piotr le costaba girar la cabeza. Todos los músculos de su cuerpo parecían estar ardiendo. Pero pudo más la curiosidad, así que se mordió el labio, y siguió volviendo la cabeza hasta que vio a un hombre. Era bastante bajo y cargado de espaldas. Llevaba unas gafas redondas sobre unos ojos grandes y húmedos. Su cráneo broncíneo, arrugado y surcado como un pastizal, no tenía ni un solo pelo, pero, como para compensar su calva, tenía unas cejas asombrosamente pobladas, arqueadas sobre la piel encima de las cuencas de los ojos. Parecía un astuto negociante turco del Levante.

—Semion Ikupov —dijo Piotr.

Tosió. Notaba la boca entumecida, como si la tuviera llena de algodón. Sentía el sabor de cobre y sal de su propia sangre, y tragó pesadamente.

Ikupov podría haberse movido para que Piotr no tuviera que girar tanto el cuello para mirarlo, pero no lo hizo. En cambio sí que miró el fajo de papeles que acababa de desenrollar.

—Sabes que estos planos de mi mansión son tan completos que me he enterado de cosas de mi casa que no sabía. Por ejemplo, hay un subsótano bajo la bodega. —Recorrió con el dedo regordete la superficie del plano—. Supongo que ahora no sería fácil entrar en él, pero quién sabe, podría merecer la pena.

Alzó la vista de golpe y la fijó en la cara de Piotr.

—Por ejemplo, sería un lugar perfecto para tenerte encarcelado. Tendría la seguridad de que ni siquiera mi vecino más cercano te oiría gritar. —Sonrió, una pista del horrible camino que estaban tomando sus pensamientos—. Y gritarás, Piotr, eso te lo prometo. —Su cabeza fue de un lado a otro, buscando algo con los faros de sus ojos—. ¿A que sí, Leonid?

Arkadin entró en el campo de visión de Piotr. Agarró bruscamente la cabeza de Piotr con una mano y hundió la otra en la articulación de la mandíbula. Piotr no tuvo más remedio que abrir la boca. Arkadin le registró los dientes uno por uno. Piotr sabía que estaba buscando un diente falso relleno de cianuro líquido. Una píldora mortal.

—Todo suyo —dijo Arkadin, después de soltar a Piotr.

—Siento curiosidad —dijo Ikupov—. ¿Cómo demonios has logrado hacerte con estos planos, Piotr?

Piotr no dijo nada, como si se esperase lo peor. Pero de repente empezó a temblar tan violentamente que le castañeteaban los dientes.

Ikupov hizo una señal a Arkadin, que envolvió la parte superior del cuerpo de Piotr en una manta gruesa. Ikupov llevó una silla de cerezo tallada a una posición desde la que podía mirar a Piotr a la cara, y se sentó.

Siguió hablando como si no hubiera esperado una respuesta.

—Debo reconocer que demuestras tener una gran iniciativa. Conque el niño listo se ha convertido en un joven listo... —Ikupov se encogió de hombros—. No me sorprende, la verdad. Pero ahora escúchame, sé quién eres. ¿Creías que podrías engañarme cambiando continuamente de nombre? Lo cierto es que has abierto un avispero, de modo que no debería sorprenderte que te hayan picado. Y picado y picado y picado.

Inclinó el torso hacia Piotr.

—Por mucho que nos despreciemos tu padre y yo, crecimos juntos; hubo un tiempo en que éramos como hermanos. Así que, por respeto a él, no te mentiré, Piotr. Esta osada correría tuya no acabará bien. De hecho, estaba condenada desde el principio. ¿Quieres saber por qué? No hace falta que responda: claro que lo sabes. Tus necesidades mundanas te han traicionado, Piotr. Aquella muchacha deliciosa con la que te has acostado durante los últimos seis meses me pertenece. Sé que estás pensando que no es posible. Sé que la investigaste a fondo, pues ése es tu modus operandi. Me anticipé a todas tus preguntas; me aseguré de que recibieras las respuestas que necesitabas oír.

Piotr miró la cara de Ikupov y volvió a temblar. Le castañeteaban los dientes, por mucho que apretara la mandíbula.

—Té, por favor, Philippe —dijo Ikupov a una persona invisible. Momentos después, un joven esbelto dejó un servicio de té inglés sobre una mesa baja al lado derecho de Ikupov. Como un tío cariñoso, Ikupov sirvió y echó azúcar al té. Acercó la taza de porcelana a los labios amoratados de Piotr, y dijo—: Bebe, por favor, Piotr. Es por tu bien.

Piotr lo miró impasible hasta que Ikupov dijo:

—Ah, sí, claro. —Bebió él mismo de la taza para que Piotr viera que se trataba sólo de té, y se lo ofreció de nuevo. El borde castañeteó contra los dientes de Piotr, pero por fin éste bebió, al principio lentamente, y después con más avidez. Cuando se acabó el té, Ikupov dejó la taza sobre el plato a juego. Para entonces el temblor de Piotr se había calmado.

—¿Te sientes mejor?

—Me sentiré mejor cuando salga de aquí —dijo Piotr.

—Ah, bueno, me temo que eso tardará —dijo Ikupov—. Si es que llega. A menos que me digas lo que quiero saber.

Arrastró la silla más cerca de él; la benigna expresión de tío cariñoso no se veía por ninguna parte.

—Robaste algo que me pertenece —dijo—. Quiero recuperarlo.

—Nunca fue tuyo; tú lo robaste primero.

Piotr contestó con tanta malicia que Ikupov dijo:

—Me odias tanto como yo quiero a tu padre, éste es tu principal problema, Piotr. Nunca aprendiste que el odio y el amor son en esencia lo mismo, en tanto que la persona que ama es tan fácil de manipular como la persona que odia.

Piotr apretó los labios como si las palabras de Ikupov le hubieran dejado un sabor amargo.

—De todos modos, es demasiado tarde. El documento ya está en camino.

El comportamiento de Ikupov cambió de inmediato. Su cara se cerró como un puño. Cierta tensión prestó a todo su pequeño cuerpo el aspecto de un arma a punto de ser lanzada.

—¿Adónde lo mandaste?

Piotr se encogió de hombros, pero no dijo nada más.

La cara de Ikupov se oscureció con una rabia momentánea.

—¿Crees que no sé nada de la red de comunicaciones privada que has estado refinando los últimos tres años? Así es como mandas a tu padre, esté donde esté, la información que me robas.

Por primera vez desde que había recuperado la conciencia, Piotr sonrió.

—Si supieras algo importante de la red de comunicaciones privada, ya la habrías inutilizado.

Ante esa respuesta, Ikupov recuperó el control gélido de sus emociones.

—Ya te dije que hablar con él sería inútil —dijo Arkadin desde su posición directamente detrás de Piotr.

—De todos modos —dijo Ikupov—, existen ciertos protocolos que deben tenerse en cuenta. No soy un animal.

Piotr soltó una risita.

Ikupov miró al prisionero. Se sentó de nuevo y se levantó cuidadosamente la pernera del pantalón, cruzó una pierna sobre la otra y enlazó los dedos regordetes sobre el estómago.

—Te doy una última oportunidad de seguir esta conversación.

Cuando el silencio se alargó de forma intolerable, Ikupov levantó la cabeza para mirar a Arkadin.

—Piotr, ¿por qué me haces esto? —dijo con un tono resignado. Y, entonces, dirigiéndose a Arkadin—: Empieza.

Con todo el dolor y falta de respiración que le costaba, Piotr se volvió todo lo que pudo, pero no pudo ver lo que estaba haciendo Arkadin. Oyó el ruido de utensilios sobre un carro de metal empujado sobre la alfombra.

Piotr se puso recto.

—No me asustas.

—No pretendo asustarte, Piotr —dijo Ikupov—. Pretendo hacerte daño, mucho, mucho daño.

Con una dolorosa convulsión, el mundo de Piotr se contrajo hasta convertirse en una estrella en el firmamento nocturno del tamaño de una cabeza de alfiler. Estaba encerrado en los confines de su mente, pero a pesar de todo su entrenamiento, de todo su valor, no logró compartimentar el dolor. Tenía una capucha en la cabeza, firmemente atada alrededor del cuello. Aquel confinamiento magnificaba el dolor cien veces porque, a pesar de su arrojo, Piotr sufría claustrofobia. Para alguien que nunca entraba en cuevas, espacios pequeños o se sumergía bajo el agua, la capucha era el peor de los mundos posibles. Sus sentidos podían decirle que de hecho no estaba confinado en ninguna parte, pero su cabeza no lo aceptaba: estaba totalmente abandonado al pánico. El dolor que Arkadin le estaba infligiendo era una cosa, y la manera en que lo magnificaba era otra. La cabeza de Piotr daba vueltas, fuera de control. Sintió que se volvía salvaje: era el lobo atrapado en una trampa que empieza a morderse la pata de manera frenética. Pero la mente no era una extremidad; no podía morderla.

Oyó, de una manera apenas perceptible, que alguien le formulaba la pregunta cuya respuesta conocía. No quería dar la respuesta, pero sabía que lo haría porque la voz le decía que si respondía le quitarían la capucha. Su mente enloquecida sólo sabía que necesitaba que le quitaran la capucha; ya no podía distinguir entre lo correcto y lo incorrecto, el bien y el mal, las mentiras de la verdad. Sólo reaccionaba a un imperativo: la necesidad de sobrevivir. Intentó mover los dedos, pero al inclinarse sobre él su interrogador debía de haberlos presionado con el talón de la mano.

Piotr ya no podía aguantar más. Contestó a la pregunta.

No le retiraron la capucha. Aulló de indignación y terror. «Claro que no me la han quitado», pensó en un fugaz instante de lucidez. Si lo hubieran hecho, no tendría incentivo para responder a la siguiente pregunta, y la siguiente, y la siguiente.

Y las respondería, todas. Lo supo con una seguridad pasmosa. Aunque una parte de él sospechara que no le quitarían nunca la capucha, su mente atrapada se arriesgaría. No tenía alternativa.

Sin embargo, ahora que podía volver a mover los dedos, tenía otra alternativa. Justo antes de que el remolino de pánico enloquecido se apoderara de él, Piotr se decantó por esa alternativa. Existía una salida y, rezando una silenciosa plegaria a Alá, la eligió.

Ikupov y Arkadin miraban el cadáver de Piotr. Su cabeza caía hacia un lado, sus labios estaban muy azules y una espuma tenue pero evidente manaba de su boca medio abierta. Ikupov se inclinó y olió el aroma a almendras amargas.

—No lo quería muerto, Leonid. Te lo he dejado muy claro. —Ikupov estaba contrariado—. Esto tendrá malas consecuencias. Tiene amigos peligrosos.

—Los encontraré —dijo Arkadin—. Los mataré.

Ikupov sacudió la cabeza.

—Ni tú puedes matarlos a todos a tiempo.

—Puedo ponerme en contacto con Mischa.

—¿Y arriesgarnos a perderlo todo? No. Comprendo tu relación con él: era tu amigo íntimo y mentor. Entiendo tus deseos de hablar con él, y de verlo. Pero no puedes, hasta que todo esto haya acabado y Mischa vuelva a casa. No hay más que hablar.

—Entiendo.

Ikupov se acercó a la ventana, y se quedó de pie con la mano en la espalda contemplando cómo oscurecía. Las luces brillaban en la orilla del lago, y en la colina de Campione d'Italia. A la contemplación de aquel paisaje en transformación siguió un largo silencio.

—Tendremos que acelerar el calendario, eso es todo. Y tomarás Sebastopol como punto de partida. Utiliza el nombre que le sacaste a Piotr antes de que se suicidara.

Se volvió para mirar a Arkadin.

—Ahora todo depende de ti, Leonid. Llevamos tres años planificando este ataque. Se pensó para dañar la economía estadounidense. Apenas nos quedan dos semanas para que se haga realidad. —Cruzó la alfombra sin hacer ruido—. Philippe te proporcionará dinero, documentos, armas que escaparán a la detección electrónica..., lo que necesites. Busca a este hombre en Sebastopol. Recupera el documento, y cuando lo tengas, sigue la red de comunicaciones privada y ciérrala para que no pueda utilizarse nunca más ni poner en peligro nuestros planes.

LIBRO 1

1

—¿Quién es David Webb?

Moira Trevor, que estaba de pie delante de la mesa de Bourne de la Universidad de Georgetown, formuló la pregunta con tal seriedad que Jason se sintió obligado a responder.

—Es curioso —dijo—, pero nadie me lo había preguntado nunca. David Webb es un especialista en lingüística, padre de dos hijos que viven felizmente con sus abuelos, los padres de Marie, en un rancho de Canadá.

Moira frunció el ceño.

—¿No los echas de menos?

—Los echó muchísimo de menos —dijo Bourne—, pero la verdad es que están mucho mejor allí. ¿Qué vida puedo ofrecerles yo? Por no hablar del peligro constante que se deriva de mi identidad de Bourne. Secuestraron y amenazaron a Marie para obligarme a hacer algo que yo no tenía intención de hacer. No cometeré ese error otra vez.

—Pero al menos los verás de vez en cuando.

—Tan a menudo como puedo, pero es difícil. No puedo permitirme que alguien me siga y los descubra.

—Mi corazón está contigo —dijo Moira con sentimiento. Sonrió—. Debo decir que es raro verte aquí, en un campus universitario, detrás de una mesa. —Se rió—. ¿Quieres que te compre una pipa y una americana con coderas?

Bourne sonrió.

—Estoy bien aquí, Moira. En serio.

—Me alegro por ti. La muerte de Martin fue difícil para los dos. Mi analgésico es volver a trabajar a todo trapo. El tuyo evidentemente está aquí, en una nueva vida.

—De hecho, una vieja vida. —Bourne echó un vistazo al despacho—. Marie era más feliz cuando yo daba clases, cuando podía contar con que cenaría todas las noches con ella y los niños.

—¿Y tú qué? —preguntó Moira—. ¿Tú eras más feliz aquí?

La cara de Bourne se ensombreció.

—Yo era feliz con Marie. —La miró—. No me imagino diciéndole esto a nadie más que a ti.

—Un raro cumplido viniendo de ti, Jason.

—¿Tan raros son mis cumplidos?

—Como Martin, eres un maestro guardando secretos —dijo ella—. Pero tengo mis dudas de que eso sea saludable.

—Estoy seguro de que no lo es —dijo Bourne—. Pero es la vida que hemos elegido.

—Hablando de ello. —Moira se sentó en una silla frente a él—. He venido antes de la hora en que habíamos quedado para cenar porque quería hablar contigo de una cuestión de trabajo, pero ahora, viendo lo satisfecho que estás, no sé si continuar.

Bourne recordó la primera vez que la había visto: una figura delgada y bien formada en la neblina, con los cabellos oscuros sobre la cara. Estaba de pie apoyada en la barandilla de los Claustros, mirando el río Hudson. Los dos habían ido allí a despedirse de su amigo común Martin Lindros, a quien Bourne había intentado salvar por todos los medios, sin éxito.

Moira iba vestida con un traje de lana, una blusa de seda abierta en el cuello. Su cara tenía fuerza, con una nariz prominente, ojos castaños oscuros simétricos, de mirada inteligente, ligeramente curvos por los extremos exteriores. Los cabellos le caían sobre los hombros en ondas exuberantes. Toda ella desprendía una insólita serenidad; era una mujer que sabía lo que hacía, y que no se dejaría intimidar ni atemorizar por nadie, hombre o mujer.

Tal vez era eso lo que más le gustaba a Bourne de ella. En ese aspecto era igual que Marie, aunque sólo en ése. Nunca había intentado averiguar qué clase de relación mantenía con Martin, pero daba por hecho que era amorosa, ya que Martin había dado a Bourne órdenes claras de mandarle una docena de rosas rojas en caso de que él muriera. Y Bourne lo había hecho, con una tristeza tan grande que incluso él se había sorprendido.

Sentada en la silla, con una larga y bien formada pierna cruzada sobre la rodilla, Moira era la personificación de la ejecutiva europea. Le había contado a Jason que era medio francesa y medio inglesa, pero que sus genes todavía llevaban el sello de antepasados venecianos y turcos. Estaba orgullosa del fuego que corría por su sangre, una mezcla que era el resultado de guerras, invasiones y amor apasionado.

—Adelante. —Bourne se echó hacia adelante y apoyó los codos en la mesa—. Quiero saber lo que tienes que contarme.

Ella asintió.

—De acuerdo. Como te he dicho, NextGen Energy Solutions ha completado su nueva terminal de gas natural licuado en Long Beach. El primer envío se hará dentro de dos semanas. Tuve una idea, que ahora parece una locura absoluta, pero allá va. Me gustaría que dirigieras el sistema de seguridad. A mis jefes les preocupa que la terminal sea un blanco terriblemente tentador para cualquier grupo terrorista, y yo estoy de acuerdo. Para serte sincera, no se me ocurre a nadie que pueda hacerlo más seguro que tú.

—Me siento halagado, Moira. Pero aquí tengo obligaciones. Como bien sabes, el profesor Specter me ha nombrado jefe del Departamento de Lingüística Comparada. No quiero decepcionarlo.

—Me gusta Dominic Specter, Jason, en serio. Me has dejado claro que es tu mentor. En realidad es el mentor de David Webb, ¿no? Pero fue a Jason Bourne a quien conocí primero, y siento que es a Jason Bourne a quien he ido conociendo durante estos últimos meses. ¿Quién es el mentor de Jason Bourne?

La cara de Bourne se entristeció, como lo había hecho antes al oír mencionar a Marie.

—Alex Conklin está muerto.

Moira se movió en la silla.

—Si vinieras a trabajar conmigo, empezarías sin equipaje. Piénsatelo. Es una oportunidad para dejar atrás tus vidas pasadas, tanto a David Webb como a Jason Bourne. Pronto iré a Múnich porque un elemento clave de la terminal se fabrica allí. Necesito una opinión experta sobre él cuando revise las especificaciones.

—Moira, hay muchos expertos que te servirían.

—Pero ninguno en quien confíe tanto como tú. Este asunto es crucial, Jason. Más de la mitad de los materiales que recibe Estados Unidos entran a través del puerto de Long Beach, así que nuestras medidas de seguridad deberían ser especiales. El gobierno de Estados Unidos ya ha dejado claro que no tiene ni tiempo ni ganas de asegurar el tráfico comercial, así que tenemos que hacerlo nosotros. El peligro para esa terminal es real y es grave. Sé lo experto que eres saltándote incluso los sistemas de seguridad más secretos. Eres el candidato perfecto para aplicar medidas no convencionales.

Bourne se puso de pie.

—Moira, escúchame. Marie era la mayor fan de David Webb. Desde que ella murió, lo he dejado libre. Pero no está muerto ni es un inválido. Vive dentro de mí. Cuando me duermo, sueño con su vida como si fuera la de otro, y me despierto cubierto de sudor. Me siento como si me hubieran cortado una parte de mí. No quiero seguir sintiéndome así. Es hora de darle a David Webb lo que merece.

El paso de Veronica Hart era ligero y totalmente despreocupado mientras cruzaba control tras control para entrar en el búnker que era el Ala Oeste de la Casa Blanca. El cargo que estaba a punto de asumir —directora de la CIA— era formidable, especialmente después de las dos debacles del año anterior: un asesinato y una brecha grave de seguridad. Sin embargo, nunca había sido más feliz. Tener un objetivo era vital para ella; ser elegida para una responsabilidad intimidante era el reconocimiento definitivo de todo el trabajo duro, de todas las contrariedades y amenazas que había tenido que soportar debido a su género.

También estaba el asunto de la edad. A los cuarenta y seis era la directora más joven que había tenido la CIA. Ser la más joven en algo no era nuevo para ella. Su asombrosa inteligencia combinada con su feroz determinación para asegurar que sería la más joven en graduarse en la universidad, la más joven en ser nombrada para la inteligencia militar, para el mando del ejército central y para un puesto muy lucrativo en la empresa de inteligencia privada Black River en Afganistán y el Cuerno de África donde, hasta aquel día, ni siquiera los jefes de los siete departamentos de la CIA sabían exactamente en qué lugar había estado asignada, a quién dirigía ni en qué había consistido su misión.

Ahora por fin estaba a pocos pasos de la cumbre, lo más alto del organigrama de la inteligencia. Había esquivado con éxito todos los obstáculos, superado todas las trampas, negociado todos los laberintos, y aprendido de quién hacerse amiga y a quién darle la espalda. Había soportado incesantes insinuaciones sexuales, rumores de conducta inapropiada, bulos sobre su dependencia de subordinados varones que teóricamente pensaban por ella. En todos los casos había triunfado, desmintiendo categóricamente todas esas mentiras, y en algunos casos humillando a los instigadores.

En aquella etapa de su vida, por fin era alguien con quien había que contar, una sensación de la que disfrutaba con motivo. Así pues, acudía a su reunión con el presidente con el corazón contento. En su maletín llevaba una gruesa carpeta donde se detallaban los cambios que se proponía hacer en la CIA para poner orden en el espantoso caos que había dejado Karim al-Jamil después de asesinar a su predecesor. No era sorprendente que la CIA estuviera patas arriba, que la moral nunca hubiera estado tan baja y por supuesto que hubiera resentimiento en la junta de jefes de departamento formada enteramente por varones, todos ellos convencidos de que merecían que los ascendiesen a la dirección de la CIA.

El caos y la moral baja estaban a punto de remitir, y ella tenía una multitud de iniciativas para garantizarlo. Estaba absolutamente segura de que el presidente estaría encantado no sólo con sus planes sino también con la velocidad con que pensaba implantarlos. Una organización de inteligencia tan importante y vital como la CIA no podía seguir sumida en la desesperación. Tan sólo las operaciones antiterroristas más secretas, como Typhon, el proyecto original de Martin Lindros, funcionaban con normalidad, y eso era mérito de su nueva directora, Soraya Moore. Soraya había asumido el mando de manera impecable. Sus agentes la querían y se lanzarían a las llamas por ella, si se lo pedía. En cuanto al resto de la CIA, ella se encargaría de curarla, inyectarle energía y proporcionarle un nuevo objetivo.

Se sorprendió —quizá no sería exagerado decir que «se asus-
tó»— al ver que el Despacho Oval no estaba ocupado sólo por el
presidente sino también por Luther LaValle, el zar de los servicios
secretos del Pentágono, y su ayudante, el general Richard P. Kendall.
Haciendo caso omiso a los demás, Veronica cruzó la gruesa alfombra
azul americana para estrechar la mano del presidente. Era alta y es-
belta y tenía un cuello largo. Sus cabellos de color rubio ceniza estaban cortados en un estilo casi masculino que le daba un acusado aspecto de ejecutivo. Llevaba un traje azul marino, zapatos de tacón
bajo, pendientes pequeños de oro y un mínimo de maquillaje. Sus
uñas estaban cortadas rectas.

—Siéntate, Veronica, por favor —dijo el presidente—. Ya conoces a Luther LaValle y al general Kendall.

—Sí. —Veronica inclinó la cabeza ligeramente—. Caballeros, es
un placer. —Aunque nada podía estar más lejos de la realidad.

Odiaba a LaValle. En muchos sentidos era el hombre más peligroso de la inteligencia estadounidense, y una de las razones era que
gozaba del apoyo del inmensamente poderoso E. R. «Bud» Halliday,
el secretario de Defensa. LaValle era unególatra sediento de poder
que creía que él y su gente deberían dirigir la inteligencia estadounidense, y punto. Se alimentaba de la guerra como otras personas se
alimentan de carne y patatas. Y aunque ella nunca había podido pro-
barlo, sospechaba que estaba detrás de varios de los más chocantes
rumores que habían circulado sobre ella. Disfrutaba arruinando la
reputación de las personas, y se deleitaba pisando con insolencia los
cráneos de sus enemigos.

Desde las guerras de Afganistán e Irak, LaValle había aprovecha-
do la iniciativa —bajo la rúbrica típicamente ambigua y turbia del
Pentágono de «preparar el campo de batalla» para las tropas— para
expandir el alcance de las iniciativas de la inteligencia del Pentágono
hasta traspasar incómodamente los límites de las de la CIA. Dentro
de los círculos de inteligencia estadounidenses era un secreto a voces
que el hombre codiciaba a los agentes de la CIA y las redes de información internacional que tenía establecidas. Ahora que el Viejo y su
sucesor electo estaban muertos, se ajustaría al modus operandi de

LaValle intentar ganar terreno de la forma más agresiva posible. Por ese motivo su presencia y la de su lacayo hicieron sonar seriamente las alarmas en la cabeza de Veronica.

Había tres sillas dispuestas más o menos en semicírculo frente a la mesa del presidente. Dos de ellas estaban ocupadas, por supuesto. Veronica se sentó en la que estaba vacía, perfectamente consciente de tener a uno de los hombres a cada lado, sin duda porque ellos así lo habían decidido. Se rió para sus adentros. Si aquellos dos pretendían intimidarla intentando que se sintiera rodeada, se equivocaban de medio a medio. Pero cuando el presidente empezó a hablar rezó para que su risa no resonara huecamente en su cabeza una hora después.

Dominic Specter dobló la esquina a toda prisa mientras Bourne cerraba la puerta de su despacho. La profunda arruga que surcaba su frente se desvaneció en cuanto vio a Bourne.

—¡David, cuánto me alegro de verte! —dijo con gran entusiasmo. Rápidamente, dirigiendo su encanto a la compañera de Bourne, añadió—. Y además con la magnífica Moira. —Tan caballeroso como siempre, se inclinó a la manera de la Vieja Europa.

Volvió su atención a Bourne. Era un hombre bajo lleno de energía desenfrenada a pesar de sus setenta y tantos años. Su cabeza parecía perfectamente redonda, coronada por una aureola de cabellos que serpenteaban de oreja a oreja. Tenía los ojos oscuros e inquisitivos y la piel de color bronce oscuro. Su boca generosa hacía pensar vagamente en una graciosa rana a punto de saltar de un nenúfar a otro.

—Ha surgido un asunto bastante serio y necesito tu opinión. —Sonrió—. Veo que esta noche no podrá ser. ¿Te parecería bien que cenásemos mañana?

Bourne detectó algo tras la sonrisa de Specter que le dio que pensar; algo tenía preocupado a su viejo mentor.

—¿Por qué no quedamos para desayunar?

—¿Estás seguro de que no te molesto, David? —Pero no pudo disimular el alivio que inundó su cara.

—En realidad, me va mejor desayunar —mintió Bourne, para facilitarle las cosas a Specter—. ¿A las ocho?

—¡Espléndido! Lo estoy deseando. —Con una pequeña reverencia a Moira, se marchó.

—Qué energía —dijo Moira—. Ojalá hubiera tenido profesores como él.

Bourne la miró.

—Tus años de universidad debieron de ser una pesadilla.

Ella rió.

—No fueron tan malos, pero en realidad sólo estuve dos años, y después me fui a Berlín.

—De haber tenido profesores como Dominic Specter, tu experiencia habría sido muy diferente, créeme.

Esquivaron a varios grupos de estudiantes reunidos para charlar o para intercambiar impresiones sobre las últimas clases.

Bajaron por el pasillo, cruzaron la puerta y bajaron la escalera al patio. Moira y él cruzaron el campus rápidamente en dirección al restaurante donde pensaban cenar. Los estudiantes se apresuraban a su lado por los caminos, entre los árboles y el césped. En algún lugar tocaba un grupo con el ritmo apático y laborioso propio de las universidades. El cielo estaba preñado de nubes que se deslizaban sobre sus cabezas como barcos de vela en alta mar. Soplaba un viento invernal húmedo procedente del Potomac.

—Hubo una época en que sufrí una profunda depresión. Lo sabía pero no quería aceptarlo, tú ya me entiendes. El profesor Specter fue quien me conectó conmigo mismo, quien pudo romper la coraza que yo utilizaba para protegerme. Todavía no sé cómo lo hizo ni por qué se esforzó tanto. Me dijo que había visto reflejado en mí algo de sí mismo. En cualquier caso, quería ayudar.

Pasaron junto al edificio cubierto de hiedra donde Specter, que era ahora el director de la Escuela de Estudios Internacionales de Georgetown, tenía su despacho. De él entraban y salían hombres con abrigos de cheviot y americanas de pana, con expresiones de profunda concentración.

—El profesor Specter me dio un empleo de profesor de lingüística. Fue como darle un chaleco salvavidas a alguien que se ahogaba. Lo que más necesitaba entonces era orden y estabilidad. Para serte sincero, no sé qué habría sido de mí sin él. Sólo él entendió que sumergirme en el lenguaje me hace feliz. Haya sido lo que haya sido, la única constante es mi dominio de las lenguas. Aprender lenguas es como aprender historia desde dentro. Abarca las batallas del origen étnico, la religión, el compromiso y la política. Se puede aprender mucho de la lengua porque está formada por la historia.

Ya habían salido del campus y caminaban por la calle 36 Noroeste, hacia el 1789, uno de los restaurantes favoritos de Moira, que estaba en un caserón federal. Cuando llegaron los acompañaron a una mesa junto a la ventana en el segundo piso, en una sala con poca luz y paneles de madera al estilo antiguo, y velas encendidas sobre las mesas dispuestas con porcelana y cristalería alta y reluciente. Se sentaron el uno frente a la otra y pidieron unas copas.

Bourne se echó hacia adelante y dijo en voz baja:

—Escúchame, Moira, porque voy a decirte algo que sabe muy poca gente. La identidad de Bourne sigue obsesionándome. A Marie le preocupaba que las decisiones que me vi obligado a tomar, los actos que tuve que cometer como Jason Bourne, acabaran dejándome vacío de sentimientos, que algún día ella me vería llegar y David Webb habría desaparecido para siempre. No puedo permitir que eso suceda.

—Jason, tú y yo hemos pasado juntos bastante tiempo desde que nos vimos para esparcir las cenizas de Martin. Todavía no he visto indicio alguno de que hayas perdido ninguna parte de tu humanidad.

Callaron mientras el camarero les servía las copas y les dejaba las cartas. En cuanto se marchó, Bourne dijo:

—Eso me tranquiliza, créeme. En el poco tiempo que hace que te conozco he llegado a valorar tu opinión. No te pareces a nadie a quien conozca.

Moira probó su bebida; después la apartó, sin dejar de mirarlo.

—Gracias. Viniendo de ti es un gran cumplido, sobre todo porque sé lo especial que Marie era para ti.

Bourne miró fijamente su copa.

Moira le tomó la mano sobre el mantel blanco de hilo.

—Perdona, ahora he hecho que te pongas triste.

Él miró la mano de ella sobre la suya, pero no la retiró. Cuando levantó la mirada, dijo:

—Dependía de ella para muchas cosas. Pero ahora veo que esas cosas se están esfumando.

—¿Y eso es bueno o malo?

—Es lo que es —dijo él—. No lo sé.

Moira vio la angustia en la cara de Jason, y aquello le puso el corazón en un puño. Sólo hacía unos meses que lo había visto junto a la barandilla de los Claustros. Tenía la urna de bronce con las cenizas de Martin apretada en las manos como si no quisiera soltarla. Moira supo entonces, aunque Martin ya se lo había contado, cuánto significaban el uno para el otro.

—Martin era tu amigo —dijo—. Te arriesgaste a terribles peligros para salvarlo. No me digas que no sentías nada por él. Además, tú mismo has dicho que ya no eres Jason Bourne. Eres David Webb.

Él sonrió.

—Ahí me has pillado.

Moira se puso seria.

—Quería preguntarte algo, pero no sé si tengo derecho a hacerlo.

Jason respondió de inmediato a la seriedad de la expresión de Moira.

—Por supuesto que puedes preguntar, Moira. Adelante.

Ella respiró hondo, y lo soltó.

—Jason, sé que has dicho que estás a gusto en la universidad, y si es así, me parece perfecto. Pero también sé que te culpas por no haber podido salvar a Martin. Debes entender que si tú no pudiste salvarlo, nadie podía hacerlo. Hiciste lo que pudiste; estoy segura de que él lo sabía. A veces pienso que tú crees que le fallaste..., que ya no puedes volver a ser Jason Bourne. No sé si te has parado a pensar que podrías haber aceptado la oferta del profesor Specter en la universidad como una forma de apartarte de la vida de Jason Bourne.

—Por supuesto que lo he pensado. —Tras la muerte de Martin había decidido dar la espalda de nuevo a la vida de Jason Bourne:

tantas huidas..., tantas muertes..., un río que parecía tener tantos cadáveres como el Ganges. Para él, los recuerdos siempre estaban al acecho. Recordaba los tristes. Pero los otros, los que llenaban las salas de su memoria en las sombras, parecían tener forma hasta que se acercaba a ellos, y entonces se esfumaban como la marea baja. Y lo que quedaba eran los huesos blanquecinos de todos los que había matado o habían muerto por culpa de lo que era él. Pero también sabía con seguridad que mientras él siguiera respirando, la identidad de Bourne no moriría.

Tenía una expresión atormentada en los ojos.

—Debes entender que tener dos personalidades es muy difícil, pues siempre están en guerra entre ellas. Deseo con todas mis fuerzas poder desprenderme de una.

—¿De cuál de ellas? —preguntó Moira.

—Ésta es la peor parte —dijo Bourne—. Cada vez que creo que lo sé, me doy cuenta de que no lo sé.

2

Luther LaValle era tan telegénico como el presidente y tenía menos de la mitad de su edad. Llevaba los cabellos pajizos peinados hacia atrás como un ídolo del cine de los años treinta o cuarenta y tenía unas manos inquietas. En contraste con él, el general Kendall tenía la mandíbula cuadrada y ojos pequeños y brillantes: la quintaesencia del oficial severo. Era corpulento y musculoso; quizá había sido jugador de fútbol en posición trasera en Wisconsin o en Ohio. Miraba a La-Valle como un *running back* miraría a su *quarterback* esperando instrucciones.

—Luther —dijo el presidente—, teniendo en cuenta que tú solicitaste esta reunión me parece adecuado que empieces.

LaValle asintió, como si el que el presidente le cediera la palabra fuera lo más natural del mundo.

—Tras el reciente desastre que sufrió la CIA, con infiltraciones al más alto nivel que culminaron con el asesinato del anterior director, es necesario implantar una seguridad y unos controles más firmes. Sólo el Pentágono puede hacerlo.

Veronica se sintió obligada a intervenir antes de que LaValle tuviera demasiada ventaja.

—Lamento disentir, señor —dijo, dirigiéndose a su presidente—. La recopilación de inteligencia humana siempre ha sido jurisdicción de la CIA. Nuestras redes de información sobre el terreno no tienen parangón, al igual que nuestras legiones de contactos, que llevamos décadas cultivando. El Pentágono siempre se ha especializado en vigilancia electrónica. Ambas tareas están separadas, y requieren metodologías y temperamentos completamente diferentes.

LaValle sonrió de una manera tan seductora como cuando iba a la televisión y aparecía en la Fox o en *Larry King Live*.

—Sería una negligencia por mi parte no destacar que el panorama de la inteligencia ha cambiado de manera radical desde 2001. Estamos en guerra. En mi opinión es probable que este estado de cosas dure indefinidamente, y por ello el Pentágono ha ampliado sus competencias de un tiempo a esta parte, creando equipos de personal clandestino para la Agencia de Inteligencia de Defensa (la DIA) y fuerzas operativas especiales que están realizando, con éxito, operaciones de contraespionaje en Irak y en Afganistán.

—Con el debido respeto, el señor LaValle y su maquinaria militar están ansiosos por llenar cualquier vacío percibido o crear uno nuevo, si fuera necesario. El señor LaValle y el general Kendall necesitan que creamos que estamos en perpetuo estado de guerra, tanto si es verdad como si no. —Veronica sacó una carpeta del maletín, la abrió y empezó a leer—. Como demuestra esta prueba, han dirigido sistemáticamente la expansión de sus escuadrones de recogida de inteligencia humana, fuera de Afganistán e Irak, hacia otros territorios, traspasando territorios de la CIA, a menudo con resultados desastrosos. Han corrompido a los informadores y, al menos en un caso, han puesto en peligro una operación clandestina de la CIA en curso.

Después de hojear las páginas que Veronica le había entregado, el presidente dijo:

—Aunque esto sea impresionante, Veronica, el Congreso parece apoyar a Luther. Le ha concedido veinticinco millones de dólares al año para pagar a informadores sobre el terreno y para reclutar mercenarios.

—Esto no es la solución, sino que forma parte del problema —dijo Veronica con énfasis—. Su metodología está condenada al fracaso, puesto que es la misma que utilizaba la Oficina de Servicios Estratégicos en Berlín tras la Segunda Guerra Mundial. Nuestros informadores a sueldo se han ganado la reputación de volverse en contra nuestra, de trabajar para el otro bando y de proporcionarnos desinformación. En cuanto a los mercenarios a quienes hemos reclutado, como los talibanes o muchos otros grupos insurgentes musulmanes, todos ellos, sin falta, han acabado por volverse en nuestra contra y convertirse en nuestros enemigos más implacables.

—En eso lleva razón —dijo el presidente.

—El pasado es el pasado —dijo el general Kendall rabioso. Su cara se había puesto más y más seria con cada palabra que había dicho Veronica—. No existen pruebas de que nuestros informadores o nuestros mercenarios, que son vitales para nuestra victoria en Oriente Medio, vayan a volverse contra nosotros. Por el contrario, las informaciones que han proporcionado han sido de gran ayuda para nuestros hombres en el campo de batalla.

—Los mercenarios, por definición, deben lealtad a quien les pague más —dijo Veronica—. Siglos de historia desde la época romana hasta nuestros días lo han demostrado una y otra vez.

—Este tira y afloja no sirve de mucho. —LaValle se agitó incómodo en su silla. Estaba claro que no había contado con una defensa tan enérgica. Kendall le entregó un dosier, que él ofreció al presidente—. El general Kendall y yo hemos pasado casi dos semanas elaborando esta propuesta sobre cómo reestructurar la CIA a partir de ahora. El Pentágono está preparado para implantar este plan en cuanto obtengamos su aprobación, señor presidente.

Para horror de Veronica, el presidente echó un vistazo a la propuesta y después la miró.

—¿Qué tiene que decir?

Veronica sintió que la dominaba la rabia. Ya estaban socavando su autoridad. Por otro lado, comprendió que aquello le serviría de lección. No confíes en nadie, ni siquiera en los que parecen tus aliados. Hasta ese momento había creído contar con el apoyo total del presidente. El que LaValle, quien al fin y al cabo era básicamente el portavoz del secretario de Defensa Halliday, tuviera suficiente influencia para convocar aquella reunión no debería haberla sorprendido. Pero el que el presidente le pidiera que pensara en la posibilidad de ceder su autoridad al Pentágono era indignante y, a decir verdad, aterrador.

Sin mirar siquiera los papeles nocivos, sacó pecho.

—Señor, esta propuesta es irrelevante, como poco. Me molesta el flagrante intento del señor LaValle de expandir su mando sobre el espionaje a costa de la CIA. De entrada, como he detallado, el Pentágono está mal equipado para dirigir nuestra extensa colección de agentes sobre el terreno, y no digamos para ganarse su confianza.

Además, este golpe de estado sentaría un precedente peligroso para toda la comunidad del espionaje. Estar bajo el control de las fuerzas armadas no beneficiará nuestro potencial de recogida de información. Por el contrario, los precedentes de flagrante desprecio por la vida humana por parte del Pentágono, así como su legado de operaciones ilegales y un derroche fiscal bien documentado, lo convierte en un mal candidato para cazar en territorio de nadie, y mucho menos en el de la CIA.

Sólo la presencia del presidente forzó a LaValle a controlar la ira.

—Señor, la CIA está patas arriba. Hay que darle la vuelta por completo, y lo antes posible. Como he dicho antes, nuestro plan puede implantarse hoy.

Veronica sacó la gruesa carpeta que contenía los detalles de sus planes para la CIA. Se levantó y la dejó en manos del presidente.

—Señor, siento que es mi deber reiterar uno de los puntos principales de nuestra última conversación. Aunque haya servido en el ejército, procedo del sector privado. La CIA no sólo necesita un buen barrido sino una perspectiva nueva que no esté contaminada por el pensamiento monolítico que nos condujo de entrada a esta situación insostenible.

Jason Bourne sonrió.

—Para serte sincero, esta noche no sé quién soy. —Se inclinó hacia adelante y dijo muy bajito—. Escúchame. Quiero que saques el móvil del bolso sin que nadie te vea. Quiero que me llames. ¿Puedes hacerlo?

Moira no apartó los ojos de él mientras buscaba el móvil en su bolso y apretaba la tecla correcta de marcado rápido. El móvil de Bourne sonó. Él se echó hacia atrás y respondió. Habló por teléfono como si hubiera alguien al otro extremo de la línea. Apagó el móvil y dijo:

—Debo irme. Es una urgencia. Lo siento.

Ella siguió mirándolo.

—¿Podrías fingir al menos que lo lamentas? —susurró Moira.

La boca de Jason se torció.

—¿De verdad tienes que irte? —preguntó ella con un tono de voz normal—. ¿Ahora?

—Ahora. —Bourne echó unos billetes sobre la mesa—. Te llamaré.

Ella asintió un poco desorientada, preguntándose qué habría visto u oído Jason Bourne.

Bourne bajó la escalera y salió del restaurante. Inmediatamente dobló a la derecha, caminó un trecho y entró en una tienda que vendía cerámica hecha a mano. Situándose de modo que tuviera una visión de la calle a través del cristal del escaparate, fingió mirar unos cuencos y unas fuentes.

En el exterior pasaba la gente —una pareja joven, un anciano con un bastón, y tres chicas que reían—, pero el hombre que se había sentado en el rincón más alejado del comedor justo noventa segundos después de que se sentaran ellos no apareció. Bourne se había fijado en él en cuanto había entrado, y cuando pidió una mesa del fondo, de cara a ellos, no le quedó duda: alguien lo seguía. De repente había sentido aquella vieja ansiedad que lo había revuelto por dentro cuando Marie y Martin habían sido amenazados. Había perdido a Martin, pero no pensaba perder también a Moira.

Bourne, cuyo radar interior había barrido el comedor del segundo piso cada pocos minutos, no había captado a ningún otro sospechoso, así que esperó dentro de la tienda de cerámica a que pasara su perseguidor. Al cabo de cinco minutos sin que sucediera nada, Bourne salió por la puerta y cruzó la calle de inmediato. Utilizando las farolas y las superficies reflectantes de las ventanas y los parabrisas de los coches, dedicó unos minutos más a explorar la zona en busca de alguna señal del hombre de la mesa del fondo. Después de asegurarse que no estaba por ninguna parte, Bourne volvió al restaurante.

Subió la escalera al segundo piso, pero se paró en el rellano oscuro entre la escalera y el comedor. Allí estaba el hombre en su mesa del fondo. Cualquier observador casual creería que estaba leyendo el último ejemplar de *The Washingtonian*, como todo buen turista, pero de vez en cuando su mirada se desviaba una fracción de segundo y se posaba sobre Moira.

Bourne sintió que le recorría un escalofrío. Aquel hombre no lo seguía a él; seguía a Moira.

Mientras Veronica Hart cruzaba el último control del Ala Oeste, Luther LaValle salió de entre las sombras y se puso a caminar a su lado.

—Bien hecho —dijo gélidamente—. La próxima vez estaré mejor preparado.

—No habrá una próxima vez —dijo Veronica.

—El secretario Halliday está convencido de que sí. Y yo también.

Habían llegado al tranquilo vestíbulo, con su cúpula y sus columnas. A su lado pasaban raudos los ayudantes presidenciales en todas direcciones. Parecían cirujanos por el aire de absoluta seguridad y exclusividad que desprendían, como si pertenecieran a un club al que uno estuviera desesperado por afiliarse, pero nunca fuera a conseguirlo.

—¿Dónde está su pit bull personal? —preguntó Veronica—. Olisqueando entrepiernas, me imagino.

—Es usted muy divertida para tratarse de alguien cuyo puesto de trabajo pende de un hilo.

—Señor LaValle, es una tontería, por no decir que es peligroso, confundir la seguridad en mí misma con la frivolidad.

Cruzaron la puerta de salida y bajaron los escalones a la calle. Los focos de luz empujaban la oscuridad hacia los bordes del recinto. Más allá brillaba la luz de las farolas.

—Por supuesto, tiene razón —dijo LaValle—. Me disculpo.

Veronica lo miró con enorme escepticismo.

LaValle le ofreció una media sonrisa.

—Lamento de veras que hayamos empezado con mal pie.

Lo que realmente lamentaba, pensó Veronica, era que los hubiera hecho pedazos, a él y a Kendall, delante del presidente. Lo que era comprensible.

Mientras ella se abrochaba el abrigo, él dijo:

—Quizá los dos nos hemos planteado esta situación desde una perspectiva errónea.

Veronica se anudó el pañuelo al cuello por fuera del abrigo.

—¿Qué situación?

—El desastre de la CIA.

En las proximidades, más allá de la flotilla de barreras antiterroristas de pesado hormigón reforzado, paseaban los turistas, charlando animadamente, parándose brevemente para sacar fotos antes de marcharse a cenar a un McDonald's o un Burger King.

—A mí me parece que sería más provechoso unir fuerzas que ser adversario.

Veronica se volvió a mirarlo.

—Oiga, usted ocúpese de su oficina que yo me ocuparé de la mía. Me han encargado un trabajo y pienso hacerlo sin interferencias de usted o del secretario Halliday. Si quiere que le sea sincera, estoy harta y cansada de que su gente vaya cada vez más lejos para que su imperio se extienda. La CIA está fuera de sus límites para siempre, ¿lo ha entendido?

LaValle hizo una mueca como si estuviera a punto de silbar. Después dijo, en voz muy baja:

—Si yo fuera usted, sería más cuidadosa. Camina por el filo de la navaja. Un paso en falso, una vacilación y cuando caiga no habrá nadie para recogerla.

La voz de ella se volvió fría como el acero.

—También estoy cansada de sus amenazas, señor LaValle.

Veronica se subió el cuello del abrigo para protegerse del viento.

—Cuando me conozca mejor, Veronica, se dará cuenta de que no amenazo. Hago predicciones.

3

La violencia del mar Negro se ajustaba a Leonid Arkadin hasta sus botas de punta de acero. Bajo una lluvia apoteósica, se dirigía a Sebastopol desde el aeródromo de Belbek. Sebastopol constituía una porción codiciada de territorio en el extremo sudoccidental de la península de Crimea en Ucrania. El mar no se helaba nunca, dado que la zona estaba bendecida con un clima subtropical. Desde que los mercaderes griegos la fundaran en 422 a. C. con el nombre de Quersoneso, Sebastopol era una avanzadilla comercial y militar de vital importancia tanto para las flotas pesqueras como para las flotas de guerra. A raíz del declive de Quersoneso —«península» en griego—, la zona entró en decadencia hasta que en tiempos modernos se fundó Sebastopol en 1783 como una base naval y fortaleza en la frontera meridional del Imperio ruso. Gran parte de la historia de la ciudad estaba vinculada a su gloria militar: el nombre «Sebastopol» significa «augusto, glorioso» en griego. Tal nombre parecía justificado: la ciudad había sobrevivido a dos sangrientos sitios durante la guerra de Crimea de 1853-1856 y la Segunda Guerra Mundial, cuando resistió los bombardeos del Eje durante doscientos cincuenta días. Si bien la ciudad fue destruida en dos ocasiones diferentes, también se había alzado de las cenizas las dos veces. En consecuencia, sus habitantes eran personas curtidas y directas. Despreciaban la época de la guerra fría, pues aproximadamente en 1960 la URSS había prohibido entrar en Sebastopol a toda clase de visitantes, debido a su base naval. En 1997 los rusos aceptaron devolver la ciudad a los ucranianos, que volvieron a abrirla al mundo.

La tarde estaba bien entrada cuando Arkadin llegó al bulevar Primorski. El cielo estaba negro, exceptuando una fina línea roja en el horizonte occidental. El puerto estaba repleto de barcos de pesca de casco redondo y de buques navales de brillantes cascos de acero. Un mar furioso azotaba el Monumento a los Barcos Hundidos que conmemoraba la desesperada defensa de la ciudad en 1855 contra las fuerzas combinadas de británicos, franceses, turcos y sardos. Una columna corintia de tres metros de altura se alzaba sobre un lecho de ásperos bloques de granito, coronada por un águila con las alas totalmente desplegadas, la cabeza orgullosamente inclinada y una corona de laurel en el pico. Delante de él, incrustadas en el grueso rompeolas, estaban las anclas de los barcos rusos que se habían hundido a propósito para impedir que el enemigo invasor entrase en el puerto.

Arkadin se registró en el Hotel Oblast donde todo, incluidas las paredes, parecía hecho de papel. Los muebles estaban cubiertos con telas con estampados horrendos cuyos colores chocaban como enemigos en el campo de batalla. El lugar parecía un buen candidato a incendiarse como una antorcha. Tomó nota mental de que no debía fumar en la cama.

Abajo, en el espacio que pretendía ser un vestíbulo, pidió a un recepcionista con cara de roedor que le recomendara un local para comer, y después un listín telefónico. Se lo llevó a un sillón tapizado y duro cerca de una ventana que daba a la plaza del almirante Najimov. Y allí estaba, sobre una base magnífica, el héroe de la primera defensa de Sebastopol, mirando pétreamente a Arkadin, como si fuera consciente de lo que estaba a punto de suceder. Aquella ciudad, como tantas otras de la antigua Unión Soviética, estaba llena de monumentos al pasado.

Con una última mirada a los peatones que se apresuraban encorvados bajo la intensa lluvia, Arkadin desvió su atención al listín telefónico. El nombre que Piotr Zilber había dado antes de suicidarse era Oleg Shumenko. A Arkadin le habría gustado haber sacado más de Zilber. Ahora tenía que hojear el listín buscando un Shumenko, y eso suponiendo que el hombre tuviera teléfono fijo, lo que siempre era problemático fuera de Moscú o San Petersburgo. Anotó los cinco Oleg Shumenko que encontró, devolvió el listín al recepcionista y salió al falso atardecer ventoso.

Con los tres primeros Oleg Shumenko no hizo otra cosa que perder el tiempo. Arkadin se hizo pasar por un amigo íntimo de Piotr Zilber, y dijo a todos ellos que tenía un mensaje urgente de éste y que tenía que entregarlo en persona. Lo miraron desconcertados y sacudieron las cabezas. Pudo ver en sus ojos que no tenían ni idea de quién era Piotr Zilber.

El cuarto Shumenko trabajaba en Yugreftransflot, que mantenía la mayor flota de barcos refrigerados de Ucrania. Dado que Yugreftransflot era una empresa pública, a Arkadin le costó un poco entrar a ver a Shumenko, que era su director de transportes. Como en todas partes de la antigua URSS, el papeleo era engorroso hasta el extremo de que prácticamente paralizaba el trabajo. Arkadin era incapaz de comprender cómo lograban hacer nada en el sector público.

Al final apareció Shumenko y guió a Arkadin a su diminuto despacho, disculpándose por haberlo hecho esperar. Era un hombrecillo con los cabellos muy oscuros, las orejas pequeñas y una frente baja como la de un neandertal. Cuando Arkadin se presentó, Shumenko dijo:

—Es evidente que se ha equivocado de hombre. No conozco a ningún Piotr Zilber.

Arkadin consultó su lista.

—Sólo me queda otro Oleg Shumenko.

—Déjeme ver. —Shumenko consultó la lista—. Lástima que no viniera a verme a mí primero. Estos tres son primos míos. Y el quinto, a quien todavía no ha visto, no le servirá de nada. Está muerto. Sufrió un accidente de pesca hace seis meses. —Le devolvió la lista—. Pero no todo está perdido. Hay otro Oleg Shumenko. No estamos emparentados, pero la gente siempre se confunde porque tenemos el mismo patronímico, Ivanovich. No tiene teléfono fijo y por eso recibo constantemente llamadas para él.

—¿Sabe dónde puedo localizarlo?

Oleg Ivanovich Shumenko miró su reloj.

—A estas horas, sí, estará trabajando. Es fabricante de vinos, ¿sabe? De champán. Aunque me han dicho que los franceses sostienen que no se puede utilizar este término para ningún vino que no se haya producido en la región de Champagne. —Soltó una risita—. Sea como sea, la bodega Sebastopol elabora un champán estupendo.

Acompañó a Arkadin desde su despacho por unos pasillos amorfos hasta el enorme vestíbulo principal.

—¿Conoce la ciudad, *gospodin* Arkadin? Sebastopol está dividida en cinco distritos. Nosotros estamos en el de Gagarinski, que se llama así por el primer astronauta, Yuri Alekséievich Gagarin. Éste es el sector occidental de la ciudad. Al norte está el distrito de Najimovski, que es donde se hallan los colosales diques secos. Puede que haya oído hablar de ellos. ¿No? Da igual. En el sector oriental, lejos del agua, está la zona rural de la ciudad: allí hay pastos y viñas, magníficos incluso en esta época del año.

Cruzó el suelo de mármol hasta un largo banco detrás del cual había media docena de funcionarios sentados y con aspecto de haber tenido poco que hacer en el último año. De uno de ellos Shumenko recibió un mapa de la ciudad, sobre el que dibujó algunas indicaciones. Después se lo entregó a Arkadin, señalándole una estrella que había dibujado.

—Ahí está la bodega. —Miró al exterior—. Está despejando. Puede que cuando llegue haya salido el sol, quién sabe.

Bourne caminaba por las calles de Georgetown bien oculto entre la multitud de estudiantes que paseaban buscando cerveza, chicas y chicos. Seguía discretamente al hombre del restaurante quien, a su vez, seguía a Moira.

En cuanto le quedó claro que el hombre la seguía a ella, había vuelto a la calle y había llamado a Moira.

—¿Se te ocurre alguien que quisiera tenerte controlada?

—Se me ocurren unos cuantos —dijo ella—. Mi propia empresa, para empezar. Ya te he dicho que están paranoicos desde que empezamos a construir la estación de GNL en Long Beach. NoHold Energy sería otro. Hace seis meses que me tientan con un cargo de vicepresidente. Me puedo imaginar que deseen saber más de mí para poder mejorar su oferta.

—¿Alguien más aparte de estos dos?

—No.

Jason le había explicado lo que quería que hiciera y ahora en la noche de Georgetown ella lo estaba haciendo. Aquellos vigilantes en la sombra siempre tenían hábitos, pequeñas peculiaridades que habían desarrollado en las aburridas horas en que ejercían sus solitarios trabajos. A ése le gustaba estar en la parte de dentro de la acera, para poder esconderse rápidamente en un portal en caso de necesidad.

En cuanto conociera las idiosincrasias de la sombra, sería hora de quitarla de en medio. Pero mientras Bourne se abría paso entre la gente, acercándose más a la sombra, vio otra cosa. El hombre no estaba solo. Un segundo perseguidor había tomado posición en paralelo en el lado opuesto de la calle, lo cual tenía sentido. Si Moira decidía cruzar la calle en medio de aquel gentío, la primera sombra podría tener dificultades para seguirla. Aquella gente, fueran quienes fueran, no dejaban nada al azar.

Bourne retrocedió, adaptando su paso al de la gente. Al mismo tiempo, llamó a Moira. Ella se había colocado el auricular Bluetooth para poder recibir sus llamadas sin que se notara. Bourne le dio instrucciones detalladas, y dejó de perseguir a sus sombras.

Moira cruzó la calle, sintiendo en el cuello un cosquilleo como si estuviera en el punto de mira del rifle de un asesino, y se dirigió a la calle M. Jason le había dicho que lo más importante era que mantuviera un paso normal, ni demasiado rápido ni demasiado lento. Jason la había alarmado con la noticia de que la estaban siguiendo. Apenas había podido mantener la ilusión de calma. Había demasiadas personas, tanto del pasado como del presente, que podían estar siguiéndola, además de las que le había dicho a Jason cuando éste le había preguntado. De todos modos, el que aquello sucediera tan cerca de la inauguración de la terminal de GNL era un mal augurio. Se moría de ganas de contar a Jason la información que le había llegado ese día sobre la posibilidad de que la terminal fuera objeto de un ataque terrorista, no hipotético sino real. Sin embargo no podía hacerlo, no podía contárselo a menos que Jason fuera empleado de la compañía. Su férreo contrato la obligaba a no facilitar ninguna información confidencial a nadie ajeno a la empresa.

En la calle 31 Noroeste, giró hacia el sur, y caminó hacia el camino de sirga del canal. Antes del final de la travesía, en su misma acera, había una placa discreta en la que estaba grabada la palabra JEWEL. Moira abrió la puerta de color rubí y entró en aquel caro restaurante nuevo. Era la clase de local donde servían espuma de combava, jengibre seco congelado y perlas de uva de color rubí como guarniciones de los platos.

Sonriendo amablemente al jefe de sala, Moira le dijo que estaba buscando a un amigo. Antes de que pudiera mirar el libro de reservas, ella dijo que no sabía el nombre del acompañante de su amigo. Había estado allí varias veces, una de ellas con Jason, así que conocía la disposición del local. Al final del segundo piso había un corto pasillo. Contra la pared de la derecha había dos baños unisex. Si seguías caminando, como hizo ella, llegabas a la cocina, que estaba muy iluminada, y tenía cazos de acero inoxidable, cazuelas de cobre y fuegos enormes encendidos al máximo. Por la sala se movían hombres y mujeres jóvenes ·con una precisión que parecía militar: ayudantes de chef, cocineros, pinches, el pastelero y sus ayudantes, todos ellos siguiendo las severas órdenes del chef.

Estaban todos demasiado concentrados en sus respectivas tareas para fijarse en Moira. Cuando repararon en su presencia, ella ya había desaparecido por la puerta del fondo. En un callejón trasero lleno de contenedores de basura, un taxi White Top esperaba con el motor encendido. Ella subió y el taxi se alejó.

Arkadin cruzó las colinas del distrito rural de Najimovski, exuberantes incluso en invierno. Pasó junto a tierras de cultivo cuadriculadas, limitadas por zonas forestales bajas. El cielo se estaba iluminando, y las nubes oscuras de lluvia ya habían desaparecido, sustituidas por nubes bajas que brillaban como brasas al sol que penetraba por todas partes. Cuando se acercaba a la bodega Sebastopol, un velo dorado cubría las hectáreas de viñedos. Por supuesto, en aquella época del año no había ni hojas ni frutas, pero las vides retorcidas y raquíticas, como trompas de elefante, imprimían una vida propia al viñedo que lo dotaba de cierto misterio, de un aspecto místico, como si aquellas vides dormidas sólo necesitaran el hechizo de un brujo para despertarse.

Una mujer fornida llamada Yetnikova se presentó como la superiora inmediata de Oleg Ivanovich Shumenko; por lo visto, las capas de supervisores de la bodega eran interminables. La mujer tenía unos hombros tan anchos como los de Arkadin, una cara redonda y rubicunda por el vodka con rasgos tan curiosamente pequeños como los de una muñeca. Llevaba los cabellos recogidos en una *babushka* de campesina, pero se comportaba como una ejecutiva eficiente.

Cuando ella quiso saber qué se le ofrecía, Arkadin sacó una de las muchas credenciales falsas que llevaba encima. Ésa en concreto lo identificaba como coronel del SSU, el Servicio de Seguridad de Ucrania. Al ver el carnet del SSU, Yetnikova se marchitó como una planta sin agua y le indicó dónde podía encontrar a Shumenko.

Siguiendo sus indicaciones, Arkadin recorrió pasillo tras pasillo. Abrió todas las puertas que encontró, mirando en los despachos, los armarios, los almacenes y lugares por el estilo, disculpándose con las personas que encontraba dentro.

Shumenko estaba trabajando en la sala de fermentación cuando Arkadin lo encontró. Era un hombre flaco como un junco, mucho más joven de lo que Arkadin había imaginado, con poco más de treinta años. Tenía los cabellos espesos de color rubio oscuro, y le sobresalían del cráneo como crestas de gallo. De un reproductor portátil salía música de un grupo británico, The Cure. Arkadin había oído aquella canción muchas veces en clubes de Moscú, pero le sorprendió oírla allí, en el extremo más alejado de Crimea.

Shumenko estaba en una pasarela a cuatro metros del suelo, inclinado sobre un aparato de acero inoxidable grande como una ballena azul. Parecía estar oliendo algo, tal vez el último lote de champán que estaba elaborando. En lugar de bajar la música, Shumenko hizo un gesto a Arkadin para que éste subiera.

Arkadin no se lo pensó dos veces, subió por la escalera vertical y trepó con agilidad a la pasarela. Los olores ligeramente dulces a fermentación le escocieron la nariz, y tuvo que frotársela con vigor para reprimir un estornudo. Su mirada experta exploró el entorno inmediato y se aprendió todos los detalles, por nimios que fueran.

—¿Oleg Ivanovich Shumenko?

El flaco joven dejó un portapapeles en el que estaba escribiendo.

—Para servirlo. —Llevaba un traje mal cortado. Se guardó el bolígrafo en el bolsillo del pecho de la americana, donde ya llevaba varios—. ¿Y usted quién es?

—Un amigo de Piotr Zilber.

—Nunca he oído hablar de él.

Pero sus ojos ya lo habían traicionado. Arkadin alargó la mano y subió la música.

—Él sí ha oído hablar de usted, Oleg Ivanovich. De hecho, es muy importante para él.

Shumenko se estampó una sonrisa falsa en la cara.

—No tengo ni idea de lo que está hablando.

—Se cometió un grave error. Necesita que le devuelvan los documentos.

Shumenko, todavía sonriendo, metió las manos en los bolsillos.

—Se lo repito, yo no...

Arkadin hizo un intento de cogerlo, pero la mano derecha de Shumenko reapareció con una semiautomática GSh-18 apuntando al corazón de Arkadin.

—Vaya, las cosas se ponen interesantes —dijo Arkadin.

—Por favor, no se mueva. Sea quien sea usted, y no se moleste en darme un nombre que seguro que será falso, no es amigo de Piotr. Tiene que estar muerto. Puede que lo haya matado.

—Pero el gatillo es relativamente pesado —siguió Arkadin como si no estuviera escuchando—, lo que me dará una décima de segundo adicional.

—Una décima de segundo no es nada.

—No necesito más.

Para mantener una distancia de seguridad, Shumenko retrocedió, como quería Arkadin, hacia el lado curvo de un contenedor.

—Aunque esté de luto por la muerte de Piotr defenderé nuestra red de información con mi vida.

Arkadin dio otro paso hacia Shumenko, quien retrocedió un poco más.

—Desde aquí hay una buena caída, o sea que le sugiero que se dé la vuelta, baje la escalera y desaparezca en la cloaca de la que ha salido.

Mientras Shumenko retrocedía, su pie derecho resbaló sobre un poco de pasta de levadura que Arkadin ya había visto. A Shumenko le falló la rodilla derecha y levantó la mano que sostenía la GSh-18 en un gesto instintivo para mantener el equilibrio y no caer.

Arkadin dio una larga zancada y entró en su perímetro de defensa. Fue a coger el arma, pero falló. Golpeó a Shumenko en la mejilla derecha con el puño, mandando al hombre flaco contra el canto del contenedor en el espacio entre dos pivotes que sobresalían. Shumenko lanzó un brazo en un arco horizontal, y la mira del cañón del GSh-18 rascó el puente de la nariz de Arkadin haciendo brotar la sangre.

Arkadin hizo otro intentó de coger la semiautomática y, apoyados contra la pared curva de acero inoxidable, los dos hombres forcejearon. Shumenko era un hombre extraordinariamente fuerte para ser tan delgado, y era ducho en el combate cuerpo a cuerpo. Reaccionaba de la manera adecuada a todos los ataques que lanzaba Arkadin. Estaban muy cerca, apenas los separaba un palmo. Sus extremidades trabajaban rápido. Utilizaba las manos, los codos, los antebrazos e incluso los hombros para producir dolor, bloquearlo o minimizarlo.

Poco a poco, Arkadin parecía estar ganando terreno a su adversario, pero con un doble amago Shumenko consiguió poner la culata del GSh-18 contra la garganta de Arkadin. Apretó, haciendo palanca para intentar romper la tráquea de Arkadin. Una de las manos de Arkadin estaba atrapada entre sus cuerpos. Con la otra, golpeó el costado de Shumenko, pero le faltaba apoyo y sus golpes no causaban daño. Cuando intentó alcanzar los riñones de Shumenko, el otro hombre apartó las caderas, de modo que el golpe rebotó en el hueso de la cadera.

Shumenko aprovechó la ventaja, obligando a Arkadin a doblarse sobre la barandilla, y con la culata de la pistola y la parte superior de su cuerpo intentó tirar a Arkadin de la pasarela. Arkadin empezó a ver cintas de oscuridad, una señal de que no le llegaba oxígeno al cerebro. Había subestimado a Shumenko, y ahora estaba pagando el precio.

Tosió y se atragantó, intentando respirar. Entonces subió la mano libre por la parte delantera de la americana de Shumenko. A éste, concentrado como estaba en matar al intruso, le parecería que Arkadin hacía un último y fútil intento de liberar su mano atrapada. Lo cogió totalmente por sorpresa cuando Arkadin sacó un bolígrafo del bolsillo de la americana y se lo clavó en el ojo izquierdo.

Shumenko retrocedió de inmediato. Arkadin cogió la GSh-18 que cayó de la mano inerte del hombre herido. Mientras Shumenko caía sobre la pasarela, Arkadin lo agarró por la camisa y se arrodilló al mismo nivel que él.

—El documento —dijo. Y cuando la cabeza de Shumenko empezó a caer—. Oleg Ivanovich, escúchame. ¿Dónde está el documento?

El ojo bueno del hombre brilló, lleno de lágrimas. Su boca se movió. Arkadin lo sacudió hasta que gimió de dolor.

—¿Dónde?

—Se ha ido.

Arkadin tuvo que inclinarse para oír el susurro de Shumenko con la música tan alta. Ya no sonaban The Cure, sino Siouxsie and the Banshees.

—¿Qué quieres decir con que se ha ido?

—Por el conducto. —La boca de Shumenko se curvó en una apariencia de sonrisa—. Eso no era lo que querías oír, amigo de Piotr Zilber, ¿verdad? —Parpadeó para despejar el ojo bueno de lágrimas—. Como esto es el final del trayecto para ti, acércate más y te contaré un secreto.

Se mojó los labios mientras Arkadin obedecía, y después se lanzó hacia adelante y mordió el lóbulo de la oreja derecha de Arkadin.

Arkadin reaccionó sin pensarlo. Metió el cañón del GSh-18 en la boca de Shumenko y apretó el gatillo. En ese mismo instante se dio cuenta de su error.

—¡Mierda! —gritó en seis lenguas diferentes.

4

Bourne, escondido en las sombras frente al restaurant Jewel, vio salir a los dos hombres. Por la expresión ceñuda de sus caras supo que habían perdido a Moira. Los siguió con la mirada mientras se alejaban. Uno de ellos habló por el móvil. Se paró un momento a preguntar algo a su colega y volvió a su conversación por teléfono. Cuando los dos hombres llegaron a la calle M Noroeste. El hombre que hablaba por teléfono terminó y guardó el móvil. Esperaron en una esquina, observando a las jovencitas guapas que pasaban. Bourne se fijó en que los hombres no se relajaban sino que mantenían una postura erguida, con las manos a la vista, a los lados. Parecía que esperaran que los recogieran; una buena idea en una noche como ésa, en que las plazas de aparcamiento escaseaban y el tráfico de la calle M era denso como la melaza.

Bourne, que no tenía vehículo, echó un vistazo y vio a un ciclista que venía de la calle 31 Noroeste, por el camino de sirga del canal. Circulaba por la cuneta para evitar el tráfico. Bourne caminó rápidamente hacia él y se paró delante. El ciclista frenó de golpe y soltó un improperio.

—Necesito su bici —dijo Bourne.

—Pues no se la pienso dar, amigo —dijo el ciclista con un fuerte acento británico.

En la esquina de las calles 31 y M, un SUV negro GMC estaba parando junto a la acera al lado de los dos hombres.

Bourne puso cuatrocientos dólares en la mano del ciclista.

—Ahora mismo.

El joven miró un momento el dinero. Bajó de la bici y dijo:

—Toda suya.

Mientras Bourne montaba, el hombre le dio su casco.

—Le hará falta.

Los dos hombres ya habían subido al GMC, y el SUV se estaba

introduciendo en el denso tráfico. Bourne pedaleó, y dejó estupefacto al ciclista, que contemplaba detrás de él cómo se subía a la acera.

Al llegar a la esquina, Bourne giró por la calle M. El GMC estaba
tres coches por delante de él. Bourne serpenteó entre los coches, situándose en posición de poder seguir al SUV. Al llegar a la calle 30
Noroeste todos se pararon en un semáforo en rojo. Bourne tuvo que
bajar un pie, lo que lo demoró al salir cuando el GMC se adelantó
justo antes de que el semáforo se pusiera en verde. El SUV rugió por
delante de los demás vehículos, y Bourne tuvo que pedalear con fuerza. Un Toyota blanco venía de la calle 30 hacia el cruce, directamente
hacia él en un ángulo de noventa grados. Bourne cogió velocidad, y
se subió a la acera en la esquina, haciendo retroceder a un grupo de
peatones sobre los que venían detrás, que lo maldijeron. El Toyota,
tocando la bocina furiosamente, lo esquivó por los pelos cuando
avanzaba dando tumbos por la calle M.

Bourne consiguió ganar terreno gracias a que el GMC se vio retrasado por la lentitud del tráfico, hasta que se dispersó en el cruce de
la calle M y la avenida Pennsylvania Noroeste con la calle 29. Jason
estaba llegando al semáforo cuando vio que el GMC arrancaba y
supo que lo habían detectado. El problema de ir en bici, sobre todo
con una que había provocado un pequeño revuelo saltándose un semáforo en rojo, era que el ciclista estaba muy a la vista, justo lo contrario de lo que Bourne pretendía.

En un intento de aprovechar su situación desfavorable, Bourne se
dejó de precauciones y siguió al GMC hasta el desvío de la avenida
Pennsylvania. La buena noticia era que la congestión impedía al
GMC coger velocidad. Más buenas noticias. Había otro semáforo en
rojo delante. Esta vez Bourne estaba preparado para que el GMC se
lo saltara. Desviándose entre los vehículos, volvió a pedalear con
fuerza y se saltó el semáforo en rojo con el gran SUV. Pero justo cuando llegaba al paso de peatones, una pandilla de adolescentes borrachos bajó de la acera para cruzar la avenida. Cerraron el paso detrás
del GMC y gritaban tanto que ni siquiera oían los gritos de advertencia de Bourne o no les importaban. Se vio obligado a girar con rapidez hacia la derecha. La rueda delantera chocó con el bordillo y la

bici se levantó. La gente se alejó de su camino mientras él pasaba como un misil. Bourne siguió en marcha después de aterrizar, pero no tenía ningún sitio por donde circular sin arriesgarse a chocar con otro grupo de chicos. Apretó los frenos sin conseguir parar del todo. Se inclinó hacia la derecha y forzó la bici hacia el suelo, rasgándose la pernera derecha del pantalón al resbalar sobre el cemento.

—¿Se ha hecho daño?

—¿Qué pretendía?

—¿Es que no ha visto el semáforo en rojo?

—¡Se podría haber matado o podría haber matado a alguien!

Estaba rodeado de voces y peatones, que intentaban ayudarlo a salir de debajo de la bicicleta. Bourne les dio las gracias mientras se ponía de pie. Corrió varios metros por la avenida pero, como se temía, el GMC había desaparecido.

Arkadin soltó una sarta de maldiciones obscenamente pintorescas y registró los bolsillos de Oleg Ivanovich Shumenko, quien sufría unas últimas convulsiones en la pasarela manchada de sangre en las profundidades de la Bodega Sebastopol. Mientras tanto se preguntaba por qué había sido tan idiota. Había hecho exactamente lo que Shumenko quería que hiciera, o sea matarlo. Había preferido morir que divulgar el nombre del siguiente hombre en la red clandestina de Piotr Zilber.

Aun así, existía la posibilidad de que llevara encima algo que diera una pista a Arkadin. El sicario había hecho ya una pequeña pila de monedas, billetes, palillos y cosas por el estilo. Desdobló todos los papelitos que encontró, pero ninguno contenía un nombre o una dirección, sólo productos químicos, probablemente los que necesitaba la bodega para la fermentación o para la limpieza periódica de sus cubas.

La cartera de Shumenko era miserable: finísima, y sólo contenía una foto de una pareja mayor sonriendo al sol y a la cámara que Arkadin se imaginó que serían los padres de Shumenko, un condón en un estuche gastado, un carné de conducir, los documentos de un coche, un carné de un club marítimo, un pagaré escrito a mano de diez mil grivnas —poco menos de dos mil dólares estadounidenses—, dos recibos, uno de un restaurante, el otro de un club nocturno y una foto vieja de una chica que sonreía.

Se guardó los recibos, las únicas posibles pistas que había encontrado, y dio la vuelta sin darse cuenta al pagaré. En el reverso estaba escrito DEVRA, con una letra clara, puntiaguda y femenina. Arkadin quería seguir buscando, pero oyó un chillido electrónico, y a continuación el berrido de la voz de Yetnikova. Miró alrededor y vio un *walkie-talkie* anticuado colgado de una cinta en la barandilla. Se guardó los papeles en el bolsillo, recorrió la pasarela a toda prisa, bajó la escalera y salió de la sala de fermentación de champán.

Yetnikova, la jefa de Shumenko, se dirigía hacia él por los pasillos laberínticos como si estuviera en la avanzadilla del Ejército Rojo entrando en Varsovia. Arkadin distinguía su ceño fruncido en la lejanía. A diferencia de los rusos, sus documentos ucranianos eran poco convincentes. Podían pasar un examen superficial, pero si alguien se detenía a mirarlos, lo descubrirían.

—He llamado a la oficina que el Servicio de Seguridad de Ucrania, el SBU, tiene en Kiev. Lo han buscado, coronel. —La voz de Yetnikova había pasado del servilismo a la hostilidad—. O quien sea usted. —Se hinchó como un puercoespín dispuesto para la batalla—. Nunca han oído hablar de...

Soltó un pequeño graznido cuando él le puso una mano sobre la boca mientras le pegaba un puñetazo en el plexo solar. La mujer cayó en sus brazos como una muñeca de trapo, y él la arrastró por el pasillo hasta que encontró un armario de utensilios. Abrió la puerta, la arrojó al interior y entró.

Echada en el suelo, Yetnikova recuperó el conocimiento poco a poco. Enseguida se puso a bravuconear, maldiciendo y prometiendo consecuencias terribles por los ultrajes perpetrados contra su persona. Arkadin no la oía; ni siquiera la veía. Intentó bloquear el pasado, pero, como siempre, los recuerdos se infiltraban. Se apoderaron de él, y lo hicieron salir de su cuerpo, produciéndole una especie de sueño drogado que con los años le era tan familiar como un hermano gemelo.

Arrodillado sobre Yetnikova, esquivó sus patadas y sus intentos de morderlo. Sacó una navaja de una funda atada con cinta a su pantorrilla derecha. Cuando sacó la hoja, larga y fina, finalmente la cara de Yetnikova se arrugó de miedo. Abrió mucho los ojos y jadeó, levantando las manos de manera instintiva,

—¿Por qué hace esto? —gritó—. ¿Por qué?

—Por lo que ha hecho.

—¿Qué? ¿Qué he hecho? ¡Si ni siquiera lo conozco!

—Pero yo sí la conozco. —Apartando sus manos con un golpe, Arkadin se puso a trabajar con ella.

Cuando terminó, poco después, su visión volvió a enfocarse. Respiró hondo, tembloroso, como si se sacudiera los efectos de una anestesia. Miró el cuerpo decapitado. Entonces recordó, y pegó una patada a la cabeza hacia un rincón lleno de trapos sucios. Por un momento, se balanceó como un barco en el océano. Los ojos de la mujer le parecieron grises y viejos a Arkadin, pero sólo estaban velados por el polvo. Una vez más, el alivio que buscaba se le escapó.

—¿Quiénes eran? —preguntó Moira.

—Esto es lo difícil —dijo Bourne—. No he podido descubrirlo. Me ayudaría que me dijeras por qué te seguían.

Moira frunció el ceño.

—Debo suponer que tiene algo que ver con la seguridad de la terminal de GNL.

Se habían sentado el uno al lado de la otra en el salón de Moira, un espacio pequeño y acogedor de una casa residencial de Georgetown hecha de ladrillo rojo en Cambridge Place Noroeste, cerca de Dumbarton Oaks. En la chimenea ardía un fuego que chisporroteaba; en la mesita tenían café y *brandy*. El sofá tapizado de chenilla era suficientemente blando para que Moira se acurrucara. Tenía grandes brazos y el respaldo alto.

—Lo que sí puedo decirte —dijo Bourne— es que esos hombres son profesionales.

—Es lógico —dijo Moira—. Cualquier rival de mi empresa contrataría a los mejores hombres que tuviera a su disposición. Pero eso no tiene por qué significar que esté en peligro.

Bourne experimentó una punzada de dolor por la pérdida de Marie; después, con cuidado, casi de una manera reverencial, apartó ese pensamiento de su mente.

—¿Más café? —preguntó Moira.

—Por favor.

Bourne le pasó la taza. Al inclinarse, el jersey con escote de pico de ella puso de manifiesto sus pechos firmes. En aquel momento, ella lo miró, con un destello malicioso en los ojos.

—¿En qué piensas?

—Probablemente en lo mismo que tú. —Bourne se levantó y recogió su abrigo—. Tengo que irme.

—Jason...

Él se paró. La luz de la lámpara daba a la cara de Moira un resplandor dorado.

—No te vayas —dijo—. Quédate, por favor.

Él sacudió la cabeza.

—Ambos sabemos que no es buena idea.

—Sólo esta noche. No quiero estar sola, después de lo que has descubierto. —Se estremeció—. Antes me he hecho la valiente, pero yo no soy tú. Estar sola me pone los pelos de punta.

Ella le ofreció una taza de café.

—Si te hace sentir mejor, preferiría que durmieras aquí. El sofá es bastante cómodo.

Bourne echó un vistazo a las cálidas paredes de madera de castaño, las persianas de madera oscura, los toques lujosos aquí y allá en forma de jarrones y cuencos de flores. Sobre un aparador de caoba había una caja de ágata con patas doradas. Al lado, un pequeño reloj de barco de bronce hacía tictac. Las fotos del campo francés en verano y otoño le hicieron sentir al mismo tiempo triste y nostálgico. ¿De qué? Eso no lo sabía a ciencia cierta. Aunque rebuscó en los recuerdos, no salió ninguno. Su pasado era un lago de hielo negro.

—Sí que lo es. —Cogió la taza y se sentó al lado de ella.

Ella se apretó un cojín contra el pecho.

—¿Deberíamos hablar sobre lo que hemos evitado decir durante toda la noche?

—No soy muy bueno hablando.

Los anchos labios de Moira se curvaron en una sonrisa.

—¿Cuál de vosotros no es bueno hablando? ¿David Webb o Jason Bourne?

Bourne rió, y bebió un poco de café.

—¿Y si digo que los dos?

—Diría que eres un mentiroso.

—Eso no puede ser.

—No sería culpa mía. —Apoyó una mejilla en la mano, esperando. En vista de que Jason no decía nada, siguió—: Por favor, Jason, habla conmigo.

El antiguo miedo de intimar con alguien afloró de nuevo, pero al mismo tiempo Bourne sintió como si se derritiera, como si su corazón helado empezara a fundirse. Durante años había mantenido la regla férrea de mantener las distancias con las demás personas. Habían asesinado a Alex Conklin, Marie había muerto, y Martin Lindros no había podido salir de Miran Shah. Todos habían muerto, sus únicos amigos y su primer amor. Con un sobresalto se dio cuenta de que no se había sentido atraído por nadie excepto Marie. No se había permitido tener sentimientos, pero ahora no podía evitarlo. ¿Era una consecuencia de la personalidad de David Webb o de la propia Moira? Ella era fuerte, segura de sí misma. En ella reconocía un espíritu afín, alguien que veía el mundo como él, como un forastero.

La miró a la cara y dijo lo que pensaba.

—Todos los que intiman conmigo mueren.

Ella suspiró y le puso la mano sobre la suya un momento.

—No voy a morir. —Sus ojos de color marrón oscuro centelleaban a la luz de la lámpara—. Además, no tienes por qué protegerme.

Ésa era otra de las razones que la atraían de ella. Era feroz; una guerrera, a su manera.

—A ver, dime la verdad. ¿De verdad eres feliz en la universidad?

Bourne pensó un momento, confundido por su conflicto interior.

—Creo que sí. —Tras una pequeña pausa, añadió—: Creía que lo era.

Gracias a Marie había habido un brillo dorado en su vida, pero ella había muerto, y aquella vida pertenecía al pasado. Ahora que Marie había muerto, se veía obligado a enfrentarse a la aterradora pregunta: ¿qué era David Webb sin ella? Ya no era un padre de familia. Se daba cuenta de que sólo había podido tener a los niños gracias al amor y la ayuda de Marie. Y por primera vez fue consciente de lo que aquel retiro en la universidad significaba realmente. Había intentado recuperar la vida esplendorosa que tenía con Marie. No era sólo al profesor Specter a quien no quería decepcionar; también era a Marie.

—¿En qué piensas? —preguntó Moira bajito.

—En nada —dijo él—. En nada de nada.

Ella lo miró con atención un momento, y asintió.

—De acuerdo. —Se levantó, se inclinó y lo besó en la mejilla—. Te prepararé el sofá.

—No te preocupes, dime dónde guardas las sábanas.

—Allí —dijo ella señalando.

Jason asintió.

—Buenas noches, Jason.

—Nos vemos por la mañana. Pero temprano. Tengo...

—Lo sé. Desayuno con Dominic Specter.

Bourne estaba echado con un brazo detrás de la cabeza. Estaba cansado y creía que se dormiría enseguida. Pero una hora después de apagar la luz, el sueño parecía estar a miles de kilómetros de distancia. De vez en cuando, los tizones rojos y negros del fuego crepitaban y se hundían en silencio. Bourne miró las franjas de luz que se filtraban a través de las anchas persianas de madera, con la esperanza de que lo llevaran a lugares lejanos, que, en su caso, significaba el pasado. En muchos sentidos era como un amputado a quien le hubieran cortado un brazo pero que todavía lo sintiera. La sensación de que había tantos recuerdos que era incapaz de recordar lo enloquecía, era un picor que no se podía rascar. A menudo deseaba no recordar absolutamente nada, y por eso la oferta de Moira le resultaba tan atractiva. La idea de empezar de nuevo, sin el equipaje de la tristeza y la pérdida, era una fuerte tentación. Ese conflicto siempre estaba presente en él, era una parte importante de su vida, tanto si era David Webb como Jason Bourne. Y sin embargo, tanto si le gustaba como si no, su pasado estaba allí, esperando como un lobo en la noche, pero él no podía cruzar la misteriosa barrera que su cerebro había levantado. No era la primera vez que se interrogaba sobre los otros terribles traumas que había sufrido en el pasado para provocar que su mente se protegiera de aquella manera de ellos. El que la respuesta estuviera al acecho en su propia cabeza le helaba la sangre porque representaba su demonio particular.

—¿Jason?

La puerta del dormitorio de Moira se abrió. A pesar de la penumbra, sus agudos ojos distinguían la forma del cuerpo de la muchacha que se acercaba lentamente con los pies descalzos.

—No podía dormir —dijo con voz ronca. Se paró a unos pasos de él. Llevaba una bata de seda de estampado de cachemira, atada con un cinturón. Las voluptuosas curvas de su cuerpo eran evidentes.

Por un momento, los dos permanecieron callados.

—Antes te he mentido —dijo Moira bajito—. No quiero que duermas aquí.

Bourne se apoyó en un codo.

—Yo también he mentido. Estaba pensando en lo que tuve y en cómo me he aferrado a ello con desesperación. Pero se ha esfumado, Moira. Todo se ha esfumado para siempre. —Sacó una pierna—. No quiero perderte.

Moira se movió de manera imperceptible y un haz de luz iluminó el centelleo de las lágrimas en sus ojos.

—No me perderás, Jason. Te lo prometo.

Otro silencio los engulló, esta vez tan profundo que era como si fueran las únicas personas que quedaban en el mundo.

Por fin, él estiró la mano y Moira fue hacia él. Bourne se levantó del sofá y la tomó en sus brazos. Olía a lima y a geranio. Él le pasó las manos entre los cabellos espesos y la agarró. La cara de ella se acercó y sus labios se unieron, y el corazón de Bourne se desprendió de otra capa de hielo. Después de un buen rato, Jason sintió que ella se llevaba las manos a la cintura y se apartó.

Moira se desató el cinturón y la bata se abrió y le resbaló de los hombros. Su carne desnuda estaba dotada de un brillo dorado oscuro. Tenía las caderas anchas y un ombligo profundo; no parecía haber nada en su cuerpo que no gustara a Jason. Ella le cogió la mano y lo llevó a su cama, donde cayeron el uno encima de la otra como animales hambrientos.

Bourne soñó que estaba frente a la ventana del dormitorio de Moira, mirando a través de las persianas de madera. Las farolas iluminaban la acera y la calzada, proyectando sombras largas y oblicuas. Mientras miraba, una de las sombras se levantaba de los adoquines, caminaba directamente hacia él como si estuviera viva y de alguna manera podía verlo a través de los anchos listones de madera.

Bourne abrió los ojos, pasando del sueño a la conciencia de manera instantánea y completa. Su cabeza estaba abotagada por el sueño; sentía que su corazón trabajaba en su pecho más deprisa de lo que debería en aquel momento.

Moira le abrazaba la cadera con un brazo. Jason la apartó y se levantó silenciosamente de la cama. Fue desnudo al salón. En la chimenea había un montón de ceniza fría y gris. El reloj de barco hacía tictac mientras se acercaba a las cuatro de la mañana. Bourne fue directamente hacia los haces de luz que venían de la calle y miró afuera como había hecho en su sueño. Como en el sueño, la luz proyectaba sombras oblicuas sobre la acera y la calzada. No había tráfico. Todo estaba silencioso y quieto. Tardó un par de minutos, pero localizó el movimiento, insignificante y fugaz, como si alguien hubiera empezado a cambiar el peso de un pie a otro, pero hubiera cambiado de opinión. Esperó a ver si el movimiento continuaba. En lugar de eso vio una vaharada de respiración subiendo hacia la luz, que se desvaneció casi de inmediato.

Se vistió a toda prisa. Haciendo caso omiso de las puertas principal y trasera, salió de la casa por una ventana lateral. Hacía mucho frío. Contuvo la respiración para que no se formara vapor y delatara su presencia, como le había sucedido al vigilante.

Se paró justo antes de llegar a la esquina del edificio, y miró con cautela al otro lado de la pared de ladrillo. Vio la curva de un hombro, pero estaba a una altura extraña, tan abajo que Bourne podría haber confundido al vigilante con un niño. En cualquier caso, no se había movido. Confundiéndose con la sombra, bajó por la calle 30 Noroeste, giró a la izquierda en Dent Place, que corría paralela a Cambridge Place. Cuando llegó al final de la manzana, giró a la izquierda en Cambridge, en la manzana de Moira. Ahora veía dónde estaba situado el vigilante: agachado entre dos coches aparcados prácticamente frente a la casa de Moira.

Una ráfaga de viento húmedo hizo que el vigilante se acurrucara y escondiera la cabeza entre los hombros, como una tortuga. Bourne aprovechó el momento para cruzar la calle y situarse al lado del vigilante. Avanzó por la manzana rápida y silenciosamente, sin detenerse. El vigilante lo vio demasiado tarde. Todavía estaba volviendo la cabeza cuando Bourne lo agarró por la parte trasera de la chaqueta y lo empujó contra el capó del coche aparcado.

Eso lo dejó expuesto a la luz. Bourne vio su cara negra y reconoció los rasgos en una fracción de segundo. Sin más preámbulos levantó al joven y lo arrastró hacia las sombras, donde estuviera seguro de que no los verían otros ojos curiosos.

—Por Dios, Tyrone —dijo—, ¿qué coño haces aquí?

—No puedo decirlo. —Tyrone estaba malhumorado, tal vez por el hecho de haber sido descubierto.

—¿Qué quiere decir que no puedes decirlo?

—He firmado un acuerdo de confidencialidad.

Bourne frunció el ceño.

—Deron no te haría firmar una cosa así. —Deron era el falsificador de arte que Bourne utilizaba para sus documentos y, a veces, las nuevas tecnologías o armas únicas que Deron estaba experimentando.

—Ya no trabajo para Deron.

—¿Quién te ha hecho firmar el acuerdo, Tyrone? —Bourne lo

agarró por la parte delantera de la chaqueta—. ¿Para quién trabajas? No tengo tiempo para jueguecitos. ¡Respóndeme!

—No puedo. —Tyrone podía ser muy obstinado cuando quería, una consecuencia de haber crecido en las calles de los barrios pobres del noroeste de Washington—. Pero está bien, creo que puedo llevarte para que lo veas por ti mismo.

Guió a Bourne hacia el callejón sin nombre de detrás de la casa de Moira y se paró frente a un Chevy negro de aspecto anodino. Se apartó de Bourne y golpeó la ventana del conductor con los nudillos. La ventana bajó. Mientras se inclinaba para hablar con la persona de dentro, Bourne se acercó y lo apartó para poder ver. Lo que vio lo dejó estupefacto. La persona que se sentaba al volante era Soraya Moore.

5

—Llevamos casi diez días vigilándola —dijo Soraya.

—¿La CIA? —dijo Bourne—. ¿Por qué?

Estaban sentados en el Chevy. Soraya había encendido el motor para tener calefacción. Había mandado a casa a Tyrone, aunque estaba claro que él habría preferido quedarse para protegerla. Según Soraya, ahora trabajaba para ella de forma estrictamente extraoficial, como una especie de unidad de operaciones clandestina con un solo integrante.

—Sabes que no puedo decírtelo.

—No, Tyrone no puede decírmelo. Pero tú sí puedes.

Bourne había trabajado con Soraya cuando había montado la misión para rescatar a Martin Lindros, el fundador y director de Typhon. Ella era una de las pocas personas con quien había trabajado Bourne sobre el terreno, ambas veces en Odesa.

—Supongo que podría —reconoció Soraya—, pero no lo haré, porque parece que Moira Trevor y tú sois íntimos.

Miraba por la ventana el brillo difuso de la calle. Sus grandes ojos azules y su nariz agresiva eran las piezas centrales de una expresiva cara árabe de color canela.

Cuando se volvió, Bourne vio que no le había hecho gracia tener que revelar información de la CIA.

—Tenemos nueva *sheriff* en la ciudad —dijo Soraya—. Se llama Veronica Hart.

—¿Habías oído hablar de ella?

—No, y los demás tampoco. —Se encogió de hombros—. Estoy segura de que era lo que se pretendía. Procede del sector privado. De Black River. El presidente decidió que necesitábamos una escoba nueva que barriera la chapuza que habíamos hecho con los sucesos que llevaron a la muerte del Viejo.

—¿Cómo es ella?

—Todavía no sabría decirte, pero de una cosa estoy segura: va a ser muchísimo mejor que la alternativa.

—¿Que es...?

—El secretario de Defensa Halliday lleva años intentando expandir su dominio. Se mueve a través de Luther LaValle, el zar de la inteligencia del Pentágono. Se rumorea que LaValle intentó arrebatarle a Veronica Hart el cargo en la CIA.

—Pero ganó ella. —Bourne asintió—. Eso dice mucho a su favor.

Soraya sacó un paquete de cigarrillos Lambert & Butler, sacó uno y lo encendió.

—¿Cuándo empezó todo esto? —preguntó Bourne.

Soraya bajó su ventanilla, y sopló el humo hacia la noche que empezaba a aclararse.

—El día en que me ascendieron a directora de Typhon.

—Felicidades. —Bourne se apoyó en el asiento, impresionado—. Pero ahora tenemos otro misterio. ¿Por qué la directora de Typhon está en un equipo de vigilancia a las cuatro de la madrugada? Habría jurado que es un trabajo para alguien situado mucho más abajo en el escalafón de la CIA.

—Lo sería, en otras circunstancias. —Soraya inhaló, y volvió a soltar el humo por la ventana. Lo que quedaba del cigarrillo siguió el mismo camino. Luego se volvió a mirar a Bourne—. Mi nueva jefa me dijo que me encargara de esto en persona. Y eso es lo que estoy haciendo.

—¿Qué tiene que ver esta misión clandestina con Moira? Es una civil.

—Puede que sí —dijo Soraya—, y puede que no. —Sus grandes ojos escrutaron la reacción de Bourne—. He estado excavando en la masa de correos internos y registros de móvil de los dos años anteriores. He encontrado algunas irregularidades y las he comunicado a la nueva directora de la CIA. —Calló un momento, como si no estuviera segura de continuar—. La cuestión es que las irregularidades están relacionadas con las comunicaciones privadas de Martin con Moira.

—¿Quieres decir que le contó secretos clasificados de la CIA?

—Para serte sincera, no estoy segura. Las comunicaciones no estaban intactas; tuvimos que reconstruirlas y ampliarlas por medios electrónicos. Algunas palabras estaban alteradas, y otras, desordenadas. De todos modos estaba claro que colaboraban en algo que iba más allá de los canales normales de la CIA. —Suspiró—. Es posible que él sólo la estuviera ayudando con temas de seguridad de NexGen Energy Solutions. Pero especialmente después de las múltiples brechas de seguridad que ha sufrido la CIA de un tiempo a esta parte, Hart ha dejado claro que no podemos permitirnos pasar por alto la posibilidad de que ella trabaje de manera clandestina para alguna entidad de la que Martin no supiera nada.

—Quieres decir que ella le sonsacaba información. Me cuesta creerlo.

—Ya. Ahora ya sabes por qué no quería contártelo.

—Me gustaría ver esas comunicaciones.

—Para esto tendrías que ver a la directora de la CIA, lo que, francamente, no te recomiendo. En la CIA todavía quedan espías de alto nivel que te culpan de la muerte del Viejo.

—Qué tontería —dijo Bourne—. No tuve nada que ver con su muerte.

Soraya se pasó una mano por los cabellos abundantes.

—Fuiste tú quien trajo de vuelta a Karim al-Jamil a la CIA pensando que era Martin Lindros.

—Era exactamente igual que Martin, y hablaba como él.

—Tú lo avalaste.

—Lo mismo que el ejército de loqueros de la CIA.

—En la CIA eres un blanco fácil. Rob Batt, que acaba de ser ascendido a ayudante de dirección, es el cabecilla de un grupo que está convencido de que eres esquizofrénico y un agente tránsfuga y voluble. Yo sólo digo lo que dicen.

Bourne cerró los ojos un momento. Había oído esas acusaciones contra él una y otra vez.

—Te has dejado otra razón por la que soy un blanco fácil. Soy un vestigio de la era de Alex Conklin. Tenía la confianza del Viejo, pero prácticamente de nadie más, sobre todo porque nadie sabía lo que hacía, y menos con el programa que había creado él mismo.

—Razón de más para que permanezcas en la sombra.

Bourne miró por la ventana.

—He quedado para desayunar a primera hora.

Cuando iba a salir del coche, Soraya le puso una mano en el brazo.

—No te metas en esto, Jason. Es mi consejo.

—Y te agradezco la preocupación. —Se inclinó y le dio un tímido besó en la mejilla. Cruzó la calle y enseguida desapareció en la oscuridad.

En cuanto estuvo fuera de su vista, Bourne abrió el móvil que le había quitado a Soraya al inclinarse para besarla. Buscó a toda prisa el número de Veronica Hart y lo marcó. Se preguntó si la despertaría, pero cuando ella respondió parecía totalmente despierta.

—¿Cómo va la vigilancia? —Tenía una voz grave y modulada.

—De eso me gustaría hablar con usted.

Antes de que Veronica respondiera hubo un breve silencio.

—¿Quién es?

—Jason Bourne.

—¿Dónde está Soraya Moore?

—Soraya está bien, directora. Sólo necesitaba un modo de ponerme en contacto con usted después de descubrir la vigilancia, y estaba seguro de que Soraya no me lo proporcionaría voluntariamente.

—Así que le ha robado el móvil.

—Quiero que nos veamos —dijo Bourne. No tenía mucho tiempo. En cualquier momento, Soraya buscaría su teléfono, sabría que se lo había quitado él y lo buscaría—. Quiero ver las pruebas que le han hecho poner vigilancia a Moira Trevor.

—No me gusta que me digan lo que tengo que hacer, y mucho menos un agente tránsfuga.

—Pero se verá conmigo, directora, porque soy el único que tiene acceso a Moira. Soy su camino más rápido para saber si es corrupta o si está perdiendo el tiempo en esta caza.

—Creo que me limitaré a los métodos habituales —dijo Veronica Hart, sentada en su nuevo despacho con Rob Batt, mientras dibujaba las palabras «Jason Bourne» con los labios a su ayudante.

—Pero no puede —dijo Bourne—. Ahora que he descubierto la vigilancia puedo hacer que Moira se le escape de las manos.

Hart se puso de pie.

—Tampoco reacciono bien ante las amenazas.

—No necesito amenazarla, directora. Sólo le planteo los hechos.

Batt estudió la expresión y las respuestas de su directora, intentando interpretar la conversación. No habían parado de trabajar desde que Veronica había vuelto de su reunión con el presidente. Estaba agotado, a punto de marcharse, pero aquella conversación le interesó de manera especial.

—Mire —dijo Bourne—. Martin era mi amigo. Era un héroe. No quiero que manchen su reputación.

—De acuerdo —dijo Hart—, venga a mi despacho esta mañana, sobre las once.

—No pienso poner un pie en las oficinas de la CIA —dijo Bourne—. Nos encontraremos esta tarde a las cinco en la entrada de la Freer Gallery.

—¿Y si no...?

Pero Bourne ya había colgado.

Moira estaba levantada, con su bata de cachemira, cuando Bourne volvió. Estaba en la cocina, preparando café. Lo miró sin hacer comentarios. Era suficientemente lista como para no preguntarle por sus idas y venidas.

Bourne se quitó el abrigo.

—He estado buscando vigilantes en los alrededores.

Ella se paró.

—¿Y has encontrado alguno?

—Todo está tranquilo como una tumba. —No creía que Moira hubiera estado sonsacando información de la CIA a Martin, pero el exagerado sentido de la seguridad y el secretismo que le había inculcado Conklin le previno en contra de contarle la verdad.

Moira se relajó de manera perceptible.

—Qué alivio. —Puso la cafetera al fuego y dijo—: ¿Tenemos tiempo para tomar un café?

La luz grisácea se filtraba por las persianas, que se iluminaban a cada minuto que pasaba. Un motor ronroneó, y la calle empezó a llenarse de tráfico. Se oyeron voces y un perro ladró. La mañana había empezado.

Se quedaron de pie en la cocina. En la pared, entre ellos, había un reloj Kit-Cat, que meneaba unos ojos y una cola pomposa de gatito adelante y atrás marcando el paso del tiempo.

—Jason, dime que lo que nos motivó anoche no fue sólo la soledad y la tristeza.

Cuando la tomó en sus brazos, Jason sintió que a ella la recorría un pequeño escalofrío.

—En mi vocabulario no existen las aventuras de una noche, Moira.

Ella apoyó la cabeza en el pecho de él.

Bourne le apartó los cabellos de la mejilla.

—Ahora mismo no me apetece tomar café.

Ella se apretó contra él.

—A mí tampoco.

El profesor Dominic Specter estaba mezclando el azúcar en el fuerte té turco que siempre llevaba encima cuando David Webb entró en el restaurante Wonderlake de la calle 36. El local estaba revestido de madera, las mesas estaban hechas con tablones de madera y las sillas, todas diferentes, eran de procedencias diversas. Fotografías de leñadores y vistas del Noroeste del Pacífico llenaban las paredes, mezcladas con herramientas de leñador: palancas, zapas, ganchos de arrastre y sierras. El local era frecuentado por estudiantes por su amplio horario, el precio de la comida y la inevitable asociación con la canción del leñador de Monty Python.

Bourne pidió café en cuanto se sentó.

—Buenos días, David. —Specter ladeó la cabeza como un pájaro posado en un cable—. Cualquiera diría que no has dormido.

El café estaba como le gustaba a Bourne: fuerte y sin azúcar.

—Tenía muchas cosas en la cabeza.

Specter ladeó la cabeza.

—¿Qué te pasa, David? ¿Puedo ayudarte en algo? Puedes contar conmigo cuando quieras.

—Te lo agradezco. Como siempre.

—Ya veo que algo te preocupa. Sea lo que sea, podemos solucionarlo entre los dos.

El camarero, vestido con una camisa de franela a cuadros rojos, vaqueros y botas Timberland, dejó la carta sobre la mesa y se fue.

—Se trata de mi trabajo.

—¿No es lo que querías? —El profesor hizo un ademán comprensivo—. Echas de menos las clases, supongo. De acuerdo, te devolveremos al aula.

—Me temo que es más que eso.

Al ver que no seguía hablando, el profesor Specter se aclaró la voz.

—Las últimas semanas he notado que estabas inquieto. ¿Tiene algo que ver con eso?

Bourne asintió.

—Creo que he intentado recuperar algo que no puede recuperarse.

—¿Te preocupa desilusionarme, hijo? —Specter se frotó la barbilla—. Mira, hace años, cuando me hablaste de la identidad de Bourne, te aconsejé que buscaras la ayuda de un especialista. Es inevitable que una escisión mental tan profunda ejerza una presión enorme en una persona.

—Ya me han ayudado otras veces. O sea que sé cómo manejar la presión.

—No lo pongo en duda, David. —Specter calló—. ¿O debería llamarte Jason?

Bourne siguió tomando su café y no dijo nada.

—Me gustaría mucho que te quedaras, Jason, pero sólo si es lo que te apetece.

El móvil de Specter vibró, pero él no hizo caso.

—Debes comprender que yo sólo quiero lo mejor para ti. Pero tu vida se ha venido abajo. Primero, la muerte de Marie, y después, la pérdida de uno de tus mejores amigos. —Su móvil vibró de nuevo—. Creí que necesitabas un refugio, y aquí lo tendrás siempre. Pero si has decidido marcharte... —Miró el número encendido en la pantalla del móvil—. Discúlpame un momento.

Contestó la llamada y escuchó.

—¿Es necesario para concluir el asunto? —Asintió y apartando el teléfono de la oreja, miró a Bourne—. Tengo que ir a buscar algo al coche. Pide por mí, por favor. Huevos revueltos y tostada integral.

Se levantó y salió del restaurante. Su Honda estaba aparcado justo delante, en la calle 36. Estaba cruzando la calle cuando dos hombres salieron de la nada. Uno lo agarró mientras el otro lo golpeaba varias veces en la cabeza. En el momento en que un Cadillac negro frenaba chirriando junto a los tres hombres, Bourne ya estaba de pie y corriendo. El hombre volvió a golpear a Specter y abrió de un tirón la puerta posterior del coche.

Bourne agarró una zapa de la pared y salió a toda velocidad del restaurante. El hombre empujó a Specter sobre el asiento posterior del Cadillac y saltó dentro a su lado, mientras el primero subía delante en el asiento del acompañante. El Cadillac se puso en marcha justo cuando Bourne llegó a su lado. Apenas tuvo tiempo de golpear el coche con la zapa antes de que la aceleración del vehículo lo hiciera caer. Apuntaba al techo del coche, pero la repentina aceleración del Cadillac hizo que rompiera el cristal posterior. El extremo en punta se clavó en la parte superior del asiento de atrás y Bourne logró izarse sobre el maletero.

El cristal de seguridad posterior estaba completamente hecho pedazos, pero la fina película de plástico entre las dos capas de cristal seguía básicamente intacta. Mientras el coche zigzagueaba de manera disparatada adelante y atrás, en el intento del conductor de hacer caer a Bourne, algunos fragmentos del cristal de seguridad salieron disparados, lo que dejó a Bourne con peor agarre sobre el Cadillac.

El coche aceleró de manera aún más peligrosa entre el tráfico.

Entonces, con una brusquedad que dejó a Jason sin respiración, giró en una esquina y él resbaló del maletero y quedó colgando junto al parachoques del lado del conductor. Sus zapatos golpearon contra el asfalto con tanta fuerza que uno de ellos salió disparado. El calcetín y la piel del talón se pelaron antes de que pudiera recuperar una pizca de equilibrio. Utilizando la parte de madera de la zapa como un mango, logró volver a subir las piernas sobre el maletero, pero entonces el chófer frenó con tanta fuerza el Cadillac que estuvo a punto de lanzarlo del todo fuera del coche. Sus pies golpearon contra un contenedor de basura, que salió rodando por la acera mientras los sorprendidos peatones se dispersaban para esquivarlo. El dolor era insoportable y podría haberlo vencido, pero el conductor no pudo continuar serpenteando con el Cadillac. El tráfico lo obligó a seguir una trayectoria recta y Bourne aprovechó para volver a colocarse sobre el maletero. Su puño derecho atravesó la ventana trasera, que estaba hecha pedazos, y buscó otro punto de agarre más seguro. El coche volvió a acelerar al sobrepasar el último embotellamiento de tráfico y se desvió hacia la entrada de la autovía Whitehurst. Bourne dobló las piernas por debajo del cuerpo, abrazándose las rodillas.

Mientras pasaban por la zona en penumbra bajo el Francis Scott Key Bridge, el hombre que había empujado a Specter dentro del coche sacó una Taurus PT140 a través del hueco en el cristal agrietado. El cañón de la pistola apuntó hacia Bourne y el hombre se preparó para disparar. Bourne soltó la mano derecha, agarró la muñeca del hombre y tiró con fuerza, sacando todo el antebrazo del otro fuera. El movimiento empujó hacia atrás la manga de la americana y la camisa del hombre. Bourne vio un tatuaje peculiar en el interior del antebrazo; tres cabezas de caballo unidas por un cráneo central. Golpeó con la rodilla derecha el interior del codo del hombre, al mismo tiempo que lo empujaba contra la carrocería. Con un satisfactorio chasquido, el codo se rompió, la mano se abrió y la Taurus cayó. Bourne intentó cogerla, pero se le escapó.

El Cadillac cambió bruscamente de carril y la zapa rasgó la tela del asiento y a Bourne se le escapó de la mano. Jason se agarró al brazo roto del hombre de la pistola con ambas manos y lo usó como punto de apoyo para introducir los pies por el cristal posterior destruido.

Aterrizó entre el hombre del brazo roto y Specter, que estaba acurrucado contra la puerta de la izquierda. El hombre del asiento del acompañante estaba arrodillado en su asiento, vuelto en dirección a Bourne. También tenía una Taurus y apuntaba a Bourne, quien agarró el cuerpo del hombre que tenía al lado, y lo colocó de modo que el tiro le diera en el pecho. El hombre murió en acto. Justo después Bourne echó el cadáver encima del pistolero que había en el asiento delantero. El pistolero empujó el cadáver por un hombro para intentar quitárselo de encima, pero lo único que consiguió fue echarlo encima del conductor, quien había acelerado y parecía concentrado en esquivar el tráfico.

Bourne dio un puñetazo al pistolero en la nariz. Brotó la sangre y el pistolero cayó hacia atrás, contra el salpicadero. Mientras Bourne intentaba aprovechar la situación, el pistolero apuntó a Specter con la Taurus.

—Retrocede —gritó—, o lo mato.

Bourne evaluó la situación. Si el hombre hubiera querido matar a Specter, le habría pegado un tiro en la calle. Si se lo habían llevado era porque lo necesitaban vivo.

—De acuerdo. —Sin que el pistolero lo viera, raspó la tapicería del asiento con la mano derecha. Al levantarla, echó un puñado de fragmentos de vidrio a la cara del pistolero, quien trató de protegerse levantando las manos de manera instintiva. Bourne le pegó dos veces con el canto de la mano. El pistolero sacó una navaja, cuya hoja sobresalía entre el segundo y el tercer nudillo. Intentó herir a Bourne directamente a la cara. Pero él lo esquivó; la hoja lo siguió, acercándose, hasta que Bourne golpeó con el puño el lado de la cabeza del pistolero, quien se dio otra vez contra el montante de la puerta posterior. Se oyó el chasquido del cuello al romperse. Los ojos del pistolero se pusieron en blanco y el hombre cayó contra la puerta.

Bourne cerró el brazo alrededor del cuello del conductor, y tiró fuerte hacia atrás. El conductor empezó a ahogarse. Agitó la cabeza adelante y atrás, intentando liberarse. Al hacerlo, el coche empezó a dar bandazos de un carril a otro. El conductor perdió la conciencia y el coche empezó a desviarse peligrosamente. Bourne pasó delante y, para poder ponerse detrás del volante, empujó al chófer fuera del asiento hacia el hueco de los pies del asiento del acompañante. El problema era que podía coger el volante, pero el cuerpo del conductor le impedía llegar a los pedales.

El Cadillac estaba totalmente fuera de control. Golpeó contra un coche en el carril izquierdo y rebotó hacia la derecha. En lugar de intentar evitar el choque, Bourne se dejó llevar. Al mismo tiempo, puso el coche en punto muerto. Al instante la transmisión se interrumpió: no llegaba gasolina al motor. El problema actual era la inercia. Esforzándose por recuperar el control, Bourne no podía acceder al freno porque un trozo de pierna se lo impedía. Giró hacia la derecha, saltó sobre la mediana y fue a parar a un enorme aparcamiento que estaba entre la autovía y el Potomac.

El Cadillac golpeó de lado contra un SUV aparcado y se deslizó hacia la derecha en dirección al agua. Bourne pegó una patada al cuerpo inerte del conductor con el pie izquierdo descalzo encontrando por fin el pedal del freno. Por fin el coche perdió velocidad, pero no la suficiente, y siguieron derechos hacia el Potomac. Giró el volante con fuerza hacia la derecha hasta que los neumáticos chirriaron. Bourne intentó que el coche no chocara contra la barrera que separaba el aparcamiento del agua. Cuando la parte delantera del Cadillac se encaramó sobre la barrera, Bourne apretó el pedal del freno a fondo, y el coche se paró antes de caer al otro lado. El vehículo se balanceó adelante y atrás en equilibrio precario. Specter, todavía acurrucado en el asiento trasero, detrás de Bourne, gimió un poco, con la manga derecha de la americana Harris Tweed manchada de la sangre de la nariz rota de su captor.

Mientras intentaba que el Cadillac no cayera al Potomac, Bourne tuvo la impresión de que las ruedas delanteras seguían sobre la barrera. Puso el coche en marcha atrás y el Cadillac pegó un brinco y retrocedió, chocando contra otro coche estacionado antes de que Bourne tuviera tiempo de poner punto muerto.

En lontananza se oía el ulular de una sirena.

—¿Estás bien, profesor?

Specter gimió, pero su voz fue más clara cuando dijo:

—Tenemos que salir de aquí.

Bourne estaba liberando los pedales de las piernas del hombre estrangulado.

—Ese tatuaje que he visto en el brazo del pistolero...

—Nada de policía —graznó Specter—. Hay un sitio adonde podemos ir. Te lo explicaré todo.

Bourne salió del Cadillac y ayudó a Specter a bajar. Cojeando, se dirigió a otro coche y rompió el cristal con el codo. Las sirenas de la policía se acercaban. Bourne subió al coche, hizo un puente y el motor arrancó. Abrió las puertas. No bien el profesor se hubo subido al asiento, Bourne salió, dirigiéndose al este por la autovía. En cuanto pudo se situó en el carril de la izquierda. Entonces viró bruscamente en la otra dirección. El coche saltó la mediana y él aceleró, tomando la dirección opuesta a las sirenas que se acercaban.

6

Arkadin cenó en Traktir, un típico local poco acogedor, con mesas y sillas de madera mal barnizadas, situado en Bolshaya Morskaya, una calle que trepaba por la colina. Casi toda una pared estaba ocupada por pinturas de barcos de tres palos en el puerto de Sebastopol a principios del siglo xx. La comida no era nada del otro mundo, pero Arkadin no había ido allí para eso. Traktir era el restaurante cuyo nombre había encontrado en la cartera de Oleg Ivanovich Shumenko. Allí nadie conocía a una mujer llamada Devra, así que se fue después de tomar *borsch* y *blini*.

En el litoral había una zona llamada Omega, llena de cafeterías y restaurantes. Era el centro neurálgico de la vida nocturna, y había locales para todos gustos. El Kalla era un club situado a poco pasos de un aparcamiento al aire libre. La noche era clara y fresca: puntitos luminosos salpicaban el mar Negro así como el cielo, ofreciendo un panorama deslumbrante. Mar y cielo parecían fundirse.

El Kalla estaba unos pasos por debajo de la acera, y dentro se mezclaba el aroma dulzón a marihuana y un estruendo infernal. Era una sala más o menos cuadrada, dividida en una pista de baile llena a rebosar y una sección elevada llena de mesas redondas minúsculas y sillas de metal de café. Una retícula de luces de colores palpitaba al ritmo de la música *house* que pinchaba una DJ esquelética que estaba situada detrás de una pequeña consola en la que tenía conectada un iPod a algunas máquinas de mezcla digitales.

La pista de baile estaba llena de hombres y mujeres que escenifi-caban un continuo contacto de caderas y codos. Arkadin se abrió paso hasta la barra, que estaba situada en la pared de la derecha. Dos veces fue interceptado por rubias jóvenes y pechugonas que se inte-resaban por él y más probablemente por su cartera. Las apartó y fue derecho hacia el atareado camarero. La pared del fondo tenía un es-pejo con tres estantes llenos de botellas de alcohol para que los clientes pudieran controlar la situación u observarse mientras se esforzaban por intoxicarse.

Arkadin tuvo que superar una multitud de alegres parroquianos antes de poder pedir un Stoli con hielo. Cuando bastante después el camarero volvió con su bebida, Arkadin le preguntó si conocía a Devra.

—Sí, claro. Allí está —dijo, indicando con un gesto de la cabeza a la esquelética DJ.

Devra no se tomó un descanso hasta la una. Otras personas estaban esperando que terminara, probablemente fans. Arkadin intentó llegar a ella primero. Utilizó la fuerza de su personalidad en lugar de los documentos falsos. No esperaba que aquella chusma lo desafiara, pero después del incidente de la bodega, no quería dejar ningún rastro que el SBU pudiera seguir. La identidad falsa de policía estatal que había utilizado se había vuelto peligrosa.

Devra era rubia, y casi tan alta como él. Tenía unos brazos increíblemente delgados, sin ninguna definición, y sus caderas no eran más anchas que las de un chico. Al moverse se le veían los huesos de los omóplatos. Tenía los ojos grandes y la piel de un blanco mortuorio, como si viera la luz del sol muy de vez en cuando. Su jersey negro con un cráneo y unos huesos cruzados blancos sobre el estómago estaba empapado de sudor. Tal vez por su condición de DJ, sus manos no paraban de moverse, aunque el resto de ella estuviera relativamente tranquilo.

La muchacha escrutó a Arkadin de arriba a abajo mientras él se presentaba.

—No pareces un amigo de Oleg —dijo.

Pero cuando blandió el pagaré frente a ella, su escepticismo se esfumó. «Como siempre —pensó Arkadin siguiéndola a la parte de atrás—. La capacidad de la raza humana para dejarse corromper no tiene límites.»

Habría sido mejor dejar la salita verde donde ella descansaba entre las sesiones para las ratas del puerto que sin duda se paseaban por detrás de las paredes, pero Arkadin no podía hacer nada al respecto. Intentó no pensar en las ratas: no estaría allí mucho rato, de todos modos. No había ventanas, y las paredes y el techo estaban pintados de negro, sin duda para disimular actividades poco recomendables.

Devra encendió una lámpara con una mísera bombilla de cuarenta vatios y se sentó en una silla de madera marcada con cortes de cuchillo y quemaduras de cigarrillo. La diferencia entre la salita verde y una celda de interrogatorios era mínima. No había más sillas ni muebles, salvo una mesa estrecha de madera apoyada en la pared y sobre ella un montón de útiles de maquillaje, cedés, cigarrillos, cerillas, guantes y otras fruslerías que Arkadin no tenía ningún interés en identificar.

Devra se apoyó en el respaldo y encendió un cigarrillo que había cogido de la mesa, sin preocuparse por ofrecer uno a su interlocutor.

—¿Has venido a pagar la deuda de Oleg?

—En cierto modo.

La muchacha entornó los ojos y a Arkadin le recordó a un traidor a quien había matado en los suburbios de San Petersburgo.

—¿Qué significa eso exactamente?

Arkadin sacó los billetes.

—Tengo el dinero que te debe aquí mismo. —Cuando ella fue a cogerlo, él lo retiró—. A cambio quiero alguna información.

Devra rio.

—¿Es que te parezco una teleoperadora?

Arkadin le pegó con fuerza con el revés de la mano, haciéndola caer contra la mesa. Tubos de carmín y rímel rodaron y cayeron al suelo. Devra intentó ponerse de pie apoyando la mano entre todo aquel revoltijo.

Cuando lo apuntó con un pequeño revólver, Arkadin estaba a punto. Su puño golpeó la delicada muñeca e hizo saltar el revólver de la mano dolorida.

—Ahora —dijo él, sentándola otra vez en la silla—, ¿estás dispuesta a continuar?

Devra le lanzó una mirada torva.

—Ya me parecía demasiado bueno para ser verdad. —Escupió—. ¡Mierda! Ninguna buena acción queda impune.

Arkadin se tomó un momento para digerir lo que la chica acababa de decir.

—¿Para qué necesitaba Shumenko las diez mil grivnas? —preguntó.

—Así que tenía razón. No es amigo tuyo.

—¿Acaso importa? —Arkadin vació el revólver, lo desmontó y lanzó las piezas sobre la mesa—. Ahora esto es algo entre tú y yo.

—Creo que no —dijo una voz de hombre detrás de él.

—Filia —dijo Devra sin aliento—. ¿Por qué has tardado tanto?

Arkadin no se volvió. Había oído el chasquido de la navaja, y sabía a lo que se enfrentaba. Echó un vistazo al revoltillo de la mesa, y cuando vio la doble empuñadura de media luna de unas tijeras asomando por debajo de un montón de cedés, memorizó la posición y se volvió de golpe.

Fingiendo haberse sorprendido por el hombretón de las mejillas fuertemente marcadas y el peluquín, retrocedió hacia el borde de la mesa.

—¿Quién coño eres? Esto es una conversación privada.

Arkadin habló con la intención de que Filia no reparase en su mano izquierda, que se movía detrás de él sobre la superficie de la mesa.

—Devra es mía. —Filia blandió la hoja larga y cruel de la navaja hecha a mano—. Nadie habla con ella sin mi permiso.

Arkadin sonrió débilmente.

—No hablaba con ella: la amenazaba.

La idea era irritar a Filia para que actuara de forma precipitada y, en consecuencia, estúpida, y el resultado fue admirable. Con un rugido, Filia se abalanzó sobre él, con la hoja extendida y ligeramente levantada.

Arkadin tenía que reducirlo con sólo un movimiento por sorpresa. Los dedos de su mano izquierda habían cogido las tijeras. Eran pequeñas, lo que resultaba positivo; no tenía la intención de volver a matar a alguien que pudiera proporcionarle información útil. Las levantó, calculando su peso. Después, tras llevárselas a un lado, hizo un gesto con la muñeca, un pequeño movimiento engañoso que de hecho tenía una gran fuerza. Al soltarse de sus dedos, las tijeras salieron volando por los aires y se clavaron en el punto blando bajo el esternón de Filia.

Los ojos de Filia se abrieron sorprendidos y su furioso avance se interrumpió a dos pasos de Arkadin, pero después siguió avanzando y blandiendo el cuchillo. Arkadin esquivó el arco que dibujó la hoja en el aire. Forcejeó con Filia, con la intención de cansarlo y dejar que la herida en el pecho le debilitara, pero el hombretón no compartía ese parecer. La puñalada no había hecho más que enfurecerlo. Con una fuerza sobrehumana se libró de la muñeca de Arkadin, que retenía la navaja, penetrando en sus defensas con un movimiento de la hoja de abajo a arriba. La punta de la hoja silbó hacia la cara de Arkadin. Incapaz de detener el ataque, Arkadin reaccionó por instinto, y logró desviar en el último momento la puñalada, que acabó por hundirse en la garganta del propio Filia.

Una larga salpicadura de sangre hizo gritar a Devra, quien dio tumbos hacia atrás. Arkadin la cogió, y le tapó la boca con la mano, meneando la cabeza. Las mejillas y la frente marmóreas de la muchacha estaban manchadas de sangre. Arkadin retenía a Filia con el brazo doblado. El hombre estaba agonizando. Eso era exactamente lo que Arkadin pretendía evitar. Primero Shumenko, y ahora Filia. De haber sido supersticioso, habría dicho que la misión estaba maldita.

—¡Filia! —Abofeteó al hombre, cuyos ojos se estaban volviendo vidriosos. Por la comisura de la boca abierta de Filia resbalaba sangre—. El paquete. ¿Dónde está?

Los ojos de Filia se centraron un momento sobre él. Cuando Arkadin repitió su pregunta, una curiosa sonrisa acompañó a Filia en la muerte. Arkadin lo sostuvo un momento más antes de dejarlo apoyado contra una pared.

Mientras volvía a prestar atención a Devra, vio una rata mirándolo desde un rincón, y le entraron ganas de vomitar. Necesitó hacer acopio de toda su fuerza de voluntad para no abandonar a la chica, matar a la rata y hacerla pedazos.

—Ahora estamos solos tú y yo —dijo.

Después de asegurarse de que no lo seguían, Rob Batt entró en el aparcamiento adyacente a la iglesia baptista de Tyson Corner. Se quedó en el coche esperando. De vez en cuando miraba el reloj.

Con el difunto director de la CIA, había sido jefe de operaciones, el más influyente de los siete jefes de departamento de la CIA. Pertenecía a la vieja escuela de Beltway con conexiones que se remontaban al legendario club Skull & Bones de Yale, del que había sido un alto cargo durante sus días de universidad. El número de afiliados a Skull & Bones que habían sido reclutados por los servicios clandestinos estadounidenses era uno de los secretos que sus custodios matarían por proteger. Bastaba decir que eran muchos, y Batt era uno de ellos. Le resultaba especialmente humillante ser el segundón de un forastero (una mujer, para colmo). El Viejo nunca habría tolerado un ultraje así, pero él ya no estaba. Se decía que una ayudante traidora, Anne Held, lo había asesinado en su propia casa. Sin embargo, Batt y algunos de sus colegas albergaban serias dudas al respecto.

¡Cuántas cosas podían pasar en tres meses! Si el Viejo estuviera vivo, Batt jamás habría aceptado acudir a una reunión como ésta. Era un hombre leal, pero se daba cuenta de que su lealtad se manifestaba sobre todo hacia el hombre que lo había reclutado para la CIA en la facultad. Aquellos tiempos habían pasado, pensó. Ahora existía un nuevo orden y no era justo. Él no había participado en el problema que habían causado Martin Lindros y Jason Bourne, sino que había participado en la solución. Si Bourne no hubiera intervenido, él lo habría desenmascarado. Batt sabía que un golpe como ése le habría valido muchos puntos delante del Viejo.

Pero ahora que el Viejo estaba muerto, sus presiones para acceder a la dirección habían resultado inútiles. El presidente había optado por Veronica Hart. Sólo Dios sabía por qué. Era un error de dimensiones colosales; acabaría de hundir la CIA. Una mujer no estaba hecha para tomar la clase de decisiones necesarias para gobernar aquella clase de barco. Las mujeres tenían prioridades y una forma de abordar los problemas diferentes. Los sabuesos de la Agencia de Seguridad Nacional estaban estrechando el cerco alrededor de la CIA, y él no soportaba la idea de que Hart los convirtiera a todos, a toda la agencia, en un festín de cuervos. Al menos Batt podía unirse a las personas que inevitablemente asumirían el poder cuando Hart metiera la pata. De todos modos, le resultaba doloroso embarcarse en esta travesía por mares desconocidos.

A las diez y media de la mañana las puertas de la iglesia se abrieron, los parroquianos bajaron los escalones, se pararon un rato bajo el pálido sol, volviendo las cabezas como los girasoles al atardecer. Los ministros aparecieron caminando al lado de Luther LaValle, quien iba acompañado de su esposa y su hijo adolescente. Los dos hombres se pararon a hablar mientras la familia formaba un grupo al lado. La esposa de LaValle parecía interesada en la conversación, pero el hijo estaba ocupado mirando a una chica más o menos de su edad que bajaba la escalera dándose aires. Era una belleza, Batt tenía que reconocerlo. Entonces, sobresaltado, se dio cuenta de que era una de las tres hijas del general Kendall, porque éste estaba allí rodeando a su gruesa mujer con el brazo. Era inconcebible que aquellos dos hubieran tenido un trío de hijas tan bonitas. Ni Darwin podría haberle encontrado una explicación, pensó Batt.

Las dos familias —los LaValle y los Kendall— formaron un grupo desordenado, como si fueran un equipo de fútbol. Después los jóvenes se fueron por su lado, unos en coche, otros en bici, porque la iglesia estaba cerca de sus casas. Las dos mujeres besaron castamente a sus maridos, subieron a un Cadillac Escalade y se marcharon.

Los dos hombres se quedaron un momento frente a la iglesia antes de ir al aparcamiento. No habían intercambiado ni una sola palabra. Batt oyó un potente motor arrancado.

Una larga limusina blindada, negra y reluciente como un tiburón, salió del callejón y se paró un momento para que subieran LaValle y Kendall. El motor, al ralentí, soltó vaharadas de humo al ambiente frío y claro. Batt contó hasta treinta y, siguiendo las instrucciones que había recibido, bajó del coche. Al hacerlo, la puerta trasera de la limusina se abrió. Se agachó y entró en el interior lujoso en penumbra. La puerta se cerró.

—Caballeros —dijo, sentándose frente a sus interlocutores. Los dos hombres estaban sentados de lado en el asiento trasero. Luther

LaValle, el zar de la inteligencia del Pentágono, y su segundo, el general Richard P. Kendall.

—Gracias por reunirse con nosotros —dijo LaValle.

No era una cuestión de amabilidad, pensó Batt. Más bien una convergencia de objetivos.

—El gusto es mío, caballeros, Me siento halagado, y si he de ser franco, agradecido de que hayan pensado en mí.

—Estamos aquí para hablar con franqueza —dijo el general Kendall.

—Nos hemos opuesto al nombramiento de Veronica Hart desde el principio —dijo LaValle—. El secretario de Defensa dejó bien clara su opinión al presidente. Sin embargo, otros, incluido el asesor de seguridad nacional y el secretario de Estado, quien como usted sabe es amigo personal del presidente, influyeron a favor de la elección de alguien procedente del sector de la seguridad privada.

—Esto ya es bastante malo —dijo Batt—. Pero encima una mujer.

—Exactamente —asintió el general Kendall—. Es una locura.

LaValle se agitó.

—Es la señal más evidente del deterioro de nuestro sistema de defensa contra el que el secretario Halliday nos está advirtiendo desde hace años.

—Cuando se escucha al Congreso y al pueblo se pierde toda esperanza —dijo Kendall—. Son sólo un atajo de principiantes, todos ellos con irrelevantes intereses personales y absolutamente ninguna idea de cómo mantener la seguridad o gestionar los servicios secretos.

LaValle dibujó una sonrisa gélida.

—Por este motivo el secretario de Defensa ha trabajado con todas sus fuerzas para mantener las actividades clandestinas.

—Cuanto más saben, menos comprenden —dijo el general Kendall— y más propensos son a interferir durante los debates del Congreso con amenazas de recortes en el presupuesto.

—Los del comité de vigilancia son unos cabrones —aceptó LaValle—. Por este motivo las áreas del Pentágono que están bajo mi control trabajan sin él. —Calló un momento, observando a Batt—. ¿Qué le parece subdirector?

—Me parece maná caído del cielo.

—Oleg estaba en un buen lío —dijo Devra.

Arkadin hizo un intento.

—¿Estaba endeudado con los usureros?

Ella negó con la cabeza.

—Eso fue el año pasado. Tenía algo que ver con Piotr Zilber.

Arkadin era todo oídos.

—¿Qué sabes de él?

—No sé nada. —Sus ojos se abrieron aterrados al ver que Arkadin levantaba el puño—. Lo juro.

—Pero formas parte de la red de Zilber.

Ella volvió la cabeza, como si no soportara su presencia.

—Una parte ínfima. Me limito a llevar cosas de un lado a otro.

—La semana pasada Shumenko te dio un documento.

—Me dio un paquete, pero no sé qué contenía —dijo Devra—. Estaba sellado.

—Compartimentación.

—¿Qué? —Le miró. Las gotas de sangre en su cara parecían pecas. Las lágrimas le habían corrido el rímel, dibujándole unos oscuros círculos bajo los ojos.

—El principio básico para constituir un cuadro —dijo Arkadin—. Sigue.

Ella se encogió de hombros.

—No sé nada más.

—¿Qué más sabes del paquete?

—Lo entregué, siguiendo las instrucciones.

Arkadin se inclinó sobre ella.

—¿Y a quién se lo diste?

Ella miró la forma que yacía en el suelo.

—Se lo di a Filia.

LaValle calló un momento para reflexionar.

—En Yale no llegamos a conocernos.

—Iba dos cursos por delante de mí —dijo Batt—. Pero en Skull & Bones era famoso.

LaValle rió.

—Me halaga.

—No lo creo. —Batt se desabrochó el abrigo—. Por lo que he oído.

LaValle frunció el ceño.

—Que es mejor no divulgar.

El general Kendall soltó una risotada que llenó el espacio.

—¿Os dejo solas, chicas? Será mejor que no, o una de las dos podría quedar embarazada.

El comentario pretendía ser una broma, pero transmitía un mensaje maligno. Quizá el militar estaba resentido por la exclusión de aquel club elitista, o de la relación que existía entre los dos hombres por su pertenencia a Skull & Bones. Probablemente un poco de todo. En cualquier caso, Batt tomó nota del tono de voz del segundo, y dejó de lado las posibles implicaciones para examinarlas con calma más tarde.

—¿Qué tenía pensado, señor LaValle?

—Estoy buscando una forma de convencer al presidente de que sus asesores menos moderados cometieron un error al recomendarle a Veronica Hart como directora. —LaValle apretó los labios—. ¿Alguna idea?

—Así de golpe, muchas —dijo Batt—. ¿Qué salgo ganando yo?

Como si se lo esperara, LaValle sonrió otra vez.

—Cuando logremos echar a Hart de la agencia, necesitaremos otro director. ¿Cuál sería su candidato?

—El actual subdirector parece la elección más lógica —dijo Batt—. O sea, yo.

LaValle asintió.

—Justo lo que pensábamos nosotros.

Batt tamborileó con las puntas de los dedos contra su rodilla.

—Si ustedes dos van en serio...

—Vamos en serio, se lo aseguro.

El cerebro de Batt trabajaba a toda velocidad.

—En esta primera fase me parece imprudente atacar a Hart de un modo directo.

—¿Qué le parece si no nos dice cómo hacer nuestro trabajo? —intervino Kendall.

LaValle levantó una mano.

—Oigamos lo que el caballero tiene que decir, Richard. —Dirigiéndose a Batt, añadió—: De todos modos, permita que le deje algo claro. Queremos que Hart esté fuera lo antes posible.

—Es lo que todos deseamos, pero no querrán correr el riesgo de que sospechen de ustedes, o del secretario de Defensa.

LaValle y el general Kendall intercambiaron una mirada rápida e intensa. Eran como gemelos, capaces de comunicarse sin pronunciar una sola palabra.

—Por supuesto que no —dijo LaValle.

—Me habló de la emboscada que le tendió durante la reunión con el presidente y de las amenazas que le hizo después fuera de la Casa Blanca.

—Las mujeres se dejan intimidar con más facilidad que los hombres —apuntó Kendall—. Es un hecho demostrado.

Batt hizo caso omiso del militar.

—La puso sobre aviso. Se ha tomado sus amenazas como algo muy personal. Tenía reputación de brutal en Black River. Lo he comprobado con mis fuentes.

LaValle parecía reflexionar.

—¿Cómo lo habría planteado usted?

—Habría sido educado, le habría dado la bienvenida, le habría hecho saber que estaba dispuesto a ayudarla siempre que lo necesitara.

—No se lo habría tragado —dijo LaValle—. Sabe lo que me interesa.

—No tiene importancia. La idea es no ponérsela en contra. Que no tenga los cuchillos a punto cuando vaya a por ella.

LaValle asintió, como si viera el acierto de aquella propuesta.

—¿Y cómo sugiere que actuemos a partir de ahora?

—Deme un poco de tiempo —dijo Batt—. Hart acaba de empezar en la CIA, y en calidad de su segundo, conozco todo lo que hace y todas las decisiones que toma. Incluso cuando esté fuera del despacho, la seguiré de cerca, veré adónde va, con quién se encuentra. Si utiliza micros parabólicos podrá escuchar sus conversaciones. Entre los dos podemos tenerla vigilada las veinticuatro horas del día los siete días de la semana.

—Me parece poco relevante —dijo Kendall con escepticismo.

—Mi consejo es actuar con simplicidad, sobre todo ahora que hay tanto en juego —dijo Batt.

—¿Y qué sucederá si se da cuenta de que la vigilan? —preguntó Kendall.

Batt sonrió.

—Mejor que mejor. Confirmará el mantra de la CIA de que la Agencia Nacional de Seguridad (la NSA) está gestionada por incompetentes.

LaValle rió.

—Batt, me gusta cómo piensa.

Batt asintió, aceptando el cumplido.

—Hart viene del sector privado y no está familiarizada con los procedimientos gubernamentales. No tiene la libertad de actuación de que gozaba en Black River. Ya me he dado cuenta de que para ella las normas y los reglamentos están para ser esquivados, o en ocasiones, infringidos. Hágame caso, tarde o temprano, la directora Hart nos dará la munición que necesitamos para echarla de la CIA.

7

—¿Cómo va tu pie, Jason?

Bourne miró al profesor Specter, cuya cara estaba hinchada y pálida. Tenía el ojo izquierdo medio cerrado y negro como una nube de tormenta.

—Sí —dijo Specter—, después de lo que ha pasado, me veo obligado a llamarte por el nombre que me parece apropiado para ti.

—El talón está bien —dijo Bourne—. Soy yo quien debería preocuparse por ti.

Specter se pasó con cuidado las puntas de los dedos por la mejilla.

—He soportado palizas peores.

Los dos hombres estaban sentados en una biblioteca de techo alto, llena de grandes y magníficas alfombras de Isfahán y sofás de piel del color de la sangre de buey. Tres paredes estaban recubiertas de arriba abajo con libros pulcramente ordenados en estantes de caoba. La cuarta pared estaba ocupada por un gran ventanal de vidrio reforzado por el que se veían los imponentes abetos de la colina que descendía hacia un estanque a la sombra de unos sauces llorones agitados perezosamente por el viento.

El médico personal de Specter había acudido para atenderlo, pero el profesor había insistido en que curase primero el talón desollado de Bourne.

—Seguro que te encontraremos un par de zapatos —dijo Specter, mientras entregaba el zapato de Bourne que se había salvado a uno de los seis criados que vivía en la mansión.

Aquella gran casa de piedra y pizarra perdida en la campiña de Virginia a la que Specter había llevado a Bourne era muy diferente del piso modesto que el profesor tenía cerca de la universidad. Bourne había estado en el piso muchas veces en los últimos años, pero nunca en aquella casa. Y además estaba la servidumbre, que Bourne observó con interés y sorpresa.

—Seguro que te estás preguntado qué significa todo esto —comentó Specter, como si le leyera el pensamiento—. Todo a su debido tiempo, amigo mío. —Sonrió—. Lo primero que debo hacer es darte las gracias por rescatarme.

—¿Quiénes eran esos hombres? —preguntó Bourne—. ¿Por qué han intentado secuestrarte?

El médico aplicó una crema antibiótica sobre la piel, puso una gasa y la fijó con esparadrapo. Después protegió el talón con una venda elástica.

—Es una larga historia —contestó Specter. El médico terminó con Bourne y pasó a examinar al profesor—. Y pienso contártela durante el desayuno que no hemos podido disfrutar esta mañana. —Hizo una mueca cuando el médico empezó a palparlo.

—Hay contusiones y magulladuras —entonó mecánicamente el médico—, pero no hay ningún hueso roto, ni fracturas.

Era un hombrecillo moreno con bigote y cabellos oscuros peinados hacia atrás. Bourne decidió que era turco. De hecho, todo el personal lo parecía.

El médico entregó un frasco a Specter.

—Puede que necesite analgésicos, pero sólo durante las próximas cuarenta y ocho horas.

También había dejado un tubo de crema antibiótica e instrucciones para Bourne.

Mientras el médico examinaba a Specter, Bourne llamó a Deron, el falsificador que utilizaba para sus pasaportes. Bourne le cantó la matrícula del Cadillac negro de los secuestradores del profesor.

—Necesito un informe de la matrícula; cuanto antes, mejor.

—¿Estás bien, Jason? —preguntó Deron con su sonoro acento londinense.

Deron había sido el refuerzo de Bourne en muchas misiones espeluznantes. Siempre le hacía la misma pregunta.

—Estoy bien —dijo Bourne—, pero eso es más de lo que puedo decir de los ocupantes del coche.

—Fantástico.

Bourne se imaginó al alto y vibrante negro, un auténtico mago en su campo, trabajando en el laboratorio del sector nororiental de Washington.

Cuando el médico se marchó, Bourne y Specter se quedaron a solas.

—Ya sé quien me seguía —dijo Specter.

—No me gusta dejar los cabos sueltos —contestó Bourne—. La matrícula del Cadillac nos dirá algo más, tal vez algo que ni siquiera tú sabes.

El profesor asintió, visiblemente impresionado.

Bourne se sentó en el sofá de piel con la pierna apoyada en la mesita de centro. Specter se acomodó en un sillón frente a él. Las nubes recorrían el cielo azotado por el viento, proyectando formas caprichosas sobre la alfombra persa. Bourne captó una sombra diferente en el rostro de Specter.

—Profesor, ¿qué pasa?

Specter sacudió la cabeza.

—Te debo mis más sinceras y sentidas disculpas, Jason. Debo confesar que cuando te pedí que volvieras a la vida universitaria tenía un motivo oculto. —Su mirada era triste—. Sí, creía que sería positivo para ti, eso es cierto, sin ninguna duda. Pero también quería que estuvieses cerca de mí... —Meneó una mano como para aclarar dudas—. Porque temía que pasara lo que ha sucedido esta mañana. Ahora, debido a mi egoísmo, temo haber puesto tu vida en peligro.

Les sirvieron té turco, fuerte e intensamente aromático, junto con huevos, pescado ahumado, pan casero, y mantequilla oscura y fragante.

Bourne y Specter se sentaron a una mesa larga con un mantel blanco de hilo cosido a mano. La vajilla y la cubertería eran de la mejor calidad. Eso también era una rareza en casa de un profesor. Permanecieron callados mientras un joven, esbelto y elegante, les servía un desayuno perfectamente cocinado y presentado con gusto.

Bourne intentó formular una pregunta, pero Specter lo interrumpió:

—Primero debemos llenar el estómago, recuperar las fuerzas, y asegurarnos de que nuestras mentes funcionan a pleno rendimiento.

Los dos hombres no volvieron a hablar hasta que terminaron de comer, les retiraron los platos y los cubiertos, y les llevaron una tetera recién hecha. Entre ellos tenían un cuenco con dátiles Medjool gigantes y granos de granada.

Una vez solos de nuevo en el comedor, Specter habló sin preámbulos.

—Anteanoche recibí la noticia de que había muerto un antiguo alumno cuyo padre era íntimo amigo mío. Lo habían asesinado de la forma más despreciable. Ese joven, Piotr Zilber, era especial. Además de ser un antiguo alumno gestionaba una extensa red de información con ramificaciones en distintos países. Tras una serie de dificultades y meses peligrosos de subterfugios y negociaciones había logrado obtener para mí un documento vital. Lo descubrieron, y las consecuencias fueron inevitables. Ése era el incidente que tanto temía. Puede parecer melodramático, pero te aseguro que es verdad. La guerra que llevo casi veinte años librando ha llegado a su fase final.

—¿Qué clase de guerra, profesor? —preguntó Bourne—. ¿Contra quién?

—Llegaré a eso en un momento. —Specter se echó hacia adelante—. Imagino que sientes curiosidad, e incluso extrañeza, de que un profesor de universidad esté implicado en asuntos que son más lógicos para Jason Bourne. —Levantó ambos brazos de manera casi imperceptible para abarcar la casa—. Pero como sin duda habrás notado, en mí hay más de lo que dicen las apariencias. —Sonrió con una mueca de tristeza—. Ya somos dos, ¿eh?

»En tanto que también llevo una doble vida, te comprendo mejor que los demás. Necesito crear una personalidad cuando estoy en el campus, pero aquí soy una persona totalmente diferente. —Se golpeó un lado de la nariz con un índice regordete—. Presto atención. Vi en ti algo que me resultó familiar en cuanto te vi, la forma en que tus ojos captan todos los detalles de la gente y las cosas que te rodean.

El móvil de Bourne vibró. Lo abrió, escuchó lo que decía Deron y lo cerró.

—Se denunció el robo del Cadillac una hora antes de que apareciera frente al restaurante.

—No me sorprende en absoluto.

—¿Quién ha intentado secuestrarte, profesor?

—Sé que estás impaciente por conocer los hechos, Jason. Yo en tu lugar también lo estaría. Pero te aseguro que no tendrán sentido si no te cuento antes algunos antecedentes. Cuando he dicho que las apariencias engañan, es lo que quería decir: soy un cazador de terroristas. Hace muchos años que, camuflado por el refugio que me ofrece mi posición en la universidad, he construido una red de personas que recogen información, como hace tu CIA. Sin embargo, la información que me interesa es muy específica. Unas personas me arrebataron a mi esposa. En plena noche, mientras yo no estaba, se la llevaron de nuestra casa, la torturaron, la mataron y después la dejaron tirada en el umbral de mi casa. A modo de advertencia, ¿entiendes?

Bourne sintió un hormigueo en la nuca. Sabía lo que era estar sediento de venganza. Cuando Martin murió, Bourne sólo pudo pensar en destruir a los hombres que lo habían torturado. Sintió una conexión nueva y más íntima con Specter, al mismo tiempo que la identidad de Bourne surgía desde dentro de él, montada en una ola de pura adrenalina. De repente la idea de trabajar en la universidad le pareció absurda. Moira tenía razón: aquella reclusión lo estaba ahogando. ¿Cómo se sentiría tras meses de vida académica, desprovista de aventura, sin la fuerza de la adrenalina que mantenía vivo a Bourne?

—Capturaron a mi padre porque conspiraba para derrocar al jefe de una organización. Se hacen llamar la Hermandad Oriental.

—¿La HO? Pero ¿no predica la integración pacífica de los musulmanes en la sociedad occidental?

—Ésa es su posición pública, sin duda, y su propaganda te convencería de ello. —Specter dejó su taza—. De hecho, nada más lejos de la verdad. Yo los conozco como la Legión Negra.

—Entonces, quienes intentaron secuestrarte fueron los de la Legión Negra.

—Si fuera tan simple... —Calló al oír una llamada discreta a la puerta—. Adelante.

El joven a quien había mandado a buscar los zapatos entró con una caja que dejó delante de Bourne.

Specter hizo un gesto.

—Por favor.

Bourne bajó los pies de la mesa y abrió la caja. Dentro había un par de zapatos italianos muy elegantes, junto con un par de calcetines.

—El izquierdo es medio número más grande para que le quepa el vendaje del talón —dijo el chico en alemán.

Bourne se puso los calcetines y después los zapatos. Le quedaban perfectos. Al verlo, Specter hizo un gesto de asentimiento al chico, quien se volvió y salió de la habitación sin decir nada.

—¿No habla inglés? —preguntó Bourne.

—Oh, sí. Si es necesario. —La cara de Specter estaba arrugada en una sonrisa maliciosa—. Pero tú, mi querido Jason, te estás preguntando por qué habla alemán si es turco.

—Supongo que se debe a que tu red de información llega a muchos países, incluida Alemania, que es, como Inglaterra, un foco de terrorismo islamista.

Specter sonrió encantado.

—Eres como una roca. Siempre puedo contar contigo. —Levantó un índice—. Pero existe otra razón. Tiene que ver con la Legión Negra. Ven, quiero enseñarte algo.

Filia Petrovich, el correo de Piotr en Sebastopol, vivía en un bloque anónimo de casas en ruinas, herencia de la época en que los soviéticos habían remodelado la ciudad y la habían transformado en un inmenso dormitorio para los hombres de su mayor contingente naval. El piso, congelado en el tiempo desde los años setenta, tenía el mismo encanto que una cámara frigorífica.

Arkadin abrió la puerta con la llave que le había encontrado a Filia. Empujó a Devra y entró. Encendió la luz y cerró la puerta. Ella no quería ir, pero no tenía elección, como no había podido elegir ayudarlo a sacar el cadáver de Filia por la puerta trasera del club. Lo habían dejado en el fondo del asqueroso callejón, apoyado contra una pared húmeda de líquidos desconocidos. Arkadin le echó encima el contenido de media botella de vodka barato y apretó los dedos del hombre sobre el cuello de la botella. Así pues, Filia se convirtió en un borracho entre los muchos borrachos de la ciudad. Su muerte se perdería en la marea ineficaz y sobrecargada de trabajo de la burocracia.

—¿Qué buscas? —Devra estaba en el centro del salón, observando el metódico registro de Arkadin—. ¿Qué crees que encontrarás? ¿El documento? —Su risa fue como un maullido estridente—. Ya no está.

Arkadin levantó la cabeza del desastre que la hoja de su navaja había provocado en los cojines del sofá.

—¿Dónde está?

—Seguro que lejos de tu alcance.

Cerrando la navaja, Arkadin cruzó el espacio entre los dos de una zancada.

—¿Crees que estoy de broma o que esto es un juego?

El labio superior de Devra se curvó.

—¿Me vas a hacer daño? Créeme, nada de lo que puedas hacerme será peor que lo que ya me han hecho.

Arkadin, con la sangre hirviendo en sus venas, se contuvo mientras analizaba las palabras de la chica. Lo que ella decía tal vez fuera verdad. Bajo el yugo soviético, Dios había abandonado a su suerte a muchos ucranianos, sobre todo a las jóvenes atractivas. Necesitaba cambiar de táctica.

—No te haré daño, a pesar de que has elegido a los amigos equivocados. —Se volvió y se sentó en una silla de madera. Se pasó los dedos por los cabellos mientras se apoyaba en el respaldo—. He visto mucha mierda, y he estado dos veces en la cárcel. Puedo imaginar la sistemática brutalidad que has tenido que soportar.

—Yo... y mi madre, que Dios la tenga en su gloria.

Los faros de algunos coches centellearon a través de las ventanas, y desaparecieron con rapidez. Un perro ladró en un callejón y resonó su voz melancólica. Pasó una pareja que discutía con vehemencia.

Dentro del miserable piso, la luz irregular de las lámparas, con pantallas rotas o torcidas, hacía parecer terriblemente vulnerable a Devra,
como si fuera el vestigio de una niña. Arkadin se levantó, se estiró
enérgicamente, fue a la ventana y miró hacia la calle. Sus ojos capta-
ron todos los retazos de sombra, todos los destellos de luz, por breves
que fueran. Tarde o temprano la gente de Piotr iría tras él: era algo
inevitable, de lo que él e Ikupov habían hablado antes de marcharse
de la mansión. Ikupov se había ofrecido a mandar un par de hombres
de confianza con la misión de permanecer ocultos en Sebastopol para
intervenir en caso de necesidad, pero Arkadin rechazó el ofrecimiento, diciendo que prefería trabajar solo.

Después de asegurarse de que la calle estaba tranquila por el momento, se apartó de la ventana y se volvió.

—Mi madre murió de un modo terrible. La asesinaron brutal-
mente, la apalearon y la dejaron en un armario para que las ratas terminaran el trabajo. Al menos es lo que me dijo el forense.

—¿Dónde estaba tu padre?

Arkadin se encogió de hombros.

—¿Quién sabe? En aquella época, el cabrón podía estar en
Shanghái o muerto. Mi madre me dijo que era marino mercante, pero
lo dudo mucho. Le daba vergüenza haberse quedado embarazada de
un perfecto desconocido.

Devra, que se había sentado en el brazo desgarrado del sofá durante su discurso, dijo:

—Es un asco no saber de dónde procedes, ¿no? Es como ir siempre a la deriva en el mar. Nunca reconocerás tu casa aunque la tengas
delante de las narices.

—Casa... —dijo Arkadin con gravedad—. No lo había pensado
nunca.

Devra captó algo en su tono.

—Pero te gustaría, ¿verdad?

La expresión de él se volvió hostil. Volvió a escrutar la calle con
su habitual minuciosidad.

—¿De qué serviría?

—Saber de dónde se procede nos permite conocer quiénes somos. —Se golpeó delicadamente el pecho con un puño—. Nuestro pasado forma parte de nosotros.

Arkadin sintió como si ella le hubiera pinchado con un alfiler. Sus venas bombeaban veneno.

—Mi pasado es una isla que dejé atrás hace mucho tiempo.

—De todos modos siempre está contigo, aunque no seas consciente de ello —dijo ella, con la fuerza de una idea sobre la que había reflexionado mil veces—. No podemos huir del pasado, por mucho que lo intentemos.

Al contrario que Arkadin, Devra parecía estar deseosa de hablar de su pasado. Le pareció curioso. ¿Creía que era algo que tenían en común? Si era así, tenía que seguirle la corriente, para no perder la ventaja obtenida.

—¿Qué me cuentas de tu padre?

—Nací aquí y crecí aquí. —Se miró las manos—. Mi padre era ingeniero naval. Lo echaron de los astilleros cuando los rusos asumieron la dirección. Una noche vinieron a buscarlo, y dijeron que los espiaba, que entregaba información técnica de los barcos a los americanos. Nunca volví a verlo. Pero el oficial de seguridad ruso que estaba al mando se encaprichó de mi madre. Después de utilizarla, empezó conmigo.

Arkadin se lo podía imaginar perfectamente.

—¿Cómo acabó?

—Un americano lo mató. —Le miró—. Qué gracia, ¿no? Porque ese americano era un espía a quien habían enviado a fotografiar la flota rusa. Al terminar su misión, el americano debía volver a casa. Pero se quedó. Me cuidó y me ayudó a recuperar la salud.

—Y, como es natural, te enamoraste de él.

Ella rió.

—De haber sido un personaje de una novela, sin duda me habría enamorado. Pero fue tan bueno conmigo... Era como una hija para él. Lloré cuando se fue.

Arkadin se sentía violento oyendo la confesión de la muchacha. Para distraerse, echó un vistazo al ruinoso piso una vez más.

Devra lo observaba con atención.

—Oye, me muero de hambre.

Arkadin se rió.

—Y yo.

Sus ojos de halcón volvieron a escrutar la calle. En esa ocasión los pelos de la nuca se le pusieron de punta y se colocó a un lado de la ventana. Un coche al que había oído acercarse se había detenido frente al edificio. Devra, alarmada por la repentina tensión del cuerpo de Arkadin, se acercó a la ventana por detrás de él. Lo que había llamado la atención del hombre era que, a pesar de que tenía el motor en marcha, todas sus luces estaban apagadas. Tres hombres bajaron del coche y fueron hacia la entrada del edificio. Era hora de marcharse.

Arkadin se apartó de la ventana.

—Nos vamos. Ya.

—Los hombres de Piotr. Era inevitable que nos encontraran.

Ante la sorpresa de Arkadin ella no se resistió cuando la llevó fuera del piso. El rellano ya resonaba con el sonido tribal de los fuertes zapatos sobre el suelo de hormigón.

Bourne tenía dificultades para caminar, pero no era intolerable. En sus tiempos había aguantado cosas peores que un talón despellejado. Mientras seguía al profesor por una escalera de metal al sótano, se le ocurrió que eso era otra prueba de que, tratándose de la gente, no existían las certezas. Había dado por hecho que la vida de Specter era pulcra, transparente, aburrida y tranquila, limitada a las dimensiones del campus universitario. Nada más lejos de la verdad.

A mitad de camino, la escalera se transformaba en una bajada de piedras gastadas por décadas de uso. El pasaje estaba iluminado por una luz deslumbrante que procedía de abajo. Entraron en un sótano bien construido, con paredes móviles que separaban lo que parecían despachos equipados con ordenadores portátiles y módems de conexión de alta velocidad. Todos estaban ocupados.

Specter se paró en el último cubículo, donde un muchacho parecía estar descodificando un texto que se desplegaba en su pantalla de ordenador. El joven, advirtiendo la presencia de Specter, sacó una hoja de papel de la impresora y se la entregó. En cuanto el profesor la leyó, su expresión cambió. Su rostro se mantuvo imperturbable, pero delataba cierta tensión.

—Buen trabajo. —Hizo una señal con la cabeza al joven antes de llevarse a Bourne a una habitación que parecía una pequeña biblioteca.

Specter se dirigió hacia una estantería, tocó el lomo de una recopilación de haikus del gran poeta Matsuo Bashō y se abrió una sección cuadrada que dejó a la vista una serie de cajones. De uno de ellos Specter sacó lo que parecía un álbum de fotografías. Todas las páginas eran antiguas y estaban protegidas con una película de plástico. Specter mostró una a Bourne.

En la parte alta del documento estaba la conocida águila imperial con la esvástica en el pico, el símbolo del Tercer Reich de Alemania. El texto estaba en alemán. Debajo estaba la palabra OSTLEGIONEN, acompañada de una foto en color de un fragmento de tejido de forma oval, evidentemente una insignia de uniforme, de una esvástica rodeada de hojas de laurel. Alrededor del símbolo central estaban las palabras TREU, TAPIR y GEHORSAM, que Bourne tradujo como «leal», «valeroso» y «obediente». Debajo de esto había otra foto en color de una feroz cabeza de lobo en tejido, con el pie: OSTMANISCHE SS-DIVISION.

Bourne se fijó en la fecha que indicaba la página: 14 de diciembre de 1941.

—Nunca he oído hablar de las Legiones Orientales —dijo Bourne—. ¿Qué eran?

Specter volvió la página. Prendido con un alfiler, en la parte de atrás, había un fragmento cuadrado de tejido color verde oliva. Sobre él se había cosido un escudo azul con orla negra. Arriba, la palabra BERGKAUKASIEN, «montañas del Cáucaso». Justo debajo, en amarillo brillante, el emblema con las tres cabezas de caballo unidas por la que ahora Bourne sabía que era la cabeza de la muerte, símbolo de las Schutzstaffel nazis, los Escuadrones de Defensa, conocidos coloquialmente como las SS. Era justo como el tatuaje en el brazo del pistolero.

—No eran: son. —Los ojos de Specter centelleaban—. Son los que intentaron secuestrarme, Jason. Quieren interrogarme y matarme. Ahora que saben que existes, querrán hacer lo mismo contigo.

8

—¿La azotea o el sótano? —preguntó Arkadin.

—La azotea —dijo ella enseguida—. El sótano sólo tiene una entrada.

Corrieron a la escalera lo más rápido que pudieron y subieron los escalones de dos en dos. Arkadin sentía el corazón acelerado, la sangre pulsando, la adrenalina bombeando dentro de él. Oía a sus perseguidores subiendo por debajo de él. El lazo se estaba cerrando alrededor de él. Al llegar al final del estrecho pasillo, levantó la mano derecha y bajó la escalerilla de metal que llevaba al tejado. Los edificios soviéticos de aquella época eran famosos por la escasa resistencia de sus puertas. Sabía que no tendría ningún problema para forzar la puerta del tejado. Desde allí, con un pequeño salto alcanzaría el edificio contiguo y después el siguiente y así podría volver a la calle, donde sería fácil huir del enemigo.

Empujó a Devra a través de la abertura cuadrada del techo y la siguió. A su espalda se oían los gritos de los tres hombres: acababan de registrar el piso de Filia. Todos corrían detrás de él. Al llegar al minúsculo rellano, Arkadin se encontró frente a la puertecita que conducía al tejado, pero cuando intentó empujar la barra horizontal de metal no sucedió nada. Trató de emplear más fuerza pero obtuvo el mismo resultado. Entonces sacó del bolsillo un anillo metálico del que colgaban unas finas puntas de hierro y las introdujo una detrás de otra en la cerradura, hurgando hacia arriba y hacia abajo, sin ningún resultado. Al observar más de cerca comprendió el motivo: el interior de la cerradura estaba oxidado. No se abriría.

Se volvió y miró la escalerilla. Sus perseguidores ya estaban allí. No tenía escapatoria posible.

—El 22 de junio de 1941, Alemania invadió la Unión Soviética —dijo el profesor Specter—. Durante la invasión, los alemanes encontraron miles y miles de soldados enemigos que o bien se rindieron sin luchar o bien eran desertores. En agosto de aquel año el ejército invasor había internado a medio millón de prisioneros de guerra soviéticos. Muchos de ellos eran musulmanes, tártaros del Cáucaso, turcos, azerbaiyanos, uzbekos, kazajos, y miembros de otras tribus de los Urales, del Turquestán y de Crimea. Lo que tenían en común todos aquellos musulmanes era su odio por los soviéticos, y por Stalin en particular. Resumiendo una larga historia, aquellos prisioneros de guerra musulmanes ofrecieron sus servicios a los nazis para luchar con ellos en el frente oriental, donde podían hacer más daño tanto infiltrándose como descodificando las transmisiones del espionaje de los soviéticos. El Führer estaba eufórico. Las Ostlegionen se asignaron al Reichsführer de las SS de Heinrich Himmler, quien consideraba el islam una religión viril y guerrera caracterizada por unos valores, sobre todo la obediencia ciega, la voluntad de sacrificio y la total falta de compasión por el enemigo, que coincidían con la filosofía de las SS.

Bourne absorbía todas las palabras, todos los detalles de las fotos.

—¿Abrazar el islam no comportaba ir contra el orden racial nazi?

—Jason, tú conoces la naturaleza humana mejor que mucha gente. Los hombres tienen una capacidad infinita para racionalizar la realidad de modo que se ajuste a sus ideas personales. Es lo que hizo Himmler, quien estaba convencido de que los eslavos y los judíos eran subhumanos. Creía que el elemento asiático presente en la nación rusa permitía a los descendientes de grandes guerreros como Atila, Gengis Jan y Tamerlán satisfacer los criterios de superioridad racial. Himmler abrazó a los musulmanes de aquella región, pues los consideraba descendientes de los mongoles.

»Aquellos hombres se convirtieron en el núcleo de las Ostlegionen nazis, pero lo mejor de la cosecha se la reservaba Himmler para sí mismo, entrenándola en secreto con sus mejores jefes de las SS, y afinando sus habilidades no sólo como soldados, sino como guerreros de élite, espías y asesinos, es decir el grupo de elegidos que, según todos, ardía en deseos de comandar personalmente. A aquella unidad la denominó Legión Negra. Como ves, me he documentado sobre los nazis y sus Ostlegionen. —Specter señaló el escudo con las tres cabezas de caballo unidas por la de la muerte—. Éste es su símbolo. En 1943 se la temía más que a los rayos gemelos de las SS, o el símbolo de la Gestapo, que era su igual.

—¿No crees que es un poco tarde para que los nazis representen una amenaza seria? —dijo Bourne.

—El componente nazi de la Legión Negra se ha esfumado con el tiempo. Ahora se ha transformado en la red de terroristas islámicos más potente e influyente de la que se haya oído hablar jamás. Su anonimato es deliberado. Se financia a través de su fachada legítima, la Hermandad Oriental.

Specter sacó otro álbum, lleno de recortes de periódico sobre ataques terroristas en todo el mundo: Londres, Madrid, Karachi, Fallujah, Afganistán y Rusia. A medida que Bourne pasaba hojas del álbum, la lista aumentaba.

—Como puedes ver, otras organizaciones terroristas conocidas han asumido la responsabilidad de algunos de estos ataques. En algunos casos, nadie reclamó la autoría, no se vinculó a ellos ninguna organización terrorista. Pero a través de mis fuentes sé que todos fueron perpetrados por la Legión Negra —dijo Specter—. Y ahora están planificando su mayor y más espectacular ataque. Jason, creemos que su objetivo es Nueva York. Ya te he dicho que Piotr Zilber, el joven a quien ha asesinado la Legión Negra, era especial. Era un mago. No sé cómo logró robar los planos del objetivo del ataque de la Legión. En circunstancias normales todos los planes se comentarían de viva voz. Pero por lo visto el objetivo de este ataque es tan complejo que la Legión Negra tuvo que obtener los planos reales de la estructura. Por ese motivo creo que será un gran edificio de la zona metropolitana del centro. Es absolutamente necesario que encontremos ese documento. Es la única forma de que sepamos dónde pretende atacar la Legión Negra.

Arkadin se sentó en el suelo del pequeño rellano, con una pierna a cada lado de la abertura que daba al último rellano del edificio.

—Grita —susurró. Ahora que estaba situado en posición elevada, por decirlo de algún modo, quería atraerlos hacia él—. Venga. Que sepan dónde estamos.

Devra gritó.

Arkadin oyó el ruido sordo de pasos que subían la escalerilla de metal. Cuando una cabeza se asomó, junto con una mano que sostenía una pistola, Arkadin cerró los tobillos sobre las orejas del hombre. Mientras el hombre ponía los ojos en blanco, le arrancó la pistola de la mano, hizo acopio de todas sus fuerzas y le rompió el cuello.

En cuanto lo soltó, el hombre cayó dando tumbos por la escalera. Como era de esperar, una lluvia de balas se introdujo a través de la abertura cuadrada, y se empotró en el techo. En cuanto cesaron los tiros, Arkadin empujó a Devra por la abertura y la siguió, resbalando con la parte interior de los zapatos por la parte exterior de la escalera.

Como Arkadin se esperaba, los dos hombres estaban estupefactos por la caída de su compatriota y no dispararon. Arkadin disparó a uno en el ojo derecho. El otro se escondió detrás de una esquina mientras Arkadin le disparaba. Cogió a la chica, magullada pero entera, corrió a la primera puerta que vio y golpeó con fuerza. Al oír una voz temblorosa de hombre protestando, golpeó la puerta de enfrente. No hubo respuesta. Disparó el arma a la cerradura y empujó a la chica dentro del piso.

Estaba vacío, y por el aspecto de los cúmulos de polvo y la porquería allí hacía mucho tiempo que no vivía nadie. Arkadin corrió a la ventana. Oyó unos chillidos familiares, pisó un montón de basura y asomó una rata y después otra y otra. Estaban por todas partes. Arkadin disparó a la primera, después se serenó y abrió la ventana todo lo que pudo. La lluvia gélida que caía sobre la pared del edificio le azotó la cara.

Sujetando a Devra delante de él, se puso a caballo del marco de la ventana. En aquel momento oyó al tercer hombre pidiendo refuerzos, y disparó tres tiros, a través de la puerta hecha pedazos. Colocó a Devra sobre la estrecha plataforma de la salida de incendios y la guió hacia la izquierda, en dirección a la escalera vertical clavada a la pared que llevaba al tejado.

Salvo un par de luces de seguridad, la noche de Sebastopol era más oscura que el propio Hades. La lluvia caía de través, como alfileres que les pinchaban la cara y los brazos. Arkadin estaba a punto de coger la escalerilla cuando los tablones de hierro por los que caminaba cedieron.

Devra chilló y los dos cayeron aterrizando contra la barandilla del rellano inferior de la salida de incendios. Casi de inmediato, aquella estructura inestable cedió también bajo su peso y los dos siguieron su descenso hacia la calle. Arkadin estiró el brazo izquierdo y agarró un peldaño de la escalera. Con la derecha sujetaba a Devra. Se balancearon en el aire, con el asfalto demasiado lejos para dejarse caer. Allí no había ningún oportuno contenedor lleno de basura con el que amortiguar la caída.

La mano con la que sostenía a la chica empezaba a soltar a la presa.

—Intenta izarte —dijo—. Rodéame con las piernas.

—¿Qué?

Le repitió la orden a gritos y ella obedeció con la cara tensa.

—Ahora apriétame fuerte la cintura con los tobillos.

En esa ocasión lo hizo sin dudar.

—Bien —dijo Arkadin—. Ahora sube, sólo tienes que llegar al peldaño más bajo. No, cógete con las dos manos.

La lluvia volvía resbaloso el metal y al primer intento Devra perdió el agarre.

—Otra vez —dijo Arkadin—, y ahora no lo sueltes.

Aterrorizada, Devra cerró los dedos sobre el peldaño, y apretó con tanta fuerza que los nudillos se le pusieron blancos. A Arkadin, por su parte, se le estaba dislocando el brazo izquierdo. Si no cambiaba pronto de posición, sería el final.

—¿Y ahora qué? —dijo Devra.

—Cuando estés bien afianzada al peldaño, suelta los tobillos y sube por la escalera hasta que puedas apoyar los pies en un peldaño.

—No sé si tengo tanta fuerza.

Arkadin se izó hasta apoyar la axila derecha en el peldaño. Tenía el brazo izquierdo entumecido. Meneó los dedos y un dolor lacerante le subió hasta el hombro lastimado.

—Adelante —dijo, empujándola. No podía dejar que viera cuánto estaba sufriendo. A pesar del dolor que sentía en el brazo izquierdo siguió empujándola.

Por último, ella se puso de pie sobre la escalerilla y miró hacia abajo.

—Ahora tú.

Tenía todo el lado izquierdo insensible; el resto le ardía como fuego.

Devra estiró la mano hacia él.

—Vamos.

—No tengo muchos motivos por los que vivir, hace tiempo que estoy muerto.

—No me jodas. —Se agachó y cuando volvió a estirarse le agarró los brazos. Al hacerlo, le resbaló el pie fuera del peldaño y se deslizó hacia abajo contra él con tanta fuerza que a punto estuvo de dislocarle el otro brazo.

—¡Dios mío, me voy a caer! —gritó.

—Vuelve a rodearme la cintura con las piernas —gritó él—. Así. Ahora suelta la escalera, primero una mano y luego otra. Agárrate a mí.

Cuando Devra hizo lo que le había dicho, él empezó a subir por la escalera. Cuando estuvo suficientemente alto como para apoyar los pies en el peldaño, todo fue más fácil. Hizo caso omiso del fuego que le ardía en el hombro. Necesitaba usar las dos manos para subir.

Por fin llegaron a la azotea, rodaron por encima de la baranda de piedra y se echaron sin aliento sobre el alquitrán mojado. Entonces Arkadin se dio cuenta de que la lluvia ya no le azotaba la cara. Miró y vio a un hombre, el tercero del trío, de pie sobre él, que lo apuntaba con una pistola a la cara.

El hombre sonrió.

—Es hora de morir, cabrón.

El profesor Specter guardó los álbumes. Sin embargo, antes de cerrar el cajón sacó un par de fotos. Bourne estudió los rostros de dos hombres. El de la primera foto era más o menos de la misma edad que el profesor. Unas gafas aumentaban casi cómicamente unos ojos acuosos y grandes, y sobre ellos se dibujaban unas cejas increíblemente pobladas. En cambio su cabeza era calva.

—Semion Ikupov —dijo Specter—, jefe de la Legión Negra.

El profesor acompañó a Bourne fuera de la biblioteca del sótano. Subieron la escalera y se encontraron en la parte trasera de la casa, al aire libre. Frente a ellos tenían un jardín tradicional al estilo inglés, delimitado por pequeños setos de boj. El cielo era de un azul brillante: su belleza parecía anticipar la primavera. Un pájaro voló entre las ramas sin hojas del sauce, sin saber dónde posarse.

—Jason, debemos detener a la Legión Negra. La única forma de hacerlo es matando a Semion Ikupov. Ya he perdido a tres hombres en el empeño. Necesito a alguien mejor. Te necesito a ti.

—No soy un sicario.

—Jason, por favor, no te ofendas. Necesito tu ayuda para detener este ataque. Ikupov sabe dónde están los planos.

—De acuerdo. Los encontraré a él y a los planos. —Bourne meneó la cabeza—. Pero no hace falta que lo matemos.

El profesor sacudió la cabeza con tristeza.

—Un sentimiento noble, pero no conoces a Semion Ikupov como yo. Si no lo matas, seguro que te matará. Créeme cuando te digo que he intentado capturarlo con vida. Ninguno de mis hombres ha regresado de la misión.

Miró hacia el estanque.

—No puedo recurrir a nadie más, no hay nadie que tenga la experiencia suficiente para encontrar a Ikupov y acabar con esta locura de una vez por todas. El asesinato de Piotr señala el inicio del último asalto entre la Legión Negra y yo. O los detenemos ahora o lograrán atacar su objetivo.

—Si lo que dices es verdad...

—Lo es, Jason. Te lo juro.

—¿Dónde está Ikupov?

—No lo sé. Llevamos cuarenta y ocho horas intentando localizarlo, pero estamos en un punto muerto. Estaba en su mansión de Campione d'Italia, en Suiza. Allí es donde creemos que asesinaron a Piotr. Pero ya no está allí.

Bourne miró las dos fotos que tenía en la mano.

—¿Quién es el más joven?

—Leonid Danilovich Arkadin. Hasta hace pocos días creíamos que era un asesino independiente contratado por las familias de la *grupperovka* rusa. —Specter repiqueteó con el índice entre los ojos de Arkadin—. Él es el hombre que llevó a Piotr a Ikupov. No sé cómo, pues todavía estamos intentando averiguarlo, Ikupov descubrió que había sido Piotr quien robó los planos. En cualquier caso, fue Arkadin quien, junto con Ikupov, interrogó a Piotr y lo mató.

—Parece que tienes un traidor en tu organización, profesor.

Specter asintió.

—Aunque de mala gana, he llegado a la misma conclusión.

En aquel momento a Bourne le vino a la cabeza algo que lo tenía preocupado.

—Profesor, ¿quién te llamó mientras desayunábamos?

—Uno de los míos. Necesitaba confirmar una información. La tenía en el coche. ¿Por qué?

—Porque fue esa llamada la que te hizo salir a la calle justo cuando llegó el Cadillac. Eso no fue una coincidencia.

Specter frunció el ceño.

—No, supongo que no.

—Dame su nombre y su dirección —dijo Bourne—, y lo sabremos con certeza.

El hombre de la azotea tenía un lunar en la mejilla, negro como el pecado. Arkadin se concentró en él mientras el hombre apartaba a Devra de Arkadin.

—¿Le has dicho algo? —dijo, sin apartar los ojos de Arkadin.

—Por supuesto que no —exclamó Devra—. ¿Por quién me has tomado?

—Por un eslabón débil —dijo el hombre del lunar—. Le dije a Piotr que no te utilizara. Ahora, por tu culpa, Filia está muerto.

—¡Filia era un idiota!

El hombre del lunar apartó los ojos de Arkadin para mirar a Devra con desprecio.

—Era tu responsabilidad, puta de mierda.

Arkadin abrió las piernas entre las del hombre del lunar, haciéndole perder el equilibrio. Rápido como un gato, saltó sobre él lanzándole puñetazos. El hombre del lunar se defendió lo mejor que pudo. Arkadin intentó no mostrar cuánto le dolía el hombro izquierdo, pero lo tenía dislocado y no podía moverlo bien. Al verlo, el hombre del lunar le pegó el puñetazo más fuerte que pudo en el hombro.

Arkadin se quedó sin respiración. Se echó hacia atrás, mareado, casi ciego de dolor. El hombre del lunar buscó su pistola, pero encontró la de Arkadin, y la cogió sin vacilar. Estaba a punto de apretar el gatillo cuando Devra le disparó a la cabeza por detrás con su propia pistola.

Sin decir palabra, el hombre cayó hacia adelante. Ella permaneció de pie, con las piernas separadas, en la clásica postura del tirador, con las dos manos sobre la pistola. Arkadin, de rodillas, paralizado por el sufrimiento, vio que movía la pistola y apuntaba hacia él. Había algo en sus ojos que no lograba identificar, ni mucho menos comprender.

Entonces, sin más ni más, ella soltó el largo suspiro que había reprimido, relajó los brazos y tiró la pistola.

—¿Por qué? —preguntó Arkadin—. ¿Por qué lo has matado?

—Era un idiota. A la mierda todos, los odio.

La lluvia los flagelaba, tamborileando sobre el techo. El cielo, totalmente negro, volvía opaco el mundo circundante. Podrían haber estado en la cima de una montaña en el techo del mundo. Arkadin la vio acercarse con un paso rígido, un pie delante del otro. Parecía un animal salvaje: furioso y rencoroso, fuera de su elemento en el mundo civilizado. Como él. Estaba atado a ella, pero no la comprendía, ni tampoco podía confiar en ella.

Devra le tendió la mano, y él se la cogió.

9

—Tengo una pesadilla recurrente —dijo el secretario de Defensa Ervin Reynolds «Bud» Halliday—. Estoy sentado precisamente aquí, en el Aushak, en Bethesda, cuando entra Jason Bourne en plan *El Padrino II* y me pega un tiro en el cuello y otro entre ojo y ojo.

Halliday estaba sentado a una mesa en el fondo del restaurante, con Luther LaValle y Rob Batt. El Aushak, más o menos a medio camino entre el Centro Médico Naval Nacional y el Club de Campo Chevy Chase, era su lugar preferido para celebrar reuniones de trabajo. Al estar en Bethesda y, sobre todo, por ser un restaurante afgano, no lo frecuentaba nadie que conociera o a quien no quisiera revelar ciertos secretos. El secretario de Defensa se sentía más cómodo en locales ajenos al circuito. Era un hombre que despreciaba al Congreso, y despreciaba incluso más a sus comisiones de vigilancia, que siempre estaban metiendo las narices en asuntos que no eran de su incumbencia y que no entendían, por no hablar de su falta de experiencia.

Los tres hombres habían pedido el plato que daba nombre al restaurante: láminas de pasta rellenas de escalonia, cubiertas de una sabrosa salsa de tomate con carne, y todo ello acompañado de un estupendo yogur al estilo del Oriente Medio en el que flotaban minúsculos pedacitos de menta. Todos estaban de acuerdo en que el *aushak* era un plato perfecto para el invierno.

—Pronto dejará de atormentarle esa pesadilla, señor —dijo LaValle con la obsequiosidad que hacía que a Batt le rechinaran los dientes—. ¿No es así, Bob?

Batt asintió de manera categórica.

—Ya lo creo. Tengo un plan prácticamente infalible.

Tal vez no fuera el comentario más adecuado. Halliday frunció el ceño.

—No hay planes infalibles, señor Batt, sobre todo si se refieren a Jason Bourne.

—Le aseguro que nadie lo sabe mejor que yo, señor secretario.

Dada su condición de jefe con más antigüedad de los siete departamentos, Batt no estaba acostumbrado a que le llevaran la contraria. Tenía una amplia experiencia quitándose de encima pretendientes a su corona. Aun así, era plenamente consciente de que se adentraba en un campo minado, donde se libraba una lucha por el poder cuyo resultado era incierto.

Apartó el plato. Al tratar con esas personas sabía que estaba corriendo un riesgo calculado; por otro lado, sentía que el carisma del secretario Halliday no lo dejaba indiferente. Batt había penetrado en el centro del poder, un lugar al que aspiraba en secreto desde hacía mucho tiempo y experimentaba una fuerte sensación de euforia.

—Teniendo en cuenta que el plan gira en torno a la directora Hart —dijo Batt—, tengo la esperanza de poder matar dos pájaros de un tiro.

—Ni una palabra más —Halliday levantó la mano— a ninguno de nosotros. Luther y yo debemos poder negarlo todo de forma convincente. No podemos permitirnos que esta operación se vuelva contra nosotros. ¿Está claro, señor Batt?

—Perfectamente claro, señor. Es mi operación, así de sencillo.

Halliday sonrió.

—Hijo, esas palabras suenan a música a mis viejas y grandes orejas texanas. —Tiró de un lóbulo de la oreja—. Doy por supuesto que nuestro Luther le ha hablado de Typhon.

Batt miró primero al secretario y después a LaValle, y otra vez al secretario. Arrugó la frente.

—No, señor, no.

—Un descuido —dijo LaValle con placidez.

—Bueno, no hay mejor momento que éste. —La sonrisa seguía iluminando la cara de Halliday.

—Creemos que uno de los problemas de la CIA es Typhon —dijo LaValle—. Es demasiado para el director ocuparse de la rehabilitación y gestión de la CIA, y al mismo tiempo controlar de cerca Typhon. Por este motivo delegará la responsabilidad de Typhon. Esa dirección la controlaré yo en persona.

El tema se había tocado de forma casi casual, pero Batt sabía que le habían ignorado adrede. Aquellos dos querían el control de Typhon desde el principio.

—Typhon es un producto de la CIA —dijo—. Es el niño mimado de Martin Lindros.

—Martin Lindros está muerto —apuntó innecesariamente LaValle—. Ahora el director de Typhon es otra mujer. Esto debe corregirse, junto con muchas otras decisiones que afectarán al futuro de Typhon. Rob, tendrá que tomar decisiones cruciales con respecto a la CIA. No querrá encargarse de más cosas que las que puede manejar, ¿no? —No era una pregunta.

Batt sintió que estaba a punto de iniciar una bajada sin frenos.

—Typhon forma parte de la CIA —dijo, como un último y débil intento de recuperar el control.

—Señor Batt —interrumpió Halliday—. Hemos tomado nuestra decisión. ¿Está con nosotros o debemos buscar a otro que esté dispuesto a asumir la dirección de la CIA?

El hombre cuya llamada había hecho salir a la calle al profesor Specter era Mijaíl Tarkanian. Bourne propuso que se encontraran en el Zoo Nacional, y el profesor llamó a Tarkanian. A continuación el profesor llamó a su secretaria de la universidad para decirle que él y el profesor Webb se tomarían el día libre por asuntos personales. Subieron al coche de Specter, que uno de sus hombres había llevado a la finca, y se fueron al zoo.

—Tu problema, Jason, es que necesitas una ideología —dijo Specter—. Una ideología te da raíces. Es la columna vertebral del compromiso.

Bourne, que conducía, sacudió la cabeza.

—Que yo recuerde, he sido manipulado siempre por las ideologías. En mi opinión, lo único que hace la ideología es darte un punto de vista limitado de las cosas. Todo lo que no se ajusta a los límites que te has impuesto o bien se ignora o se destruye.

—Ahora sí que hablo con el auténtico Jason Bourne —dijo Specter—. He hecho todo lo posible para imbuir en David Webb aquella idea de tener un objetivo que había perdido quién sabe cuándo. Cuando viniste conmigo no sólo ibas a la deriva, sino que también parecías mutilado en extremo. Intenté ayudarte a curarte haciendo que te alejaras de lo que te hacía sufrir tan profundamente, fuera lo que fuera. Pero ahora me doy cuenta de mi error...

—No te equivocabas, profesor.

—No, déjame terminar. Siempre estás dispuesto a defenderme, a creer que tengo razón. No creas que no aprecio lo que sientes por mí. No querría que nada lo cambiara. Pero de vez en cuando cometo errores, y éste fue uno de ellos. No sé qué sucedió cuando se creó la identidad de Bourne, y créeme cuando te digo que no me apetece mucho saberlo.

»Sin embargo, y por mucho que te empeñes en negarlo, hay algo dentro de ti, algo innato y vinculado a la identidad de Bourne, que te hace diferente de todos los demás.

Bourne no se sentía cómodo con el giro que estaba tomando la conversación.

—¿Quieres decir que siempre he sido sólo Jason Bourne y que David Webb se transformaría en él de todos modos?

—No, ni mucho menos. Pero pienso, teniendo en cuenta lo que me has confesado, que de no haber habido una intervención exterior, de no haber existido la identidad de Bourne, David Webb habría sido un hombre muy infeliz.

No era la primera vez que Bourne oía aquello. Siempre había supuesto que esa idea derivaba del hecho de que Specter conocía muy pocos detalles de su pasado. Para él David Webb era un enigma aún mayor que Jason Bourne. Esa idea obsesionaba a Bourne, como si Webb fuera un fantasma, un esqueleto sobe el cual Alex Conklin había colgado, pegado y dado vida a la identidad de Bourne.

Bourne subió por la avenida Connecticut Noroeste y cruzó la avenida Cathedral. Delante estaba la entrada del zoo.

—La verdad es que creo que David Webb no habría durado hasta el final de curso.

—Entonces me alegro de haberte metido en mi auténtica pasión.

—Specter parecía más sereno—. La posibilidad de rectificar los errores no se presenta a menudo.

El día era suficientemente cálido como para que la familia de gorilas estuviera al aire libre. Los niños se agolpaban, ruidosamente, al fondo de la zona donde estaba el patriarca rodeado de las crías. El gorila trataba de hacerles caso omiso, pero cuando no pudo soportar más su continuo parloteo, se dirigió al extremo opuesto del recinto, seguido de su familia. Se sentó allí mientras el jaleo subía de volumen. Al final, el animal volvió al lugar donde Bourne lo había visto al principio.

Mijaíl Tarkanian los esperaba junto al recinto de los gorilas. Miró a Specter de arriba abajo, e hizo una mueca de disgusto al ver el ojo morado. Después lo abrazó y lo besó en ambas mejillas.

—Alá es bueno, amigo mío. Estás vivo y bien.

—Gracias a Jason. Me rescató. Le debo la vida. —Specter presentó a los dos hombres.

Tarkanian besó a Bourne en ambas mejillas, y le dio las gracias con efusión.

Uno de los gorilas se apartó de los que se estaban acicalando y se acercó a ellos arrastrando las patas.

—Qué vida más triste. —Tarkanian apuntó el pulgar hacia el gorila.

Bourne se fijó en que hablaba inglés con un acento parecido al de los peligrosos barrios bajos de Sokolniki, al nordeste de Moscú.

—Miradlo, pobrecillo —dijo Tarkanian.

La expresión del gorila era lúgubre, más resignada que desafiante.

—Jason está aquí en misión de reconocimiento —dijo Specter.

—¿Ah, sí? —Tarkanian estaba un poco gordo, al estilo de los ex atletas, con un cuello de toro, y los ojos atentos hundidos en una piel amarillenta. Mantenía los hombros altos, casi tocando las orejas, como si quisiera parar un golpe inesperado. Los efectos de las duras experiencias de Sokolniki duraban toda la vida.

—Quiero que respondas a algunas preguntas —dijo Specter.

—Por supuesto. Lo que quieras.

—Necesito que me ayudes —dijo Bourne—. Háblame de Piotr Zilber.

Tarkanian pareció sorprendido y miró a Specter, quien había retrocedido un paso para que toda la atención de su hombre se centrara en Bourne. Se encogió de hombros.

—Claro. ¿Qué quieres saber?

—¿Cómo te enteraste de que lo habían asesinado?

—De la forma habitual. A través de nuestros contactos. —Tarkanian sacudió la cabeza—. Me quedé hecho polvo. Piotr era un hombre clave para nosotros. También era un buen amigo.

—¿Cómo crees que lo descubrieron?

Un grupito de alumnas pasó pavoneándose. Cuando estuvieron lejos, Tarkanian dijo:

—Ojalá lo supiera. No era fácil llegar a él, eso seguro.

Bourne dijo como por casualidad:

—¿Piotr tenía amigos?

—Ya lo creo que tenía amigos. Pero ninguno de ellos lo traicionaría, si es a eso a lo que te refieres. —Tarkanian sacó los labios hacia fuera—. Por otro lado... —Calló.

Bourne lo miró a los ojos fijamente.

—Piotr salía con una mujer. Gala Nematova. Estaba loco por ella.

—Imagino que la investigaron como es debido —dijo Bourne.

—Por supuesto. Pero bueno, Piotr era un poco..., bueno..., cabezota cuando se trataba de mujeres.

—¿Era del dominio público?

—Para ser sincero, lo dudo —dijo Tarkanian.

Aquello era un error, pensó Bourne. Los hábitos y las inclinaciones del enemigo siempre estaban a la venta si eras suficientemente listo y persistente. Tarkanian debería haber dicho: «No lo sé» o «Es posible». La respuesta más neutra posible, y la más cercana a la verdad.

—Las mujeres pueden ser un eslabón débil.

Bourne pensó durante un momento en Moira y en la nube de incertidumbre que planeaba sobre ella por la investigación de la CIA. La idea de que pudiera haber seducido a Martin para que revelara secretos de la CIA era un mal trago para él. Después de leer las comunicaciones que Martin y ella habían intercambiado, y que Soraya había descubierto, esperaba poder zanjar el tema.

—Todos estamos afligidos por la muerte de Piotr —ofreció Tarkanian. Volvió a mirar a Specter.

—No me cabe duda. —Bourne sonrió vagamente—. El asesinato es algo serio, sobre todo en este caso. Por esto estoy hablando con todos.

—Claro, lo comprendo.

—Me has ayudado mucho. —Bourne sonrió y estrechó la mano de Tarkanian. Al hacerlo, dijo en un tono de voz más brusco—. Por cierto, ¿cuánto te pagó la gente de Ikupov para llamar al móvil del profesor esta mañana?

En lugar de ponerse rígido, Tarkanian se relajó.

—¿A qué viene esta pregunta? Soy leal, y siempre lo he sido.

Intentó soltar la mano, pero el apretón de Bourne se hizo más fuerte. Los ojos de Tarkanian se encontraron con los de Bourne.

Detrás de ellos el gorila se inquietó e hizo un ruido. El sonido era grave, como una ráfaga de viento repentina en un campo de trigo. El mensaje del gorila fue tan sutil que Bourne fue el único que lo captó. Por el rabillo del ojo captó un movimiento en el extremo más alejado de su campo de visión. Apenas duró unos segundos. Se inclinó hacia Specter y dijo en voz baja y apremiante:

—Vete. Ve directamente al pabellón de mamíferos menores y luego dobla a la izquierda. A cien metros encontrarás quioscos de comida. Pide ayuda para llegar al coche. Vuelve a casa y espérame allí hasta que te llame.

Mientras el profesor se alejaba a toda prisa, Bourne cogió a Tarkanian y lo empujó en dirección contraria. Se introdujeron en medio de un grupo de niños revoltosos acompañados de sus padres que jugaban a la caza del tesoro. Los dos hombres a quienes Bourne había detectado corrieron hacia ellos. Eran aquella pareja y su imprudente ansiedad lo que había alarmado al gorila y, en consecuencia, a Bourne.

—¿Adónde vamos? —preguntó Tarkanian—. ¿Por qué has dejado desprotegido al profesor?

Una buena pregunta. La decisión de Bourne había sido instantánea, guiada por el instinto. Los hombres se dirigían hacia Tarkanian, no hacia Specter. Cuando el grupo se desvió hacia un sendero de Olmsted, Bourne arrastró a Tarkanian dentro del serpentario. Las luces estaban bajas. Pasaron a toda prisa junto a las jaulas de cristal que contenían caimanes medio dormidos, cocodrilos de ojos como hendiduras, tortugas patosas, víboras de aspecto maligno y lagartos con la piel de mosaico de todos los tamaños, formas y posturas. Más adelante, Bourne podía ver la jaula de las serpientes. En una de ella, un cuidador abrió una puerta, dispuesto a soltar un festín de roedores para la gran pitón verde que, hambrienta, había salido de su estupor y se deslizaba por las ramas del falso árbol de la jaula. Para detectar a las presas, aquellas serpientes usaban sensores de calor de rayos infrarrojos.

Detrás de ellos, los dos hombres se abrían paso entre la multitud de niños. Eran morenos, pero aparte de eso no tenían rasgos especialmente destacables. Llevaban las manos metidas en los bolsillos de sus abrigos de lana, sin duda agarrando con fuerza alguna arma. Ya no se apresuraban. No querían alarmar a los visitantes.

Pasada la jaula del lagarto de cristal europeo, Bourne arrastró a Tarkanian a la sección de las serpientes. Fue entonces cuando el ruso intentó hacer un movimiento. Se retorció y se lanzó hacia los hombres que se acercaban de modo que arrastró a Bourne un paso, hasta que éste lo dejó aturdido de un golpe en un lado de la cabeza.

Arrodillado frente a una jaula abierta con la caja de herramientas al lado, un operario reparaba la parrilla de la ventilación de la base. Bourne sustrajo un rígido pedazo de alambre de la caja.

—Hoy no te salvará la caballería —dijo Bourne arrastrando a Tarkanian hacia una puerta empotrada en la pared que conducía a la zona prohibida al público. Uno de los perseguidores se había acercado más. Bourne hurgó en la cerradura con el alambre, abrió la puerta, entró, la cerró y pasó el pestillo.

Los hombres se lanzaron contra ella y la puerta se sacudió en las bisagras. Bourne se encontraba en un estrecho pasillo de servicio, iluminado por largos fluorescentes colocados en el techo. Había puertas en la pared de la derecha, a intervalos regulares y, en el caso de las serpientes venenosas, ventanillas para introducir la comida.

Bourne oyó un chasquido sordo y la cerradura saltó de la puerta. Los hombres iban armados con pistolas de pequeño calibres con silenciador. Mientras él seguía empujando a Tarkanian, que tropezaba, el primer hombre salió al pasillo. ¿Dónde estaba el segundo? Creía saberlo. Así pues, giró hacia el extremo opuesto del pasillo, esperando verlo aparecer por allí de un momento a otro.

Tarkanian, presintiendo la pérdida momentánea de atención de Bourne, se volvió bruscamente y golpeó a Jason con el costado, de modo que éste perdió el equilibrio y salió disparado contra la puerta abierta de la pitón. Con una risa parecida a un ladrido, Tarkanian salió huyendo.

Haciendo caso omiso de las protestas del herpetólogo que controlaba la pitón en el interior de la jaula, Jason se levantó y desenroscó a una de las pitones hambrientas de la rama que tenía más cerca. En cuanto la serpiente percibió su calor, se enroscó en su brazo estirado. Bourne se volvió y se dejó caer en el pasillo justo a tiempo de pegar un puñetazo al pistolero en el plexo solar. Cuando el hombre se dobló, Bourne deslizó el brazo fuera del abrazo de la pitón y la enrolló alrededor del pecho del hombre. Al ver la pitón, el hombre gritó. La serpiente empezó a estrechar sus anillos alrededor del hombre.

Bourne le arrebató la pistola y se lanzó tras Tarkanian. El arma era una Glock, no una Taurus. Como sospechaba, aquellos dos no formaban parte del mismo equipo que había secuestrado al profesor. Entonces, ¿quiénes eran? ¿Miembros de la Legión Negra, enviados a rescatar a Tarkanian? En ese caso, ¿cómo sabían que lo habían descubierto? No había tiempo para buscar respuestas. El otro hombre había aparecido en el extremo más alejado del pasillo. Estaba agachado, haciendo gestos a Tarkanian, quien se acurrucaba en un lado del pasillo.

En cuanto el pistolero lo apuntó, Bourne se tapó la cara con los antebrazos y se lanzó de cabeza contra una de las ventanas que se utilizaban para alimentar a los animales. El cristal se rompió. Cuando levantó la cabeza, Jason se encontró cara a cara con una víbora de Gabón, la especie con los colmillos más largos y venenosos del mundo. Era negra y ocre. Levantó la fea cabeza triangular, y su lengua salió, tanteando, intentando evaluar si la criatura que había caído frente a ella representaba un peligro.

Bourne se quedó quieto como una piedra. La víbora siseó, a un ritmo constante que le hacía bajar la cabeza a cada exhalación feroz. Los pequeños cuernos que tenía al lado de los orificios de la nariz se estremecieron. Estaba claro que Bourne la había molestado. Gracias a sus numerosos viajes por África, conocía las costumbres de aquel animal. No atacaba si no la provocaban. De todos modos, en una situación como ésa Jason no podía arriesgarse a moverse.

Consciente de que era vulnerable tanto por detrás como por delante, Bourne levantó la mano izquierda poco a poco. El ritmo del siseo no cambió. Manteniendo los ojos fijos en la cabeza de la serpiente, movió la mano hasta posarla encima del reptil. Había leído algo sobre la existencia de una técnica que calmaba a aquella clase de víboras, aunque no estuviera seguro de su eficacia real. Tocó al animal sobre la cabeza con la punta de un dedo. El siseo se detuvo. ¡Funcionaba!

La cogió por el cuello. Soltó la pistola y con la otra mano levantó el cuerpo del animal, que no se opuso. Con la máxima precaución, la apoyó con delicadeza en el rincón opuesto de la jaula. Un grupo de niños lo estaba mirando con la boca abierta desde el otro lado del cristal. Bourne se alejó de la víbora sin quitarle el ojo de encima; después se acercó al cristal de la alimentación que estaba hecho pedazos y recuperó la Glock.

Una voz a su espalda dijo:

—Deja la pistola donde estaba y vuélvete lentamente.

—Lo tengo dislocado, maldita sea —exclamó Arkadin.

Devra le miró el hombro deformado.

—Tendrás que colocármelo tú en su sitio.

Estaban calados hasta los huesos, sentados en un café en la otra punta de Sebastopol, calentándose como podían. La estufa de gas del café siseaba e hipaba de forma alarmante, como si estuviera pillando una neumonía. Tenían vasos de té humeante en la mesa, medio vacíos. No había pasado ni una hora desde su huida y ya estaban agotados los dos.

—Ni de coña —dijo ella.

—Tienes que hacerlo —dijo él—. No puedo ir a un médico.

Arkadin pidió comida. Devra comió como una bestia, introduciéndose pedazos de estofado en la boca con los dedos. Parecía que llevara días sin comer. Tal vez fuera así. Viendo cómo había devorado su plato, Arkadin pidió otro. Comió despacio y saboreando a conciencia todo cuanto se introducía en la boca. Matar le producía ese efecto: todos sus sentidos trabajaban a pleno rendimiento. Los colores eran más brillantes, los olores más intensos, y todo lo que probaba era más sabroso y complejo. Oía a dos ancianos que mantenían una discusión enconada sobre política en un rincón. La punta de sus dedos sobre la mejilla tenía un tacto de papel de lija. Era profundamente consciente de los latidos de su corazón, de la sangre que le corría por las venas. En resumen, era un nervio al descubierto.

El estado en que se encontraba le gustaba y le fastidiaba al mismo tiempo. La sensación tenía algo de éxtasis. Recordó que en una ocasión había encontrado un ejemplar manoseado de *Las enseñanzas de Don Juan*, de Carlos Castañeda, y había aprendido a leer en inglés con él, a lo largo de un camino largo y tortuoso. Antes de leer ese libro no conocía el concepto de éxtasis. Más tarde, emulando a Castañeda, pensó en probar el peyote, si es que podía encontrarlo, pero le repugnaba la idea de tomar drogas, cualquier droga. Ya estaba bastante perdido. No tenía muchas ganas de encontrar un lugar del que no fuera capaz de volver.

Mientras tanto, el éxtasis que experimentaba era tanto un peso como una revelación, pero sabía que no podría soportar durante mucho tiempo aquel estado de nervios a flor de piel. Todo, desde un tubo de escape de coche al canto de un grillo, chocaba contra él tan dolorosamente como si lo hubieran vuelto del revés.

Miró a Devra con una concentración casi obsesiva. Percibió algo en lo que no se había fijado porque tal vez su gesticulación lo había distraído. Pero ahora ella había bajado la guardia. Tal vez estuviera sólo agotada, o tal vez relajada junto a él. Tenía un temblor en las manos, los nervios descontrolados. Observó aquel temblor con discreción, pensando que la hacía parecer aún más vulnerable.

—No te entiendo —dijo—. ¿Por qué te has vuelto contra los tuyos?

—¿Crees que Piotr Zilber, Oleg Shumenko y Filia eran de los míos?

—Eres un engranaje de la red de Zilber. ¿Qué quieres que piense?

—Ya has oído cómo me ha hablado ese cerdo en la azotea. Son todos así, unos mierdas. —Se limpió la grasa de los labios y la barbilla—. Shumenko nunca me gustó. Primero fueron las deudas de juego que tuve que pagar yo, y después las drogas.

Arkadin dijo como por casualidad:

—Me dijiste que no sabías para que era el último préstamo.

—Te mentí.

—¿Se lo dijiste a Piotr?

—Ni de coña. Piotr era el peor de todos.

—Pero era listo, el cabrón.

Devra asintió.

—Lo mismo pensaba yo cuando estaba en su cama. Se salía con la suya aunque cometiera muchas estupideces, porque era el jefe. Bebía, daba fiestas y ¡por Dios, todas esas mujeres! A veces dos o tres en una noche. Acabé realmente asqueada de él y pedí que me mandaran de vuelta a casa.

Aquello quería decir que había sido la chica de Piotr una temporada, pensó Arkadin.

—De todos modos, las fiestas eran parte del trabajo, conseguir contactos y asegurarse de que volvían a su casa.

—Claro. El problema era que le gustaban demasiado. Y, como era de esperar, esa actitud se contagió a los que estaban cerca de él. ¿Dónde crees que aprendió Shumenko a vivir así? De Piotr, por supuesto.

—¿Y Filia?

—Filia creía que yo le pertenecía, como una propiedad. Cuando salíamos se comportaba como si fuera mi chulo. Le odiaba.

—¿Por qué no te deshiciste de él?

—Era el suministrador de coca de Shumenko.

Rápido como un gato, Arkadin se adelantó sobre la mesa, amenazadoramente.

—Oye, *lapochka*, me importa una mierda quién te gusta y quién te deja de gustar. Pero si me mientes te arrepentirás.

—¿Qué esperabas? —dijo ella—. Me has caído encima como un jodido huracán.

Arkadin rió, despejando la tensión que había llegado casi a un punto insostenible. La chica tenía sentido del humor, lo que significaba que era inteligente además de lista. Arkadin la había relacionado con una mujer que en una época fue importante para él.

—Sigo sin entenderte. —Sacudió la cabeza—. Estamos en dos bandos opuestos del conflicto.

—Ahí es donde te equivocas. Yo nunca he formado parte del conflicto. No me gustaba; sólo fingía que sí. Al principio fue un objetivo que me puse a mí misma: engañar a Piotr y a los demás. Cuando vi que podía, me pareció más fácil seguir. Me pagaban bien, aprendía más deprisa que muchos, y recibía propinas que no habría tenido nunca trabajando de DJ.

—Podrías haberlo dejado en cualquier momento.

—¿Tú crees? —Ladeó la cabeza—. Habrían ido detrás de mí como van ahora detrás de ti.

—Pero ahora has decidido dejarlos. —Ladeó la cabeza—. No me digas que lo has hecho por mí.

—¿Por qué no? Me gusta sentarme junto a un huracán. Es reconfortante.

Arkadin gruñó, sintiéndose violento otra vez.

—Además, la gota que colmó el vaso llegó cuando me enteré de lo que planeaban.

—Pensaste en tu salvador americano.

—A lo mejor tú no entiendes que una persona pueda cambiarte la vida.

—Sí puedo, sí —dijo Arkadin, pensando en Semion Ikupov—. En ese aspecto, somos iguales.

La chica hizo un gesto.

—Pareces estar muy incómodo.

—Vamos —dijo él, poniéndose en pie. Le hizo cruzar la cocina, asomó la cabeza un momento y la hizo entrar en el servicio de caballeros.

—Fuera de aquí —ordenó a un hombre que estaba de pie frente a un lavabo.

Comprobó que todos los excusados estuvieran vacíos.

—Te explicaré lo que debes hacer para arreglar este maldito hombro.

Después de recibir las explicaciones, ella preguntó.

—¿Te va a doler?

Como respuesta, Arkadin se metió entre los dientes el mango de una cuchara de madera que había robado de la cocina.

Con suma reticencia, Bourne dio la espalda a la víbora de Gabón. Le pasaron muchas cosas por la cabeza, y una de las más importantes era Mijaíl Tarkanian. Era el topo en la organización del profesor. No se sabía cuánta información relacionada con la organización de Specter podía tener en su poder; Bourne no podía permitir que se escapara.

El hombre que estaba delante de él tenía una cara plana y la piel ligeramente grasienta, barba de dos días y los dientes feos. El aliento le hedía a tabaco y a comida podrida. Apuntó la Glock con silenciador directamente al pecho de Bourne.

—Sal de ahí —dijo en voz baja.

—Da igual que te obedezca o no —contestó Bourne—. El herpetólogo del pasillo ya habrá llamado a seguridad. Nos van a arrestar a todos.

—Fuera. Ya.

El hombre cometió el error fatal de gesticular con la Glock en la mano. Bourne utilizó el antebrazo para apartar el largo cañón, y después empujó al hombre armado contra la pared opuesta del pasillo, al mismo tiempo que le asestaba un rodillazo en la entrepierna. Mientras el hombre jadeaba, Bourne le hizo soltar la pistola, lo agarró del abrigo y lo mandó de cabeza dentro de la jaula de la víbora de Gabón, con tanta fuerza que resbaló por el suelo hacia el rincón donde estaba la serpiente enroscada.

Bourne, imitando a la víbora, emitió un sonido siseante rítmico y la serpiente alzó la cabeza. Interpretó el siseo de una serpiente rival como algo que se introducía en su territorio. Atacó al hombre aterrorizado.

Bourne ya corría por el pasillo. La puerta del fondo estaba abierta. Salió. Tarkanian le esperaba por si lograba escapar de los dos pistoleros; no quería alargar más aquella persecución. Mandó un puñetazo a la mejilla de Bourne, seguido de una patada violenta. Pero Bourne le agarró el zapato con las manos y le retorció el pie con furia, haciéndole perder el equilibrio.

Bourne oyó gritos, y el sonido de las suelas sobre el suelo de hormigón. Todavía no los veía, pero los guardias de seguridad se acercaban.

—Tarkanian —dijo, y lo soltó.

El hombre cayó a plomo. Bourne se arrodilló a su lado y le estaba haciendo el boca a boca cuando los tres guardias de seguridad doblaron la esquina y llegaron a su lado.

—Mi amigo se ha desmayado al ver a los hombres de las pistolas. —Bourne dio una descripción precisa de los dos pistoleros, mientras señalaba la puerta abierta del serpentario.

—¿Pueden pedir ayuda? Mi amigo es alérgico a la mostaza. Creo que podía haber un poco en la ensaladilla rusa que hemos almorzado.

Uno de los guardias de seguridad llamó al 911, mientras los otros dos, empuñando las pistolas, cruzaban la puerta. El guardia se quedó con Bourne hasta que llegaron los enfermeros. Tomaron las constantes vitales a Tarkanian y lo subieron a una litera. Bourne caminó junto a Tarkanian mientras recorrían el camino entre los mirones hacia la ambulancia que esperaba en la avenida Connecticut. Les habló de la reacción alérgica de Tarkanian, y de que en ese estado era hipersensible a la luz. Subió a la parte trasera de la ambulancia. Uno de los enfermeros cerró la puerta mientras el otro preparaba el goteo de fenotiazina. El vehículo se puso en marcha haciendo sonar la sirena.

Las lágrimas resbalaban por la cara de Arkadin, pero éste no hizo ningún ruido. El dolor era lacerante, pero al menos volvía a tener el brazo en su sitio. Podía mover los dedos de la mano izquierda, aunque fuera poco. La buena noticia era que la insensibilidad estaba desapareciendo y sentía un hormigueo curioso, como si la sangre se hubiera convertido en champán.

Devra le quitó la cuchara de madera.

—Caray, casi la partes por la mitad. Debe de haber dolido a lo bestia.

Arkadin, mareado y aturdido, hizo una mueca de dolor.

—Creo que no podré volver a comer en mi vida.

Devra tiró la cuchara y salieron del servicio. Arkadin pagó la cuenta y se fueron del café. Había dejado de llover, dejando las calles con ese aspecto reluciente y recién lavado que le era tan familiar de las películas estadounidenses de los años cuarenta y cincuenta.

—Podemos ir a mi casa —ofreció Devra—. No está muy lejos.

Arkadin sacudió la cabeza.

—Mejor que no.

Caminaron sin rumbo aparente hasta que encontraron un hotelito donde Arkadin pidió una habitación. El casposo recepcionista de noche no les prestó ninguna atención. Sólo le interesaba su dinero.

La habitación era miserable, sin apenas muebles. Tan sólo había una cama, una silla, una cómoda con tres patas y un montón de libros en un rincón. Una alfombra redonda deshilachada cubría el centro de la habitación. Estaba manchada y agujereada de quemaduras de cigarrillo. Lo que parecía un armario era en realidad un baño. La ducha y el lavabo estaban en el pasillo.

Arkadin se acercó a la ventana. Había pedido una habitación que diera a la calle, que sería más ruidosa pero le permitiría vigilar si se aproximaba alguien. La calle estaba desierta, y no había rastro de coches. Sebastopol brillaba con un ritmo lento y frío.

—Debo resolver unos asuntos —dijo, volviéndose.

—¿Ahora? ¿No puede esperar? —Devra estaba echada de través sobre la cama, con los pies todavía en el suelo—. Estoy muerta de cansancio.

Arkadin se lo pensó un momento. Era muy tarde. Estaba exhausto, pero no podría dormir. Se quitó los zapatos y se echó en la cama. Devra tuvo que sentarse para hacerle sitio, pero en lugar de colocarse al lado de él, se echó como antes, apoyando la cabeza en el estómago de él. Cerró los ojos.

—Quiero ir contigo —dijo en voz baja, casi dormida.

Aquello lo puso alerta de inmediato.

—¿Por qué? —preguntó—. ¿Por qué quieres venir conmigo?

Ella no contestó; ya estaba dormida.

Arkadin estuvo unos minutos escuchando el ritmo regular de la respiración de la chica. No sabía qué hacer con ella, pero era lo único que tenía de la organización de Piotr. Dedicó un rato a reflexionar sobre lo que le había contado de Shumenko, Filia y Piotr, buscando fallos. Le parecía poco probable que Piotr fuera tan indisciplinado, pero al fin y al cabo lo había traicionado su novia actual, que trabajaba para Ikupov. De ello se deducía que era un hombre descontrolado, cuyos hábitos podían contagiarse a sus subordinados. No sabía si Piotr tenía problemas con su padre, pero teniendo en cuenta quién era este último, no era algo que pudiera excluirse.

La chica era rara. En apariencia no era diferente a las otras jóvenes que había conocido: dura, cínica, desesperada y desesperante. Pero ésta era diferente. Bajo su coraza podía ver a la niña perdida que había sido y que quizá era todavía. Le apoyó la mano en el cuello y sintió el lento latido de su corazón. Podía equivocarse, por supuesto. Todo podía ser una actuación en su honor. Pero, por mucho que lo pensara, no lograba imaginar qué provecho podía ella sacar de ello.

Y había otra cosa, algo relacionado con su fragilidad, su deliberada vulnerabilidad. Devra necesitaba algo, pensó. Como todos, en el fondo, incluso los que se engañan a sí mismos pensando que no. Él sabía lo que necesitaba, pero había decidido no pensar en ello. Ella necesitaba un padre, eso estaba bastante claro. No podía dejar de pensar que pasaba algo por alto, algo relacionado con ella, que ella no le había dicho pero quería que lo supiera. La respuesta ya estaba dentro de él y bailaba como una luciérnaga. Pero cada vez que intentaba cogerla con la mano, se alejaba revoloteando. Aquella sensación era exasperante, como tener relaciones sexuales con una mujer y no alcanzar el orgasmo.

Entonces ella se agitó y al hacerlo pronunció su nombre. Fue como si un rayo de luz iluminara la habitación. Volvía a estar en la azotea bajo la lluvia, con el hombre del lunar encima de él, escuchando la conversación entre él y Devra.

—Era tu responsabilidad —había dicho el hombre del lunar, refiriéndose a Filia.

El corazón de Arkadin se aceleró. «Tu responsabilidad.» ¿Por qué le habría dicho eso el hombre del lunar si Filia era el correo en Sebastopol? Como por voluntad propia, sus dedos acariciaron la piel aterciopelada del cuello de Devra. ¡La muy puta! Filia era un soldado, un guardián. El correo de Sebastopol era ella. Ella había entregado el documento al siguiente eslabón. Ella sabía adónde debía ir a continuación.

Mientras la abrazaba fuerte, Arkadin se abandonó por fin a la noche, a la habitación y al presente. En una marea de euforia, se durmió y cayó en las garras empapadas de sangre de su pasado.

No cabía duda de que Arkadin se habría suicidado de no haber intervenido Semion Ikupov. El mejor y único amigo de Arkadin, Mischa Tarkanian, preocupado por él, había recurrido al hombre para el que trabajaba. Arkadin recordaba con inquietante claridad el día en que Ikupov había ido a verle. Había entrado, y Arkadin, enloquecido por el deseo de morir, le había apuntado con una Makarov Pem a la cabeza, la misma arma que pensaba utilizar para volarse la tapa de los sesos.

Tenía que reconocer que Ikupov no se había movido. Se había

quedado allí, en el ruinoso piso de Arkadin en Moscú, sin mirarlo para nada. Arkadin, atrapado en su amargo pasado, era incapaz de dar sentido a las cosas. Más tarde, lo comprendió. Así como no miras a un oso a los ojos si no quieres que te ataque, Ikupov mantuvo la mirada puesta sobre otras cosas: los marcos rotos de los cuadros, el cristal hecho añicos, las sillas caídas, y las cenizas del fuego que, de una manera un tanto fetichista, había encendido Arkadin para quemar su ropa.

—Mischa me ha dicho que lo estás pasando mal.

—Mischa debería mantener la boca cerrada.

Ikupov hizo un gesto conciliador con las manos.

—Alguien tiene que salvarte la vida.

—¿Y tú qué sabes? —exclamó Arkadin con aspereza.

—La verdad es que no sé nada acerca de lo que te ha pasado —dijo Ikupov.

Arkadin, apretando el cañón de la Makarov contra la sien de Ikupov, se acercó más.

—Pues cierra esa bocaza.

—Lo que me preocupa es el presente. —Ikupov no pestañeó, y no movió un solo músculo—. Caray, hijo, mírate. Si no quieres hacerlo por ti mismo, hazlo por Mischa, que te quiere como si fuera tu hermano.

Arkadin soltó un suspiro atormentado, como si expulsara un pegote de veneno. Apartó la Makarov de la cabeza de Ikupov.

El hombre mayor le tendió la mano. Al ver que Arkadin vacilaba, dijo con gran amabilidad:

—Esto no es Nizhni Tagil. Aquí no hay nadie a quien valga la pena hacer daño, Leonid Danilovich.

Arkadin asintió bruscamente y soltó la pistola. Ikupov gritó, la entregó a uno de los dos gorilas que, sin hacer ningún ruido, llegaron del otro extremo del pasillo donde estaban apostados. Arkadin se puso tenso, enfadado consigo mismo por no haberlos percibido. Estaba claro que eran guardaespaldas. En su actual estado, podían haber reducido a Arkadin en un abrir y cerrar de ojos. Miró a Ikupov, que asintió y una conexión tácita se creó entre los dos.

—Ahora sólo tienes un camino ante ti —dijo Ikupov.

Éste fue a sentarse en el sofá del destartalado piso de Arkadin, hizo un gesto y el guardaespaldas que se había quedado con la Makarov de Arkadin se la entregó.

—Ahora, si lo deseas, tendrás testigos de tu último espasmo de nihilismo.

Por una vez en su vida Arkadin ignoró la pistola, observando a Ikupov con una mirada gélida e implacable.

—¿No? —Se encogió de hombros—. ¿Sabes qué pienso, Leonid Danilovich? Creo que te da cierto consuelo creer que tu vida no tiene sentido. La mayor parte del tiempo te regodeas en esta idea; es lo que te motiva. Pero hay veces, como ahora, en que la sensación te agarra del cuello y te sacude hasta hacerte resonar el cerebro dentro del cráneo. —Llevaba pantalones negros, una camisa de color gris ostra y un abrigo largo negro de piel que le hacía parecer un poco siniestro, como un Stürmbannführer alemán de las SS—. Pero yo creo, por el contrario, que estás buscando sentido a tu vida. —Su piel oscura brillaba como bronce pulido. Daba la impresión de ser alguien que sabía lo que se hacía, alguien que, sobre todo, era mejor no tomarse a broma.

—¿Qué camino? —dijo Arkadin muy quedo, acomodándose en el sofá.

Ikupov gesticuló con ambas manos, abarcando la deliberada devastación que había dejado la habitación patas arriba.

—Para ti el pasado está muerto, Leonid Danilovich, ¿no te parece?

—Dios me ha castigado. Dios me ha abandonado —dijo Arkadin, repitiendo mecánicamente una lamentación que oía decir a su madre.

Ikupov sonrió de manera inocente, de una forma que no podía malinterpretarse. Tenía una habilidad extraordinaria para implicar a los demás aunque éstos no quisieran.

—¿Y de qué Dios se trata?

Arkadin no sabía qué responder porque el Dios del que hablaba era el Dios de su madre, el Dios de su infancia, el Dios que seguía siendo un enigma para él, una sombra, un Dios venenoso, rabioso, un Dios de huesos rotos y sangre vertida.

—¡Qué dices! —exclamó—. Dios, como el cielo, es una palabra escrita en una página. Lo que tenemos aquí es el infierno.

Ikupov sacudió la cabeza.

—Nunca has conocido a Dios, Leonid Danilovich. Ponte en mis manos. Conmigo, encontrarás a Dios y descubrirás el futuro que tiene pensado para ti.

—No puedo estar solo. —Arkadin se dio cuenta de que aquello era lo más sincero que había dicho en su vida.

—No lo estarás.

Ikupov se volvió para coger la bandeja que le ofrecía uno de los guardaespaldas. Mientras hablaban, el hombre había preparado té. Ikupov llenó dos vasos, añadió azúcar y dio uno a Arkadin.

—Bebe conmigo, Leonid Danilovich —dijo levantando el vaso humeante—. Por tu recuperación, por tu salud y por tu futuro, que será tan esplendoroso como desees.

Los dos hombres tomaron té, que el guardaespaldas había reforzado astutamente con un considerable chorro de vodka.

—Por no volver a estar solo —dijo Leonid Danilovich Arkadin.

De aquello hacía mucho tiempo, en una estación intermedia de un curso de agua que después se había transformado en un río de sangre. ¿Era tan distinto de aquel hombre completamente loco que había apuntado el cañón de una pistola a la sien de Semion Ikupov? ¡Quién sabe! Pero los días de lluvia incesante, de truenos inquietantes y de luz crepuscular a mediodía, cuando incluso a los demás el mundo parecía tan yermo como era siempre para él, los pensamientos del pasado regurgitados de la memoria llegaban como una corriente de cadáveres en un río. Y se encontraba solo otra vez.

Tarkanian estaba recuperando la conciencia, pero la fenotiazina que le habían administrado le había hecho efecto, dejándolo ligeramente sedado y alterando sus funciones mentales lo suficiente como para confundir a Bourne con uno de los hombres del serpentario cuando éste se inclinó sobre él y dijo en ruso:

—Bourne ha muerto, vamos a sacarte de aquí.

—Os mandó Ikupov, ¿no? —Tarkanian levantó una mano y tocó el vendaje que los enfermeros le habían colocado para protegerle los ojos de la luz—. ¿Por qué no veo?

—Calma —dijo Bourne en voz baja—. Hay civiles por aquí. Enfermeros. Por eso vamos a sacarte de aquí. Estarás a salvo en el hospital unas horas mientras organizamos el viaje.

Tarkanian asintió.

—Ikupov se ha ido —dijo Bourne—. ¿Sabes adónde?

—No.

—Quiere que estés cómodo cuando le presentes tu informe. ¿Adónde te llevamos?

—A Moscú, por supuesto. —Tarkanian se lamió los labios—. Hace años que no voy a casa. Tengo un piso a la orilla del Frunzenskaya. —Cada vez parecía hablar más para sí mismo—. Desde la ventana de mi salón se ve el puente para peatones del parque Gorki. Qué lugar más plácido. Hace mucho tiempo que no voy.

Llegaron al hospital antes de que Bourne tuviera tiempo de seguir el interrogatorio. Entonces todo sucedió muy deprisa. Las puertas se abrieron de golpe y los enfermeros se pusieron a trabajar, bajando la litera y empujándola a través de las puertas automáticas de cristal hacia el pasillo que conducía a Urgencias. La sala estaba repleta de pacientes. Uno de los enfermeros hablaba con un interno sobrecargado de trabajo que le indicó una pequeña habitación, una de las muchas que daban al pasillo. Bourne vio que las otras habitaciones estaban llenas.

Los dos enfermeros empujaron a Tarkanian a la habitación, comprobaron el goteo, le tomaron de nuevo las constantes y lo desataron.

—Recuperará el conocimiento enseguida —dijo uno de ellos—. Pronto vendrá alguien a examinarlo. —Hizo una agradable sonrisa de circunstancias—. No se preocupe, su amigo se pondrá bien.

En cuanto se marcharon, Bourne volvió al lado de Tarkanian y dijo:

—Mijaíl, conozco bien la orilla del Frunzenskaya. ¿Dónde tienes exactamente el piso?

—No te lo diré.

Bourne se volvió justo cuando el primer pistolero —el que había dejado con la pitón enrollada— se lanzaba encima de él. Bourne se apartó retrocediendo y se golpeó con fuerza contra la pared. Pegó un puñetazo al hombre a la cara, quien detuvo el golpe y pegó con fuerza a Bourne en el esternón. Éste jadeó y el pistolero siguió pegándolo, pero con un golpe seco en el costado.

De rodillas, Bourne vio que el otro sacaba una navaja, y blandía la hoja hacia él. Jason retrocedió encogiéndose. El pistolero se abalanzó hacia él, con la punta de la navaja por delante. Bourne le pegó un derechazo fuerte en la cara y oyó con satisfacción el clásico crujido de la mejilla fracturada. Furioso, el pistolero se acercó más y la hoja describió un arco sobre la camisa de Bourne dejando un rastro de gotas de sangre.

Bourne le pegó con tanta fuerza que hizo que se tambaleara y chocara por detrás con la litera donde Tarkanian empezaba a salir de su estupor farmacológico. El hombre sacó la pistola con silenciador. Bourne se le echó encima, apretándose contra él con fuerza para no dejarle espacio para apuntar el arma.

Tarkanian se arrancó las vendas que los enfermeros le habían colocado para protegerle los ojos de la luz, abrió con fuerza los párpados y miró alrededor.

—¿Qué pasa aquí? —dijo aturdido al pistolero—. Me habías dicho que Bourne estaba muerto.

El hombre estaba demasiado ocupado defendiéndose del ataque de Bourne como para responder. En vista de que el arma no le servía para nada, la dejó caer y le dio una patada. Intentó introducir la navaja dentro de la defensa de Bourne, pero éste desvió sus ataques, sin dejarse distraer por las maniobras del pistolero.

Tarkanian se sentó y bajó de la litera. Le costaba hablar, así que se puso de rodillas y gateó por el suelo de linóleo hacia la pistola.

El pistolero, con una mano en el cuello de Bourne, estaba intentando liberar la navaja, preparándose para apuñalar a su adversario en el vientre, de arriba abajo.

—Apártate de él. —Tarkanian apuntaba a los dos hombres con la pistola—. Para que pueda apuntar.

El pistolero lo oyó y golpeó la nuez de Bourne con el revés de la mano, dejándolo sin respiración. Entonces apartó el torso a un lado.

Tarkanian estaba a punto de apretar el gatillo cuando Bourne pegó al hombre en los riñones. Gimió, y Bourne lo situó entre él y Tarkanian. Un sonido sordo señaló que la bala le había atravesado el pecho.

Tarkanian maldijo y se movió para tener a Bourne a tiro. En aquellos pocos segundos, Jason logró arrancar la navaja de la mano flácida del muerto y la lanzó con implacable puntería. La fuerza del impacto hizo que Tarkanian se levantara y saliera proyectado hacia atrás. Bourne empujó al pistolero para quitárselo de encima, cruzó la habitación hasta donde yacía Tarkanian en un charco de su propia sangre. Tenía la navaja hundida hasta el fondo del pecho. Desde su posición, Bourne supo que le había perforado un pulmón. Tarkanian tardaría unos pocos minutos en ahogarse en su propia sangre.

Tarkanian miró a Bourne y, riendo, dijo:

—Eres hombre muerto.

10

Rob Batt hizo sus preparativos a través del general Kendall, el segundo de LaValle. Gracias a él, Batt pudo acceder a ciertos agentes de operaciones clandestinas de la NSA. Ni comisiones de vigilancia del Congreso, ni oposición, ni alborotos. Para el gobierno federal esas personas sólo existían como personal auxiliar dependiente del Pentágono; se suponía que pasaban el tiempo trabajando en un despacho sin ventanas en los sótanos del edificio.

«Bueno, así es como deberían funcionar los servicios secretos», se dijo Batt mientras daba instrucciones sobre la operación a los ocho jóvenes dispuestos en semicírculo en la sala de reuniones del Pentágono que Kendall le había cedido. Sin supervisión, y sin comisiones del Congreso metomentodo a las que informar.

El plan era sencillo, como solían ser todos sus planes. A otros les gustaban las florituras, pero a Batt no. Kendall lo había calificado de primitivo. Pero él estaba convencido de que cuanto más complicado era algo, más cosas podían salir mal. Además, con planes tan simples era más difícil meter la pata; se podían organizar y poner en marcha en pocas horas, si era necesario, incluso con personal nuevo. Pero la verdad era que le gustaban estos agentes de la NSA, quizá por su condición de militares. Eran despiertos y aprendían rápido. No tuvo que repetir nada. Daba la impresión de que memorizaban todo lo que se les ponía delante.

Mejor aún, gracias a su formación militar obedecían las órdenes sin cuestionarlas. No como los agentes de la CIA —Soraya Moore, por ejemplo, era un caso exagerado—, que siempre creían saber una forma mejor de hacer las cosas. Además, aquellos chicos malos no tenían miedo de actuar; no temían apretar el gatillo. Si se les daba la orden matarían a un objetivo sin hacer preguntas y sin lamentaciones.

Batt sentía cierta euforia por saber que nadie lo vigilaba a sus espaldas, y que no tendría que dar explicaciones, ni siquiera a la nueva directora. Había entrado en un foro completamente distinto, todo suyo, donde podía tomar decisiones de gran importancia, idear operaciones sobre el terreno y llevarlas a cabo con la seguridad de que lo apoyarían hasta el final, de que ninguna operación se volvería contra él como un bumerán, y que no pasaría la vergüenza de declarar ante una comisión del Congreso. Cuando concluyó la reunión preliminar tenía las mejillas sonrosadas y el pulso acelerado. Dentro de él estaba creciendo una sensación de impaciencia, casi de excitación.

Intentó no pensar en su conversación con el secretario de Defensa, intentó no pensar en Luther LaValle al mando de Typhon mientras él lo contemplaba con impotencia. No tenía el menor deseo de ceder el control de un arma tan poderosa contra el terrorismo, pero Halliday no le había permitido elegir.

Cada cosa llegaría a su tiempo. Si había una forma de frustrar a Halliday y a LaValle, estaba seguro de encontrarla. Pero por el momento prestó toda su atención a lo que tenía entre manos. Nadie le estropearía su plan para capturar a Jason Bourne. Tenía esa certeza. En unas horas Bourne estaría bajo custodia, en un lugar tan dejado de la mano de Dios que ni Houdini habría conseguido escapar.

Soraya Moore se dirigía al despacho de Veronica Hart, de donde en aquel momento salían dos hombres: Dick Symes, el jefe de Inteligencia, y Rodney Feir, jefe de Apoyo sobre el Terreno. Symes era un hombre bajo y rechoncho, con una cara rojiza que parecía que le hubieran colocado directamente sobre los hombros. Feir era varios años más joven que Symes, y tenía los cabellos claros, un cuerpo atlético y una expresión más hermética que la caja de seguridad de un banco.

Ambos hombres la saludaron cordialmente, pero la sonrisa de Symes tenía un punto de condescendencia que echaba para atrás.

—¿A ver a la leona en su guarida? —dijo Feir.

—¿Está de mal humor? —preguntó Soraya.

Feir se encogió de hombros.

—Es demasiado pronto para decirlo.

—A ver si puede soportar el peso del mundo en esos hombros tan delicados —dijo Symes—. Lo mismo que usted, directora.

Soraya se obligó a sonreír con los dientes apretados.

—Son demasiado amables, caballeros.

Feir rió.

—A punto, dispuestos y deseosos de cumplir.

Soraya los observó marchar, como un par de gemelos. Después asomó la cabeza en el santuario de la directora de la CIA. A diferencia de su predecesor, Veronica Hart seguía una norma de puertas abiertas con los cargos más altos de la jerarquía. Eso generaba una sensación de confianza y camaradería que —según había dicho a Soraya— había faltado por desgracia en la CIA en el pasado. De hecho, a partir de la inmensa cantidad de datos electrónicos que había repasado en los dos últimos días, le estaba quedando cada vez más claro que la mentalidad de búnker del anterior director había creado un ambiente de cinismo y desapego entre los jefes de departamento. El Viejo procedía de la escuela de pensamiento según la cual era mejor dejar que los Siete rivalizaran entre ellos, hicieran el doble juego, traicionaran y, como ella misma había experimentado en carne propia, se comportaran de una forma totalmente censurable.

Hart era producto de una época nueva. Su lema era la colaboración. Los sucesos de 2001 habían demostrado que, cuando se trataba de servicios secretos, la competición era letal. De momento, Soraya pensaba que aquello sólo podía beneficiarla.

—¿Desde cuándo estás con esto? —preguntó Soraya.

Hart miró por la ventana.

—¿Ya es de día? He mandado a Rob a casa hace horas.

—La mañana ya ha acabado —dijo Soraya sonriendo—. ¿Qué te parece si almorzamos? Creo que necesitas salir un rato del despacho.

Veronica abrió las manos como indicando la pila de informes que tenía en el ordenador.

—Demasiado trabajo...

—Si te mueres de hambre y deshidratación, no acabarás nunca.

—Bueno, en la cantina...

—Hace un día precioso. Tenía pensado ir caminando a un restaurante que me encanta.

Advirtiendo una nota de insistencia en la voz normalmente apacible de Soraya, Hart levantó la cabeza. Sí, estaba claro que su directora de Typhon quería contarle algo fuera de los confines de la sede de la CIA.

Hart asintió.

—De acuerdo. Cogeré el abrigo.

Soraya sacó su móvil nuevo, que había recogido en la CIA aquella mañana. Había encontrado el viejo en la alcantarilla, junto al coche, en el lugar donde vigilaba a Moira Trevor, y lo había puesto a disposición de la oficina. Tecleó un mensaje.

Un instante después sonó el móvil de Hart. El texto que había escrito Soraya decía: FURG X CL. Furgoneta al otro lado de la calle.

Hart cerró el móvil y se puso a contar una anécdota que hizo reír a las dos. Después hablaron de las ventajas de los zapatos frente a las botas, la piel frente al ante, y de qué modelo de Jimmy Choo se comprarían si sus sueldos se lo permitieran.

Las dos mujeres no dejaron de observar la furgoneta aunque no lo pareciera. Soraya guió el camino por una calle lateral donde la furgoneta no podía entrar sin hacerse notar. Se estaban alejando del alcance de los dispositivos electrónicos.

—Procedes del sector privado —dijo Soraya—. No entiendo por qué dejaste un empleo tan bien remunerado para ser directora de la CIA. Es un trabajo muy ingrato.

—¿Por qué aceptaste tú ser la directora de Typhon? —respondió Hart.

—Era un gran paso adelante en mi carrera, tanto en prestigio como en sueldo.

—Pero en realidad no lo aceptaste por eso.

Soraya sacudió la cabeza.

—No. Me sentía enormemente obligada con Martin Lindros. Yo estuve con él en sus inicios. Como soy medio árabe, Martin no sólo me pidió expresamente que formara parte de la creación de Typhon, sino también del reclutamiento de los agentes. Pretendía que Typhon fuera una organización de recopilación de inteligencia muy diferente, que su personal entendiera el árabe y la mentalidad musulmana. Creía, y estoy totalmente de acuerdo con él, que la única forma de combatir con éxito la gran variedad de células extremistas era comprender todas sus motivaciones. Una vez estuviéramos en sintonía con sus motivos, podríamos prever sus movimientos con mayor facilidad.

Hart asintió. Su cara alargada tenía una expresión neutra, pero estaba profundamente absorta.

—Mis motivos eran parecidos a los tuyos. Ya estaba harta de la actitud cínica de las empresas privadas de inteligencia. Todas ellas (y no sólo Black River, donde trabajaba yo) estaban únicamente interesadas en la cantidad de dinero que podían sacar del embrollo de Oriente Medio. En tiempos de guerra, el gobierno es una vaca gorda a la que ordeñar, que no para de malgastar dinero recién impreso cada vez que se presenta la ocasión, como si eso bastara. La realidad es que los que trabajan en estos sectores tienen permiso para depredar y robar a placer. Lo que sucede en Irak se queda en Irak. Nadie los denunciará nunca. Se sienten seguros y no temen que los castiguen por aprovecharse del sufrimiento de un pueblo.

Soraya la hizo entrar en una tienda de ropa, donde fingieron mirar unas combinaciones para disimular la seriedad de su conversación.

—Vine a la CIA porque no podía cambiar Black River, pero sí creía que podía hacer algo aquí. El presidente me ha encargado que transforme una organización que está patas arriba, y que hace mucho tiempo que ha perdido el rumbo.

Salieron por detrás, cruzaron la calle a toda prisa, bajaron una manzana y doblaron a la izquierda una calle y después dos a la derecha, y a la izquierda de nuevo. Entraron en un restaurante atestado de gente. Perfecto. El alto nivel de ruido ambiental y las múltiples conversaciones superpuestas harían imposible interceptar su charla.

A petición de Hart las sentaron en una mesa del fondo donde

tenían una visión excelente del interior, así como de la puerta. Nadie podría entrar sin someterse a una inspección visual de ellas.

—Bien hecho —dijo Hart una vez sentadas—. Veo que eres una experta.

—A veces, sobre todo cuando trabajaba con Jason Bourne, tenía que esquivar a uno o dos seguidores.

Veronica echó un vistazo a la gran carta.

—¿Crees que era un furgoneta de la CIA?

—No.

Hart miró a Soraya por encima de la carta.

—Yo tampoco.

Pidieron trucha, ensalada César como entrante y agua mineral. Se turnaron para vigilar a las personas que entraban en el restaurante.

Soraya dijo, mientras comía la ensalada:

—En los últimos dos días hemos interceptado algunas conversaciones poco convencionales. Creo que no sería exagerado decir «alarmantes».

Hart soltó el tenedor.

—¿En qué sentido?

—Parece posible que exista un nuevo plan, en su fase final, para atacar territorio estadounidense.

La actitud de Hart cambió de inmediato. Estaba claramente angustiada.

—¿Qué demonios hacemos aquí? —dijo con enfado—. ¿Por qué no estamos en el despacho movilizando a los agentes?

—Espera a oír toda la historia —dijo Soraya—. Recuerda que casi todas las líneas y frecuencias que Typhon controla están en el extranjero, así que, a diferencia de las conversaciones que supervisan otras agencias de inteligencia, la nuestra está más especializada, pero por lo que he visto también es mucho más precisa. Como sabes, siempre hay gran cantidad de desinformación en las conversaciones normales. Pero esto no ocurre con los terroristas que estamos interceptando. Por supuesto estamos comprobando y volviendo a comprobar la exactitud de esta información, pero hasta que se demuestre lo contrario trabajamos con la premisa de que es auténtica. Sin embargo, tenemos dos problemas, y por este motivo movilizar ahora a la CIA no es lo más prudente.

Entraron tres mujeres charlando animadamente. El *maître* las recibió como viejas conocidas y las acompañó a una mesa redonda junto a la ventana.

—En primer lugar, tenemos un lapso de tiempo muy limitado, es decir una semana o diez días a lo sumo. Y no sabemos casi nada del objetivo, excepto que es grande y complejo, y por eso pensamos que pueda tratarse de un edificio. Además, gracias a nuestra experiencia del mundo musulmán, creemos que tiene una estructura importante, tanto económica como simbólica.

—Pero ninguna localización precisa.

—En la Costa Este, muy probablemente en Nueva York.

—A mi mesa no ha llegado nada, lo que significa que ninguna de nuestras agencias hermanas tiene pistas sobre esta amenaza.

—Esto es justo lo que te estoy diciendo —respondió Soraya—. Es sólo nuestro. De Typhon. Para eso se creó.

—Todavía no me has explicado por qué no debería informar a la Agencia de Seguridad Nacional y movilizar a la CIA.

—Porque la fuente de estas informaciones es totalmente nueva. ¿De verdad crees que la HS o la NSA darían por buena nuestra información? Necesitarían pruebas, y a), las obtendrían de sus propias fuentes, y b), sus pesquisas pondrían en peligro las líneas de investigación que hemos montado.

—En eso tienes razón —dijo Hart—. Son tan sutiles como un elefante en Manhattan.

Soraya se echó hacia adelante.

—El problema es que el grupo que está planificando el ataque es desconocido en el ambiente de las células terroristas. Esto significa que no conocemos ni sus fines ni su forma de pensar ni su metodología.

Entraron dos hombres por separado. Llevaban ropa de civiles, pero su porte militar los delataba. Los sentaron en mesas diferentes en lados opuestos del restaurante.

—La NSA —dijo Hart.

Soraya frunció el ceño.

—¿Por qué te seguiría la NSA?

—Te lo contaré enseguida. Ahora tenemos asuntos más importantes de que hablar. ¿Quieres decir que tratamos con una organización terrorista completamente desconocida y sin filiaciones, pero capaz de planificar un ataque a gran escala? Parece improbable.

—Imagina lo que le parecerá a tus jefes de departamento. Además, nuestros operativos han asegurado que mantener la información en secreto es la única forma de seguir obteniendo información. En cuanto el grupo se huela que estamos movilizando a los agentes, retrasarán la operación hasta que surja la ocasión propicia.

—Suponiendo que el marco temporal sea correcto, ¿podrían abortar o posponer el ataque en una fase tan avanzada?

—Nosotros no podríamos, esto es seguro. —Soraya hizo su sonrisa sarcástica—. Pero las organizaciones terroristas no tienen infraestructura ni burocracia que las retrase, o sea que ¿quién sabe? En parte la dificultad para localizarlas y neutralizarlas se debe a su infinita flexibilidad. A esta metodología superior aspiraba Martin para Typhon. Es mi misión.

El camarero se llevó sus ensaladas a medio comer. Poco después llegaron los platos principales. Hart pidió otra botella de agua mineral. Tenía la boca seca. Ahora tenía a la NSA por un lado y a una organización terrorista completamente anómala a punto de lanzar un ataque sobre un gran edificio de la Costa Este por el otro. Escila y Caribdis. Entre los dos podían destruir su carrera en la CIA antes incluso de que ésta empezara. No podía permitirlo. No lo permitiría.

—Discúlpame un momento —dijo, y se levantó.

Soraya echó un vistazo al restaurante, pero sin dejar de mirar de reojo al menos a uno de los agentes. Le pareció que éste se ponía tenso cuando la directora se dirigió al servicio de señoras. Se había levantado para seguirla cuando Hart volvió. El hombre dio la vuelta y volvió a sentarse.

La directora se sentó en su sitio y miró a Soraya a los ojos.

—En vista de que has preferido darme esta información aquí en lugar de hacerlo en el despacho, doy por supuesto que tienes una idea concreta de cómo proceder.

—Escucha —siguió Soraya—, la situación está al rojo vivo y no tenemos suficiente información para movilizar efectivos, y mucho menos para actuar. Nos queda menos de una semana para descubrir todo lo que podamos de esta organización terrorista con base Dios sabe dónde y dotada de quién sabe cuántos miembros.

»No es el momento ni el lugar para ceñirse a los protocolos habituales. No nos servirán de nada. —Miró su pescado como si fuera lo último que deseara meterse en la boca. Cuando levantó la cabeza, dijo—: Necesitamos que Jason Bourne encuentre a ese grupo terrorista. Nosotros nos encargaremos del resto.

Hart la miró como si estuviera loca.

—Ni hablar.

—Dada la urgencia de la misión —dijo Soraya—, él es el único que tiene alguna posibilidad de localizarlos y detenerlos.

—No duraría ni un día en mi trabajo si se supiera que estoy colaborando con Jason Bourne.

—Por otro lado —dijo Soraya—, si haces caso omiso de esta información y ese grupo logra llevar a cabo el ataque, estarás fuera de la CIA antes de poder recuperar el aliento.

Hart se apoyó en el respaldo, soltando una risita.

—Eres de lo que no hay. ¿Quieres que autorice el reclutamiento de un agente que trabaja solo, un hombre que en el mejor de los casos tiene una personalidad inestable y a quien muchos peces gordos de esta organización consideran peligroso, para una misión que tendría espantosas consecuencias para este país y para la supervivencia de la propia CIA?

Un estremecimiento de ansiedad recorrió la columna vertebral de Soraya.

—Espera un momento. Repite eso. ¿A qué te refieres con la supervivencia de la propia CIA?

Hart miró primero a un agente de la NSA y después al otro. Luego soltó un profundo suspiro y contó a Soraya todo lo que había sucedido después de que el presidente la convocara al Despacho Oval, cuando se había visto obligada a hablar con Luther LaValle y el general Kendall.

—Después de hacer valer mi opinión ante el presidente, LaValle se me acercó fuera para charlar —concluyó Hart—. Me dijo que si no colaboraba con él iría a por mí con todos los medios que tuviera a su disposición. Quiere apoderarse de la CIA, Soraya, y que forme parte de su creciente red de servicios de inteligencia. Y no se trata sólo de LaValle, sino también de su jefe, el secretario de Defensa. El plan huele a Bud Halliday por todas partes. Black River tuvo tratos con él de vez en cuando, y ninguno fue agradable. Si consigue meter a la CIA en la esfera de acción del Pentágono, puedes estar segura de que los militares no se quedarán mirando, y lo echarán todo a perder con su mentalidad belicosa habitual.

—Entonces, razón de más para meter en esto a Jason Bourne. —La voz de Soraya había adquirido un tono urgente—. Él es capaz de hacer un trabajo que todo un equipo de agentes no es capaz de cumplir. Créeme, hemos trabajado juntos un par de veces. Todo lo que se dice de él en la CIA es falso. Está claro que los militares de carrera como Batt detestan su forma de trabajar sin reglas: es normal. Bourne goza de la máxima libertad. Además posee cualidades que ellos no podrían ni soñar.

—Soraya, en varios informes se da a entender que mantuviste una relación con Bourne. Dime la verdad, por favor, necesito saber si te guía algo más que los intereses del país y la CIA.

Soraya ya se lo esperaba y estaba preparada.

—Creía que Martin había atajado esas habladurías. No hay ni una pizca de verdad en ellas. Nos hicimos amigos cuando yo dirigía la estación de Odesa. De eso hace mucho tiempo y él ni siquiera se acuerda. Ni siquiera me reconoció cuando volvió el año pasado para salvar a Martin.

—El año pasado estuviste de nuevo sobre el terreno con él.

—Trabajamos bien juntos. Eso es todo —dijo Soraya con firmeza.

Hart seguía observando discretamente a los agentes de la NSA.

—Aunque creyera que lo que propones podría funcionar, él no

aceptaría nunca. Por lo que he leído y oído desde que he llegado a la CIA, odia la organización.

—Eso es verdad —dijo Soraya—. Pero en cuanto comprenda la gravedad de la amenaza creo que podré convencerlo para que participe una vez más.

Hart meneó la cabeza.

—No lo sé. El mero hecho de hablar con él ya es un riesgo enorme, y no estoy segura de querer asumirlo.

—Directora, si no aprovechas esta oportunidad, no tendrás otra. Será demasiado tarde.

Hart estaba todavía insegura de la dirección que debía tomar: lo seguro y probado o lo menos ortodoxo.

«No —pensó—, no es lo menos ortodoxo: es una locura.»

—Creo que ya hemos exprimido al máximo este local —dijo bruscamente. Hizo una seña al camarero—. Soraya, creo que necesitas empolvarte la nariz. Mientras estás en el servicio, llama a la policía. Utiliza el teléfono público; funciona, lo he comprobado. Dile a la policía que hay dos hombres armados en este restaurante. Después vuelve a toda prisa a la mesa y prepárate para moverte con rapidez.

Soraya le hizo una sonrisita de complicidad, se levantó y fue al servicio de señoras. El camarero se acercó con el ceño fruncido.

—¿La trucha no estaba a su gusto, señora?

—Es excelente —dijo Hart.

El camarero recogió los platos mientras Hart sacaba cinco billetes de veinte dólares y se los metía en el bolsillo.

—¿Ve a aquel hombre de la cara ancha con hombros de jugador de fútbol?

—Sí, señora.

—Me gustaría que tropezara cuando pase junto a su mesa.

—Si lo hago —dijo el camarero—, es posible que le eche estas truchas encima.

—Exactamente —dijo Hart con una sonrisa triunfal.

—Pero podría quedarme sin trabajo.

—No se preocupe —dijo Hart, sacando su identificación para que la viera el camarero—. Yo hablaré con su jefe.

El camarero asintió y se alejó. Soraya volvió del servicio y se sentó. Hart echó unos billetes sobre la mesa, pero no se levantó hasta que el camarero tropezó con el recogeplatos. Se tambaleó y el contenido de los platos cayó. En cuanto el agente de la NSA se levantó sobresaltado, las dos mujeres se dirigieron a la puerta. El agente de la NSA estaba reprendiendo a gritos al camarero, que intentaba limpiarlo con servilletas; todo el mundo miraba y gesticulaba. Un par de personas que habían visto de cerca el incidente explicaban sus versiones de lo ocurrido. En medio del caos creciente, el segundo hombre de la NSA se levantó para acudir en auxilio de su compañero, pero vio que las mujeres se dirigían hacia él y cambió de idea.

Hart y Soraya ya estaban en la puerta, a punto de salir a la calle. El segundo agente de la NSA se dispuso a seguirlas, pero un par de policías corpulentos entraron en el restaurante y lo detuvieron.

—¡Eh! ¿Por qué no ellas? —gritó el agente.

Otros dos coches patrulla pararon en seco delante del restaurante y los policías bajaron corriendo. Hart y Soraya ya tenían las identificaciones a punto. Los policías las examinaron.

—Llegamos tarde a una reunión —dijo Hart, apresurada y con un tono autoritario—. Seguridad nacional.

La frase era como un «ábrete sésamo». Los policías las dejaron pasar.

—Qué bonito —dijo Soraya, impresionada.

Hart asintió, pero su expresión era lúgubre. Ganar aquella pequeña escaramuza no significaba nada para ella, aparte de la satisfacción inmediata. Su objetivo era ganar la guerra.

Cuando estaban a unas travesías de distancia, seguras de haberse deshecho del corre que te pillo de LaValle, Soraya dijo:

—Al menos permíteme que concierte un encuentro con Bourne para que podamos saber qué opina al respecto.

—Dudo muchísimo que sirva de nada.

—Jason confía en mí. Hará lo que crea más correcto —dijo Soraya con convicción absoluta—. Siempre lo hace.

Hart se lo pensó un momento. Escila y Caribdis seguían cerniéndose pesadamente sobre el curso de su pensamiento. ¿Cómo moriría?, ¿ahogada o en un incendio? Aun así no se arrepentía de haber aceptado el puesto de directora. Si estaba preparada para algo en aquella etapa de su vida era para un desafío. No podía imaginar ninguno más grande.

—Como seguramente sabes —dijo—, Bourne quiere ver los archivos de las conversaciones entre Lindros y Moira Trevor. —Se paró para juzgar la reacción de Soraya ante el nombre de la mujer a la que estaba unido Bourne ahora—. Le dije que aceptaba. —La cara de Soraya ni siquiera se había estremecido—. Hemos quedado esta tarde a las cinco —dijo lentamente, como si todavía estuviera pensando en ello. De repente, asintió con decisión y añadió—: Ven conmigo. Veamos qué efecto le produce tu información.

11

—Ha sido espléndido —dijo Specter a Bourne—. No tengo palabras para decirte lo impresionado que estoy con la forma en que has manejado la situación en el zoo y en el hospital.

—Mijaíl Tarkanian está muerto —dijo Bourne—. No era mi intención que acabara así.

—Pero ha sucedido. —El ojo morado de Specter ya no estaba tan hinchado, pero estaba empezando a adoptar colores chillones—. Repito que tengo una deuda contigo, y por partida doble, mi querido Jason. Está claro que Tarkanian era un traidor. De no ser por ti, habría sido el instigador de mi tortura y de mi muerte. Ya me perdonarás si no me apena su muerte.

El profesor dio una palmadita afectuosa a Bourne mientras los dos hombres caminaban hacia el sauce llorón de la propiedad de Specter. Por el rabillo del ojo, a los lados, Bourne podía ver a algunos jóvenes armados con rifles de asalto. Teniendo en cuenta los sucesos del día, a Bourne no le extrañaban los guardias armados del profesor. De hecho, saber que el profesor Specter estaba bien protegido hacía que se sintiera mejor.

Debajo de la nebulosa de ramas amarillas y delicadas, los dos hombres contemplaron la superficie del estanque, tan plana como si fuera una lámina de acero. Un par de cuervos asustadizos levantaron el vuelo del sauce y graznaron furiosos. Sus plumas centelleaban en breves tonalidades del arco iris al alejarse rápidamente del sol poniente.

—¿Conoces bien Moscú? —preguntó Specter.

Bourne le había contado lo que había dicho Tarkanian, y los dos creían que Jason debía empezar por allí en su búsqueda del asesino de Piotr.

—Bastante. He estado varias veces.

—De todos modos, un amigo mío, Liev Baronov, te recogerá en

el aeropuerto de Sheremétievo. Te proporcionará lo que necesites. Incluidas las armas.

—Trabajo solo —dijo Bourne—. Ni quiero ni necesito un compañero.

Specter asintió, comprensivo.

—Liev sólo estará allí para darte apoyo. Te doy mi palabra de que no se entrometerá.

El profesor calló un momento.

—Lo que me preocupa, Jason, es tu relación con la señora Trevor. —Volviéndose de cara a la casa, habló más bajo—. No pretendo meter las narices en tu vida privada, pero si vas a ir al extranjero...

—Ella también se va. Esta noche se marcha a Múnich —dijo Bourne—. Te agradezco tu preocupación, pero es la mujer más capaz que he conocido. Puede cuidarse sola.

Specter asintió muy aliviado.

—Entonces muy bien. Sólo queda la cuestión de la información sobre Ikupov. —Sacó un paquete—. Aquí están tus billetes de avión a Moscú, junto con la documentación que necesitarás. Allí te espera el dinero. Liev tiene los detalles del banco, el número de cuenta y de caja fuerte, y una identidad falsa. La cuenta está a ese otro nombre, no al tuyo.

—Has trabajado.

—Lo hicimos anoche, con la esperanza de que aceptaras —dijo Specter—. Sólo nos queda sacarte la foto para el pasaporte.

—¿Y si hubiera dicho que no?

—Alguien se habría presentado voluntario —dijo Specter sonriendo—. Pero tenía fe, Jason. Y mi fe ha sido recompensada.

Se volvieron, encaminándose hacia la casa, pero en un momento dado el profesor se paró.

—Una cosa más —dijo—. La situación en Moscú, en lo relativo a la *grupperovka*, las familias mafiosas, está en uno de los puntos de ebullición que suele tener de manera periódica. La Kazanskaya y los azerbaiyanos se están peleando por el control absoluto del tráfico de drogas. Hay muchísimo en juego, miles de millones de dólares. Así que no te metas. Si tuvieras que entrar en contacto con ellos, te rue-

go que evites los enfrentamientos directos. Es la única forma de sobrevivir.

—Lo tendré presente —dijo Bourne, mientras uno de los hombres de Specter salía a toda prisa de la parte trasera de la casa.

—Ha venido una tal Moira Trevor a ver al señor Bourne —dijo
en alemán con acento turco.

Specter miró a Bourne con las cejas arqueadas por la sorpresa, de
inquietud o ambas cosas a la vez.

—No tuve más remedio —dijo Bourne—. Tengo que verla antes
de que se vaya y, después de lo que ha sucedido hoy, no quería dejarte solo hasta el último momento.

La expresión de Specter se relajó.

—Te lo agradezco, Jason. En serio. —Hizo un gesto ampuloso con
la mano—. Ve a ver a tu amiga que yo seguiré con los preparativos.

—Voy camino del aeropuerto —dijo Moira cuando Bourne se reunió
con ella en el vestíbulo—. El avión sale dentro de dos horas. —Le
proporcionó los detalles pertinentes.

—Yo iré en otro avión —dijo él—. Debo hacer algo por el profesor.

La cara de la muchacha tembló de decepción antes de transfor-
marse en una sonrisa.

—Debes hacer lo que creas mejor para ti.

Bourne percibió una distancia imperceptible en la voz de Moira,
como si entre ellos hubiera caído un cristal divisorio.

—He dejado la universidad. Tú tenías razón.

—Otra buena noticia.

—Moira, no quiero que mi decisión cause problemas entre nosotros.

—Eso no sucederá nunca, Jason, te lo prometo. —Le besó en la
mejilla—. Tengo algunas entrevistas programadas en Múnich, personas relacionadas con la seguridad con quienes he podido contactar a
través de canales clandestinos: dos alemanes, un israelí y un musulmán alemán, que parece el más prometedor de todos.

Viendo que dos hombres de Specter se acercaban a la entrada, Bourne condujo a Moira a uno de los dos salones. Un reloj de bronce que había sobre el mármol de la chimenea dio la hora.

—Menudo palacio para un profesor de universidad.

—El profesor viene de buena familia —mintió Bourne—. Pero no le gusta que se sepa.

—Mis labios están sellados —dijo Moira—. Por cierto, ¿adónde te manda?

—A Moscú. Unos amigos suyos tienen problemas.

—¿La mafia rusa?

—Algo por el estilo.

Sería mejor que creyera la explicación más simple, pensó Bourne, observando la expresión de la mujer a la luz de la lámpara. Aunque él mismo no fuera ajeno a la duplicidad, su corazón se encogió pensando que Moira podía estar jugando con él como se sospechaba que había jugado con Martin. Muchas veces a lo largo de aquel día había pensado anular la reunión con la nueva directora, pero debía reconocer que para él era importante ver qué tipo de comunicación había entre ella y Martin, pues la ponía en tela de juicio. Cuando la viera sabría cómo actuar con Moira. Le debía a Martin el haber descubierto la verdad sobre su relación con ella. Además, no merecía la pena engañarse: ahora tenía un interés personal en el asunto. Sus nuevos sentimientos hacían las cosas más complicadas para todos, sobre todo para él mismo. «¿Por qué habrá que pagar un precio por todos los placeres?», reflexionó con amargura. Pero ahora que se había comprometido, no había vuelta atrás, ni de Moscú ni de lo que descubriera sobre Moira.

Moira se acercó a él y le puso una mano en el brazo.

—Jason, ¿qué pasa? Pareces muy preocupado.

Bourne intentó no parecer alarmado. Como Marie, Moira tenía la misteriosa habilidad de percibir lo que él sentía. Con las demás personas Jason era capaz de mantener su expresión neutra. Era importante no mentirle, porque si lo hacía, ella se daría cuenta de inmediato.

—La misión es extremadamente delicada. El profesor Specter me

ha advertido de que puedo verme envuelto en una contienda san-
grienta entre dos familias de la *grupperovka* moscovita.

Ella le apretó el brazo con más fuerza durante un momento.

—Tu lealtad hacia el profesor es admirable. Al fin y al cabo, tu
lealtad era lo que Martin admiraba más de ti. —Miró su reloj—. Tengo que irme.

Levantó la cabeza. Sus labios suaves parecían mantequilla derre-
tida. Se besaron durante un tiempo que les pareció infinito.

Moira rió con ternura.

—Querido Jason, no te preocupes. No soy de las que preguntan
cuándo volveré a verte.

Se volvió, llegó al vestíbulo y salió. Poco después, Bourne oyó el
motor de un coche arrancando, el chirrido de los neumáticos al girar
por el sendero de grava hacia la carretera.

Arkadin se despertó sucio y dolorido. Todavía tenía los cabellos húmedos del sudor producido por una pesadilla. Por las persianas en-
tornadas se filtraba una luz grisácea. Hizo rodar la cabeza para estirar
el cuello y pensó que lo que necesitaba era un buen baño, pero el
hotel sólo tenía una ducha en el pasillo.

Al volverse se dio cuenta de que estaba solo en la habitación;
Devra se había ido. Se sentó, saltó de la cama húmeda y arrugada, y
se frotó la cara áspera con las palmas de las manos. Le dolía el hombro. Lo tenía hinchado y sensible.

Iba a coger el pomo de la puerta cuando ésta se abrió, y Devra
apareció en el umbral con una bolsa de papel en la mano.

—¿Me has echado de menos? —dijo con una sonrisa sardónica—. Se te ve en la cara. Creías que me había largado.

Entró en la habitación y cerró la puerta con el pie. Le miró a los
ojos, sin parpadear. Levantó la mano libre y le apretó delicadamente
el hombro izquierdo entre los dedos, con suficiente fuerza para cau-
sarle dolor.

—He traído cafés y pastas —dijo tan tranquila—. No me mires así.

Arkadin la miró un momento, enfadado. No le importaba el dolor, pero sí que la chica lo desafiara. Estaba en lo cierto. En ella había mucho más de lo que se veía a primera vista.

Lo dejó correr y ella también.

—Sé quién eres —dijo Arkadin—. Filia no era el correo de Piotr. Eras tú.

Reapareció la sonrisa sardónica.

—Ya me preguntaba cuánto tardarías en descubrirlo. —Fue a la cómoda, dejó los vasos de papel con café, y puso los bollos sobre la bolsa de papel alisada. Sacó una bolsita de hielo y se la lanzó.

—Todavía están calientes. —Mordisqueó un bollo reflexivamente.

Arkadin se aplicó el hielo sobre el hombro izquierdo, y suspiró discretamente de alivio. Se zampó su bollo en tres bocados. Después vació el café caliente.

—Lo próximo que harás será poner una mano sobre una llama. —Devra sacudió la cabeza—. Hombres.

—¿Por qué sigues aquí? —preguntó Arkadin—. Podrías haber huido.

—¿Adónde? He matado a uno de los hombres de Piotr.

—Tendrás amigos.

—Ninguno de quien pueda fiarme.

De lo que se deducía que se fiaba de él. Su instinto le decía que la chica no mentía. Se había lavado el rímel de la cara que el día anterior se le había corrido y, curiosamente, los ojos se le veían más grandes. Y las mejillas, ahora que se había lavado lo que debía de ser una crema blanca de teatro, estaban rosadas.

—Te llevaré a Turquía —dijo—. A un pueblo llamado Eskişehir. Mandé el documento allá.

Teniendo en cuenta lo que sabía, Turquía —la antigua puerta entre Oriente y Occidente— sonaba verosímil.

Arkadin la agarró por la camisa y se dirigió a la ventana. El movimiento le hizo resbalar la bolsa de hielo y le agudizó el dolor del hombro. Pero no le importó. Los sonidos matutinos de la calle le llegaron como el perfume del pan recién salido del horno. Obligó a Devra a doblarse, de modo que la cabeza y el torso le salieran fuera de la ventana.

—¿Qué te dije de mentirme?

—Puedes matarme si quieres —dijo ella con su vocecita de niña—. No toleraré más malos tratos de ti.

La metió otra vez en la habitación y la soltó.

—¿Qué vas a hacer? —dijo Arkadin con una mueca burlona—. ¿Saltar por la ventana?

Aún no había acabado de pronunciar esas palabras y ella, sin quitarle los ojos de encima, se sentó en el alfeizar y se dio impulso hacia atrás. Arkadin la agarró por las piernas y la arrastró de nuevo hacia dentro.

Se miraron furiosamente, respirando con dificultad, con los corazones bombeando por el exceso de adrenalina.

—Ayer, cuando estábamos en la escalera, me dijiste que no tenías muchos motivos por los que vivir —dijo Devra—. A mí me pasa lo mismo, más o menos. Así que aquí estamos, los dos, hermanos de sangre, y sólo nos tenemos el uno al otro.

—¿Cómo puedo saber que el próximo eslabón de la red está en Turquía?

La chica se apartó los cabellos de la cara.

—Estoy harta de mentirte —dijo—. Es como mentirme a mí misma. ¿Para qué?

—Es muy fácil hablar —respondió él.

—Pues te lo demostraré. Cuando lleguemos a Turquía te llevaré al lugar donde está escondido el documento.

Arkadin asintió, intentando no pensar demasiado en lo que había dicho ella y aceptando aquella inquietante tregua.

—No volveré a ponerte la mano encima.

«Excepto para matarte», pensó.

12

La Freer Gallery of Art se encontraba en el lado meridional del Mall, delimitada por el oeste por el monumento a Washington y por el este por la piscina reflectante, puerta de entrada al inmenso edificio del Capitolio, justo en la esquina entre Jefferson Drive y la calle 12 Sudoeste, cerca del confín occidental del Mall.

El edificio, un palacio renacentista florentino con fachada de granito rosa importado de Connecticut, había sido encargado por Charles Freer para alojar su gigantesca colección de arte asiático y de Oriente Medio. La entrada principal estaba situada en el lado norte del edificio, donde se había fijado la reunión, y consistía en tres arcos sostenidos por columnas dóricas que encerraban una galería central. Dado que la estructura se desarrollaba sobre todo hacia el interior, muchos críticos consideraban la fachada poco agradable, sobre todo en comparación con la exuberancia de la vecina National Gallery of Art.

No obstante, la Freer era el primer museo de su clase del país, y Soraya la adoraba no sólo por el valor de las obras que albergaba sino también por las elegantes líneas del palacio. En concreto, le gustaba el patio delimitado por la galería y el hecho de que cuando, como sucedía en aquel momento, el Mall hervía de hordas de turistas que entraban y salían de la estación Smithsonian del metro en la calle 12, la Freer seguía siendo un oasis de calma y tranquilidad. Cuando los asuntos en el despacho se calentaban demasiado, Soraya iba allí para liberarse de tensiones. Diez minutos con jades de la dinastía Sung ejercían sobre ella el mismo efecto que un calmante.

Buscó a su colega con la mirada mientras se acercaba al lado norte del Mall. En medio de la multitud —entre hombres fornidos con acentos ásperos y cortantes del Medio Oeste, niños que correteaban, madres que reían y adolescentes con la mirada perdida y absortos en sus iPod— vio la figura alta y elegante de Veronica Hart que entraba en el edificio y después volvía sobre sus pasos.

Bajó de la acera, pero la bocina de un coche que se acercaba hizo que volviera a subir, con un sobresalto. En aquel momento le sonó el móvil.

—¿Qué te crees que estás haciendo? —preguntó Bourne.

—¿Jason?

—¿Por qué vienes a esta reunión?

Ingenuamente, ella miró a su alrededor; nunca había conseguido detectarlo y lo sabía.

—Me ha invitado Hart. Necesito hablar contigo. La directora y yo queremos hablar contigo.

—¿Sobre qué?

Soraya respiró hondo.

—Las centrales de escucha de Typhon han recogido una serie de comunicaciones preocupantes sobre un inminente ataque terrorista contra una ciudad de la Costa Este. El problema es que eso es lo único que sabemos. Peor aún, las comunicaciones son entre dos células de un grupo del que no sabemos nada. Tuve la idea de reclutarte para dar con ellos y detener el ataque.

—No es mucho para empezar —dijo Bourne—. Da igual. El grupo se llama Legión Negra.

—En la facultad estudié el vínculo entre una rama de extremistas musulmanes y el Tercer Reich. Pero no puede tratarse de la misma Legión Negra. Los mataron o los desmantelaron cuando cayó el nazismo.

—Pueden ser los mismos y lo son —dijo Bourne—. No sé cómo han logrado sobrevivir, pero lo han hecho. Tres de sus miembros intentaron secuestrar al profesor Specter esta mañana. He visto su símbolo tatuado en el brazo de uno de los hombres armados.

—¿Los tres caballos unidos por una calavera?

—Sí. —Bourne describió el incidente con detalle—. Puedes ver el cadáver en el depósito.

—Lo haré —dijo Soraya—. Pero ¿cómo ha podido la Legión Negra permanecer tan oculta como para que no se la detectara, y hacerlo durante tanto tiempo?

—Tienen una fachada internacional potente —dijo Bourne—. La Hermandad Oriental.

—Me parece inverosímil —dijo Soraya—. La Hermandad Oriental está en primera línea en las relaciones entre el islam y Occidente.

—Te aseguro que mi fuente es solvente.

—Dios santo, ¿a qué te has dedicado el tiempo que llevas fuera de la CIA?

—Nunca estuve en la CIA —dijo Bourne bruscamente—, y ésta es una de las razones. Dices que quieres hablar conmigo, pero dudo que necesites una docena de agentes para hacerlo.

Soraya se quedó paralizada.

—¿Agentes? —Ya estaba en el Mall y tuvo que reprimirse para no mirar alrededor—. Aquí no hay agentes de la CIA.

—¿Cómo lo sabes?

—Hart me lo habría dicho.

—¿Por qué debería decírtelo todo? Tú y yo nos conocemos desde hace mucho tiempo.

—Eso es verdad. —Siguió caminando—. Pero hoy ha sucedido algo que me hace pensar que los agentes a quienes has detectado son de la NSA. —Le explicó cómo las habían seguido desde la sede de la CIA al restaurante. Le habló del secretario Halliday y de Luther La-Valle, y de cómo ambos tramaban convertir la CIA en un anexo del servicio clandestino del Pentágono.

—Parecería lógico si sólo fueran dos —dijo Bourne—. Pero ¿seis? No, se trata de algo más, algo que ni tú ni yo sabemos.

—¿Cómo qué?

—Los agentes están meticulosamente dispuestos en triángulo a la entrada de la Freer —dijo Bourne—. Eso significa que estaban al corriente de la reunión. También significa que los seis no estaban encargados de seguir a Veronica Hart. Si no están para vigilarla, los han mandado por mí. Esto es cosa de Hart.

Soraya sintió un estremecimiento que le recorría la espalda. ¿Y si la directora le había mentido? ¿Y si desde el principio pretendía tender una trampa a Bourne? Sin duda sería lógico que capturasen a Jason Bourne en una de sus primeras operaciones oficiales como directora de la CIA. La situaría en una buena posición con respecto a Rob Batt y todos los que despreciaban y temían a Bourne, y que no sentían ninguna simpatía por ella. Además, capturar a Jason le daría muchos puntos delante del presidente e impediría que el secretario Halliday aumentara su ya considerable influencia. De todos modos, ¿por qué querría Hart llevarse a Soraya y darle la oportunidad de estropear su primera operación sobre el terreno? No, tenía que creer que aquello era una iniciativa de la NSA.

—No lo creo —dijo con énfasis.

—Supongamos que tienes razón. La otra posibilidad es más horrible. Si Hart no me ha tendido una trampa, es que hay alguien bien situado en la CIA que sí lo ha hecho. Hablé con Hart en persona cuando le pedí esta reunión.

—Sí —dijo Soraya—; con mi móvil, por cierto.

—¿Lo encontraste? Tienes uno nuevo.

—Estaba en la alcantarilla, donde lo tiraste tú.

—Pues no te quejes —dijo Bourne, con simpatía—. No creo que Hart haya hablado de este encuentro a mucha gente, pero uno de ellos está trabajando contra ella, y esto significa que hay muchas probabilidades de que sea alguien reclutado por LaValle.

Si Bourne estaba en lo cierto... Pero por supuesto que lo estaba.

—Tú eres el premio gordo, Jason. Si LaValle puede capturarte, cuando nadie de la agencia ha podido, será un héroe. Después de eso, apoderarse de la dirección de la CIA será pan comido. —Soraya sentía el sudor que le bajaba de los cabellos—. En tales circunstancias —dijo— creo que debes desaparecer.

—Necesito ver la correspondencia entre Martin y Moira. Y si Hart es la instigadora de la trampa, nunca me dará otra oportunidad de acceder a los archivos. Tendré que arriesgarme, pero no hasta que me asegures que Hart lleva el material encima.

Soraya, que casi había llegado a la entrada, soltó un largo suspiro.

—Jason, yo encontré las conversaciones y puedo decirte lo que contienen.

—¿Crees que podrías repetírmelas palabra por palabra? —dijo él—. De todas maneras no es tan sencillo. Karim al-Jamil falsificó centenares de documentos antes de marcharse. Conozco el método que utilizaba para alterarlo. Debo verlos yo mismo.

—Ya veo que no puedo convencerte para que te mantengas al margen.

—No —dijo Bourne—. Cuando estés segura de que el material es auténtico, llámame al móvil. Entonces debes llevar a Hart hacia la galería, lejos de la entrada.

—¿Por qué? —preguntó Soraya—. Eso sólo hará las cosas más difíciles para ti... ¿Jason?

Pero Bourne ya había colgado.

Desde su observatorio en el techo del Forrestal Building de la avenida Independence, Bourne enfocó los potentes visores nocturnos de Soraya, que se había dirigido directamente hacia la directora de la CIA dejando a su espalda grupos de turistas apresurados, a los agentes situados en el extremo occidental del Mall. Dos de ellos charlaban en la esquina nororiental del edificio norte del Departamento de Agricultura. Otro, con las manos en los bolsillos del impermeable, se dirigía desde Madison Drive al Smithsonian, al sudoeste. Un cuarto, el que había levantado sus sospechas de entrada, se encontraba al volante de un coche aparcado en la avenida Constitution. Bourne había notado que el coche estaba mal aparcado y que había un coche patrulla de la policía que estaba parado a su lado. Habían bajado las ventanillas y habían hablado un rato. El conductor del coche mal aparcado había enseñado brevemente una identificación. El coche patrulla se había marchado.

El quinto y el sexto agentes estaban al este de la Freer, uno más o menos a la mitad de camino entre Madison y Jefferson, y el otro frente al Arts Industries Building. Bourne sabía que por lo menos tenía que haber uno más.

Eran casi las cinco. El breve crepúsculo invernal estaba iluminado por luces centelleantes colgadas alrededor de las farolas. Tras memorizar la posición de todos los agentes, Bourne volvió a la calle. Para bajar, utilizó manos y pies como apoyo en las cornisas de las ventanas.

Los agentes se moverían en cuanto él se hiciera ver. Calculando la distancia que había entre ellos y las dos mujeres, llegó a la conclusión de que sólo disponía de dos minutos para obtener los documentos de Hart.

Permaneciendo en la sombra, a la espera de la señal de Soraya, se esforzó por detectar a los agentes que le faltaban. No podían arriesgarse a dejar la avenida Independence al descubierto. Si al final Hart no llevaba los documentos, haría lo que le había sugerido Soraya y se alejaría de la zona sin que lo vieran.

La imaginó a la entrada de la Freer hablando con la directora. Habría un primer momento tenso de reconocimiento y después Soraya llevaría la conversación hacia los documentos. Tendría que encontrar la manera de que Hart se los mostrara, para asegurarse de que eran los auténticos. El teléfono sonó y después se apagó. Los documentos eran los originales.

Bourne se conectó a Internet y, navegando por la página oficial de la policía metropolitana de Washington, comprobó los últimos partes del tráfico y evaluó sus opciones. La operación duró más de lo que se proponía. Existía el peligro inmediato y muy real de que uno de los seis agentes estuviera en contacto con la base —la CIA o el Pentágono—, cuya sofisticada telemetría electrónica era capaz de localizar su teléfono y, peor aún, espiar lo que estaba descargando. Sin embargo, no le quedaba otra opción. En caso de que se produjeran retrasos imprevistos, el acceso debía coincidir en el lugar y en el momento. Dejó de lado las preocupaciones, concentrándose en lo que tenía que hacer. Los siguientes cinco minutos eran decisivos.

Era hora de ponerse en marcha.

Unos instantes después de llamar en secreto a Bourne, Soraya dijo a Veronica Hart.

—Me temo que podría haber un problema.

La directora se volvió de golpe, explorando la zona con la mirada en busca de señales de la presencia de Bourne. La multitud que había alrededor de la Freer se había hecho más densa: muchos se dirigían a la cercana estación de metro del Smithsonian, para volver a los hoteles o a sus casas.

—¿Qué problema?

—Creo haber visto a uno de los agentes de la NSA del restaurante.

—Mierda, no quiero que LaValle sepa que voy a encontrarme con Bourne. Le dará un ataque y le faltará tiempo para hablar con el presidente. —Se volvió—. Creo que deberíamos irnos antes de que llegue Bourne.

—¿Y mis informaciones? —preguntó Soraya—. ¿Qué posibilidades tenemos sin él? Sugiero que nos quedemos y hablemos con él. Si le enseñas el material estará más predispuesto a confiar en ti.

La directora estaba muy nerviosa.

—Esto no me gusta.

—El factor tiempo es decisivo. —Soraya la tomó por el codo—. Vamos por aquí —dijo, señalando la galería—. Estaremos fuera del campo de visión de los vigilantes.

Hart caminó de mala gana por el espacio abierto. La galería estaba especialmente rebosante de gente que daba vueltas y hablaba de las obras de arte que acababa de ver, y de sus planes para la cena y para el día siguiente. El museo cerraba a las cinco y media, y el edificio empezaba a vaciarse.

—¿Dónde demonios está? —dijo Hart en tono petulante.

—Vendrá —dijo Soraya para tranquilizarla—. Quiere el material.

—Ya sé que lo quiere. El material está relacionado con alguien a quien aprecia.

—Para él es muy importante limpiar el nombre de Martin.

—Me refería a Moira Trevor —dijo la directora.

Antes de que Soraya pudiera contestar, un grupo salió de la puerta principal. Bourne estaba en el centro. Soraya podía verlo, pero era imposible que lo vieran desde el otro lado de la calle.

—Ahí está —murmuró mientras Bourne se acercaba rápida y silenciosamente por detrás. Debía de haber entrado quien sabe cómo por la avenida Independence, en el lado meridional del edificio cerrado al público, y había atravesado las salas del museo hasta la parte delantera.

La directora se volvió y taladró a Bourne con una mirada penetrante.

—Así que ha venido a pesar de todo.

—Le dije que vendría.

No pestañeó, ni se movió en absoluto. Soraya creía que era entonces cuando estaba más aterrador: era pura fuerza de voluntad.

—Tiene algo para mí.

—Le dije que podía leerlo. —La directora le tendió un sobre pequeño.

Bourne lo cogió.

—Siento no tener tiempo para leerlo aquí.

Se giró de repente, zigzagueó entre la multitud y desapareció dentro de la Freer.

—Espere —gritó Hart—. Espere.

Pero era demasiado tarde, y por si no fuera suficiente tres agentes de la NSA habían entrado a paso ligero por la puerta principal pasando junto a la directora y Soraya sin dignarse a mirarlas. A pesar de que los tres entraron a empujones, no podían avanzar con tanta rapidez como habrían querido debido a la gran cantidad de personas que salían del museo. Apareció otro agente, que tomó posiciones dentro de la misma galería, las miró y sonrió burlonamente.

Bourne atravesó el interior del museo al paso que consideraba prudente. Además de que ya lo había recorrido una vez, había memorizado el plano del folleto de mano. Así no perdió tiempo equivocándose de camino. Pero le preocupaba una cosa. Cuando entró no había visto a ningún agente. Tal vez eso significase que tendría que enfrentarse a ellos a la salida.

Cerca de la entrada posterior, un guardia se paseaba por las salas antes de cerrar el museo. Bourne se vio obligado a esconderse detrás de una esquina de la que sobresalía la caja del dispositivo contra incendios y el extintor. Oyó que el guardia invitaba a una familia a dirigirse hacia la salida principal. Bourne estaba a punto de salir cuando oyó otras voces más bruscas, más decididas. Permaneciendo en la sombra, vio a una pareja de estudiosos chinos, con los cabellos blancos, americanas de rayas finas y zapatos lustrosos, discutiendo sobre los méritos de un jarro de porcelana Tang. Después, cuando los dos se dirigieron hacia Jefferson Drive, sus voces y sus pasos fueron amortiguándose.

Sin perder ni un instante más, Bourne revisó las modificaciones que había introducido en el sistema de alarmas. En apariencia todo estaba normal. Empujó las puertas. El viento nocturno le azotó la cara. Entonces vio a dos agentes que llevaban unas armas extrañas a los lados y subían por las escaleras de granito. Volvió dentro y fue directamente al extintor contra incendios.

Los hombres cruzaron la puerta. Bourne inundó de espuma la cara del primero. Del segundo evitó un tiro a ciegas. Envuelto en un silencio irreal, algo resonó en la pared de mármol blanco de Tennessee, cerca de su hombro, y cayó tintineando al suelo. Bourne lanzó el extintor contra el que le había disparado, lo golpeó en la sien y lo hizo caer. A continuación rompió la caja de cristal tirando con fuerza de la manivela rosa de metal. La sirena de la alarma entró en funcionamiento al instante y resonó por todos los rincones del museo.

Una vez fuera, Bourne bajó los escalones en diagonal, hacia el oeste, directamente a la calle 12 Suroeste. Esperaba encontrar más agentes en la esquina sudoeste del edificio, pero al doblar en la avenida Independence con la calle 12 sólo topó con una riada de gente atraída hacia el edificio por la alarma. Ya se oían las sirenas de los bomberos a lo lejos entre el jaleo creciente de la multitud.

Bourne corrió por la calle que llevaba a la estación de metro del Smithsonian. Al mismo tiempo, se conectó a Internet con el móvil. Tocó el icono de FAVORITOS y se abrió la página de la policía de Washington. Navegó por la estación del Smithsonian y abrió con el cursor el enlace a los horarios de trenes, que se actualizaba cada treinta segundos. Faltaban tres minutos para que llegara el tren de la línea 6 naranja en dirección a Vienna / Fairfax. Tecleó rápidamente un mensaje de texto y lo mando al número que había acordado con el profesor Specter.

La entrada del metro, a rebosar de gente parada en la escalera que observaba la escena, se encontraba a unos cincuenta metros. Bourne oía las sirenas de la policía con claridad. Varios coches sin distintivo bajaban por la calle 12 hacia Jefferson. Al llegar al cruce doblaron hacia el este, todos menos uno, que siguió hacia el sur.

Bourne intentó correr, pero la gente se lo impedía. Casi había conseguido librarse, en una pequeña zona milagrosamente vacía de gente, cuando la ventana del conductor de un coche que pasaba se bajó. Un hombre fornido con cara lúgubre y la cabeza casi calva apuntó una de aquellas extrañas armas hacia él.

Bourne se apartó, poniendo uno de los postes de entrada al metro entre él y el pistolero. No oyó ningún sonido —como no lo había oído dentro de la Freer— y notó que algo le escocía en la pantorrilla izquierda. Miró hacia abajo y vio el metal de un minidardo en el suelo. Tan sólo lo había rozado. Con un balanceo controlado, Bourne dio la vuelta al poste y bajó la escalera, empujando a los mirones del metro. Disponía de menos de dos minutos para coger la línea 6 naranja en sentido Vienna. El siguiente tren no saldría hasta cuatro minutos después, lo que lo obligaría a pasar demasiado tiempo en un andén, expuesto a que los agentes de la NSA lo localizaran. Tenía que coger el primer tren.

Compró el billete y entró. La multitud crecía y disminuía, como una ola al romper contra la orilla. Empezó a sudar. Le resbaló el pie izquierdo. Recuperando el equilibrio, se imaginó que en aquel minidardo debía de haber algo muy potente si sólo un roce le había hecho tanto efecto. Tuvo que concentrarse todo lo que pudo para encontrar la vía que quería en el tablero electrónico. Pero decidió seguir. Parar a descansar, aunque una parte de él se sintiera muy impelida a hacerlo, era demasiado imprudente. «Siéntate, cierra los ojos y abandónate al sueño.» Se volvió hacia una máquina expendedora, buscó cambio en los bolsillos y se compró todas las chocolatinas que pudo. Después se puso en la cola de la escalera mecánica.

A media bajada le fallaron las piernas y cayó sobre la pareja de delante. Por un instante perdió el conocimiento, después fue presa de escalofríos y, con la mente nublada, llegó al andén. El techo de cuadrados de hormigón se arqueaba sobre su cabeza, amortiguando el sonido de los centenares de personas que llenaban el andén.

Faltaba menos de un minuto. Podía sentir la vibración del tren que llegaba, y el impulso del aire.

Devoró la primera chocolatina. Cuando el tren entró en la estación ya empezaba a comerse la segunda. Subió al vagón dejándose llevar por el flujo de gente. Justo cuando las puertas se estaban cerrando, un hombre alto de hombros anchos e impermeable negro saltó dentro del vagón por el extremo opuesto al de Bourne. Las puertas se cerraron y el tren siguió su marcha con una sacudida.

13

Cuando vio que el hombre del impermeable negro se abría paso hacia él desde del fondo del vagón, Bourne experimentó una desagradable sensación de claustrofobia. Estaría atrapado en ese espacio cerrado hasta la siguiente estación. Además había pasado el subidón inicial del chocolate, y ahora comenzaba a sentir cierto desfallecimiento que le subía por la pierna izquierda hacia el resto del cuerpo. El suero estaba entrando en el riego sanguíneo. Arrancó la envoltura de otra chocolatina y la devoró. Cuanto antes le llegaran el azúcar y la cafeína al organismo, mejor podría luchar su cuerpo contra los efectos de la droga. Pero ese efecto sólo sería temporal, y después el azúcar en sangre y la adrenalina descenderían.

El tren entró en la estación de Federal Triangle y las puertas se abrieron. Salió mucha gente mientras que otra muchedumbre esperaba para entrar. Impermeable Negro utilizó aquel breve instante en que el vagón se había vaciado para dirigirse hacia Bourne, quien se agarraba al palo de cromo con ambas manos. Las puertas se cerraron y el tren se puso en marcha de nuevo. Impermeable Negro quedó bloqueado por un energúmeno que llevaba el dorso de la mano tatuado. Cuando intentó apartarlo, el hombre del tatuaje lo miró furioso, negándose a moverse. Impermeable Negro podría haber utilizado su identificación federal para abrirse camino, pero no lo hizo, sin duda para no provocar el pánico. Bourne no lograba entender todavía si era de la CIA o de la NSA. Mientras luchaba para impedir que su mente se alejara de la realidad, se puso a mirar fijamente la cara de ese último adversario para buscar algún rasgo identificativo. Su rostro era enorme, incoloro, pero con aquella expresión especialmente feroz que el ejército requería de sus agentes. Decidió que era de la NSA. A pesar del aturdimiento, sabía que debería enfrentarse a Impermeable Negro antes de llegar al punto de encuentro en Foggy Bottom.

El tren dio un bandazo al llegar a una curva, y dos niños cayeron encima de Bourne. Jason los sostuvo de pie y enseguida los mandó de vuelta con sus madres. El tren llegó a Metro Center. Bourne captó el centelleo breve de unos faros provisionales donde unos obreros estaban reparando un ascensor. Una chica rubia, con los auriculares de un MP3 en los oídos, se apoyó contra la espalda de Jason, sacó un espejo barato de plástico y se miró el maquillaje. Torciendo los labios, guardó el espejo en el bolso y sacó un brillo de labios aromatizado. Mientras se lo aplicaba, Bourne le robó el espejo, y se lo escondió de inmediato en la mano. A cambio dejó un billete de veinte dólares.

Se abrieron las puertas y Bourne salió junto con otro pasajero. Impermeable Negro, que estaba atrapado entre dos puertas, corrió para salir del vagón y llegó al andén justo a tiempo. Se abrió paso esquivando a la gente y siguió a Bourne al ascensor. La mayoría de la gente se dirigía a la escalera.

Bourne controló la posición de los faros provisionales. Fue hacia ellos, pero sin precipitarse. Quería que Impermeable Negro recuperara un poco de distancia entre ellos. Tenía que asumir que Impermeable Negro también iba armado con una pistola de dardos. Si un dado alcanzaba a Bourne, aunque fuera en una extremidad, aquello sería el fin. Se desmayaría, con cafeína o sin ella, y la NSA lo capturaría.

Delante del ascensor esperaba una muralla de personas mayores y discapacitados, algunos en silla de ruedas. Cuando las puertas se abrieron, Bourne se precipitó hacia adelante como si fuera a subir al ascensor, pero en cuanto llegó bajo la luz de los faros, se volvió y apuntó el espejo con un ángulo que se reflejara en la cara de Impermeable Negro.

Cegado por un momento, Impermeable Negro se paró de golpe y levantó las manos abiertas. Bourne tardó un instante en echársele encima. Con una mano lo golpeó en el nervio de detrás de la oreja derecha, y con la otra le arrancó el arma de dardos de la mano y le disparó en un costado.

Mientras el hombre se doblaba de lado, Bourne lo agarró y lo llevó hasta la pared. Ninguna de las numerosas personas que se habían vuelto estupefactas a observar la escena se detuvo. El ritmo rápido del gentío apenas se lentificó un poco y después recuperó todo su impulso.

Bourne dejó allí a Impermeable Negro y se confundió entre el telón de gente casi sólido que volvía hacia la línea naranja. Cuatro minutos después se había zampado otras dos chocolatinas. Entró en la estación otro tren de la línea 6 naranja en sentido Vienna y, echando un último vistazo por encima del hombro, Jason subió al vagón. Ya no sentía la cabeza rodeada de niebla, pero sabía que lo que necesitaba era agua, toda la que pudiera tragar, para eliminar las sustancias químicas de su organismo lo antes posible.

Dos paradas después, bajó en Foggy Bottom y esperó en el fondo del andén hasta que no salió ningún pasajero más del tren. Entonces los siguió, subiendo los escalones de dos en dos para intentar despejarse la cabeza.

Su primera bocanada de aire fresco vespertino fue honda y tonificante. Excepto una ligera sensación de náusea, quizá causada por el vértigo, se encontraba mejor. Al salir del metro oyó que un coche arrancaba: los faros de un Audi azul oscuro se acercaban. Bourne caminó rápidamente hacia el coche, abrió la puerta del lado del acompañante y subió.

—¿Cómo ha ido? —preguntó el profesor Specter introduciendo el Audi entre el denso tráfico.

—He obtenido más de lo que me esperaba —dijo Bourne, apoyando la cabeza en el respaldo—. Y ha habido un cambio de planes. Seguro que ya me están esperando en el aeropuerto. Me voy con Moira, al menos hasta Múnich.

La cara del profesor mostró preocupación.

—¿Lo crees prudente?

Bourne volvió la cabeza y miró por la ventana a la ciudad que atravesaban.

—No importa. —Pensaba en Martin y en Moira—. Hace tiempo que he dejado de ser prudente.

LIBRO 2

14

—Es increíble —dijo Moira.

Bourne levantó la vista de los documentos que había arrancado a Veronica Hart.

—¿Qué es increíble?

—Que estés aquí, sentado delante de mí en este lujoso avión privado de la empresa. —Moira vestía un elegante traje sastre negro de lana y zapatos de tacón bajo. Alrededor del cuello llevaba una fina cadena de oro—. ¿No debías estar de viaje a Moscú esta noche?

Bourne bebió agua de la botella de la mesita y cerró la carpeta. Necesitaba más tiempo para asegurarse de que Karim al-Jamil había alterado aquellas conversaciones, pero tenía sus sospechas. Sabía que Martin era demasiado escrupuloso como para decirle nada confidencial a Moira, lo que incluía prácticamente todo lo que pasaba en la CIA.

—No podía estar alejado de ti. —Vio que los labios carnosos de Moira se doblaban en una sonrisita—. Además, los de la NSA van detrás de mí.

Fue como si algo se iluminara en la cara de la mujer.

—¿Cómo dices?

—La NSA. Luther LaValle ha decidido que soy su objetivo. —Hizo un gesto con la mano para frenar sus preguntas—. Es política. Si me atrapa, algo que las altas esferas de la CIA no han podido hacer, demostrará a los que mandan que su tesis de que la agencia debería estar bajo su jurisdicción tiene sentido, sobre todo después del caos en que ha estado sumida desde la muerte de Martin.

Moira apretó los labios.

—Entonces Martin tenía razón. Era el único que aún creía en ti.

Bourne estuvo a punto de añadir a Soraya, pero se lo pensó mejor.

—Ahora no importa.

—A mí sí me importa —dijo ella con fiereza.

—Porque lo querías.

—Los dos lo queríamos. —Ladeó la cabeza—. Espera un momento, ¿estás diciendo que hay algo malo en esto?

—Vivimos en los márgenes de la sociedad, en un mundo de secretos. —La incluyó deliberadamente—. Las personas como nosotros siempre tenemos que pagar un precio por amar a alguien.

—¿Como cuál?

—Ya hemos hablado de ello —dijo Bourne—. El amor es una debilidad que nuestros enemigos pueden explotar.

—Y yo dije que era una forma horrible de vivir.

Bourne se volvió a mirar por la ventana de plexiglás a la oscuridad del exterior.

—Es la única que conozco.

—No me lo creo. —Moira se inclinó hacia adelante hasta que sus rodillas se tocaron—. Estoy segura de que ves que eres más que eso, Jason. Amabas a tu mujer; amas a tus hijos.

—¿Qué clase de padre puedo ser para ellos? Soy un recuerdo. Y soy un peligro para ellos. Pronto no seré más que un fantasma.

—Puedes hacer algo para remediarlo. ¿Qué clase de amigo eras para Martin? De los mejores. De los únicos que importan. —Intentó que la mirara a los ojos—. A veces me da la sensación de que buscas respuestas a preguntas que no la tienen.

—¿Qué quieres decir?

—Que no importa lo que hicieras en el pasado, ni lo que hagas en el futuro: nunca perderás tu humanidad —contestó Moira—. Es lo único que te asusta, ¿no?

—¿Se puede saber qué te pasa? —preguntó Devra.

Arkadin, al volante del coche de alquiler que habían cogido en Estambul, gruñó con irritación.

—¿A qué te refieres?

—¿Cuánto vas a tardar en follarme?

No había vuelos vuelos directos de Sebastopol a Turquía, así que habían pasado una larga noche en un estrecho camarote del *Héroes de Sebastopol*, atravesando el mar Negro rumbo al sudoeste, es decir de Ucrania a Turquía.

—¿Para qué iba a querer hacer eso? —dijo Arkadin mientras adelantaba un camión en la autopista.

—Todos los hombres a quienes conozco se me quieren tirar. ¿Por qué ibas a ser tú diferente? —Devra se pasó las manos por los cabellos. Al levantar los brazos, sus pequeños pechos subieron de manera sugerente—. Como he dicho, ¿se puede saber qué te pasa? —Una sonrisa burlona se dibujó en las comisuras de los labios—. A lo mejor es que no eres un hombre de verdad. ¿Es eso?

Arkadin rió.

—Eres tan transparente. —La miró casi de reojo—. ¿A qué juegas? ¿Por qué quieres provocarme?

—Me gusta hacer reaccionar a mis hombres. Si no, ¿cómo voy a conocerlos?

—No soy tu hombre —gruñó Arkadin.

Devra se echó a reír. Le rodeó el brazo con los dedos largos, y lo acarició.

—Si te duele el hombro, ya conduzco yo.

En la parte interior de la muñeca, Arkadin vio un símbolo conocido: sobre aquella piel de porcelana impresionaba aún más.

—¿Cuándo te lo hiciste?

—¿Acaso importa?

—No mucho. Lo que importa es por qué te lo hiciste. —La autopista estaba vacía y apretó el acelerador—. Si no, ¿cómo podría conocerte?

Ella se rascó el tatuaje como si se le hubiera movido debajo de la piel.

—Piotr me dijo que lo hiciera. Que era parte de la iniciación. Dijo que no se acostaría conmigo si no me lo hacía.

—¿Y tú querías acostarte con él?

—No tanto como quiero acostarme contigo.

En aquel momento Devra apartó la mirada, y contempló un lugar situado más allá de la ventana como si su confesión la hubiese hecho sentir violenta de repente. «Puede que esté violenta de verdad», pensó Arkadin mientras ponía el intermitente y cambiaba de carril al ver un rótulo que anunciaba un área de descanso. Salió de la autopista y aparcó en el extremo más alejado del área de descanso, lejos de los dos vehículos que estaban en el aparcamiento. Bajó del coche, se alejó y, dando la espalda a la chica, vació la vejiga con gran satisfacción.

El día era claro y más caluroso que en Sebastopol. La brisa marina, cargada de humedad, se depositaba sobre la piel como una capa de sudor. Volviendo al coche, Arkadin se arremangó la camisa. Su chaqueta estaba en el asiento posterior del coche, junto con la de ella.

—Disfrutemos de este calorcito mientras podamos —dijo Devra—. En cuanto lleguemos a la meseta de Anatolia, las montañas harán de escudo contra el clima templado. Hará más frío que la teta de una bruja.

Era como si nunca hubiera hecho aquel comentario íntimo. Pero sin duda había llamado su atención. Ahora le parecía que entendía algo importante de ella o, más concretamente, de sí mismo. Pensándolo bien, también le recordaba a Gala. Por lo visto tenía un cierto poder sobre las mujeres. Sabía que Gala lo amaba con todas las fibras de su ser, y no era la primera. Ahora incluso este marimacho esquelético, esta *dievochka* curtida, a veces francamente antipática, había sucumbido a su encanto. Lo que significaba que tenía la llave que había estado buscando para manipularla.

—¿Cuántas veces has estado en Eskişehir? —preguntó.

—Las suficientes como para saber lo que me espera.

Él volvió a sentarse.

—¿Dónde has aprendido a contestar las preguntas sin decir nada?

—Las cosas malas las aprendí de mi madre.

Arkadin miró hacia fuera. Tenía problemas para respirar. Sin decir nada, abrió la puerta, bajó del coche y se puso a caminar adelante y atrás como un león enjaulado.

—No puedo estar solo —había dicho Arkadin a Semion Ikupov, y éste lo había llevado a su mundo.

En la mansión de Ikupov donde Arkadin estaba instalado, su anfitrión le había asignado un joven como compañero. Pero cuando una semana después Arkadin pegó a su compañero una paliza que casi lo deja en coma, Ikupov cambió de táctica. Pasó horas con Arkadin, intentando descubrir la raíz de sus arrebatos de ira. Fracasó miserablemente, porque Arkadin parecía incapaz de recordar y mucho menos explicar episodios aterradores.

—No sé qué hacer contigo —dijo Ikupov—. No quiero encerrarte, pero necesito protegerme.

—Yo nunca te haría daño —dijo Arkadin.

—Tal vez no de manera intencionada —dijo el hombre mayor reflexivamente.

La semana siguiente un hombre de hombros cargados, con una perilla formal y labios pálidos, pasó todas las tardes con Arkadin. Se sentaba en un sillón lujoso con una pierna cruzada sobre la otra, escribiendo con una letra pulcra y oblicua en un cuaderno que protegía como si fuera su hijo. Por su parte, Arkadin se echaba en la *chaise longue* favorita de su anfitrión, con un cojín debajo de la cabeza y respondía preguntas. Habló mucho y de muchas cosas, pero las que le preocupaban se quedaban ocultas en un rincón ignoto y recóndito del corazón, sin revelarlas. Aquella puerta estaba cerrada para siempre.

Tres semanas después, el psiquiatra entregó su informe a Ikupov y se esfumó tan rápidamente como había aparecido. No había nada que hacer. Las pesadillas seguían martirizando a Arkadin durante la noche cuando, tras despertarse jadeando y sobresaltado, estaba convencido de oír ratas con los ojitos rojos brillando en la oscuridad. En aquellos momentos, el que la mansión de Ikupov estuviera completamente desratizada no le servía de consuelo. Las ratas vivían dentro de él, retorciéndose, chillando y royendo.

La siguiente persona a quien Ikupov empleó para hurgar en el pasado de Arkadin y curarlo de sus arrebatos de ira fue una mujer cuya sensualidad y figura escultural creyó que la mantendría a salvo de los estallidos de Arkadin. Marlene era una experta en manejar a hombres de toda clase y afectados por todas las patologías. Poseía una misteriosa habilidad para percibir qué deseaba exactamente de ella un hombre y proporcionárselo.

Al principio Arkadin no confiaba en Marlene. ¿Por qué debería confiar en ella? No confiaba en los psiquiatras. ¿No era ella otra clase de analista mandada para arrancarle los secretos de su pasado? Como es evidente, Marlene percibió su aversión y se dispuso a conjurarla. En su opinión, Arkadin estaba bajo un hechizo, ya fuera autoinducido o no. Su misión era encontrar el antídoto.

—No será un proceso corto —dijo a Ikupov al terminar su primera semana con Arkadin, y él la creyó.

Arkadin observaba a Marlene caminar con pasitos de gato. Sospechaba que era suficientemente lista como para saber que incluso el menor paso en falso por su parte podía desencadenar en él un terremoto, y hacer que cualquier progreso realizado en la conquista de su confianza se evaporara como alcohol sobre una llama. Le parecía cauta, profundamente consciente de que en cualquier momento él podía rebelarse. Se comparaba como si se encontrara en una jaula con un oso. Todos los días hacían algún pequeño progreso, aunque la mujer creía que aquello no eliminaba el riesgo de que Arkadin le arrancara la cabeza sin más ni más.

A Arkadin acabó por hacerle gracia la cautela con que ella trataba cualquier aspecto relacionado con él. Pero poco a poco algo más se introdujo en su conciencia. Sospechaba que ella empezaba a sentir algo sincero hacia él.

Devra observó a Arkadin a través del parabrisas. Después, abrió la puerta del coche de una patada y bajó. Se tapó los ojos mientras hacía visera con la mano contra el sol blanquecino que parecía enyesado en un cielo alto y pálido.

—¿Qué ocurre? —preguntó cuando llegó a su lado—. ¿Qué he dicho?

Arkadin la miró con una expresión asesina. Parecía preso de una rabia que apenas lograba reprimir. Devra se preguntó qué sucedería si se dejaba ir, y se dijo que prefería no tener ocasión de comprobarlo.

Sintió el deseo de tocarlo, de hablarle dulcemente hasta que se tranquilizara, pero tenía la sensación de que sólo obtendría el efecto opuesto. Así que volvió al coche a esperarlo.

Cuando por fin él entró en el coche, se sentó de lado en el asiento, con los pies en el suelo, como si estuviera a punto de volver a marcharse.

—No pienso follarte —dijo—, pero eso no significa que no quiera hacerlo.

Devra presintió que quería decirle algo más, pero que no podía; que estaba demasiado atado a lo que le había sucedido hacía mucho tiempo.

—Era una broma —dijo en voz baja—. He hecho una broma tonta.

—Hace tiempo no le habría dado ninguna importancia —dijo, como si hablara consigo mismo—. El sexo ya no es importante para mí.

La muchacha comprendió que hablaba de algo más, algo que sólo él sabía, y fue consciente del abismo de soledad en que vivía. Sospechaba que incluso en medio de la gente, con los amigos, si es que los tenía, se sentía solo. Le pareció que se había creado una muralla entre él y la intimidad sexual para evitar tener que mirar dentro de las profundidades de su marginación. Era como un planeta sin luna y sin un sol alrededor del cual girar. Sólo había vacío, mirara donde mirara. En aquel momento se dio cuenta de que lo amaba.

—¿Cuánto tiempo lleva allí? —preguntó Luther LaValle.

—Seis días —contestó el general Kendall. Tenía la camisa remangada. Esa precaución no había sido suficiente para evitar las salpicaduras de sangre—. Pero le garantizo que a él le parecen seis meses. Está lo más desorientado que puede estar un ser humano.

LaValle gruñó, mirando al árabe barbudo a través de un espejo falso. El hombre parecía un pedazo de carne cruda. LaValle no sabía, y tampoco le importaba, si era sunísuní o chií. Para él eran todos lo mismo: terroristas empeñados en destruir su forma de vida. Se tomaba aquellos asuntos como algo muy personal.

—¿Qué ha dicho?

—Lo suficiente para que sepamos que las copias de las comunicaciones interceptadas por Typhon que Batt nos entregó eran falsas.

—De todos modos —dijo LaValle—, proceden directamente de Typhon.

—Este hombre está situado en las altas esferas, su identidad está verificada, y no conoce ningún plan en su fase final para atacar un edificio importante de Nueva York.

—Esto en sí podría ser desinformación —dijo LaValle—. Esos cabrones son unos expertos en este tipo de embrollos.

—Ya. —Kendall se secó las manos en una toalla que llevaba al hombro, como un chef en la cocina—. Nada les gusta más que vernos girar en círculos, persiguiéndonos la cola, que es lo que haremos si damos la alarma.

LaValle asintió, como para sí mismo.

—Quiero que nuestros mejores hombres se pongan con esto. Que confirmen los descubrimientos de Typhon.

—Haremos lo que podamos, pero me veo obligado a informar de que el prisionero se ha reído en mi cara cuando le he preguntado por este grupo terrorista.

LaValle hizo chasquear los dedos varias veces.

—¿Cómo decía que se llamaban?

—La Lesión Negra, o la Legión Negra, algo por el estilo.

—¿No tenemos nada en la base de datos sobre este grupo?

—No, ni en ninguna de las agencias asociadas. —Kendall tiró la toalla manchada a una papelera cuyo contenido se incineraba cada doce horas—. No existe.

—Me gustaría creerlo —dijo LaValle—, pero preferiría estar seguro.

Se apartó de la ventana y los dos hombres salieron de la habitación contigua a la sala de interrogatorios. Bajaron por un pasillo de hormigón grisáceo pintado de un verde institucional, con fluorescentes ruidosos que proyectaban sombras inquietantes en el suelo de linóleo. LaValle esperó con paciencia en la puerta del vestuario a que Kendall se cambiara de ropa; después siguieron bajando por el pasillo. Una vez hubieron llegado al fondo, subieron un tramo de escaleras hasta una puerta de metal reforzado.

LaValle apretó el dedo índice sobre un escáner digital. A continuación, una cerradura parecida a la de una caja de seguridad de banco chasqueó y se abrió.

Se encontraron en otro pasillo, que era el polo opuesto del que acababan de dejar. Estaba forrado de caoba pulida; los apliques en la pared producían una tenue claridad de color pastel que se difundía entre las pinturas históricas de batallas navales, falanges de legiones romanas, húsares prusianos y caballería ligera inglesa.

La primera puerta a la izquierda los introdujo en una estancia que daba directamente a un club exclusivo, con paredes de color verde militar, molduras de color crema, muebles de piel, armarios antiguos y la barra de madera de un *pub* inglés victoriano. Los sofás y los sillones estaban bien separados para que sus ocupantes pudieran hablar en privado de sus asuntos. El fuego crepitaba y ardía tranquilizador en la gran chimenea.

Antes de que pudieran dar tres pasos sobre la blanda alfombra los recibió un mayordomo vestido de librea y los acompañó a su lugar de costumbre, en un rincón discreto con dos sofás de cuero de respaldo alto dispuestos en un extremo de una mesa de juego con el pedestal de caoba. Estaban cerca de una ventana alta y tapada por cortinas gruesas que daba a la campiña de Virginia. Aquella sala, conocida como la Biblioteca, estaba en una casa de piedra enorme que la NSA había adquirido hacía décadas. Se utilizaba tanto como lugar de retiro para los generales y directores de la organización como para los almuerzos oficiales. En cambio, sus entrañas se usaban con otras finalidades.

Después de pedir bebidas y un ligero refrigerio se quedaron solos y LaValle dijo:

—¿Tenemos alguna novedad relativa a Bourne?

—Sí y no. —Kendall dobló una pierna sobre la otra, arreglándose el pliegue del pantalón—. Por lo que sabemos, pasó entre las seis y media y las siete de la tarde de ayer por el control de inmigración del aeropuerto de Dulles. Tenía un asiento reservado en un avión de Lufthansa con destino a Moscú. De haber aparecido habríamos metido a McNally en el vuelo.

—Bourne es demasiado listo para eso —gruñó LaValle—. Sabe que vamos detrás de él. Maldita sea, ya no contamos con el factor sorpresa.

—Descubrimos que había embarcado en un *jet* privado de Next-Gen Energy Solutions.

Como un perro sabueso que hubiera olido algo, LaValle alzó la vista.

—¿Ah, sí? Explíquese.

—Viajaba en él una ejecutiva llamada Moira Trevor.

—¿Qué tiene que ver con Bourne?

—Estamos intentando responder a esa pregunta —dijo Kendall en tono tristón. No soportaba decepcionar a su jefe—. Por ahora hemos obtenido una copia del plan de vuelo. El destino era Múnich. ¿Activo a nuestro hombre allí?

—No pierda el tiempo. —LaValle gesticuló con una mano—. Apuesto por Moscú. Allí es adonde quiere ir, y allí es adonde va.

—Me pondré con ello. —Kendall abrió el móvil.

—Quiero a Anthony Prowess.

—Está en Afganistán.

—Entonces hágalo volver —dijo LaValle con brusquedad—. Que suba a un helicóptero militar. Quiero que esté en Moscú cuando Bourne llegue allí.

Kendall asintió, apretó un número especial cifrado y tecleó el texto del mensaje para Prowess en clave.

LaValle sonrió al camarero.

—Gracias, Willard —dijo, mientras el hombre desplegaba un mantel almidonado y colocaba los vasos de *whisky*, los platos de raciones de comida y los cubiertos sobre la mesa y al acabar se marchaba tan silenciosamente como había venido.

LaValle miró la comida.

—Parece que hemos apostado por el caballo perdedor.

El general Kendall sabía que se refería a Rob Batt.

—Soraya Moore fue testigo del desastre. No tardará en sumar

dos y dos. Batt dijo que se enteró de la reunión de Hart con Bourne porque estaba en el despacho cuando llegó la llamada. Además de Moore, ¿quién más podía saberlo? Nadie. Esto llevará a Hart directamente al subdirector.

—Deje que se las arregle solo.

Levantando el vaso, Kendall dijo:

—Ha llegado el momento de pasar al plan B.

LaValle contempló el líquido pardo.

—Siempre doy gracias a Dios por el plan B, Richard. Siempre.

Brindaron y bebieron en estudiado silencio mientras LaValle reflexionaba. Cuando, media hora más tarde, se terminaron el *whiski* y les sirvieron otro, LaValle dijo:

—En cuanto a Soraya Moore, creo que ha llegado el momento de convocarla para charlar un poco.

—¿En privado?

—Oh, sí. —LaValle añadió un poco de agua a su *whisky* para que soltara su complejo aroma—. Tráigala aquí.

15

—Háblame de Jason Bourne.

Harún Iliev vestía un chándal Nike americano idéntico al que llevaba su jefe, Semion Ikupov. Dio la vuelta a la cuerda de la pista natural de patinaje sobre hielo que había en el corazón del pueblo de Grindelwald. Harún era desde hacía más de una década el segundo de Ikupov. De niño había sido adoptado por el padre de Ikupov, Farid, después de que sus padres se ahogaran en el naufragio de un *ferry* que los llevaba de Estambul a Odesa. El día del accidente Harún tenía cuatro años y estaba en casa de su abuela. La anciana sufrió un infarto al enterarse de que su hija y su yerno habían fallecido. Murió casi en el acto, lo que muchos consideraron una bendición, ya que a la mujer le faltaba la energía y la fuerza vital para cuidar de un niño de cuatro años. Farid Ikupov se hizo cargo del niño porque el padre de Harún había trabajado para él y los dos eran íntimos.

—No es fácil responder a eso —dijo Harún—, sobre todo porque no hay una única respuesta. Unos dicen que es un agente de la CIA, y otros que es un asesino internacional a sueldo. No puede ser ambas cosas, eso está claro. Lo que no admite discusión es que desbarató el complot para matar con gas a los participantes en la cumbre antiterrorista de Reikiavik de hace tres años, y también el año anterior anuló los planes de un ataque nuclear contra Washington D. C. del grupo terrorista Dujia, que dirigían los dos hermanos Wahhib, Fadi y Karim al-Jamil. Según dicen, Bourne los mató a ambos.

—Si eso es cierto, es impresionante. Pero el simple hecho de que nadie sepa exactamente quién es ya es muy interesante. —Los brazos de Ikupov se levantaron y bajaron en perfecta sincronía con el cuerpo en movimiento. Con las mejillas rojas como una manzana, lanzaba sonrisas afectuosas a los niños que patinaban a los lados, reía cuando ellos reían y animaba a los que caían—. ¿Y cómo ha entrado en contacto un tipo así con Nuestro Amigo?

—A través de la universidad de Georgetown —dijo Harún. Era un hombre delgado, con un aspecto de contable agudizado por la piel amarillenta y los ojitos hundidos. Patinar no le resultaba tan natural como a Ikupov—. Además de matar a la gente, parece que Bourne también es un genio de la lingüística.

—No me digas.

A pesar de que llevaban más de cuarenta minutos patinando, Ikupov no parecía agotado. Harún sabía que para él sólo era un calentamiento. El paisaje era espectacular. El pueblo de Grindelwald estaba a menos de ciento cincuenta kilómetros al sudeste de Berna, al pie de tres de las montañas más altas de Suiza, Jungfrau, Mönch y Eiger, todas ellas resplandecientes de nieve y hielo.

—Parece que el único punto débil de Bourne son sus mentores. El primero era un hombre llamado Alexander Conklin, que...

—Conocía a Alex —interrumpió Ikupov—. Fue antes de conocerte a ti. Ahora parece que fue en otra vida. —Asintió—. Sigue, por favor.

—Parece que Nuestro Amigo hace el papel de su nuevo mentor.

—Debo interrumpirte. Me parece muy improbable.

—Entonces, ¿por qué Bourne mató a Mijaíl Tarkanian?

—Mischa. —El paso de Ikupov vaciló un momento—. ¡Que Alá nos ayude! ¿Leonid Danilovich lo sabe?

—En este momento Arkadin está incomunicado.

—¿Qué progresos ha hecho?

—Ha ido a Sebastopol, pero ya se ha marchado.

—Ya es algo. —Ikupov sacudió la cabeza—. No tenemos mucho tiempo.

—Arkadin lo sabe.

—No quiero que se entere de la muerte de Tarkanian, Harún. Mischa era su mejor amigo; estaban más unidos que dos hermanos. Bajo ninguna circunstancia podemos distraerlo de su misión actual.

Una chica encantadora se acercó tendiéndole la mano. Ikupov se unió a ella en un baile apasionado sobre el hielo que lo hizo sentir como si todavía tuviera veinte años. Al finalizar, volvió a patinar por la cuerda. Una vez le había confesado a Harún que los movimientos fluidos del patinaje lo ayudaban a pensar.

—Después de lo que me has dicho —concluyó Ikupov—, el tal Jason Bourne podría causarnos muchas complicaciones.

—Estoy seguro de que Nuestro Amigo lo ha reclutado diciéndole que tú fuiste la causa de la muerte de...

Ikupov lo llamó al orden con una mirada.

—Estoy de acuerdo. Pero la pregunta que debemos hacernos es cuánto le ha contado a Bourne.

—Conociendo a Nuestro Amigo —contestó Harún—, diría que poquísimo, o nada.

—Sí. —Ikupov se golpeó el labio con el índice enguantado—. Y si es así, podemos utilizar la verdad contra él, ¿no te parece?

—Siempre que logremos llegar hasta Bourne —afirmó Harún—, y siempre que logremos que nos crea.

—Oh, nos creerá. Me aseguraré de que nos crea. —Ikupov ejecutó una pirueta perfecta—. Tu nueva misión, Harún, es encontrarlo antes de que pueda hacer más daño. No podemos permitirnos perder a otro informador en el territorio de Nuestro Amigo. No podemos permitirnos más muertes.

En Múnich caía una fría lluvia. La ciudad era gris en sus mejores días, pero bajo aquel aguacero con viento inclemente parecía como si se escondiera. Como una tortuga, ocultaba la cabeza en su caparazón de hormigón dando la espalda a los visitantes.

Bourne y Moira estaban sentados en el interior del 747 de Next-Gen. Bourne hablaba por el móvil, intentando hacer una reserva para el siguiente vuelo a Moscú.

—Ojalá pudiera autorizar el avión para que te llevara —dijo Moira cuando él apagó el teléfono.

—No, no es verdad —dijo Bourne—. A ti te gustaría que me quedara contigo.

—Ya te he explicado por qué creo que no es una buena idea. —Moira miró hacia el asfalto mojado, estriado de colores del arco iris por las gotas de combustible y aceite. Las gotas de lluvia resbalaban por la ventana de plexiglás como coches de carreras en sus carriles—. Además, yo misma preferiría no estar aquí.

Bourne abrió la carpeta que había recibido de Veronica Hart y se la alargó.

—Me gustaría que le echaras un vistazo.

Moira le miró, se colocó la carpeta en el regazo y la hojeó. De repente, alzó la vista.

—¿Entonces era la CIA la que me tenía vigilada? —Cuando Bourne asintió, dijo—: Bueno, es un alivio.

—¿Cómo que es un alivio?

Moira blandió la carpeta.

—Esto es todo desinformación, una trampa. Hace dos años, cuando las tensiones para adjudicarme la terminal de GNL de Long Beach estaban en pleno apogeo, mis jefes sospechaban que AllEn, nuestro principal rival, controlaba nuestras comunicaciones para apoderarse de los sistemas de gestión que hacen única nuestra terminal. Como un favor, Martin pidió permiso al Viejo para montar una trampa. El Viejo aceptó, pero era esencial que no lo supiera nadie más, así que no se lo dijo a nadie de la CIA. Funcionó. Mientras controlábamos nuestras conversaciones descubrimos que AllEn sí estaba escuchando nuestras llamadas.

—Lo recuerdo —dijo Bourne.

—Gracias a las pruebas que Martin y yo proporcionamos, AllEn se quedó sin base con la que ir a juicio.

—NextGen negoció por una cifra de cincuenta millones de dólares, ¿no?

Moira asintió.

—Y obtuvo el derecho a construir la terminal de GNL en Long Beach. Y fue entonces cuando me ascendieron a vicepresidenta ejecutiva.

Bourne recogió la carpeta. También se sentía aliviado. Para él, la confianza era como un barco mal construido, en el que se abrían vías de agua a cada paso, y amenazaban con hundirlo. Abrirse y exponerse con Moira significaba mostrar la propia debilidad, dejar un flanco al descubierto, y eso equivalía a la pérdida de control.

La mujer lo miró con una expresión triste.

—¿Sospechabas que era una Mata Hari?

—Era importante estar seguro —dijo.

La cara de ella se ensombreció.

—Claro, lo entiendo. —Empezó a guardar papeles en una fina cartera de cuero con más brusquedad de la necesaria—. Creías que había traicionado a Martin e iba a traicionarte a ti.

—Me alivia que no sea verdad.

—No sabes cuánto me alegro. —Le lanzó una mirada gélida.

—Moira...

—¿Qué? —Se apartó los cabellos de la cara—. ¿Qué quieres decirme, Jason?

—Mira... Esto es difícil para mí.

Ella se inclinó hacia adelante, y le lanzó una mirada intensa.

—Dímelo y ya está.

—Confiaba en Marie —dijo Bourne—. Me apoyé en ella, me ayudó con mi amnesia. Siempre estaba a mi lado. Y de repente ya no estaba.

La voz de Moira se ablandó.

—Lo sé.

Por fin Bourne la miró.

—Estar solo no tiene nada de bueno. Pero para mí es sobre todo una cuestión de confianza.

—Sé que crees que no te he dicho la verdad sobre Martin y sobre mí. —Le tomó una mano—. Nunca fuimos amantes, Jason. Éramos más bien como hermanos. Nos apoyábamos el uno en el otro. A los dos nos costaba confiar. Creo que es importante para ambos que te lo cuente ahora.

Bourne entendió que hablaba de ellos dos, no de ella y Martin. Había confiado en muy pocas personas: Marie, Alex Conklin, Mo Panov, Martin y Soraya. Tenía muy claro cuáles eran las cosas que le habían permitido salir adelante. Con un pasado tan limitado era duro ver desaparecer a hombres y mujeres a quienes había conocido y a los que había cuidado.

Sintió que le atravesaba una punzada de dolor.

—Marie está muerta. Ahora pertenece al pasado. Y mis hijos están mucho mejor con sus abuelos. Sus vidas son tranquilas y felices. Es lo mejor para ellos.

Se levantó. Necesitaba moverse.

Moira, consciente de que Jason estaba incómodo, cambió de tema.

—¿Sabes cuánto tiempo te quedarás en Moscú?

—El mismo que tú estarás en Múnich, imagino.

Aquello la hizo sonreír. Se puso de pie y se inclinó hacia él.

—Cuídate, Jason. No corras riesgos. —Le dio un beso afectuoso y tierno—. Acuérdate de mí.

16

Soraya Moore fue caballerosamente acompañada al apacible santuario de la biblioteca donde menos de veinticuatro horas antes Luther LaValle y el general Kendall habían tenido su conversación de puesta al día frente a la chimenea. Kendall en persona fue a buscarla y llevarla al piso franco de la NSA perdido en el campo de Virginia. Por supuesto, Soraya nunca había estado allí.

LaValle vestía un traje de rayas azul oscuro, camisa azul con cuello y puños blancos y corbata a rayas de colores de Yale. Parecía un banquero. Se levantó para recibir a Soraya, que Kendall acompañó hasta la ventana, donde había tres sillones alrededor de una antigua mesa de cartas.

—Directora Moore, después de oír hablar tanto de usted es un auténtico placer conocerla. —Sonriendo, LaValle señaló un sillón—. Por favor.

Soraya no vio la necesidad de rechazar la invitación. No sabía si se sentía más intrigada o alarmada por aquella repentina convocatoria. Echó un vistazo a la sala.

—¿Dónde está el secretario Halliday? El general Kendall me ha informado de que la invitación procedía de él.

—Así es —dijo LaValle—. Por desgracia el secretario de Defensa ha tenido que acudir al Despacho Oval. Me ha llamado para que le exprese sus disculpas y ha insistido en que siguiéramos sin él.

Soraya sabía que eso significaba que Halliday no había tenido nunca la intención de asistir a aquel *tête-a-tête*. Incluso dudaba de que estuviera al corriente.

—En fin —dijo LaValle, mientras Kendall se sentaba—, ya que está aquí, sacaremos provecho de la situación. —Levantó la mano y apareció Willard como por arte de magia—. ¿Quiere algo de beber, directora? Siendo musulmana, tendrá prohibido el alcohol, pero disponemos de toda clase de bebidas para que pueda elegir.

—Un té, por favor —dijo Soraya directamente a Willard—. De Ceilán, si tiene.

—Por supuesto, señora. ¿Leche? ¿Azúcar?

—Solo, gracias. —Nunca se había acostumbrado a la manera inglesa de tomar el té.

Willard hizo una insinuación de reverencia antes de volatilizarse sin hacer ruido.

Soraya dedicó toda su atención a los dos hombres.

—Bien, caballeros, ¿en qué puedo ayudarlos?

—Creo que más bien es lo contrario —dijo el general Kendall.

Soraya ladeó la cabeza.

—¿Cómo es eso?

—Sinceramente, debido al estado de desorden que vive la CIA —dijo LaValle—, creemos que Typhon está trabajando con las manos atadas.

Llegó Willard con el té de Soraya y *whiskis* para los hombres. Dejó la bandeja lacada con la taza, los vasos y el servicio de té, y se marchó.

LaValle esperó hasta que Soraya se sirvió el té antes de continuar.

—Me parece que Typhon se beneficiaría en gran medida de las ventajas que podrían proporcionarle los recursos de los que dispone la NSA. Podríamos incluso ayudarla a expandirse más allá del campo de acción de la CIA.

Soraya se llevó la taza a los labios. El té de Ceilán era de lo más delicioso.

—Parece que conozcan mejor Typhon de lo que creíamos en la CIA.

LaValle soltó una risita.

—De acuerdo, dejémonos de subterfugios. Teníamos un topo en la CIA. Ahora ya sabe quién es. Cometió un error fatal cuando intentó capturar a Jason Bourne y fracasó.

Veronica Hart había despedido a Rob Batt aquella mañana, algo que habría llamado la atención de LaValle, sobre todo teniendo en cuenta que su sustituto, Peter Marks, era uno de los mayores partidarios de Hart desde el principio. Soraya conocía bien a Peter y había sugerido a Hart que el hombre merecía un ascenso.

—¿Ahora Batt trabaja para la NSA?

—El señor Batt ha dejado de ser útil —dijo Kendall con cierta rigidez.

Soraya volvió su atención al militar.

—Un atisbo de lo que podría sucederle, ¿no, general?

La cara de Kendall se arrugó como un puño pero, reaccionando a una señal casi imperceptible de LaValle, se reprimió y no dijo nada.

—Es verdad que la vida en los servicios secretos puede ser dura, a veces brutal —interrumpió LaValle—, aunque algunos individuos están..., permítame que se lo diga..., vacunados contra tan desafortunadas eventualidades.

Soraya no dejó de mirar a Kendall.

—Supongo que podría ser uno de esos individuos.

—Sí, no hay duda. —LaValle apoyó las manos sobre las rodillas—. Su conocimiento de la forma de pensar y de las costumbres musulmanas y su experiencia como brazo derecho de Martin Lindros durante la creación de Typhon no tienen precio.

—Ya sabe cómo va esto, general —dijo Soraya—. Un día un recurso de tanto valor como yo podría ocupar su sitio.

LaValle se aclaró la garganta.

—¿Significa eso que acepta?

Soraya dejó la taza mientras sonreía con amabilidad.

—Debo reconocer, señor LaValle, que sabe cómo hacer de la necesidad virtud.

LaValle le devolvió la sonrisa como si estuvieran en un partido de tenis.

—Mi querida directora, creo que ha descubierto una de mis especialidades.

—¿Qué le hace pensar que abandonaría la CIA?

LaValle se tocó la nariz con el índice.

—Por lo que intuyo de usted es una mujer pragmática. Y conoce mejor que nosotros el estado en que se encuentra la CIA. ¿Cuánto cree que tardará la nueva directora en enderezar el barco? ¿Qué le hace pensar que lo logrará? —Levantó el dedo—. Me interesa mucho saber qué piensa, pero antes de responderme reflexione sobre el poco tiempo que tenemos antes de que este grupo terrorista desconocido logre poner en práctica sus planes.

Soraya se sintió como si le hubieran golpeado en la nuca. ¿Cómo diantre sabía la NSA lo de las conversaciones telefónicas que Typhon había interceptado? Sin embargo, de momento era una cuestión secundaria. Lo importante era cómo reaccionar antes esta brecha en la seguridad.

Antes de que pudiera contestar, LaValle dijo:

—Una cosa me tiene intrigado. ¿Por qué la directora Hart ha considerado conveniente guardarse esta información en lugar de derivarla al Departamento de Seguridad Nacional, el FBI y la NSA?

—La culpa es mía. —«Ya la hemos liado —pensó Soraya—, y voy seguir hasta el final»—. Hasta el incidente en la Freer, la información era tan fragmentaria que pensé que la participación de otras agencias de información no haría más que enturbiar las aguas.

—Lo que significa —dijo Kendall, encantado con la oportunidad de dar una estocada— que no quería que nos metiéramos en su terreno.

—La situación es grave, directora —dijo LaValle—. En cuestiones de seguridad nacional...

—Si este grupo terrorista musulmán, que sabemos que se hace llamar Legión Negra, se entera de que hemos interceptado sus comunicaciones, nos hundiremos antes de poder confirmar su plan de ataque.

—Podría acabar con usted.

—¿Y perder mi valiosa experiencia? —Soraya sacudió la cabeza—. No lo creo.

—¿Qué tenemos entonces? —dijo Kendall bruscamente.

—Tablas. —LaValle se pasó una mano por la frente—. ¿Le parece que sería posible que yo viera esas comunicaciones interceptadas? —Su tono había cambiado por completo. Ahora estaba en plan conciliador—. Tanto si lo cree como si no, no somos el Imperio del Mal. Podríamos ser de gran ayuda en este momento.

Soraya reflexionó.

—Creo que eso se puede arreglar.

—Excelente.

—Sólo un vistazo.

LaValle aceptó de inmediato.

—Y en un entorno controlado y seguro —añadió Soraya, aprovechando su ventaja—. Las oficinas de Typhon en la CIA serían perfectas.

LaValle separó las manos.

—¿Por qué no aquí?

Soraya sonrió.

—Creo que no.

—Dado el ambiente actual, comprenderá por qué siento cierta reticencia a reunirme allí con usted.

—De acuerdo. —Soraya reflexionó un momento—. Podría traer aquí las conversaciones interceptadas con la condición de que me acompañe alguien.

LaValle asintió con vehemencia.

—Claro. Lo que sea que la haga sentir cómoda. —Parecía mucho más satisfecho que Kendall, quien la miraba como si se encontraran en dos trincheras enemigas, separadas por un campo de batalla.

—Para serle sincera —dijo Soraya—, no me siento cómoda con nada de esto. —Volvió a echar un vistazo a la sala.

—La casa se revisa tres veces al día para descartar escuchas electrónicas —explicó LaValle—. Además, tenemos los sistemas de seguridad más sofisticados: una monitorización informática rastrea las dos mil cámaras de circuito cerrado instaladas en el complejo y en los sótanos, comparándolas continuamente y poniendo en evidencia cualquier anomalía. El *software* elaborado por DARPA introduce estas anomalías en una base de datos de más de un millón de imágenes, tomando decisiones en tiempo real. Hacemos caso omiso del vuelo de un pájaro, pero no de una figura que corre. Créame, no tiene nada que temer.

—En este momento, lo único que me preocupa es usted, señor LaValle —contestó Soraya.

—Lo entiendo perfectamente. —LaValle se acabó su *whisky*—. Éste es justo el tipo de esfuerzo que debemos hacer, directora. Instaurar entre nosotros una relación de confianza. ¿Cómo si no podríamos trabajar juntos?

El general Kendall pidió a uno de sus chóferes que acompañara a Soraya. Ella hizo que la dejaran en el lugar donde había quedado con Kendall, frente al que había sido el Museo de Cera Histórico Nacional en la calle E Sudoeste. Esperó a que el Ford negro desapareciera entre el tráfico; entonces se volvió y caminó a paso normal, dando la vuelta a la manzana. Al terminar el circuito estaba segura de que no la seguía nadie, ni de la NSA ni de ninguna otra agencia. Entonces mandó un mensaje de tres letras por el móvil. Un par de minutos después apareció un joven en moto. Llevaba vaqueros, una chaqueta negra de piel y un casco oscuro brillante con la visera ahumada bajada. Se paró el tiempo justo para que ella montara detrás de él. Le dio un casco, esperó a que se lo pusiera y se alejó calle abajo.

—Tengo muchos contactos en DARPA —dijo Deron.
DARPA era el acrónimo de la Agencia para los Proyectos de Investigación Avanzada de Defensa, una rama del departamento homónimo.
—Conozco bien la arquitectura del *software* que constituye la base del aparato de vigilancia de la NSA. Es una forma como cualquier otra de mantener cierta ventaja.
—Tenemos que penetrar en su interior, o en los alrededores —dijo Tyrone.
Todavía llevaba puesta la chaqueta negra de piel. Su casco negro estaba sobre una mesa junto al que había dejado a Soraya para el trayecto a toda velocidad hasta el laboratorio y vivienda de Deron. Soraya había conocido a Deron y a Tyrone cuando Bourne la había llevado a la anodina casa color oliváceo en una travesía de la calle 7 Nordeste.
—Estáis de broma, ¿no? —Deron, un hombre alto, delgado y

guapo con la piel de color cacao claro, los miró, primero a uno y después a otro—. Decidme que es broma.

—Si fuera broma no estaríamos aquí. —Soraya se frotó las sienes con la parte baja de las manos intentando aliviar el feroz dolor de cabeza que había empezado después de su aterradora entrevista con LaValle y Kendall.

—Simplemente no se puede —explicó Deron—. Este *software* es lo último. ¡Y dos mil cámaras de circuito cerrado! Caray.

Estaban sentados en sillas de tela en el laboratorio, una sala de techo alto repleta de toda clase de monitores, teclados y sistemas electrónicos cuyas funciones sólo conocía Deron. En la pared había reproducciones de obras de arte de Tiziano, Seurat, Rembrandt y Van Gogh. El preferido de Soraya era *Nenúfares: Reflejos verdes, parte izquierda*. Deron los había pintado todos en el estudio contiguo, un lugar que la había impresionado mucho la primera vez que lo había visto. Ahora los cuadros sólo la llenaban de admiración. Cómo había logrado reproducir exactamente la sombra azul cobalto de Monet escapaba a su comprensión. No era sorprendente que Bourne utilizara a Deron para falsificar sus documentos de identidad, una actividad que era cada día más ardua. Muchos falsificadores habían abandonado el oficio diciendo que el gobierno les hacía imposible trabajar, pero Deron no. Era su pan de cada día. Tampoco era de extrañar que él y Bourne estuvieran tan unidos. Soraya pensaba que se parecían.

—¿Y los espejos? —dijo Tyrone.

—Eso sería muy sencillo —dijo Deron—. Pero uno de los motivos por los que han instalado tantas cámaras es precisamente para tener múltiples perspectivas de la misma zona. Y eso impide el uso de espejos.

—Qué lástima que Bourne matara a aquel idiota de Karim al-Jamil. Él seguramente habría inventado algún gusano para reventar el *software* de DARPA, como hizo con la base de datos de la CIA.

Soraya miró a Deron.

—¿Se puede hacer? —preguntó—. ¿Puedes hacerlo?

—Hackear no es lo mío. Eso lo dejo para mi mujer.

Soraya no sabía que Deron tuviera novia.

—¿Es buena?

—Por favor —dijo Deron con sorna.

—¿Podemos hablar con ella?

Deron parecía dubitativo.

—Se trata de la NSA. Esos cabrones no bromean. Si te soy sincero, creo que no deberías meterte con ellos.

—Por desgracia, no tengo alternativa —dijo Soraya.

—Nos están jodiendo —intervino Tyrone—, y a menos que les
pateemos el culo, nos van a aplastar y serán nuestros dueños para
siempre.

Deron sacudió la cabeza.

—¿Qué le has metido en la cabeza a este chico, Soraya? Antes de
que aparecieras era el mejor colaborador que tenía en la calle. Ahora
míralo. Fuera del gueto, codeándose con los peces gordos en el mundo de los malos. —No disimulaba lo orgulloso que estaba de Tyrone,
pero su voz también contenía una advertencia—. Espero sinceramente que sepas dónde te estás metiendo, Tyrone. Si esto no funciona
estarás en una cárcel federal hasta el día del Juicio Final.

Tyrone cruzó los brazos, manteniéndose firme.

Deron suspiró.

—Muy bien, veamos. Todos somos adultos. —Cogió su móvil—.
Kiki está arriba, en su guarida. No le gusta que la interrumpan, pero
en este caso creo que se sentirá intrigada. —Habló un momento con
el móvil y lo apagó. Un momento después apareció una mujer delgada con una hermosa cara africana y piel de color chocolate. Era tan
alta como Deron, con el porte orgulloso del que pertenece a un antiguo linaje.

Cuando vio a Tyrone sonrió encantada.

—Eh —se dijeron como si esa palabra fuera todo lo que necesitaban.

—Kiki, te presento a Soraya —dijo Deron.

La sonrisa de Kiki era amplia y deslumbrante.

—En realidad me llamo Esiankiki. Soy masai. Pero en Estados
Unidos no soy tan formal; todos me llaman Kiki.

Las dos mujeres se dieron la mano. El apretón de Kiki era frío y seco. Miró a Soraya con unos ojos grandes de color café. Tenía la piel más lisa que Soraya había visto, y se murió de envidia. Llevaba los cabellos muy cortos, maravillosamente cortados como una cofia sobre el cráneo. Se vestía con una túnica marrón hasta los tobillos que se ajustaba provocativamente a sus caderas estrechas y sus pechos pequeños.

Deron le expuso brevemente el problema mientras transfería el *software* de DARPA a uno de los terminales de su ordenador. Enretanto Kiki echaba un vistazo, él le explicó los aspectos fundamentales.

—Necesitamos algo que pueda superar el cortafuegos y que sea indetectable.

—Lo primero no es tan difícil. —Los dedos largos y delicados de Kiki ya volaban por el teclado mientras experimentaba con el código del ordenador—. En cuanto a lo segundo, no estoy segura.

—Por desgracia, no es todo. —Deron se situó para poder espiar la pantalla por encima del hombro de la chica—. Este *software* en concreto controla dos mil cámaras de circuito cerrado. Nuestros amigos necesitan entrar y salir del edificio sin ser vistos.

Kiki se levantó y se volvió para mirarlos a la cara.

—En resumidas cuentas, todas las cámaras deben ser anuladas.

—Exactamente —dijo Soraya.

—No necesitas un *hacker*, guapa. Necesitas al hombre invisible.

—Pero tú puedes volverlos invisibles, Kiki. —Deron le pasó el brazo por la fina cintura—. ¿O no?

—Bueno. —Kiki volvió a mirar el código en la terminal—. Parece que hay una variante recurrente que podría intentar explotar. —Se acomodó en un taburete—. Me lo mandaré arriba.

Deron guiñó un ojo a Soraya, como diciendo: «¿Qué te había dicho?».

Kiki envió algunos archivos a su ordenador, que estaba separado del de Deron. Se golpeó los muslos con las manos y se levantó.

—Venga, nos vemos luego.

—¿Luego, cuándo? —preguntó Soraya, pero Kiki ya estaba subiendo los escalones de tres en tres.

Moscú estaba cubierta por un manto de nieve cuando Bourne bajó del avión de Aeroflot en Sheremétievo. Su avión se había visto obligado a volar en círculos debido al hielo que había sobre la pista, y llegaba con cuarenta minutos de retraso. Bourne atravesó la aduana e inmigración y lo recibió un hombre menudo y felino envuelto en un abrigo blanco de pluma. Era Liev Baronov, el contacto del profesor Specter.

—Veo que no llevas equipaje —dijo Baronov en un inglés con mucho acento. Era tan nervioso e hiperactivo como un terrier Jack Russell, y se abría camino a codazos y gritaba al pequeño ejército de taxis piratas que se disputaban una carrera. Eran un grupo miserable, procedente de las minorías caucásicas, asiáticas y otras etnias que les impedían tener un empleo digno con un sueldo digno en Moscú—. Nos ocuparemos de la ropa por el camino. Necesitarás ropa adecuada para el invierno de Moscú. Hoy estamos sólo a dos grados bajo cero.

—Me parece una buena idea —contestó Bourne en perfecto ruso.

Las pobladas cejas de Baronov se arquearon en una expresión de sorpresa.

—Hablas como un nativo, *gospodin* Bourne.

—Tuve profesores magníficos —dijo Bourne lacónicamente.

En medio del ajetreo de la terminal, Jason estudió el flujo de pasajeros, y se fijó en los que remoloneaban cerca de un puesto de periódicos o delante del *duty-free*, y en los que no se movían. Desde que había salido de la puerta tenía la sensación de que lo observaban. Por supuesto, había cámaras de circuito cerrado por todas partes, pero aquel hormigueo especial en la nuca que había desarrollado en los años de trabajo sobre el terreno era infalible. Alguien lo estaba vigilando. Eso significaba que su llegada a Moscú era del dominio público. Era algo tranquilizador y alarmante al mismo tiempo. Tal vez la NSA había comprobado la lista de pasajeros del vuelo que salía de Nueva York y había encontrado su nombre entre los pasajeros de Lufthansa; no había tenido tiempo de anular la reserva. Echó una ojeada alrededor, como un turista cualquiera, porque no deseaba que su sombra supiera que se había percatado de que lo seguían.

—Me están siguiendo —dijo Bourne después de sentarse en un jadeante Zil. Estaban en la autopista M10.

—No hay ningún problema —dijo Baronov, como si estuviera acostumbrado a que le siguieran todo el tiempo. Ni siquiera preguntó quién seguía a Bourne. Éste pensó en la promesa del profesor de que el ruso no se entrometería en su camino.

Miró dentro del paquete que le había dado Baronov, donde había una nueva identidad, una llave y el número de la caja de seguridad para sacar dinero de la cámara del Banco de Moscú.

—Necesito un plano del edificio del banco —dijo Bourne.

—No hay ningún problema. —Baronov salió de la M10. Ahora Bourne era Fiodor Ilianovich Popov, un funcionario medio de Gaz-Prom, la mastodóntica empresa de energía estatal.

—¿Hasta qué punto es consistente esta identificación? —preguntó Bourne.

—Suficiente para no preocuparse. —Baronov sonrió—. El profesor tiene amigos en GazProm que saben cómo protegerlo, Fiodor Ilianovich Popov.

Anthony Prowess había hecho un largo viaje para tener a la vista el viejo Zil y no estaba dispuesto a perderlo, por muchas maniobras evasivas que utilizara el conductor. Había esperado en Sheremétievo a que Bourne cruzara la aduana. El general Kendall le había mandado al móvil una foto reciente de Bourne. La foto era granulada y bidimensional porque se había sacado con un teleobjetivo, pero era un primer plano; no tuvo ninguna duda cuando Bourne apareció.

Para Prowess, los siguientes minutos eran decisivos. No se hacía ilusiones de poder permanecer mucho tiempo sin que Bourne lo detectara; por lo tanto, necesitaba aprovechar los pocos minutos en que el sujeto todavía ignorase que lo seguían para estudiar y memorizar todos sus tics y todos sus gestos, aunque fueran insignificantes o en apariencia irrelevantes. Sabía por experiencia que esos mínimos detalles podían ser muy valiosos durante el seguimiento y sobre todo cuando llegara la hora de enfrentarse al sujeto y acabar con él.

Prowess no era un forastero en Moscú. Había nacido en aquella ciudad. Su padre era un diplomático inglés y su madre una agregada cultural. Hasta los quince años Prowess no supo que el empleo de su madre era una tapadera. De hecho era una espía del MI6, el Servicio Secreto de Su Majestad. Cuatro años después, la tapadera de la madre de Prowess se comprometió y el MI6 los sacó del país. Su madre era una mujer buscada y por ello los mandaron a Estados Unidos para que iniciaran una nueva vida con un nuevo apellido. El peligro había arraigado tan profundamente en Prowess que incluso había olvidado su auténtico apellido. Ahora era simplemente Anthony Prowess.

En cuanto acumuló títulos académicos de cierta envergadura, solicitó entrar en la NSA. Desde que descubriera que su madre era espía había decidido serlo él también. Ninguna súplica por parte de sus padres habría podido hacerle cambiar de idea. Debido a su facilidad con las lenguas extranjeras y sus conocimientos de otras culturas, la NSA lo había mandado al extranjero, primero al Cuerno de África y después a Afganistán, donde había desarrollado actividades de mediador con las tribus de la zona, que combatían a los talibanes en el inhóspito terreno montañoso. Era un hombre endurecido, acostumbrado a la adversidad y a la muerte. En comparación con lo que había experimentado en los últimos diecinueve meses, ese encargo parecía pan comido.

17

Bourne y Baronov circulaban por la autopista Volokolámskaia a gran velocidad. El enorme y lujoso centro comercial de Krokus City, construido en 2002, era una sucesión aparentemente interminable de tiendas, restaurantes, concesionarios de coches y fuentes de mármol relucientes. También era un lugar perfecto donde dar esquinazo a un perseguidor.

Mientras Bourne compraba ropa de invierno, Baronov hizo unas llamadas. No tenía sentido tomarse la molestia de perder al perseguidor dentro del laberinto del centro comercial sólo para volver a encontrarlo delante cuando volvieran al Zil. Baronov pidió a un colaborador que fuera a buscarlos a Krokus City. Se quedarían con su coche y él conduciría el Zil a Moscú.

Bourne pagó sus compras y se cambió. Baronov lo llevó al Franck Muller Café que había en el centro comercial, donde tomaron café y un bocadillo.

—Háblame de la última novia de Piotr —dijo Bourne.

—¿Gala Nematova? —Baronov se encogió de hombros—. No hay mucho que decir, la verdad. Sólo es una chica guapa más de las que se encuentran en los clubes de Moscú. Las hay a un rublo la docena.

—¿Dónde puedo encontrarla?

Baronov se encogió de hombros.

—Irá a los locales que frecuenta la oligarquía. En serio, no tengo ni idea. —Rió de buen humor—. Soy demasiado mayor para ir a esos sitios, pero esta noche te acompañaré encantado a dar una vuelta.

—Sólo necesito que me prestes un coche.

—Como gustes, *moi drug*.

Unos momentos después, Baronov fue al servicio de caballeros, donde había quedado para cambiar las llaves del coche con su compañero. Cuando volvió, entregó un papelito doblado a Bourne que contenía el plano del edificio del Banco de Moscú.

Salieron por una entrada distinta a la que habían entrado y se encontraron en un aparcamiento al otro lado del centro comercial. Fueron hasta un Volga negro antiguo de cuatro puertas que, para alivio de Bourne, arrancó a la primera.

—¿Lo ves? No hay ningún problema. —Baronov rió jovialmente—. ¿Qué harías sin mí, *gospodin* Bourne?

El muelle de Frunzenskaia estaba situado al sudoeste del cinturón de ronda de Moscú. Mijaíl Tarkanian había dicho que podía ver el puente de peatones del parque Gorki desde la ventana de su salón. No mentía. Su piso estaba en una finca no muy lejos del Jlastekov, un restaurante que, según Baronov, servía una comida rusa excelente. Con su porche de dos plantas y columnas cuadradas y los balcones ornamentales de cemento, la finca era un ejemplo muy representativo del estilo imperial estalinista que había violentado y sometido un pasado arquitectónico más pastoral y romántico.

Bourne instruyó a Baronov para que se quedara en el Volga hasta que él regresara. Subió los escalones de piedra, bajo la columnata, y cruzó la puerta de vidrio. Estaba en un pequeño vestíbulo que acababa en una puerta interior, que estaba cerrada. En la pared de la derecha había un panel de bronce con los timbres correspondientes a los pisos. Bourne pasó el dedo por las filas hasta que encontró el que llevaba el nombre de Tarkanian. Anotó el número y se dirigió a la puerta interior. A modo de llave, utilizó una pequeña hoja flexible. Se oyó un chasquido y la puerta se abrió.

En la pared de la izquierda había un pequeño ascensor raquítico. A la derecha, una escalera bastante grande conducía al primer piso. Los primeros tres escalones eran de mármol, pero después dejaban paso a otros de cemento gris que soltaban una especie de polvo de talco por los poros gastados.

El piso de Tarkanian estaba en la tercera planta, al fondo de un pasillo saturado de aromas de col hervida. El suelo era de baldosas minúsculas hexagonales, tan descascarilladas y gastadas como los escalones.

Bourne encontró la puerta sin problemas. Apretó la oreja contra ella, intentando detectar ruidos dentro del piso. Al no oír ninguno, forzó la cerradura. Después giró lentamente el pomo de vidrio, y empujó un poco la puerta. Una luz tenue se filtraba a través de las cortinas medio abiertas a cada lado de la ventana de la derecha. Junto al olor a cerrado se percibía un vago aroma masculino, de colonia o brillantina. Pero Tarkanian había dicho claramente que hacía años que no volvía a casa, así que ¿quién estaba utilizando el piso?

Bourne se movió por la habitación en silencio y con cautela. Esperaba encontrarse con polvo o muebles cubiertos con sábanas, pero no había nada de todo eso. A pesar de que el pan sobre la superficie de la cocina estaba medio enmohecido, la nevera estaba llena de comida. Hacía no más de una semana que alguien estaba viviendo allí. Todos los pomos de las puertas eran de vidrio, como el de la puerta principal, y los ejes de latón de algunos estaban flojos. En la pared había algunas fotos: vistas elegantes del parque Gorki en blanco y negro en diferentes estaciones.

La cama de Tarkanian estaba deshecha. Las mantas estaban revueltas como si alguien se hubiera despertado de repente o se hubiera marchado a toda prisa. Al otro lado de la cama estaba la puerta del baño, medio abierta.

Mientras daba la vuelta a la cama, Bourne se fijó en la foto enmarcada de una chica rubia, con la típica belleza exterior cultivada por las modelos de todo el mundo. Se estaba preguntando si sería Gala Nematova cuando captó un movimiento borroso por el rabillo del ojo.

Un hombre que estaba escondido detrás de la puerta del baño se precipitó sobre Bourne. En la mano tenía un cuchillo de pescador de hoja gruesa. Jason se apartó, pero el hombre se le echó encima. Tenía los ojos azules, y era rubio y corpulento. Tenía tatuajes a los lados del cuello y en las palmas de las manos. Recuerdos de una prisión rusa.

La mejor manera de neutralizar un cuchillo era acercarse al adversario. Mientras el hombre se precipitaba hacia él, Bourne se volvió, agarró al hombre por la camisa y lo golpeó en la nariz con la frente. A la vista de la sangre, el hombre gruñó y exclamó: «¡*Bliad!*».

Lanzó un puñetazo contra el costado de Bourne e intentó liberar la mano que empuñaba el cuchillo. Bourne aplicó un bloqueo de los nervios de la base del pulgar. El ruso le dio un cabezazo en el esternón, apartándolo de la cama y empujándolo hacia la puerta entornada del baño. La espalda de Bourne golpeó contar el pomo de vidrio y se arqueó. La puerta se abrió por completo y Jason cayó sobre las baldosas frías. El ruso, recuperando el uso de la mano, sacó una Stechkin APS 9 mm, pero Bourne le dio una patada en la espinilla y le hizo caer de rodillas. Después le pegó en un lado de la cara y la Stechkin salió disparada sobre las baldosas. El ruso lanzó una ráfaga de puñetazos y manotazos que empujaron a Bourne contra la puerta antes de que pudiera agarrar la Stechkin. Bourne alargó la mano y sintió el frío octágono del pomo de vidrio. Sonriendo, el ruso apuntó con la pistola al corazón de Bourne. Arrancando el pomo, Bourne lo lanzó al centro de la frente del ruso. Los ojos del hombre se pusieron en blanco y cayó al suelo.

Bourne recogió la Stechkin y se paró un momento a recuperar el aliento. Después se acercó al ruso. Evidentemente, no llevaba identificación encima, pero eso no significaba que Bourne no pudiera descubrir de dónde venía.

Después de quitarle la chaqueta y la camisa, dio una larga ojeada a la constelación de tatuajes que cubrían el cuerpo del hombre. En el torso tenía un tigre, señal que era una persona importante. En el hombro izquierdo, el puñal que goteaba sangre típico del asesino. Pero fue el tercer símbolo, el genio saliendo de la lámpara oriental, lo que más interesó a Bourne. Significaba que el ruso había estado preso por crímenes relacionados con la droga.

El profesor había dicho a Bourne que dos familias de la mafia rusa, la Kazanskaya y los azerbaiyanos, estaban luchando por el control del territorio del mercado de la droga.

—No te entrometas —había avisado Specter—. Si se ponen en contacto contigo, te ruego que evites los enfrentamientos. Es mejor que pongas la otra mejilla. Allí es la única forma de sobrevivir.

Bourne estaba a punto de levantarse cuando vio algo en el interior del codo izquierdo del ruso: un pequeño tatuaje que representaba un ser con cuerpo de hombre y cabeza de chacal. Era Anubis, el dios egipcio del inframundo. Este símbolo, que se consideraba una protección frente a la muerte, había sido adoptado recientemente por la Kazanskaya.

¿Qué hacía un miembro de una *grupperovka* rusa tan importante en el piso de Tarkanian? ¿Lo habían mandado allí para que lo encontrara y lo matara? ¿Por qué? Tenía que descubrirlo.

En el baño se fijó en el grifo que perdía agua, en los tarros de cremas y polvos, los lápices de maquillaje, y el espejo manchado. Apartó la cortina de la ducha y en el desagüe vio muchos cabellos rubios. Eran largos, seguramente de mujer. ¿De Gala Nematova?

Bourne fue a la cocina, abrió los cajones y hurgó hasta que encontró un rotulador azul. Volvió al baño, cogió uno de los lápices de ojos, se arrodilló al lado del ruso y se dibujó una copia del tatuaje de Anubis en el interior del codo izquierdo; si se equivocaba, borraba. Cuando quedó satisfecho, utilizó el rotulador azul para definir mejor el «tatuaje». Sabía que no resistiría una inspección atenta, pero como identificación rápida creía que podía bastar. Se lavó cuidadosamente el lápiz de maquillaje en el lavabo y echó un poco de laca sobre la tinta para fijarla mejor sobre la piel.

Buscó detrás de la cisterna y dentro de ella, lugares perfectos para esconder dinero, documentos o material importante, pero no encontró nada. Estaba a punto de marcharse cuando volvió a posar la mirada en el espejo. Al observarlo más de cerca se dio cuenta de que había algunos rastros de color rosa. Pintalabios, que alguien había intentado eliminar, posiblemente el ruso de la Kazanskaya. ¿Por qué lo habría hecho?

A Bourne le pareció que las manchas formaban una especie de pauta. Cogió un tarro de polvos y los sopló sobre el espejo; el polvo se pegó a la imagen fantasma dejada por el pintalabios. Al terminar esta operación, Jason dejó el tarro y dio un paso atrás. En el espejo había aparecido una nota garabateada:

«HE IDO AL KITAYSKY LYOTCHIK. ¿DÓNDE ESTÁS? Gala».

¿O sea que Gala Nematova, la última novia de Piotr, utilizaba el piso mientras Tarkanian estaba fuera?

Al salir, Bourne le tomó el pulso al ruso. Era lento pero estable. No dejaba de pensar por qué la Kazanskaya habría mandado a aquel asesino curtido en la prisión a un piso en el que Gala Nematova había vivido con Piotr. ¿Existía una relación entre Semion Ikupov y la familia *grupperovka*?

Después de mirar un buen rato la fotografía de Gala Nematova, Bourne salió del piso tan silenciosamente como había entrado. En el pasillo se paró a escuchar sonidos humanos, pero aparte del gemido sofocado de un bebé en el segundo piso, todo estaba en silencio. Bajó la escalera y salió al vestíbulo, donde una niña intentaba arrastrar a su madre arriba tirándola de la mano. Bourne y la madre intercambiaron las sonrisas vacías de dos desconocidos al cruzarse. Bourne salió al porche de columnas. Aparte de una mujer mayor que avanzaba lentamente por la resbalosa nieve, no se veía a nadie. Subió al asiento del pasajero del Volga y cerró la puerta.

Fue entonces cuando vio la sangre en el cuello de Baronov. Al mismo tiempo un cable rodeó el suyo, y se hundió en su tráquea.

Cuatro veces a la semana, después del trabajo, Rodney Feir, jefe de Apoyo sobre el Terreno de la CIA, se entrenaba en un gimnasio a poca distancia de su casa de Fairfax, en Virginia. Dedicaba una hora a la cinta, otra a hacer pesas, y después se daba una ducha fría e iba a la sauna.

Aquella noche lo esperaba el general Kendall, quien ya estaba dentro. La puerta de cristal semiabierta absorbía aire frío del exterior por una parte y por otra dejaba escapar vapor que acababa en el vestuario masculino. El cuerpo atlético y en forma de Feir emergió de la niebla.

—Me alegro de verlo, Rodney —dijo el general Kendall.

Feir asintió en silencio y se sentó junto al general.

Rodney Feir era el plan B, el sustituto que el general tenía pensado por si le fallaba el plan de colocar a Rob Batt. De hecho, Feir había sido más fácil de convencer que Batt. Feir no estaba en los servicios secretos por razones patrióticas, ni porque le gustara la vida clandestina. Sencillamente era perezoso. No es que no hiciera su trabajo, ni que no lo hiciera de maravilla. La vida de funcionario le iba como anillo al dedo. El factor clave que era necesario recordar de él era el siguiente: todo lo que hacía Feir, lo hacía en su propio beneficio. Era un oportunista. Mucho mejor que nadie dentro de la CIA, tenía una gran intuición para comprender cuándo podían torcerse las cosas, y por ese motivo su conversión a la causa de la NSA había sido tan fácil. La muerte del Viejo había marcado un punto de inflexión: él no tenía ni de lejos la lealtad de Batt.

Sin embargo era mejor no dar nada por descontado, así que, de vez en cuando, Kendall se reunía con él. Tomaban una sauna, luego una ducha, se ponían sus ropas de paisano e iban a cenar a uno de los muchos locales baratos que Kendall conocía en la zona sudoriental del barrio.

Aquellos lugares eran poco más que barracas, chiringuitos donde servían carne ahumada —costillas, falda, filetes, salchichas, y a veces un cerdo entero— durante horas. Las mesas de *picnic* de madera, viejas y gastadas, con cuatro o cinco salsas de distintos ingredientes y picantes encima, no eran lo más importante. La mayoría de la gente se llevaba la carne. Pero no Kendall y Feir, que se sentaron a una mesa, a comer y a beber cerveza, amontonando los huesos con las servilletas usadas y las rebanadas de pan blanco, tan blando que se desintegraba bajo unas pocas gotas de salsa.

De vez en cuando Feir paraba de comer para contarle algo al general o un rumor que corría por las oficinas de la CIA. Kendall lo archivaba todo con su concienzuda mente militar, haciendo preguntas de vez en cuando para ayudar a Feir a ampliar algún punto, sobre todo cuando se trataba de los movimientos de Veronica Hart o Soraya Moore.

Después fueron a una antigua biblioteca abandonada para asistir al acontecimiento más importante de la noche. El edificio de estilo renacentista se había incendiado y lo había comprado Drew Davis, un hombre de negocios de la ciudad bastante conocido en la zona sudoriental, pero casi desconocido en el barrio. Era una de esas personas tan sabias como para permanecer lejos del radar de la policía metropolitana, lo que no era tan fácil en el distrito sudoriental, porque, como casi todos los que vivían allí, era negro. A diferencia de los otros, él tenía amigos en las altas esferas. Y ello se debía sobre todo al local que dirigía: The Glass Slipper.

Oficialmente era un club musical legal y muy popular. Atraía a muchos grandes nombres del *rythm & blues*. Pero era en la parte trasera donde estaba el negocio de verdad: un burdel de lujo que estaba especializado en mujeres de color. Para los que estaban en el ajo, en The Glass Slipper podía encontrarse cualquier color, lo que en ese caso significaba variantes étnicas. Las tarifas eran elevadas, pero a nadie parecía importarle, en parte porque Drew Davis pagaba bien a las chicas.

Kendall frecuentaba aquel burdel desde sus últimos años en la universidad. Había ido con un grupo de compañeros bien relacionados una noche como un desafío. No le apetecía pero lo habían retado y sabía que quedaría en ridículo si no aceptaba. Lo curioso fue que le gustó y que no había dejado de ir. Había desarrollado con los años cierto gusto por «el lado salvaje de la vida», como decía él. Al principio se repetía a sí mismo que se trataba sólo de una atracción puramente física. Después se dio cuenta de que lo pasaba bien; nadie lo molestaba, ni nadie se burlaba de él. Más tarde su interés se había convertido en una reacción contra los borrachos de poder con quienes trabajaba, y sobre todo contra Luther LaValle. Él era un forastero. Por Dios, incluso Rob Batt, que ahora había caído en desgracia, había sido miembro de Skull & Bones en Yale. «Bueno, The Glass Slipper es mi Skull & Bones», pensaba Kendall, mientras lo hacían pasar a una sala del fondo. Era lo más clandestino y lo más extravagante que se podía encontrar dentro de los límites de la ciudad. Era la pequeña guarida de Kendall, una vida que sólo era para él. Ni siquiera Luther conocía The Glass Slipper. Era agradable tener algún secreto.

Kendall y Feir se sentaron en sillones de terciopelo rojo oscuro —el color de la realeza, insistió el general— y los obsequiaron con un desfile de mujeres de todos los tamaños y colores. Kendall eligió a Imani, una de sus preferidas; Feir, a una mujer euroasiática con sangre india y la piel oscura.

Se retiraron a habitaciones espaciosas, amuebladas como dormitorios de mansiones europeas, con camas con dosel, toneladas de cretona, terciopelo, lazos y cortinas. Allí Kendall contempló cómo Imani se desprendía de su vestido de seda de color chocolate con tirantes con una danza sensual. No llevaba nada debajo. La luz de la lámpara hacía brillar su piel oscura.

La chica abrió los brazos y, con un profundo gemido, el general Richard P. Kendall se fundió en el sinuoso río del cuerpo perfecto de Imani.

En el momento en que Bourne sintió que le faltaba el aire arqueó la espalda para poder poner primero un pie sobre la guantera y después el otro. Con la ayuda de las piernas, se lanzó en diagonal sobre el asiento de atrás y aterrizó justo detrás del pobre Baronov. Para mantener la presa sobre su cuello, el agresor se vio obligado a volverse hacia la derecha. Pero así, además de estar en una posición incómoda, no lograba ejercer tanta presión como antes.

A pesar de que la falta de oxígeno había menguado sus fuerzas, Bourne plantó el tacón del zapato en la entrepierna del estrangulador y apretó con todas sus fuerzas.

—Muere, cabrón —dijo el agresor con un fuerte acento del Medio Oeste.

Frente a los ojos de Bourne bailaban luces blancas y de repente se quedó a oscuras. Era como mirar un túnel por el lado equivocado del telescopio. Nada parecía real; su sentido de la perspectiva estaba distorsionado. Podía ver al hombre, sus cabellos oscuros, la mueca cruel de su rostro, la inconfundible mirada del soldado estadounidense en combate. En lo más recóndito de su mente sabía que la NSA lo había localizado.

La imposibilidad de Bourne para concentrarse permitió al agresor zafarse y tirar de los extremos del cable de modo que penetrara a fondo en la garganta del adversario. La tráquea de Jason estaba totalmente obstruida. La sangre empezó a resbalarle sobre el cuello de la camisa. Pero un fuerte instinto de supervivencia, casi animal, se abrió paso dentro de él. Se olvidó de las lágrimas y el sudor, y utilizando su última pizca de fuerza hundió el pulgar en el ojo del agente. Mantuvo la presión a pesar de los golpes que recibía en el pecho, hasta que obtuvo una tregua provisional: el cable se aflojó. Jason emitió un jadeo ronco y aumentó la presión del pulgar.

El cable se aflojó más. Bourne oyó que la puerta del coche se abría. Vio la cara del agresor que se alejaba con rapidez y la puerta del coche que se cerraba. Cuando logró librarse del cable, toser e introducir aire en los pulmones que le ardían de dolor, la calle estaba vacía. El agente de la NSA había desaparecido.

Bourne estaba solo en el Volga con el cadáver de Liev Baronov. La cabeza le daba vueltas, y se sentía débil y profundamente descorazonado.

18

—No puedo hacer como si nada y llamar a Haydar —dijo Devra—. Después de lo que ocurrió en Sebastopol sabrán que vas tras él.

—Si es así —dijo Arkadin—, el documento ya no estará allí.

—No necesariamente. —Devra agitó el café turco, denso como alquitrán—. Han elegido este lugar porque es inaccesible. Pero puede ser un arma de doble filo. Es probable que Haydar no haya podido entregar todavía el documento.

Estaban sentados en un café diminuto y polvoriento de Eskişehir. Era un lugar humilde incluso para tratarse de Turquía, estaba lleno de ovejas, olor a pino, excrementos y orina, y poco más. Soplaba un frío gélido que anunciaba nieve.

—Decir que este antro está dejado de la mano de Dios sería pecar de optimistas —dijo Arkadin—. Joder, si ni siquiera tienen cobertura de móvil.

—Es gracioso viniendo de ti. —Devra se tomó el café—. Naciste en un vertedero, ¿no?

Arkadin sintió el impulso irrefrenable de llevarla detrás de aquella barraca y pegarle una paliza. Pero se reprimió la mano y la rabia, ahorrándolas para el día en que la miraría como si estuviera a centenares de kilómetros de distancia y le susurraría al oído: «No me importas nada. Para mí tu existencia no tiene ningún significado. Si tienes alguna esperanza de seguir todavía con vida, no deberás preguntarme nunca más donde he nacido, ni quiénes eran mis padres, ni nada de carácter personal».

Resultó que Marlene tenía, entre otras muchas cualidades, un auténtico talento para la hipnosis. Le dijo que deseaba hipnotizarlo para llegar a la raíz de su rabia.

—He oído decir que hay personas a quienes no se puede hipnotizar —contestó Arkadin—. ¿Es cierto?

—Sí —respondió Marlene.

Él era una de ellas.

—No aceptas la sugestión —dijo ella—. Tu mente ha levantado un muro imposible de penetrar.

Estaban sentados en el jardín, detrás de la mansión de Ikupov, un espacio pequeño, en comparación con las vastas extensiones de la propiedad. Estaban en un banco de piedra bajo la sombra que ofrecía una higuera, cuyos frutos oscuros y casi maduros habían empezado a combar las ramas hacia abajo.

—Bien —dijo Arkadin—, ¿y ahora qué vamos a hacer?

—La cuestión es que vas a hacer tú, Leonid. —La muchacha se sacudió un pedacito de hoja del muslo. Llevaba vaqueros americanos de diseño, una camisa abierta en el cuello y sandalias—. El proceso de examinar tu pasado está pensado para ayudarte a recuperar el dominio de ti mismo.

—Te refieres a mis tendencias homicidas —dijo él.

—¿Por qué prefieres decirlo así, Leonid?

La miró intensamente a los ojos.

—Porque es verdad.

La mirada de Marlene se nubló.

—Entonces, ¿por qué te muestras tan reticente a hablar conmigo de las cosas que creo que podrían ayudarte?

—Tú sólo quieres meterte en mi cabeza. Estás convencida de que si lo supieras todo de mí podrías controlarme.

—Te equivocas. Aquí no se trata de controlar a nadie, Leonid.

Arkadin se levantó.

—¿De qué se trata, entonces?

—Sólo de ayudarte para que puedas dominarte.

Un viento ligero le alborotó los cabellos y ella se los alisó. Arkadin se fijaba en estos gestos y les otorgaba un significado psicológico. A Marlene le gustaba que lo hiciera.

—Era un niño triste. Después era un niño enfadado. Después huí de casa. ¿Qué? ¿Satisfecha?

Marlene ladeó la cabeza. Entre las hojas temblorosas de la higuera apareció un rayo de sol.

—¿Por qué pasaste de estar triste a enfadado?

—Crecí —dijo Arkadin.

—Solo eras un niño.

—Sólo en apariencia.

La miró un momento. Tenía las manos cruzadas en el regazo. Levantó una y le tocó la mejilla con las puntas de los dedos, siguiendo la línea de su mandíbula, hasta que llegó a la barbilla. Después le giró la cara hacia ella y se adelantó. Sus labios blandos se abrieron como una flor. El contacto con su lengua fue como una explosión en la boca de Arkadin.

La idea de haber logrado vencer el vértice oscuro de las propias emociones hizo lanzar una sonrisa triunfal a Arkadin.

—No importa. No volveré jamás.

—Me parece muy bien. —Devra asintió y se levantó—. Veamos si encontramos un alojamiento decente. No sé tú, pero yo necesito una ducha. Después intentaremos ponernos en contacto con Haydar sin que nadie se entere.

Cuando se disponía a marcharse, él la cogió por el codo.

—Un momento.

Ella lo miró con expresión dubitativa, esperando que la siguiera.

—Si no eres mi enemiga, si de verdad no me has mentido y si quieres quedarte conmigo, debes demostrarme tu lealtad.

—Te dije que haría lo que me pidieras.

—Esto podría significar que mates a las personas que protegen a Haydar.

La muchacha ni siquiera pestañeó.

—Dame la maldita pistola.

Veronica Hart vivía en un complejo residencial de Langley, en Virginia. Como muchos otros complejos de aquella parte del mundo, servía de alojamiento temporal para miles de empleados del gobierno federal, entre ellos espías de toda clase, a menudo enviados a misiones en el extranjero o destinados en otras partes del país.

Hart vivía en aquel piso desde hacía un par de años. No le importaba mucho; desde que llegara al distrito hacía siete años sólo había tenido alojamientos provisionales. En aquel momento dudaba de que nunca le apeteciera instalarse y sentar la cabeza. Al menos ésos eran sus pensamientos cuando Soraya Moore llamó a su interfono y ella le abrió la puerta.

—Estoy limpia —dijo Soraya, mientras se quitaba el abrigo—. Me he asegurado.

Veronica le colgó el abrigo en el armario de la entrada y la acompañó a la cocina.

—Para desayunar tengo cereales o... —abrió la nevera— ... comida china fría. Los restos de anoche.

—Me gustan los desayunos poco convencionales —comentó Soraya.

—Bien. A mí también.

Hart sacó los recipientes con la comida e indicó a Soraya dónde estaban los platos, los cubiertos y los palillos. Fueron al salón y lo dejaron todo sobre la mesita entre los dos sofás.

Hart empezó a abrir contenedores.

—Cerdo no, ¿eh?

Soraya sonrió, complacida de que su jefa recordara sus prescripciones islámicas.

—Gracias.

Después Hart fue a preparar el té.

—Tengo Earl Grey u Oolong.

—Para mí Oolong, por favor.

Hart acabó de preparar el té, y llevó la tetera y dos tazas sin asa al salón. Las dos mujeres se sentaron en lados opuestos de la mesa, con las piernas cruzadas sobre el estampado abstracto de la alfombra. Soraya miró alrededor. En las paredes había algunas láminas anónimas, así como anónimos eran los muebles y todo el resto. No había fotografías, ni testimonios del pasado o de la familia de Hart. La única nota insólita era un piano vertical.

—Mi única auténtica posesión —dijo Hart, siguiendo la mirada de Soraya—. Es un Steinway K-52, más conocido como Chippendale

Hamburgo. Tiene una tabla armónica más grande que muchos otros pianos, y esto le da un sonido increíble.

—¿Tocas?

Hart se sentó en el taburete y empezó a tocar el *Nocturno en Si bemol menor* de Chopin. Sin perder el ritmo siguió con la sensual *Malagueña* de Isaac Albéniz y, para terminar, una intensa interpretación de *Purple Haze* de Jimi Hendrix.

Soraya rió y aplaudió mientras Hart se levantaba y volvía a sentarse frente a ella.

—Es lo único que sé hacer aparte de trabajar en el mundo de la inteligencia. —Hart abrió uno de los envases de cartón y cogió una cucharada de pollo General Tso—. Con cuidado —dijo mientras se lo alcanzaba a Soraya—. Lo pedí muy picante.

—Para mí está perfecto —dijo Soraya, hundiendo la cuchara en el recipiente—. Siempre quise tocar el piano.

—Yo en realidad quería tocar la guitarra eléctrica. —Hart se lamió la salsa de ostras de los dedos y le alcanzó otro recipiente—. Mi padre no quiso ni oír hablar de ello. Según él, la guitarra eléctrica no era un instrumento para señoras.

—¿Era estricto? —dijo Soraya con simpatía.

—Ya lo creo. Era un coronel condecorado de las fuerzas aéreas. Había sido piloto de caza en sus días de juventud. No le gustaba ser demasiado mayor para volar, y echaba de menos el tufo de carburante de la cabina. ¿A quién podía quejarse en las fuerzas aéreas? Así pues, descargaba su frustración con mi madre y conmigo.

Soraya asintió.

—Mi padre es de la vieja escuela musulmana. Muy estricto y muy rígido. Como muchos de su generación está desorientado con el mundo moderno, y esto le pone furioso. En casa me sentía atrapada. Cuando me marché, dijo que no me lo perdonaría nunca.

—¿Y no te ha perdonado?

Soraya tenía la mirada perdida.

—Veo a mi madre una vez al mes. Vamos de compras. Hablo con mi padre de vez en cuando. Nunca me ha invitado a ir a casa y yo no he ido nunca.

Hart dejó los palillos.

—Lo siento.

—Tranquila. Las cosas son así. ¿Sigues viendo a tu padre?

—Sí, pero él no sabe quién soy. Mi madre ha muerto, lo que es una bendición. No habría soportado verlo tan deteriorado.

—Debe de ser difícil para ti —dijo Soraya—. El piloto indomable reducido a esto.

—Llega un punto en la vida en que tienes que despegarte de tus padres. —Hart siguió comiendo, aunque más lentamente—. El que está en esa cama no es mi padre. Murió hace mucho tiempo.

Soraya miró un momento su comida y después dijo:

—Dime cómo te enteraste de lo del piso franco de la NSA.

—Ah, eso. —La cara de Hart se animó. Era evidente que estaba encantada de hablar de trabajo—. Durante mi época en Black River a menudo trabajábamos para la NSA. Esto sucedió antes de que entrenara y desplegaran sus propios operativos clandestinos. Les veníamos bien porque no tenían que dar explicaciones a nadie sobre lo que nos encargaban. Todo era «trabajo sobre el terreno», preparación del campo de batalla para las tropas. En el Capitolio nadie habría indagado más.

Se secó la boca y se acomodó.

—En fin, tras una misión concreta me salió la pajita más corta. Me tocó ser la de mi batallón que llevaría los informes a la NSA. Como era una misión clandestina, el encuentro se realizó en el piso franco de Virginia. No en la estupenda biblioteca donde te recibieron, sino en uno de los cubículos del sótano, sin ventanas, sin señales distintivas, sólo hormigón reforzado puro y duro. Aquello es como un búnker.

—¿Y qué viste?

—No se trata de lo que vi —dijo Hart—. Fue lo que oí. Los cubículos están insonorizados, exceptuando las puertas, supongo que para que los guardias del pasillo sepan qué sucede en las habitaciones de los interrogatorios. Lo que oí fue terrible. No parecían sonidos humanos.

—¿Informaste a tus jefes en Black River?

—¿Para qué? Les daba igual, y aunque les hubiera importado, ¿qué podían hacer? ¿Abrir una comisión de investigación en el Congreso basándose en los ruidos que oí? La NSA les habría parado los pies y los habría dejado sin trabajo de un plumazo. —Sacudió la cabeza—. No, los de Black River son ejecutivos y basta. Su ideología se basa en sacar todo el dinero posible al gobierno.

—Entonces ahora tienes la posibilidad de hacer algo que antes no podías hacer, lo que Black River no haría.

—Exactamente —dijo Hart—. Quiero obtener fotos, vídeos, pruebas irrefutables de lo que está haciendo allí la NSA para poder presentar las pruebas personalmente al presidente. Aquí es donde entráis Tyrone y tú. —Apartó el plato—. Quiero la cabeza de Luther LaValle en una bandeja, y por Dios que la tendré.

19

Debido al cadáver y a toda la sangre que había en los asientos, Bourne se vio obligado a abandonar el Volga. Pero antes cogió el móvil de Baronov, así como su dinero. Hacía un frío gélido. En aquella excepcional oscuridad de la tarde invernal empezó a nevar en abundancia. Bourne supo que debía marcharse lo antes posible. Sacó la tarjeta SIM de su móvil, la colocó en el de Baronov y lanzó su teléfono a la tormenta. Con la nueva identidad de Fiodor Ilianovich Popov no podía permitirse el lujo de llevar un teléfono móvil con un servidor estadounidense.

Caminó, doblado hacia adelante a causa del viento y de la nieve. Después de seis travesías, se refugió en un portal y utilizó el móvil de Baronov para llamar a su amigo Boris Karpov. La voz que le respondió era fría.

—El coronel Karpov ya no forma parte del FSB.

Bourne se estremeció. Rusia no había cambiado tanto con respecto a las épocas en que se despedía a la gente por acusaciones infundadas.

—Necesito hablar con él —dijo Bourne.

—Ahora trabaja para la Agencia Federal Antidroga. —La voz recitó un número de teléfono antes de colgar bruscamente.

Bourne pensó que esto explicaba la actitud del hombre. La Agencia Federal Antidroga estaba dirigida por Viktor Cherkesov. Pero muchos estaban convencidos que el tal Cherkesov era un *silovik* al frente de una organización tan potente que algunos habían empezado a llamarla FSB-2. En fechas recientes se había desatado una guerra en el seno del gobierno entre Cherkesov y Nikolai Patrushev, heredero moderno del famoso KGB. El *silovik* que había ganado la guerra probablemente sería el siguiente presidente ruso. Si Karpov había pasado del FSB al FSB-2 debía de ser porque Cherkesov había vencido.

Bourne llamó al despacho de la Agencia Federal Antidroga, pero le dijeron que Karpov no estaba y no lo podían localizar.

Por un momento pensó en llamar al hombre que había cogido el Zil de Baronov en el aparcamiento de Krokus City, pero después pensó que era mejor no hacerlo. Ya habían matado a Baronov, no quería tener otro muerto sobre su conciencia.

Caminó hasta una parada del autobús, y tomó el primero que pasó. Utilizó la bufanda que había comprado en la tienda de Krokus City para tapar la marca que el cable le había dejado en el cuello. En cuanto entró en contacto con el aire gélido, la sangre había dejado de brotar.

El tranvía traqueteaba y daba tumbos por las vías. Atrapado en medio de una multitud ruidosa y maloliente, Jason Bourne estaba muy trastornado. No sólo había descubierto a un asesino de la Kazanskaya al acecho en el piso de Tarkanian, sino que su contacto había sido asesinado por un sicario de la NSA enviado para matarle a él. Su sensación de aislamiento nunca había sido tan intensa. Los niños lloraban, los hombres hacían crujir los periódicos, las mujeres charlaban y un anciano, con las grandes manos nudosas cerradas sobre el mango de un bastón, ojeaba con disimulo a una chica absorta en un cómic manga. Eso era la vida, alborotando a su alrededor, una corriente burbujeante que se separaba cuando llegaba a él, una roca inamovible, y volvía a unirse al sobrepasarlo, siguiendo su curso mientras él permanecía atrás, silencioso y solo.

Pensó en Marie, como siempre hacía en momentos como ése. Pero Marie ya no estaba, y su recuerdo le aportaba poco consuelo. Echaba de menos a sus hijos y se preguntó si sería por influencia de la personalidad de David Webb. Un dolor antiguo y familiar lo atravesó, como no le sucedía desde que Alex Conklin lo había sacado de la calle regalándole la identidad de Bourne para que se deslizara dentro de ella como si fuera una armadura. Sintió la opresión del peso de la vida, una existencia solitaria, triste, apartada y que sólo podía acabar de una manera.

Y entonces sus pensamientos se volvieron hacia Moira, y lo difícil que había sido su último encuentro con ella. Si ella hubiera sido una espía, si hubiera traicionado a Martin y ahora quisiera hacer lo mismo con él, ¿cómo habría debido actuar? ¿Entregándola a Soraya o a Veronica Hart?

Pero Moira no era una espía, y él no tendría que afrontar nunca ese dilema.

Ahora sus sentimientos personales estaban mezclados de manera inextricable con el deber profesional. Sabía que Moira lo amaba y, en aquel momento de desesperación, sabía que él también la amaba. Cuando estaba con ella se sentía entero, pero de una forma totalmente nueva. Moira no era Marie, y él no quería que fuera Marie. Era Moira, y era a Moira a quien quería.

Cuando bajó del tranvía en el centro de Moscú, en la enorme plaza, el viento había amontonado un velo blanco de nieve en pequeñas pilas. Las luces de la ciudad contrastaban con la larga noche invernal, y el cielo despejado había hecho descender la temperatura. Las calles estaban llenas de taxis baratos de la era Brezhnev, que avanzaban lentamente en el tráfico atascado para no perderse ninguna carrera. En la jerga local se llamaban *bombili*, «taxis bomba», por la enloquecida velocidad a la que circulaban por las calles de la ciudad en cuanto lograban subir un pasajero a bordo.

Bourne entró en una cafetería con conexión a Internet, pagó quince minutos y tecleó las palabras «Kitaiski Liotchik». El nombre completo, Kitaiski Liotchik Zhao-Da, significaba «Piloto Chino» y resultó ser un club *elitni* muy concurrido que estaba situado en el número 25 de la calle Lubianski. La parada del metro Kitai-Gorod dejó a Bourne al final de la manzana. En un lado estaba el canal, helado; al otro, una hilera de edificios de usos diversos. El Piloto Chino era fácil de localizar, con todos los BMW, los Mercedes y los SUV Porsche, así como por la cantidad de taxis Zhig apretujados en la calle. La cola de personas situadas detrás de una cuerda de terciopelo era controlada por unos gorilas de aspecto feroz que vigilaban todas las caras. Los borrachos de la cola caían al suelo. Bourne se dirigió a un Porsche Cayenne rojo y golpeó la ventanilla hasta que el chófer bajó el cristal. Le mostró trescientos dólares.

—Cuando salga por esa puerta, éste será mi coche, ¿está claro?

El chófer miró el dinero con codicia.

—Ya lo creo, señor.

Los dólares estadounidenses hablaban más claro que las palabras, sobre todo en Moscú.

—¿Y si mientras tanto sale su cliente?

—No saldrá —aseguró el chófer—. Estará en la sala del champán hasta las cuatro como muy temprano.

Otros cien dólares permitieron a Bourne saltarse la cola de personas vociferantes y alborotadas. Una vez en el interior, consumió una comida mediocre a base de ensalada oriental y pechuga de pollo con almendras. Desde su taburete de la reluciente barra, observó a los *siloviki* rusos ir y venir con sus *dievochkas* con minifalda, pieles y diamantes, o más específicamente, jovencitas que todavía no habían tenidos hijos. Aquél era el nuevo orden en Rusia. Aunque Bourne sabía que muchos de los que detentaban el poder eran los mismos: *siloviki* que habían pertenecido al KGB o sus hijos, que odiaban a los chicos de Sokolniki, que se habían hecho ricos de repente y de la nada. La palabra *siloviki* procedía de la palabra rusa que significaba «poder», y denominaba a los hombres de los ministerios importantes, como los servicios secretos y los militares, que habían ascendido durante la era Putin. Eran la nueva guardia, que había derrocado a los oligarcas del período Yeltsin. Pero poco importaba. Los *siloviki* o mafiosos eran criminales, mataban, extorsionaban, mutilaban y chantajeaban. Todos tenían sangre en sus manos, y todos eran ajenos al remordimiento.

Bourne escrutó las mesas buscando a Gala Nematova, y se asombró al ver que había media docena de *dievs* que respondían a la descripción, sobre todo con aquella luz tan tenue. Era brutal observar en directo aquella cosecha de mujeres altas, flexibles y jóvenes, cada una más impresionante que la anterior. Existía una teoría, una especie de darwinismo sesgado —la supervivencia de las más hermosas—, que explicaba por qué había tantas *dievochkas* asombrosamente bellas en Rusia y Ucrania. Si eras hombre y tenías veinte años en aquellos países en 1947, eso significaba que habías sobrevivido a uno de los exterminios de varones más atroces de la historia de la humanidad. Esos hombres, que eran una minoría, habían podido elegir mujer. ¿A cuál habían elegido para casarse y tener hijos? La respuesta era obvia, y de ahí la cantidad de *dievs* que se divertían en aquel club y en todos los clubes de Rusia.

La multitud de cuerpos que se movían por la pista hacía imposible identificar a nadie. Después de elegir a una *diev* pelirroja que no tenía compañía, Bourne se acercó a ella, y le preguntó con gestos si quería bailar. La ensordecedora y machacona música *house* que salía de una docena de enormes altavoces hacía muy difícil la comunicación verbal. Ella aceptó, lo cogió de la mano y juntos se dirigieron hacia la pista, donde lograron ocupar un minúsculo espacio. Los veinte minutos siguientes estuvieron ocupados por un puro y vigoroso ejercicio físico. El baile seguía sin interrupción, al ritmo de las parpadeantes luces de colores, y la música a un volumen altísimo que hacía vibrar el pecho, vomitada por una banda local llamada Tequilajazz.

Por encima de la cabeza de su compañera, Bourne entrevió la de otra *diev* rubia. Aunque aquélla era diferente. Mientras cogía de la mano a la pelirroja, Bourne se adentró más en la masa giratoria de bailarines. Perfume, colonia y sudor se mezclaban con el olor penetrante a metal caliente y amplificadores monstruosos a todo volumen.

Sin dejar de bailar, Bourne maniobró hasta estar seguro. La *diev* rubia que bailaba con el gánster de hombros anchos era sin duda Gala Nematova.

—Ya no será lo mismo —dijo el doctor Mitten.

—¿Qué coño significa eso? —gritó Anthony Prowess, sentado en una silla incómoda del piso franco de la NSA a las afueras de Moscú, al oftalmólogo inclinado sobre él.

—Señor Prowess, no creo que esté en condiciones de escuchar una diagnosis definitiva. ¿Por qué no esperamos a que el estado de *shock...*?

—Primero, no estoy en estado de *shock* —mintió Prowess—. Y segundo, no puedo esperar ni un minuto. —Aquello sí era cierto.

Había perdido el rastro de Bourne y debía ponerse en marcha cuanto antes.

El doctor Mitten suspiró. Ya se esperaba una respuesta así; de hecho, le habría sorprendido oír algo diferente. Aun así, tenía una responsabilidad profesional hacia sus pacientes, aunque le pagara la NSA.

—Lo que quiero decir —siguió— es que no volverá a ver con ese ojo. Al menos, no de una forma que le sea útil.

Prowess echó la cabeza hacia atrás, con el ojo herido sedado por las gotas para que el oftalmólogo pudiera examinarlo.

—Deme detalles, por favor.

El doctor Mitten era un hombre alto y delgado, con los hombros estrechos, algunos restos de cabellos y un cuello con una nuez prominente que se balanceaba cómicamente cada vez que hablaba o tragaba.

—Creo que logrará distinguir los movimientos, y distinguir la luz de la oscuridad.

—¿Y ya está?

—Por otro lado —dijo el doctor Mitten—, cuando la hinchazón disminuya podría quedar completamente ciego de este ojo.

—Bien, ahora ya sé lo peor. Limítese a parchearme para que pueda salir de aquí.

—No le recomiendo...

—Me importan una mierda sus recomendaciones —respondió bruscamente Prowess—. Haga lo que le digo si no quiere que le arranque de la cabeza ese cuello de pollo.

El doctor Mitten hinchó las mejillas con indignación, pero sabía que era mejor no responder a un agente. Parecían nacidos para ofenderse por todo y su adiestramiento sólo empeoraba este rasgo.

Mientras el oftalmólogo se ocupaba de su ojo, Prowess estaba que echaba chispas. No sólo había sido incapaz de liquidar a Bourne, sino que había permitido que éste lo dejara mutilado de por vida. Estaba furioso consigo mismo por haberse dado a la fuga, aunque supiera que cuando una víctima cobra ventaja lo mejor es abandonar la escena lo antes posible.

Aun así, Prowess nunca se lo perdonaría. No sólo porque el sufrimiento había sido terrorífico, ya que él tenía el umbral de dolor muy alto, ni porque Bourne hubiera ganado la partida, ya que él corregiría esa situación en breve. Era por su ojo. Desde que era niño, tenía un terror morboso a quedarse ciego. Su padre se había quedado ciego en una caída al bajar de un autobús. El impacto le había provocado el desprendimiento de ambas retinas. En aquella época no existían técnicas oftalmológicas para solucionar esos desprendimientos. Tenía seis años, y el horror de ver cómo su padre pasaba de ser un hombre optimista y fuerte a convertirse en un ser reservado y amargado se le había grabado para siempre en la mente. Y aquel mismo horror había vuelto con todas sus fuerzas en el momento en que Bourne le había hundido el pulgar en el ojo.

Sentado en aquella silla, entre los olores de las sustancias químicas de los fármacos del doctor Mitten, Prowess tomó una decisión. Se prometió que encontraría a Jason Bourne, y que le haría pagar el daño que le había infligido. Lo pagaría muy caro antes de que Prowess lo matara.

El profesor Specter presidía una reunión de decanos de la universidad cuando su móvil privado vibró. Anunció una pausa de quince minutos, salió de la sala inmediatamente, bajó al vestíbulo y después al campus.

Una vez al aire libre abrió su móvil y oyó la voz de Nemetsov, el hombre que Baronov había llamado para el cambio de coche en Krokus City.

—¿Baronov está muerto? —preguntó Specter—. ¿Cómo ha sido?

Escuchó la descripción del ataque en el coche frente a la finca de Tarkanian.

—Un asesino de la NSA —concluyó Nemetsov—. Estaba esperando a Bourne, para estrangularlo, como había hecho con Baronov.

—¿Y Jason?

—Ha sobrevivido. Pero el asesino también ha escapado.

Specter sintió una oleada de alivio.

—Encontrad a ese hombre de la NSA antes de que él encuentre a Jason y matadlo. ¿Está claro?

—Perfectamente. Pero ¿no deberíamos ponernos en contacto también con Bourne?

Specter reflexionó un momento.

—No. Él trabaja mejor solo. Conoce Moscú, habla bien ruso y tiene nuestras identificaciones falsas. Hará lo que sea necesario.

—¿Ha puesto su fe en manos de un hombre?

—No lo conoces, Nemetsov; si lo conocieras no harías una pregunta tan estúpida. Ojalá Jason pudiera estar con nosotros de forma permanente.

Cuando Gala Nematova y su trofeo de aquella noche salieron de la pista, sudados y entrelazados, Bourne los imitó. Los observó hasta que la pareja se sentó en una mesa donde ya había dos hombres. Todos se pusieron a beber champán como si fuera agua. Bourne esperó hasta que llenaron de nuevo las copas y entonces se acercó contoneándose, al estilo de aquellos nuevos gánsteres.

Se inclinó por encima del acompañante de Gala y gritó al oído de la chica:

—Tengo un mensaje urgente para ti.

—¡Eh! —exclamó el compañero con la misma beligerancia que Bourne—. ¿Quién coño eres tú?

—Pregunta incorrecta. —Con una mirada furiosa, Bourne se levantó la manga de la chaqueta lo suficiente como para mostrar fugazmente su tatuaje falso de Anubis.

El hombre se mordió el labio y se calmó, mientras Bourne estiraba un brazo y sacaba a Gala Nematova de la mesa.

—Vamos fuera a hablar.

—¿Estás loco? —Intentó zafarse de su apretón—. Fuera hace un frío del copón.

Bourne siguió tirando de ella por el codo.

—Hablaremos en mi coche.

—Bueno, algo es algo. —Gala Nematova esbozó una sonrisa de circunstancias, claramente contrariada por tener que seguir al desconocido. Tenía una dentadura blanquísima y unos ojos grandes de color castaña ligeramente achinados que delataban su ascendencia asiática.

Un viento polar azotaba el canal, moderado sólo parcialmente por la parrilla de coches caros y *bombili*. Bourne golpeó la puerta del Porsche y el chófer, al reconocerlo, quitó el seguro. Bourne y la *diev* entraron.

Temblando, Gala se acurrucó dentro de la chaqueta de piel demasiado corta. Bourne pidió al chófer que encendiera la calefacción. Él obedeció, y se hundió dentro de su abrigo gris con cuello de piel.

—No me importa qué mensaje tengas para mí —dijo Gala de mal humor—. Sea lo que sea, la respuesta es no.

—¿Estás segura? —Bourne no se imaginaba adónde quería ir a parar.

—Ya lo creo que estoy segura. Ya estoy harta de que me preguntéis dónde está Leonid Danilovich.

«Leonid Danilovich —se dijo Bourne para sus adentros—. El profesor no me ha mencionado este nombre.»

—La razón por la que seguimos insistiendo es que él está seguro de que lo sabes. —Bourne no tenía ni idea de lo que estaba diciendo, pero presentía que si lograba que la muchacha siguiera hablando acabaría por sacarle alguna cosa.

—¡No lo sé! —Ahora Gala parecía una chiquilla a punto de tener un ataque de histeria—. Y aunque supiera algo no lo delataría. Ya puedes decírselo a Maslov. —Pronunció el nombre del jefe de la Kazanskaya con rabia.

«Ahora sí que estamos llegando a alguna parte», pensó Bourne. Pero ¿por qué Maslov iba detrás de Leonid Danilovich, y qué tenía eso que ver con la muerte de Piotr? Decidió seguir indagando.

—¿Por qué motivo Leonid Danilovich y tú utilizabais el piso de Tarkanian?

Supo de inmediato que había cometido un error. La expresión de Gala cambió de forma espectacular. Entornó los ojos y emitió un sonido gutural en el fondo de la garganta.

—¿A qué viene esto? Ya sabéis por qué estábamos instalados allí.

—Dímelo otra vez —dijo Bourne, improvisando a la desesperada—. Sólo lo he oído de tercera mano. Puede que me haya perdido algo.

—¿Qué vas a haberte perdido? Leonid Danilovich y Tarkanian son amigos íntimos.

—¿Allí es adonde llevabas a Piotr para vuestros encuentros nocturnos?

—Ah, vaya, se trata de eso. La Kazanskaya quiere saberlo todo de Piotr Zilber, y ya sé por qué. Piotr ordenó el asesinato de Boria Maks, en la cárcel, ni más ni menos que la prisión de máxima seguridad del centro número 13. ¿Quién iba a poder hacerlo? Entrar, matar a Maks, un asesino de la Kazanskaya fuerte y hábil, y salir sin ser visto.

—Esto es justo lo que quiere saber Maslov —dijo Bourne, porque parecía el comentario apropiado.

Gala jugueteó nerviosamente con sus uñas postizas, después se dio cuenta de lo que hacía y paró.

—Él sospecha que lo hizo Leonid Danilovich porque es famoso por estas proezas. No hay nadie más capaz de hacer eso, puedes estar seguro.

Era la hora de ejercer un poco de presión, decidió Bourne.

—Y tiene razón.

—¿Por qué proteges a Leonid?

—Lo quiero.

—¿Como querías a Piotr?

—No seas idiota —dijo Gala riendo—. A Piotr nunca lo quise. Era un trabajo. Semion Ikupov me pagó muy bien por él.

—Y Piotr pagó tu traición con su vida.

Gala empezó a mirarlo bajo otra luz.

—¿Quién eres tú?

Bourne hizo caso omiso de su pregunta.

—En aquella época, ¿dónde te reunías con Ikupov?

—No lo he visto nunca. Leonid hacía de intermediario.

La mente de Bourne intentaba frenéticamente poner orden a las piezas que Gala le estaba proporcionando.

—¿A que no sabías que Leonid asesinó a Piotr? —Por supuesto que no estaba seguro de ello, pero dadas las circunstancias le parecía plausible.

—No. —Gala palideció—. No puede ser.

—No es tan difícil imaginar lo que pasó. Ikupov no mató a Piotr en persona, estoy seguro de que lo tienes claro. —Los ojos de la chica mostraban terror—. ¿Quién más podía haberlo hecho? ¿De quién más se fiaba Ikupov? Leonid era la única persona que sabía que estabas espiando a Piotr por encargo de Ikupov.

La exactitud de sus suposiciones se reflejó en el rostro de Gala como una señal de tráfico apareciendo a través de la niebla. Mientras ella todavía estaba bajo el efecto del impacto, Bourne dijo:

—Dime el nombre completo de Leonid.

—¿Qué?

—Haz lo que te digo —dijo Bourne—. Puede ser la única manera de impedir que lo mate la Kazanskaya.

—Pero si tú eres de la Kazanskaya.

Bourne se remangó y le hizo ver de cerca el falso tatuaje.

—Esta tarde un miembro de la Kazanskaya estaba esperando a Leonid en el piso de Tarkanian.

—No te creo... ¿Qué hacías allí? —preguntó la chica con desconfianza.

—Tarkanian está muerto —dijo Bourne—. ¿Quieres ayudar al hombre a quien dices amar o no?

—¡Amo a Leonid! No me importa lo que haya hecho.

En aquel momento, el chófer maldijo en voz alta y se volvió.

—Mi cliente está saliendo.

—Venga. —Bourne apremió a Gala—. Escríbelo.

—Debe de haber pasado algo en la zona VIP —exclamó el chófer—. Mierda, parece furioso. ¡Tenéis que bajar enseguida!

Bourne cogió a Gala y abrió la puerta de la parte de la calle, haciendo que casi chocara contra una *bombila* en marcha. La hizo parar blandiendo un puñado de rublos en la mano y cambió del lujo occidental a la pobreza oriental sin parpadear. Gala Nematova se deshizo de él mientras subía al Zhig. Él la agarró por la parte trasera del abrigo de piel, pero ella se zafó y echó a correr. El taxista apretó el pedal del gas, y la peste a tubo de escape de diésel llenó el interior del vehículo, y lo hizo tan irrespirable que Bourne tuvo que bajar un poco la ventanilla. Al hacerlo, vio a los dos hombres que estaban a la mesa del club con la chica. Miraban a derecha e izquierda. Uno de ellos distinguió a Gala que corría, hizo un gesto al otro y los dos salieron tras ella.

—¡Siga a esos hombres! —gritó Bourne al taxista.

El taxista tenía una cara plana con rasgos típicamente asiáticos. Era gordo, fofo y hablaba ruso con un acento abominable. Estaba claro que el ruso no era su lengua materna.

—¿Está de broma o qué?

Bourne le lanzó más rublos.

—De broma, nada.

El taxista se encogió de hombros, puso primera y salió a todo gas.

En aquel instante los dos hombres atraparon a Gala.

20

En aquel preciso instante, Leonid Danilovich Arkadin y Devra estaban decidiendo cómo ponerse en contacto con Haydar sin que se enteraran los colegas de la chica.

—Lo mejor sería hacerlo salir de su entorno —dijo Arkadin—. Pero para eso necesitamos conocer sus movimientos. No tengo tiempo...

—Conozco un modo —dijo Devra.

Los dos estaban sentados uno al lado del otro en una cama de una habitación de la planta baja de un pequeño hotel. La habitación no era gran cosa —una cama, una silla y una cómoda destartalada—, pero tenía baño, con una ducha con agua caliente, de la que habían disfrutado primero uno y después la otra. Lo mejor de todo era que no hacía frío.

—Haydar es jugador —siguió Devra—. Casi todas las noches acaba en la trastienda de una cafetería. Conoce al dueño y los deja jugar sin cobrar nada. De hecho, una vez a la semana él también juega. —Miró su reloj—. Seguro que ahora está allí.

—¿Para qué nos sirve eso? Seguro que tu gente lo tiene protegido.

—Claro, por eso no nos acercaremos al local.

Una hora después estaban sentados en un coche de alquiler con las luces apagadas en una calle de doble sentido. Se estaban congelando. No había nevado como estaba previsto. Una media luna navegaba por el cielo, mientras una farola de otra época iluminaba vestigios de nubes y masas de nieve azuladas y crujientes.

—Ésta es la ruta que recorre Haydar para ir y volver de la partida. —Devra inclinó el reloj para que lo iluminara la luz de la luna reflejada en los cúmulos de nieve—. Debería pasar por aquí en cualquier momento.

Arkadin estaba sentado al volante.

—Tú indícame qué coche es. Yo me encargo del resto. —Tenía una mano en el contacto y la otra en el cambio de marchas—. Debemos estar preparados. Podría tener escolta.

—Si tiene guardianes irán con él en el coche —dijo Devra—. Las calles están tan mal que sería demasiado difícil seguirlo con otro coche.

—Un coche solo —dijo Arkadin—. Mejor que mejor.

Un instante después la noche se iluminó con un repentino brillo en movimiento en la calle en pendiente.

—Faros. —Devra se puso en tensión—. Es la dirección correcta.

—¿Reconocerías su coche?

—Claro que sí —dijo—. No hay muchos coches en la zona. La mayoría son camiones viejos para el transporte.

El brilló aumentó. Enseguida distinguieron los propios faros cuando el vehículo llegó a la cima. Por la posición de los faros, Arkadin dedujo que no era un camión sino un coche.

—Es él —dijo la chica.

—Sal —ordenó Arkadin—. ¡Corre! ¡Corre!

—Siga en primera hasta que le indique otra cosa —dijo Bourne al taxista.

—No creo...

Pero Bourne ya había abierto la puerta del lado de la acera y corría detrás de los dos hombres. El primero tenía a Gala, mientras el otro se había vuelto con los brazos levantados, tal vez para señalar algo a un coche en espera. Bourne golpeó con las dos manos el diafragma del hombre, y le bajó la cabeza contra su rodilla levantada. Los dientes del hombre se cerraron de golpe y cayó.

El otro hombre hizo girar a Gala para colocarla entre Bourne y él. Pero Bourne fue más rápido, agarró a la chica y se lanzó contra el adversario, que todavía estaba buscando su pistola. Cuando él intentó detener a Bourne, Gala lo pisó con fuerza con el tacón. Era la única distracción que necesitaba Jason. Rodeando la cintura de la chica con una mano, la empujó y lanzó un violento puñetazo en dirección a la garganta del hombre, el cual levantó las manos por instinto, mientras tosía y jadeaba. En aquel momento, Bourne le asestó dos golpes rápidos en la barriga y lo hizo caer.

—¡Vamos!

Bourne cogió a Gala de la mano y se dirigió hacia el taxi que avanzaba lentamente por la calle con la puerta abierta.

Empujó a la chica dentro, saltó detrás de ella y cerró la puerta de golpe.

—¡Acelere! —gritó al taxista—. ¡Acelere!

Temblando de frío, Gala subió la ventanilla.

—Me llamo Yakov —dijo el taxista, estirando el cuello para mirarlos por el retrovisor—. Me ha proporcionado muchas emociones esta noche. ¿Habrá más? ¿Adónde quiere que lo lleve?

—Limítese a conducir —dijo Bourne.

Unas calles después Bourne se dio cuenta de que Gala lo estaba mirando.

—No me habías mentido —dijo.

—Tú tampoco. Es evidente que la Kazanskaya cree que conoces el paradero de Leonid.

—Leonid Danilovich Arkadin. —Todavía estaba intentando recuperar el aliento—. Se llama así. Es lo que querías, ¿no?

—Lo que quiero —dijo Bourne— es un encuentro con Dimitri Maslov.

—¿El jefe de la Kazanskaya? Tú estás loco.

—Leonid ha estado jugando con una gente muy peligrosa —dijo Bourne—. Te ha puesto en una situación arriesgada. A menos que pueda convencer a Maslov de que no sabes dónde está Arkadin, nunca estarás segura.

Estremeciéndose, Gala se apretó el abrigo de piel.

—¿Por qué me has salvado? ¿Por qué haces esto?

—Porque no puedo permitir que Arkadin te arroje a los lobos.

—No es lo que ha hecho —protestó ella.

—¿Cómo lo describirías tú?

La chica abrió la boca, pero volvió a cerrarla y se mordió el labio como si pudiera encontrar una respuesta en el dolor.

Habían llegado al cinturón de ronda interior. El tráfico pasaba silbando a velocidades aturdidoras. El taxista estaba a punto de ganarse el apelativo de *bombila* que recibía su vehículo.

—¿Adónde? —dijo, mirando hacia atrás.

Hubo un momento de silencio. Después Gala se echó hacia adelante y le dio una dirección.

—¿Y dónde coño está esto? —preguntó el taxista.

Aquélla era otra de las rarezas de las *bombili*. Como casi ninguno era moscovita, no tenían ni idea de dónde estaba nada. Sin amilanarse, Gala le dio instrucciones y, con una horrible vomitona de humo de diésel, se lanzaron entre el tráfico enloquecido.

—Ya que no podemos volver al piso —dijo Gala—, iremos a casa de una amiga mía. Lo he hecho otras veces. Le parecerá bien.

—¿La Kazanskaya la conoce?

Gala frunció el ceño.

—No lo creo, no.

—No podemos arriesgarnos. —Bourne dio al taxista la dirección de uno de los hoteles nuevos gestionados por estadounidenses, cerca de la plaza Roja—. Es el último sitio donde te buscarán —dijo, mientras el taxista cambiaba de marcha y se lanzaba hacia la noche llena de lentejuelas de Moscú.

Solo en el coche, Arkadin encendió el motor y arrancó. Apretó a fondo el pedal del gas, acelerando tan rápidamente que la cabeza le rebotó hacia atrás. Apagó los faros justo antes de chocar contra la esquina derecha del coche de Haydar. Vio a los guardaespaldas en el asiento posterior. Estaban a punto de volverse cuando su coche chocó con ellos de lleno y con violencia. La parte posterior del vehículo de Haydar resbaló hacia la izquierda y empezó a dar bandazos. Arkadin frenó bruscamente, golpeó la puerta de la derecha y la hundió. Haydar, que estaba intentando recuperar el dominio del volante, perdió todo el control del coche. Salió de la calle, con el hocico vuelto en la dirección por donde había venido. El portaequipajes chocó con un árbol, el parachoques se partió por la mitad y la chapa del portaequipajes cayó en medio de la calle como un animal herido. Arkadin salió de la calle, puso el coche en punto muerto, bajó y corrió hacia Haydar. Sus faros iluminaban directamente el coche accidentado. Podía ver a Haydar detrás del volante, consciente pero en estado de *shock*. Sólo se veía a uno de los hombres del asiento trasero. Su cabeza estaba tirada hacia atrás y de lado. Tenía sangre en la cara, negra y brillante bajo aquella luz áspera.

Haydar se encogió aterrorizado al ver que Arkadin se acercaba a los guardaespaldas. Las dos puertas traseras estaban tan hundidas que no podían abrirse. Arkadin se sirvió del codo para romper una de las ventanas traseras y miró en el interior del vehículo. Uno de los hombres, que había recibido un golpe de lado, había salido disparado hacia el lado opuesto y yacía medio encima del guardaespaldas que aún estaba sentado. Ninguno de los dos se movía.

Mientras Arkadin se disponía a sacar a Haydar del coche, Devra salió de la oscuridad como un rayo. Haydar la reconoció y se quedó estupefacto. La chica se abalanzó sobre Arkadin, y lo derribó con su impulso.

Haydar los observó atónito mientras rodaban por la nieve, ora a la luz, ora en la sombra. La joven golpeaba al hombre, que era mucho más grande que ella, se defendía y poco a poco ganaba ventaja gracias a su masa y su fuerza superiores. Entonces Devra retrocedió y Haydar vio que tenía un cuchillo en la mano. Lo lanzó en la oscuridad, y apuñaló una y otra vez.

Cuando ella se levantó y volvió a estar bajo la luz de los faros respiraba con dificultad. Su mano estaba vacía. Haydar imaginó que había hundido el cuchillo en el cuerpo del adversario. La chica, agotada por la lucha, se tambaleó un momento. Después se dirigió hacia él.

Abrió la puerta del coche de un tirón y dijo:

—¿Estás bien?

Él asintió, manteniendo las distancias.

—Me dijeron que nos habías traicionado, que te habías pasado al enemigo.

Ella rió.

—En realidad era lo que quería que creyera ese hijo de puta. Logró cargarse a Shumenko y a Filia. Después de eso imaginé que la única forma de sobrevivir era seguirle el juego hasta que surgiera la oportunidad de liquidarlo.

Haydar asintió.

—Ésta es la batalla final. La idea de que te hubieras pasado al otro bando era desmoralizante. Sé que algunos piensan que has llegado donde estás no por tus méritos sino por otra clase de prestaciones con Piotr. Pero yo no. —Los efectos del estado de *shock* estaban desapareciendo de sus ojos, y daban paso al brillo habitual teñido de astucia.

—¿Dónde está el paquete? —preguntó ella—. ¿Está a salvo?

—Lo he entregado a Heinrich esta misma tarde, durante la partida de cartas.

—¿Y ya se ha marchado a Múnich?

—¿Para qué iba a quedarse un minuto más de lo necesario? No soporta esto. He supuesto que se iba en coche a Estambul para coger el vuelo de siempre de primera hora de la mañana. —Entornó los ojos—. ¿Para qué quieres saberlo?

Soltó un pequeño gemido al ver a Arkadin saliendo de la oscuridad.

—¿Qué significa esto? Te he visto apuñalarlo a muerte —preguntó, mientras miraba a Devra y Arkadin.

—Has visto lo que querías ver. —Arkadin entregó a Devra su pistola, y ella disparó a Haydar entre los ojos.

La chica se volvió a mirar a Arkadin y le devolvió la pistola cogiéndola por el cañón.

—¿Ya te he demostrado mi fidelidad?

Bourne se registró en el Hotel Metropolia como Fiodor Ilianovich Popov. El recepcionista de noche ni siquiera parpadeó ante la presencia de Gala, ni le pidió un documento de identidad. El de Popov era suficiente para satisfacer la política del hotel. El vestíbulo, con sus apliques, los adornos dorados y las brillantes arañas de cristal, recordaba la era zarista. Evidentemente había sido diseñado por profesionales poco aficionados a la arquitectura brutalista soviética.

Cogieron uno de los ascensores forrados de seda hasta la planta 17. Bourne abrió la puerta de la habitación con una tarjeta magnética. Tras una exploración exhaustiva, permitió que entrara Gala. Ella se quitó las pieles y se sentó en la cama. Durante esta operación la minifalda se le subió por el muslo, pero la chica no se inmutó.

Echándose hacia adelante, con los codos sobre las rodillas, dijo:

—Gracias por salvarme. No sé qué voy a hacer ahora.

Bourne sacó la silla de debajo del escritorio y se sentó frente a ella.

—Lo primero que debes hacer es decirme dónde está Arkadin.

Gala miró la alfombra a sus pies. Se frotó los brazos como si siguiera sintiendo frío, a pesar de que la temperatura de la habitación era suficientemente calurosa.

—De acuerdo —dijo Bourne—, hablemos de otra cosa. ¿Sabes algo de la Legión Negra?

Gala levantó la cabeza con las cejas arqueadas.

—Vaya, es curioso que los menciones.

—¿Y eso por qué?

—Leonid habla de ellos.

—¿Arkadin es uno de ellos?

Gala soltó una risita burlona.

—¿Te estás cachondeando de mí? No, nunca me ha hablado de ellos a mí. Quiero decir que de vez en cuando los menciona cuando va a ver a Iván.

—¿Y quién es Iván?

—Iván Volkin. Es un viejo amigo de Leonid. Estaba en la *grupperovka*. Leonid me dijo que de vez en cuando los líderes les piden consejo, así que los conoce. Ahora es una especie de historiador del hampa. Bueno, creo que Leonid acudiría a él.

Esto interesó a Bourne.

—¿Puedes llevarme con él?

—¿Por qué no? Es un ave nocturna. Leonid siempre lo visitaba a altas horas de la noche. —Gala buscó el móvil en el bolso. Repasó la agenda y marcó el número de Volkin.

Después de hablar unos minutos con él, colgó y dijo:

—Nos recibirá dentro de una hora.

—Bien.

Gala frunció el ceño y guardó el móvil.

—Si crees que Ivan sabe dónde está Leonid, te equivocas. Leonid no le dijo a nadie adónde iba, ni siquiera a mí.

—Debes de quererlo mucho.

—Sí.

—¿Él también te quiere?

Cuando ella lo miró, tenía los ojos llenos de lágrimas.

—Sí, me quiere.

—¿Por eso aceptaste dinero para espiar a Piotr? ¿Por esto te estabas divirtiendo esta noche con aquel hombre en El Piloto Chino?

—¡Por Dios, son dos cosas sin importancia!

Bourne se adelantó un poco.

—No lo entiendo. ¿Por qué no tienen importancia?

Gala lo miró un buen rato.

—¿De qué vas? ¿No sabes nada del amor? —Una lágrima le resbaló por la mejilla—. Todo lo que hago por dinero me permite vivir. Nada de lo que hago con mi cuerpo tiene nada que ver con el amor. El amor es un asunto del corazón, y el mío pertenece a Leonid Danilovich. Es una cosa sagrada y pura. Nadie puede tocarla ni profanarla.

—Puede que tengamos dos concepciones distintas del amor —dijo Bourne.

Ella sacudió la cabeza.

—No tienes derecho a juzgarme.

—Tienes toda la razón —dijo Bourne—. Pero no lo he dicho en sentido negativo. Simplemente me cuesta entender el amor.

Ella ladeó la cabeza.

—¿Y eso por qué?

Bourne dudó antes de continuar.

—He perdido a dos esposas, una hija y a muchos amigos.

—¿También has perdido el amor?

—No tengo ni idea de lo que dices.

—Mi hermano murió protegiéndome. —Gala empezó a temblar—. Era lo único que tenía. Nadie me querrá nunca como lo hacía él. Después de que mataran a mis padres nos hicimos inseparables. Me juró que no permitiría nunca que me sucediera nada malo. Fue a la tumba manteniendo su promesa. —Estaba sentada con la espalda perfectamente derecha, austera, con una expresión de desafío en la cara—. ¿Lo entiendes ahora?

Bourne se dio cuenta de que había infravalorado por completo a aquella *diev*. ¿Había hecho lo mismo con Moira? A pesar de reconocer sus sentimientos hacia Moira, había tomado la decisión inconsciente de que ninguna otra mujer podría ser tan fuerte e imperturbable como Marie. En eso se había equivocado por completo. Debía agradecer a aquella *dievochka* rusa la iluminación.

Gala lo miraba con atención. Su repentino enfado parecía haberse esfumado.

—En muchos aspectos te pareces a Leonid Danilovich. No quieres volver a afrontar los riesgos de confiar en el amor. Te han hecho un daño terrible, como a él. Pero ¿no ves que si actúas así el presente será todavía más insulso que el pasado? Tu única salvación es encontrar a alguien a quien amar.

—Había encontrado a alguien —dijo Bourne—. Una persona que ahora está muerta.

—¿No hay ninguna otra?

Bourne asintió.

—Podría ser.

—Entonces debes abrazarla, en lugar de huir. —Unió las manos—. Abraza el amor. Esto es lo que le diría a Leonid Danilovich si estuviera aquí, en tu lugar.

Tres calles más abajo, después de aparcar, Yakov, el taxista que había dejado a Gala y a Bourne en el hotel, abrió su teléfono móvil y apretó una tecla de marcado rápido. Cuando oyó la voz conocida que le respondía, dijo:

—Los he dejado en el Metropolia hace diez minutos.

—Vigílalos —dijo la voz—. Si se van del hotel, dímelo. Y síguelos.

Yakov asintió, volvió atrás y se situó en la parte opuesta a la entrada del hotel. Entonces marcó otro número y dio exactamente la misma información a otro cliente.

—Hemos perdido el paquete por los pelos —dijo Devra mientras se alejaban del lugar del accidente—. Debemos ponernos en marcha hacia Estambul de inmediato. Heinrich, el siguiente contacto, nos lleva más de dos horas de ventaja.

Condujeron durante toda la noche, afrontando curvas, rotonda y cambios de rasante. Las montañas oscuras, con sus brillantes estolas de nieve, eran compañeras silenciosas e implacables. La carretera estaba tan agujereada que parecía que se encontraban en una zona de guerra. En una ocasión pisaron una placa de hielo y patinaron, pero Arkadin no perdió la cabeza. Se dejó llevar por el bandazo, tocó suavemente los frenos varias veces hasta que puso el coche en punto muerto y apagó el motor. Se pararon al lado de un cúmulo de nieve.

—Espero que Heinrich haya tenido las mismas dificultades —dijo Devra.

Arkadin volvió a arrancar el coche, pero no consiguió tracción suficiente como para que éste se moviera. Fue a la parte de atrás mientras Devra se ponía al volante. No encontró nada útil en el portaequipajes, así que se adentró un poco en el bosque, donde cortó algunas ramas gruesas que colocó delante de la rueda trasera derecha. Dio dos golpes al guardabarros y Devra abrió gas. El coche jadeó y gruñó. Las ruedas giraron, levantando duchas de nieve granulada. Entonces los neumáticos encontraron la madera y se agarraron. El coche estaba libre.

Devra se apartó para que Arkadin se pusiera al volante. Mientras atravesaban el paso de montaña, las nubes se deslizaron frente a la luna dejando la carretera sumida en la oscuridad. No había tráfico;

durante muchos kilómetros la única iluminación fue la que les proporcionaban los faros del propio coche. Por último, la luna asomó la cabeza entre el lecho de nubes y aquel mundo circunscrito se inundó de una misteriosa luz azulada.

—En momentos como éste echo de menos a mi amigo americano —musitó Devra, con la cabeza apoyada en el asiento—. Era de California. Lo que más me gustaba eran sus historias sobre el surf. Dios mío, ¡qué deporte más raro! Sólo en América pueden hacer una cosa así, ¿eh? Pero recuerdo que pensaba en lo bonito que sería vivir en una tierra soleada, y correr hasta el infinito por las carreteras con descapotables y bañarte siempre que te apetezca.

—El sueño americano —dijo Arkadin con acidez.

Ella suspiró.

—Me habría gustado que me llevara con él cuando se fue.

—Mi amigo Mischa también quería venir conmigo —dijo Arkadin—, pero de esto hace mucho tiempo.

Devra volvió la cabeza hacia él.

—¿Adónde fuiste?

—A Estados Unidos. —Dio una breve risotada—. Pero no a California. A Mischa no le importaba; estaba loco por Estados Unidos. Por eso no lo llevé conmigo. Vas a un lugar a trabajar, te enamoras del sitio y después no quieres volver a trabajar. —Calló un momento, concentrado en un cambio de rasante—. Por supuesto que no se lo dije —siguió—, nunca le habría hecho daño. Crecimos en chabolas, ¿sabes? Una vida condenadamente dura. Me pegaron tantas palizas que dejé de contarlas. Entonces apareció Mischa. Era más grande que yo, pero no sólo eso. Me enseñó a usar la navaja..., no sólo a apuñalar, sino también a lanzarla. Después me llevó con un hombre a quien conocía, un hombrecito esmirriado, sin un gramo de grasa en el cuerpo. En un instante aquel palillo me hizo caer de espaldas con tanta violencia que me saltaron las lágrimas. Por Dios, no podía ni respirar. Mischa me preguntó si me gustaría ser capaz de hacer lo mismo y yo le contesté: «Mierda, ¿dónde tengo que firmar?».

De repente aparecieron los faros de un camión que venía en su dirección y ambos quedaron cegados por el fuerte resplandor. Arkadin redujo la velocidad para dejar pasar al camión.

—Mischa es mi mejor amigo; mi único amigo, en realidad —dijo—. No sé qué haría sin él.

—¿Me lo presentarás cuando volvamos a Moscú?

—Ahora vive en Estados Unidos —dijo Arkadin—. Pero te puedo llevar a su piso, que es donde he estado viviendo. Está en el muelle de Frunzenskaia. Desde su salón se ve el parque Gorki. Tiene unas vistas preciosas. —Pensó fugazmente en Gala, que seguía en el piso. Sabía cómo hacer que se marchara; no sería ningún problema.

—Sé que me encantará —dijo Devra. Era un alivio oír cómo hablaba de sí mismo. Animada por la locuacidad de su amigo, continuó—: ¿A qué te dedicabas en América?

En un instante el ambiente cambió por completo. Arkadin paró el coche.

—Conduce tú —ordenó.

Devra ya se había acostumbrado a sus imprevisibles cambios de humor. Observó cómo daba la vuelta al coche. Ella se deslizó al asiento contiguo. Arkadin cerró la puerta de un portazo. Devra puso la marcha preguntándose qué nervio habría tocado.

Siguieron avanzando por la carretera y descendieron por la ladera de la montaña.

—Pronto llegaremos a la autopista —dijo Devra para romper el silencio—. Me muero de ganas de meterme en una cama caliente.

De manera inevitable, llegó el momento en que Arkadin tomó la iniciativa con Marlene. Sucedió mientras ella estaba durmiendo. Se escabulló por el pasillo hasta su puerta. Para él fue un juego de niños forzar la cerradura sólo con el alambre que sujetaba el corcho de la botella de champán que Ikupov había servido en la cena. Por supuesto, Ikupov, que era musulmán, no había tomado alcohol, pero Arkadin y Marlene no tenían estas limitaciones. Arkadin se había ofrecido a descorchar el champán y al hacerlo se guardó el alambre.

La habitación olía a ella, a limones y a almizcle, una combinación que le hacía hervir la sangre. La luna estaba llena y baja en el horizonte. Parecía que Dios la estuviera aplastando entre las manos.

Arkadin se quedó inmóvil escuchando la respiración profunda y regular de la mujer. Volviéndose del lado derecho, Marlene arrugó la ropa de cama. Antes de acercarse, Arkadin esperó a que la respiración de la mujer se volviera regular. Subió a la cama y se arrodilló al lado de la mujer. La cara y los hombros de ella estaban iluminados por la luna, mientras el cuello en la penumbra la hacía parecer decapitada. Por alguna razón, esta visión lo angustió. Intentó respirar hondo, pero aquella imagen desagradable lo atenazó confundiéndolo casi hasta el punto de hacerle perder el equilibrio.

Y después, durante un suspiro, sintió algo frío y duro que lo devolvió a la realidad. Marlene estaba despierta, con la cara vuelta hacia él. Lo miraba. En la mano derecha tenía una Glock 20 de 10 mm.

—Tiene el cargador lleno —dijo.

Eso significaba que tenía catorce balas más si fallaba el primer tiro. Aunque esto no fuera probable. La Glock era una de las pistolas más potentes del mercado. No estaba bromeando.

—Atrás.

Él bajó de la cama y Marlene se sentó. Sus pechos desnudos brillaban blanquecinos a la luz de la luna. Parecía totalmente ajena a su desnudez.

—No estabas durmiendo.

—No duermo desde que llegué aquí —dijo Marlene—. Estaba esperando este momento. Sabía que intentarías meterte en mi habitación.

Dejó la Glock.

—Ven a la cama. Estás a salvo conmigo, Leonid Danilovich.

Como hechizado, Arkadin subió a la cama y, como un niño, apoyó la cabeza contra el blando cojín de sus pechos mientras ella le acunaba tiernamente. Ella se acurrucó con él, intentando que su calor se filtrara en aquella carne fría, de mármol. La mujer notó que los latidos del corazón de Arkadin disminuían su ritmo frenético de manera gradual y que él se estaba durmiendo, acunado por el sonido del ritmo constante del corazón de ella.

Un tiempo después, ella lo despertó susurrándole al oído. No fue difícil: deseaba que lo sacaran de su pesadilla. La miró durante un buen rato, con el cuerpo rígido. Tenía la boca seca porque había gritado en sueños. Volviendo al presente, la reconoció. Sintió sus brazos alrededor de él, la curva protectora de su cuerpo. Asombrada, Marlene se dio cuenta de que estaba relajado.

—Aquí nada puede hacerte daño, Leonid Danilovich —susurró—. Ni siquiera tus pesadillas.

Él la miró de una forma rara e insistente. Cualquiera se habría asustado, pero no Marlene.

—¿Qué te ha hecho gritar? —preguntó.

—Había sangre por todas partes... en la cama.

—¿Tu cama? ¿Te habían pegado, Leonid?

Arkadin parpadeó y el hechizo se rompió. Se volvió, con el rostro hacia la parte opuesta a ella, esperando la luz grisácea del alba.

21

En una tarde despejada, con el sol ya bajo en el horizonte, Tyrone llevó a Soraya Moore al piso franco de la NSA perdido entre las suaves colinas de Virginia. En alguna parte, en un anónimo cibercafé del nordeste de Washington, Kiki estaba sentada frente a una pantalla de ordenador, esperando para difundir el virus de *software* que había inventado para deshabilitar las dos mil cámaras de circuito cerrado de la propiedad.

—Mandará las mismas imágenes de vídeo hasta el infinito —había explicado—. Ésta es la parte fácil. Logrará volver invisible el uno por ciento del código y sólo funcionará durante diez minutos. En ese momento, en la práctica, se autodestruirá y se fragmentará en minúsculos paquetes de códigos inofensivos que el sistema no captará como anomalías.

Ahora todo dependía del tiempo. Dado que era imposible enviar una señal electrónica desde el piso franco de la NSA sin que fuera interceptada y considerada sospechosa, habían urdido un plan con unos tiempos predeterminados, lo que significaba que si algo se torcía —o si Tyrone se retrasaba por algún motivo— los diez minutos pasarían y el plan fracasaría. Ése era el talón de Aquiles del plan. No obstante, no les quedaba otra opción y decidieron arriesgarse.

Además, Deron les había preparado algunos aparatos para la ocasión después de consultar los planos del edificio, que había conseguido misteriosamente. Soraya había intentado obtenerlos sin éxito y se había convencido de que la NSA tenía bien oculta la documentación del registro de la propiedad.

Antes de pararse frente a la verja de entrada, Soraya dijo:

—¿Estás seguro de querer seguir adelante con esto?

Tyrone asintió con una expresión muy concentrada.

—Sigamos. —Le molestaba que le hubiera hecho esa pregunta. Si en el pasado alguno de su banda hubiera osado poner en duda su valor lo habría matado. Pero no debía olvidar que aquello no era la calle. Sabía perfectamente que ella había asumido un gran riesgo cuando lo había sacado del gueto y lo había civilizado. Pensaba en ello sobre todo cuando se sentía especialmente reprimido por las normas y los reglamentos de los hombres blancos que no entendía.

La miró por el rabillo del ojo: de no haber sido porque estaba enamorado de ella nunca habría entrado en el mundo de los blancos. Soraya era una mujer de color, y encima musulmana, que trabajaba para el gobierno. No sólo el gobierno, sino el gobierno al cuadrado, al cubo, al infinito. Si a ella no le importaba hacerlo, ¿por qué debería importarle a él? Sin embargo, su educación era muy distinta de la de Soraya, a quien sus padres habían dado todo lo que había necesitado; en cambio, los padres de Tyrone no habían querido o podido darle nada. Ella había tenido el privilegio de recibir una educación completa; él había tenido a Deron, quien, aunque le hubiera enseñado muchas cosas, no podía sustituir por completo la educación del hombre blanco.

Ironías del destino, sólo hasta unos meses antes habría despreciado cualquier clase de educación. Pero después de conocer a Soraya había empezado a darse cuenta de que era un ignorante. Era un animal de la calle, sí, mucho más que ella. Pero se sentía intimidado ante las personas que tenían títulos. Cuanto más los observaba moverse en su mundo —la forma de hablar, de tratarse y de relacionarse entre ellos—, más comprendía hasta qué punto estaba incompleta su vida. Lo único que contaba para abrirse camino en el gueto era la capacidad de sobrevivir, pero además de eso existía todo un universo. Una vez entendido esto, como Deron, quiso explorar el mundo que había más allá de los confines de su barrio, y supo que necesitaba un cambio radical.

Estaba reflexionando sobre ese último aspecto cuando vio el imponente edificio de piedra y pizarra rodeado de una alta verja de hierro. Como sabía por los planos que había memorizado, era perfectamente simétrico, con cuatro chimeneas altas y ocho habitaciones a dos aguas. Una serie de antenas, astas y parábolas de satélite eran los únicos elementos anómalos.

—Estás guapísimo con ese traje —dijo Soraya.

—Pues es muy incómodo —contestó él—, me siento como un pasmarote.

—Como todos los agentes de la NSA.

Tyrone rió como habría reído un gladiador romano entrando en el Coliseo.

—Que es de lo que se trata —añadió ella—. ¿Tienes la identificación que te dio Deron?

El chico se golpeó el pecho sobre el corazón.

—En su sitio.

Soraya asintió.

—De acuerdo, vamos.

Tyrone sabía que existía la posibilidad de no salir vivo de aquel edificio, pero no le importaba. ¿Por qué debería importarle? ¿Cómo había sido su vida hasta ahora? Una mierda. Él, como Deron, había defendido sus decisiones, que al fin y al cabo es lo único que un hombre pide de la vida.

Soraya mostró los documentos que LaValle le había enviado aquella mañana por mensajero. No obstante, Tyrone y ella fueron inspeccionados por un par de hombretones con la mandíbula cuadrada y órdenes tajantes de no sonreír. Al final pasaron la inspección y recibieron autorización para entrar.

Mientras Tyrone recorría en coche el tortuoso sendero de grava, Soraya le hizo notar las increíbles redes de sistemas de vigilancia que un intruso tendría que esquivar para infiltrarse en el interior de la propiedad. La tranquilizó pensar que habían soslayado aquellos riesgos en calidad de invitados de LaValle. Ahora sólo tenían que atravesar el interior del edificio. Salir de él sería harina de otro costal.

Condujo hasta el porche. Antes de que pudiera apagar el motor llegó un portero —otro tipo de aspecto marcial y con la mandíbula cuadrada que ni siquiera con ropa de paisano podría parecer una persona normal—, que se encargó del coche.

El general Kendall, puntual como siempre, estaba en la puerta esperándolos. Estrechó formalmente la mano de Soraya y después examinó con atención a Tyrone mientras ella se lo presentaba.

—Su guardaespaldas, imagino —dijo Kendall en un tono que otro utilizaría para reprender—. Pero no tiene el aspecto habitual de los agentes de la CIA.

—Éste no es un encuentro de la CIA normal y corriente —contestó Soraya con brusquedad.

Kendall se encogió de hombros. Tras otro apretón de manos formal giró sobre sus talones y los guió al interior de la enorme estructura. Atravesaron las estancias suntuosas y recorrieron pasillos silenciosos tapizados con escenas de temática militar y ventanas blindadas, a través de las cuales la luz del sol de enero se filtraba en haces que se alargaban sobre una lujosa alfombra azul. Sin que lo pareciera, Tyrone tomó nota de todos los detalles como si estuviera haciendo una prospección para un robo, algo que no estaba muy lejos de la realidad. Cruzaron la puerta que llevaba al nivel subterráneo. Era exactamente como Soraya se lo había descrito.

Siguieron otra decena de metros hasta las puertas de castaño de la biblioteca. En la chimenea ardía un fuego vivo y había cuatro sillones en el mismo lugar en que Soraya le había dicho que se había sentado con Kendall y LaValle durante su primera visita. Willard los recibió en cuanto entraron.

—Buenas tardes, señora Moore —dijo con su media reverencia de rutina—. Estamos encantados de volverla a ver por aquí tan pronto. ¿Puedo ofrecerle un té de Ceilán?

—Sería estupendo, gracias.

Tyrone estaba a punto de pedir una coca-cola, pero se lo pensó mejor. Pidió un té de Ceilán también para él. No tenía la menor idea del sabor que podía tener.

—Muy bien —dijo Willard, y se marchó.

—Por aquí —dijo Kendall innecesariamente, y los guió hacia el grupo de sillones donde Luther LaValle ya estaba sentado, mirando las montañas a través de las ventanas blindadas ovaladas.

Debió de oírles llegar, porque se levantó y se volvió en cuanto entraron. La maniobra de LaValle le pareció a Soraya artificial y ensayada, como su sonrisa. Kendall presentó a Tyrone con cortesía y todos se sentaron.

LaValle unió los dedos.

—Antes de empezar, directora, debo hacer hincapié en que nuestro propio departamento de archivo ha detectado alguna información fragmentaria sobre la Legión Negra. Por lo que parece, existieron durante la época del Tercer Reich. Se componía de prisioneros de guerra musulmanes que fueron trasladados a Alemania tras los primeros golpes militares en la Unión Soviética. Aquellos musulmanes, que eran sobre todo de ascendencia turca y del Cáucaso, detestaban tanto a Stalin que estaban dispuestos a hacer cualquier cosa por derrocar el régimen, incluso abrazar el nazismo.

LaValle sacudió la cabeza como un profesor de historia que relatase una época terrible a una clase de estudiantes embelesados.

—Es un episodio especialmente desagradable en un decenio del todo repugnante. En cuanto a la Legión Negra, no hay indicios de que sobreviviera al régimen que la creó. Además, su benefactor, Himmler, era un genio de la propaganda, sobre todo si lo hacía quedar bien a los ojos de Hitler. Las pruebas sugieren que el papel de la Legión Negra en el frente oriental fue mínimo, y que de hecho fue la fantástica máquina de propaganda de Himmler la que le otorgó la temible reputación de que gozaba, más que los actos de sus miembros.

Sonrió, mientras el sol asomaba entre los nubarrones.

—Ahora que sabemos esto, déjeme echar un vistazo a las conversaciones interceptadas de Typhon.

Soraya toleró aquella introducción más bien condescendiente, destinada a desacreditar el origen de las informaciones antes incluso de verlas. Se tragó la indignación y la humillación para mantener la calma y concentrarse en su misión. Apoyando sobre las rodillas el maletín, introdujo el código en la cerradura y extrajo un dosier rojo con una gruesa faja negra que, en el rincón superior derecho, tenía escrito: Reservado al director. Material de alto secreto.

Mirando a LaValle a la cara, se lo entregó.

—Disculpe, directora. —Tyrone alargó la mano—. La cinta electrónica.

—Oh, sí, perdone —dijo Soraya—. Señor LaValle, ¿sería tan amable de entregar el expediente al señor Elkins?

LaValle lo miró con detenimiento y vio una cinta de metal brillante que sellaba el dosier.

—No se preocupe, yo mismo puedo volver a ponerlo.

—Si quiere leer las conversaciones intervenidas, no —intervino Tyrone—. Si no se abre la cinta con esto... —enseñó un pequeño artilugio de plástico—, el documento se autodestruirá en pocos segundos.

LaValle asintió como si aprobara las medidas de seguridad que había tomado Soraya.

Mientras entregaba el dosier a Tyrone, Soraya dijo:

—Desde nuestro último encuentro mis hombres han interceptado más comunicaciones del mismo estilo, que parecían proceder del mismo cuartel general.

LaValle frunció el ceño.

—¿Un cuartel general? Esto es muy insólito para una red terrorista constituida por definición por comandos independientes.

—Esto es lo que hace tan convincentes las conversaciones que hemos intervenido.

—Y también las vuelve sospechosas, en mi opinión —dijo LaValle—. Por este motivo estoy ansioso por verlas.

Después de cortar la cinta metálica de seguridad, Tyrone le devolvió el documento. La mirada de LaValle se posó sobre los papeles. Empezó a leer.

Fue entonces cuando Tyrone dijo:

—Tengo que ir al baño.

LaValle hizo una señal con la mano.

—Vaya —dijo, sin levantar la cabeza.

Kendall lo observó mientras se acercaba a Willard, que estaba entrando con las bebidas, para que le indicara el camino. Soraya lo vio por el rabillo del ojo. Si todo salía bien, en los siguientes minutos Tyrone estaría frente a la puerta del sótano en el preciso instante en que Kiki mandaría el virus al sistema de seguridad de la NSA.

Ivan Volkin era peludo como un oso, con cabellos grisáceos en punta que le daban un aspecto un poco trastornado, una barba blanca como la nieve y ojos pequeños y alegres del color de la lluvia. Era ligeramente patizambo, como si se hubiera pasado la vida montando a caballo. Su cara arrugada y coriácea le confería un aire de cierta dignidad, como si se hubiera ganado el respeto de muchos.

Los recibió cordialmente, y los hizo pasar a un piso que parecía pequeño debido a los montones de libros y periódicos que cubrían todas las superficies horizontales disponibles, incluida la cocina y su cama.

Del vestíbulo los llevó por un pasillo estrecho y tortuoso hasta el salón, donde les hizo sitio en el sofá apartando tres pilas inestables de libros.

—Bueno —dijo, de pie frente a ellos—, ¿en qué puedo ayudaros?

—Necesito saber todo lo que pueda decirme sobre la Legión Negra.

—¿Y por qué está interesado en un detalle tan insignificante de la historia? —preguntó Volkin mirando a Bourne con expresión hostil—. No parece un historiador.

—Usted tampoco —contestó Jason.

Esto hizo mucha gracia al hombre.

—No, supongo que no. —Volkin se secó los ojos—. Hablando entre amigos, ¿eh? Sí. —Se volvió para coger una silla de respaldo alto y se sentó a horcajadas apoyando los brazos en el respaldo—. Diga. ¿Qué quiere saber exactamente?

—¿Cómo lograron sobrevivir hasta el siglo xxi?

El gesto de Volkin se demudó inmediatamente.

—¿Quién le ha dicho que la Legión Negra haya sobrevivido?

Bourne no quería utilizar el nombre del profesor Specter.

—Una fuente digna de crédito.

—¿Ah, sí? Pues esa fuente se equivoca.

—¿Por qué se molesta en negarlo? —insistió Bourne.

Volkin se levantó y fue a la cocina. Bourne oyó la puerta de la nevera abriéndose y cerrándose y el tintineo de vasos. Cuando Volkin volvió, llevaba una botella fría de vodka en una mano y tres vasos grandes en la otra.

Abrió la botella, repartió los vasos y los llenó hasta la mitad. Cuando se hubo servido se sentó, y dejó la botella entre ellos, sobre la alfombra deshilachada.

Volkin levantó su vaso.

—A nuestra salud. —Vació el vaso en dos grandes tragos. Se secó los labios, cogió la botella y volvió a servirse—. Escúcheme con atención. Si reconociera que la Legión Negra existe hoy en día, no me quedaría salud por la que brindar.

—¿Cómo iban a enterarse? —preguntó Bourne.

—¿Cómo? Le diré cómo. Le diré lo que sé, y usted se marchará y actuará de acuerdo con esa información. ¿Dónde cree que aterrizará la tormenta de mierda que levantará? ¿Eh? —Se golpeó el pecho prominente con el vaso, vertiendo vodka sobre su camisa ya manchada—. Toda acción tiene su reacción, amigo mío, y permita que le diga que cuando se trata de la Legión Negra todas las reacciones son letales para alguien.

En vista de que el hombre ya había reconocido que la Legión Negra había sobrevivido a la derrota de la Alemania nazi, Bourne llevó el tema a lo que realmente le importaba.

—¿Por qué estaría la Kazanskaya en tratos con ellos?

—¿Disculpe?

—No logro comprender el interés de la Kazanskaya en Mijaíl Tarkanian. Tropecé con uno de sus asesinos en su piso.

La expresión de Volkin se volvió hostil.

—¿Qué hacía usted en su piso?

—Tarkanian está muerto —dijo Bourne.

—¿Qué? —explotó Volkin—. No le creo

—Yo estaba cuando sucedió.

—Y yo le digo que es imposible.

—Todo lo contrario: es un hecho —dijo Bourne—. Su muerte fue consecuencia directa de su adscripción a la Legión Negra.

Volkin cruzó los brazos sobre el pecho. Parecía el gorila que Jason había visto en el zoo.

—Ya sé lo que pretende. ¿De cuántas formas querrá obligarme a hablar de la Legión Negra?

—De todas las que pueda —dijo Bourne—. La Kazanskaya está relacionada de alguna forma con la Legión Negra, lo que es una perspectiva alarmante.

—Puede que le parezca que tengo todas las respuestas, pero no es así. —Volkin lo miró fijamente, como si lo desafiara a llamarlo mentiroso.

Aunque Bourne estaba convencido de que Volkin sabía más de lo que quería reconocer, también sabía que sería un error presionarlo. Era evidente que no era de los que se dejaban intimidar, y no valía la pena intentarlo. El profesor Specter le había advertido que no se implicara en la guerra de la *grupperovka*, pero el profesor estaba muy lejos de Moscú; su información sólo llegaba a los límites de sus hombres sobre el terreno. El instinto decía a Bourne que había un grave abismo. Y, por lo que veía, sólo había una forma de llegar a la verdad.

—Dígame cómo puedo concertar un encuentro con Maslov —dijo.

Volkin sacudió la cabeza.

—Eso sería una imprudencia. Con la Kazanskaya en plena guerra por el poder con los azerbaiyanos...

—Popov sólo es una tapadera —dijo Bourne—. De hecho, soy asesor de Viktor Cherkesov. —Aquél era el jefe de la Agencia Federal Antidroga, uno de los dos o tres *siloviki* rusos más poderosos de Rusia.

Volkin retrocedió como si las palabras de Bourne lo hubieran pinchado. Dirigió una mirada acusadora a Gala, como si Bourne fuera un escorpión que ella hubiera metido en su guarida. Volviéndose otra vez hacia Bourne, dijo:

—¿Tiene pruebas de ello?

—No diga tonterías. De todos modos, le puedo dar el nombre del hombre a quien respondo: Boris Ilich Karpov.

—¿Ah, sí? —Volkin sacó una pistola Makarov, y la apoyó en la rodilla derecha—. Si me miente... —Descolgó el teléfono que extrajo milagrosamente de aquel desorden y marcó un número con rapidez—. Aquí no somos aficionados.

Después de un momento, dijo:

—Borís Ilich, tengo aquí a un hombre que afirma trabajar para usted. Se lo paso.

Con la cara impasible, Volkin le dio el móvil.

—Boris —dijo Bourne—, soy Jason Bourne.

—¡Jason, amigo mío! —La voz de Karpov resonó—. No te veo desde Reikiavik.

—Parece un siglo.

—Demasiado tiempo, digo yo.

—¿Dónde has estado?

—En Tombuctú.

—¿Qué hacías en Malí? —preguntó Bourne.

—Mejor no preguntes —dijo Karpov riendo—. Si lo he entendido bien, ahora trabajas para mí.

—Sí.

—Ay, chico, ¡qué ganas tenía de que llegara este momento! —Karpov soltó otra risotada—. Debemos brindar con vodka por este momento, pero no esta noche, ¿eh? Ponme otra vez con esa cabra vieja de Volkin. Doy por supuesto que quieres algo de él.

—Correcto.

—No se ha tragado ni una sola palabra de lo que le has dicho. Pero lo convenceré. Memoriza mi número de móvil y llámame cuando estés solo. Hasta pronto, amigo mío.

—Quiere hablar con usted —dijo Bourne.

—Es comprensible. —Volkin cogió el móvil de Bourne y se lo llevó a la oreja. Su expresión cambió casi en el acto. Miró fijamente a Bourne con la boca un poco abierta—. Sí, Boris Ilich. Sí, por supuesto, lo comprendo.

Volkin colgó, miró a Bourne un buen rato y por fin dijo:

—Llamaré ahora a Dimitri Maslov. Espero que sepa de verdad lo que hace. En caso contrario, ésta será la última vez que alguien lo vea, vivo o muerto.

22

Tyrone se dirigió a uno de los servicios de caballeros, extrajo la identificación que le había proporcionado Deron y se la colgó de la americana. Llevaba un traje parecido a los de los otros espías. Ahora era el agente especial Damon Riggs, de la oficina de la NSA de Los Ángeles. Damon Riggs existía de verdad, y la identificación procedía directamente de la base de datos de recursos humanos de la NSA.

Tyrone tiró de la cadena, salió del excusado y sonrió gélidamente a un agente que se estaba lavando las manos en uno de los lavabos. El hombre echó una ojeada a la placa identificativa de Tyrone y comentó:

—Estás un poco fuera de tu ambiente.

—Y en pleno invierno, además. —La voz de Tyrone fue fuerte y firme—. No veas cómo echo de menos las playas de Santa Mónica.

—Dímelo a mí. —El agente se secó las manos—. Buena suerte —dijo, antes de marcharse.

Tyrone miró un momento la puerta cerrada, respiró hondo y soltó el aire poco a poco. Por ahora todo iba bien. Salió al pasillo, con los ojos fijos y el paso decidido. Se cruzó con cuatro o cinco agentes. Un par echaron una ojeada breve a la identificación de Tyrone y lo saludaron con la cabeza. Los otros no le hicieron ni el menor caso.

—La gracia estriba en que parezcas estar en tu salsa —había dicho Deron—. No dudes, sé decidido. Si parece que sabes adónde vas, te fundes con el escenario y nadie se fija en ti.

Tyrone llegó a la puerta sin incidentes. La cruzó mientras salían dos agentes enfrascados en una conversación. Después, mirando a ambos lados, retrocedió. Sacó rápidamente lo que en apariencia era un pedazo de cinta y lo apretó sobre el lector óptico. Mirando el reloj, esperó a que la aguja de los segundos tocara las doce y, entonces, conteniendo el aliento, apretó el índice sobre la cinta para que se adhiriera perfectamente al lector. La puerta se abrió. Tyrone arrancó la cinta y se escabulló dentro. La cinta contenía la huella de LaValle, que Tyrone había sacado de la parte de atrás de la carpeta mientras trabajaba con el dispositivo de seguridad del dosier. Soraya había distraído a LaValle con su conversación.

Se paró un instante al pie de la escalera. No oyó ninguna alarma, ningún ruido de guardias armados. El programa de Kiki había funcionado. El resto estaba en sus manos.

Se movió con rapidez y en silencio por el pasillo de cemento. Los únicos adornos eran algunos tubos fluorescentes que siseaban en el techo proyectando en el ambiente una claridad siniestra. Aparte del susurro de la maquinaria no vio a nadie ni oyó nada.

Tyrone se puso unos guantes de látex e intentó abrir todas las puertas que encontró. La mayor parte estaban cerradas, salvo una, que daba a una salita, donde había una especie de ventana en una pared. Tyrone había visto bastantes comisarías como para saber que se trataba de un espejo falso con el cual se podía observar sin ser visto. La habitación contigua no era más grande que aquella en la que se encontraba. Se entreveía una silla de metal clavada al suelo en el centro de la habitación, y detrás un gran desagüe. Clavada a la pared de la derecha había una bañera profunda de cosa de un metro de ancho y larga como un hombre, con cadenas en las patas y una manguera enrollada. La boquilla parecía enorme en proporción a las cuatro paredes. Tyrone había visto reproducciones en fotografías. Aquello era una bañera para fingir ahogamientos. Sacó todas las fotos que pudo, porque eran la prueba que necesitaba Soraya para demostrar que la NSA realizaba torturas ilegales e inhumanas.

Tyrone usó la minúscula máquina digital de diez megapíxeles que la directora le había confiado. Dada la enorme memoria de su tarjeta podía registrar seis vídeos de más de tres minutos de duración.

Siguió, consciente de que disponía de muy poco tiempo. Abrió la puerta centímetro a centímetro y comprobó que el pasillo estaba desierto. Se apresuró, comprobando todas las puertas al pasar. Por fin se encontró en otra habitación con espejo. No obstante, en el interior vio a un hombre arrodillado al lado de una mesa, con los brazos atados a la espalda. Una capucha negra le cubría la cabeza. Tenía la postura de un soldado vencido a punto de que lo obligaran a besar los pies de los conquistadores. Tyrone sintió una oleada de rabia como no había sentido jamás. No pudo evitar pensar en la historia de su propio pueblo, gentes que habían sido perseguidas por tribus rivales en la costa oriental de África y vendidas al hombre blanco como esclavas en América. Deron le había hecho estudiar esta historia terrible, para que supiera de dónde procedía, para que comprendiera las raíces de los prejuicios, los odios atávicos y todas las fuerzas extraordinarias que éstos desencadenaban.

Tyrone tuvo que hacer un gran esfuerzo para serenarse. Eso era lo que esperaba encontrar: pruebas de que la NSA sometía a los presos a formas ilegales de tortura. Tyrone sacó un montón de fotos, e incluso un breve vídeo antes de salir de la sala de observación.

De nuevo, el pasillo estaba desierto. Aquello lo preocupó. Allí debería haber oído o visto al personal de la NSA. Pero no se veía un alma.

De repente sintió un cosquilleo en la nuca. Volvió sobre sus pasos medio corriendo. El corazón le latía a toda prisa, y la sangre le bombeaba en los oídos. A cada paso que daba aumentaba la sensación de que algo iba mal. Echó a correr a toda velocidad.

Luther LaValle levantó la mirada de los papeles y, en tono amenazador, dijo:

—¿A qué está jugando, directora?

Soraya se reprimió para no delatar su sobresalto.

—¿Disculpe?

—He examinado dos veces estas comunicaciones interceptadas que usted afirma que proceden de la Legión Negra. En ninguna he encontrado referencias a ese nombre, o a ningún nombre, para ser exactos.

Apareció Willard y entregó un papelito al general Kendall. Éste lo leyó sin cambiar de expresión y se disculpó. Con verdadero temor, Soraya observó cómo el general salía de la biblioteca.

Para llamar su atención, LaValle blandió las hojas de papel como un capote rojo frente a un toro.

—Dígame la verdad. Por lo que usted sabe, estas conversaciones podrían ser de dos pandillas de críos de siete años que juegan a ser terroristas.

Soraya sentía que la rabia crecía en su interior.

—Mis hombres me han asegurado que son auténticas, señor La-Valle. Y son los mejores en su campo. El que usted no lo crea me llena de perplejidad sobre los motivos que lo han llevado a solicitar este favor de Typhon.

LaValle reconoció que tenía razón en ese aspecto, pero no había terminado.

—Pero a ver, ¿cómo sabe que proceden de la Legión Negra?

—Informaciones colaterales.

LaValle se acomodó. Todavía no había tocado su bebida.

—¿Y qué demonios significa informaciones colaterales?

—Otra fuente, no relacionada con las interceptaciones, está enterada de un ataque inminente en territorio estadounidense planificado por la Legión Negra.

—Una fuente que existe aunque no tengamos ninguna prueba tangible de ella.

Soraya estaba cada vez más molesta. Aquella conversación estaba girando peligrosamente hacia el interrogatorio.

—Le he traído estas conversaciones interceptadas porque usted me lo pidió. ¿No se debía suponer una relación de confianza entre nosotros?

—Podría ser —dijo LaValle—, pero para serle sincero estas informaciones anónimas, por muy alarmantes que parezcan a primera vista, no me valen. Me está ocultando algo, directora. Quiero saber la fuente de sus supuestas informaciones colaterales.

—Me temo que eso es imposible. La fuente es absolutamente intocable. —Soraya no podía decirle que la fuente era Jason Bourne—. De todos modos... —Se inclinó hacia su fino maletín, y sacó varias fotos y se las entregó.

—Es un cadáver —dijo LaValle—. No veo la relación...

—Mire la segunda foto —dijo Soraya—. Es un primer plano del interior del codo de la víctima. ¿Qué ve?

—Un tatuaje de tres cabezas de caballo junto a... ¿qué es? Parece la calavera de las SS nazi.

—Es lo que es. —Soraya le pasó otra foto—. Ésta es de una insignia del uniforme de la Legión Negra en tiempos de su líder, Heinrich Himmler.

LaValle apretó los labios. Después guardó las hojas en la carpeta, se la devolvió a Soraya y levantó las fotos.

—Si usted ha podido encontrar este símbolo, cualquiera puede hacerlo. Podría tratarse de un grupo que tan sólo se ha apropiado del símbolo de la Legión Negra, como han hecho los cabezas rapadas en Alemania con la esvástica. Además, esto no prueba el hecho de que las comunicaciones interceptadas procedan de la Legión Negra. Si fuera así, se me plantearía un problema, directora. El mismo que el suyo, diría. Me ha dicho, siempre según su intocable fuente, que la Legión Negra trabaja bajo la fachada de la Hermandad Oriental. Si la NSA actuara de acuerdo con esta información, nos enfrentaríamos a una auténtica pesadilla cuando lo hiciéramos público. La Hermandad Oriental, como estoy seguro que sabe, es en extremo influyente, sobre todo con la prensa extranjera. Si seguimos esta vía y nos equivocamos, causaremos al presidente y a todo el país una enorme humillación, que no podemos permitirnos. ¿Me he expresado con claridad?

—Perfectamente, señor LaValle. Pero si hacemos caso omiso de ello y el país sufre otro ataque, ¿me puede decir qué pareceremos entonces?

LaValle se frotó la cara con una mano.

—Así que estamos entre la espada y la pared.

—Señor, sabe mejor que yo que la acción es mejor que la pasividad, sobre todo en una situación tan inestable como ésta.

LaValle estaba a punto de capitular, Soraya lo sabía, pero entonces llegó de nuevo Willard, esquivo y silencioso como un fantasma. Se inclinó y susurró algo al oído de LaValle.

—Gracias, Willard —dijo Lavalle—, puede retirarse. —A continuación miró a Soraya—. Bueno, directora, parece que nos reclaman urgentemente en otra parte. —Se levantó y le sonrió, pero al hablar lo hizo en tono gélido—. Venga conmigo, por favor.

A Soraya le cayó el alma a los pies. La invitación no admitía una negativa.

Yakov, el taxista a quien habían ordenado aparcar frente a la entrada del Hotel Metropolia, había recibido cuarenta minutos antes la visita de un hombre que parecía haberse peleado a puñetazos con una trituradora de carne. A pesar de sus esfuerzos por disimularlo, tenía la cara hinchada y oscura como la carne picada. Llevaba un ojo tapado con gasas. A Yakov le pareció que el americano era un cabrón irascible, a pesar de que le entregó un fajo de billetes. No había dicho una palabra de saludo, sino que se había subido al asiento de atrás, echándose en el suelo para ser prácticamente invisible para alguien que mirara casualmente al interior del coche.

El aire que había dentro de la *bombila* no tardó en volverse tan tóxico que Yakov tuvo que abandonar aquella apariencia de calor y salir a la noche glacial de Moscú. Tenía comida que había comprado a un vendedor ambulante turco y dedicó la siguiente media hora a comer y hablar con su amigo Max, quien había parado el taxi detrás de él, porque era un perezoso incorregible que aprovechaba cualquier ocasión para no trabajar.

Yakov y Max estaban discutiendo acaloradamente sobre el asesinato la semana anterior de un pez gordo de la Banca Agrícola rusa a quien habían encontrado en el garaje de su dacha de *elitni*. Lo habían atado, torturado y ahogado. Los dos se preguntaban por qué motivo el ministerio fiscal y la recientemente creada comisión de investigación se peleaban por la jurisdicción de aquel asesinato.

—Es política, pura y simplemente —dijo Yakov.

—Política *podrida* —dijo Max—. No tiene nada de puro y simple.

Fue entonces cuando Yakov vio a Jason Bourne y a la sexy *dyev* bajando de una *bombila* frente al hotel. Inmediatamente golpeó el lado del taxi tres veces seguidas con la mano extendida y advirtió un movimiento en el asiento trasero.

—Está aquí —dijo, cuando la ventanilla bajó.

Bourne estaba a punto de dejar a Gala en el Hotel Metropolia cuando, mirando por la ventanilla de su *bombila*, vio el taxi que antes los había llevado del Piloto Chino al hotel. Yakov, el taxista, estaba apoyado en el guardabarros de su cacharro zampándose algo grasiento y charlando con el taxista que había aparcado detrás de él.

Bourne vio que Yakov los miraba mientras Gala y él bajaban de la *bombila*. Tras cruzar la puerta giratoria, Bourne dijo a la chica que se quedara quieta. A su izquierda estaba la puerta de servicio que utilizaban los porteros para meter y sacar del hotel las maletas de los clientes. Bourne echó un vistazo a la calle. Yakov había acercado la cabeza a la ventanilla y hablaba a escondidas con un hombre escondido en el asiento de atrás.

En el ascensor, antes de llegar a su piso, Bourne dijo:

—¿Te apetece comer algo? Me muero de hambre.

Harún Iliev, el hombre a quien Semion Ikupov había ordenado que buscase a Jason Bourne, había pasado horas en beligerantes negociaciones y topando con frustrantes callejones sin salida, y había gastado mucho dinero en todo aquello. No fue una coincidencia lo que por fin lo condujo hasta el conductor de *bombila* llamado Yakov, porque éste era un hombre ambicioso que sabía que nunca se haría rico conduciendo un taxi en Moscú, compitiendo con otros taxistas, robándoles pasajeros y arrebatándoles una carrera delante de sus narices. ¿Qué podía ser más lucrativo que espiar a otras personas? Sobre todo cuando tu cliente principal era americano. Yakov tenía muchos clientes, pero nadie repartía los dólares como los americanos. Ellos creían de veras que con el dinero se podía comprar cualquier cosa. En general tenían razón. Pero cuando no la tenían lo pagaban muy caro.

La mayor parte de los otros clientes de Yakov se reían pensando en la cantidad de dinero que los americanos dilapidaban. Pero él sospechaba que lo hacían porque estaban celosos. Sin duda reírse de lo que no se tiene y no se tendrá nunca era mejor que deprimirse.

Los hombres de Ikupov eran los únicos que pagaban igual de bien. Pero no lo utilizaban tanto como los americanos. Por otro lado, lo tenían en nómina. Yakov conocía bien a Harún Iliev, había tratado con él varias veces con anterioridad, y entre ellos había confianza. Además, ambos eran musulmanes. Yakov mantenía en secreto su religión en Moscú, sobre todo para los americanos, que, estúpidamente, lo habrían dejado tirado como a un rublo falso.

Justo después de que el agregado estadounidense se pusiera en contacto con él para esta misión, Yakov había llamado a Harún Iliev, que en pocos minutos se había infiltrado entre el personal del Hotel Metropolia gracias a un familiar que trabajaba allí coordinando los pedidos para los cocineros. Harún había recibido una llamada de su primo en cuanto llegó a la cocina un pedido de la habitación 1728, la de Bourne.

—Esta noche estamos justos de personal —había dicho su primo—. Si vienes dentro de cinco minutos te aseguro que serás el primero que le llevará lo que ha pedido.

Harún Iliev se presentó rápidamente en el lugar de trabajo de su primo y éste le entregó un carrito, tapado con un mantel blanco almidonado, lleno de cuencos, bandejas, platos, cubertería y servilletas. Dio las gracias a su primo por aquella oportunidad de llegar a Jason Bourne y empujó el carrito hasta el montacargas. Dentro había un hombre a quien Harún tomó por uno de los recepcionistas del hotel hasta que, una vez dentro del ascensor, el hombre se volvió y Harún entrevió fugazmente que tenía la cara destrozada y un parche plateado en un ojo.

Harún alargó la mano para pulsar el botón de la planta 17. El hombre pulsó el del 18. El ascensor se paró en la cuarta, donde subió una camarera con su carrito plegable. Bajó en la siguiente planta.

El ascensor acababa de pasar la planta 15 cuando el hombre alargó una mano y apretó el botón rojo de parada para emergencias. Harún se volvió para pedirle explicaciones, pero el otro le pegó un tiro con una Welrod 9 mm excepcionalmente silenciosa. La bala perforó la frente de Harún y le destrozó el cerebro. Estaba muerto antes de caer al suelo del ascensor.

Anthony Prowess limpió la poca sangre vertida con una servilleta del carrito del servicio de habitaciones. Después le quitó rápidamente a la víctima el uniforme del Hotel Metropolia. Volvió a pulsar el botón de parada y el ascensor siguió subiendo hasta la planta 17. Tras comprobar que el pasillo estaba desierto, Prowess consultó un plano de la planta, arrastró el cadáver a un cuarto de limpieza y empujó el carrito hacia la habitación 1728.

—¿Por qué no te duchas? Una ducha larga y bien caliente —dijo Bourne.

La expresión de Gala era maliciosa.

—Si huelo mal, seguro que no tanto como tú. —Empezó a desabrocharse la minifalda—. ¿Por qué no nos duchamos juntos?

—En otra ocasión. Tengo trabajo que hacer.

La chica frunció el labio inferior como si hiciera pucheros.

—Vaya, qué aburrido eres.

Bourne rió mientras ella se metía en el baño y cerraba la puerta. Enseguida le llegó el sonido del agua, junto con nubecillas de vapor. Puso la tele, y vio un horrible programa ruso con el volumen alto.

Llamaron a la puerta y Bourne se levantó de la cama y fue a abrir la puerta. Un camarero uniformado con una chaquetilla y gorra con visera que le tapaba parte de la cara empujó un carrito lleno de comida dentro de la habitación. Bourne firmó la nota y el camarero se volvió para marcharse. Pero se giró de repente con una navaja en la mano. Sin embargo, Bourne estaba preparado y, mientras el otro lanzaba la navaja, levantó la tapa de metal de un calientaplatos y la usó como escudo para desviar el filo. Después hizo un movimiento de muñeca, la hizo rotar y la lanzó contra el hombre, quien la esquivó por los pelos. El borde de la tapa le golpeó la gorra, que salió disparada de la cabeza y dejó a la vista la cara hinchada del hombre que había estrangulado a Baronov e intentado matar también a Bourne.

Prowess sacó la Welrod y disparó dos veces en el mismo instante en que Bourne le echaba encima el carrito. Ese movimiento le hizo perder el equilibrio y dio tiempo a Jason para lanzarse sobre el carrito, agarrar a Prowess por las solapas del uniforme y tirarlo al suelo.

Bourne dio una patada a la Welrod y la alejó. El hombre atacó con manos y pies, empujando a Bourne para poder recuperar la pistola. Bourne podía ver la gasa en el ojo del agente de la NSA, y se hizo una idea del daño que había provocado.

El agente intentó una finta de lado, y agarró la mejilla de Bourne, que vaciló, y su agresor lo aprovechó para rodearle el cuello con otro cable. Tiró de él y obligó a Bourne a levantarse. Bourne se tambaleó, apoyado en el carrito que se deslizaba debajo de él. Cogió el calienta-platos y lanzó su contenido a la cara del agente. La sopa hirviendo lo golpeó como un tizón ardiente. El hombre aulló, pero no soltó el cable sino que tiró de él con más fuerza, atrayendo a Bourne hacia su pecho.

Bourne estaba de rodillas con la espalda arqueada. Sus pulmones necesitaban oxígeno, sus músculos estaban perdiendo fuerza rápidamente y cada vez le costaba más concentrarse. Sabía que se desmayaría de un momento a otro.

Con las fuerzas que le quedaban, clavó el codo en la entrepierna del agente. El cable se aflojó lo suficiente como para que pudiera ponerse de pie. Mientras se levantaba golpeó su nuca contra la cara del agente, y oyó con satisfacción el ruido sordo de la cabeza del hombre al chocar contra la pared. El cable se aflojó un poco más, lo suficiente para que Bourne se lo arrancara, jadeando, y cambiara las tornas, rodeando el cuello de Prowess con él. El hombre forcejeó y pataleó como un loco, pero Bourne resistió, apretando más y más el cable, hasta que el cuerpo del agente se aflojó y su cabeza cayó hacia un lado. Bourne no soltó el cable hasta que se aseguró de que el agente no tenía pulso. Entonces dejó caer el cuerpo al suelo.

Estaba doblado hacia adelante, con las manos apoyadas en los muslos, respirando lenta y profundamente, cuando Gala salió del baño en medio de una estela de vapor con aroma de lavanda.

—Santo cielo —exclamó. Se volvió y vomitó sobre sus propios pies desnudos.

23

—Lo mire por donde lo mire —dijo Luther LaValle— es hombre muerto.

A través del espejo Soraya miró con tristeza a Tyrone, quien estaba en un cuarto con una bañera baja como una tumba dotada de cadenas para muñecas y tobillos y una manguera de agua. En el centro había una mesa de acero clavada al suelo de cemento gris, bajo la cual se entreveía el desagüe para el agua y la sangre.

LaValle levantó la cámara digital.

—El general Kendall la ha encontrado en posesión de su colega. —Apretó un botón y las fotos que Tyrone había sacado pasaron por la pantalla de la cámara—. Nos basta esta prueba irrefutable para acusarlo de traición.

Soraya no pudo evitar preguntarse cuántas fotos de las cámaras de torturas habría logrado sacar Tyrone antes de que lo capturaran.

—Le cortaremos la cabeza —dijo Kendall entre dientes.

Soraya no podía dominar la sensación de náusea en la boca del estómago.

Por supuesto, Tyrone ya se había encontrado en situaciones de peligro, pero ahora ella era la responsable directa de aquel desastre. Si le sucedía algo no se lo perdonaría nunca. ¿Cómo se le había podido ocurrir mezclarlo en una misión tan arriesgada? La magnitud de su error se le hizo evidente, aunque fuera demasiado tarde para remediarlo.

—Lo que más pena me da —siguió LaValle— es que, con un mínimo esfuerzo, podemos formular una acusación también contra usted.

Soraya estaba concentrada en Tyrone, a quien había fallado de forma tan flagrante.

—Fue idea mía —dijo con un tono de voz monótono—. Deje marchar a Tyrone.

—¿Quiere decir que él se limitaba a seguir órdenes? —contestó el general Kendall—. No estamos en Núremberg. Para serle sincero, no lograrán plantear una defensa que se sostenga mínimamente. Su condena y ejecución, así como la de usted, son hechos consumados.

La llevaron de nuevo a la biblioteca, donde Willard, al ver su cara pálida, le sirvió una tetera recién hecha de té de Ceilán. Los tres se sentaron junto a la ventana. El cuarto sillón, cuyo vacío resultaba clamoroso, era como una acusación contra Soraya. Su pésima manera de gestionar la misión era más grave aún por la manera en que había subestimado a LaValle. Se había dejado engañar por sus modales presuntuosos y superagresivos y había pensado que era la clase de hombre que automáticamente la infravaloraría por ser mujer. Estaba muy equivocada.

Intentó deshacerse del peso que le oprimía el pecho, dominar el pánico y la sensación de que Tyrone y ella estaban atrapados en una situación sin salida. Utilizó el ritual del té para concentrarse. Por primera vez en su vida añadió leche y azúcar y bebió como si se tratara de una medicina o una forma de penitencia. Intentaba obligar a su cerebro a superar el trauma y hacerlo funcionar. Si quería ayudar a Tyrone, debía salir de allí. Si LaValle hubiera tenido intención de acusarla como había amenazado hacer con Tyrone, ya estaría encerrada en una celda contigua. El que la hubieran llevado de nuevo a la biblioteca había abierto un tenue hilo de luz en la oscuridad que se cernía a su alrededor. Por el momento decidió seguir el juego a LaValle y Kendall.

En cuanto dejó la taza de té, LaValle sacó el hacha.

—Como he dicho antes, directora, lo que más pena me da es que usted haya participado en esto. Detestaría perderla como aliada, aunque ahora veo que nunca la he tenido realmente como tal.

Ese pequeño discurso sonó mecánico, como si LaValle hubiera meditado largo y tendido todas las palabras.

—Para serle sincero —continuó—, si lo analizamos en perspectiva veo que me ha mentido desde el principio. Nunca tuvo la menor intención de cambiar su lealtad hacia la NSA, ¿no? —Suspiró, como si fuera un director de escuela disciplinando a un alumno inteligente, pero rebelde por naturaleza—. Por eso me resisto a creer que haya maquinado este plan usted sola.

—Si fuera un hombre jugador —dijo Kendall—, diría que sus órdenes vienen de muy arriba.

—Veronica Hart es el auténtico problema —sentenció LaValle—. Tal vez a la luz de lo sucedido hoy, usted también pueda empezar a ver las cosas como las vemos nosotros.

Soraya no necesitaba un meteorólogo para entender de qué parte soplaba el viento. Manteniendo un tono de voz deliberadamente neutral, dijo:

—¿De qué modo podría ser útil?

LaValle sonrió con jovialidad y se dirigió a Kendall para decir:

—¿Lo ve, Richard? A pesar de nuestras reservas, la directora puede sernos útil. —Se volvió de repente hacia Soraya con una expresión grave—. El general quiere denunciarlos y hacer caer sobre ustedes todo el peso de la ley, que, no hace falta que se lo recuerde, puede ser aplastante.

Soraya pensó con amargura que su rutina de poli bueno y poli malo parecería un estereotipo si no fuera que en ese caso era de verdad. Sabía que Kendall la odiaba profundamente y no hacía ningún esfuerzo para disimular su desprecio. Al fin y al cabo, era un militar. La posibilidad de tener como superior a una mujer era impensable para él y absolutamente ridícula.

—Comprendo que mi situación es insostenible —dijo la mujer, asqueada de verse obligada a mostrarse servil con aquel ser humano tan abyecto.

—Excelente. Entonces éste será nuestro punto de partida.

LaValle miró el techo como si estuviera intentando decidir qué hacer a continuación. Pero ella sospechaba que sabía muy bien lo que estaba haciendo, que todos y cada uno de sus actos estaban bien sopesados.

La mirada de él se cruzó con la de ella.

—A mi modo de ver, tenemos un doble problema. Uno se refiere a su amigo del calabozo. El segundo se refiere a usted.

—Estoy más preocupada por él —dijo Soraya—. ¿Cómo puedo lograr su libertad?

LaValle se agitó en su silla.

—Hablemos primero de su situación. Podemos construir una acusación circunstancial contra usted, pero si el testimonio directo de su amigo...

—Tyrone —dijo Soraya—. Se llama Tyrone Elkins.

Para que quedara claro quién dominaba la conversación, LaValle hizo caso omiso de ella de manera deliberada.

—Sin el testimonio directo de su amigo no llegaremos lejos.

—Testimonio directo que obtendremos —puntualizó Kendall—, en cuanto lo sometamos a la prueba del agua.

—¡No! —protestó Soraya—. No pueden hacerlo.

—¿Por qué? ¿Porque es ilegal? —se burló Kendall.

Soraya miró a LaValle.

—Existe otro modo. Los dos sabemos cuál.

Por un momento LaValle no dijo nada, y alargó al máximo la tensión.

—Antes ha dicho que la fuente que le reveló el origen de las conversaciones intervenidas era intocable. ¿Sigue manteniendo esa decisión?

—Se lo diré si deja marchar a Tyrone.

—No —dijo LaValle—, pero usted será libre de marcharse.

—¿Y Tyrone?

LaValle cruzó las piernas.

—Vayamos por partes, ¿de acuerdo?

Soraya asintió. Sabía que mientras estuviera allí sentada no tenía margen de negociación.

—Mi fuente es Bourne.

LaValle pareció sorprendido.

—¿Jason Bourne? ¿Me está tomando el pelo?

—No, señor LaValle. Conoce la Legión Negra y sabe que ésta utiliza la Hermandad Oriental como tapadera.

—¿De dónde demonios ha sacado esa información?

—No tuvo tiempo de decírmelo, si es que pensaba hacerlo

—dijo Soraya—. Había demasiados agentes de la NSA en las proximidades.

—El incidente de la Freer —comentó Kendall.

LaValle levantó una mano.

—Lo ayudó a escapar.

Soraya sacudió la cabeza.

—La verdad es que él creyó que lo había traicionado.

—Interesante. —LaValle se dio golpecitos en el labio—. ¿Todavía lo cree?

Soraya decidió que había llegado el momento de permitirse un pequeño desafío, una pequeña mentira.

—No lo sé. Jason tiende a ponerse paranoico, o sea que es posible.

LaValle parecía meditabundo.

—Tal vez podríamos utilizar eso a nuestro favor.

El general Kendall parecía asqueado.

—O sea que, en resumidas cuentas, esta historia de la Legión Negra podría no ser más que la fantasía de un trastornado.

—O más probablemente una desinformación deliberada —comentó LaValle.

Soraya sacudió la cabeza.

—¿Para qué iba a hacer eso?

—¿Quién sabe por qué hace las cosas? —LaValle tomó un sorbito de *whisky*, ya diluido con el agua de los cubitos derretidos—. No olvidemos que Bourne estaba furioso cuando le habló de la Legión Negra. Usted misma ha reconocido que creía que lo había traicionado.

—En eso tiene razón.

Soraya no era tan tonta como para defender a Bourne ante aquellos hombres. Cuanto más les discutían algo, más se atrincheraban en sus posiciones. Habían construido un caso en contra de Jason basado en el miedo y el odio. No porque fuera inestable, como afirmaban ellos, sino simplemente porque no respetaba sus normas y reglamentos. No sólo se burlaba de ellos, algo que los directores podían tolerar, sino que las hacía pedazos con sus actos.

—Ya lo creo que sí. —LaValle dejó su vaso—. Pasemos a su amigo. El caso contra él es perfecto, claro, no hay ninguna esperanza de que pueda presentar una apelación o le conmuten la pena.

—Que coma pasteles —dijo Kendall.

—María Antonieta nunca dijo eso, por cierto —dijo Soraya.

Kendall le lanzó una mirada torva, mientras LaValle seguía hablando.

—«Que el castigo se ajuste al delito», sería más apropiado. O, en su caso, «Que la expiación se ajuste al delito». —Willard se acercó y él lo despidió con un gesto—. Lo que necesitamos de usted, directora, son pruebas, pruebas irrefutables, de que su incursión ilegal en territorio de la NSA fue instigada por Veronica Hart.

Soraya sabía lo que le estaba pidiendo.

—Así que básicamente estamos hablando de un intercambio de prisioneros: Hart por Tyrone.

—Veo que lo ha captado a la perfección —dijo LaValle, claramente aliviado.

—Tengo que pensármelo.

LaValle asintió.

—Una petición razonable. Le diré a Willard que le prepare una comida. —Miró su reloj—. Richard y yo tenemos una reunión dentro de quince minutos. Volveremos dentro de unas dos horas. Puede pensar su respuesta hasta entonces.

—No, debo pensar en otro ambiente —contestó Soraya.

—Directora Moore, dado su historial de engaño eso sería un error por nuestra parte.

—Me prometió que podría marcharme si le revelaba mi fuente.

—Y podrá marcharse cuando acepte mis condiciones. —Se levantó, seguido de Kendall—. Su amigo y usted han venido juntos. Ahora están unidos por la cadera.

Bourne esperó hasta que Gala se recuperó un poco. La chica se vistió temblando y sin volver a mirar el cadáver del agente.

—Siento que te hayas visto envuelta en esto —dijo Bourne.

—No, no lo sientes. Sin mí jamás habrías llegado hasta Iván.

—Gala se puso los zapatos con furia—. Esto es una pesadilla —dijo, como para sí misma—. Tengo la sensación de que me despertaré en mi cama y nada de esto habrá sucedido.

Bourne la acompañó a la puerta.

Gala se estremeció de nuevo al pasar junto al cadáver.

—Has elegido malas compañías.

—Ja, ja, qué gracia —dijo la chica, mientras bajaban por el pasillo—. Eso te incluye a ti.

Un momento después, Bourne le hizo una señal para que se detuviera. Se arrodilló y tocó con el índice una mancha húmeda sobre la moqueta.

—¿Qué es?

Jason se examinó el dedo.

—Sangre.

Gala soltó un pequeño gemido.

—¿Qué hace aquí fuera?

—Buena pregunta —dijo Bourne mientras avanzaba furtivamente por el pasillo. Notó una minúscula mancha frente a una puertecita. La abrió de golpe y encendió la luz del cuarto de limpieza.

—¡Dios santo! —exclamó Gala.

En el interior vieron un cadáver retorcido con un agujero en la frente. Estaba desnudo, pero había un montón de ropa en un rincón, obviamente la del agente de la NSA. Bourne se arrodilló y la registró con la esperanza de encontrar algo que lo ayudara a identificar al muerto, pero sin éxito.

—¿Qué haces? —gritó Gala.

Jason vio un diminuto triángulo de cuero marrón oscuro que sobresalía por debajo del cadáver y sólo era visible desde abajo. Hizo rodar el cadáver hacia un lado, y descubrió que era una cartera. La documentación del hombre muerto podría serle útil, dado que ahora él no tenía papeles. La identidad falsa que había utilizado para registrarse en el hotel no le serviría, porque desde el momento en que se descubriera el cadáver en la habitación de Fiodor Ilianovich Popov se pondría en marcha la caza de ese hombre. Bourne cogió la cartera.

Se levantó, tomó a Gala de la mano y salieron. Insistió para que cogieran el montacargas hasta la cocina. Allí sólo tendrían que encontrar la entrada trasera.

Fuera había empezado a nevar otra vez. El viento que venía de la plaza era gélido y cortante. Bourne paró una *bombila* y estaba a punto de dar la dirección de la amiga de Gala cuando se acordó de que Yakov, el taxista que trabajaba para la NSA, conocía las señas.

—Sube al taxi —dijo Bourne en voz baja a Gala—, pero prepárate para bajar a toda prisa y hacer exactamente lo que te diga.

Soraya no necesitaba un par de horas para decidirse; a decir verdad, ni siquiera un par de minutos.

—De acuerdo —dijo—. Haré lo que sea necesario para sacar a Tyrone de aquí.

LaValle se volvió a mirarla.

—Bueno, esta capitulación me haría muy feliz si no supiera que es una zorra mentirosa y experta en el doble juego.

»En su caso —siguió—, por desgracia, la capitulación verbal no es tan creíble como lo sería en otros. Por eso el general le dejará meridianamente claro qué consecuencias tendría una traición por su parte.

Soraya se levantó, y Kendall la imitó.

LaValle la detuvo.

—Ah, directora, una vez salga de aquí tendrá hasta mañana a las diez para tomar una decisión. La espero a esa hora. Me gustaría haber sido claro.

El general la hizo salir de la biblioteca y bajar por el pasillo hasta la puerta del sótano. En cuanto vio adónde la llevaba, la mujer protestó.

—¡No! No lo haga. Por favor, no hay ninguna necesidad.

Pero Kendall, imperturbable, hizo caso omiso de ella. Al ver que vacilaba frente a la puerta de seguridad, la agarró firmemente por el codo y, como si fuera una niña, la obligó a bajar las escaleras.

Poco después, Soraya estaba en la misma sala del espejo. Tyrone estaba de rodillas, con los brazos a la espalda y las manos atadas sobre una mesa más alta que la línea de los hombros. Aquella posición era extremadamente dolorosa y humillante. El torso estaba forzado hacia adelante y los omóplatos hacia atrás.

El corazón de Soraya se llenó de temor.

—Es suficiente —dijo—. Lo he entendido. Me lo han dejado claro.

—No lo creo —dijo el general Kendall.

Soraya podía ver moverse dos figuras en la penumbra de la celda. Tyrone también se había percatado de ellos, tanto que intentó volverse para ver qué estaba sucediendo detrás de él. Uno de los hombres le puso una capucha negra en la cabeza.

—Dios mío —murmuró Soraya para sí misma. ¿Qué tenía el otro en la mano?

Kendall la empujó fuerte contra el cristal.

—En lo que concierne a su amigo, sólo estamos calentando.

Dos minutos después empezaron a llenar la bañera del ahogamiento. Soraya se puso a gritar.

Bourne pidió al taxista que pasara frente al hotel. Todo parecía en calma y normal, lo que significaba que todavía no habían descubierto los cadáveres en la planta 17. Pero no pasaría mucho tiempo antes de que alguien se diera cuenta de que faltaba el camarero del servicio de habitaciones.

Miró hacia la calle buscando a Yakov. Todavía estaba fuera del coche, hablando con su compañero. Ambos agitaban los brazos para reactivar la circulación de la sangre. Señaló dónde estaba Yakov a Gala, y ésta lo reconoció. Cuando cruzaron la plaza, Bourne hizo parar el taxi y dijo a la chica:

—Quiero que vuelvas con Yakov y que le digas que te lleve a la plaza Universitiétskaya, que está en Borobiovi Gori. —Bourne se refería a la cima de la única colina de aquella ciudad llana, donde las parejas de enamorados y estudiantes universitarios iban a emborracharse, hacer el amor y fumar porros mientras contemplaban el panorama de la ciudad—. Espérame allí y, hagas lo que hagas, no salgas del coche. Dile al taxista que esperas a alguien.

—Pero si es el que nos ha estado espiando... —protestó Gala.

—No te preocupes —dijo Bourne para tranquilizarla—. Estaré detrás de ti.

La vista desde Borobiovi Gori no era tan magnífica. Primero, por la fea mole del estadio Luzhniku a media distancia. Segundo, por las agujas del Kremlin, que a duras penas podrían estimular a los amantes más ardorosos. Aun así, de noche era lo más romántico que podía encontrarse en Moscú.

Bourne seguía a Gala con el otro taxi. Se sentía aliviado de que Yakov sólo tuviera órdenes de observar e informar. Por supuesto, la NSA sólo estaba interesada en Bourne y no en una joven *diev* rubia.

Al llegar al mirador, Bourne pagó al taxista lo que habían acordado al principio de la carrera, bajó y subió al asiento posterior del taxi de Yakov.

—Eh, ¿qué hace? —protestó Yakov. Entonces reconoció a Bourne e intentó coger la Makarov que llevaba en un cabestrillo hecho a mano bajo el roñoso salpicadero.

Bourne le apartó las manos y lo sujetó contra el asiento mientras se apoderaba de la pistola. Apuntó con ella a Yakov.

—¿A quién estás informando?

Yakov dijo, con tono apesadumbrado:

—Ya me gustaría verle en mi lugar noche tras noche, conduciendo por el cinturón de ronda, circulando a paso de tortuga por la Tvérskaia, con las *bombili* kamikazes robándole los clientes y no sabiendo cómo ganar suficiente para vivir.

—No me interesa el motivo por el que espías para la NSA —dijo Bourne—. Quiero saber a quién informas.

Yakov levantó una mano.

—Oiga, oiga, soy de Bishkek, en Kirguistán. La situación está muy mal, no hay manera de ganarse la vida. Así que cojo a mi familia y la llevo a Rusia, el centro neurálgico de la nueva federación, donde las calles están asfaltadas con rublos. Pero cuando llego aquí me tratan como a una mierda. La gente escupe a mi esposa en la calle. A mis hijos los pegan y los insultan. Y no encuentro trabajo en ninguna parte en esta ciudad. «Moscú para los moscovitas» es la cantinela que tengo que oír una y otra vez. Así que tengo que conducir una *bombila* porque no tengo alternativa. Pero usted no tiene ni idea de lo difícil que es esta vida. A veces vuelvo a casa con cien rublos después de trabajar doce horas, y a veces con nada. No se me puede culpar por aceptar la oferta de los americanos.

»Rusia es corrupta, pero Moscú es más que corrupta. No existen palabras para expresar lo mal que están las cosas aquí. El gobierno está constituido por gánsteres y criminales. Los criminales saquean los recursos naturales de Rusia: petróleo, gas natural y uranio. Todo el mundo coge, coge, coge para poder tener grandes coches de importación, una *diev* diferente cada día de la semana, y una dacha en Miami Beach. ¿Y a nosotros qué nos queda? Patatas y remolacha, si trabajamos dieciocho horas al día y tenemos suerte.

—No tengo nada contra ti —dijo Bourne—. Tienes derecho a ganarte la vida. —Entregó un puñado de dólares a Yakov.

—No he visto nunca a nadie, señor. Lo juro. Sólo son voces en mi móvil. El dinero llega a una oficina de correos en...

Bourne introdujo delicadamente el cañón de la Makarov en la oreja de Yakov. El taxista se encogió y miró con pesar a Bourne.

—Por favor, por favor, señor, ¿qué he hecho yo?

—Te he visto delante del Metropolia con el hombre que ha intentado matarme.

Yakov gimió como una rata atrapada en una trampa.

—¿Matarlo? A mí me pagan sólo para observar e informar. Yo no sé nada de...

Bourne lo golpeó.

—Deja de mentir y dime lo que quiero saber.

—De acuerdo, de acuerdo. —Yakov temblaba de miedo—. El americano que me paga se llama Low. Harris Low.

Bourne le hizo dar una descripción detallada de Low y después cogió el móvil de Yakov.

—Baja del coche —dijo.

—Pero señor, he contestado a todas sus preguntas —protestó Yakov—. Ya tiene todo lo que pedía. ¿Qué más quiere?

Bourne se inclinó encima de él, abrió la puerta y lo empujó fuera.

—Éste es un lugar muy frecuentado. Vienen y van muchos taxis. Ahora eres rico. Usa el dinero que te he dado para volver a casa.

Se colocó al volante, metió la marcha en el Zhig, y regresó al centro de la ciudad.

Harris Low era un hombre elegante con un bigote fino. Tenía los cabellos prematuramente blancos y la piel rubicunda de muchas familias de sangre azul del noroeste de Estados Unidos. Había pasado los últimos once años en Moscú, donde había trabajado para la NSA en honor a su padre, que antes que él había elegido la misma vida de peligros. Low había idealizado a su padre: siempre había querido ser como él. Y, como él, Harris también tenía la bandera de Estados Unidos tatuada en el alma. En la universidad había jugado al fútbol americano, había superado el riguroso entrenamiento físico para ser agente sobre el terreno de la NSA y había localizado terroristas en Afganistán y el Cuerno de África. No temía el combate cuerpo a cuerpo ni matar a su objetivo. Lo hacía por Dios y por su país.

Durante los once años pasados en la capital de Rusia, Low había hecho muchos amigos, muchos de ellos hijos de los amigos de su padre. Había creado una red de *apparatchiks* y *siloviks* para quienes el quid pro quo estaba al orden del día. Harris no se hacía ilusiones. Pero para apoyar la causa de su país habría dado jabón a quien hiciera falta, a cambio de recibir el mismo tratamiento.

Se enteró de los asesinatos del Hotel Metropolia a través de un amigo que tenía en la fiscalía general, que a su vez había oído la radio de la policía. Harris se encontró con este informador en el hotel y, de este modo, fue una de las primeras personas en llegar al escenario.

No le interesaba el cadáver del cuarto de limpieza, pero reconoció inmediatamente a Anthony Prowess. Salió de la habitación y fue a la escalera del pasillo de la planta 17, donde marcó un número del extranjero en su móvil. Luther LaValle contestó poco después.

—Tenemos un problema —dijo Low—. Prowess está fuera de juego con graves daños.

—Esto es muy preocupante —dijo LaValle—. Tenemos a un operativo renegado suelto en Moscú que ahora resulta que ha asesinado a uno de los nuestros. Creo que ya sabes lo que tienes que hacer.

Low lo sabía. No había tiempo para enviar a otro especialista en trabajo sucio de la NSA, lo que significaba que él debía encargarse de eliminar a Bourne.

—Ahora que ha matado a un ciudadano estadounidense —dijo LaValle— informaré a la policía moscovita y a la fiscalía. Tendrán la misma fotografía que te enviaré al móvil dentro de una hora.

Low reflexionó un momento.

—El problema es localizarlo. Moscú no tiene muchas cámaras de circuito cerrado.

—Bourne necesitará dinero —dijo LaValle—. No pudo pasar suficiente a través de la aduana cuando llegó, lo que supone que ni siquiera lo intentó. Debe de tener abierta alguna cuenta en un banco de Moscú. Pon a los agentes locales a vigilar inmediatamente.

—Considéralo hecho —dijo Low.

—Y... Harris, no cometas con Bourne el mismo error que cometió Prowess.

Bourne llevó a Gala al piso de su amiga Lorraine, que era lujoso incluso para la media de Estados Unidos. Lorraine era una estadounidense de origen armenio. Sus ojos y cabellos oscuros, su piel olivácea, acentuaban su exotismo. Abrazó y besó a Gala, saludó a Bourne afectuosamente y los invitó a tomar un té o una bebida más fuerte.

Mientras él echaba un vistazo a las habitaciones, Gala dijo:

—Está preocupado por mi seguridad.

—¿Qué ha ocurrido? —preguntó Lorraine—. ¿Estás bien?

—Estará bien —dijo Bourne, entrando en el salón—. Todo esto terminará en un par de días.

Tras asegurarse de que el piso era seguro, dejó a las mujeres con la recomendación de que no abrieran la puerta a nadie a quien no conocieran.

Ivan Volkin había mandado a Bourne al número 20 de Novoslobodskaya, donde debía encontrarse con Dimitri Maslov. Al principio Bourne pensó que era una suerte que el taxista que paró supiera dónde estaba la dirección, pero cuando llegó entendió por qué. El número 20 de Novoslobodskaya era la dirección de Motorhome, un nuevo club atestado de jóvenes moscovitas. Las pantallas gigantescas ultraplanas que había en el centro de la barra central en forma de isla retransmitían partidos de béisbol, baloncesto y fútbol americano, rugby inglés y del mundial de fútbol. El suelo de la sala principal estaba lleno de billares rusos y americanos. Siguiendo las indicaciones de Volkin, Bourne se dirigió a una habitación trasera, que estaba decorada como un fumadero de *Las mil y una noches*, con alfombras superpuestas, cojines de colores preciosos, y, por supuesto, narguiles de bronce de colores vivos que hombres y mujeres fumaban reclinados.

Dos miembros hiperdesarrollados del servicio de seguridad del club pararon a Bourne en la puerta y él les dijo que había quedado con Dimitri Maslov. Uno de ellos señaló a un hombre que fumaba un narguile en el rincón más alejado.

—Maslov —dijo Bourne cuando llegó a la pila de cojines que delimitaban una mesita baja de bronce.

—Me llamo Yevgeni. Maslov no está aquí. —Con un gesto, el hombre le invitó a sentarse—. Por favor.

Bourne dudó un momento, pero acabó sentándose frente a Yevgeni.

—¿Dónde está?

—¿Creía que sería tan sencillo? ¿Una llamada y plof, él aparece como el genio de la lámpara? —Yevgeni sacudió la cabeza y ofreció la pipa a Bourne—. Es excelente. Pruebe.

Cuando Bourne declinó el ofrecimiento, Yevgeni se encogió de hombros, e hizo una fuerte calada, retuvo el humo y después lo soltó con un silbido.

—¿Para qué quiere ver a Maslov?

—Esto es algo entre él y yo —dijo Bourne.

Yevgeni se encogió de hombros otra vez.

—Como guste. Maslov está fuera de la ciudad.

—Entonces ¿por qué me han hecho venir aquí?

—Para evaluarlo, para ver si es una persona seria. Para ver si Maslov querrá recibirlo.

—¿Maslov confía en otros para tomar sus decisiones?

—Es un hombre ocupado. Tiene otras cosas en la cabeza.

—Como buscar la forma de ganar la guerra contra los azerbaiyanos.

Yevgeni entornó los ojos.

—Tal vez pueda ver a Maslov la semana que viene.

—Necesito verlo ahora —insistió Bourne.

Yevgeni se encogió de hombros.

—Ya le he dicho que está fuera de Moscú. Pero puede que vuelva mañana por la mañana.

—¿Por qué no me lo asegura?

—Podría hacerlo —dijo Yevgeni—. Pero le costará.

—¿Cuánto?

—Diez mil.

—¿Diez mil dólares por hablar con Dimitri Maslov?

Yevgeni negó con la cabeza.

—Los dólares estadounidenses están demasiado devaluados. Diez mil francos suizos.

Bourne reflexionó. No llevaba tanto dinero encima, y menos en francos suizos. Sin embargo tenía la información que le había dado Baronov sobre la caja de seguridad del Banco de Moscú. El problema era que estaba a nombre de Fiodor Ilianovich Popov, quien sin duda ahora debía de estar en busca y captura para ser interrogado en relación con el cadáver hallado en su habitación del Hotel Metropolia. No había alternativa, pensó Bourne. Tendría que arriesgarse.

—Tendré el dinero mañana por la mañana —dijo.

—Eso estará perfecto.

—Pero sólo se lo daré a Maslov.

Yevgeni asintió.

—Hecho. —Escribió algo en un papel y se lo mostró a Bourne—. Acuda a esta dirección mañana a mediodía. —Encendió una cerilla y la acercó a una punta de papel que se encendió rápidamente y se convirtió en cenizas.

Semion Ikupov estaba en su cuartel general provisional de Grindelwald y se tomó muy mal la noticia de la muerte de Harún Iliev. Había sido testigo de muchas muertes, pero Harún había sido como un hermano para él. Más íntimo, quizá, porque entre ellos el peso de la familia no entorpecía y distorsionaba su relación. Ikupov había confiado en los sabios consejos de Harún. Para él era una pérdida de valor incalculable.

Un caos en torno a él interrumpió sus pensamientos. Una serie de personas estaban llenando los puestos ante los ordenadores de dispositivos por satélite, redes de vigilancia y televisiones de circuito cerrado de los transportes públicos de todas las importantes metrópolis del mundo. Estaban llegando a la concentración de fuerzas final para el ataque: todas las pantallas debían ser examinadas y analizadas; el rostro de los sujetos sospechosos aislado y procesado por una sucesión de programas de identificación de personas. Con toda esta información, los agentes de Ikupov estaban juntando las piezas del mosaico que constituía el escenario real del ataque.

Ikupov se dio cuenta de que tres de sus colaboradores estaban reunidos junto a su mesa. Por lo visto, intentaban hablar con él.

—¿Qué ocurre? —Su voz era irritada, lo más que podía hacer para disimular su pena y su falta de concentración.

Ismail, el más mayor de sus colaboradores, se aclaró la garganta.

—Queríamos saber a quién va a enviar a buscar a Jason Bourne ahora que Harún... —Se interrumpió.

Ikupov ya se lo había planteado. Había elaborado una lista mental que incluía a todos los candidatos posibles, pero los había eliminado casi todos, por un motivo u otro. Pero al segundo o tercer intento había empezado a ver que estas razones eran inútiles. Ahora, mientras Ismael le hacía la pregunta, supo cuál era la respuesta.

Miró las caras ansiosas de sus colaboradores y dijo:

—Yo. Iré yo en persona a buscar a Jason Bourne.

24

En el antiguo jardín botánico hacía un calor tremendo y la humedad parecía la de una selva tropical. Los enormes paneles de cristal estaban opacos por las gotas de condensación. Moira, que ya se había quitado los guantes y el abrigo largo de invierno, se libró también del grueso jersey de lana hecho a mano que se había puesto para protegerse del frío helador y húmedo de Múnich que le calaba hasta los huesos.

En lo tocante a ciudades alemanas, Moira prefería Berlín a Múnich. Para empezar, porque Berlín había estado muchos años en la vanguardia de la música pop. Iconos importantes del pop como David Bowie, Brian Eno y Lou Reed iban allí a cargar sus baterías creativas escuchando lo que componían músicos mucho más jóvenes que ellos. Además, la ciudad no había perdido su legado de la guerra y la posguerra. Berlín era como un museo viviente que se reinventaba a sí mismo con cada respiro.

Además, tenía una razón estrictamente personal para preferir Berlín. Más o menos por la misma razón que iba Bowie, a ella le servía para alejarse de las costumbres trasnochadas y respirar el aire fresco de una ciudad diferente de todas las que conocía. Moira se había aburrido de todo lo cotidiano a muy temprana edad. Cada vez que se sentía obligada a unirse a un grupo porque era lo que hacían sus amigos presentía que estaba perdiendo algo de sí misma. Poco a poco fue tomando conciencia de que sus amigos habían dejado de ser individuos, para evolucionar hacia la masa hermética que tanto le repugnaba. La única forma de escapar era salir de los límites de Estados Unidos.

Podría haber elegido Londres o Barcelona, como habían hecho algunos compañeros de universidad, pero ella era una fanática de Bowie y de la Velvet Underground, y eligió Berlín.

El jardín botánico de Múnich se había construido a mediados del siglo xix como parte de una exposición, pero ochenta años más tarde, tras un incendio que destruyó los jardines, cobró nueva vida como parque público. Por fuera, la horrible mole de la fuente de Neptuno proyectaba una sombra oscura justo en el lugar donde ella se encontraba.

El despliegue de especímenes maravillosos expuestos dentro de aquel espacio acristalado acentuaba la falta de creatividad y carisma de Múnich. Era una ciudad laboriosa de *untermenchen*, ejecutivos tan grises como la ciudad, y fábricas que vomitaban humo hacia el cielo bajo y furioso. También era el centro neurálgico de la actividad de los musulmanes europeos y, por la clásica acción y reacción, un semillero de cabezas rapadas neonazis.

Moira miró el reloj. Eran las nueve y media en punto, y vio a Noah caminando rápidamente hacia ella. Era un hombre frío y eficiente, con una personalidad opaca, incluso reprimida, pero no era mala persona. No lo habría aceptado como supervisor de ser así; tenía suficiente experiencia para poder permitírselo. Pero Noah la respetaba, de eso estaba segura.

En muchos sentidos le recordaba a Johann, el hombre que la había reclutado en la universidad. En realidad no había sido Johann en persona; era demasiado astuto para hacer eso. Le pidió a su novia que lo hiciera, pensando, con razón, que Moira reaccionaría mejor con una compañera. Por fin Moira había conocido a Johann porque sentía curiosidad por lo que tenía que ofrecerle y el resto era historia. Bueno, no exactamente. No había dicho nunca a nadie, ni siquiera a Martin o a Bourne, para quien trabajaba en realidad. De haberlo hecho habría violado su contrato con la empresa.

Se paró delante de las flores delicadamente rosadas de una orquídea, pecosas como el puente de la nariz de una virgen. Berlín también había sido el escenario de su primer amor apasionado, de los que te hacen encoger los dedos de los pies y ofuscan tu idea de la responsabilidad y del futuro. La relación estuvo a punto de arruinarle la vida, porque la poseyó como un remolino y le hizo perder el contacto consigo misma. Se convirtió en un instrumento sexual con el que tocaba su amante. Lo que él quería, lo quería ella, y de ahí a disolverse no había más que un paso.

Al final fue Johann quien la salvó, pero el proceso de separar el placer del yo fue inmensamente doloroso. Sobre todo porque dos meses después su amante murió. Durante un tiempo su rabia contra Johann había sido inmensa, hasta el punto de congelar su amistad y poner en peligro la confianza mutua. Fue una lección que nunca olvidaría. Era una de las razones por las que no se había permitido enamorarse de Martin, aunque una parte de ella anhelara estar con él. Jason Bourne era algo totalmente distinto, porque con él había vuelto a dejarse llevar por el remolino. Pero en esa ocasión no se sentía anulada. Se debía en parte a que ahora era más madura y tenía más experiencia. Pero sobre todo era porque Bourne no le exigía nada. No pretendía llevar las riendas de la relación ni dominarla. Con él todo era claro y luminoso. Se colocó delante de otra orquídea, oscura como la noche, con una minúscula luz amarilla oculta en el centro. Era curioso que, a pesar de sus problemas, Jason fuera el hombre con más dominio de sí mismo a quien había conocido Moira. Su seguridad le resultaba un poderoso afrodisíaco y un enérgico antídoto para su innata melancolía.

Pensó que aquello también era curioso. Seguro que Bourne se consideraba un pesimista, pero ella (que sin duda lo era) era capaz de detectar a un optimista a la legua. Bourne era capaz de encontrar una solución para las situaciones más inverosímiles. Sólo un optimista incorregible podía hacer algo así. Moira oyó un ruido de pasos casi imperceptible y se volvió. Vio a Noah, con los hombros encogidos bajo el abrigo de cheviot. Había nacido en Israel, pero después de tantos años de vivir en Berlín podía pasar por alemán. Había sido el protegido de Johann, y los dos eran muy amigos. Tras el asesinato de Johann, Noah había ocupado su puesto.

—Hola, Moira. —Tenía una cara afilada y los cabellos oscuros con canas prematuras. Su nariz larga y la boca seria ocultaban un fino sentido del absurdo—. No veo a Bourne.

—He hecho todo lo que he podido para enrolarlo en NextGen.

Noah sonrió.

—Estoy convencido de ello.

Le hizo un gesto para que continuaran y caminaron juntos. Aquella mañana lluviosa había poca gente en el jardín botánico y era casi imposible que alguien escuchara su conversación.

—La verdad es que, por lo que me dijiste, era bastante improbable.

—No estoy decepcionada —dijo Moira—. No me ha gustado nada hacerlo.

—Eso te pasa porque sientes algo por él.

—¿Y qué? —dijo Moira más a la defensiva de lo que se esperaba ella misma.

—Tú sabrás. —Noah la observó cuidadosamente—. Los socios están de acuerdo en que tus sentimientos están interfiriendo en tu rendimiento.

—¿De dónde diablos ha salido esa idea? —preguntó ella.

—Quiero que sepas que estoy de tu parte. —Su tono era el de un psicoanalista que intenta calmar a un paciente cada vez más nervioso—. El problema es que deberías haber vuelto hace unos días. —Pasaron junto a un trabajador que estaba replantando algunas violetas africanas. —Cuando se alejaron de él, Noah prosiguió—. Y cuando vuelves, vienes con Bourne.

—Ya te lo he dicho. Todavía estaba intentando reclutarlo.

—No mientas a un mentiroso, Moira. —Cruzó los brazos. Cuando volvió a hablar, sus palabras tenían un peso específico—. Están preocupados de que no tengas claras tus prioridades. Tienes una misión de vital importancia. La empresa no puede permitirse el lujo de que tu atención esté dispersa.

—¿Estás diciendo que queréis sustituirme?

—Es una posibilidad que se ha tenido en cuenta —reconoció Noah.

—Tonterías. A estas alturas no hay nadie que conozca la operación tan bien como yo.

—Pero se planteó otra posibilidad: que nos retiremos del proyecto.

Moira quedó estupefacta.

—No me lo puedo creer.

Noah siguió mirándola fijamente.

—Los socios han decidido que en este caso sería preferible retirarse que fracasar.

Moira sentía que le hervía la sangre.

—No podéis retiraros, Noah. No fallaré.

—Me temo que ya no puedes elegir —dijo—, porque la decisión está tomada. A las siete de esta mañana NextGen nos ha notificado oficialmente que estamos fuera del proyecto.

Le entregó una carpeta.

—Ésta es tu nueva misión. Debes ir a Damasco esta tarde.

Arkadin y Devra llegaron al puente sobre el Bósforo y lo cruzaron entrando en Estambul justo mientras salía el sol. A medida que dejaban a su espalda el frío lacerante de las montañas de la columna vertebral de Turquía se habían ido despojando de capas de ropa. Ahora la mañana era excepcionalmente luminosa y suave. Embarcaciones de recreo y naves cisterna enormes surcaban el Bósforo hacia sus destinos. Era una sensación agradable poder bajar las ventanas. El aire, fresco y húmedo, aliñado con sal y minerales, era un alivio después del duro y seco invierno del interior.

Durante la noche se habían parado en todas las estaciones de servicio, moteles dejados de la mano de Dios y tiendas abiertas, aunque la mayoría estuvieran cerradas, con la esperanza de encontrar a Heinrich, el siguiente correo de la red de Piotr.

Cuando a Arkadin le tocó reemplazarla al volante, Devra se sentó en el asiento contiguo, apoyó la cabeza en la puerta y se sumió en un sueño profundo. Soñó que era una ballena y que se movía por un agua helada y negra. El sol no lograba filtrarse en las profundidades por donde nadaba. Debajo de ella había un insondable abismo. Delante de ella había una sombra oscura. No sabía por qué, pero tenía la necesidad de seguir aquella forma, llegar a su lado e identificarla. ¿Era amigo o enemigo? De la garganta le salían sonidos desesperados, peticiones de ayuda. Pero no recibía respuesta. No había más ballenas: ¿qué estaba siguiendo? ¿Qué buscaba con tanto ahínco? No había nadie que pudiera ayudarla. Empezó a tener miedo. El miedo aumentó y aumentó...

Estaba aterrorizada cuando se despertó con un sobresalto en el coche, al lado de Arkadin. La luz grisácea de los instantes que anuncian el amanecer se insinuaba en el paisaje volviendo desconocidas y vagamente amenazadoras todas las formas.

Veinticinco minutos después se encontraban en pleno centro caótico de Estambul.

—A Heinrich le gusta pasar el tiempo antes del vuelo en Kilyos, una urbanización de playa en la zona norte —dijo Devra—. ¿Sabes cómo llegar?

Arkadin asintió.

—Conozco la zona.

Siguieron por Sultanahmet, el centro del viejo Estambul, después cogieron el puente Galata que atravesaba el Cuerno de Oro hasta Karaköy al norte. En épocas pasadas, cuando Estambul era conocida como Constantinopla y era el centro del Imperio bizantino, Karaköy era una potente colonia mercantil genovesa conocida como Galata. Al llegar al centro del puente Devra miró al oeste, hacia Europa, y después al este al otro lado del Bósforo, hasta Üsküdar y Asia.

Entraron en Karaköy, con sus murallas genovesas y alzándose sobre ellas la torre de piedra de Galata con su cima cónica, uno de los monumentos que, junto con el palacio de Topkapi y la Mezquita Azul, dominaban el perfil de la ciudad de la época moderna.

Kilyos se encontraba en el litoral del mar Negro, a unos treinta y cinco kilómetros al norte de Estambul. En verano era un complejo turístico muy frecuentado, lleno de bañistas y gente en los restaurantes de playa, comprando gafas de sol y sombreros de paja, tomando el sol o simplemente ganduleando. En invierno tenía un ambiente triste, vagamente deshonroso, como una dama rica rozando la senilidad. De todos modos, en aquella mañana bañada por el sol, bajo un cielo azul despejado, había mucha gente en la playa: parejas jóvenes cogidas de la mano; madres con niños pequeños que corrían riendo hacia el agua y retrocedían gritando de terror y placer cuando las olas eran demasiado fuertes. Un anciano estaba sentado en una silla plegable, fumando un cigarro liado a mano que soltaba un olor apestoso como el de una curtiduría.

Arkadin aparcó el coche y bajó, estirando el cuerpo para soltar la tensión del largo viaje.

—Me reconocerá en cuanto me vea —dijo Devra, sin moverse. Le describió a Heinrich con todo detalle. Antes de que Arkadin bajara hacia la playa, añadió—: Le gusta chapotear en el agua, dice que le hace sentir con los pies en la tierra.

En la playa hacía suficiente calor para que algunos se hubieran quitado la chaqueta. Un hombre de mediana edad se había desnudado hasta la cintura y estaba sentado abrazándose las rodillas, con el rostro mirando al sol como un heliotropo. Algunos niños jugaban con palas y cubos de plástico. Una pareja de enamorados, parados en la orilla, se besaban apasionadamente.

Arkadin caminó. Justo detrás de él un hombre estaba de pie en el agua, con los pantalones arremangados; los zapatos con los calcetines dentro estaban sobre un montón de arena no muy lejos de la orilla. El hombre miraba hacia el mar, salpicado aquí y allá de barcos cisterna, diminutos como piezas de Lego, moviéndose en el horizonte azul.

La descripción de Devra no sólo había sido detallada, sino precisa. El hombre que había en el agua era Heinrich.

El Banco de Moscú se encontraba en un enorme edificio profusamente decorado que en cualquier otra ciudad habría sido considerado un palacio, pero en Moscú no constituía una rareza. Ocupaba la esquina de una calle muy frecuentada, a tiro de piedra de la Plaza Roja. Las calzadas y las aceras estaban repletas de moscovitas y de turistas.

Faltaba poco para las nueve. Bourne se había pasado veinte minutos dando vueltas por la zona en busca de vigilantes. No había detectado ninguno, pero esto no significaba que el banco no estuviera vigilado. Había visto varios coches patrulla, quizá más de los habituales, cruzando las calles cubiertas de nieve.

Mientras caminaba por una calle cercana al banco, vio a otra patrulla, esta vez con la luz parpadeante. Se escondió en el portal de una tienda y lo vio pasar a toda velocidad. A media manzana, el coche se paró detrás de un coche aparcado en doble fila. Tras una breve espera, los dos policías bajaron de su coche y se acercaron al otro vehículo.

Bourne aprovechó la oportunidad para mezclarse con la gente que llenaba la acera. Los transeúntes, que caminaban rápidamente con los hombros encogidos, iban abrigados y tapados como niños. De sus bocas y sus narices salía la respiración en forma de nubes densas. En cuanto Bourne llegó a la altura del coche de policía, se agachó para mirar dentro y vio su propia cara que lo miraba desde una octavilla que evidentemente se había distribuido a todos los policías de Moscú. Según el texto que lo acompañaba, se buscaba a Bourne por el homicidio de un funcionario del gobierno de Estados Unidos.

Bourne caminó a toda prisa en dirección contraria y desapareció por una esquina antes de que los policías volvieran a su coche.

Llamó a Gala, que estaba aparcada con el Zhig de Yakov a tres manzanas esperando su señal. Tras recibir la llamada, la chica se adentró en el tráfico, dobló a la derecha y otra vez a la derecha. Como habían previsto, avanzaba con lentitud, al ritmo embotellado del tráfico matinal.

Gala miró su reloj y vio que tenía que dar noventa segundos más a Bourne. Al acercarse al cruce del banco, utilizó el tiempo para elegir una víctima. Una limusina Zil reluciente, sin un solo copo de nieve en la capota o el techo, se dirigía lentamente hacia el cruce, por su derecha.

En el momento establecido Gala aceleró. Los neumáticos del taxi, que ella y Bourne habían comprobado cuando habían vuelto a casa de Lorraine, estaban prácticamente lisos, gastados hasta el límite. Gala apretó los frenos con demasiada fuerza y el Zhig se paró con un fuerte chirrido, y los viejos neumáticos resbalaron por la calle helada hasta que el hocico golpeó contra el guardabarros delantero del Zil.

El tráfico se paró de golpe, las bocinas sonaron y los peatones se desviaron de su rumbo, atraídos por el espectáculo. Treinta segundos después había tres coches de la policía en el lugar del accidente.

Aprovechando el caos, Bourne entró por la puerta giratoria al vestíbulo ornamentado del Banco de Moscú. Cruzó el suelo de mármol a toda prisa, pasando por debajo de tres enormes arañas doradas que colgaban del alto techo abovedado. El efecto que producía aquella sala era intimidante, y la sensación que daba se parecía bastante a visitar a un familiar en su nicho de mármol.

En el fondo de aquella enorme sala había un mostrador bajo, detrás del cual numerosos empleados trabajaban con las cabezas agachadas. Antes de acercarse, Bourne comprobó que ninguno tuviera un comportamiento sospechoso. Sacó el pasaporte de Popov y apuntó el número de la caja de seguridad en una hoja de un bloc destinado expresamente a eso.

La mujer lo miró, cogió su pasaporte y la hoja de papel, que había arrancado del bloc. Cerró su caja y pidió a Bourne que esperara. Él la observó caminar hacia la hilera de supervisores y empleados sentados en una hilera de mesas idénticas detrás de los cajeros, y presentó los documentos que Bourne le había entregado. El empleado comprobó el número con su lista de cajas de seguridad, y miró el pasaporte. Dudó, y fue a coger el teléfono, pero al ver que Bourne lo estaba mirando, dejó el aparato. Dijo algo a la cajera, se levantó y se acercó a Bourne.

—Señor Popov. —Le devolvió el pasaporte—. Vasili Legev, a su servicio. —Era un moscovita grasiento que se frotaba continuamente las palmas de las manos como si estuvieran sucias de algo que preferiría que no se viera. Su sonrisa parecía tan genuina como un billete de tres dólares.

El empleado abrió una portezuela en el mostrador y le indicó que pasara.

—Será un placer acompañarlo a su caja.

Guió a Bourne hacia la parte trasera de la sala. Una puerta discreta daba a un pasillo alfombrado y silencioso con una serie de columnas cuadradas a ambos lados. En las paredes se veían horribles reproducciones de famosos paisajes. Bourne oía los sonidos apagados de teléfonos que sonaban, teclados de ordenador en los que se estaba introduciendo información o escribiendo cartas. La cámara acorazada estaba delante de ellos, con la imponente puerta abierta; a la izquierda había unos escalones de mármol que conducían al piso superior.

Vasili Legev hizo pasar a Bourne por la abertura redonda dentro de la cámara acorazada. Las bisagras de la puerta parecían medir medio metro de largo y tener el grosor de un brazo humano. En el interior había una habitación rectangular llena hasta el techo de cajas de metal de las que sólo se veía la parte delantera.

Se dirigieron hacia la caja de Bourne. Había dos cerraduras. Vasili Legev introdujo su llave en la cerradura de la izquierda, Bourne introdujo la suya en la de la derecha. Los dos hombres giraron las llaves al mismo tiempo para que se desbloqueara la cerradura y poder extraer la caja de su nicho. Vasili Legev llevó la caja a una pequeña habitación. La dejó sobre una mesa, hizo una seña a Bourne con la cabeza y se marchó corriendo una cortina para garantizar la intimidad del cliente.

Bourne no perdió tiempo sentándose. Abrió la caja y vio una gran cantidad de dinero en dólares estadounidenses, euros, francos suizos y cierta cantidad de divisas variadas. Se guardó diez mil francos suizos en el bolsillo, junto con algunos dólares y euros. Cerró la caja, descorrió la cortina y salió a la cámara acorazada.

Vasili Legev no se veía por ninguna parte, pero dos agentes vestidos de paisano se habían situado entre Bourne y la entrada de la cámara acorazada. Uno de ellos lo apuntó con una pistola Makarov.

El otro dijo burlonamente:

—Acompáñenos, *gospodin* Popov.

Arkadin caminó por la playa en forma de media luna con las manos en los bolsillos. Pasó junto a un perro que ladraba alegremente a su dueño y después junto a una mujer joven que le sonrió apartándose los cabellos rojizos de la cara.

Cuando estaba bastante cerca de Heinrich, Arkadin se quitó los zapatos, los calcetines y, remangándose los pantalones, entró en el agua, donde la arena se volvía oscura y compacta. Avanzó de lado, de modo que al llegar a la resaca el correo pudiera oírle.

Presintiendo a alguien cerca, Heinrich se volvió y, mientras hacía visera con la mano, saludó a Arkadin con la cabeza antes de volverse de nuevo.

Con el pretexto de esquivar una ola, Arkadin se acercó más a él.

—Me sorprende que alguien que no sea yo disfrute de las olas en invierno.

Heinrich siguió contemplando el horizonte, haciendo caso omiso del comentario.

—No deja de asombrarme lo agradable que es sentir las olas yendo y viniendo sobre los pies.

Al cabo de un momento, Heinrich lo miró.

—Si no le importa, estoy meditando.

—Medita sobre esto —dijo Arkadin, clavándole una navaja en el costado de manera concienzuda.

Los ojos de Heinrich se abrieron asombrados. Vaciló, pero Arkadin lo sostuvo. Se sentaron juntos en el agua, como viejos amigos que disfrutasen del contacto con la naturaleza.

La boca de Heinrich emitía sonidos jadeantes. A Arkadin le recordaron a un pez fuera del agua.

—¿Qué? ¿Qué?

Arkadin lo sostuvo con una mano y con la otra le registró la chaqueta. Como sospechaba, Heinrich no había querido separarse de los documentos ni un instante, y en consecuencia los llevaba encima. Los sospesó un momento. Era un cilindro de cartón. Tan pequeño y al mismo tiempo tan valioso.

—Muchas personas han muerto antes que tú por esto —aseguró Arkadin.

—Y muchos más lo harán antes de que esto termine —logró pronunciar Heinrich—. ¿Quién eres?

—Soy tu muerte —dijo Arkadin. Hundiendo de nuevo el cuchillo, lo hizo girar entre las costillas.

Heinrich suspiró dolorosamente mientras los pulmones se le llenaban de la propia sangre. Su respiración se volvió débil, después irregular y, por fin, cesó del todo.

Arkadin siguió sosteniéndolo con un brazo, como si fueran camaradas, e incluso lo sostuvo cuando ya sólo era un peso muerto y cayó sobre él. Las olas rompían contra ellos y refluían.

Arkadin observó el horizonte, como había hecho Heinrich, convencido de que más allá de aquella delimitación no había nada, salvo un abismo oscuro, infinito y desconocido.

Bourne siguió voluntariamente a los dos policías de paisano fuera de la cámara acorazada. Al salir al pasillo, Bourne golpeó la muñeca del policía con el canto de la mano; éste soltó la Makarov, que cayó al suelo. Girando sobre sí mismo, Bourne dio una patada al otro policía, que fue a parar contra el filo de una columna cuadrada. Bourne cogió la pistola del primer policía, la levantó y dio un codazo a la caja torácica del policía y después le golpeó la nuca con la mano. Con los dos policías abatidos, Bourne recorrió el pasillo a toda prisa, pero llegó otro hombre corriendo hacia él —que correspondía con la descripción de Harris Low que le había dado Yakov—, y le obstruyó la salida por la puerta principal del banco,

Bourne cambió de ruta, y ahora se dirigió a la escalinata de mármol y la subió de tres en tres. Dobló la esquina rápidamente y llegó al rellano del segundo piso. Ante la eventualidad de que surgieran problemas y no tuviera la certeza de poder entrar y salir del banco sin que lo identificaran, había memorizado el plano proporcionado por el amigo de Baronov. Era evidente que Vasili Legev había advertido a las fuerzas del orden mientras él se encontraba en la habitación privada de la cámara acorazada. En cuanto llegó al pasillo, Bourne tropezó con un guardia de seguridad del banco. Lo agarró por la parte delantera del uniforme y lo levantó, lo hizo girar y lo lanzó por la escalera contra el agente de la NSA que estaba subiendo.

Corrió por el pasillo, llegó a la puerta de la escalera de incendios, la abrió y la cruzó. Como muchos edificios de su época, éste tenía una escalera que giraba alrededor de una barra central.

Bourne subió la escalera. Pasó el tercer piso, y después el cuarto. Detrás de él oyó que se abría la puerta de la escalera de incendios y ruido de pasos apresurados. Su maniobra con el guardia había retrasado al agente, pero no le había detenido.

Estaba entre el quinto piso y el último cuando el agente disparó contra él. Bourne se agachó, y oyó rebotar la bala. Siguió subiendo más deprisa mientras otro disparo silbaba cerca de él. Por fin llegó a la puerta de la azotea, la abrió y la cerró detrás de él.

Harris Low estaba furioso. Con todo el personal a su disposición y Bourne seguía libre. «Esto es lo que sacas cuando dejas los detalles a los rusos», pensó mientras subía corriendo la escalera. Eran estupendos cuando se trataba de fuerza bruta, pero con las sutilezas del trabajo clandestino eran poco menos que unos inútiles. Por ejemplo, aquellos dos policías de paisano. En contra de la opinión de Low, no lo habían esperado y habían ido a la cámara acorazada solos. Ahora le tocaba a él arreglar el lío que habían provocado.

Llegó a la puerta de la azotea, giró la manivela y le pegó una patada abriéndola de golpe. Blandió la Walther PPK/S cargada y entró en la azotea medio agachado. Sin previo aviso, la puerta se cerró de golpe sobre él y lo mandó otra vez al pequeño rellano.

Una vez en la azotea, Bourne abrió la puerta y salió. Golpeó tres veces a Low en el estómago y por último le asestó un golpe en la muñeca derecha que lo obligó a soltar la pistola. La Walther cayó por la escalera, y aterrizó sobre un escalón justo antes del cuarto piso.

Low, rabioso, lanzó dos puñetazos rápidos a los riñones de Bourne, lo hizo caer de rodillas, y después le dio una patada en la espalda y se encabalgó sobre su pecho, inmovilizándole los brazos, y al final le agarró el cuello, apretando con todas sus fuerzas.

Bourne luchó por liberar los brazos, pero no lograba soltarse. Intentó respirar, pero el apretón de Low era tan fuerte que no podía hacer entrar oxígeno en sus pulmones. Entonces cambió de táctica: apoyó los riñones contra el suelo, intentando tener un apoyo para levantar las piernas. Las levantó y las extendió hacia la cabeza. Juntó las pantorrillas para aplastar la cabeza de Low. El otro intentó sacudírselo, girando violentamente los hombros adelante y atrás, pero Bourne no aflojó, sino que apretó con más fuerza y, con un esfuerzo enorme, se giró hacia la izquierda. La cabeza de Low golpeó contra la pared, y Jason logró soltarse los brazos. Una vez liberadas también las piernas, empezó a martillear el rostro de Low con rápidos golpes.

Éste, aullando de dolor, rodó escaleras abajo. Bourne, de rodillas, vio que el otro intentaba recuperar la Walther. En cuanto su rival estuvo sobre el arma, Jason se levantó y se lanzó sobre él por el hueco de la escalera. Aterrizó encima de Low. Su adversario lo golpeó en la cara con la culata corta pero compacta de la Walther. Bourne retrocedió y el otro logró hacerlo inclinar sobre la barandilla. Tenían cuatro pisos por debajo, y al final una base de cemento. Mientras se enzarzaban en la lucha, Low acercó el cañón de la Walther a la cara de Bourne, lenta pero inexorablemente. Al mismo tiempo, la mano de Jason empujaba hacia arriba la cara de Low.

Low se soltó del apretón de Bourne y se lanzó sobre él con un esfuerzo para golpearlo con la pistola y hacerle perder la conciencia. Bourne cayó de rodillas. Utilizando el impulso de Low, deslizó una mano debajo de la entrepierna del agente y lo levantó. Low intentó apuntar a Jason con la Walther, falló, y echó el brazo hacia atrás para pegarle con el cañón.

Utilizando todas las fuerzas que le quedaban, Bourne lo levantó por encima de la barandilla y lo soltó por el agujero de la escalera. Low se precipitó en un embrollo de brazos y piernas hasta golpear contra el suelo.

Bourne se giró y volvió a subir a la azotea. Mientras la atravesaba a grandes zancadas, oyó el aullido familiar de las sirenas de la policía. Se limpió la sangre de la mejilla con el dorso de la mano. Una vez hubo llegado al lado opuesto de la azotea, saltó la baranda hasta el techo del edifico adyacente. Repitió esta operación dos veces antes de considerar que era seguro volver a la calle.

25

Soraya nunca había entendido qué era el pánico, a pesar de haber crecido con una tía propensa a sufrir crisis de ansiedad. Cuando su tía sufría una, decía que era como tener una bolsa de plástico en la cabeza y sentir que te estaban ahogando. Soraya la veía acurrucada en una silla o en la cama y no entendía de dónde le venía algo así. En su casa las bolsas de plástico estaban prohibidas. ¿Cómo podía una persona sentir que se ahogaba cuando no tenía nada en la cara?

Ahora lo comprendía.

Al salir del piso franco de la NSA sin Tyrone, dejando las altas verjas de metal reforzado a su espalda, le temblaban las manos sobre el volante y el corazón le daba dolorosas sacudidas en el pecho. Tenía un velo de sudor en el labio superior, las axilas y la nuca. Lo peor de todo era que no conseguía respirar con normalidad. Su mente divagaba frenética como una rata en una jaula. Jadeó, aspirando aire ruidosamente. En resumidas cuentas se sentía como si la estuviesen ahogando. Después, su estómago se rebeló.

En cuanto pudo se paró junto a la acera, bajó y se tambaleó hacia los árboles. A cuatro patas, vomitó el té de Ceilán dulce y con leche.

Ahora Jason, Tyrone y Veronica Hart corrían un peligro terrible por culpa de las decisiones alocadas que había tomado. El mero pensamiento la hizo gemir. Una cosa era ser jefa de una agencia en Odesa, y otra ser directora. Tal vez había asumido una responsabilidad excesiva para ella, tal vez no tenía el temple necesario para tomar decisiones tan difíciles. ¿Adónde había ido a parar la seguridad en sí misma de la que tanto se jactaba? Se había quedado en la celda de interrogatorio de la NSA con Tyrone.

De algún modo llegó a Alexandria y aparcó. Se quedó en el coche, con la frente sudada apoyada en el volante. Intentó pensar con coherencia, pero su cerebro parecía inmovilizado por un bloque de cemento. Por último se echó a llorar amargamente.

Tenía que llamar a Deron, pero le aterraba cómo reaccionaría cuando le dijera que había permitido que la NSA capturara y torturara a su protegido. Había metido la pata hasta el fondo. Y no tenía la menor idea de cómo rectificar la situación. La alternativa que le había dado LaValle —Veronica Hart por Tyrone— era inaceptable.

Al cabo de un rato se calmó lo suficiente como para bajar del coche. Caminaba como una sonámbula entre la gente ignorante de su agonía. Le parecía mal que el mundo girara como siempre, profundamente desapegado e indiferente.

Entró en una pequeña tetería, y mientras buscaba el móvil en el bolso encontró un paquete de tabaco. Un cigarrillo le calmaría los nervios, pero fumar fuera con aquel frío la haría sentir todavía más perdida. Decidió que fumaría cuando volviera al coche. Apoyó el móvil sobre la mesa y lo miró como si estuviera vivo. Pidió una manzanilla, que la calmó lo suficiente para poder sostener el móvil en la mano. Marcó el número de Deron, pero cuando oyó su voz la lengua se le quedó pegada al paladar.

Por fin logró pronunciar su nombre. Antes de que le pudiera preguntar cómo había ido la misión, dijo que quería hablar con Kiki, sin tener ni idea de dónde le había venido este deseo. Sólo había visto a Kiki dos veces. Pero era una mujer e, instintivamente, con un sentido atávico de pertenencia, Soraya supo que sería más fácil confesarse con ella que con Deron.

Cuando se puso Kiki, Soraya le pidió que fuera a la tetería de Alexandria. Cuando ella le preguntó a qué hora, Soraya dijo:

—Ahora, por favor.

—Lo primero que debes hacer es parar de echarte la culpa —dijo Kiki cuando Soraya acabó de contarle con todo detalle lo sucedido en el piso franco de la NSA—. Es la culpa lo que te paraliza y, créeme, vas a necesitar todas las neuronas de tu cerebro si quieres sacar a Tyrone de ese agujero.

Soraya levantó la mirada de la infusión.

Kiki sonrió, asintiendo. Con su traje rojo oscuro, los cabellos recogidos en lo alto de la cabeza y los pendientes de oro grabado colgando de las orejas, parecía más regia y exótica que nunca. Era al menos quince centímetros más alta que todos los presentes.

—Sé que debo decírselo a Deron —dijo Soraya—. No puedo ni imaginarme su reacción.

—Su reacción no será tan mala como tú te imaginas —dijo Kiki—. Al fin y al cabo, Tyrone es un hombre hecho y derecho. Conocía los riesgos tan bien como todos. Fue decisión suya, Soraya. Podría haberse negado.

Soraya sacudió la cabeza.

—Ése es el problema, que no creo que hubiera podido, de la forma que él ve las cosas. —Agitó su infusión, más que nada para retrasar lo que iba a decir. Después se humedeció los labios y dijo—: Es que Tyrone está colado por mí.

—¡No me digas!

Soraya se quedó pasmada.

—¿Ya lo sabías?

—Todos los que lo conocen lo saben, guapa. No hay más que verlo cuando estáis juntos.

Soraya sintió que le ardían las mejillas.

—Creo que habría hecho cualquier cosa que le pidiera, por peligrosa que fuera, aunque no quisiera.

—Pero tú sabes que sí quería hacerlo.

Soraya sabía que era verdad. El chico se había entusiasmado mucho con la idea. Soraya sabía que se sentía irritable y enjaulado desde que Deron lo había tomado bajo su protección. Era inteligente, y Deron era consciente de ello, pero no tenía ni los intereses ni la predisposición de su jefe. Entonces había llegado ella y había sido su billete de salida del gueto para él.

Aun así, Soraya sentía un nudo en el pecho, una sensación horrorosa de náuseas en la boca del estómago. No podía apartar de la cabeza la imagen de Tyrone de rodillas, encapuchado, con los brazos encadenados a la mesa.

—Te has puesto pálida —dijo Kiki—. ¿No te encuentras bien?

Soraya habría querido explicar a Kiki lo que había visto, pero no podía. Presentía que si hablaba de ello le atribuiría un realismo aún más aterrador, y tan potente que la sumiría de nuevo en el pánico.

—Entonces debemos irnos.

A Soraya le dio un vuelco el corazón.

—Cuanto antes mejor —dijo.

Al salir del local, sacó el paquete de tabaco y lo tiró a una papelera. Ya no lo necesitaba.

Tal como habían quedado, Gala recogió a Bourne con la *bombila* de Yakov y juntos volvieron al piso de Lorraine. Eran poco más de las diez, y Jason no debía encontrarse con Maslov hasta mediodía. Jason necesitaba ducharse, afeitarse y descansar un poco.

Lorraine tuvo la amabilidad de proporcionarle todo lo que necesitaba. Un par de toallas para Bourne y una cuchilla de afeitar desechable, y se ofreció a lavarle la ropa y secarla. Una vez en el baño, Bourne se desnudó, y después abrió un poco la puerta para entregar su ropa sucia a Lorraine.

—Pondré esto en la lavadora y después Gala y yo saldremos a comprar comida. ¿Te traemos algo?

Bourne le dio las gracias.

—Cualquier cosa me parecerá bien.

Cerró la puerta, y abrió la ducha al máximo.

Abrió el botiquín, encontró desinfectante, gasa y una crema antibiótica. Bajó la tapa del váter, se sentó y se limpió el talón desollado. Había sufrido mucho y estaba rojo y tenía mal aspecto. Untó de crema la gasa, la colocó sobre la herida y la sujetó con esparadrapo.

Después cogió el móvil que había dejado en el lavabo mientras se desnudaba y marcó el número que le había dado Borís Karpov.

—¿Te importa ir sola? —preguntó Gala, mientras Lorraine se dirigía al armario de la entrada para coger su abrigo de piel—. No me encuentro bien.

Lorraine volvió al lado de su amiga.

—¿Qué te ocurre?

—No lo sé. —Gala se sentó en el sofá blanco de piel—. Estoy un poco mareada.

Lorraine le puso una mano en la nuca.

—Inclínate. Pon la cabeza entre las rodillas.

Gala obedeció. Lorraine fue al aparador, cogió una botella de vodka y sirvió un poco en un vaso.

—Toma, bebe. Te asentará el estómago.

Gala se levantó, caminando cautelosamente como un borracho. Cogió el vodka y se lo tragó con tal rapidez que casi se atraganta. Pero entonces el ardor le llegó al estómago y el calor empezó a difundirse.

—¿Qué tal? —preguntó Lorraine.

—Mejor.

—De acuerdo. Te compraré un poco de *borsch* caliente. Tienes que comer algo. —Se puso el abrigo—. ¿Por qué no te echas un rato?

Gala la obedeció también en eso, pero cuando su amiga se marchó, se levantó. Aquel sofá nunca le había parecido cómodo. Con cuidado para no perder el equilibrio, fue al pasillo. Le apetecía echarse en una cama.

Al pasar junto al baño, oyó voces, aunque sabía que Bourne estaba solo. Intrigada, se acercó más y apretó la oreja contra la puerta. Podía oír más claramente el agua de la ducha, pero también la voz de Bourne. Estaría hablando por teléfono.

Le oyó decir:

—¿Qué ha hecho Medvediev? —Hablaba de política con quien estuviera al otro lado de la línea. Estaba a punto de apartarse de la puerta cuando oyó que Bourne decía—. Lo de Tarkanian fue mala suerte... No, no, lo maté... No tuve más remedio, tuve que hacerlo.

Gala se apartó como si la oreja hubiese tocado hierro candente. Durante un tiempo, se quedó mirando la puerta cerrada y después retrocedió. ¡Bourne había matado a Mischa! Dios santo, se dijo. ¿Cómo había podido? Después pensó en Arkadin, el mejor amigo de Mischa. ¡Por Dios!

26

Dimitri Maslov tenía ojos de serpiente de cascabel, hombros de luchador y manos de albañil. Sin embargo iba vestido como un banquero cuando Bourne se encontró con él en un almacén que podría haberse utilizado como hangar para aviones. Llevaba un traje de tres piezas de rayas finas de Savile Row, una camisa de algodón egipcio y una corbata conservadora. Sus fuertes piernas acababan en unos pies curiosamente delicados, como si los hubieran cogido de un cuerpo mucho más pequeño que el suyo.

—No se moleste en decirme su nombre —dijo, aceptando los diez mil francos suizos—. Total, siempre doy por hecho que son falsos.

El almacén era uno de tantos en aquella zona industrial llena de hollín en las afueras de Moscú, y por lo tanto era un lugar anónimo. Como sus vecinos, tenía una zona frontal repleta de cajas de cartón y de madera colocadas ordenadamente sobre palés de madera que llegaban hasta el techo. En un rincón había una carretilla elevadora aparcada. A su lado, un tablón de anuncios sobre el cual habían clavado capas de anuncios unos encima de otros, avisos, albaranes y publicidad. Las bombillas sin pantalla que colgaban de cables metálicos relucían como soles en miniatura.

Después de cachear a Bourne con pericia para detectar armas y micrófonos, lo acompañaron a una puerta que daba a un baño con azulejos que apestaba a orina y a sudor rancio. En un lado tenía una bañera con agua corriendo perezosamente en el fondo, y en el otro unos cubículos. Llevaron a Bourne a uno de los cubículos. Dentro, en lugar de un retrete, había una puerta. Los dos rusos corpulentos que lo escoltaban le hicieron cruzarla. Entraron en lo que parecía un dédalo de despachos, uno de ellos levantado sobre una plataforma de acero fijada a la pared más alejada. Subieron la escalera hasta la puerta, donde se quedaron los escoltas, sin duda para montar guardia.

Maslov estaba sentado tras una mesa muy recargada. A cada lado de él había dos hombres, intercambiables con la pareja de fuera. En un rincón estaba sentado un hombre con una cicatriz bajo un ojo, que habría sido poco destacable a no ser por la llamativa camisa hawaiana que llevaba. Bourne percibió otra presencia detrás de él, de espaldas a la puerta abierta.

—Tengo entendido que quería verme. —Los ojos de serpiente de cascabel de Maslov brillaban con una luz áspera y amarillenta. Le hizo un gesto con el brazo izquierdo y la mano extendida con la palma hacia arriba, como si estuviera sacando porquería a paladas—. De todos modos, hay alguien que insiste en hablar con usted.

Borrosamente, la figura de detrás de Bourne se arrojó hacia adelante. Bourne se giró medio agachado y vio al hombre que lo había atacado en el piso de Tarkanian. Se abalanzó sobre Jason con una navaja en la mano. Demasiado tarde para detenerlo, Bourne esquivó la estocada, cogió la muñeca derecha del hombre con su mano izquierda y utilizó su propio impulso para atraerlo hacia él hasta que su cara estuvo a la altura del codo levantado de Bourne.

El hombre cayó. Bourne le pisó la muñeca con el zapato hasta que el hombre soltó la navaja, y Jason se apoderó de él. Al instante los dos corpulentos guardaespaldas se lanzaron sobre él apuntándolo con sus Glock. Bourne hizo caso omiso de ellos, se acercó a la mesa y ofreció a Maslov la navaja con la hoja apuntando hacia fuera.

Pero Maslov estaba mirando al hombre de la camisa hawaiana, quien se levantó y cogió la navaja de la palma de la mano de Bourne.

—Soy Dimitri Maslov —dijo a Bourne.

El hombretón del traje de banquero hizo un gesto deferente con la cabeza a Maslov, quien le entregó la navaja, y se sentó detrás de la mesa.

—Llévate a Yevséi y que le pongan una nariz nueva —dijo Maslov a nadie en concreto.

El hombretón del traje de banquero levantó al aturdido Yevséi y lo arrastró fuera del despacho.

—Cierra la puerta —dijo Maslov, también esta vez a nadie en concreto.

No obstante, uno de los corpulentos guardaespaldas rusos fue a la puerta, la cerró y se situó de espaldas a ella. Sacó un cigarrillo y lo encendió.

—Siéntese —dijo Maslov. Abrió un cajón, sacó una Mauser y la dejó sobre la mesa, a su alcance. Entonces y sólo entonces alzó la cabeza y miró otra vez a Bourne—. Mi querido amigo Vania me ha dicho que trabaja para Borís Karpov. Dice que afirma tener información que puedo utilizar contra ciertos grupos que están intentando penetrar en mi territorio. —Sus dedos tamborilearon sobre la culata de la Mauser—. Sin embargo, pecaría de una ingenuidad inexcusable si creyera que está dispuesto a ofrecer esa información a cambio de nada, o sea que vayamos al grano. ¿Qué quiere?

—Quiero saber qué relación tiene con la Legión Negra.

—¿Yo? Ninguna.

—Pero ha oído hablar de ellos.

—Por supuesto que he oído hablar de ellos. —Maslov frunció el ceño—. ¿A qué viene esto?

—Situó a su hombre, el tal Yevséi, en el piso de Tarkanian, que era miembro de la Legión Negra.

Maslov levantó una mano.

—¿Dónde diablos se ha enterado de eso?

—Estaba trabajando contra unas personas..., unos amigos míos.

Maslov se encogió de hombros.

—Podría ser... No sé nada de esto ni en un sentido ni en otro. Pero una cosa sí puedo decirle, y es que Tarkanian no formaba parte de la Legión Negra.

—Entonces ¿por qué estaba allí Yevséi?

—Ah, ahora estamos llegando al meollo del asunto. —Con un gesto universal, Maslov frotó el pulgar contra los dedos índice y medio—. Muéstreme el quid pro quo. Quiero ver qué dice Jerry Maguire. —Su boca sonreía, pero sus ojos amarillentos seguían tan inescrutables y perversos como siempre—. Aunque si he de ser sincero, dudo mucho que haya dinero de por medio. A ver, ¿por qué querría ayudarme la Agencia Federal Antinarcóticos? Va contra toda lógica.

Bourne sacó una silla y se sentó. Su memoria estaba repasando la larga conversación que había mantenido con Borís en el piso de Lorraine, durante la cual Karpov le había puesto al día del clima político que reinaba en Moscú.

—Esto no tiene nada que ver con narcóticos y sí con la política. La Agencia Federal Antinarcóticos está controlada por Cherkesov, quien está inmerso en un conflicto paralelo al suyo: las guerras por el *silovik* —dijo Bourne—. Parece que el presidente ya ha elegido a su sucesor.

—¿Aquel borracho de Mogilovich? —Maslov asintió—. Sí, ¿qué pasa?

—A Cherkesov no le gusta, y le diré por qué. En aquella época Mogilovich trabajaba para el presidente en la administración municipal de San Petersburgo. El presidente lo puso a cargo del departamento jurídico de VM Pulp and Paper. Rápidamente Mogilovich procuró que VM fuera la empresa rusa más grande y rentable. Ahora una de las papeleras más importantes de Estados Unidos está comprando el cincuenta por ciento de VM por cientos de millones de dólares.

Durante el discurso de Bourne, Maslov había sacado una navajita y se estaba limpiando la porquería de debajo de sus uñas cuidadas. Hizo de todo menos bostezar.

—Todo esto es de dominio público. ¿Qué me importa?

—Lo que no se sabe es que Mogilovich cerró un trato que le otorgaba una porción considerable de las acciones de VM cuando la empresa se privatizó a través del Banco RAB. En aquella época se plantearon dudas sobre la relación de Mogilovich con el Banco RAB, pero éstas desaparecieron como por arte de magia. El año pasado VM recompró el veinticinco por ciento de las cuotas que el RAB había retenido para asegurar que la privatización fuera como una seda. El trato recibió la bendición del Kremlin.

—Es decir, el presidente. —Maslov se incorporó y dejó la navajita.

—Exactamente —dijo Bourne—. Lo que significa que Mogilovich puso una gran suma de dinero a través de la adquisición americana, con medios que el presidente no quería que fueran públicos.

—¡Quién sabe cuál es la participación del presidente en el trato! Bourne asintió.

—Espere un momento —dijo Maslov—. La semana pasada un empleado del Banco RAB fue hallado atado, torturado y asfixiado en el garaje de su dacha. Lo recuerdo porque la Fiscalía General afirmó que el hombre se había suicidado. Nos reímos mucho con todo eso.

—Resulta que estaba a cargo de la división de préstamos del RAB a la industria maderera.

—El hombre con la prueba irrefutable que podía arruinar a Mogilovich y, por extensión, al presidente —dijo Maslov.

—Mi jefe me ha dicho que ese hombre tenía acceso a la prueba, aunque en realidad no la llevaba encima. Su ayudante se escapó con ella unos días antes del asesinato, y ahora está en paradero desconocido. —Bourne adelantó un poco la silla—. Si usted lo localiza y nos proporciona los documentos que incriminan a Mogilovich, mi jefe está dispuesto a poner fin a la guerra entre usted y los azerbaiyanos de una vez por todas y en términos favorables para usted.

—¿Y cómo coño piensa hacerlo?

Bourne abrió el móvil, y abrió el archivo de MP3 que Borís le había mandado. Era una conversación entre el jefe de los azerbaiyanos y uno de sus lugartenientes ordenando el asesinato del ejecutivo del Banco RAB. Era típico del carácter ruso de Borís mantener en secreto esa prueba para negociar, en vez de limitarse a ir tras el jefe de los azerbaiyanos.

Una gran sonrisa se dibujó en el rostro de Maslov.

—¡Qué cojones! —exclamó—. Ahora sí podemos hablar.

Al cabo de un rato, Arkadin se dio cuenta de que Devra lo estaba observando. Sin mirarla, levantó el cilindro que le había cogido a Arkadin.

—Sal del agua —dijo ella, pero Arkadin no se movió y ella decidió sentarse en una montañita de arena detrás de él.

Heinrich estaba echado de espaldas, como un bañista cualquiera que se hubiera quedado dormido. El agua se había llevado la sangre.

Poco después, Arkadin se levantó y se puso a caminar, primero hasta la arena oscura, y después hasta la línea del agua donde estaba sentada Devra con la barbilla apoyada en las rodillas. En aquel momento ella notó que le faltaban tres dedos en el pie izquierdo.

—Caramba —exclamó—, ¿qué te ha pasado en el pie?

Fue el pie lo que había condenado a Marlene. Los tres dedos que le faltaban a Arkadin en el pie izquierdo. Marlene cometió el error de preguntar qué había pasado.

—Un accidente —dijo Arkadin con una despreocupación ensayada—. En mi primera condena en prisión. Se abrió una prensa y el cilindro principal me cayó en el pie. Se me aplastaron los dedos, quedaron hechos papilla. Tuvieron que amputármelos.

Era una mentira, un relato fantasioso que Arkadin se había apropiado de un hecho real que se había producido durante su primera condena en prisión. Al menos eso era cierto. Un hombre robó un paquete de tabaco de debajo de la litera de Arkadin. Ese hombre trabajaba en la prensa. Arkadin manipuló la máquina para que cuando el hombre empezara a trabajar a la mañana siguiente el cilindro le cayera encima. El resultado no fue agradable; se podían oír sus alaridos por todo el recinto. Al final, tuvieron que cortarle la pierna izquierda a la altura de la rodilla.

A partir de ese día Arkadin había estado en guardia con Marlene. Se sentía atraída por él, de esto estaba seguro. Se había bajado de su pedestal de objetividad, de la tarea que Ikupov le había encargado. No culpaba a Ikupov. Quería volver a decirle a Ikupov que no le haría daño, pero sabía que él no lo creería. ¿Cómo iba a creerlo? Tenía suficientes pruebas de lo contrario para estar nervioso con razón. Sin embargo, Arkadin presentía que Ikupov no le daría nunca la espalda. Ikupov no renegaría de su promesa de acoger a Arkadin.

No obstante, debía hacer algo con Marlene. No se trataba de que le hubiera visto el pie izquierdo; Ikupov también lo había visto. Arkadin sabía que ella sospechaba que el pie mutilado estaba relacionado con sus horrendas pesadillas, que formaba parte de algo que no podía explicarle. La historia que Arkadin le contó no la satisfizo por completo. A cualquier otro lo habría satisfecho, pero a Marlene no. No había exagerado al decir que poseía una misteriosa habilidad para percibir lo que sentían sus clientes, y así hallar la forma de ayudarlos.

El problema era que no podía ayudar a Arkadin. Nadie podía. Nadie tenía permiso para saber lo que él había experimentado. Era impensable.

—Háblame de tus padres —dijo Marlene—. Y no me repitas los cuentos que le dijiste al loquero que estuvo aquí antes que yo.

Estaban en el lago Lugano. Era un día de verano agradable. Marlene llevaba un biquini rojo con grandes topos rosas, sandalias rosas de goma y una visera para protegerse la cara del sol. Su pequeña barca a motor estaba parada y con el ancla echada. De vez en cuando la arrullaban pequeñas olas que la balanceaban adelante y atrás sobre el agua cristalina. El pueblecito de Campione d'Italia asomaba en la colina como una tarta nupcial.

Arkadin la miró con severidad. Le fastidiaba no poder intimidarla. Intimidaba a casi todo el mundo; desde la desaparición de sus padres era su forma de salir adelante.

—¿Por qué? ¿No te crees que la muerte de mi madre fuera terrible?

—Me interesa tu madre antes de morir —dijo Marlene tranquilamente—. ¿Cómo era?

—La verdad es que se parecía a ti.

Marlene le lanzó una mirada de esfinge.

—En serio —dijo él—. Mi madre era dura como un puñado de clavos. Sabía cómo plantarle cara a mi padre.

Marlene vio una oportunidad.

—¿Por qué tenía que plantarle cara? ¿Era un maltratador?

Arkadin se encogió de hombros.

—Más o menos como todos los padres, supongo. Cuando venía de mal humor del trabajo, la tomaba con ella.

—Y eso te parece normal.

—No sé qué significa la palabra «normal».

—Pero estás acostumbrado a los malos tratos, ¿no?

—¿Eso no se llama «guiar al testigo», abogada?

—¿Qué hacía tu padre?

—Era *consiglieri*, un asesor de la Kazanskaya, la familia de la *grupperovka* moscovita que controla el tráfico de drogas y la venta de coches extranjeros en la ciudad y alrededores. —No era verdad. El padre de Arkadin era un obrero siderúrgico, pobre de solemnidad, desesperado y que estaba borracho como una cuba veinte horas al día, como casi todos en Nizhni Tagil.

—Así que para él los malos tratos y la violencia eran algo natural.

—No se movía en la calle —dijo Arkadin, siguiendo con su mentira.

Ella le lanzó una sonrisa casi imperceptible.

—Bueno, ¿de dónde crees que proceden tus arranques de violencia?

—Si te lo dijera tendría que matarte.

Marlene rió.

—Vamos, Leonid Danilovich. ¿No quieres ser útil al señor Ikupov?

—Por supuesto que sí. Quiero que confíe en mí.

—Pues cuéntamelo.

Arkadin calló un momento. El sol en los brazos era agradable. El calor parecía tensarle la piel sobre los músculos, haciéndolos más protuberantes. Sentía el latido de su corazón como si fuera música. Por un momento se sintió libre de su carga, como si perteneciera a otro, un personaje atormentado de una novela rusa, por ejemplo. Entonces su pasado irrumpió a toda velocidad, como un puñetazo en el estómago que casi lo hizo vomitar.

De manera muy lenta y deliberada, se desató las zapatillas y se las quitó. Se quitó los calcetines blancos de gimnasia, y dejó al aire su pie izquierdo con sólo dos dedos y tres muñones en miniatura, nudosos y tan rosados como los topos rosas del biquini de Marlene.

—Esto es lo que sucedió —dijo—. Cuando tenía catorce años, mi madre golpeó a mi padre en la cabeza con una sartén. Él había llegado a casa borracho como una cuba, y oliendo a otra mujer. Él estaba en la cama, roncando pacíficamente, cuando ¡patapam!, cogió una gruesa sartén de su gancho de la cocina y, sin decir palabra, lo golpeó diez veces en el mismo sitio. Ya te puedes imaginar cómo le quedó el cráneo cuando mi madre terminó.

Marlene se incorporó un poco. Parecía tener dificultades para respirar. Al final, dijo:

—¿Ésta no será otra de tus historias inventadas?

—No. —dijo Arkadin—. No es inventada.

—¿Y tú dónde estabas?

—¿Dónde crees que estaba? En casa. Lo vi todo.

Marlene se llevó una mano a la boca.

—Dios bendito.

Después de escupir esa bola de veneno, Arkadin experimentó una sensación de libertad embriagadora, pero sabía lo que sucedería a continuación.

—¿Y qué ocurrió después? —preguntó ella cuando hubo recuperado la compostura.

Arkadin soltó un largo suspiro.

—La amordacé, le até las manos a la espalda y la metí en el armario de mi habitación.

—¿Y?

—Me fui del piso y no volví.

—¿Cómo? —La cara de Marlene expresaba un horror genuino—. ¿Cómo pudiste hacer algo así?

—Ahora te doy asco, ¿eh? —No lo dijo con furia, sino con cierta resignación. ¿Cómo no iba a darle asco? Si supiera toda la verdad...

—Háblame con más detalle del accidente de la prisión.

Arkadin se dio cuenta enseguida de que intentaba encontrar incoherencias en su relato. Era una técnica de interrogatorio clásica. Nunca sabría la verdad.

—Vamos a bañarnos —dijo bruscamente. Se quitó los pantalones cortos y la camiseta.

Marlene sacudió la cabeza.

—No me apetece. Ve tú si...

—Anda, vamos.

La empujó por la borda, se puso de pie y se sumergió detrás de ella. La encontró debajo del agua, pataleando para salir a la superficie. Le rodeó el cuello con sus muslos, apretando los tobillos para reforzar el apretón sobre la presa. Salió a la superficie, se sujetó a la barca y se limpió el agua de los ojos mientras la mujer forcejeaba debajo de él. Pasaron barcos zumbando. Saludó con la mano a dos chicas con las melenas al viento como crines de caballos. Le apetecía tararear una canción de amor, pero sólo le venía a la cabeza el tema de *El puente sobre el río Kwai.*

Al cabo de poco, Marlene dejó de forcejear. Arkadin sentía el peso debajo de él oscilando delicadamente con las olas. No quería hacerlo, de verdad que no, pero de repente le había vuelto a la mente la imagen de su antiguo piso. Era un antro, un edificio asqueroso de la época soviética que estaba infestado de bichos repugnantes.

La pobreza no había impedido al padre tirarse a otras mujeres. Una de ellas quedó embarazada y decidió tener el niño. Y él estuvo de acuerdo. La ayudó de todas las maneras, porque deseaba el hijo que su esposa estéril no podía darle. Después del nacimiento del bebé, el padre había arrancado a Leonid de los brazos de la muchacha y se lo había llevado a su mujer para que lo criara.

—Éste es el hijo que siempre he querido, pero que tú nunca me has dado —le dijo.

Ella había criado a Arkadin sin quejarse. ¿Adónde podía ir una mujer estéril en Nizhni Tagil? Pero cuando su marido no estaba en casa, encerraba al niño en el armario de su habitación durante horas. Una rabia la cegaba y la tenía presa. Despreciaba el fruto de la simiente de su marido y castigaba a Leonid porque no podía castigarlo a él.

Durante uno de esos largos castigos Arkadin se despertó con un dolor terrible en el pie izquierdo. No estaba solo en el cuartito. Media docena de ratas, grandes como uno de los zapatos de su padre, corrían arriba y abajo, chillando y royendo. Consiguió matarlas, pero no antes de que terminaran lo que habían empezado. Le devoraron tres de sus dedos.

27

—Todo empezó con Piotr Zilber —dijo Maslov—. O más bien con su hermano menor, Aleksei. Era un chico listo. Intentó infiltrarse en una de mis actividades con los coches extranjeros. Murieron muchas personas, incluidos algunos de mis hombres y mi fuente. Por eso tuve que matarlo.

Dimitri Maslov y Bourne estaban sentados en un invernadero de cristal construido en la azotea del almacén donde Maslov tenía su despacho. Estaban rodeados de una profusión de exuberantes flores tropicales: orquídeas moteadas, anturios carmín brillante, aves del paraíso, jengibre blanco y heliconias. El ambiente estaba perfumado con los aromas de la plumeria rosa y el jazmín blanco. En aquel calor húmedo, con su camisa de mangas cortas de colores vivos, parecía en su salsa. Bourne se había remangado las mangas. Había una mesa con una botella de vodka y dos vasos. Ya habían tomado la primera copa.

—Zilber tiró de los hilos, y consiguió que mandaran a mi hombre, Boria Maks, al centro penitenciario de máxima seguridad número 13 de Nizhni Tagil. ¿Ha oído hablar de él?

Bourne asintió. Conklin había mencionado la prisión muchas veces.

—Entonces sabrá que aquello no es un paseo. —Maslov se inclinó, llenó los vasos, dio uno a Bourne y cogió otro para sí mismo—. A pesar de eso, Zilber no estaba satisfecho. Contrató a alguien muy bueno, realmente bueno, para que se infiltrara en la prisión y matara a Maks. —Bebiendo vodka, rodeado de aquel estallido de color, parecía totalmente a gusto—. Sólo una persona podía cumplir aquella misión y salir con vida: Leonid Danilovich Arkadin.

El vodka había dado a Bourne un poco de energía, devolviéndole tanto el calor como la fuerza a su cuerpo sometido a duras pruebas. Todavía tenía una mancha de sangre, ya seca, en una mejilla, pero Maslov ni lo había comentado ni le había dado importancia.

—Hábleme de Arkadin.

Maslov emitió una especie de gemido animal.

—Sólo tiene que saber que ese hijo de puta mató a Piotr Zilber. Dios sabe por qué. Y después desapareció de la faz de la tierra. Hice que Yevséi vigilara el piso de Mischa Tarkanian. Tenía la esperanza de que Arkadin volviera. En cambio, quien apareció fue usted.

—¿A usted qué le importa la muerte de Zilber? —preguntó Bourne—. Por lo que me ha dicho, no se tenían mucho aprecio.

—Oiga, una persona no tiene que caerme bien para hacer negocios.

—Si quería hacer negocios con Zilber no debería haber hecho matar a su hermano.

—Tengo una reputación que mantener. —Maslov tomó un poco de vodka—. Piotr sabía en qué mierda estaba metido su hermano, pero ¿lo detuvo eso? En fin, fue sólo una cuestión de trabajo. Piotr se lo tomó como algo personal. Resultó que era tan descuidado como su hermano.

Otra vez, pensó Bourne, desacreditando a Piotr Zilber. Entonces, ¿por qué dirigía una red de comunicación clandestina?

—¿Qué negocios tenía con él?

—Codiciaba la red de Piotr. Debido a la guerra con los azerbaiyanos, he estado buscando un método nuevo y más seguro de mover nuestras drogas. La red de Zilber era una solución perfecta.

Bourne dejó el vodka.

—¿Por qué querría Zilber tener tratos con la Kazanskaya?

—Ahora acaba de delatar su absoluta ignorancia. —Maslov escrutó a Bourne con curiosidad—. Zilber necesitaba dinero para mantener su organización.

—¿Se refiere a su red?

—Quiero decir exactamente lo que he dicho. —Maslov miró a Bourne larga e intensamente—. Piotr Zilber era miembro de la Legión Negra.

Como un marinero que percibe que se acerca una tormenta, Devra no volvió a preguntar a Arkadin sobre su pie mutilado. En aquel momento veía en él el ligero temblor de la cuerda de un arco cuando está tensada al máximo. Trasladó la mirada del pie izquierdo del hombre al cadáver de Heinrich, quien estaba tomando un sol que ya no le haría ningún bien. Presintió el peligro detrás de ella, y pensó en su sueño: su búsqueda de un ser desconocido, su sensación de absoluto desconsuelo y la intensidad intolerable del miedo.

—Ya tienes el paquete —dijo—. ¿Se acabó?

Por un momento, Arkadin no dijo nada, y ella se preguntó si no habría cambiado de tema demasiado tarde y si no se volvería contra ella porque le había preguntado por el maldito pie.

Una rabia furibunda se apoderó de él, y lo hizo temblar tanto que le castañetearon los dientes. ¡Habría sido tan fácil lanzarse encima de ella y partirle el cuello con una sonrisa! Un esfuerzo mínimo, nada excepcional. Pero algo lo detuvo, algo lo enfrió, y fue su voluntad. No quería matarla. Al menos, no de momento. Le gustaba estar sentado en la playa junto a ella, y le gustaban tan pocas cosas...

—Aún debo terminar con el resto de la red —dijo por último—. Aunque en mi opinión ya no tenga importancia. Por Dios, la había montado un jefe demasiado joven y depravado como para conocer la palabra prudencia y estaba compuesta por drogadictos, jugadores empedernidos, enclenques y hombres de poca fe. Era un milagro que funcionara. Seguramente habría explotado sola tarde o temprano.

—Pero ¿qué sabía él? Sólo era un soldado en una guerra invisible. No era su papel cuestionarse los motivos.

Sacó el móvil y marcó el número de Ikupov.

—¿Dónde estás? —preguntó su jefe—. Hay mucho ruido de fondo.

—Estoy en la playa —dijo Arkadin.

—¿Qué? ¿En la playa?

—En Kylos. Es una urbanización de Estambul —dijo Arkadin.

—Espero que lo estés pasando bien. En cambio nosotros estamos en pleno ataque de ansiedad.

La actitud de Arkadin cambió instantáneamente.

—¿Qué ha ocurrido?

—El cabrón ha matado a Harún, eso es lo que ha ocurrido.

Arkadin sabía lo que Harún Iliev significaba para Ikupov. Lo mismo que Mischa significaba para él. Una roca, alguien que le impedía caer en el abismo de su imaginación.

—Pero tengo buenas noticias —dijo—. Tengo la entrega.

Ikupov inspiró brevemente.

—¡Por fin! Ábrelo —ordenó—. Dime si el documento está dentro.

Arkadin hizo lo que le había ordenado su jefe, rompió el sello de cera, y sacó con rapidez el disco de plástico que cerraba el cilindro. Dentro, las hojas bien enrolladas de papel azul de arquitecto se desplegaron como velas al viento. Había cuatro hojas. Las examinó rápidamente.

El nacimiento de los cabellos se le perló de sudor.

—Estoy viendo un juego de planos de arquitecto.

—Es el objetivo del ataque.

—Los planos —dijo Arkadin— son del Empire State Building de Nueva York.

LIBRO 3

28

Bourne tardó diez minutos en encontrar línea para hablar con el profesor Specter, y después tuvo que esperar cinco más a que lo sacaran de la cama. En Washington eran las cinco de la mañana. Maslov había bajado para atender algún asunto y había dejado solo a Bourne en el invernadero haciendo sus llamadas. Bourne utilizó ese tiempo para reflexionar sobre lo que Maslov le había dicho. Si era cierto que Piotr era miembro de la Legión Negra, se planteaban dos posibilidades. La primera era que Piotr estuviera desplegando una operación por su cuenta bajo las narices del profesor, lo que ya era bastante siniestro. La segunda posibilidad era mucho peor, es decir, que el propio profesor fuera miembro de la Legión Negra. Pero en ese caso, ¿por qué lo habrían atacado? Bourne había visto con sus propios ojos el tatuaje en el brazo del pistolero que había abordado, pegado y secuestrado a Specter.

En aquel momento Bourne oyó la voz de Specter.

—¿Jason? —dijo, sin aliento—. ¿Qué ha ocurrido?

Bourne lo puso al día, y concluyó con la información de que Piotr era miembro de la Legión Negra.

Hubo un largo momento de silencio.

—Profesor, ¿estás bien?

Specter se aclaró la garganta.

—Sí, lo estoy.

Pero no lo parecía, y mientras el silencio se prolongaba Bourne se esforzó por captar alguna señal del estado emocional de su mentor.

—Oye, siento mucho lo de Baronov. El asesino no era de la Legión Negra, era un agente de la NSA al que habían enviado para matarme.

—Te agradezco la sinceridad —dijo Specter—. Me duele mucho lo de Baronov, pero él conocía los riesgos. Como tú, se metió en esta guerra con los ojos bien abiertos.

Hubo otro silencio, más incómodo que el anterior.

Por fin, Specter dijo:

—Jason, me temo que te he ocultado cierta información que te resultaba vital. Piotr Zilber era mi hijo.

—¿Tu hijo? Pero ¿por qué no me lo dijiste?

—Por miedo —dijo el profesor—. Hace tantos años que mantengo en secreto su identidad que se ha convertido en un hábito. Necesitaba proteger a Piotr de sus enemigos, de mis enemigos, de los que asesinaron a mi esposa. Me pareció que lo mejor era que cambiara de apellido. Así que el verano en que cumplió seis años, Aleksei Specter se ahogó y nació Piotr Zilber. Lo dejé con unos amigos, lo abandoné todo y me vine a Estados Unidos, a Washington, para empezar mi nueva vida sin él. Fue lo más difícil que he hecho en mi vida. Pero ¿cómo puede un padre renunciar a su hijo cuando no logra olvidarlo?

Bourne sabía exactamente a qué se refería. Estaba a punto de explicar al profesor lo que había averiguado de Piotr y su red de proscritos e inadaptados, pero no le pareció un buen momento para darle más malas noticias.

—De modo que lo ayudaste —dijo Bourne—. En secreto.

—Siempre en secreto —dijo Specter—. No podía permitir que nadie nos relacionara, no podía permitir que nadie supiera que mi hijo estaba vivo. Era lo mínimo que podía hacer por él. Jason, no lo había visto desde que tenía seis años.

Detectando una profunda angustia en la voz de Specter, Bourne esperó un momento.

—¿Qué ocurrió?

—Cometió una gran estupidez. Decidió encargarse él solo de la Legión Negra. Intentó durante años infiltrarse en la organización. Descubrió que la Legión Negra estaba planificando un importante ataque en el territorio de Estados Unidos, y pasó varios meses intentando acercarse más al proyecto. Al final encontró la clave para derrotarlos: les robó los planos del objetivo. Como teníamos que ser cautelosos con las comunicaciones directas, le propuse que utilizara su red para hacerme llegar información sobre los movimientos de la Legión Negra. Así era como pretendía mandarme los planos.

—¿Por qué no se limitó a fotografiarlos y mandártelos por medios electrónicos?

—Lo intentó, pero no funcionó. El papel donde están dibujados los planos tiene una capa de una sustancia que hace imposible copiar los caracteres impresos. Tenía que hacerme llegar los originales de los planos.

—Pero te daría una idea —dijo Bourne.

—Estaba a punto de hacerlo —dijo el profesor—. Pero lo capturaron antes de que pudiera hacerlo, y lo llevaron a la mansión de Ikupov, donde Arkadin lo torturó y lo mató.

Bourne se replanteó la situación a la luz de las nuevas informaciones que le había dado el profesor.

—¿Crees que les confesó que era tu hijo?

—Desde que intentaron secuestrarme creo que sí. Me temo que Ikupov podría estar al corriente de nuestro vínculo de sangre.

—Más vale que tomes precauciones, profesor.

—Es lo que pienso hacer, Jason. Me marcho de Washington dentro de una hora. Pero mi gente ha trabajado con denuedo. Sé que Ikupov ha mandado a Arkadin a buscar los planos que están en manos de la red de Piotr. Está dejando un rastro de cadáveres a su paso.

—¿Dónde está ahora? —preguntó Bourne.

—En Estambul, pero no te servirá de nada —dijo Specter—, porque cuando llegues tú, ya se habrá marchado. De todos modos, ahora es más importante que nunca que lo localices, porque hemos confirmado que le ha arrebatado los planos al correo a quien ha asesinado en Estambul, y queda muy poco tiempo para el ataque.

—¿Adónde se dirigía ese correo?

—A Múnich —dijo el profesor—. Era el último eslabón de la cadena antes de que se me entregaran los planos.

—Por lo que me dices, está claro que la misión de Arkadin es doble —dijo Bourne—. Primero, conseguir los planos; segundo, destruir la red de Piotr matando a sus componentes uno por uno. Dieter Heinrich, el correo en Múnich, es el único que queda con vida.

—¿A quién debía Heinrich entregar los planos en Múnich?

—A Egon Kirsch. Kirsch es uno de los míos —dijo Specter—. Ya le he advertido del peligro.

Bourne reflexionó un momento.

—¿Sabe Arkadin qué aspecto tiene Kirsch?

—No, y la muchacha que lo acompaña tampoco. Se llama Devra. Era de la organización de Piotr, pero ahora está ayudando a Arkadin a matar a sus antiguos compañeros.

—¿Por qué haría una cosa así? —preguntó Bourne.

—No tengo ni la menor idea —dijo el profesor—. En Sebastopol, donde conoció a Arkadin, era una infeliz, sin amigos, sin familia, una huérfana sin oficio ni beneficio. Por ahora mi gente no ha descubierto nada útil. En todo caso, voy a sacar a Kirsch de Múnich.

La mente de Bourne estaba trabajando a la velocidad de la luz.

—Espera. Sácalo de su piso y ponlo en un piso franco en la ciudad. Cogeré el primer vuelo a Múnich. Antes de marcharme quiero toda la información que puedas darme sobre la vida de Kirsch: dónde nació, dónde se crió, quiénes eran sus amigos, su familia y su escuela..., todos los detalles que puedas sacarle. Lo estudiaré durante el vuelo y, cuando llegue, iré a verlo.

—Jason, no me gusta el cariz que está tomando esta conversación —dijo Specter—. Sospecho por dónde vas. Si no me equivoco, piensas suplantar a Kirsch. Te lo prohíbo. No permitiré que hagas de blanco para Arkadin. Es demasiado peligroso.

—Es un poco tarde para andarse con rodeos, profesor —dijo Bourne—. Es de suma importancia que consiga esos planos, tú mismo lo has dicho. Tú haz tu parte, que yo haré la mía.

—Me parece bien —dijo Specter tras una ligera vacilación—. Pero mi parte incluye activar a un amigo que trabaja cerca de Múnich.

A Bourne no le hizo ni pizca de gracia.

—¿Qué quieres decir?

—Ya me has dejado claro que trabajas solo, Jason, pero te aseguro que te gustará tener a Jens cubriéndote las espaldas. Está muy familiarizado con el trabajo sucio.

«Un asesino profesional», pensó Bourne.

—Gracias, profesor, pero no.

—No es una petición, Jason. —La voz de Specter no admitía réplica—. Jens es la condición que te pongo para consentir que ocupes el lugar de Kirsch. No permitiré que te metas en esa trampa tú solo. Mi decisión es irrevocable.

Dimitri Maslov y Borís Karpov se abrazaron como viejos amigos mientras Bourne los miraba, de pie y en silencio. Cuando se trataba de política rusa nada podía sorprenderlo, aunque fuera asombroso ver a un imponente coronel de la Agencia Federal Antinarcóticos saludando cordialmente al jefe de la Kazanskaya, una de las dos *grupperovki* más famosas de la droga.

La grotesca reunión se celebró en el Bar-Dak, cerca de la avenida Lenin. Habían abierto el club para Maslov, lo que no era tan raro si se tenía en cuenta que era de su propiedad. En argot ruso moderno, *Bar-Dak* significaba tanto «burdel» como «caos». No era ninguna de las dos cosas, aunque sí tenía un escenario elevado para *strippers*, con barras y un columpio de piel bastante insólito que recordaba el arnés de un caballo.

Había una audición para bailarinas de barra, y estaba en pleno apogeo. La cola de rubias jóvenes y espectaculares ocupaba las cuatro paredes del club, que estaba pintado con esmalte negro brillante. La decoración consistía en altavoces enormes, hileras de botellas de vodka sobre estantes de espejo y una esfera estroboscópica del estilo de los años setenta.

En cuanto los dos hombres acabaron de darse palmaditas en la espalda, Maslov los guió a una habitación cavernosa, donde cruzaron una puerta y bajaron por un pasillo revestido de madera. Mezclado con el olor a cedro se percibía con claridad un fuerte olor a lejía. Olía a gimnasio, y con razón. Cruzaron una puerta de cristal con relieve y se encontraron en un vestuario.

—La sauna está por allí —señaló Maslov—. Nos encontraremos dentro en cinco minutos.

Antes de seguir su conversación con Bourne, Maslov había insistido en ver a Borís Karpov. A Bourne le había parecido improbable que el encuentro pudiera tener lugar, pero cuando llamó a Borís, su amigo aceptó de inmediato. Maslov había dado a Bourne el nombre del Bar-Dak y nada más. Karpov sólo había dicho:

—Lo conozco. Estaré allí en noventa minutos.

Ahora, sólo con una toalla alrededor de la cintura, los tres hombres se encontraban juntos en el ambiente denso de vapores de la sauna. Como el pasillo, la habitación estaba revestida de madera de cedro. Bancos de madera recorrían las tres paredes. En un rincón había un montón de piedras calientes encima de las cuales colgaba una cuerda.

Al entrar Maslov tiró de la cuerda, duchando de agua las rocas, lo que levantó nubes de vapor que ascendieron rotando hacia el techo y luego bajaron y rodearon a los tres hombres sentados en los bancos.

—El coronel me ha dado garantías de que se ocupará de mi situación si yo me ocupo de la suya —dijo Maslov—. Quizá debería decir que me encargaré del problema de Cherkesov.

Al decirlo le brillaban los ojos con malicia. Desprendido de su enorme camisa hawaiana, era un hombrecillo seco, con músculos nudosos y ni un solo gramo de grasa. No llevaba cadenas de oro al cuello ni anillos de diamantes en los dedos. Sus tatuajes eran sus joyas; le cubrían todo el torso. Pero no se trataba de los tatuajes carcelarios crudos y a menudo borrosos que llevaban tantos de los de su clase. Los suyos eran los dibujos más elaborados que Bourne había visto en su vida: dragones asiáticos que escupían fuego, enrollaban las colas y desplegaban las alas, con las garras fuera.

—Hace cuatro años pasé seis meses en Tokio —dijo Maslov—. Es el único lugar donde puedes hacerte un tatuaje. Es mi humilde opinión.

Borís se moría de risa.

—¡Así que estabas allí, cabronazo! Y yo buscándote por toda Rusia.

—En Ginza —dijo Maslov—. Brindé con unos cuantos saki martinis por ti y tus agentes del orden. Sabía que jamás me encontrarías. —Hizo un gesto amplio con la mano—. Pero ese pequeño incidente ya ha quedado atrás; el auténtico responsable confesó los asesinatos de los que había sido acusado. Ahora estamos viviendo nuestra *glasnost* privada.

—Quiero saber más de Leonid Danilovich Arkadin —dijo Bourne.

Maslov alargó las manos.

—Durante un tiempo estuvo con nosotros. Entonces le sucedió algo, no sé qué. Se apartó de la *grupperovka*. La gente que hace eso no sobrevive mucho tiempo, pero Arkadin es único. Nadie se atreve a tocarlo. Se ha creado una reputación de asesino despiadado. Es un hombre, déjeme que se lo diga, que no tiene corazón. Sí, Dimitri, me dirá, pero eso es verdad para casi todos los tuyos. Puede que la respuesta sea que sí. Pero Arkadin tampoco tiene alma. Ahí es donde radica la diferencia. No hay nadie como él, y el coronel puede confirmarlo.

Borís asintió juicioso.

—Incluso Cherkesov, nuestro presidente, lo teme. Personalmente, no conozco a nadie ni en la FSB-1 ni en la FSB-2 que esté dispuesto a enfrentarse a él, y no digamos que pueda hacerlo y sobrevivir. Es como un gran tiburón blanco, un asesino de asesinos.

—¿No se está poniendo un poco melodramático?

Maslov se echó hacia adelante y apoyó los codos sobre las rodillas.

—Escuche, amigo, se llame como se llame, este Arkadin nació en Nizhni Tagil. ¿Ha oído hablar del sitio? ¿No? Yo le explicaré. Aquel triste simulacro de ciudad oriental al sur de los Urales es el infierno en la tierra. Está llena de chimeneas que vomitan humo cargado de azufre. Sus habitantes no se pueden ni calificar de pobres: beben vodka hecho en casa, es decir alcohol puro, y se caen ahí donde se desmayan. La policía es tan brutal y sádica como los ciudadanos. Como si fuera un gulag, está rodeado de torres de guardia. Nizhni Tagil está cercada de prisiones de máxima seguridad. A los reclusos los sueltan sin dinero ni para un billete de tren, y por lo tanto no tienen más remedio que instalarse en la ciudad. Usted, que es americano, no puede ni imaginarse la brutalidad de los que viven en aquella cloaca humana. Sólo los peores criminales osan poner el pie en la calle después de las diez de la noche.

Maslov se secó el sudor de las mejillas con el dorso de la mano.

—Ahí es donde nació y creció Arkadin. Fue en ese pozo negro donde se labró una reputación echando a la gente a patadas de sus casas de las urbanizaciones de la antigua era soviética y vendiéndolas a criminales que tenían un poco de dinero robado a los ciudadanos honrados.

»Pero le pasara lo que le pasara a Arkadin en Nizhni Tagil en su juventud, que no digo que lo sepa, le ha seguido como un espíritu maligno. Créame si le digo que nunca ha conocido a nadie como él. Y más le vale no hacerlo.

—Sé dónde está —dijo Bourne—. Iré tras él.

—Dios. —Maslov sacudió la cabeza—. Debe de tener unas ganas bárbaras de morir.

—No conoces a mi amigo —dijo Borís.

Maslov miró a Bourne.

—Creo que lo conozco más que suficiente. —Se puso de pie—. El hedor de la muerte lo acompaña.

29

El hombre que cruzó disciplinadamente la aduana del aeropuerto de Múnich con todos los demás pasajeros de los muchos vuelos que habían llegado más o menos a la misma hora no se parecía en nada a Semion Ikupov. Se llamaba Franz Richter, y según su pasaporte era de nacionalidad alemana, pero, bajo el maquillaje y las prótesis, seguía siendo Semion Ikupov.

No obstante, Ikupov se sentía desnudo, expuesto a las miradas indiscretas de sus enemigos, que sabía que estaban por todas partes. Lo esperaban pacientemente, como su propia muerte. Desde que había embarcado lo atormentaba una sensación de desastre inevitable. No había podido deshacerse de ella en el avión, y ahora tampoco podía. Se sentía como si hubiera ido a Múnich a mirar a su propia muerte a la cara.

El chófer lo esperaba en la recogida de equipajes. El hombre, armado hasta los dientes, recogió la única maleta que Ikupov le indicó en la cinta transportadora, y la llevó al vestíbulo lleno de gente y después fuera, bajo el nublado cielo de Múnich, gris incluso por la mañana. No hacía tanto frío como en Suiza, pero sí más humedad, y le penetraba en los huesos... como sus malos presentimientos.

Estaba más afligido que asustado. Afligido por el hecho de no poder ver terminada su batalla, por el hecho de que sus odiados enemigos vencieran, de que los viejos agravios no se compensaran, por el hecho de que el recuerdo de su padre permaneciera mancillado, por el hecho de que su asesinato quedara impune.

A decir verdad, pensó, mientras se sentaba en el asiento posterior del Mercedes gris, ambas partes habían sufrido un desgaste. Pero ahora que empezaba la fase final de la partida tenía la sensación de que el jaque mate estaba allí, no muy lejos, esperándolo. Era difícil, pero necesario, que reconociera que lo habían superado en astucia a cada paso. Tal vez no estaba a la altura para poner en práctica la visión que su padre tenía para la Hermandad Oriental; tal vez la corrupción y el cambio de ideales habían llegado demasiado lejos. Fuera lo que fuera, había perdido mucho terreno a favor del enemigo, e Ikupov había llegado a la triste conclusión de que sólo tenía una baza para vencer. Y ésta residía en Arkadin, los planes para el ataque de la Legión Negra al Empire State Building de Nueva York y Jason Bourne. Porque ahora se daba cuenta de que sus enemigos eran demasiado fuertes. Sin la ayuda del estadounidense temía que su causa estuviera perdida.

Miró el perfil de Múnich en el horizonte a través de la ventana ahumada. Se estremeció al encontrarse otra vez allí, donde todo había comenzado, donde la Hermandad Oriental se había salvado de los tribunales de guerra aliados posteriores al hundimiento del Tercer Reich.

En aquella época su padre, Farid Ikupov, e Ibrahim Sever comandaban las Legiones Orientales. Hasta la rendición nazi, Farid, el intelectual, dirigía la red de información clandestina que se infiltró en la Unión Soviética, mientras que Ibrahim, el guerrero, dirigía las legiones que luchaban en el frente oriental.

Seis meses antes de la capitulación del Reich, los dos hombres se reunieron a las afueras de Berlín. A diferencia de la voluble jerarquía nazi, que parecía totalmente indiferente, ellos veían acercarse el final. Así pues, estudiaron un plano para asegurar la supervivencia de sus propios hombres. Lo primero que hizo Farid fue alejar a sus soldados del peligro. Dado que la burocracia nazi había quedado diezmada por los bombardeos, no fue difícil redistribuirla, en Bélgica, Dinamarca, Grecia e Italia, donde estarían a salvo de la violencia de la primera oleada de invasiones aliadas.

Farid e Ibrahim odiaban a Stalin. Como habían sido testigos directos de sus numerosas atrocidades, se encontraban en una posición privilegiada para comprender el miedo de los Aliados al comunismo. A Farid no le costó convencer a estos últimos de que los otros soldados no serían de mucha utilidad, mientras que una red de información clandestina ya estructurada en el interior de la Unión Soviética podía ser muy valiosa. Gracias a su sagacidad comprendió que el comunismo era la antítesis del capitalismo y que los estadounidenses y los soviéticos eran aliados por necesidad. Después de la guerra, consideró inevitable la transformación de aquella alianza en hostilidad.

Ibrahim no tuvo más remedio que aceptar la tesis de su amigo, y demostró ser cierta. A cada paso, Farid e Ibrahim demostraron su superioridad sobre las agencias alemanas de posguerra controlando a su propia gente. Por este motivo, la Legión Negra no sólo sobrevivió en la Alemania de posguerra, sino que de hecho prosperó.

Sin embargo, en poco tiempo, Farid se enteró de actos de violencia que le hicieron sospechar. Los oficiales alemanes que no estaban de acuerdo con sus elocuentes argumentos en favor de un control continuado fueron sustituidos por los que sí lo estaban. Aquello ya era bastante raro de por sí, pero después descubrió que los oficiales anteriores habían desaparecido. Todos desaparecieron de la faz de la tierra y nunca se los volvió a ver.

Farid hizo caso omiso de la debilitada burocracia alemana y fue directamente a los americanos a plantear sus inquietudes, pero no estaba preparado para la respuesta que recibió, que fue un gran encogimiento de hombros. A nadie le importaban lo más mínimo los alemanes desaparecidos. Estaban todos demasiado ocupados defendiendo su porción de Berlín como para tomarse la molestia.

Fue más o menos en aquella época que Ibrahim acudió a él con la idea de trasladar el cuartel general de la Legión Negra a Múnich, fuera de la trayectoria del creciente antagonismo entre los estadounidenses y los soviéticos. Contrariado por el desinterés de los estadounidenses, Farid consintió sin pensárselo dos veces.

Encontraron la ciudad de Múnich, que había sido destruida por los bombardeos y estaba repleta de inmigrantes musulmanes. Ibrahim no perdió tiempo reclutando a aquella gente para su organización que, mientras tanto, había cambiado su nombre por el de Hermandad Oriental. Por su parte, Farid descubrió que la comunidad de la inteligencia estadounidense en Múnich era mucho más receptiva a sus argumentos. De hecho, los recibieron a él y a su red de información con los brazos abiertos. Envalentonado, propuso a los estadounidenses un acuerdo formal con la Hermandad Oriental: a cambio de una investigación que arrojara luz sobre las misteriosas desapariciones de los antiguos oficiales alemanes de la lista que les entregó, ellos les proporcionarían información del otro lado del Telón de Acero.

Tardaron tres meses, pero entonces le pidieron que se presentara a ver a un tal Brian Folks, cuyo cargo oficial era de agregado estadounidense de algo. En realidad era el jefe de la estación local de la Oficina de Servicios Estratégicos, el hombre que recibía las informaciones de la red de Ikupov en el interior de la Unión Soviética.

Folks le comunicó que la investigación reservada que había solicitado había concluido. Sin añadir nada más, le entregó una fina carpeta. Después se sentó, evitando hacer comentarios mientras Farid leía. La carpeta contenía las fotos de todos los oficiales alemanes de la lista que Farid le había entregado. Con cada foto venía una hoja que detallaba los hallazgos. Todos los hombres estaban muertos. Todos habían recibido un tiro en la nuca. Farid leyó aquel escaso material con una sensación creciente de frustración. Después miró a Folks y dijo:

—¿Esto es todo? ¿Nada más?

Folks observó a Farid por detrás de las gafas de montura metálica.

—Es todo lo que aparece en el informe —dijo—. Pero no son todos los hallazgos.

Alargó la mano y recogió la carpeta. Después se volvió y metió los documentos uno por uno en una destructora de documentos. Cuando terminó, tiró la carpeta vacía a la papelera, cuyo contenido se quemaba todos los días a las cinco en punto de la tarde.

Terminado este solemne ritual, apoyó las manos sobre la mesa, y dijo:

—El hallazgo de más interés para usted es éste. Las pruebas recogidas indican de forma concluyente que los asesinatos de estos hombres fueron cometidos por Ibrahim Sever.

Tyrone intentó moverse sobre el suelo de cemento, pero sus propios fluidos lo habían vuelto resbaloso hasta el punto de que le cedieron las rodillas, separándole las piernas de forma tan dolorosa que gritó.

Evidentemente nadie acudió en su ayuda; estaba solo en la celda de interrogatorio del sótano del piso franco de la NSA, perdido en la campiña de Virginia. Debía situarse, en el sentido literal, debía rehacer mentalmente la ruta que Soraya y él habían recorrido cuando llegaron al piso franco. ¿Cuándo? ¿Hacía tres días? ¿Diez horas? ¿Qué? La tortura a la que lo habían sometido le había desposeído de la percepción del tiempo, así que periódicamente tenía que decirse: «Estoy en una celda de interrogatorio en el sótano del piso franco de la NSA en» y entonces recitaba el nombre del último pueblo que Soraya y él habían pasado... ¿cuándo?

En realidad ése era el problema. Su desorientación era tal que en algunos momentos no lograba distinguir arriba de abajo. Peor aún, aquellos períodos eran cada vez más largos y más frecuentes.

El dolor no era tan importante porque estaba acostumbrado al dolor, aunque nunca tan intenso ni tan prolongado. Era la desorientación que se estaba infiltrando en su cerebro como la perforadora de un cirujano. Parecía que con cada visita de sus carceleros perdía un pedazo de sí mismo. Tenía la sensación de estar compuesto de granos de sal o arena que gradualmente se desprendían de su cuerpo. ¿Qué sucedería cuando no quedara ninguno? ¿Qué sería de él?

Pensó en DJ Tank y en el resto de su antigua pandilla. Pensó en Deron y en Kiki, pero ninguno de esos trucos funcionó. Se esfumaban como la niebla y él se quedaba en el vacío en el que, cada vez estaba más seguro de ello, acabaría por desaparecer. Entonces pensó en Soraya, y la convocó pedacito a pedacito, como si fuera un escultor que la moldeaba a partir de un bloque de arcilla. Y descubrió que si recreaba cada pequeño detalle de ella con la memoria, lograba mantenerse milagrosamente íntegro.

Mientras se esforzaba por recuperar una posición en la que el dolor fuera tolerable, sintió un chirrido metálico. Levantó la cabeza. Antes de enterarse de nada, le llegó el olor a huevos fritos y tocino, y la boca se le hizo agua. Desde su llegada no le habían dado de comer más que pan integral. Y a intervalos ilógicos —a veces casi inmediatamente uno detrás de otro—, seguramente con el fin de aumentar su desorientación.

Oyó el roce de suelas de piel. Los oídos le decían que eran dos hombres.

Después oyó la voz del general Kendall, que decía, de manera autoritaria:

—Deja la comida sobre la mesa, Willard. Ahí, gracias. Puedes retirarte.

Un par de pasos resonaron en el suelo; el ruido de la puerta al cerrarse. Silencio. Después se oyó una silla arrastrada sobre el cemento. Tyrone dedujo que Kendall se estaba sentando.

—¿Qué tenemos aquí? —dijo Kendall, quien evidentemente hablaba solo—. Vaya, mi plato favorito: huevos poco hechos, tocino, sémola con mantequilla, tostadas y salsa. —Ruido de cubertería—. ¿Te gusta la sémola, Tyrone? ¿Te gustan las tostadas?

Tyrone no estaba demasiado ido para no explotar.

—Lo que me apetecería ahora es una sandía, señor.

—Oh, qué buena imitación de tus compinches, Tyrone. —Era evidente que comía y hablaba al mismo tiempo—. Esto está de muerte. ¿Te apetece un poco?

El estómago de Tyrone protestó tan fuerte que Kendall tuvo que oírlo por fuerza.

—Sólo tienes que contarme qué os llevabais entre manos tú y Moore.

—Yo no soy un delator —dijo Tyrone con amargura.

—Ya. —Ruidos de Kendall tragando—. Es lo que dicen todos al principio. —Más ruidos de Kendall masticando—. Sabes que esto es sólo el comienzo, ¿no, Tyrone? Claro que lo sabes. Lo mismo que sabes que tu amiga Moore no va a salvarte. Va a dejar que te pudras, tan seguro como que estoy sentado comiendo las mejores tostadas de mi vida. ¿Y sabes por qué? Porque LaValle le ha dado a elegir: o tú o Jason Bourne. Ya conoces su historia con Jason Bourne. Puede decir cuanto quiera que no se lo tiró, pero tú y yo sabemos la verdad.

—Nunca se acostó con él —dijo Tyrone sin poder dominarse.

—Claro. Es lo que te ha dicho ella. —La mandíbula de Kendall hacía crunch, crunch, crunch, devorando el crujiente tocino—. ¿Qué esperabas que dijera?

El hijo de puta estaba jugando con su cerebro, y Tyrone lo sabía. El problema era que no mentía. Tyrone sabía lo que Soraya sentía por Bourne, se le veía en la cara cada vez que lo veía o alguien pronunciaba su nombre. Aunque ella le hubiera dicho otra cosa, la insinuación de Kendall le había atormentado como la posibilidad de un dulce a un goloso.

Era difícil no envidiar a Bourne por su libertad, sus conocimientos enciclopédicos y su amistad de igual a igual con Deron. Pero Tyrone podía tolerar todo aquello. Lo que le costaba soportar era el amor de Soraya por Bourne.

Oyó el chirrido de las patas de la silla y después la presencia de Kendall que se agachaba a su lado. Tyrone pensó que era increíble el calor que podía emanar de otro ser humano.

—Debo reconocerlo, Tyrone, has recibido una buena paliza —dijo Kendall—. Creo que mereces una recompensa por lo bien que la has encajado. Mierda, hemos tenido sospechosos aquí que lloraban llamando a su mamá al cabo de veinticuatro horas. Pero tú no. —El clic-clac de un utensilio de metal contra un plato de porcelana—. ¿Un poco de huevos con tocino? Vaya, era un plato realmente abundante y no puedo terminármelo solo. Venga. Ayúdame.

Mientras le levantaba la capucha hasta dejar la boca al descubierto, Tyrone se debatía consigo mismo. Su cabeza le decía que rechazara la oferta, pero su estómago gravemente contraído anhelaba comer. Olía los densos aromas del tocino y los huevos, y sintió la comida caliente como un beso en los labios.

—Venga, chico, ¿a qué esperas?

A la mierda, se dijo Tyrone. Los sabores de la comida explotaron en su boca. Deseaba gemir de placer. Devoró los primeros bocados, después se esforzó por masticar más lenta y metódicamente, extrayendo todas las partículas de sabor de la carne ahumada y la yema aterciopelada.

—Está bueno —dijo Kendall. Debía de haberse puesto de pie porque su voz sonaba más arriba de Tyrone cuando dijo—: Está bueno, ¿a que sí?

Tyrone estaba a punto de asentir cuando el dolor le explotó en la boca del estómago. Gruñó cuando recibió la segunda patada. Ya le habían pateado antes, o sea que sabía lo que estaba haciendo Kendall. Llegó la tercera patada. Intentó no vomitar, pero la reacción involuntaria había empezado. Un momento después vomitó la deliciosa comida que Kendall le había dado.

—El correo de Múnich es el último de la red —afirmó Devra—. Se llama Egon Kirsch, pero no sé nada más. No lo conozco, ni nadie lo conocía, que yo sepa. Piotr se aseguró de que ese enlace estuviera completamente desvinculado. Creo que Kirsch sólo trataba directamente con Piotr y con nadie más.

—¿A quién entrega Kirsch la información? —preguntó Arkadin—. ¿Quién está al otro extremo de la red?

—No tengo ni idea.

La creyó.

—¿Heinrich y Kirsch tenían un lugar concreto de encuentro?

Ella sacudió la cabeza.

En el vuelo de Lufthansa de Estambul a Múnich, sentado junto a la chica, Arkadin se preguntó qué diablos estaba haciendo. Ya le había dado toda la información que podría sonsacarle. Tenía los planos; estaba en la última etapa de la misión. Lo único que quedaba era entregar los planos a Ikupov, encontrar a Kirsch y convencerlo para que lo llevara hasta el otro extremo de la red. Un juego de niños.

Lo que volvía a plantear la cuestión de qué hacer con Devra. Ya había decidido matarla, como había matado a Marlene y a tantos otros. Era un hecho, un punto fijo grabado en su mente, un diamante que sólo necesitaba pulirse para cobrar vida. Sentado en el avión ya oía el sonido de la pistola, las hojas cayendo sobre el cadáver de la muchacha, cubriéndola como una manta.

Devra, que estaba sentada junto al pasillo, se levantó y fue al baño. Arkadin cerró los ojos y regresó al hedor hollinoso de Nizhni Tagil, hombres con dientes limados y tatuajes borrosos, mujeres envejecidas antes de tiempo, encorvadas, con botellas de plástico llenas de vodka hecho en casa, muchachas de ojos hundidos, sin futuro. Y la fosa común...

Abrió los ojos de golpe. Tenía dificultades para respirar. Se levantó y siguió a Devra. Era la última en la cola de pasajeros. Se abrió la puerta de acordeón de la derecha, salió una mujer mayor y pasó junto a Devra y Arkadin. Devra entró en el servicio y cerró la puerta. Apareció la señal de ocupado.

Arkadin se dirigió a la puerta y se quedó delante de ella un instante. Después llamó con delicadeza.

—Un momento —dijo ella.

Apoyando la cabeza contra la puerta, Arkadin dijo:

—Devra, soy yo. —Y después de un breve silencio—. Abre la puerta.

Un momento después, la puerta se abrió. La muchacha apareció frente a él.

—Quiero entrar —dijo.

Se miraron a los ojos durante un momento como si cada uno intentara evaluar las intenciones del otro.

Después ella retrocedió hacia el minúsculo lavabo. Con cierta dificultad Arkadin entró y cerró la puerta.

30

—Tecnología punta —dijo Gunter Müller—. Garantizado.

Tanto él como Moira llevaban casco mientras se paseaban por una serie de estaciones semiautomatizadas de Kaller Steelworks Gesellschaft, donde se fabricaba la junta de acoplamiento que se colocaría en los buques cisterna, una vez llegados a la terminal de NextGen en Long Beach.

Müller, jefe del proyecto de la junta de acoplamiento de Next-Gen y vicepresidente sénior de Kaller, era un hombrecillo que llevaba un traje clásico impecable de tres piezas a rayas finas, zapatos caros y una corbata en negro y oro. Los colores de Múnich desde los tiempos del Sacro Imperio Romano Germánico. Tenía la cara rubicunda, como si acabara de lavársela con vapor, y los cabellos castaños y abundantes, grisáceos en las sienes. Hablaba lenta y claramente en un inglés fluido, aunque no dominaba en absoluto la jerga estadounidense moderna.

A cada paso explicaba el proceso de fabricación con aburridísimo detalle y un orgullo infinito. Delante de ellos tenían los planos, junto con las especificaciones técnicas a las que Müller se refería de vez en cuando.

Moira estaba escuchando sólo con una oreja. Cómo había cambiado su situación ahora que la empresa había salido de escena, y NextGen se encontraba sola con la seguridad de sus operaciones en la terminal de Long Beach y que a ella le habían asignado un nuevo encargo.

«Pero cuanto más cambian las cosas, más iguales se mantienen», pensó. En cuanto Noah le entregó el paquete de Damasco supo que no abandonaría el proyecto de la terminal de Long Beach. Por mucho que decidieran Noah o sus jefes, ella no podía dejar NextGen o este proyecto en situación de riesgo. Müller, como todos los de Kaller y, en realidad, casi todos los de NextGen, no tenía ni idea de que ella trabajaba para la Empresa. Sólo ella sabía que debería estar en un vuelo a Damasco, y no con él. Tenía un período de gracia de unas pocas horas antes de que su contacto en NextGen empezara a hacer preguntas sobre por qué seguía con el proyecto de la terminal de GNL. Para entonces esperaba haber convencido al presidente de NextGen de la conveniencia de desobedecer las órdenes de la Empresa.

Por fin, llegaron a la zona de carga donde las dieciséis piezas de la junta de acoplamiento estaban empaquetadas para ser enviadas por aire a Long Beach en el *jet* NextGen 747 que los había llevado a ella y a Bourne a Múnich.

—Tal como se especifica en el contrato, nuestro equipo de ingenieros la acompañará en su viaje a casa. —Müller enrolló los planos, y los cerró con una goma, antes de entregárselos a Moira—. Ellos se encargarán de colocar la junta de acoplamiento. Estoy convencido de que todo saldrá bien.

—Más vale —dijo Moira—. El buque cisterna de GNL está programado para atracar en la terminal dentro de treinta horas. —Lanzó una mirada severa a Müller—. Sus ingenieros no tienen mucho margen de error.

—No se preocupe, *fraulein* Trevor —dijo el hombre alegremente—. Están más que preparados para la tarea.

—Por el bien de su empresa, así lo espero. —Se guardó el rollo bajo la axila izquierda, lista para marcharse—. ¿Podemos hablar con franqueza, *herr* Müller?

Él sonrió.

—Por supuesto.

—Nunca habría vuelto de no ser por todos esos retrasos que han frenado la producción.

Müller esbozó una sonrisa de circunstancias.

—Mi querida *fraulein*, como expliqué a sus superiores, los retrasos fueron inevitables, y todos pueden achacarse a los chinos por la escasez temporal de acero, y a los sudafricanos por los cortes de energía que están forzando a las minas de platino a trabajar a medio gas. —Hizo un gesto de indefensión—. Lo hemos hecho lo mejor que hemos podido, se lo aseguro. —Su sonrisa se ensanchó—. Y ahora hemos llegado al fin de nuestro viaje juntos. La junta de acoplamiento estará en Long Beach dentro de dieciocho horas, y ocho horas después estará armada y preparada para recibir a su buque cisterna de gas natural licuado. —Le tendió la mano—. Todo saldrá bien, ¿no?

—Por supuesto. Gracias, *herr* Müller.

Müller prácticamente juntó los talones.

—El placer es mío, *fraulein*.

Moira volvió a cruzar la fábrica con Müller a su lado. Se despidió otra vez de él a la puerta de la fábrica, caminó por el sendero de grava donde la esperaba su coche con chófer, con el motor alemán perfectamente a punto, ronroneando.

Salieron de la propiedad Kaller Steelwork y doblaron a la izquierda hacia la autopista para volver a Múnich. Cinco minutos después, su chófer dijo.

—Nos sigue un coche, *fraulein*.

Moira se volvió a mirar por la ventana trasera. Un pequeño Volkswagen, a unos cincuenta metros detrás de ellos, les hacía luces.

—Pare. —Se levantó la larga falda y cogió una SIG Sauer de la funda que llevaba sujeta a la pantorrilla izquierda.

El chófer hizo lo que le ordenaba, y el coche paró en la cuneta. El Volkswagen paró detrás. Moira esperó a ver qué pasaba; estaba demasiado bien entrenada para bajar del coche.

Al final, el Volkswagen salió de la cuneta y se dirigió hacia la maleza, donde desapareció de la vista. Un momento después un hombre apareció al otro lado de la carretera. Era alto y delgado, con un bigote fino y tirantes para sostener los pantalones. Iba en mangas de camisa, como si el gélido invierno alemán no le afectara. Moira vio que no llevaba armas, lo que le pareció una buena señal. Cuando llegó frente al coche, ella estiró la mano y abrió la puerta. El hombre entró.

—Me llamo Hauser, *fraulein* Trevor. Arthur Hauser. —Su expresión era torva y amarga—. Me disculpo por este encuentro improvisado, pero le aseguro que el melodrama es necesario. —Como para subrayar sus palabras, miró por la carretera hacia la fábrica, con ex-

presión atemorizada—. No tengo mucho tiempo, o sea que iré directamente al grano. Hay un fallo en la junta de acoplamiento. Pero ya le
digo que no está en la maquinaria. Ésta, se lo aseguro, es completamente fiable. El problema está en el *software*. Nada que interfiera con
la operación de acoplamiento, no. Más bien es un fallo de seguridad;
una ventana, por decirlo de algún modo. Es posible que no se descubra nunca, pero existe.

Cuando Hauser miró otra vez por la ventana trasera vio que un
coche iba hacia ellos. Apretó los dientes, esperó a que pasara el coche, y se relajó al ver que se alejaba por la carretera.

—*Herr* Müller no ha sido totalmente sincero. Los retrasos fueron
causados por ese fallo de *software* y no por otra cosa. Lo sé porque
formé parte del equipo de diseño del *software*. Intentamos poner un
parche, pero resultó tremendamente complicado y el tiempo se nos
estaba echando encima.

—¿Hasta qué punto es grave el fallo? —preguntó Moira.

—Depende de si es usted optimista o pesimista. —Abochornado,
Hauser agachó la cabeza—. Como le he dicho, puede que no lo des-
cubran nunca.

Moira miró un rato por la ventana, pensando que no debería hacer la siguiente pregunta porque, como le había dicho Noah con absoluta claridad, la Empresa ya no era responsable de la seguridad de
la terminal de GNL de NextGen.

Y entonces se oyó decir:

—¿Y si soy pesimista?

Peter Marks encontró al jefe de Apoyo sobre el Terreno, Rodney
Feir, en la cafetería de la CIA, devorando un cuenco de sopa de alme-
jas de Nueva Inglaterra. Feir lo miró y con un gesto le indicó que se
sentara. Peter Marks había sido ascendido a jefe de operaciones cuando Rob Batt cayó en desgracia por ser un informador de la NSA.

—¿Cómo va todo? —preguntó Feir.

—¿Tú cómo crees que va? —Marks se sentó en una silla delante
de Feir—. He estado investigando todos los contactos de Batt para

encontrar señales de contaminación de la NSA. Es un trabajo frustrante y pesado. ¿Y tú?

—Tan agotado como tú, supongo. —Feir echó algunas galletas de ostra en la sopa—. He estado poniendo al día a la nueva directora, desde agentes sobre el terreno hasta la empresa de limpieza que utilizamos desde hace veinte años.

—¿Crees que es buena?

Feir sabía que debía contestar con cautela.

—Sólo diré esto: es una fiera con los detalles. No olvida nada. No deja nada al azar.

—Es un alivio. —Marks jugó con un tenedor entre el pulgar y un dedo—. No podemos permitirnos otra crisis. Estaría encantado de que ella fuera la persona capaz de poner rumbo a este barco a la deriva.

—Yo también opino lo mismo.

—La razón de mi visita —dijo Marks— es que tengo problemas de personal. He perdido algunas personas que estaban quemadas. Es normal, claro. Creí que conseguiría algunos buenos reclutas con el programa de graduación, pero han ido a parar a Typhon. Necesito gente para un programa a corto plazo.

Feir masticó un bocado de pedacitos de almeja y daditos de patata blanda. Él había desviado a aquellos graduados a Typhon y desde entonces esperaba que Marks fuera a verle.

—¿Cómo puedo ayudarte?

—Me gustaría que me asignaran a algunos de los hombres de Dick Symes a mi departamento. —Dick Symes era el jefe de Inteligencia—. Sólo temporalmente, claro, hasta que consiga reclutas que hayan terminado la instrucción.

—¿Has hablado con Dick?

—¿Para qué? Me dirá que me vaya a paseo. Pero tú puedes presentar mi petición a Hart. Está tan desbordada de trabajo que tú eres el mejor situado para hablar con ella. Si ella lo ordena, Dick puede gritar cuanto quiera que no servirá de nada.

Feir se secó los labios.

—¿De cuántas personas estamos hablando, Peter?

—Dieciocho, dos docenas como mucho.

—Es factible. La directora querrá saber qué planes tienes.

—Tengo un informe a punto detallándolo todo —dijo Marks—. Te lo mando por correo electrónico y tú puedes entregárselo personalmente.

Feir asintió.

—Creo que puede arreglarse.

La cara de Marks se llenó de alivio.

—Gracias, Rodney.

—No se merecen. —Empezó a rebañar lo que quedaba de la sopa. Cuando Marks estaba a punto de irse, dijo—: ¿No sabrás por casualidad dónde está Soraya? No está en su despacho y no contesta al móvil.

—Pues no. —Se sentó otra vez—. ¿Por qué?

—Por nada.

Algo en la voz de Feir alertó a Marks.

—¿Por nada? ¿En serio?

—Ya sabes cómo corren los rumores.

—¿Sobre qué?

—Vosotros sois íntimos, ¿no?

—¿Esto es lo que has oído?

—Bueno, sí. —Feir apoyó la cuchara sobre el cuenco vacío—. Pero si no es cierto...

—No sé dónde está, Rodney. —La mirada de Marks se hizo distante—. Nunca ha habido nada entre nosotros.

—Discúlpame, no pretendía inmiscuirme.

Marks hizo un gesto como para ignorar la disculpa.

—No te preocupes. No tiene importancia. ¿De qué quieres hablar con ella?

Esto era lo que esperaba Feir que dijera. Según el general, él y LaValle necesitaban información detallada sobre las actividades de Typhon.

—Presupuestos. Tiene muchos agentes sobre el terreno, y la directora quiere un recuento de los gastos, que, para serte sincero, no se ha hecho desde la muerte de Martin.

—Es comprensible, teniendo en cuenta lo que sucedió después.

Feir se encogió de hombros obsequiosamente.

—Lo haría yo mismo; Soraya ya tiene bastante más trabajo del que puede asumir, supongo. El problema es que ni siquiera sé dónde tiene los archivos. —Estaba a punto de decir «¿Y tú?», pero le pareció excesivo.

Marks se lo pensó un momento.

—Creo que en eso podré ayudarte.

—¿Te duele mucho el hombro? —preguntó Devra.

Arkadin estaba apretado contra el cuerpo de ella y la rodeaba con sus fuertes brazos. Dijo:

—No sé qué decirte. Tengo una tolerancia al dolor extremadamente alta.

El diminuto servicio del avión le permitía concentrarse exclusivamente en la chica. Era como estar juntos en una tumba, como estar muertos, pero en un extraño más allá en el que sólo existían ellos dos.

Ella le sonrió, mientras él subía su mano por la espalda de la muchacha hasta el cuello. Sus pulgares apretaron la mandíbula de Devra, y suavemente le inclinaron la cabeza hacia arriba mientras los dedos se cerraban en la nuca.

Con su peso, inclinándose, Arkadin la obligó a doblarse hacia atrás sobre el lavabo. Podía verle la nuca en el espejo, pero su propia cara estaba a punto de tapar la de ella. Una llama de emoción cobró vida, iluminando el vacío sin alma de Arkadin.

La besó.

—Poco a poco —susurró ella—. Relaja los labios.

Los labios húmedos de la chica se abrieron debajo de los de él, su lengua buscó la otra, primero vacilante, después guiada por una incontenible voracidad. La boca de Arkadin tembló. Nunca había sentido algo así besando a una mujer. En realidad siempre había hecho esfuerzos por evitarlo, porque no comprendía por qué las mujeres parecían siempre tan deseosas de besos. Para él sólo era un intercambio de fluidos, comparable a un procedimiento médico en la consulta de un doctor. Lo mejor que podía decir de un beso es que era indoloro, y que duraba poco.

La electricidad que lo atravesó cuando sus labios encontraron los de Devra lo sobresaltó. El puro placer que experimentó lo asombró. No había sido así con Marlene; no había sido así con nadie. No sabía cómo interpretar el temblor de sus rodillas. Sus dulces lamentos y efusiones le penetraron como gritos de éxtasis silenciosos. Se los tragó enteros y quiso más.

«Deseo» era algo a lo que Arkadin no estaba acostumbrado. «Necesidad» era la palabra que había guiado su vida hasta entonces. Se había visto obligado a vengarse de su madre, a escapar de casa, a estar solo, no importa dónde, a enterrar a rivales y enemigos, a destruir a todos los que se acercaban demasiado a sus secretos. Pero ¿deseo? Aquello era harina de otro costal. Devra le definió el «deseo». Y sólo se manifestó cuando estuvo seguro de no necesitarla más. La deseaba.

Cuando le levantó la falda, palpando debajo, ella alzó la pierna y lo ayudó a desprenderse de la ropa con dedos ágiles. En aquel momento Arkadin dejó de pensar.

Mientras volvían a sus asientos, entre la cola de pasajeros que esperaban para entrar en el servicio y los miraban con hostilidad, Devra se echó a reír. Arkadin, que ya se había sentado, la observó. Aquélla era otra peculiaridad que la hacía única. Cualquier otra habría preguntado si era su primera vez. Pero ella no. A ella no le interesaba levantar la tapa de su misterio, e indagar a fondo los motivos de su rabia. No necesitaba saber. Él, que era el primero que siempre había necesitado algo, no podía soportar aquella característica en los demás.

Era consciente de la presencia de ella a su lado de una forma que era incapaz de expresar. Era como si sintiera el latido de su corazón, el fluir de la sangre por su cuerpo, un cuerpo que le parecía frágil, aunque supiera lo duro que podía ser y todo lo que había sufrido. Con qué facilidad podían romperse sus huesos, con qué facilidad un cuchillo podría atravesarle las costillas hasta el corazón, y con qué facilidad podría una bala destrozarle el cráneo. Estos pensamientos lo pusieron furioso, y se acercó más a ella, como si necesitara protección, lo que, teniendo en cuenta los antiguos aliados de la muchacha, sin duda necesitaba. Entonces supo que haría todo lo que estuviera a su alcance para matar a cualquiera que quisiera hacerle algún daño.

Devra sintió que Leonid se acercaba, se volvió hacia él y sonrió.

—¿Sabes una cosa, Leonid? Por primera vez en mi vida me siento segura. Esa fachada de púas que me caracteriza es algo que aprendí de pequeña para mantener alejada a la gente.

—Aprendiste a ser dura como tu madre.

Ella sacudió la cabeza.

—Ésta es la parte más triste. Es verdad que mi madre tenía una coraza dura, pero era superficial. En realidad era un manojo de miedos.

Devra apoyó la cabeza en el asiento y continuó.

—De hecho, el recuerdo más vivo que tengo de ella es precisamente su miedo. Lo desprendía como un hedor. Aunque se bañara, olía a miedo. Claro que al principio yo no sabía lo que era, y puede que fuera la única que lo oliera, no sé.

»En fin, siempre me contaba un cuento ucraniano antiguo. Trataba de los nueve niveles del infierno. ¿En qué estaría pensando? ¿Intentaba asustarme o disminuir su miedo compartiéndolo conmigo? No lo sé. En todo caso, esto es lo que me contaba: hay paraíso, pero también hay nueve niveles en el infierno a los que vas a parar cuando mueres, dependiendo de la gravedad de tus pecados.

»El primero, el menos malo, es el que todos conocen, donde ardes entre las llamas. En el segundo estás solo en la cima de una montaña. Todas las noches te congelas, lenta y terriblemente, pero al día siguiente te derrites, y vuelta a empezar. El tercero es un lugar que tiene una luz cegadora; el cuarto es una oscuridad impenetrable. El quinto es un lugar de vientos gélidos que te cortan, literalmente, como un cuchillo. En el sexto te perforan las flechas. En el séptimo te entierra lentamente un ejército de hormigas. En el octavo te crucifican.

»Pero el noveno nivel era el que más aterraba a mi madre. Allí se vivía entre bestias feroces que se alimentaban de corazones humanos.

Arkadin no comprendía qué necesidad había de narrar algo tan cruel a una niña. Pero estaba absolutamente seguro de que si su madre hubiera sido ucraniana le habría contado el mismo cuento.

—Yo solía reírme, o al menos lo intentaba —dijo Devra—. No me daba la gana de creer esas tonterías. Pero eso era antes de que empezáramos a experimentar en carne propia aquellos niveles de infierno.

Arkadin la sintió de manera aún más profunda dentro de él. La sensación de querer protegerla parecía rebotar en su interior, aumentando exponencialmente como si su cerebro intentara reconciliarse con el significado de ese sentimiento. ¿Por fin había tropezado con algo bastante grande, bastante luminoso, bastante fuerte para acallar sus demonios?

Ikupov había interpretado la muerte de Marlene como un mal presagio. Dejó de intentar indagar en el pasado de Arkadin y lo mandó a Estados Unidos para que se rehabilitara. Ikupov lo había llamado «reprogramación». Arkadin había pasado dieciocho meses en los alrededores de Washington, D. C., sometido a un programa experimental único inventado y dirigido por un amigo de Ikupov. Cuando Arkadin terminó el programa, había cambiado en muchos sentidos, aunque su pasado, sus sombras y sus demonios continuaran intactos. ¡Cuánto habría deseado que el programa lograra borrar todos los recuerdos! Pero el programa no estaba destinado a esto. Ikupov dejó de preocuparse por el pasado de Arkadin y se centró en su futuro, para lo que el programa era ideal.

Se durmió pensando en el programa, pero soñó que estaba otra vez en Nizhni Tagil. Nunca soñaba con el programa: allí se había sentido seguro. Sus sueños no tenían nada que ver con la seguridad: soñaba que le empujaban desde grandes alturas.

A altas horas de la noche, un bar subterráneo llamado Krespi era el único sitio donde se podía tomar algo en Nizhni Tagil. Era un lugar apestoso, lleno de hombres tatuados en chándal, con cadenas de oro colgadas al cuello, mujeres con minifalda y tan maquilladas que parecían maniquíes. Tras sus ojos de mapache había dos cavidades vacías donde habían estado sus almas.

Fue en el Krespi donde Arkadin recibió su primera paliza brutal a los trece años de cuatro hombres fornidos con ojos de cerdito y cejas de neandertal. Y fue al Krespi adonde regresó Arkadin tres meses después, tras curarse las heridas, e hizo saltar los cerebros de aquellos cuatro hombres. Cuando otro criminal intentó arrebatarle la pistola, Arkadin le disparó en la cara. Aquel espectáculo disuadió a todos los que estaban en el bar de que se le acercaran. Y le aseguró cierta reputación, que lo ayudó a acumular un pequeño imperio inmobiliario.

Pero en aquella ciudad de hierro fundido y residuos radiactivos, el éxito tenía sus consecuencias. Para Arkadin, fue despertar la atención de Stas Kuzin, uno de los jefes del crimen locales. Kuzin encontró una noche a Arkadin, cuatro años más tarde, peleando con los puños con un patán gigantesco a quien había desafiado por el precio de una cerveza.

Después de dejar fuera de combate al gigante, Arkadin cogió su cerveza, se tragó la mitad y se volvió a mirar a Stas Kuzin. Arkadin lo reconoció de inmediato, como todo el mundo en Nizhni Tagil. Tenía una espesa mata de cabellos que le caían en horizontal hasta un centímetro de las cejas. Su cabeza apoyada sobre los hombres parecía un mármol sobre una pared de piedra. Le habían partido la mandíbula y se la habían reconstruido tan mal —tal vez en la cárcel— que hablaba con un sonido sibilante peculiar, como una serpiente. Lo que decía era ininteligible a veces.

A cada lado de Kuzin había dos hombres de aspecto horrible, con ojos hundidos y bastos tatuajes de perros en los dorsos de las manos, que indicaban su fidelidad eterna a su amo.

—Hablemos —dijo aquel monstruo a Arkadin indicando una mesa con la cabeza.

Los hombres que estaban ocupando aquella mesa se levantaron como un solo hombre cuando se acercó Kuzin, y corrieron al otro extremo del bar. Kuzin arrastró una silla con un pie y se sentó pesadamente. Curiosamente, mantuvo las manos en el regazo, como si en cualquier momento fuera a abalanzarse sobre Arkadin y pegarle un tiro.

Empezó a hablar, pero a Arkadin, que sólo tenía diecisiete años, le costó entender lo que le estaba diciendo Kuzin. Era como escuchar a un hombre que se estuviera ahogando. Por fin, entendió que Kuzin le estaba proponiendo una especie de fusión: la mitad del patrimonio inmobiliario de Arkadin a cambio del 10 por ciento de las operaciones de Kuzin.

¿Y en qué consistían esas operaciones? Nadie hablaba de ellas abiertamente, pero se oían rumores sobre el tema. Todo, desde la gestión de las barras de combustible nuclear para los peces gordos en Moscú a la trata de blancas, del tráfico de droga a la prostitución, pasaba por Kuzin. Por su parte, Arkadin tendía a no hacer caso de las especulaciones más exageradas y a creer lo que sabía perfectamente que daría dinero a Kuzin en Nizhni Tagil, es decir, prostitución y drogas. Todos los hombres de la ciudad necesitaban algún polvo, y si tenían un poco de dinero, preferían las drogas a la cerveza y el vodka hecho en la bañera.

De nuevo, no fue el deseo lo que apareció en el horizonte de Arkadin, sino la necesidad. Necesitaba hacer algo más que sobrevivir en aquella ciudad de hollín, violencia y cáncer de pulmón. Había llegado lo más lejos que podía él solo. Ganaba lo suficiente como para mantenerse, pero no lo suficiente como para irse a Moscú donde podría aprovechar las mejores oportunidades de la vida. Fuera, los anillos del infierno estaban en la superficie: chimeneas de ladrillos que eructaban con furia un humo denso, las torres de hierro de las brutales *zonas* de prisión, erizadas de rifles de asalto, focos potentes y sirenas aullantes.

Allí, con Stas Kuzin, estaba metido en su personal y brutal *zona*. Arkadin dio la única respuesta razonable. Aceptó y al hacerlo entró en el noveno nivel del infierno.

31

En la cola de control de pasaportes de Múnich, Bourne llamó a Specter, quien le aseguró que todo estaba a punto. Momentos después entró en el radio de acción de las primeras cámaras de circuito cerrado del aeropuerto de Múnich. Su imagen fue captada de manera instantánea por el *software* que empleaban en el cuartel general de Ikupov, y antes de que terminara de llamar al profesor ya lo habían identificado.

Avisaron a Ikupov de inmediato, y éste ordenó a su gente de Múnich que pasara a la acción, es decir, que alertaran al personal a sueldo de Ikupov, tanto el del aeropuerto como el de inmigración. El hombre que dirigía a los pasajeros recién llegados a las distintas colas frente a las cabinas de inmigración recibió una foto de Bourne en la pantalla de su ordenador justo a tiempo para invitar a este último a ponerse en la cola de la cabina número 3.

El funcionario de inmigración que estaba en la cabina 3 escuchó las órdenes que le llegaban por los auriculares. El hombre a quien habían identificado como Jason Bourne le presentó el pasaporte y el funcionario le hizo las preguntas de costumbre:

—¿Cuánto tiempo piensa quedarse en Alemania? ¿Es un viaje de placer o de trabajo?

Ojeó el pasaporte. Se alejó de la ventana y pasó la foto bajo una luz violeta ronroneante. Al mismo tiempo, apretó un disco de metal del grosor de una uña en el interior de la cubierta posterior. Después cerró el pasaporte, lo alisó por delante y por detrás y lo devolvió a Bourne.

—Que tenga una feliz estancia en Múnich —dijo sin rastro de emoción o interés. Ya estaba mirando por detrás de Bourne, al siguiente pasajero en la cola.

Como en Sheremétievo, Bourne tenía la sensación de que lo vigilaban. Cambió dos veces de taxi cuando llegó al efervescente centro de la ciudad. En Marienplatz, una gran plaza abierta donde se alzaba la histórica columna mariana, pasó caminando junto a catedrales medievales, cruzó bandadas de palomas, se perdió entre la multitud de visitas guiadas, mirando con la boca abierta la arquitectura de fábula y las imponentes cúpulas gemelas de la Frauenkirche, la catedral del arzobispado de Múnich-Frisinga, el símbolo de la ciudad.

Se confundió con un grupo de turistas reunidos frente a un edificio gubernamental en el que estaba grabado el escudo oficial de la ciudad, representando a un monje con los brazos extendidos. El guía estaba explicando a sus clientes que la palabra alemana *München* derivaba de una palabra del antiguo alto alemán que significaba «monjes». Hacia 1158 el duque de Sajonia y Baviera construyó un puente sobre el río Isar que conectaba las salinas, por las que pronto sería famosa la ciudad, con un convento de monjes benedictinos. Este duque instauró un peaje en el puente, que se convirtió en un paso de vital importancia en la Ruta de la Sal por la que se accedía a los altiplanos de Baviera en los que se construyó Múnich, y una ceca donde guardar sus beneficios. La moderna ciudad comercial no era tan diferente de la de sus orígenes medievales.

Cuando Bourne se convenció de que no lo seguían, se apartó del grupo y subió a un taxi, que lo dejó a seis manzanas del palacio Wittelsbach.

El profesor había dicho que Kirsch prefería encontrarse con él en un lugar público. Por eso Bourne había elegido el Museo de Arte Egipcio de Hofgartenstrasse, que se encontraba dentro de la inmensa construcción rococó del palacio Wittelsbach. Bourne recorrió las calles circundantes dando una vuelta, buscando más perseguidores, pero no tuvo la sensación de haber estado antes en Múnich. No tenía aquella misteriosa sensación de *déjà vu* que significaba que volvía a un lugar que no recordaba. Por ello sabía que los perseguidores locales contarían con la ventaja de conocer el terreno. Debía de haber una docena de posibles escondites alrededor del palacio que él no conocía.

Se encogió de hombros y entró en el museo. En el detector de metales había dos guardias de seguridad armados, que también controlaban las mochilas y registraban bolsos. A cada lado del vestíbulo había un par de estatuas de basalto del dios egipcio Horus —un halcón con un disco del sol en la frente— y de su madre Isis. En lugar de entrar directamente en la exposición, Bourne se volvió y se situó detrás de la estatua de Horus, desde donde observó a la gente durante diez minutos. Tomó nota mental de todas las personas que tuvieran entre veinticinco y cincuenta años, y memorizó sus caras. Eran diecisiete en total.

Después se dirigió a las salas, y pasó junto a una guardia armada. Kirsch estaba en el lugar exacto que Specter le había indicado, concentrado en estudiar un antiguo grabado de una cabeza de león. Reconoció a Kirsch por la foto que Specter le había mandado, una instantánea de los dos hombres juntos en el campus de la universidad. El correo del profesor era un hombrecillo enjuto con una calva brillante y las cejas negras y pobladas como orugas. Tenía unos ojos de color azul claro que miraban a todas partes como balancines de brújula.

Bourne pasó por su lado, fingiendo admirar unos sarcófagos, mientras que buscaba de reojo a alguna de las diecisiete personas que habían entrado en el museo detrás de él. No vio a ninguna y volvió sobre sus pasos.

Kirsch no se volvió cuando Bourne pasó por su lado, pero dijo:

—Sé que parece una tontería, pero ¿esta escultura no le recuerda algo?

—A la Pantera Rosa —dijo Bourne, tanto porque era la respuesta en código que habían convenido como porque la escultura se parecía asombrosamente a la figura del dibujo animado.

Kirsch asintió.

—Me alegro de que haya llegado sin problemas. —Le entregó las llaves de su piso, el código del portal y direcciones detalladas desde el museo. Parecía aliviado, como si estuviera entregando el peso de su vida en lugar de su casa.

—En mi piso hay ciertas cosas que me gustaría explicarle.

Mientras Kirsch hablaba se pararon frente a una escultura de granito de la época de la XVIII dinastía que representaba a Senenmut arrodillado.

—Los antiguos egipcios sabían vivir —observó Kirsch—. No temían la muerte. Para ellos era un viaje más, que no debía tomarse a la ligera, pero al menos sabían que había algo esperándolos después de la vida. —Alargó una mano como si fuera a tocar la estatua o quizá absorber parte de su potencia—. Mire esta estatua. Miles de años después y todavía brilla la vida dentro de ella. Durante siglos los egipcios no tuvieron rival.

—Hasta que los conquistaron los romanos.

—Pero los romanos no tardaron en dejarse influir por los egipcios —siguió Kirsch—. Un siglo después de que Tolomeo y Julio César gobernaran en Alejandría, Isis, la diosa egipcia de la venganza y la rebelión, era venerada en todo el Imperio romano. Además, es muy probable que los fundadores de la Iglesia cristiana, al no poder deshacerse de ella ni de sus simpatizantes, la transformaran, la despojaran de su carácter guerrero y la convirtieran en la apacible Virgen María.

—Leonid Arkadin podría usar un poco menos de Isis y un poco más de la Virgen María —comentó Bourne.

Kirsch arqueó las cejas.

—¿Qué sabe de ese hombre?

—Sé que algunas personas muy peligrosas le tienen pánico.

—Y con razón —dijo Kirsch—. Es un maníaco homicida. Nació y creció en Nizhni Tagil, un semillero de maníacos homicidas.

—Eso me han dicho —dijo Bourne.

—Y allí se habría quedado de no ser por Tarkanian.

Bourne prestó atención. Había dado por supuesto que Maslov había apostado a su hombre en el piso de Tarkanian porque allí era donde vivía Gala.

—Un momento, ¿qué tiene que ver Tarkanian con Arkadin?

—Todo. Sin Mischa Tarkanian, Arkadin no habría escapado jamás de Nizhni Tagil. Fue Tarkanian quien lo llevó a Moscú.

—¿Los dos son miembros de la Legión Negra?

—Eso es lo que me han dicho —dijo Kirsch—. Pero sólo soy un

artista; la vida clandestina me ha producido una úlcera. Si no necesitara el dinero porque soy un artista especialmente fracasado, no habría durado tanto al respecto. Éste iba a ser mi último favor a Specter. —Seguía mirando de izquierda a derecha—. Ahora que Arkadin ha matado a Dieter Heinrich, lo de «último favor» ha adquirido un significado aterrador.

Bourne estaba alarmado. Specter había dado por hecho que Tarkanian era de la Legión Negra, y Kirsch acababa de confirmarlo. Pero Maslov había negado la afiliación de Tarkanian al grupo terrorista. Alguien mentía.

Bourne estaba a punto de interrogar a Kirsch sobre la discrepancia cuando detectó de reojo a uno de los hombres que había entrado en el museo después de él. El hombre se paró un momento en el vestíbulo, orientándose, y después se dirigió con cierta seguridad hacia la sala de exposición.

En vista de que el hombre podía oírlos en el silencio del museo, Bourne cogió a Kirsch del brazo.

—Venga —dijo, guiando al contacto alemán hacia otra sala, que tenía en el centro una estatua de calcita de unos gemelos de la XVIII dinastía. Estaba mellada y gastada por el tiempo y la habían fechado en 2390 a. C.

Empujando a Kirsch detrás de la estatua, Bourne se puso rígido como un centinela observando los movimientos del otro hombre. Éste echó un vistazo, vio que Bourne y Kirsch ya no estaban frente a la estatua de Senenmut y miró alrededor con gesto distraído.

—Quédese aquí —susurró Bourne a Kirsch.

—¿Qué pasa? —La voz de Kirsch temblaba ligeramente, pero parecía suficientemente sereno—. ¿Es Arkadin?

—Pase lo que pase —le advirtió Bourne—, no se mueva. Estará a salvo hasta que vuelva.

Mientras Bourne se movía hacia el otro lado de los gemelos egipcios, el hombre entró en la sala. Bourne se dirigió a la entrada lateral y entró en la última sala. El otro, caminando sin prisas y con indiferencia, echó una rápida mirada alrededor y, como si no hubiera visto nada interesante, siguió a Bourne.

En la sala había varias vitrinas altas, pero lo más importante era una estatua de mujer con media cabeza y cinco mil años de antigüedad. La antigüedad era apabullante, pero Bourne no tenía tiempo para admirarla. Tal vez por estar situada al fondo del museo, la sala estaba desierta, a excepción de Bourne y el hombre.

Jason se situó detrás de una vitrina en cuyo estante central había colgados varios pequeños objetos: escarabajos sagrados azules y joyas de oro. Gracias a un agujero en el tablero, Bourne podía ver al hombre, mientras que éste no lo veía a él.

Bourne permaneció completamente inmóvil y esperó a que el otro diera la vuelta a la vitrina por el lado derecho. En aquel momento se movió rápidamente hacia la derecha, dio la vuelta a la vitrina y se abalanzó sobre el desconocido.

Lo empujó contra la pared, pero el hombre mantuvo el equilibrio. El rival asumió una posición defensiva y sacó un cuchillo de cerámica de una funda de la axila y lo hizo oscilar adelante y atrás para mantener a Jason a distancia.

Bourne fingió que se movía a la derecha y se situó a la izquierda semiagachado. Al hacerlo, golpeó con el brazo derecho la mano que tenía el cuchillo. Con la izquierda cogió al hombre por la garganta. Mientras el otro intentaba golpearle el estómago con la rodilla, Bourne se dobló parcialmente para esquivar el golpe, pero durante ese movimiento perdió la presa sobre la mano con el cuchillo y la hoja le rozó el lado del cuello. Se paró justo antes de que el otro lo golpeara y los dos se quedaron quietos en una especie de empate.

—Bourne —escupió el hombre finalmente—. Me llamo Jens. Trabajo para Dominic Specter.

—Pruébalo —dijo Bourne.

—Estás aquí para encontrarte con Egon Kirsch, para poder ocupar su lugar cuando Leonid Arkadin vaya a por él.

Bourne soltó la presa en el cuello de Jens.

—Suelta el cuchillo.

Jens hizo lo que decía Bourne, y éste lo soltó por completo.

—¿Dónde está Kirsch? Debo sacarlo de aquí y meterlo en un avión en dirección a Washington.

Bourne lo acompañó a la sala contigua, a la estatua de los gemelos.

—Kirsch, la galería es segura. Ya puede salir.

En vista de que el contacto no aparecía, Bourne fue detrás de la estatua. Kirsch estaba allí, tirado en el suelo, con un agujero de bala en la nuca.

Semion Ikupov miró el receptor sintonizado al transmisor electrónico en el pasaporte de Bourne. Mientras se acercaban a la zona del Museo Egipcio ordenó a su chófer que redujera la velocidad. Se apoderó de él una sensación de anticipación: había decidido hacer entrar a Bourne en su coche a punta de pistola. Parecía la mejor manera de obligarlo a escuchar lo que Ikupov tenía que decirle.

En aquel momento sonó su móvil con el tono que tenía asignado al número de Arkadin, y mientras seguía vigilando si aparecía Bourne, se lo llevó a la oreja.

—Estoy en Múnich —dijo Arkadin—. He alquilado un coche en el aeropuerto y voy hacia la ciudad.

—Bien. He puesto un transmisor electrónico a Jason Bourne, el hombre a quien Nuestro Amigo ha mandado para recuperar los planos.

—¿Dónde está? Me encargaré de él —dijo Arkadin con su brusquedad habitual.

—No, no, no lo quiero muerto. Yo me encargo de Bourne. Mientras tanto, mantente alerta. Pronto te diré algo.

Bourne, de rodillas junto a Kirsch, examinó el cadáver.

—Hay un detector de metales en la entrada —dijo Jens—. ¿Cómo demonios han introducido un arma? Además, no se ha oído nada.

Bourne giró la cabeza de Kirsch para que le diera la luz en la nuca.

—Mira aquí. —Señaló la herida de entrada—. Y aquí. No hay orificio de salida, lo que significa que le han disparado a poca distancia. —Se levantó—. Lo han hecho con silenciador. —Salió de la sala con paso decidido—. Y quien sea que lo ha matado, trabaja aquí de guardia; el personal de seguridad del museo va armado.

—Hay tres —dijo Jens, manteniendo el paso de Bourne.

—Exactamente. Dos en el detector de metales y una recorriendo las galerías.

En el vestíbulo, los dos guardias estaban en su estación junto al detector de metales. Bourne se acercó a uno de ellos y dijo:

—He perdido el móvil en el museo y la guardia de la segunda galería me ha dicho que me ayudaría a encontrarlo, pero ahora no la localizo.

—Petra —dijo el guardia—. Sí, ha salido a comer.

Bourne y Jens cruzaron la puerta principal, bajaron los escalones hasta la acera, y miraron a izquierda y a derecha. Bourne vio a una mujer uniformada que caminaba rápidamente hacia la derecha, y Jens y él corrieron tras ella.

La mujer desapareció detrás de una esquina y los dos hombres se apresuraron. Al doblar la esquina Bourne vio que un Mercedes reluciente se situaba a su lado.

Ikupov se quedó estupefacto al ver salir a Bourne del museo en compañía de Franz Jens. La presencia de Jens le dejó claro que su enemigo no dejaba nada al azar. La tarea de Jens era mantener a los hombres de Ikupov alejados de Bourne, para que éste pudiera dedicarse plenamente a su misión de recuperar los planes de ataque. Cierto temor se apoderó de Ikupov. Si Bourne tenía éxito estaría todo perdido; sus enemigos habrían vencido. No podía permitir que sucediera.

Inclinándose hacia adelante en el asiento posterior, sacó una Luger.

—Acelera —ordenó al chófer.

Se acercó a la puerta y esperó hasta el último instante antes de apretar el mando de la ventana. Apuntó a la figura en movimiento de Jens, pero éste lo percibió, redujo la marcha e intentó desviarse. Bourne estaba a salvo tres pasos por delante. Ikupov apretó el gatillo dos veces en rápida sucesión.

Jens cayó sobre una rodilla y resbaló por la acera. Ikupov disparó otra vez para asegurarse de que Jens no sobrevivía al ataque. Después subió la ventana.

—¡Vamos! —ordenó al chófer.

El Mercedes aceleró calle abajo, chirriando al alejarse del cuerpo ensangrentado caído en la acera.

32

Rob Batt estaba sentado en su coche con unas gafas de visión nocturna puestas, dando vueltas al pasado reciente como si fuera un chicle que hubiera perdido su sabor.

Desde que lo habían llamado al despacho de Veronica Hart y lo habían enfrentado a sus actos de traición contra la CIA, estaba como entumecido. En aquel momento, no había sentido nada. De hecho, su hostilidad hacia Hart se había transformado en compasión. O quizá era más bien compasión por sí mismo. Había caído en una trampa como si fuera un novato; se había fiado de personas en las que nunca debería haber confiado. LaValle y Halliday se saldrían con la suya, no tenía ninguna duda. Lleno de asco hacia sí mismo, se había refugiado en una larga noche de bebida.

Hasta el día siguiente, al despertar con una resaca colosal, Batt no se dio cuenta de que podía hacer algo al respecto. Se lo pensó un rato, mientras tragaba aspirinas para aliviar el dolor de cabeza, con un vaso de agua y un poco de angostura para calmar el estómago removido.

Fue entonces cuando el plan se formó en su cabeza, desplegándose como una flor bajo los rayos de sol. Se vengaría de la humillación que le habían infligido LaValle y Kendall, y lo mejor de todo era que si su plan funcionaba, si conseguía derrotarlos, resucitaría su propia carrera, que pendía de un hilo.

Sentado al volante de un coche alquilado, recorría con la mirada las calles al otro lado del Pentágono, buscando al general Kendall. Batt era suficientemente inteligente para no intentar ir tras LaValle; sabía que era demasiado sagaz para cometer errores. Pero no podía decirse lo mismo del general. Si Batt había aprendido algo de su desgraciada asociación con aquellos dos era que Kendall era el eslabón débil. Estaba demasiado apegado a LaValle y su actitud era demasiado servil. Necesitaba a alguien que le dijera lo que tenía que hacer. El deseo de complacer era lo que hacía vulnerables a los subalternos; cometían errores que sus jefes no cometerían.

De repente vio la vida como debía verla Jason Bourne. Estaba al corriente del trabajo que había hecho Bourne para Martin Lindros en Reikiavik, y sabía que había arriesgado la vida para encontrar a Lindros y devolverlo a casa. Pero, como casi todos sus antiguos colegas, por conveniencia, Batt había juzgado los actos de Bourne como eventos fortuitos y colaterales, y había decidido sumarse a la opinión general de que Bourne era un paranoico descontrolado a quien había que detener antes de que cometiera algún acto desastroso que perjudicara a la CIA. En cambio la gente de la CIA no tenía ningún reparo en utilizarlo cuando todo lo demás fallaba, coaccionándolo para que fuera un peón en su partida. Al menos él, Batt, no era el peón de nadie.

Vio salir al general Kendall por una puerta lateral del edificio y, encogido en su abrigo, apresurarse hacia su plaza de aparcamiento. No dejó de mirar al general mientras ponía una mano en las llaves que ya tenía en el contacto. En el preciso instante en que Kendall adelantaba el hombro derecho para poner en marcha el motor, Batt giró el contacto de su propio coche, para no alertar a Kendall.

Mientras el general salía del aparcamiento, Batt se quitó las gafas de visión nocturna y puso la marcha al coche. La noche parecía plácida y tranquila, pero quizá sólo era un reflejo de su estado de ánimo. Al fin y al cabo, era un centinela de la noche. Lo había entrenado el propio Viejo: siempre había estado orgullosos de ello. Sin embargo, después de su caída en desgracia se había dado cuenta de que era este orgullo lo que había distorsionado su forma de pensar y su toma de decisiones. Era su orgullo lo que le había hecho rebelarse contra Veronica Hart, no por algo que ella hubiera hecho o dicho —ni siquiera le había dado la oportunidad—, sino porque no lo habían ascendido a él. El orgullo era su debilidad, una debilidad que LaValle había detectado y explotado. Mientras seguía a Kendall hacia la zona de Fairfax pensaba que razonar con la perspectiva de los hechos consumados era fácil, pero al menos era el baño de humildad que necesitaba para ver cómo se había alejado de su juramento de fidelidad a la CIA.

Se mantuvo a distancia del coche del general, cambiando de carril de vez en cuando para evitar que lo detectasen. Dudaba que Kendall sospechara que lo seguían, pero era mejor ser cauteloso. Batt estaba decidido a enmendar el pecado que había cometido contra su propia organización y contra la memoria del Viejo.

Kendall giró en un edificio anónimo y de aspecto moderno cuya planta baja estaba totalmente ocupada por el gimnasio In-Tune. Batt observó cómo el general aparcaba, sacaba una bolsa de gimnasia del coche y entraba en el club. Por ahora nada útil, pero Batt había aprendido hacía mucho a ser paciente. En las vigilancias casi nunca se descubría nada rápida o fácilmente.

Y entonces, ya que no tenía nada mejor que hacer hasta que Kendall reapareciera, Batt miró el rótulo del In-tune mientras comía una barrita de Snickers. ¿De qué le sonaba aquel rótulo? Sabía que no había estado nunca dentro del local; de hecho, no había estado nunca en aquella parte de Fairfax. Tal vez era el nombre: «In-Tune». Sí, pensó, le sonaba una barbaridad, pero no había manera de saber de qué.

Habían pasado cincuenta minutos desde que Kendall había entrado; Batt se puso las gafas de visión nocturna y miró hacia la entrada. Observó entrar y salir a personas de toda clase. La mayor parte iban solos; de vez en cuando salían dos mujeres charlando, a veces parejas.

Pasaron quince minutos más y Kendall no daba señales de vida. Batt se había quitado las gafas para descansar un poco cuando vio que se abría la puerta del gimnasio. Volvió a ponerse las gafas y vio que Rodney Feir salía del establecimiento. «¿Es broma o qué?», pensó Batt.

Feir se pasó la mano por los cabellos húmedos. Y entonces Batt recordó de qué le sonaba tanto el nombre «In-Tune». Todos los directores de la CIA tenían la obligación de comunicar su paradero fuera de horario de trabajo por si tenían que ser localizados y el oficial de guardia pudiera calcular cuánto tardarían en llegar al cuartel general.

Observando cómo Feir se dirigía a su coche y entraba en él, Batt se mordió los labios. Sin duda podía ser una simple coincidencia que el general Kendall y Feir utilizaran el mismo gimnasio, pero sabía que en su ambiente ese fenómeno era altamente improbable.

Sus sospechas se confirmaron cuando Feir, en lugar de marcharse con el coche, permaneció sentado en silencio e inmóvil detrás del volante. Estaba esperando algo, o mejor, a alguien. Pero ¿a quién?

Diez minutos después, el general Kendall salió del club. No miró ni a derecha ni a izquierda, sino que fue inmediatamente a su coche, lo puso en marcha y salió del aparcamiento en marcha atrás. Antes de que terminara la maniobra, Feir puso en marcha su coche. Kendall salió a la calle y Feir lo siguió.

El pecho de Batt se agitó de excitación. «¡Empieza la partida!», pensó.

Después de que los dos primeros tiros alcanzaran a Jens, Bourne se volvió para auxiliarlo, pero cambió de idea cuando el tercero acertó a la cabeza del hombre caído. Corrió calle abajo, sabiendo que el otro estaba muerto, y no podía hacer nada por él. Tenía que suponer que Arkadin había seguido a Jens al museo y había esperado fuera, al acecho.

Doblando la misma esquina que la guardia del museo, Bourne vio que la chica vacilaba, alertada por el ruido de disparos. Pero al ver que Bourne corría hacia ella, se lanzó a la carrera y se metió en un callejón. Jason la siguió y vio que la chica saltaba sobre una uralita detrás de la cual había una parcela en obras, con maquinaria pesada. Se agarró a lo alto de la valla y, dándose impulso, trepó y saltó.

Bourne escaló la valla detrás de ella, saltando sobre la tierra batida y los escombros de hormigón de la parcela. Vio que la muchacha se agachaba detrás de un *bulldozer* manchado de barro, y corrió tras ella. La mujer se subió a la cabina, se puso detrás del volante y giró la llave del contacto.

Bourne estaba muy cerca cuando el motor se puso en marcha. La mujer puso el *bulldozer* en marcha atrás y se dirigió directamente hacia él. Había elegido un vehículo difícil de manejar y Jason lo esquivó, buscó un punto de apoyo y trepó. El *bulldozer* se balanceó y las marchas chirriaron mientras ella intentaba meter primera, pero para entonces Bourne ya estaba en la cabina.

La muchacha intentó sacar la pistola, pero al mismo tiempo intentaba conducir el vehículo, y a Bourne no le costó desarmarla de un manotazo. El arma cayó a sus pies y él la alejó de ella de una patada. Después se inclinó y apagó el motor. En cuanto lo hizo, la mujer se tapó la cara con las manos y se echó a llorar.

—Este desastre es culpa tuya —dijo Deron.

Soraya asintió.

—Ya lo sé.

—Tú viniste a pedir ayuda, a mí y a Kiki.

—Asumo toda la responsabilidad.

—Creo que en este caso —dijo Deron—, tenemos que compartir la responsabilidad. Pudimos decir que no y no lo hicimos. Ahora todos corremos un grave peligro.

Estaban sentados en el estudio de la casa de Deron, una habitación acogedora con un sofá en ángulo frente a una chimenea de piedra y, sobre ésta, un gran televisor de plasma. Sobre la mesita de madera había bebidas, pero no las había tocado nadie. Deron y Soraya estaban sentados frente a frente. Kiki estaba acurrucada en un rincón, como un gato.

—Tyrone está totalmente jodido —dijo Soraya—. Vi lo que le estaban haciendo.

—Espera un momento. —Deron se echó hacia adelante—. Existe una diferencia entre percepción y realidad. No dejes que te manipulen. No se arriesgarán a hacer daño a Tyrone; es el único as en la manga que tienen para coaccionarte y que les entregues a Jason.

Soraya, aturdida otra vez por el miedo, cogió un vaso y se sirvió un poco de *whisky* escocés. Lo hizo girar en el vaso e inhaló sus complejos aromas, que le recordaron el brezo y el sirope de caramelo. Recordó que Jason le había dicho que las imágenes, los aromas, las lenguas o los tonos de voz podían despertar en él recuerdos ocultos.

Tomó un sorbo de escocés y sintió que en su estómago se encendía un río de fuego. En aquel momento le habría gustado estar en cualquier parte menos allí; habría querido llevar otra vida, pero ésa era la que había elegido, y ésas eran las decisiones que había tomado. No lo podía evitar, ni podía abandonar a sus amigos; tenía que salvarlos. La cuestión peliaguda era cómo hacerlo.

Deron tenía razón con respecto a LaValle y Kendall. La habían llevado a la sala de interrogatorios para hacerle la guerra psicológica. Ahora que lo pensaba, lo que le habían mostrado era mínimo. Contaban con que ella se imaginara lo peor, que fuera víctima de esos pensamientos y cediera. Que llamara a Jason para que pudieran detenerlo y, como un perro amaestrado, ofrecerlo al presidente como la prueba de que LaValle había tenido éxito donde varias iniciativas de la CIA habían fracasado y por lo tanto merecía asumir la gestión de la CIA.

Tomó otro sorbo de escocés, consciente de que Deron y Kiki estaban en silencio, esperando pacientes a que ella repasara el error que había cometido, llegara al final y lo dejara atrás. Ahora tenía que tomar la iniciativa y formular un plan de contraataque. A eso se refería Deron cuando dijo que aquel desastre era culpa suya.

—Lo que tenemos que hacer —dijo, lenta y cautelosamente— es vencer a LaValle en su propio terreno.

—¿Y cómo te propones hacerlo? —preguntó Deron.

Soraya miró lo que le quedaba de escocés. El problema era que no tenía ni idea.

El silencio se alargó, y se hizo más denso y más letal a cada segundo. Al final Kiki se desperezó, se puso de pie y dijo:

—Por lo que a mí respecta estoy harta de tanto pesimismo. Estar aquí enfadada y frustrada no ayuda a Tyrone y no nos ayuda a encontrar una solución. Voy a despejarme un poco al club de un amigo mío. —Miró a Soraya y a Deron—. ¿Alguien se apunta?

La sirena de dos tonos de la policía llegó a oídos de Bourne mientras estaba sentado al lado de la guardia del museo en el *bulldozer*. De cerca parecía más joven de lo que había imaginado. Sus cabellos rubios, que llevaba recogidos en un moño severo, se habían deshecho y le caían sobre la cara pálida. Tenía los ojos grandes y claros y ahora los tenía enrojecidos por el llanto. Había algo en sus ojos que hacían pensar que había nacido triste.

—Quítate la chaqueta —dijo.

—¿Qué? —La guardia parecía totalmente confusa.

Sin decir nada, Bourne la ayudó a quitarse la chaqueta. Le subió las mangas de la camisa y le miró la parte interior de los codos, pero no encontró ningún tatuaje de la Legión Negra. A la tristeza en aquellos ojos se había añadido el terror puro.

—¿Cómo te llamas? —preguntó Bourne amablemente.

—Petra-Alexandra Eichen —respondió ella con voz temblorosa—. Pero todos me llaman Petra. —Se secó los ojos y lo miró de soslayo—. Y ahora ¿me vas a matar?

Las sirenas de la policía eran más fuertes, y Bourne se moría de ganas de alejarse de allí lo más posible.

—¿Por qué debería matarte?

—Porque yo... —Su voz se quebró y se ahogó con sus propias palabras o con una emoción creciente—. He matado a tu amigo.

—¿Por qué lo has hecho?

—Por dinero —dijo ella—. Necesitaba dinero.

Bourne la creyó. No se comportaba como una profesional; tampoco hablaba como si lo fuera.

—¿Quién te ha pagado?

El miedo le desfiguró la expresión e hizo que los ojos se le agrandaran hasta que pareció que fueran a salirle de las órbitas.

—No... no te lo puedo decir. Me hizo prometer..., me dijo que me mataría si abría la boca.

Bourne oyó voces más fuertes, que utilizaban la jerga entrecortada endémica a las policías de todo el mundo. Habían empezado la búsqueda. Le quitó la pistola a la chica, una Walther P22, la única capaz de disparar sin hacer demasiado ruido en un lugar cerrado.

—¿Dónde está el silenciador?

—Lo tiré a una alcantarilla —dijo—. Es lo que me ordenaron.

—Seguir obedeciendo órdenes no te ayudará mucho. Las personas que te han contratado te matarán de todos modos —dijo, arrastrándola fuera del *bulldozer*—. Estás con el agua al cuello.

Ella soltó un pequeño gemido e intentó soltarse.

Jason la apretó más fuerte.

—Si quieres, te dejo ir directamente a la policía. Estarán aquí en unos minutos.

La chica abrió la boca, pero no dijo nada inteligible.

Las voces estaban cada vez más cerca. La policía estaba al otro lado de la uralita.

—¿Conoces otra calle para salir de aquí?

Petra asintió, indicando una dirección. Ella y Bourne cruzaron el patio corriendo, evitando los obstáculos. Tenían que abrirse camino entre escombros y grandes hoyos en el terreno. Sin volverse, Jason supo que los agentes habían entrado por el lado opuesto del patio. Empujó la cabeza de Petra hacia abajo al mismo tiempo que se inclinaba para que no los vieran. Detrás de una grúa, había algunos bloques de cemento y sobre ellos la caravana del capataz. Por el techo de aluminio entraban unos cables eléctricos improvisados.

Petra se lanzó de cabeza debajo de la caravana y Bourne la siguió. Los bloques de cemento tenían la altura justa para que pudieran arrastrarse boca abajo hasta el otro lado, donde Bourne vio que había una abertura en la red metálica.

Cruzaron la abertura arrastrándose y se encontraron en un callejón tranquilo lleno de contenedores de basura de tamaño industrial y una vagoneta llena de tejas rotas, baldosas y pedazos de metal retorcido, procedentes sin duda de los edificios que antes estaban en la parcela vacía de detrás.

—Por aquí —susurró Petra saliendo del callejón hacia una calle residencial. Dobló una esquina y fue hacia un coche y lo abrió.

—Dame las llaves —dijo Bourne—. Nos estarán buscando.

Atrapó las llaves en el aire, y los dos entraron en el coche. Una travesía después pasaron junto a un coche de la policía. La repentina tensión hacía temblar las manos de Petra sobre sus rodillas.

—Vamos a pasar a su lado —dijo Bourne—. No los mires.

No sucedió nada más hasta que Bourne dijo:

—Han dado la vuelta. Nos siguen.

33

—Te dejaré en alguna parte —dijo Arkadin—. No quiero que estés en medio de lo que pase a partir de ahora.

Devra, en el asiento del pasajero del BMW alquilado, le dirigió una mirada escéptica.

—Eso no parece propio de ti.

—¿No? ¿De quién, si no?

—Todavía tenemos que coger a Egon Kirsch.

Arkadin dobló una esquina. Estaban en el centro de la ciudad, un lugar lleno de catedrales y palacios antiguos. Parecía una escena de los cuentos de los hermanos Grimm.

—Ha surgido una complicación —dijo—. El rey adversario ha entrado en la partida de ajedrez. Se llama Jason Bourne y está en Múnich.

—Razón de más para que me quede contigo. —Devra comprobó el mecanismo de una de las dos Luger que Arkadin había recibido de uno de los agentes de Ikupov—. Un fuego cruzado tiene muchos beneficios.

Arkadin rió.

—A ti no te falta fuego precisamente.

Aquélla era otra de las razones que la atraían de ella: no temía al fuego masculino que ardía en su interior. Pero Arkadin le había prometido que la protegería y se lo había prometido a sí mismo. Hacía mucho tiempo que no decía eso a nadie, y aunque hubiera prometido no volver a hacer aquella promesa, acababa de hacerla. Y, más raro todavía, se sentía bien: de hecho, cuando estaba cerca de ella tenía la sensación de que estaba saliendo de las tinieblas en las que había nacido y que tantos episodios violentos le habían grabado en la piel. Por primera vez en su vida era libre para disfrutar del sol en la cara, del viento que levantaba los cabellos de Devra hacia atrás como una crin, sentir que podía caminar con ella por la calle y no que vivía en otra dimensión, que no acababa de llegar de otro planeta.

Se pararon en un semáforo en rojo. La miró. La luz del sol penetraba en el interior del coche tiñéndole la cara de un tono rosado claro. En aquel preciso instante sintió que algo salía de él y entraba en ella. Devra se volvió como si se hubiera dado cuenta y le sonrió.

El semáforo se puso verde y él aceleró para cruzar la calle. Su teléfono vibró. Echó una mirada al número y vio que era Gala. No contestó; no le apetecía hablar ahora con ella, o quizá nunca.

Tres minutos más tarde recibió un mensaje de texto que decía: Mischa muerto. Asesinado por Jason Bourne.

Después de seguir a Rodney Feir y al general Kendall por el Key Bridge hasta Washington, Batt comprobó que su Nikon SLR con teleobjetivo estaba cargada con película de alta sensibilidad. Sacó una serie de fotos digitales con una cámara compacta, pero sólo como referencia, porque se podían modificar con Photoshop en un abrir y cerrar de ojos. Para evitar cualquier sospecha de que las imágenes estuvieran manipuladas, presentaría el carrete sin revelar a..., bueno, ahí estaba el problema. Por una buena razón era persona non grata en la CIA. Era asombroso lo rápido que se desvanecían las asociaciones de toda una vida. Ahora se daba cuenta de que había malinterpretado como amistad la camaradería que había desarrollado con sus compañeros directores. Para ellos Batt ya no existía, así que si les presentaba una prueba de que la NSA había comprado a otro agente de la CIA le harían caso omiso o se burlarían de él. Tampoco era posible acudir a Veronica Hart. Suponiendo que pudiera llegar a ella, cosa que dudaba, sería una muestra de servilismo. Batt no se había rebajado en su vida, y no pensaba hacerlo ahora.

Después, pensando en lo fácil que era engañarse, se echó a reír. ¿Para qué iba a querer alguno de sus antiguos colegas tener algo que ver con él? Los había traicionado y los había abandonado por el enemigo. Si hubiera estado en su lugar —¡cómo le gustaría!—, sentiría la misma animosidad feroz contra alguien que les había vendido. Por eso se había embarcado en aquella misión para destruir a LaValle y a Kendall. Le habían entregado, le habían colgado en cuanto les había convenido. Desde el momento en que había subido a bordo, habían asumido el control de Typhon sin importarles lo que él pensara.

Una feroz animosidad. Pensó que era una frase excelente, que definía con precisión sus sentimientos hacia LaValle y Kendall. En el fondo sabía que odiándoles a ellos se estaba odiando a sí mismo. Pero no podía odiarse; era como anularse. En aquel momento no podía creer que hubiera caído tan bajo como para pasarse a la NSA. Había repasado esos argumentos una y otra vez, y ahora le parecía como si otra persona, un desconocido, hubiera tomado esa decisión. No había sido él, no podía haber sido él, ergo LaValle y Kendall lo habían obligado a hacerlo. Por eso tendrían que pagar el precio.

Los dos hombres estaban de nuevo en movimiento, y Batt los siguió. Diez minutos después, los dos coches de delante pararon en el aparcamiento atestado de The Glass Slipper. Batt pasó de largo, mientras Feir y Kendall bajaban de sus respectivos coches y entraban. Batt dio la vuelta a la manzana y aparcó en una calle lateral. Buscó en la guantera y sacó una diminuta cámara Leica, de la clase que utilizaba el Viejo para las vigilancias en sus años de juventud. Era la vieja amiga en los casos de urgencia, fiable y fácil de esconder. Batt la cargó con película de alta sensibilidad, se la guardó en el bolsillo del pecho de la camisa junto con la cámara digital y bajó del coche.

La noche llevaba un viento arenoso. Los desechos se levantaban en espiral de las cunetas, y caían en sitios diferentes. Con las manos en los bolsillos del abrigo, Batt recorrió la manzana casi corriendo y entró en The Glass Slipper. En el escenario, un intérprete de ukelele tocaba un *blues*, caldeando el ambiente a la espera de la banda superventas que era la atracción de la noche.

Batt sólo conocía el club de oídas. Por ejemplo, sabía que pertenecía a Drew Davis, un personaje de cierta notoriedad que participaba en todos los asuntos políticos y económicos de los afroamericanos del barrio. Gracias a su influencia, los refugios para los sin techo eran más seguros y se habían construido centros de rehabilitación. Además procuraba contratar a ex convictos y lo hacía de una forma tan abierta que ellos no tenían más remedio que aprovechar la oportunidad.

Lo que ignoraba Batt era la existencia de la sala trasera del Slipper, así que, cuando, tras dar una vuelta al local y hacer una visita al baño de caballeros, no vio rastro ni de Feir ni del general, se quedó desconcertado.

Temiendo que hubieran salido por una puerta trasera, volvió al aparcamiento, pero los coches seguían donde los habían dejado. Volvió a entrar en el Slipper, y los buscó entre la gente, convencido de que simplemente los había perdido de vista. Pero no estaban por ninguna parte. Estaba acercándose al fondo del local cuando vio a alguien hablando con un negro bigotudo del tamaño de una nevera. Tras un breve intercambio de bromas, el señor Músculos abrió una puerta que Batt todavía no había visto, y el hombre se escabulló dentro. Imaginando que allí era adonde Feir y Kendall habían ido, Batt se dirigió hacia el señor Músculos y la puerta.

En aquel momento vio a Soraya que entraba por la puerta principal.

Faltó poco para que Bourne arrancara el cambio de marchas del coche intentando perder al coche de policía que los seguía.

—Frena un poco —dijo Petra—, o me destrozarás el coche.

Bourne deseó haber memorizado mejor el plano de la ciudad. A su izquierda apareció una calle cerrada con vallas. El pavimento estaba levantado y lo que quedaba de la calle estaba lleno de hoyos y grietas, y en las peores partes estaba en plena excavación.

—Agárrate fuerte —dijo Bourne, poniendo la marcha atrás, y entró en la calle rompiendo una valla y volcando el resto. Debido a la velocidad y al suelo levantado el coche se balanceó violentamente. Parecía que el vehículo fuera el blanco de una descarga de ametralladoras. A Bourne le castañeteaban los dientes y Petra hacía lo que podía para no gritar.

Detrás de ellos, el coche de la policía tenía más dificultades que ellos para mantener el control. Se sacudía adelante y atrás para evitar los hoyos más hondos de la calle. Sin dejar de dar gas, Bourne consiguió aumentar la distancia. Pero entonces miró adelante. Al final de la calle había una hormigonera. Si no cambiaba de dirección no podría evitar el choque.

Bourne mantuvo la velocidad y la hormigonera se hizo más y más grande. El coche de la policía los seguía.

—¿Qué haces? —aulló Petra—. ¿Te has vuelto loco?

En aquel momento, Bourne puso el coche en punto muerto y apretó el freno. Puso marcha atrás de inmediato, apartó el pie del freno y apretó a fondo el gas. El coche se estremeció y el motor crujió. Después la transmisión se resituó y el coche salió disparado hacia atrás. El chófer de la policía parecía inmovilizado, como si estuviera en estado de *shock*. Bourne lo esquivó con brusquedad y el coche de la policía fue a dar contra el lado de la hormigonera.

Bourne ni siquiera lo miró. Estaba ocupado sacando el coche de la calle en marcha atrás. Pisando las vallas caídas, giró, frenó, puso el coche en primera y se alejó.

—¿Qué diablos haces aquí? —dijo Noah—. Deberías estar en el vuelo de Damasco.

—Me marcho dentro de unas horas. —Moira metió las manos en los bolsillos para que él no viera que las tenía cerradas en un puño—. No has contestado a mi pregunta.

Noah suspiró.

—No cambia nada.

La risa de ella tenía un matiz amargo.

—¿Cómo es que no me sorprende?

—Porque llevas suficiente tiempo en Black River para saber cómo funcionamos —dijo Noah.

Estaban caminando por Kaufingerstrasse en el centro de Múnich, una zona de tráfico congestionado a cuatro pasos de Marienplatz. Siguiendo los rótulos de Augustiner Bierkeller, entraron en un local de planta alargada, parecido a una catedral en penumbra, que olía intensamente a cerveza y a *wurst* hervido. El griterío era perfecto para mantener una conversación privada. Atravesaron la entrada de piedra roja y eligieron una mesa con bancos de madera en una de las salas. La persona más cercana a ellos era un anciano que fumaba en pipa absorto en la lectura del periódico.

Moira y Noah pidieron una Hefeweizen, una cerveza de trigo turbia con levadura sin filtrar, a una camarera vestida con el traje regional Dirndlkleid, es decir con una falda larga y ancha y una blusa escotada. Llevaba un delantal a la cintura, además de un bolsito decorativo.

—Noah —dijo Moira cuando les sirvieron las cervezas—, no me hago ilusiones sobre por qué hacemos lo que hacemos, pero ¿cómo esperas que haga caso omiso de esta información?

Antes de responder, Noah tomó un buen sorbo de cerveza y se secó los labios con cuidado. Después empezó a enumerar con los dedos.

—Primero, ese Hauser te dijo que el defecto del *software* era prácticamente indetectable. Segundo, lo que te ha dicho no puede verificarse. Podría ser un empleado descontento que intentara vengarse de Kaller Steelworks. ¿Has tenido en cuenta esta posibilidad?

—Podemos hacer pruebas con el *software*.

—No hay tiempo. Faltan menos de dos días para que el buque cisterna de GNL atraque en la terminal. —Siguió enumerando puntos—. Tercero, no podríamos hacer nada sin poner sobre aviso a NextGen, que entonces iría a pedir explicaciones a Kaller Steelworks, lo que nos colocaría en una situación engorrosa. Y cuarto y último, ¿qué parte de la frase «Hemos notificado oficialmente a NextGen que nos retiramos del proyecto» no has entendido?

Moira se quedó un momento callada respirando hondo.

—Esta información es consistente, Noah. Podría llevar a la situación que más nos preocupaba, un ataque terrorista. ¿Cómo puedes...?

—Ya has cruzado demasiadas líneas, Moira —dijo Noah secamente—. O subes a ese avión y te dedicas de lleno a tu nuevo encargo, o has terminado en Black River.

—Por el momento es mejor que no nos veamos —dijo Ikupov.

Arkadin estaba fuera de sí. Sólo conseguía dominar la rabia porque Devra, que era una bruja astuta, le había clavado las uñas en la palma de la mano. Ella lo comprendía; sin preguntas, sin curiosidad, sin intentar meter la nariz en su pasado como un buitre.

—¿Y los planos? —Él y Devra estaban sentados en un bar miserable, lleno de humo, en una parte degradada de la ciudad.

—Ahora te los recogeré —La voz de Ikupov sonaba débil y lejana, aunque lo más probable era que no estuvieran a más de dos kilómetros de distancia—. Estoy siguiendo a Bourne. Personalmente.

Arkadin no quería oírlo.

—Creía que era mi trabajo.

—Tu trabajo ya casi ha terminado. Tienes los planos y has liquidado la red de Piotr.

—A todos menos a Egon Kirsch.

—Ya nos hemos encargado de Egon Kirsch —dijo Ikupov.

—Soy yo quien se encarga de liquidar a los objetivos. Te daré los planos y me encargaré de Bourne.

—Te lo he dicho, Leonid Danilovich, no quiero que liquides a Bourne.

Arkadin emitió un sonido animal al soltar aire. «Hay que liquidar a Bourne», pensó. Devra le hundió más fuerte las uñas en la carne, para que pudiera oler el aroma dulce y ferroso de su propia sangre. «Debo hacerlo. Ha matado a Mischa.»

—¿Me estás escuchando? —preguntó Ikupov secamente.

Arkadin se ahogaba de rabia.

—Sí, como siempre. Sin embargo, insisto en que me digas dónde estarás cuando abordes a Bourne. Es por seguridad, por tu seguridad. No me quedaré tan tranquilo mientras pueda sucederte algo imprevisto.

—Estoy de acuerdo —dijo Ikupov después de un momento de duda—. Por ahora está en movimiento, así que tengo tiempo de recuperar los planos. —Dio una dirección a Arkadin—. Estaré allí dentro de quince minutos.

—Yo tardaré un poco más —dijo Arkadin.

—Entonces dentro de media hora. Te comunicaré el punto exacto en el que interceptaré a Bourne en cuanto lo sepa. ¿Satisfecho, Leonid Danilovich?

—Por supuesto.

Arkadin cerró su teléfono, se separó de Devra y fue a la barra.

—Un Oban doble con hielo.

El camarero, un hombretón con los brazos tatuados, le miró de soslayo.

—¿Qué es un Oban?

—Es un escocés de malta, idiota.

El camarero, sin dejar de secar un vaso anticuado, gruñó.

—Oiga, que esto no es un palacio real, ¿eh? Aquí no tenemos *whisky* de malta.

Arkadin se acercó, le arrancó el vaso de la mano y se lo rompió en la nariz. Después arrastró al hombre, cuya sangre ya había empezado a brotar, sobre la barra del bar y le pegó una paliza.

—No puedo volver a Múnich —dijo Petra—. Al menos durante un tiempo. Es lo que me dijeron.

—¿Por qué arriesgaste tu trabajo matando a alguien? —preguntó Bourne.

—¡Por favor! —Le miró—. Ni un hámster podría vivir con lo que me pagaban en ese antro.

Conducía ella por la autopista. Ya habían superado las afueras de la ciudad. A Bourne no le importaba; de hecho tenía que desaparecer un tiempo, al menos hasta que el furor por la muerte de Egon Kirsch se calmara. Las autoridades encontrarían una identidad falsa en Kirsch, y aunque no tenía ninguna duda de que acabarían por descubrir su verdadera identidad, para entonces esperaba haber logrado quitarle los planos a Arkadin y encontrarse en un vuelo de regreso a Washington. Mientras tanto la policía le buscaría como testigo de los asesinatos de Kirsch y Jens.

—Tarde o temprano tendrás que decirme quién te contrató —dijo Bourne.

Petra no decía nada, pero las manos le temblaban sobre el volante, como reacción a la angustiosa persecución.

—¿Adónde vamos? —preguntó Bourne.

Quería tenerla distraída con la conversación. Presentía que necesitaba conectar con él a nivel personal para abrirse. Tenía que hacerle decir quién le había ordenado que matara a Egon Kirsch. Aquello respondería a su pregunta de si estaba relacionado con el hombre que había matado a Jens.

—A casa —dijo ella—. Un lugar adonde no querría volver nunca.

—¿Y eso por qué?

—Nací en Múnich porque mi madre fue allí a dar a luz, pero soy de Dachau. —Naturalmente se refería a la ciudad de la que el campo de concentración adyacente había tomado el nombre—. Ningún padre quiere que la palabra Dachau figure en las partidas de nacimiento de sus hijos, así que, cuando llega el momento, las mujeres ingresan en un hospital de Múnich. —No era de extrañar. Casi doscientas mil personas habían sido exterminadas en aquel campo, el que había durado más tiempo, porque fue el primero en construirse y el prototipo para todos los campos KZ.

La ciudad en sí, situada junto al río Amper, estaba a unos veinte kilómetros al noroeste de Múnich, y, con sus callecitas estrechas y empedradas, las farolas anticuadas y las avenidas tranquilas de tres carriles, era inesperadamente bucólica.

Cuando Bourne comentó que la mayor parte de los transeúntes parecían bastante satisfechos, Petra rió de forma desagradable.

—Se mueven en una niebla permanente, odiando el hecho de que su ciudad tenga que cargar con ese peso mortal.

Condujo hasta el centro de Dachau; entonces giró hacia el norte hasta que llegaron a lo que había sido el pueblo de Etzenhausen. Allí, sobre una colina desolada llamada Leitenberg, surgía un cementerio solitario y vacío. Bajaron del coche, pasaron junto a una losa de piedra con la estrella de David grabada. La piedra estaba rayada y cubierta de líquenes; los pinos y los abetos canadienses tapaban el cielo incluso en aquella luminosa tarde invernal.

Mientras caminaban lentamente entre las tumbas, la chica dijo:

—Esto es el KZ-Friedhof, el cementerio del campo de concentración. Durante casi toda la existencia de Dachau, los cadáveres de los judíos se amontonaban y quemaban en hornos, pero hacia el final, cuando el campo se quedó sin carbón, los nazis tenían que hacer algo con los cadáveres y los trajeron aquí. —Hizo un gesto amplio con los brazos—. Éste es el único monumento que tuvieron las víctimas judías.

Bourne había estado en muchos cementerios, y los consideraba especialmente apacibles. En cambio, el KZ-Friedhof daba una sensación de movimiento constante y de murmullos prolongados que ponían la piel de gallina. El lugar estaba vivo y aullaba en su silencio sin paz. Se paró, se agachó y rozó con los dedos las palabras inscritas en una lápida, tan gastadas que no se podían leer.

—¿Te has parado a pensar que el hombre a quien has matado hoy podría ser judío? —preguntó.

Ella se volvió bruscamente.

—Ya te he dicho que necesitaba dinero. Lo hice por necesidad.

Bourne la miró.

—Eso mismo es lo que decían los nazis cuando enterraron aquí las últimas víctimas.

Una llamarada de rabia apagó momentáneamente la tristeza de los ojos de la muchacha.

—Te odio.

—No tanto como te odias a ti misma. —Jason se levantó y le devolvió la pistola—. ¿Por qué no te pegas un tiro y acabas de una vez?

Ella cogió la pistola y lo apuntó.

—¿Por qué no te pego un tiro a ti?

—Matarme sólo empeorará las cosas para ti. Además... —Bourne abrió la palma de la mano y le mostró las balas que había quitado del arma.

Con un gemido asqueado, Petra enfundó el arma. Su cara y sus manos parecían verdosas a la luz que se filtraba entre las plantas.

—... puedes intentar remediar lo que has hecho hoy —dijo Bourne—, diciéndome quién te lo ha encargado.

Petra lo miró con escepticismo.

—No te daré el dinero, si esto es lo que pretendes.

—Tu dinero no me interesa —dijo Bourne—. Pero creo que el hombre a quien mataste iba a decirme algo que necesitaba saber. Imagino que por esto te contrataron para matarlo.

Parte del escepticismo se evaporó de la cara de ella.

—¿En serio?

Bourne asintió.

—No quería matarlo —dijo—. ¿Lo entiendes?

—Te acercaste a él, le apuntaste a la cabeza y apretaste el gatillo.

Petra miró a lo lejos, a nada en concreto.

—No quiero pensar en ello.

—Entonces no eres mejor que cualquier otro de Dachau.

La chica se tapó la cara con las manos. Tenía lágrimas en los ojos y los hombros se le sacudían. Los sonidos que emitía eran como los que había oído Bourne en Leitenberg.

Al final, el llanto de Petra cesó. Se secó los ojos con el revés de la mano y dijo:

—Quería ser poeta, ¿sabes? Siempre pensé que ser poeta era como ser revolucionaria. Yo, una alemana, quería cambiar el mundo o, al menos, hacer algo para cambiar la forma como nos ve el mundo, hacer algo para deshacer este prurito de complejo de culpa que tenemos.

—Deberías haberte hecho exorcista.

Era una broma, pero la chica no estaba de humor para verle la gracia a nada.

—Eso sería perfecto, ¿no te parece? —Le miró con los ojos todavía llenos de lágrimas—. ¿Tan ingenuo es querer cambiar el mundo?

—Poco práctico sería una forma más acertada de definirlo.

Ella ladeó la cabeza.

—Tú eres un cínico. —Como no respondió, la chica continuó—. No creo que sea ingenuo creer que las palabras, lo que escribes, puedan cambiar las cosas.

—Entonces, ¿por qué no escribes en lugar de pegar tiros a la gente por dinero? —preguntó Jason—. Ésa no es forma de ganarse la vida.

Ella permaneció en silencio tanto rato que Bourne dudó que le hubiera oído.

Por fin, dijo:

—A la mierda, me contrató un hombre llamado Spangler Wald. Es un chico muy joven, de veintiuno o veintidós años. Lo había visto por los *pubs*, y habíamos tomado café un par de veces. Me dijo que iba a la universidad y se estaba especializando en economía entrópica, que no tengo ni idea de lo que es.

—No creo que exista la especialidad de economía entrópica —comentó Bourne.

—No me extraña —dijo Petra todavía sorbiendo por la nariz—. Tengo que recalibrar mi detector de estupideces. —Se encogió de hombros—. Nunca se me ha dado bien la gente; me llevo mejor con los muertos.

—No es posible llevar sobre los hombros la pena y la rabia de tantas personas sin acabar enterrada en vida —dijo Bourne.

Ella miró las hileras de lápidas desgastadas.

—¿Qué puedo hacer si no? Ahora están olvidados. Aquí es donde reside la verdad. Si la escondes, ¿no es peor que mentir?

En vista de que él no respondía, la muchacha encogió rápidamente los hombros y dio media vuelta.

—Ahora que has visto esto, quiero enseñarte lo que ven los turistas.

Lo llevó al coche y bajaron la colina desierta hasta el monumento conmemorativo de Dachau. Sobre lo que quedaba de los edificios del campo había una capa oscura, como si las emisiones nocivas de los hornos crematorios se elevaran y cayeran de nuevo con las corrientes térmicas, como buitres en busca de cadáveres. Los recibió una escultura de hierro, una interpretación angustiosa de prisioneros esqueléticos parecidos al alambre espinoso que los había encerrado. Dentro de lo que había sido el edificio principal de administración había una reproducción de las celdas, vitrinas con zapatos y otros artículos de una tristeza indescriptible, todo lo que habían dejado los reclusos.

—Estos rótulos —dijo Petra—. ¿Ves alguna mención de cuántos judíos fueron torturados y cuántos perdieron la vida aquí? «Ciento noventa y tres mil personas perdieron la vida aquí», dice el rótulo.

Esto no se puede expiar. Todavía nos escondemos de nosotros mismos; todavía somos un país que odia a los judíos, por mucho que intentemos reprimir el impulso con una indignación virtuosa, como si tuviéramos derecho a ser los agraviados.

Bourne habría podido decirle que en la vida nada es tan sencillo, pero le pareció más oportuno dejar que desahogara su ira. Estaba claro que no podía expresar su punto de vista a nadie más.

Lo llevó a visitar los hornos, que parecían siniestros incluso tantos años después de su uso. Parecían vivos, parecían brillar y formar parte de un universo alternativo que fluía con un horror inexpresable. Por fin dejaron atrás el crematorio y llegaron a una larga sala, cuyas paredes estaban cubiertas de cartas, algunas escritas por los prisioneros y otras por familiares desesperados por tener noticias de sus seres amados, así como notas, dibujos y cartas más formales de solicitud. Todas estaban en alemán; no se había traducido ninguna a otras lenguas.

Bourne las leyó todas. Los restos de la desesperación, de la atrocidad y de la muerte habitaban aquellas salas, incapaces de escapar. Allí el silencio era diferente al del Leitenberg. Jason era consciente del roce de sus suelas, del susurro de las zapatillas de deporte de los turistas que se arrastraban de una exposición a otra. Era como si toda aquella bestialidad acumulada sofocara la capacidad de hablar, o quizá sólo era que las palabras —cualquier palabra— resultaban inadecuadas y superfluas.

Atravesaron lentamente la sala. Bourne podía ver que los labios de Petra se movían al leer una carta tras otra. Cerca del fondo de la pared, una le llamó la atención y le aceleró el pulso. Una hoja de papel de carta llena de un texto escrito a mano en el que se quejaba de que, a pesar de que el autor había desarrollado un gas mucho más eficaz que el Zyklon-B, en la administración de Dachau nadie se había tomado la molestia de responderle. Quizá porque en Dachau nunca se utilizó el gas. Sin embargo lo que llamó la atención de Bourne fue la hoja, cuyo membrete era el símbolo de la rueda con tres cabezas de caballo unidas alrededor de la calavera de las SS.

Petra se colocó a su lado con el ceño fruncido.

—Esto me suena mucho.

Bourne la miró.

—¿A qué te refieres?

—Conocía a un hombre..., el viejo Pelz. Me dijo que vivía en la ciudad, pero creo que era un sin techo. Venía a dormir a los refugios antiaéreos de Dachau, sobre todo en invierno. —Se colocó un mechón de cabellos rubios detrás de las orejas—. No paraba de hablar, como los locos, como si conversara con alguien. Recuerdo que me enseñó esta misma insignia en su abrigo. Hablaba de algo denominado la Legión Negra.

A Bourne le cabalgaba el corazón en el pecho.

—¿Qué te dijo?

Ella se encogió de hombros.

—Tú que odias tanto a los nazis —dijo Jason—, ¿qué harías si supieras que algunas de sus horribles prácticas todavía existen hoy día?

—Sí, claro, como los cabezas rapadas.

Bourne indicó la insignia.

—La Legión Negra todavía existe, todavía es un peligro, incluso más que en la época del viejo Pelz.

Petra sacudió la cabeza.

—No paraba de balbucear. Nunca supe si hablaba conmigo o consigo mismo.

—¿Puedes llevarme con él?

—Sí, pero no sé si todavía vive. Bebe como una esponja.

Diez minutos después Petra bajaba con el coche por Augsburgerstrasse, y se dirigía al pie de una colina llamada Karlsburg.

—Qué mierda de ironía —dijo con amargura—, que el lugar que más desprecio del mundo sea el más seguro para mí.

Entró en el aparcamiento de la iglesia parroquial de San Jakob. Su torre barroca octogonal podía verse desde toda la ciudad. Al lado se encontraban los grandes almacenes Hörhammer.

—¿Ves aquellos escalones al lado de Hörhammer? —dijo mientras bajaban del coche—. Conducen al enorme refugio antiaéreo construido bajo la colina, pero no se puede entrar por ahí.

Subieron la escalinata que llevaba a la iglesia de San Jakob y entraron. En el interior renacentista, pasado el coro y adyacente a la sacristía había una puerta discreta y oscura de madera, detrás de la cual se iniciaba un tramo de escalones de piedra que descendían a la cripta, sorprendentemente pequeña teniendo en cuenta el tamaño de la iglesia.

Pero como Petra le mostró rápidamente, había una razón para aquel tamaño reducido: el resto estaba ocupado por un laberinto de salas y pasillos.

—El búnker —dijo la chica, encendiendo una hilera de bombillas fijadas a la pared de piedra de la derecha—. Aquí es donde mis abuelos se refugiaban cuando tu país bombardeaba sin parar la capital extraoficial del Tercer Reich. —Se refería a Múnich, pero Dachau estaba suficientemente cerca para sufrir el peso de las incursiones de la aviación estadounidense.

—Si tanto detestas tu país —dijo Bourne—, ¿por qué no te vas?

—Porque también lo amo —dijo Petra—. Es el misterio de ser alemana: orgullo y odio de uno mismo. —Se encogió de hombros—. ¿Qué se puede hacer? Hay que jugar con las cartas que te han tocado.

Bourne conocía esa sensación. Echó un vistazo.

—¿Conoces bien este sitio?

Ella suspiró pesadamente, como si su furia la hubiera dejado agotada.

—De niña mis padres me traían todos los domingos a misa. Son personas temerosas de Dios. ¡Qué gracia! ¡Como si Dios no le hubiera vuelto la espalda a este sitio hace tiempo!

»En fin, un domingo estaba tan aburrida que me escabullí. En aquella época estaba obsesionada con la muerte. No es de extrañar. Crecí con su hedor en las narices. —Lo miró—. ¿Te puedes creer que soy la única que conozco que ha visitado el monumento conmemorativo? ¿Crees que mis padres vinieron nunca? ¿Mis hermanos, mis tíos y mis compañeros de escuela? ¡Por favor! Ni siquiera quieren reconocer que existe.

Parecía agotada de nuevo.

—Así que vine aquí para comunicarme con los muertos pero,

como no resultó, seguí investigando y encontré el búnker de Dachau.

Apoyó las manos en la pared, moviéndolas a lo largo de la piedra rugosa, acariciándola como si se tratara del costado de un amante.

—Esto se convirtió en mi casa, en mi mundo privado. Sólo era feliz bajo tierra, en compañía de los ciento noventa y tres mil muertos. Los sentía. Creía que el alma de cada uno de ellos estaba atrapada aquí. Era tan injusto, pensaba. Pasaba el tiempo buscando la manera de liberarlas.

—Creo que la única forma de hacerlo —dijo Bourne— es liberándote a ti misma.

Ella hizo un gesto.

—El refugio del viejo Pelz está por aquí.

Mientras avanzaban por el túnel, dijo:

—No es lejos. Le gustaba estar cerca de la cripta. Está convencido de que un par de esos pobres diablos eran amigos suyos. Se sienta a hablar con ellos horas y horas, bebiendo, como si estuvieran vivos y pudiera verlos. ¿Quién sabe? A lo mejor podía. Cosas más raras se han visto.

Después de un breve tiempo, el túnel se abría a una serie de habitaciones. Les llegó un pestazo a *whisky* mezclado con sudor rancio.

—Su habitación es la tercera a la izquierda —dijo Petra.

Pero antes de que llegaran, el umbral se llenó con una figura corpulenta coronada por una cabeza parecida a una bola de boliche con los cabellos en punta como las púas de un puercoespín. Los ojos enloquecidos del viejo Pelz los miraron.

—¿Quién va? —Su voz era densa como la niebla.

—Soy yo, *herr* Pelz. Petra Eichen.

Pero el viejo Pelz miraba horrorizado la pistola que la chica llevaba en la cadera.

—¡Una mierda! —Blandiendo una escopeta, gritó—: ¡Colaboracionistas nazis! —Y disparó.

34

Soraya entró en The Glass Slipper detrás de Kiki y delante de Deron. Kiki había avisado de su llegada y, en cuanto entraron, Drew Davis, el propietario, se acercó a ellos caminando como el tío Gilito. Era un hombre mayor con los cabellos blancos en punta como si le asombrara permanentemente seguir vivo. Tenía una cara animada por unos ojos maliciosos, una nariz como un chicle mascado y una sonrisa enorme perfeccionada en programas de televisión y campañas electorales municipales, así como con sus obras de beneficencia en los barrios pobres de la ciudad. Pero su cordialidad era sincera. Tenía una forma de mirar que producía en las personas la impresión de estar realmente interesado en lo que estaban diciendo.

Abrazó a Kiki y ella lo besó en ambas mejillas y lo llamo «papá». Más tarde, después de las presentaciones, una vez sentados en una mesa muy bien situada que les había reservado Drew Davis, y después que llegara el champán y algo para picar, Kiki les explicó la relación que tenía con él.

—Cuando era pequeña, nuestra tribu sufrió una grave sequía que hizo que los ancianos y los recién nacidos enfermaran y murieran. Al cabo de un tiempo llegó un grupo de blancos para ayudarnos. Nos dijeron que pertenecían a una organización que pondría en marcha su programa en nuestro pueblo y después nos mandaría dinero cada mes. Trajeron agua, pero evidentemente no era suficiente.

»Luego se marcharon y, como creíamos que no mantendrían su promesa, caímos en la desesperación. Sin embargo, fueron fieles a su palabra y el agua llegó. Después llovió y ya no necesitamos su agua, pero ellos no se marcharon. Su dinero se gastó en medicinas y escolarización. Cada mes yo, como todos los demás niños, recibía cartas de nuestro mentor, la persona que mandaba el dinero.

»Cuando fui bastante mayor, empecé a responder a las cartas de Drew y nos escribimos regularmente. Años más tarde, cuando quise seguir estudiando, él hizo lo necesario para que yo fuera a Ciudad del Cabo a estudiar, y después siguió patrocinando mi educación, y me hizo venir a Estados Unidos a estudiar en la universidad. Nunca me pidió nada a cambio, excepto que sacara buenas notas. Es como mi segundo padre.

Bebieron champán y observaron a las bailarinas en la barra, que para sorpresa de Soraya eran menos vulgares y más elegantes de lo que había imaginado. Pero en aquella sala había más partes del cuerpo embellecidas en el quirófano que en ningún otro sitio que hubiera visto. Soraya no alcanzaba a imaginar por qué una mujer querría unos pechos que parecían dos globos y se movían como tales.

Siguió bebiendo champán, pero a pequeñísimos sorbos y con una actitud más bien severa y rígida. Nada le habría gustado más que olvidar los problemas un par de horas, relajarse, emborracharse y dejarse llevar. Era demasiado controlada, demasiado cerrada. «Lo que debería hacer es drogarme, quitarme la camiseta y ponerme a bailar yo también en una barra», pensó lúgubre mientras contemplaba a una pelirroja con pechos que desafiaban la ley de la gravedad y unas caderas que parecían ser independientes de su cuerpo. Era tan absurdo que le hizo gracia y se echó a reír. Ella nunca había sido así, ni siquiera cuando tenía la edad para hacerlo. Siempre había sido una niña buena: fría, racional hasta el punto de la exageración. Miró a Kiki, cuya cara magnífica estaba iluminada no sólo por las lámparas estroboscópicas de colores, sino también por una profunda alegría. Soraya se preguntó si la vida de las chicas buenas como ella tenía que ser por fuerza incolora e insípida.

Ese pensamiento la deprimió aún más, pero sólo fue el preludio, porque un momento después levantó la cabeza y vio a Rob Batt. «¿Qué caray?», pensó. Él la había visto y se estaba dirigiendo directamente hacia ella.

Soraya se levantó, se disculpó y caminó en dirección contraria, hacia el servicio de señoras. De algún modo Batt logró situarse por delante de ella. Ella giró sobre sus talones, y caminó entre las mesas. Batt, corriendo por el pasillo de los camareros, la alcanzó.

—Soraya, necesito hablar contigo.

Ella lo alejó y, siguió caminando. Salió a la calle hacia el aparcamiento. Oyó que Batt corría detrás de ella. Caía una ligera nevada, pero, como el viento había dejado de soplar por completo, le caía justo encima, y se fundía con sus hombros y sus cabellos.

No sabía por qué había salido; Kiki la había llevado en su coche desde la casa de Deron, o sea que no tenía el suyo. Tal vez se había angustiado al ver al hombre en quien confiaba, un hombre que había traicionado aquella confianza, que había desertado al lado oscuro, como ella llamaba en privado a la NSA de LaValle porque ya no era capaz de pronunciar las palabras Agencia de Seguridad Nacional sin sentir un nudo en el estómago. La NSA ya representaba todo lo que no había funcionado en Estados Unidos en los últimos años: el intento de algunos personajes de apoderarse del poder y de sentirse legitimados para hacer cualquier cosa y el desprecio por las leyes de la democracia. Todo esto se podía condensar en una sola palabra: desprecio. Esas personas estaban tan seguras de hacer lo correcto, que no sentían más que desprecio y quizá incluso compasión por los que intentaban oponerse a ellos.

—¡Soraya, espera! ¡Para!

Batt se puso a su lado.

—Vete —dijo ella, sin dejar de caminar.

—Pero tengo que hablar contigo.

—Y una mierda. No tenemos nada que decirnos.

—Es una cuestión de seguridad nacional.

Soraya sacudió la cabeza con incredulidad, soltó una risa amarga y siguió caminando.

—Eres mi única esperanza. Eres la única lo bastante abierta para escucharme.

Levantando los ojos al cielo, ella se volvió a mirarlo.

—Mira que tienes cara, Rob. Ve a lamerle las botas a tu nuevo amo.

—LaValle me ha vendido, Soraya, ya lo sabes. —Sus ojos eran suplicantes—. Escucha, cometí un terrible error. Creía que hacía algo para salvar la CIA.

Soraya estaba tan estupefacta que casi se rió en su cara.

—¿Qué? No pretenderás que me crea eso.

—Soy un producto del Viejo. No tenía fe en Hart. Yo...

—No me vengas con la cantinela del Viejo. Si de verdad fueras un producto del Viejo nunca nos habrías vendido. Te habrías quemado las cejas para arreglar las cosas en lugar de empeorarlas.

—No has oído al secretario Halliday; es como una fuerza de la naturaleza. Me absorbió dentro de su órbita. Estoy recibiendo mi castigo, ¿no te parece?

—No lo sé, Rob, tú sabrás.

—No tengo trabajo, ni perspectivas de encontrar otro. Mis amigos no responden a mis llamadas, y cuando me encuentro con ellos en la calle o en un restaurante, se comportan como tú y me dan la espalda. Mi esposa me ha abandonado y se ha llevado a mis hijos. —Se pasó la mano por los cabellos mojados—. Vaya, desde aquello estoy viviendo en el coche. Estoy hundido, Soraya. ¿Podría haber peor castigo?

¿Era un fallo de su carácter que sintiera compasión por él?, se preguntó Soraya. Pero no le demostró la más mínima simpatía; permaneció inmóvil esperando que continuara.

—Escúchame —suplicó él—. Escúchame...

—No quiero escucharte.

Cuando empezó a darse la vuelta, él le puso la cámara digital en la mano.

—Al menos echa un vistazo a estas fotos.

Soraya estaba a punto de devolverle la cámara cuando se le ocurrió que no tenía nada que perder. La cámara de Batt estaba encendida y Soraya sólo tuvo que apretar el botón de REVISAR. Lo que vio fue una serie de fotos de vigilancia del general Kendall.

—¿Qué es esto...?

—Es lo que he estado haciendo desde que me dieron la patada —dijo Batt—. Intentar encontrar la forma de hundir a LaValle. Enseguida se me ocurrió que él era un hueso demasiado duro de roer para mí, pero que Kendall ya era otra cosa.

Soraya lo miró a la cara, que brillaba con un fervor interior que nunca le había visto.

—¿Por qué lo pensaste?

—Kendall es nervioso y amargado, y le irrita vivir bajo el yugo de LaValle. Desea un pedazo del pastel más grande de lo que Halliday o LaValle están dispuestos a cederle. Ese deseo lo hace estúpido y vulnerable.

Soraya estaba intrigada, aunque reticente.

—¿Qué has descubierto?

—Más de lo que esperaba. —Batt le hizo una señal con la cabeza—. Sigue mirando.

Mientras Soraya seguía pasando las fotos, el corazón empezó a latirle con fuerza en el pecho. Miró con más atención.

—¿Éste es...? ¡Cielo santo, es Rodney Feir!

Batt asintió.

—Kendall y él se han encontrado en el gimnasio de Feir, después han ido a cenar y ahora están aquí.

Ella lo miró.

—¿Los dos están en The Glass Slipper?

—Ésos son sus coches. —Batt los señaló—. Hay una sala en la parte de atrás. No sé qué ocurre allí dentro, pero no hay que ser ingeniero aeronáutico para adivinarlo. El general Kendall es un padre de familia mojigato, y va a la iglesia con su familia y la de LaValle todos los domingos como un reloj. Es muy activo en las actividades de la parroquia.

Soraya vio la luz al final de su túnel personal. Por fin un medio para salir de la trampa, tanto para ella como para Tyrone.

—Dos pájaros de un tiro —dijo.

—Sí, el problema es cómo entrar para fotografiarlos. Se necesita invitación, lo he preguntado.

Lentamente, una sonrisa cruzó el rostro de Soraya.

—Déjamelo a mí.

Desde que Kendall había pateado a Tyrone hasta hacerlo vomitar, no había pasado nada durante un tiempo que a este último le hubiera parecido infinito. Tyrone se dio cuenta de que el tiempo parecía haberse cristalizado en una lentitud agonizante. Un minuto estaba hecho de mil segundos, una hora consistía en diez mil minutos, y un día... Bueno, había demasiadas horas en un día para contarlas.

Durante uno de los ratos en los que le quitaban la capucha, caminó arriba y abajo por el estrecho espacio de la sala, manteniéndose alejado del fondo donde estaba la siniestra bañera para el ahogamiento.

En el fondo sabía que había perdido la noción del tiempo; que esta disociación formaba parte del proceso de anulación que facilitaría a sus torturadores hacerle hablar y darle la vuelta como un calcetín. Dentro de él crecía la sensación de que resbalaba por una pendiente tan viscosa y pronunciada que no había forma de encontrar un punto de apoyo. Estaba cayendo en la oscuridad, en un vacío sin fin.

Esto también estaba calculado. Podía imaginarse a uno de los subalternos de Kendall elaborando una fórmula matemática de cuánto podía quebrarse un ser humano cada hora de cada uno de los días que estaba sometido a prisión.

Desde que le había propuesto a Soraya que la ayudaría había leído sobre cómo afrontar las peores situaciones. Había encontrado un truquito que ahora le estaba resultando útil: necesitaba encontrar un lugar en su mente al que pudiera retirarse cuando la situación fuera realmente dura, un lugar inviolable, donde supiera que estaba a salvo le hicieran lo que le hicieran.

Ya tenía ese sitio, ya había estado en él varias veces cuando el dolor de estar arrodillado con los brazos atados a la espalda era intolerable, incluso para él. Pero había una cosa que lo aterraba: esa inmensa bañera en el fondo de la habitación. Si decidían ahogarlo sería el final. La mera idea lo había aterrado toda la vida. No sabía nadar, ni siquiera flotar. Cada vez que lo intentaba o bien se atragantaba o tenían que sacarlo del agua como a un niño de tres años. Al fin se había rendido, pensando que no tenía importancia. ¿Cuándo iba a salir a navegar o ir a la playa? Nunca.

Pero ahora el agua había venido a él. La maldita bañera estaba al acecho, sonriendo como una ballena a punto de tragárselo entero.

Pero no era Jonás, de esto estaba seguro. Aquella maldita cosa no lo escupiría vivo.

Levantó una mano y vio que estaba temblando. Se volvió y la apretó contra la pared, como si el hormigón pudiera absorber su terror irracional.

Se sobresaltó al oír que abrían la puerta, con un ruido que resonó en el angosto espacio. Entró uno de los zombis de la NSA, con la mirada vacía y respiración de cadáver, dejó la bandeja con la comida y se marchó sin dignarse a mirarlo, lo que formaba parte de la segunda fase del plan para anularlo: hacerle pensar que no existía.

Se acercó a la bandeja. Como siempre, su comida consistía en gachas de avena frías. No importaba, tenía hambre. Levantó la cuchara de plástico y se metió un poco en la boca. Era gomoso y no sabía a nada. Por poco se atraganta con el segundo bocado porque estaba masticando algo más que gachas. Consciente de que vigilaban todos sus movimientos, se inclinó y escupió la comida. Después desplegó con el tenedor un papelito doblado, que tenía algo escrito. Se inclinó más para distinguir las letras.

«NO TE RINDAS», decía.

Al principio, Tyrone no podía creer lo que veía. Después volvió a leerlo. Tras leerlo tres veces, recogió el mensaje con otra cucharada de gachas, lo masticó lenta y metódicamente y tragó.

Después se acercó al retrete de acero inoxidable, se sentó y se preguntó quién podría haber escrito aquello y si existía una forma de comunicarse con él. Un poco después se dio cuenta de que aquel breve mensaje procedente de fuera de su diminuta celda había logrado restablecer el equilibrio que había perdido. Dentro de su cabeza, el tiempo volvió a contarse en segundos y minutos, y la sangre volvió a circular por sus venas.

Arkadin dejó que Devra lo arrastrara fuera del bar antes de que pudiera destrozarlo por completo. No es que le importaran mucho los parroquianos que, sentados en un silencio estupefacto, observaban el pandemonio que había montado como si fuera un programa de la televisión, pero estaba preocupado por los policías que en un barrio tan popular como aquél serían omnipresentes. Sólo durante su permanencia en el bar había visto pasar tres coches patrulla.

Atravesaron calles sucias a la luz del crepúsculo. Arkadin oyó perros que ladraban, voces que gritaban. El calor emanado de la cadera y el hombro de Devra le producía placer. Su presencia lo calmaba, mantenía su rabia a un nivel manejable. La abrazó más fuerte, mientras la mente volvía con febril intensidad al propio pasado.

Para Arkadin, el noveno nivel del infierno había empezado de forma bastante inocente con la confirmación de que los negocios de Stas Kuzin procedían de la prostitución y las drogas. Dinero fácil, había pensado, sosegado de repente por una falsa sensación de seguridad.

Al principio, su papel fue tan sencillo como claro: ofrecería el espacio en sus edificios para expandir el imperio de burdeles de Kuzin. Arkadin lo hizo con su habitual eficiencia. Nada podía haber sido más sencillo, y durante unos meses mientras entraban los rublos se felicitó a sí mismo por haber hecho un trato tan lucrativo. Además, su asociación con Kuzin le aportó un sinfín de ventajas gratuitas, desde bebida gratis en los bares a sesiones gratuitas con la red siempre en expansión de chicas adolescentes.

Pero fue precisamente eso —las prostitutas jóvenes— lo que condujo a Arkadin al nivel más bajo del infierno. Cuando estaba lejos de los burdeles o hacía sus sumarios controles semanales para asegurarse de que los pisos estuvieran en condiciones, era fácil cerrar los ojos a lo que realmente sucedía allí dentro. Además estaba demasiado ocupado contando el dinero. Sin embargo, en las ocasiones en las que se concedía una o dos chicas, era imposible no notar lo jóvenes que eran y lo asustadas que estaban, que tenían los brazos flacos llenos de marcas, lo hundidos que tenían los ojos y, demasiado a menudo, lo drogadas que estaban casi todas. Aquello era una especie de Nación Zombi.

Arkadin habría podido superar todo aquello con un mínimo de desapego, si no hubiera sentido simpatía por una de ellas. Yelena era una chica de labios llenos, piel pálida como la nieve y ojos que ardían como un carbón al rojo. Tenía una sonrisa fácil y, a diferencia de las demás chicas, no era propensa a echarse a llorar sin más ni más. Se reía con las bromas de Arkadin, se quedaba hablando con él después de hacer el amor con la cabeza apoyada en su pecho. A él le gustaba sentirla en sus brazos. Su calor le penetraba en el interior como un vodka exquisito, y se acostumbró a que la chica encontrara la posición perfecta para que las curvas de su cuerpo se fundieran a la perfección con él. Podía dormirse con ella en sus brazos, lo que para él era prácticamente un milagro. No podía recordar la última vez que había dormido toda la noche.

Un día, Kuzin lo convocó a una reunión, y le dijo que lo estaba haciendo tan bien que quería aumentar su colaboración con Arkadin.

—Por supuesto, necesito que asumas un papel más activo —dijo Kuzin con su voz casi incomprensible—. Los negocios van tan bien que lo que necesito ahora son más chicas. Aquí es donde entras tú.

Kuzin puso a Arkadin al mando de un grupo cuyo único propósito era reclutar adolescentes entre la población de Nizhni Tagil. Arkadin cumplió con su habitual y aterradora eficacia. Sus visitas a la cama de Yelena eran igual de frecuentes, pero no tan idílicas. Ella había empezado a tener miedo, le dijo, por las desapariciones de algunas chicas. Un día las veía; al día siguiente habían desaparecido como si nunca hubieran existido. Nadie hablaba de ellas, ni nadie respondía a sus preguntas cuando preguntaba adónde habían ido. En general, Arkadin no hacía mucho caso de sus quejas: al fin y al cabo, las chicas eran jóvenes, era normal que se fueran. Pero Yelena estaba convencida de que las desapariciones de las chicas no tenían nada que ver con ellas pero sí con Stas Kuzin. Dijera lo que dijera Arkadin, el miedo de ella no se aplacó hasta que le prometió que la protegería, y le garantizó que a ella no le iba a suceder nada malo.

Seis meses después Kuzin volvió a hablar con él.

—Lo estás haciendo estupendamente. —Una mezcla de vodka y cocaína hacía farfullar a Kuzin más de lo habitual—. Pero necesito más.

Estaban en uno de sus burdeles, que al ojo entrenado de Arkadin parecía extrañamente vacío.

—¿Dónde están las chicas? —preguntó.

Kuzin hizo un gesto despectivo.

—Se van, se escapan, quién sabe adónde. En cuanto esas putas tienen un poco de dinero en el bolsillo, huyen como conejos.

Siempre tan pragmático, Arkadin dijo:

—Iré a buscarlas con mis hombres.

—Una pérdida de tiempo. —La cabecita de Kuzin se balanceó sobre sus hombros—. Encuéntrame más.

—Cada vez es más difícil —señaló Arkadin—. Algunas chicas tienen miedo, no quieren venir con nosotros.

—Llévatelas de todos modos.

Arkadin frunció el ceño.

—No te entiendo.

—Vale, idiota, te lo explicaré. Coge a tus hombres en una furgoneta y llévate a las chicas de la calle, cojones.

—¿Estás diciendo que las secuestre?

Kuzin se echó a reír.

—¡Vaya, lo ha entendido!

—¿Y la policía?

Kuzin se rió aún más.

—Los policías están en nómina. Y aunque no lo estuvieran, ¿crees que les pagan mucho por trabajar? Les importa una mierda.

Las tres semanas siguientes, Arkadin y sus hombres trabajaron toda la noche entregando chicas al burdel, tanto si querían ir como si no. Esas chicas se mostraban malhumoradas y beligerantes hasta que Kuzin las llevaba a una habitación trasera, donde ninguna de ellas quería volver a ir. Kuzin no les tocaba la cara, porque eso sería malo para el negocio; sólo sus brazos y sus piernas quedaban marcados.

Arkadin observaba esta violencia controlada como si mirara por el lado incorrecto de un telescopio. Sabía qué estaba sucediendo, pero fingía que no tenía nada que ver con él. Seguía contando su dinero, que ahora se acumulaba más rápidamente. Lo que lo mantenía caliente por las noches era el dinero, además de Yelena. Cada vez que estaba con ella, le examinaba los brazos y las piernas buscando marcas. Cuando le hizo prometer que no tomaría drogas, ella se echó a reír.

—Leonid Danilovich, ¿quién tiene dinero para drogas?

Él sonrió, porque sabía lo que quería decir. De hecho, ella tenía más dinero que las otras muchachas del burdel juntas. Arkadin lo sabía porque era él quien se lo daba.

—Cómprate un vestido o unos zapatos —le decía, pero ella era una chica frugal, y sólo sonreía y le daba un beso en la mejilla con mucho cariño. Arkadin sabía que hacía bien no llamando la atención.

Una noche, no mucho después, Kuzin lo abordó cuando estaba saliendo de la habitación de Yelena.

—Tengo un problema urgente y necesito que me ayudes —dijo el gánster.

Arkadin salió con él de la finca. Una gran furgoneta esperaba en la calle, con el motor encendido. Kuzin subió detrás y Arkadin le imitó. Dos de las chicas del burdel estaban dentro, custodiadas por un par de gorilas de Kuzin.

—Han intentado escapar —dijo Kuzin—. Acabamos de encontrarlas.

—Necesitan una lección —dijo Arkadin, porque daba por hecho que esto era lo que quería su socio que dijera.

—Demasiado tarde. —Kuzin hizo una seña al chófer y la furgoneta se marchó.

Arkadin se apoyó en el respaldo preguntándose a dónde se dirigían. Mantuvo la boca cerrada, sabiendo que si preguntaba algo lo tomarían por un imbécil. Treinta minutos después la furgoneta redujo la marcha y entró en un callejón sin asfaltar. Durante varios minutos rebotaron sobre el terreno irregular, que debía ser muy estrecho porque las ramas rascaban continuamente los lados de la furgoneta.

Por fin se pararon, se abrieron las puertas y todos bajaron. La noche era oscura, iluminada sólo por los faros de la furgoneta, pero en lontananza el fuego de los cientos de hornos de las fundiciones era como sangre en el cielo, o más precisamente, en los reversos del ambiente pestilente producido en masa por cientos de chimeneas. Nadie veía el cielo en Nizhni Tagil, y cuando nevaba los copos se volvían grises o a veces incluso negros al entrar en contacto con los humos industriales.

Arkadin siguió a Kuzin y a los dos gorilas que empujaban a las chicas a través del denso sotobosque infestado de matorrales. El aroma resinoso de los pinos impregnaba el ambiente con tal intensidad que casi sofocaba el aterrador hedor a descomposición.

Unos cien metros más adentro los brutos tiraron de los cuellos de los abrigos de las chicas, como si fueran bridas. Kuzin sacó la pistola y disparó a una de las chicas en la nuca. Ella cayó de bruces sobre un lecho de hojas muertas. La otra chica gritó, forcejeando para soltarse de la presa del bruto, desesperada por huir.

Entonces Kuzin se volvió a mirar a Arkadin y le puso el arma en la mano.

—Cuando aprietes el gatillo —dijo—, seremos socios a partes iguales.

Algo en la mirada de Kuzin a aquella distancia hizo estremecer a Arkadin. Le pareció que los ojos de Kuzin sonreían como sonreiría el demonio, sin calor, sin humanidad, porque el placer que animaba aquella sonrisa era de carácter malvado y perverso. Fue en aquel preciso momento que Arkadin pensó en las prisiones que rodeaban Nizhni Tagil. Ahora sabía que se encontraba inequívocamente dentro de su galería privada, sin la más mínima idea de dónde estaba la llave, y mucho menos de cómo usarla.

La pistola, una vieja Luger con una esvástica nazi grabada, estaba grasienta del sudor de la excitación de Kuzin. Arkadin la levantó a la altura de la cabeza de la chica, que estaba gimiendo y llorando. Arkadin había hecho muchas cosas en su breve vida, algunas de ellas imperdonables, pero nunca había matado a una chica a sangre fría. Pero ahora, para poder ascender, para poder sobrevivir a la prisión de Nizhni Tagil, era eso lo que debía hacer.

Era consciente de que los ojos ávidos de Kuzin lo taladraban, rojos como el fuego de las fundiciones de Nizhni Tagil. Entonces sintió en la base del cuello el cañón de una pistola y supo que tenía al chófer detrás, sin duda siguiendo órdenes de Kuzin.

—Hazlo —dijo Kuzin en voz baja—, porque pase lo que pase, en los próximos diez segundos alguien va a disparar su pistola.

Arkadin apuntó la Luger. El fragor de la detonación resonó largamente en la profundidad del inquietante bosque y la chica se desplomó sobre las hojas, dentro de la fosa, junto a su amiga.

35

El eco del chasquido del fusil Mauser K98En resonó en el búnker de Dachau. Pero ahí acabó todo.

—¡Maldita sea! —gimió el viejo Pelz—. ¡Se me olvidó cargarlo!

Petra sacó su pistola, apuntó al aire y apretó el gatillo. El resultado fue el mismo que el del viejo con su fusil. Pelz soltó el K98.

—*Scheisse!* —exclamó, sinceramente fastidiado.

La chica se acercó a él.

—*Herr* Pelz —dijo, cariñosa—, como he dicho, me llamo Petra. ¿Se acuerda de mí?

El anciano dejó de murmurar y la miró atentamente.

—Te pareces un montón a una Petra-Alexandra a quien conocí.

—Petra-Alexandra. —Se rió y le dio un beso en la mejilla—. Sí, sí, soy yo.

Él retrocedió un poco y se llevó una mano a la mejilla donde ella había puesto sus labios. Después, todavía escéptico, miró a Bourne.

—¿Quién es este maldito nazi? ¿Te ha obligado a venir aquí? —Cerró los puños—. ¡Le daré una buena lección!

—No, *herr* Pelz, es un amigo mío. Es ruso. —Utilizó el nombre que Bourne le había dado, que estaba en el pasaporte proporcionado por Borís Karpov.

—Para mí los rusos no son mejores que los nazis —puntualizó el anciano con tristeza.

—En realidad soy un estadounidense con pasaporte ruso —precisó Bourne, primero en inglés y después en alemán.

—Hablas muy bien el inglés para ser ruso —dijo el viejo Pelz en un inglés excelente. Después se echó a reír mostrando unos dientes amarillentos por el tiempo y el tabaco. A la vista de un estadounidense se había animado, como si hubiera despertado de décadas de letargo. Era como un conejo al que arrastraran fuera de la madriguera y estuviera dispuesto a esconderse de nuevo en las sombras. No estaba loco, sólo vivía al mismo tiempo en el asqueroso presente y el vivo pasado—. Acogí a los estadounidenses con los brazos abiertos cuando nos liberaron de la tiranía —siguió con orgullo—. En mis tiempos ayudé a descubrir a nazis y simpatizantes de nazis que fingían ser buenos alemanes. —Escupió las últimas palabras, como si no soportara tenerlas en la boca.

—Pero entonces ¿qué hace aquí? —preguntó Bourne—. ¿No tiene casa donde vivir?

—Pues claro que sí. —El viejo Pelz hizo chasquear los labios como si pudiera saborear la vida de su juventud—. De hecho, tengo una casa muy bonita en Dachau. Es azul y blanca, con flores en el jardín. Al fondo tiene un cerezo que en verano despliega las alas. La casa está alquilada a una pareja joven muy agradable, con dos niños vivarachos, que mandan el alquiler como un reloj a mi sobrino en Leipzig. Es un abogado importante.

—*Herr* Pelz, no lo entiendo —dijo Petra—. ¿Por qué no vive en su casa? Esto no es un buen sitio para vivir.

—El búnker es mi seguro de vida. —El viejo la miró con expresión astuta—. ¿Tienes idea de lo que me ocurriría si regresaba a mi casa? Me secuestrarían una noche y nadie volvería a saber de mí.

—¿Quién le haría eso? —dijo Bourne.

Pelz se pensó la respuesta, como si intentara recordar el texto de un libro leído en el instituto.

—Ya te he dicho que era un cazador de nazis. Y muy bueno, encima. En aquella época vivía como un rey, o si soy sincero, como un duque. En fin, esto fue antes de que me volviera arrogante y cometiera un error imperdonable. Intenté ir tras la Legión Negra, y aquella decisión imprudente fue mi ruina. Por culpa de ellos lo perdí todo, incluso la confianza de los americanos, que en aquella época necesitaban a aquellos cabrones más de lo que me necesitaban a mí.

»La Legión Negra me confinó a patadas en los bajos fondos, como si fuera basura o un perro roñoso. De allí a las vísceras de la tierra no había mucho trecho.

—Es precisamente de la Legión Negra de lo que he venido a hablar.

Yo también soy un cazador. La Legión Negra ya no es una organización nazi. Ahora se han reconvertido en una red terrorista musulmana.

El viejo Pelz se frotó la barba grisácea.

—Si te dijera que me sorprende, mentiría. Aquellos cabrones saben cómo jugar sus cartas: los alemanes, los ingleses y sobre todo los estadounidenses. Jugaron con todos después de la guerra. Todos los servicios secretos occidentales los cubrían de dinero. La idea de tener espías detrás del Telón de Acero les hacía caer la baba.

»No tardaron mucho en descubrir que los estadounidenses llevaban la voz cantante. ¿Por qué? Porque tenían dinero y, a diferencia de los ingleses, no eran avaros con él. —Rió—. Pero así son los estadounidenses, ¿no?

Sin esperar una respuesta a la pregunta retórica, continuó:

—Así que la Legión Negra comenzó a colaborar con la maquinaria de los servicios estadounidenses. No fue difícil convencer a los yanquis de que no había sido nunca nazi, que su único objetivo era combatir a Stalin. Y, durante un tiempo, había sido cierto, pero después de la guerra ya no. Al fin y al cabo son musulmanes; no se han sentido nunca a gusto en la civilización occidental. Querían labrarse un futuro, y como muchos otros rebeldes crearon la base de su poder con los dólares estadounidenses.

Miró a Bourne de soslayo.

—Tú eres estadounidenses, ¡pobre! Ninguna de estas modernas redes terroristas habría existido sin el patrocinio de tu país. Lo que, a decir verdad, es una ironía.

Después de rezongar un poco, entonó una canción tan melancólica que sus ojos reumáticos se llenaron de lágrimas.

—*Herr* Pelz —dijo Bourne, intentando que el viejo se concentrara—. Estaba hablando de la Legión Negra.

—Llámame Virgil —dijo Pelz, saliendo de su ensueño—. Sí señor, mi nombre de pila es Virgil y para ti, que eres estadounidense, levantaré mi lámpara tan alto que proyectará luz sobre esos cabrones que me han destrozado la vida. ¿Por qué no? En este punto de mi existencia siento la necesidad de contárselo todo a alguien, y ese alguien puedes ser tú perfectamente.

—Están detrás —dijo Bev a Drew Davis—. Los dos.

Era una mujer de unos cincuenta años con un cuerpo grueso y un ingenio agudo. Como ella misma se definía irónicamente, era la vaquera de The Glass Slipper: en parte disciplinaria, en parte maternal.

—Lo que más interesa es el general —dijo Davis—, ¿no es así, Kiki?

Kiki asintió. Estaba entre Soraya y Deron, y todos estaban apretujados en el angosto despacho de Davis en lo alto de un tramo de escalera que salía de la sala principal. Los bajos y la batería resonaban contra las paredes como puños de gigantes furiosos. La habitación parecía una buhardilla, o un desván sin ventanas. Las paredes eran una auténtica máquina del tiempo: había fotos de Drew Davis con Martin Luther King, Nelson Mandela, cuatro presidentes estadounidenses distintos, una serie de estrellas de Hollywood, y varios dignatarios de la ONU y embajadores de casi todos los países africanos. Una serie de instantáneas informales lo retrataban con Kiki, más joven, en Masai Mara, como una reina a la espera, totalmente inconsciente de su porte real.

Tras la charla que había tenido con Rob Batt en el aparcamiento, Soraya había vuelto a la mesa y puesto al día a Kiki y Deron sobre su plan. El ruido de la banda en el escenario hacía imposible que nadie escuchara su conversación, ni siquiera en la mesa contigua. Dada su larga amistad con Drew Davis le había tocado a Kiki encender la chispa que prendería fuego a la mecha. Así lo hizo y el resultado era ese encuentro improvisado en el despacho de Davis.

—Para que empiece a tomar en consideración lo que me pide, debe garantizarme inmunidad total —dijo Drew Davis a Soraya—. Además, debe dejar fuera nuestro nombre, si no quiere, y le aseguro que no quiere, ponerse en contra a la mitad de los cargos electos del distrito.

—Tiene mi palabra —dijo Soraya——. Queremos a estos dos. Aquí empieza y acaba todo.

Drew Davis miró a Kiki, que respondió con un asentimiento casi imperceptible.

Entonces Davis se volvió hacia Bev.

—Esto es lo que pueden hacer y lo que no pueden hacer —dijo Bev, reaccionando a la señal de su jefe—. Yo no permito a nadie que entre en mi rancho sin un propósito legítimo, es decir, ni cliente ni chica. Así que olvídense de entrar. Si hiciera eso, mañana estaríamos sin trabajo.

Ni siquiera miraba a Drew Davis, pero Soraya vio que él asentía. Se le cayó el alma a los pies. Todo dependía de que tuvieran acceso al general mientras estaba enfrascado en una de sus juergas. Entonces se le ocurrió algo.

—Entraré yo como una de las chicas —dijo.

—No, ni hablar —dijo Deron—. El general y Feir te conocen. Te reconocerán y se asustarán.

—A mí no me conocen.

Todos volvieron la cabeza para mirar a Kiki.

—De ninguna manera —dijo Deron.

—Un poco de calma —siguió Kiki con una carcajada—. No pienso hacer nada. Sólo necesito entrar. —Imitó el gesto de sacar fotos con la cámara. Después miró a Bev—. ¿Cómo puedo entrar en la habitación privada del general?

—No puedes. Por razones obvias, las habitaciones son intocables. Otra norma de la casa. Y tanto el general como Feir ya han elegido a sus parejas de esta noche. —Tamborileó con los dedos sobre la mesa de Davis—. Pero en el caso del general existe un modo.

Virgil Pelz guió a Bourne y a Petra hacia la galería principal del búnker, un espacio de forma circular tallado de forma tosca. Tenía bancos, un hornillo de gas y una nevera.

—Suerte que alguien olvidó desconectar la electricidad —comentó Petra.

—De suerte nada. —Pelz se acomodó en un banco—. Mi sobrino paga a un funcionario municipal bajo mano para que mantenga la luz conectada. —Les ofreció *whisky* o vino, pero los dos rechazaron la oferta. Él se sirvió un poco, quizá para darse fuerzas o quizá para evitar caer de nuevo en la oscuridad. Era evidente que disfrutaba con la compañía, que el estímulo de otros seres humanos lo ayudaba a abrirse.

—La mayor parte de las cosas que he dicho acerca de la Legión Negra son históricas, si uno sabe dónde buscar, pero la clave para comprender su éxito en la negociación de los peligrosos panoramas posguerra radica en dos hombres: Farid Ikupov e Ibrahim Sever.

—Supongo que el Ikupov al que te refieres es el padre de Semion —comentó Bourne.

Pelz asintió.

—Así es.

—¿E Ibrahim Sever tiene un hijo?

—Tuvo dos —contestó Pelz—, pero me estoy adelantando. —Chasqueó con los labios, miró la botella de *whisky*, pero decidió no seguir bebiendo.

—Farid e Ibrahim eran amigos íntimos. Crecieron juntos; ambos eran los únicos varones de familias muy extensas. Posiblemente por ese motivo crearon fuertes vínculos en la infancia. El vínculo era fuerte y duró casi toda la vida, pero Ibrahim Sever era un guerrero por naturaleza, mientras que Farid Ikupov era un intelectual, y la semilla de la discordia y la desconfianza debió de plantarse pronto. Durante la guerra, su división de poderes funcionó perfectamente. Ibrahim mandaba a los soldados de la Legión Negra en el frente oriental; Farid creó y dirigió la red de recogida de información en la Unión Soviética.

»Los problemas comenzaron después de la guerra. Desprovisto de sus deberes de mando militar, Ibrahim empezó a temer que su poder disminuyera. —Pelz hico chasquear la lengua contra el paladar—. Mira, americano, si has estudiado un poco de historia sabrás de qué modo dos aliados y amigos de tanto tiempo como Cayo Julio César y Cneo Pompeyo Magno se volvieron enemigos emponzoñados por las ambiciones, miedos, engaños y luchas de poder que se sucedían bajo sus respectivos mandos. Lo mismo les ocurrió a esos dos. Con el tiempo, Ibrahim se convenció, sin duda instigado por uno de sus asesores más militantes, de que su amigo de toda la vida estaba tramando arrebatarle el poder. A diferencia de César, que estaba en la Galia cuando Pompeyo declaró la guerra, Farid vivía en la casa de al lado. Ibrahim Sever y sus hombres asaltaron y asesinaron de noche a Farid Ikupov. Tres días después el hijo de Farid, Semion, mató a Ibrahim de un tiro cuando se dirigía al trabajo. Como venganza, Asher, hijo de Ibrahim, siguió a Semion a un club nocturno de Múnich. Semion escapó, pero en el tiroteo murió el hermano menor de Asher.

Pelz se frotó la cara con la mano.

—¿Ves cómo funciona, americano? Como una antigua venganza romana, una orgía de sangre de proporciones bíblicas.

—Conozco a Semion Ikupov, pero no sabía nada de Sever. ¿Dónde está ahora Asher Sever?

El viejo encogió sus frágiles hombros.

—¿Quién sabe? Si Ikupov lo supiera, seguramente Sever estaría muerto.

Bourne calló un momento, pensando en el ataque de la Legión Negra contra el profesor, en todas las pequeñas anomalías que había amontonado en la cabeza: la rara red de información de Piotr de depravados e incompetentes, el profesor que sostenía que había sido idea suya hacerse mandar los planos robados a través de ella y la pertenencia o no de Mischa Tarkanian, y del propio Arkadin, a la Legión Negra. Por fin, dijo:

—Virgil, necesito hacerte algunas preguntas.

—Sí, americano. —Los ojos de Pelz estaban vivos y ansiosos como los de un petirrojo.

Aun así, Bourne dudó. Revelar algo de su misión o de sus antecedentes a un desconocido iba en contra de su instinto, de todo lo que le habían enseñado, pero no veía otra alternativa.

—Vine a Múnich porque un amigo mío, o más bien un mentor, me pidió que fuera tras la Legión Negra, primero porque están planeando un ataque contra mi país y segundo porque su jefe, Semion Ikupov, hizo matar a su hijo Piotr.

Pelz lo miró con una curiosa expresión.

—Asher Sever reunió un cierto poder que había heredado de su padre: una potente red de inteligencia diseminada en Asia y Europa, y echó a Semion. Hace años que Ikupov no dirige la Legión Negra. Si lo hiciera, dudo mucho que yo siguiera aquí abajo. A diferencia de Asher Sever, Ikupov era un hombre con quien se podía razonar.

—¿Estás diciendo que conoces tanto a Semion Ikupov como a Asher Sever? —preguntó Bourne.

—Claro —dijo Pelz, asintiendo—. ¿Por qué?

Bourne se había quedado helado mientras sopesaba lo impensable. ¿Podía ser que el profesor le hubiera estado mintiendo desde el principio? Pero en ese caso, si en realidad era un miembro de la Legión Negra, ¿por qué diablos confiaría la entrega de los planes de ataque a una red tan precaria como la de Piotr? Sin duda tenía que saber lo poco fiables que eran sus miembros. Nada parecía lógico.

Sabiendo que tenía que solucionar aquellos problemas uno por uno, sacó el móvil, repasó las fotos, y se paró en la que el profesor le había mandado de Egon Kirsch. Miró a los dos hombres en la foto y se la mostró a Pelz.

—Virgil, ¿reconoces a alguno de estos hombres?

Pelz entornó los ojos, se levantó y se acercó a una de las bombillas.

—No. —Sacudió la cabeza, pero tras un escrutinio adicional tocó la foto con el índice—. No lo sé, porque está muy distinto... —Volvió adonde estaba sentado Bourne, giró el móvil para que los otros dos pudieran ver la foto y tocó la figura del profesor Specter—... pero yo juraría que éste es Asher Sever.

36

El jefe de operaciones Peter Marks estaba en el despacho de Veronica Hart, estudiando montones de documentos llenos de datos personales, cuando acudieron a buscar a la directora. Luther LaValle, acompañado de dos jefes de policía federales, había superado ya los primeros controles de seguridad de la CIA con una orden judicial. Con una antelación insignificante, Hart recibió el aviso —una llamada del primer grupo de guardias de seguridad de la planta baja— de que su mundo profesional estaba a punto de estallar. No había tiempo para esquivar el impacto de la caída de escombros.

Apenas tuvo tiempo de decírselo a Marks, y de levantarse para afrontar a sus acusadores antes de que los tres hombres entraran en su despacho y le presentaran una orden judicial federal.

—Veronica Rose Hart —dijo el mayor de los inspectores federales de cara pétrea—, queda detenida por conspirar con Jason Bourne, un agente renegado, con la intención de violar las reglas de la CIA.

—¿Con qué pruebas? —preguntó Hart.

—Fotos de vigilancia de la NSA de usted en el patio de la Freer entregando un paquete a Jason Bourne —dijo el jefe de policía, con la misma voz de zombi.

Marks, que también se había puesto de pie, dijo:

—Qué locura. No creerán realmente...

—Cállese, señor Marks —dijo Luther LaValle sin miedo a que lo rebatiesen—. Una palabra más y haré que lo sometan a una investigación formal.

Marks estaba a punto de contestar, cuando una mirada severa de la directora lo obligó a tragarse sus palabras. Apretó la mandíbula, pero la ira que transmitían sus ojos era inequívoca.

Hart salió de detrás de la mesa y el marshal más joven le esposó las manos a la espalda.

—¿Es realmente necesario? —preguntó Marks.

LaValle lo señaló con un dedo sin decir palabra. Mientras sacaban a Hart de su despacho, ella dijo:

—Ocupa mi lugar, Peter. Ahora eres el director.

LaValle sonrió.

—No por mucho tiempo, si puedo evitarlo.

Después de que salieran, Marks se hundió en su silla. Le temblaban las manos, así que las unió, como si estuviera rezando. Le latía el corazón tan rápido que tenía dificultades para pensar. Se levantó de un salto, fue a la ventana de detrás de la mesa de la directora y se quedó mirando la noche de Washington. Todos los monumentos estaban iluminados, todas las calles y avenidas estaban repletas de tráfico. Todo estaba como debía estar y sin embargo todo le parecía raro. Se sentía como si hubiera entrado en un universo alternativo. No podía ser testigo de lo que acababa de ocurrir, la NSA no podía estar a punto de absorber la CIA en su gigantesco organismo. Pero después se volvió y encontró el despacho vacío y el horror de haber visto salir a la directora escoltada y esposada hizo que las piernas le temblaran, hasta el punto de que buscó la gran silla de detrás de la mesa y se sentó.

Entonces le entró en la cabeza lo que significaba estar sentado allí. Cogió el teléfono y marco el número de Stu Gold, el asesor legal jefe de la CIA.

—No te muevas. Voy enseguida —dijo Gold con su voz imperturbable de siempre. ¿Es que nada podía desconcertarlo?

A continuación Marks efectuó una serie de llamadas. Sería una noche larga y angustiosa.

Rodney Feir se lo estaba pasando en grande. Mientras acompañaba a Afrique a una de las habitaciones de la parte trasera de The Glass Slipper, se sentía en la cima del mundo. De hecho, después de tragarse una Viagra decidió que le pediría hacer una serie de cosas que no había probado nunca. «¿Por qué no?», se preguntó.

Mientras se desnudaba pensó en la información de los agentes de Typhon sobre el terreno que Peter Marks le había mandado por correo interno. Feir había dicho expresamente a Marks que no quería que se lo mandara por correo electrónico porque no era seguro. La información estaba doblada en el bolsillo interior de su abrigo, a punto para entregarla al general Kendall antes de que se marcharan de The Glass Slipper aquella noche. Podría habérselo entregado mientras cenaban, pero le había parecido que, si se tenía en cuenta todo lo que había sucedido, un brindis con champán como para sellar el trato era la mejor manera de concluir la velada.

Afrique ya estaba en la cama, echada lánguidamente, con los grandes ojos medio cerrados, pero se puso en marcha en cuanto Feir se acercó a ella. El hombre intentó concentrarse en lo que estaba haciendo, pero no hacía falta en vista de cómo estaba respondiendo su cuerpo. Prefería regodearse en las cosas que realmente lo hacían feliz, como sacar todo lo posible de Peter Marks. Cuando era pequeño, eran las personas como Marks —y como Batt, también— que tenían de todo más que él, cerebritos con fuerza física, en otras palabras, las que hacían de su vida un infierno. Ellos eran los que tenían un buen círculo de amigos, los que se llevaban a las chicas más guapas, los que conducían coches mientras él todavía se movía en moto. Era el idiota, el gordito —gordo, en realidad— a quien fastidiaban y hacían caso omiso, y que, a pesar de su elevado cociente intelectual, era tan tímido que era incapaz de defenderse.

Había entrado a trabajar en la CIA como empleado administrativo y había ascendido profesionalmente, pero no en el trabajo sobre el terreno ni en contraespionaje. No, él era el jefe de Apoyo sobre el Terreno, lo que significaba que estaba a cargo de la recopilación y distribución los documentos generados por las personas empleadas en la CIA a las que envidiaba. Su despacho era el nudo central de la oferta y la demanda, y había días en los que podía convencerse de que estaba en el centro neurálgico de la CIA. Pero casi siempre se veía a sí mismo como lo que era realmente: alguien que no hacía más que revisar listas electrónicas, formularios de entradas de datos, peticiones de los directores, mesas de distribución, hojas de cálculo de presupuestos, perfiles personales y facturas de material; en fin, una auténtica avalancha de papeleo que no paraba de circular por la intranet de la CIA. Un supervisor de información, en resumidas cuentas, un rey de nada.

Estaba envuelto en placer, una sensación cálida y viscosa que partía de la ingle y se extendía por el torso y las extremidades. Cerró los ojos y suspiró.

Al principio, ser un engranaje anónimo en la maquinaria de la CIA le gustaba, pero con el paso de los años, mientras ascendía por la jerarquía, se había dado cuenta de que sólo el Viejo comprendía su valía, porque era él quien lo ascendía de forma regular. Pero nadie más —ninguno de los directores, por supuesto— le dirigía la palabra hasta que necesitaba algo de él. Entonces llegaba volando una petición por el ciberespacio de la CIA, el tiempo de decir «lo necesito para ayer». Si les conseguía lo que querían para ayer, no sabía más de ellos, ni siquiera obtenía un «gracias» en el pasillo, pero si se producía el más mínimo retraso, por la razón que fuera, se echaban encima de él como halcones sobre la presa. Su asedio no acababa hasta que les conseguía lo que querían, y después de nuevo el silencio. Le resultaba tristemente irónico que en aquel paraíso de personas informadas que era la CIA él fuera un forastero.

Era humillante ser uno de esos estadounidenses estereotipados a los que trataban a patadas una y otra vez. Cómo se odiaba por ser un estereotipo viviente. Eran aquellas veladas que pasaba con el general Kendall lo que daban color y significado a su vida, las reuniones clandestinas en el gimnasio, las cenas en el restaurante de barbacoa en el sudoeste, y después las últimas copas de delicioso chocolate en The Glass Slipper, donde por una vez formaba parte de la situación y no era un observador con la nariz pegada al cristal de la ventana de otro. Sabiendo que no podría ser nunca nada más de lo que era, tenía que conformarse con perderse en la cama de Afrique en The Glass Slipper.

El general Kendall fumaba un cigarrillo en el corral, el apodo de la sala donde las chicas desfilaban para los clientes, y se lo estaba pasando la mar de bien. Si en algún momento pensaba en su jefe, era en el infarto que le daría a LaValle si viera aquella escena. En cuanto a su familia, era lo último que tenía en la cabeza. A diferencia de Feir, que siempre iba con la misma chica, Kendall era un hombre de gustos eclécticos cuando se trataba de las mujeres de The Glass Slipper. ¿Por qué no? Prácticamente no podía elegir nada en los otros ámbitos de su vida. Si no elegía allí, ¿dónde iba a hacerlo?

Estaba sentado en un sofá de terciopelo púrpura, con un brazo sobre el respaldo, mirando con los ojos entornados el lento desfile de carne. Ya había elegido; la chica estaba en su habitación, desnudándose, pero cuando Bev le había insinuado que quizá querría algo más especial —otra chica para hacer un trío— no había dudado. Estaba a punto de decidirse cuando vio a una mujer. Era increíblemente alta, con la piel de color cacao, de una belleza regia. Kendall se puso a sudar.

Miró a Bev y la mujer se le acercó. Bev estaba pendiente de sus deseos.

—Quiero a aquélla —dijo Kendall, señalando a la belleza regia.

—Lo siento, pero Kiki no está disponible —dijo la mujer.

Esa respuesta hizo que Kendall la quisiera más aún. Bev conocía perfectamente aquella vena ávida. El general sacó cinco billetes de cien dólares.

—¿Y ahora? —preguntó.

Bev, como era de esperar, se guardó el dinero.

—Déjemelo a mí —dijo.

El general la observó acercándose a las chicas, donde estaba Kiki, un poco apartada de las demás. Mientras observaba la conversación que mantenían las dos mujeres el corazón se le aceleró en el pecho como un tambor de guerra. Estaba sudando tanto que tuvo que secarse las palmas de las manos en el respaldo de terciopelo del sofá. Si ella decía que no, ¿qué haría? Pero no decía que no; estaba mirando hacia él, con una sonrisa que elevó la temperatura del general un par de grados. ¡Por Dios, cómo la deseaba!

Como en un trance, la vio cruzar la sala hacia él, meneando las caderas, con aquella sonrisita deslumbrante. El general se levantó con cierta dificultad. Se sentía como un chico virgen de diecisiete años.

Kiki extendió la mano y él la cogió, aterrado de que ella sintiera repugnancia por su humedad, pero nada interfirió con aquella sonrisa enigmática.

Había algo de inmensamente agradable en dejarse conducir entre todas aquellas chicas, disfrutando de las miradas envidiosas de las otras.

—¿En qué habitación estás? —susurró Kiki con una voz melosa.

Kendall inspiró el aroma de especies y musgo que ella desprendía, y no encontró palabras con que responder. Señaló con la mano y ella lo guió como de una correa hasta que llegaron a la puerta.

—¿Seguro que quieres dos chicas esta noche? —Frotó la cadera contra él—. Soy más que suficiente para todos los hombres con los que he estado.

El general sintió un delicioso estremecimiento que le recorrió la espina dorsal y fue a parar como una flecha ardiente entre sus muslos. Abrió la puerta. Lena se agitó en la cama, desnuda. El general oyó que la puerta se cerraba detrás de él. Sin pensarlo, se desnudó, esquivó el montón de ropa, cogió la mano de Kiki y fue hacia la cama. Se arrodilló sobre ella, Kiki se soltó de su mano, y cayó sobre Lena.

Sintió las manos de Kiki en los hombros y, gimiendo, se perdió en el cuerpo exuberante de Lena. El placer llegó junto con la idea del cuerpo largo y flexible de Kiki apretado contra su espalda reluciente.

Tardó un poco en darse cuenta de que los rápidos relámpagos de luz no se debían a las terminaciones nerviosas de sus ojos. Ebrio de sexo y deseo, volvió la cabeza con lentitud, directamente hacia otra descarga de *flash*. E, incluso entonces, detrás de su retina bailaron imágenes negativas, que su cerebro nublado no lograba enfocar, mientras su cuerpo continuaba moviéndose rítmicamente contra la dócil carne de Lena.

Cuando la cámara fotográfica relampagueó de nuevo, Kendall levantó las manos para taparse los ojos. Demasiado tarde. La cruda realidad lo miró a la cara. Kiki, todavía vestida, seguía sacando fotos de él y Lena.

—Sonría, general —dijo con su voz melosa y sensual—. Es lo único que puede hacer.

—Tengo demasiada rabia dentro —explicó Petra—. Es como una de esas enfermedades que te devoran la carne.

—Dachau es tóxico para ti, y ahora también lo es Múnich —dijo Bourne—. Tienes que marcharte.

La chica pasó al carril de la izquierda de la autopista y aceleró. Estaban volviendo a Múnich con el coche que el sobrino de Pelz había comprado para su tío a su propio nombre. La policía todavía les estaría buscando, pero su única pista era el piso de Petra en Múnich, y ninguno de los dos tenía intención de acercarse a él. Siempre que Petra no saliera del coche, Bourne creía que era relativamente seguro que lo acompañara a la ciudad.

—¿Adónde podría ir? —preguntó.

—Fuera de Alemania.

Ella rió, pero de una forma desagradable.

—¿Te refieres a volver la espalda y huir?

—¿Por qué tienes que verlo de este modo?

—Porque soy alemana, y porque mi sitio está aquí.

—La policía de Múnich te busca —dijo Bourne.

—Y si me pillan, cumpliré condena por matar a tu amigo. —Hizo luces para que un coche más lento se apartara—. Por ahora tengo dinero. Me las arreglaré.

—Pero ¿qué vas a hacer?

Ella le miró de soslayo.

—Me encargaré de Virgil. Necesita desintoxicarse, necesita un amigo. —Al acercarse a la ciudad, cambió de carril para poder salir cuando lo necesitara—. La policía no me encontrará —dijo con una extraña certidumbre—, porque me lo llevaré lejos de aquí. Virgil y yo seremos dos proscritos que empezarán de cero.

Egon Kirsch vivía en el distrito norte de Schwabing, famoso por ser un barrio de jóvenes intelectuales. Las calles, los cafés y los bares estaban llenos de estudiantes universitarios.

Al entrar en la plaza principal de Schwabing, Petra paró el coche.

—Cuando era más joven solía venir aquí con mis amigos. Éramos todos militantes, queríamos cambiar el mundo. Nos sentíamos vinculados a este lugar porque fue a partir de aquí que el Freiheitsaktion Bayer, uno de los grupos de resistencia más famosos, se apoderó de Radio Múnich hacia el final de la guerra. Emitían mensajes a la población para que capturaran y arrestaran a los jefes nazis, y que afirmaran su rechazo del régimen colgando sábanas blancas en las ventanas, un acto que era castigado con la muerte, por cierto. Y lograron salvar a muchos civiles mientras el ejército estadounidense entraba triunfal en la ciudad.

—Al menos hemos encontrado algo en Múnich de lo que incluso tú puedes sentirte orgullosa —dijo Bourne.

—Supongo que sí. —Petra rió, casi con tristeza—. Pero yo soy la única del grupo que he seguido siendo revolucionaria. Los demás son empleados de empresas o amas de casa. Llevan vidas tristes y grises. A veces los veo yendo y viniendo del trabajo. Me acerco a ellos, pero ni siquiera me ven. Al final, todos me han decepcionado.

El piso de Kirsch estaba en el ático de una preciosa finca de piedra pintada de colores vivos, con ventanas arqueadas y un tejado de tejas rojas. Entre dos ventanas había un nicho que albergaba una estatua de la Virgen María con el Niño Jesús.

Petra paró frente al edificio.

—Te deseo lo mejor, americano —dijo, utilizando aposta la jerga de Virgil Pelz—. Gracias... por todo.

—No te lo creerás, pero nos hemos ayudado mutuamente —dijo Bourne al salir del coche—. Buena suerte, Petra.

Ella se marchó y él subió los escalones que llevaban a la casa y utilizó el código que le había dado Kirsch para abrir el portal. El interior estaba pulcro e inmaculado. Los paneles de madera del vestíbulo estaban recién encerados. Bourne subió la escalera de madera hasta el último piso. Usando la llave de Kirsch abrió la puerta del apartamento. Era luminoso y diáfano gracias a las muchas ventanas que daban a la calle, pero estaba inmerso en un profundo silencio, como si existiera en las profundidades del mar. No había ni televisor ni ordenador. Toda una pared del salón estaba ocupada con estanterías llenas de volúmenes de Nietzsche, Kant, Descartes, Heidegger,

Leibniz y Maquiavelo. También había libros de grandes matemáticos, biógrafos, escritores de ficción y economistas. Las otras paredes estaban cubiertas de dibujos enmarcados de Kirsch, tan detallados y complicados que a primera vista parecían proyectos arquitectónicos, pero después de mirarlos un rato Bourne se dio cuenta de que eran dibujos abstractos. Como todo buen arte, parecían entrar y salir de la realidad a un mundo imaginario de sueños donde todo era posible.

Tras realizar una breve inspección de las habitaciones, Jason se sentó en una silla detrás del escritorio de Kirsch. Reflexionó un buen rato sobre el profesor. ¿Era Dominic Specter, el enemigo de la Legión Negra, como afirmaba, o de hecho era Asher Sever, el cabecilla de la Legión Negra? Si era Sever, había escenificado un ataque contra sí mismo: un plan elaborado que había costado varias vidas. ¿Era posible que el profesor fuera culpable de un acto tan irracional? Si era el cabecilla de la Legión Negra, no había duda de que era posible. Bourne reflexionó también sobre por qué el profesor confiaría los planos robados a la red absolutamente precaria de Piotr. Pero había otro enigma: si el profesor era Sever, ¿por qué estaba tan deseoso de conseguir los planos? ¿No debería tenerlos ya? Estas dos preguntas iban y venían por la cabeza de Bourne sin que él llegara a una solución satisfactoria. Nada de la situación en la que se encontraba parecía lógico, lo que significaba que le faltaba una pieza esencial del panorama. Encima tenía la irritante sospecha de que, como los dibujos de Egon Kirsch, le habían mostrado dos realidades separadas, pero no lograba descifrar cuál era real y cuál era falsa.

Al final, se concentró sobre un punto que lo tenía preocupado desde el incidente en el Museo Egipcio. Sabía que el único que lo había seguido dentro del museo había sido Franz Jens, así qué ¿cómo diablos sabía Arkadin dónde estaba? Tenía que ser Arkadin quien había matado a Jens. También debía haber venido de él la orden de matar a Egon Kirsch, pero, una vez más, ¿cómo sabía dónde estaba Kirsch?

Las respuestas a estas preguntas estaban estrechamente relacionadas con momentos y lugares precisos. No lo habían seguido al museo, o sea que... Bourne se puso tenso, como si un frío helado se difundiera por su cuerpo. Si no le seguían físicamente, tenía que llevar encima algún dispositivo electrónico. Pero ¿cómo se lo habían colocado? Alguien que lo había rozado en el aeropuerto. Se levantó y se desvistió lentamente. Inspeccionó toda su ropa cuidadosamente buscando un transmisor. No encontró nada, se vistió, se sentó en la silla y siguió reflexionando.

Con su memoria fotográfica repasó todos los pasos de su viaje desde Moscú a Múnich. Cuando recordó al funcionario de aduanas, se dio cuenta de que su pasaporte había estado fuera de su alcance durante más o menos medio minuto. Lo sacó de su bolsillo del pecho y empezó a hojearlo, comprobando todas las páginas visualmente y con el tacto. En la parte interior de la contracubierta, metido en el pliegue de la encuadernación, encontró un transmisor diminuto.

37

—¡Qué maravilla respirar el aire fresco de la noche! —exclamó Veronica Hart en cuanto salió del Pentágono.

—Sí, los tubos de escape diésel y todo eso —dijo Stu Gold.

—Sabía que las acusaciones de LaValle no se sostendrían —dijo ella, mientras iban hacia el coche—. Está claro que son falsas.

—Yo todavía no lo celebraría —dijo el abogado—. LaValle me ha comunicado que mañana piensa llevarle al presidente las fotos que te hicieron con Bourne, y solicitará una orden ejecutiva para que te sustituyan.

—Vamos, Stu, se trataba de conversaciones privadas entre Martin Lindros y una civil, Moira Trevor. No hay nada en ellas. LaValle está vendiendo humo.

—Tiene al secretario de Defensa de su parte —dijo Gold—. En las circunstancias actuales, eso es suficiente para causarte dificultades.

Se estaba levantando viento y Hart se apartó de la cara un mechón de cabellos.

—Venir a la CIA y llevarme esposada... LaValle ha cometido un gran error con esa puesta en escena. —Se volvió a mirar hacia el cuartel general de la NSA en el que había estado encerrada tres horas hasta que Gold se presentó con una orden de un juez federal para que la liberaran temporalmente—. Me las pagará por haberme humillado.

—Veronica, no hagas nada precipitado. —Gold le abrió la puerta del coche—. Conozco a LaValle y es muy probable que quiera ponerte frenética. Así es como se cometen los errores fatales.

Pasó por delante del coche y se sentó al volante. Se marcharon.

—No podemos dejar que se salga con la suya, Stu. Si no le paramos los pies, nos arrebatará la CIA delante de nuestras narices. —Mientras cruzaban el Arlington Memorial Bridge, observó caer la noche sobre Virginia y después sobre la ciudad. El monumento a

Lincoln se alzaba frente a ellos—. Cuando acepté este empleo hice un juramento.

—Como todos los directores de la CIA.

—No, me refiero a un juramento personal. —Le apetecía mucho ver a Lincoln sentado en su trono, contemplando todos los misterios del ser humano. Le pidió a Gold que hiciera una parada—. No se lo he dicho nunca a nadie, Stu, pero el día en que entré oficialmente en la CIA, fui a la tumba del Viejo. ¿Has estado en el cementerio nacional de Arlington? Es un lugar triste y alegre al mismo tiempo. Tantos héroes, tanto valor, el lecho rocoso de nuestra libertad, Stu, de cada uno de nosotros.

Habían llegado al monumento. Bajaron del coche, caminaron hacia la majestuosa estatua de granito iluminada artificialmente y se quedaron mirando el rostro serio y sabio de Lincoln. Alguien había depositado a sus pies un ramo de flores, cabezas marchitas asintiendo al viento.

—Me quedé un buen rato en la tumba del Viejo —siguió Hart con voz ausente—. Te juro que podía sentirlo, como si se moviera dentro de mí. —Su mirada vagó un poco hasta fijarse en la del abogado—. La herencia de la CIA es antigua y ejemplar, Stu. Lo juré entonces y lo juro ahora: no dejaré que nada ni nadie la perjudique. —Cogió aire—. Cueste lo que cueste.

Gold le devolvió la mirada sin pestañear.

—¿Sabes lo que estás pidiendo?

—Sí, diría que sí.

Por último, él dijo:

—De acuerdo, Veronica, tú decides. Cueste lo cueste.

Sintiéndose lleno de vigor e invulnerable después de su ejercicio con la chica, Rodney Feir se encontró con el general Kendall en la sala del champán, reservada a los VIP que habían consumido los placeres de la noche y querían quedarse un rato más, con o sin chicas. Por supuesto el tiempo que se pasaba allí con chicas era mucho más caro.

La sala del champán estaba decorada como la guarida de un pachá de Oriente Medio. Los dos hombres ganduleaban sobre voluminosos cojines mientras les servían el espumoso que habían elegido. Allí era donde Feir tenía pensado entregar la información de los agentes sobre el terreno de Typhon. Pero primero quería disfrutar del puro placer que ofrecían las habitaciones traseras del The Glass Slipper. Al fin y al cabo, en cuanto pusiera un pie en el exterior, tropezaría de frente con el mundo real, con todos sus incordios, las mezquinas humillaciones, el trabajo monótono y la desazón del miedo que precedía todos los actos que hacía para fomentar la posición de LaValle frente a la CIA.

Kendall, con el móvil en la mano derecha, estaba sentado bastante rígidamente, como correspondía a un militar. Feir pensó que quizá se sentía incómodo en un ambiente tan opulento. Los dos hombres charlaron un rato, bebiendo champán, intercambiando teorías sobre esteroides y beisbol, sobre las posibilidades de los Redskins de llegar a las eliminatorias del año siguiente, las fluctuaciones del mercado de valores, y de todo menos de política.

Un rato después, cuando la botella de champán estaba casi vacía, Kendall miró su reloj:

—¿Qué tienes para mí?

Aquél era el momento que Feir esperaba. No podía esperar a ver la cara del general cuando echara un vistazo a la información. Metió la mano en el bolsillo del abrigo y sacó el paquete. Dado que los sistemas de seguridad de la CIA controlaban la entrada y la salida del edificio de cualquier dispositivo con un disco duro suficientemente grande para contener archivos de datos importantes, una copia en papel a la antigua usanza era la forma más segura de sacar documentos del cuartel general de la CIA sin despertar sospechas.

Una sonrisa cruzó la cara de Feir.

—Una buena enchilada. Todos los detalles sobre los agentes de Typhon en todo el mundo. —Le alargó el pliego—. Ahora hablemos de lo que me llevo yo a cambio.

—¿Qué quieres? —preguntó Kendall sin mucho entusiasmo—. ¿Un ascenso? ¿Más responsabilidad?

—Quiero respeto —dijo Feir—. Quiero que LaValle me respete como tú.

Una sonrisa curiosa se formó en los labios del general.

—No puedo hablar por Luther, pero haré lo que pueda.

Mientras se inclinaba hacia adelante para coger el pliego, Feir se preguntó por qué estaría tan serio; no, peor que serio, estaba francamente abatido. Feir estaba a punto de preguntarle qué le ocurría cuando una negra alta y elegante empezó a sacar fotos.

—¿Qué coño es esto? —exclamó, entre los relámpagos cegadores del *flash*.

Cuando su visión se aclaró, vio a Soraya Moore al lado de ellos. Tenía en la mano el pliego con la información.

—Esta noche no estás de suerte, Rodney. —Cogió el móvil del general y apretó un botón. Se oyó la conversación entre el general y Feir registrada y repetida para que la traición fuera pública—. No, teniendo en cuenta todo, diría que ésta es la última parada.

—No tengo miedo a morir —dijo Devra—, si es eso lo que te preocupa.

—No estoy preocupado —dijo Arkadin—. ¿Qué te hace pensar que estoy preocupado?

La chica lamió el helado de chocolate que él le había comprado.

—Tienes esa profunda arruga vertical entre los ojos.

La muchacha había querido un helado a pesar de que estaban en pleno invierno. Tal vez era chocolate lo que quería, pensó Arkadin. Pero no le importaba; complacerla con estos pequeños deseos le producía una extraña satisfacción, como si complaciéndola a ella se complaciera a sí mismo, lo que siempre le había parecido imposible.

—No estoy preocupado —dijo—. Estoy cabreado.

—Porque tu jefe te ha dicho que no te acercaras a Bourne.

—No pienso hacerle caso.

—Cabrearás a tu jefe.

—Es inevitable —dijo Arkadin, caminando más deprisa.

Estaban en el centro de Múnich; Arkadin quería estar en un punto estratégico en el momento en que Ikupov le comunicara cuál sería el lugar del encuentro con Bourne, para así poder llegar lo antes posible.

—No me da miedo morir —repitió Devra—, pero me gustaría saber qué se hace cuando ya no se tienen recuerdos.

Arkadin la miró.

—¿Qué?

—Cuándo miras una persona muerta, ¿qué ves? —Dio otro lametón al helado, dejando pequeñas marcas de dientes en lo que quedaba de cucurucho—. Nada, ¿no? Nada de nada. La vida se ha esfumado y con ella todos los recuerdos que se han acumulado con los años. —Lo miró intensamente—. En aquel momento dejas de ser un ser humano, y ¿qué eres?

—¿A quién le importa? —respondió Arkadin—. Será un alivio bestial no tener recuerdos.

Soraya se presentó en la sede de la NSA unos minutos antes de las diez, para tener tiempo de pasar los varios controles de seguridad y entrar en la biblioteca justo a tiempo.

—¿Desayuno, señora? —preguntó Willard mientras la acompañaba por la blanda moqueta.

—Creo que hoy sí —dijo ella—. Una tortilla de finas hierbas sería estupendo. ¿Tiene *baguettes*?

—Por supuesto, señora.

—Excelente. —Se pasó la prueba que condenaba al general Kendall de una mano a otra—. Y una tetera de té de Ceilán, Willard. Gracias.

Caminó hacia donde estaba sentado Luther LaValle, tomando un café. Estaba mirando por la ventana, contemplando con amargura la incipiente primavera. El tiempo era tan caluroso que en la chimenea sólo había cenizas blancas y frías.

Cuando Soraya se sentó él no se volvió. Ella se puso la carpeta de la prueba sobre las rodillas y dijo sin más preámbulos:

—He venido a llevarme a Tyrone.

LaValle le hizo caso omiso.

—No hay nada sobre su Legión Negra; no hay ninguna actividad terrorista inusual dentro de Estados Unidos. No hemos llegado a ninguna parte.

—¿Ha oído lo que le he dicho? He venido a llevarme a Tyrone.

—Eso no va a ser posible —dijo LaValle.

Soraya sacó el móvil de Kendall, y puso la conversación que éste había mantenido con Rodney Feir en la sala del champán de The Glass Slipper.

«Todos los detalles sobre los agentes de Typhon en todo el mundo —decía la voz de Feir—. Ahora hablemos de lo que me llevo yo a cambio.»

El general Kendall respondía: «¿Qué quieres? ¿Un ascenso? ¿Más responsabilidad?».

«Quiero respeto. Quiero que LaValle me respete como tú», decía Feir.

—¿A quién le importa? —LaValle volvió la cabeza. Tenía los ojos oscuros y vidriosos—. Eso es problema de Feir, no mío.

—Puede. —Soraya deslizó la carpeta sobre la mesa hacia él—. Sin embargo, esto sí es su problema.

LaValle la miró un momento. Ahora sus ojos estaban llenos de veneno. Sin bajar la mirada, alargó la mano y abrió la carpeta. Allí vio foto tras foto del general Kendall, desnudo como había venido al mundo, pillado en medio del acto sexual con una joven negra.

—Cuando esto salga a la luz, ¿qué efecto tendrá para el militar de carrera y devoto cristiano y padre de familia?

Willard llegó con el desayuno de Soraya. Extendió un mantel de lino blanco almidonado, y colocó los platos y los cubiertos con un preciso ritual. Cuando terminó, preguntó a LaValle:

—¿Algo más, señor?

LaValle lo echó con un seco gesto de la mano. Dedicó un momento a ver las fotos otra vez. Después sacó el móvil, lo dejó sobre la mesa y lo empujó hacia ella.

—Llame a Bourne —dijo.

Soraya se quedó quieta con el tenedor en el aire.

—¿Disculpe?

—Sé que está en Múnich, nuestra estación local lo ha identificado mediante las televisiones de circuito cerrado del aeropuerto. Tengo hombres allí que se lo llevarán bajo custodia. Ahora sólo hace falta que usted le tienda la trampa.

Ella se rió y dejó el tenedor.

—Está usted soñando, LaValle. Yo lo tengo a usted, no usted a mí. Si estas fotos se hacen públicas, su mano derecha estará arruinado profesional y personalmente. Ambos sabemos que no permitirá que eso suceda.

LaValle recogió las fotos y las guardo en el sobre. Después cogió un bolígrafo, y escribió un nombre y una dirección en él. Cuando Willard se acercó obedeciendo a un gesto de su jefe, le dijo:

—Que digitalicen esto y lo manden por correo electrónico a *The Drudge Report*. Después que lo manden al *Washington Post* cuanto antes, por favor.

—Muy bien, señor. —Willard se guardó el sobre bajo el brazo y desapareció por el otro extremo de la biblioteca.

Entonces LaValle sacó su móvil y marcó un número local.

—Gus, soy Luther LaValle. Bien, bien. ¿Cómo está Ginnie? Bien, salúdala de mi parte. Y a los niños también... Oye, Gus, ha pasado algo. Han salido a la luz unas pruebas relacionadas con el general Kendall... Sí, hacía meses que era objeto de una investigación interna. Ha sido cesado de su cargo en la NSA con carácter inmediato. Bueno, ya verás las fotos que te he mandado hace un minuto. Por supuesto que es una exclusiva, Gus. Para serte sincero, estoy abrumado, totalmente abrumado. Tú también lo estarás cuando veas las fotos... Te mandaré una declaración oficial dentro de cuarenta minutos. Sí, por supuesto. No es necesario que me des las gracias, Gus. Siempre pienso en ti primero.

Soraya observó esa actuación con una sensación de náusea en la boca del estómago, una incredulidad que antes era un pedacito de hielo y ahora se estaba transformando en un iceberg.

—¿Cómo ha podido? —exclamó cuando LaValle terminó de hablar—. Kendall es su hombre de confianza, su amigo. Van a la iglesia juntos con sus familias todos los domingos.

—No tengo ni amigos ni aliados permanentes. Sólo tengo intereses permanentes —dijo LaValle en tono inexpresivo—. Usted será mucho mejor directora cuando aprenda esto.

Entonces Soraya sacó otro juego de fotografías, eran de Feir entregando un paquete al general Kendall.

—Este pliego —dijo— contiene los detalles sobre el número y la ubicación del personal de Typhon.

La expresión desdeñosa de LaValle no cambió.

—¿Y qué?

Por segunda vez Soraya batalló para ocultar su asombro.

—Se trata de su hombre de confianza tomando posesión de información clasificada de la CIA.

—En eso tendrá que arreglárselas con sus subordinados.

—¿Niega haber dado órdenes al general Kendall para que reclutara a Rodney Feir como confidente?

—Sí, lo niego.

Soraya estaba casi sin aliento.

—No le creo.

LaValle esbozó una sonrisa glacial.

—Me importa poco lo que crea, directora. Sólo importan los hechos. —Alejó la foto con un un dedo—. Lo que haya hecho el general Kendall, lo ha hecho por su cuenta. No tengo conocimiento de nada.

Soraya se estaba preguntando cómo podía haber salido todo tan mal cuando, de nuevo, LaValle empujó el móvil por encima de la mesa.

—Ahora llame a Bourne.

Soraya se sentía como si tuviera una cinta de acero sobre el pecho; le zumbaban los oídos. «¿Y ahora qué? —pensó para sus adentros—. Por el amor de Dios, ¿ahora qué hago?»

Oyó que alguien con su voz decía:

—¿Qué quiere que le diga?

LaValle sacó un pedazo de papel que tenía apuntados una hora y una dirección.

—Tiene que estar aquí a esta hora. Dígale que está en Múnich y que tiene información vital sobre el ataque de la Legión Negra, y que tiene que verlo por sí mismo.

La mano de Soraya estaba tan pegajosa de sudor que tuvo que secársela con la servilleta.

—Sospechará si no lo llamo desde mi teléfono. De hecho, puede que no responda, porque no sabrá que soy yo.

LaValle asintió, pero cuando ella sacó el móvil, dijo:

—Estaré escuchando todo lo que diga. Si intenta advertirlo, le prometo que su amigo Tyrone no saldrá nunca vivo de este edificio. ¿Está claro?

Ella asintió, pero no hizo nada.

Observándola como a una rana sobre la mesa de disección, LaValle dijo:

—Sé que no quiere hacerlo, directora. Sé hasta qué punto no quiere hacerlo. Pero llamará a Bourne y le tenderá una trampa para mí, porque mi voluntad es más fuerte que la suya. Siempre obtengo lo que quiero, directora, cueste lo que cueste; a diferencia de usted, que está demasiado interesada en tener una larga carrera en los servicios secretos. Está condenada y lo sabe.

Soraya había dejado de escucharlo después de las primeras palabras. Recordándose a sí misma que había jurado tener bajo control la situación, transformar de algún modo el desastre en victoria, estaba reorganizando frenéticamente las propias fuerzas.

«Paso a paso —se dijo a sí misma—. Tengo que despejar mi mente de Tyrone, de la fallida estratagema con Kendall, y de mi culpabilidad. Ahora tengo que pensar en esta llamada. ¿Cómo voy a hacer para llamar y al mismo tiempo evitar que capturen a Jason Bourne?»

Parecía una tarea imposible, aunque esa forma de pensar fuera derrotista y no sirviera para nada. Pero ¿qué podía hacer?

—Después de llamar —dijo LaValle—, se quedará aquí, sometida a vigilancia constante, hasta que Bourne esté bajo custodia.

Angustiada, y sintiendo los ávidos ojos de LaValle sobre ella, abrió el teléfono y llamó a Jason.

Cuando oyó la voz de él, dijo:

—Hola, soy yo, Soraya.

Bourne estaba en el piso de Egon Kirsch, mirando a la calle, cuando sonó su móvil. Vio que aparecía el número de Soraya en la pantalla, y respondió. La oyó decir:

—Hola, soy yo, Soraya.

—¿Dónde estás?

—De hecho estoy en Múnich.

Bourne se apoyó en el brazo de un sillón tapizado.

—¿De hecho estás en Múnich?

—Eso es lo que he dicho.

Él frunció el ceño, mientras en la cabeza le resonaban unos ecos lejanos.

—Qué sorpresa.

—No estás tan sorprendido como yo. Has aparecido en la red de vigilancia de la CIA en el aeropuerto.

—No había forma de evitarlo.

—Ya me lo imagino. En fin, no estoy aquí por trabajo oficial de la CIA. Hemos seguido controlando las comunicaciones de la Legión Negra y por fin hemos encontrado algo.

Él se levantó.

—¿De qué se trata?

—El teléfono no es seguro —contestó ella—. Debemos vernos. —Le dijo el lugar y la hora.

Mirando el reloj, Bourne comentó.

—Eso es dentro de una hora.

—Ni más ni menos. Yo puedo llegar. ¿Y tú?

—Creo que sí —dijo—. Hasta luego.

Bourne colgó, fue hacia la ventana y se asomó mientras repasaba la conversación en su memoria, palabra por palabra.

Sentía una especie de desdoblamiento, como si hubiera salido del propio cuerpo y hubiese vivido algo que le había sucedido a otro. Su mente, semejante a un movimiento sísmico en sus propias neuronas, estaba luchando contra un recuerdo. Bourne sabía que había mantenido esta conversación antes, pero, por desgracia, no lograba recordar dónde, cuándo o qué significado podía tener para él ahora.

Habría seguido con su infructuosa búsqueda si no hubieran llamado al interfono. Se volvió de espaldas a la ventana, atravesó la sala y apretó el botón que abría el portal. Había llegado el momento de verse las caras con Arkadin, asesino legendario, asesino de asesinos, el que se había infiltrado en una cárcel rusa de alta seguridad sin que nadie se enterara, el que había eliminado a Piotr y toda su red.

Llamaron a la puerta. Bourne se apartó de la mirilla, y también de la puerta, estirando la mano para abrirla. No hubo disparos, ni se rompieron la madera ni el metal. En cambio la puerta se abrió hacia dentro y en el piso entró un individuo de aspecto elegante, con la piel oscura y una barba puntiaguda.

—Dese la vuelta despacio —dijo Bourne.

El hombre, con las manos bien a la vista, se dio la vuelta. Era Semion Ikupov.

—Bourne —dijo.

Jason sacó el pasaporte y lo abrió por la contracubierta.

Ikupov asintió.

—Ya. ¿Ahora es cuando me mata en nombre de Dominic Specter?

—Se refiere a Asher Sever.

—Ay, Señor —exclamó Ikupov—, y yo que quería darle una sorpresa. —Sonrió—. Confieso que estoy abrumado. De todos modos, lo felicito, señor Bourne. Ha descubierto algo que no sabe nadie más. Con qué medios, eso es un completo misterio.

—Y seguirá siéndolo —dijo Bourne.

—No importa. Lo que sí importa es que no perderé el tiempo intentando convencerlo de que Sever lo ha utilizado. En vista de que ya ha descubierto sus mentiras, podemos pasar a la siguiente etapa.

—¿Qué le hace pensar que voy a escuchar nada de lo que tenga que decirme?

—Si ha descubierto las mentiras de Sever, entonces también conoce la historia reciente de la Legión Negra, y sabe que hace tiempo éramos como hermanos, y también cuán profunda es ahora nuestra enemistad. Somos enemigos, Sever y yo. Sólo puede haber un epílogo en nuestra guerra, usted ya me entiende.

Bourne no dijo nada.

—Quiero ayudarlo a impedir que esta gente ataque su país. ¿Está bastante claro? —Se encogió de hombros—. Bueno, es normal que se sienta escéptico, yo también lo sería en su lugar. —Movió la mano izquierda muy lentamente hacia el borde de su abrigo, y lo apartó para que se viera el forro. Algo sobresalía del bolsillo interior—. Quizá, antes de que suceda una desgracia, podría echar un vistazo a lo que tengo aquí.

Bourne se inclinó y cogió la SIG Sauer que Ikupov tenía metida en la cintura. Después extrajo el pliego de documentos.

Mientras lo abría, Ikupov dijo:

—He tenido un montón de problemas para robar estos planos a mis enemigos.

Bourne se encontró frente a los planos arquitectónicos del Empire State Building. Cuando levantó la cabeza vio que Ikupov lo observaba atentamente.

—Esto es el objetivo del ataque de la Legión Negra. ¿Sabe cuándo se producirá?

—Por supuesto que lo sé. —Ikupov miró su reloj—. Exactamente dentro de treinta y tres horas y veintiséis minutos.

38

Veronica Hart estaba mirando el *The Drudge Report* cuando Stu Gold hizo entrar al general Kendall a su despacho. Ella estaba sentada en la parte de delante de su mesa, con la pantalla girada hacia la puerta para que Kendall pudiera tener una visión clara de las fotos de él y la mujer de The Glass Slipper.

—Y éste es sólo un sitio —dijo, indicando las tres sillas dispuestas delante de ella para que se sentaran—. Hay muchas más. —Una vez estuvieron todos sentados, se dirigió a Kendall—. ¿Qué va a decir su familia, general? ¿O su ministro y su congregación? —Su expresión seguía impasible; estaba atenta a no delatar su regodeo—. Sé que a muchos de ellos no les gustan las afroamericanas, ni siquiera como criadas o niñeras. Prefieren a las europeas del Este, polacas o rusas. ¿No es así?

Kendall no dijo nada. Estaba sentado con la espalda erguida como un huso y las manos unidas severamente entre las rodillas, como si estuviera en un consejo de guerra.

Hart habría deseado tener a Soraya al lado, pero todavía no había vuelto del piso franco de la NSA, lo que ya era preocupante de por sí. Encima no respondía al móvil.

—Le he sugerido que lo mejor que podía hacer ahora es ayudarnos a vincular a LaValle con la conspiración para robar secretos de la CIA —dijo Gold.

Hart sonrió amablemente a Kendall.

—¿Y qué dice usted a esta sugerencia, general?

—Reclutar a Rodney Feir fue idea mía —dijo Kendall, inconmovible.

Hart se inclinó hacia adelante.

—¿Quiere que creamos que se embarcó en un acto tan arriesgado sin informar de ello a su superior?

—Después del fiasco con Batt, tenía que hacer algo para demostrar mi valía. Creí que tendría más posibilidades cortejando a Feir.

—Así no vamos a ninguna parte —dijo Hart.

Gold se puso de pie.

—Estoy de acuerdo. El general ha decidido sacrificarse por el hombre que lo ha vendido. —Se dirigió a la puerta—. No sé de qué le sirve, pero hay gente para todo.

—¿Ya está? —preguntó Kendall mirando hacia adelante—. ¿Han terminado conmigo?

—Nosotros sí —dijo Hart—, pero Rob Batt, no.

El nombre de Batt hizo reaccionar al general.

—¿Batt? ¿Qué tiene que ver él con esto? Está fuera del juego.

—No lo creo. —Hart se levantó y se situó detrás de la silla del general—. Batt lo tenía bajo vigilancia desde el momento en que le arruinó la vida. Fue él quien sacó esas fotos de usted y Feir entrando y saliendo del gimnasio, el restaurante y The Glass Slipper.

—Pero no es lo único que tiene. —Gold levantó el maletín de forma elocuente.

—O sea que me temo que su estancia en la CIA se prolongará un poco —dijo Hart.

—¿Cuánto?

—¿Qué más le da? —preguntó Hart—. Ya no tiene una vida, que digamos.

Mientras Kendall se quedaba con dos agentes armados, Hart y Gold fueron al despacho contiguo, donde Rodney Feir estaba esperando, custodiado por otro par de agentes.

—¿El general se está divirtiendo? —dijo Feir mientras los otros dos se sentaban delante de él—. Hoy tiene el día negro. —Se rió de su propia broma, pero nadie lo secundó.

—¿Tiene idea de lo grave que es su situación? —dijo Gold.

Feir sonrió.

—Creo que tengo una idea bastante aproximada.

Gold y Hart intercambiaron una mirada. Ninguno de los dos entendía la actitud despreocupada de Feir.

—Va a ir a la cárcel por mucho tiempo, señor Feir —dijo Gold.

Feir cruzó una pierna sobre la otra.

—Creo que no.

—Pues se equivoca —insistió Gold.

—Rodney, lo hemos pillado por robar secretos de Typhon y entregarlos a un miembro de alto rango de una organización rival de servicios secretos.

—¡Por favor! —dijo Feir—. Soy perfectamente consciente de lo que hice y de que me han pillado. Lo que digo es que nada de esto importa. —Seguía poniendo cara de gato de Cheshire, como si tuviera una escalera de color y ellos cuatro ases.

—Explíquese —dijo Gold bruscamente.

—La he jodido —dijo Feir—. Pero no lamento lo que hice, sólo el que me hayan pillado.

—Esa actitud sin duda lo ayudará mucho a defender su caso —dijo Hart cáusticamente. Estaba harta de que Luther LaValle y sus compinches la manipularan.

—Por carácter, no tengo tendencia al arrepentimiento, directora. Pero en vista de las pruebas que obran en su poder, mi actitud carece de importancia. Quiero decir que si estuviera contrito como Rob Batt, ¿cambiaría algo para usted? —Meneó la cabeza—. No vale la pena que nos engañemos. Lo que hice y lo que pienso pertenecen al pasado. Hablemos del futuro.

—No tiene futuro —dijo Hart secamente.

—Eso está por ver. —Feir seguía mirándola con su sonrisa irritante—. Le propongo un intercambio.

Gold estaba estupefacto.

—¿Quiere hacer un trato?

—Llamémoslo un intercambio justo —dijo Feir—. Retiran todos los cargos contra mí, y me dan una liquidación generosa y una carta de recomendación que me sirva para trabajar en el sector privado.

—¿Algo más? —dijo Hart—. ¿Qué le parece una casa de veraneo en la bahía de Chesapeake y un yate de propina?

—Es una oferta generosa —dijo Feir con una expresión absolutamente seria—, pero no soy un cerdo, directora.

—Este comportamiento es intolerable —dijo Gold, levantándose.

Feir lo miró.

—No se sulfure, abogado. No ha oído lo que tengo que ofrecer.

—No me interesa. —Gold hizo una seña a los dos agentes—. Llévenlo otra vez a su celda.

—Yo en su lugar no lo haría. —Feir no se resistió cuando los agentes lo sujetaron y le obligaron a ponerse de pie. Miró a Hart—. Directora, ¿nunca se ha preguntado por qué Luther LaValle no intentó nada contra la CIA mientras el Viejo estaba vivo?

—No me hizo falta; lo sé. El Viejo era demasiado poderoso, estaba demasiado bien relacionado.

—Eso es cierto, pero hay otra razón más concreta. —Feir miró a un agente y después al otro.

Hart tenía ganas de retorcerle el cuello.

—Suéltenlo —dijo.

Gold dio un paso adelante.

—Directora, le recomiendo encarecidamente...

—No perdemos nada escuchándole, Stu. —Hart hizo un gesto con la cabeza—. Siga, Rodney. Tiene un minuto.

—La verdad es que LaValle intentó varias veces apoderarse de la CIA mientras la dirigía el Viejo. Fracasó todas las veces, ¿y sabe por qué? —Feir miró a uno y después a otro, con la sonrisa del gato de Cheshire en el rostro—. Porque durante años el Viejo tuvo un topo bien infiltrado en la NSA.

Hart lo miró con los ojos desorbitados.

—¿Qué?

—Menuda tontería —dijo Gold—. Esto es una cortina de humo.

—Buena suposición, abogado, pero se equivoca. Conozco la identidad del topo.

—¿Y cómo demonios puede saber algo así, Rodney?

Feir rió.

—A veces, no muy a menudo, lo reconozco, vale la pena ser el jefe de los chupatintas de la CIA.

—Esto no es en absoluto...

—Esto es exactamente lo que soy, directora. —De repente se apoderó de él la antigua rabia sedimentada con los años—. Ningún título altisonante puede disimularlo. —Hizo un gesto con la mano, como para reducir a cenizas su ira—. Pero da igual, el caso es que veo cosas en la CIA que no ve nadie más. El Viejo había previsto la eventualidad de que lo mataran, pero eso lo sabe mejor que yo, abogado, ¿no?

Gold miró a Hart.

—El Viejo dejó una serie de sobres sellados dirigidos a diferentes directores en caso de que él desapareciera repentinamente.

—Uno de esos sobres —dijo Feir—, el que contenía la identidad del topo dentro de la NSA, estaba dirigido a Rob Batt, lo que en su momento era lógico, ya que Batt era el jefe de operaciones. Pero nunca llegó a manos de Batt; yo me ocupé de ello.

—Usted... —Hart estaba tan furiosa que no podía ni hablar.

—Podría decir que ya había empezado a sospechar que Batt trabajaba para la NSA —dijo Feir—, pero sería mentira.

—Así que se la quedó, incluso después de que me nombraran directora.

—Poder, directora. Me imaginé que tarde o temprano necesitaría una carta para comprar mi libertad.

Otra vez la sonrisa que hacía que Hart quisiera darle un puñetazo en la cara. Se reprimió haciendo un esfuerzo.

—Y mientras tanto, dejó que LaValle se nos echara encima. Por su culpa, me sacaron de mi despacho esposada, por su culpa el legado del Viejo ha estado a punto de irse a pique.

—Sí, bueno, estas cosas pasan. ¿Qué se le va a hacer?

—Yo le diré lo que puedo hacer —dijo Hart, haciendo una señal a los agentes, que sujetaron a Feir otra vez—. Puedo decirle que se vaya al infierno. Puedo decirle que pasará el resto de su vida entre rejas.

Incluso después de aquello Feir permaneció impasible.

—He dicho que sabía quién era el topo, directora. Además, y creo que esto le interesará especialmente, sé dónde trabaja.

Hart estaba demasiado furiosa para que le importara.

—Llévenselo de mi vista.

Mientras lo sacaban de la habitación, Feir dijo:

—Está dentro del piso franco de la NSA.

La directora sintió que el corazón le latía con fuerza en el pecho. Ahora la maldita sonrisa de Feir no sólo era comprensible, sino lógica.

Faltaban treinta y tres horas y veintiséis minutos. Con las amenazadoras palabras de Ikupov todavía en los oídos, Bourne captó un ligero movimiento. Ikupov y él estaban en el vestíbulo, con la puerta del piso todavía abierta. Allí fuera había alguien, escondido detrás la puerta.

Bourne, sin dejar de hablar con Ikupov, cogió al otro hombre del codo y lo metió en el salón, hacia el pasillo que llevaba a los dormitorios y al baño. Al pasar frente a una ventana, el vidrio explotó con la fuerza de un hombre que se catapultara hacia el interior. Bourne se volvió de golpe, con la SIG Sauer que había cogido a Ikupov apuntando al intruso.

—Baja la SIG —dijo una voz de mujer detrás de él. Bourne volvió la cabeza para ver quien estaba en el vestíbulo: una mujer joven y pálida, que le apuntaba a la cabeza con una Luger.

—Leonid, ¿qué haces aquí? —Ikupov parecía a punto de sufrir un ataque de apoplejía—. Te di órdenes expresas...

—Es Bourne. —Arkadin avanzó a través de una alfombra de cristales hechos añicos—. Fue Bourne quien mató a Mischa.

—¿Es eso cierto? —Ikupov se volvió a mirar a Bourne—. ¿Mató a Mijaíl Tarkanian?

—No me dejó alternativa —dijo Bourne.

Devra, con su Luger apuntando directamente a la cabeza de Bourne, dijo:

—Suelta la SIG. No lo repetiré.

Ikupov se avanzó hacia Bourne.

—Yo la cogeré.

—Quédate dónde estás —ordenó Arkadin. Él apuntaba su Luger a Ikupov.

—Leonid, ¿qué haces?

Arkadin no le hizo caso.

—Haz lo que dice la señora, Bourne. Suelta la SIG.

Bourne obedeció. En cuanto soltó el arma, Arkadin dejó caer su Luger y saltó encima de Bourne. Éste levanto un antebrazo a tiempo para bloquear la rodilla de Arkadin, pero sintió la sacudida hasta el hombro. Intercambiaron puñetazos brutales, amagos engañosos y movimientos defensivos. Por cada movimiento que hacía Bourne, Arkadin tenía preparado un contraataque perfecto y viceversa. Cada vez que Jason miraba al ruso a los ojos veía sus actos más oscuros reflejados en la atrocidad, la muerte y la destrucción que llevaba encima. En aquellos ojos implacables había un vacío más negro que una noche sin estrellas.

Se movieron a través del salón, con Bourne retrocediendo, hasta que pasaron bajo el arco que separaba el salón del resto del apartamento. En la cocina, Arkadin cogió un gran cuchillo y lo blandió contra el rival. Esquivando el arco mortal del ejecutor, Bourne cogió un taco de madera que contenía varios cuchillos. Arkadin clavó su cuchillo en la superficie de la cocina, y no tocó los dedos de Bourne por los pelos. Ahora el ruso, blandiendo el cuchillo adelante y atrás como una hoz cortando trigo, le impidió llegar a los cuchillos.

Bourne estaba cerca del fregadero. Sacando un plato del escurreplatos lo lanzó como un Frisbee, obligando a Arkadin a esquivarlo. Bourne sacó un cuchillo de trinchar como si desenfundara una espada. El acero chocó con el acero, hasta que Bourne utilizó el cuchillo para clavarlo en el estómago de Arkadin. Pero éste bajó su cuchillo con precisión sobre el lugar donde lo agarraba la mano de Bourne y le obligó a soltarlo. El cuchillo cayó al suelo tintineando. Arkadin se abalanzó sobre Bourne y los dos se enzarzaron en un combate cuerpo a cuerpo.

Bourne logró mantener alejado el cuchillo, y a tan poca distancia era imposible hacerlo oscilar. Consciente de que era más una carga que una ventaja, Arkadin lo soltó.

Durante tres largos minutos permanecieron agarrados en una especie de doble presa mortal. Ensangrentados y magullados, ninguno de los dos lograba imponer su ventaja. Bourne nunca se había enfrentado a nadie con la capacidad física y mental de Arkadin, alguien que se pareciera tanto a él. Luchar con Arkadin era como luchar con una imagen de sí mismo, una imagen que no le gustaba demasiado. Se sentía como si estuviera al borde de un precipicio y debajo hubiese algo terrible, un abismo lleno de terrores interminables, donde la vida no pudiera continuar. Sentía que Arkadin se estaba esforzando por lanzarlo al abismo, como si quisiera mostrarle la desolación que estaba al acecho detrás de sus propios ojos, la imagen horripilante de su pasado olvidado de la que era el reflejo.

Con un esfuerzo supremo, Bourne se deshizo de la presa, y asestó un puñetazo a su rival en la oreja. El ruso retrocedió contra una columna mientras Jason huía a toda prisa de la cocina hacia el pasillo. Al hacerlo, oyó el inconfundible sonido de un obturador que se cerraba y se lanzó de cabeza al dormitorio principal. Un tiro astilló el marco de madera justo por encima de su cabeza.

Se levantó rápidamente y fue al armario de Kirsch, mientras oía que Arkadin gritaba a la mujer pálida que no disparara. Bourne apartó la hilera de trajes y rascó el panel de chapa de la pared del armario buscando los pestillos que Kirsch le había descrito en el museo. Justo cuando oyó entrar a Arkadin en el dormitorio, giró los pestillos, apartó el panel y, agachándose todo lo que pudo, entró en un mundo de oscuridad absoluta.

Cuando Devra se volvió después de intentar herir a Bourne, se encontró mirando al cañón de la SIG Sauer que Ikupov había recogido del suelo.

—Idiota —dijo Ikupov—, tu novio y tú vais a estropearlo todo.

—Lo que haga Leonid es asunto suyo —dijo ella.

—Ahí es donde te equivocas —dijo Ikupov—. Leonid no tiene asuntos personales. Todo lo que es me lo debe a mí.

Devra salió de la penumbra del vestíbulo y entró en el salón. La Luger que tenía en la mano apuntaba a Ikupov.

—Ha terminado contigo —dijo—. Su esclavitud ha acabado.

Ikupov rió.

—¿Eso es lo que te ha dicho?

—Es lo que le he dicho yo.

—Entonces eres más idiota de lo que creía.

Se movieron en círculos, atentos al más mínimo movimiento. Aun así, Devra esbozó una sonrisa glacial.

—Ha cambiado desde que salió de Moscú. Es una persona diferente.

Ikupov soltó una risita gutural y despectiva.

—Lo primero que tienes que meterte en la cabeza es que Leonid es incapaz de cambiar. Lo sé mejor que nadie porque desperdicié muchos años intentando que fuera mejor persona. Fracasé. Todos los que lo intentaron fracasaron y ¿sabes por qué? Porque Leonid no está entero. En los días y las noches de Nizhni Tagil se quebró. Ni todos los hombres del zar ni todos los caballos del zar podrían recomponerlo: las piezas ya no encajan. —Hizo un gesto con el cañón de la SIG Sauer—. Vete, vete mientras puedas; si no, te prometo que te matará como ha matado a todos los que intentaron acercarse a él.

—¡Qué equivocado estás! —escupió Devra—. Eres como todos los de tu calaña, corrompido por el poder. Has pasado tantos años apartado de la vida de la calle que has creado tu propia realidad, la que se activa sólo con un gesto de tu mano. —Dio un paso hacia él, lo que provocó una tensa reacción del hombre—. ¿Crees que puedes matarme antes de que te mate yo? No contaría con ello. —Inclinó la cabeza—. En todo caso, tienes más que perder que yo. Yo ya estaba medio muerta cuando Leonid me encontró.

—Ah, ahora lo entiendo —dijo Ikupov—, te ha salvado de ti misma, te ha salvado de la calle, ¿no?

—Leonid es mi protector.

—¡Por Dios!, ¿quién se engaña ahora?

La sonrisa glacial de Devra se ensanchó.

—Uno de los dos está fatalmente equivocado. Falta por ver quién.

—La habitación está llena de maniquíes —había dicho Egon Kirsch cuando le había descrito su estudio a Bourne—. Tengo las persianas cerradas para proteger mis obras de la luz. Los he construido a partir de la nada, por decirlo de algún modo. Son mis compañeros, por así decirlo, así como mi obra. En este sentido, pueden sentir o, si lo prefiere, creo que tienen el don de la visión. ¿Qué criatura puede levantar la mirada sobre el propio creador sin enloquecer o volverse ciega o ambas cosas?

Con el plano de la habitación en la mente, Bourne entró en el estudio, evitando los maniquíes para no hacer ruido o, como habría dicho Kirsch, para no perturbar el proceso de su nacimiento.

—Creerá que estoy mal de la cabeza —había dicho Kirsch en el museo—. No es que me importe. Para todos los artistas, tengan éxito o no, sus creaciones están vivas. Yo no soy diferente. Tan sólo se trata de que, después de tanto años intentando dar vida a la abstracción, he dado forma humana a mi trabajo.

Bourne oyó un ruido y se quedó inmóvil un momento. Después echó un vistazo por detrás del muslo de un maniquí. Sus ojos se habían adaptado a la extrema penumbra, y distinguía movimiento: Arkadin había encontrado el panel y había entrado en el estudio detrás de él.

Bourne creía tener más posibilidades aquí que en el piso de Kirsch. Conocía la disposición, la oscuridad podía ayudarlo, y si golpeaba con rapidez tendría la ventaja de ver cuando Arkadin todavía no pudiera hacerlo.

Con la estrategia en la cabeza, salió de detrás de un maniquí, y fue hacia el ruso. El estudio era como un campo de minas. Había tres maniquíes entre Arkadin y él, todos colocados en poses y ángulos diferentes. Uno estaba sentado, sosteniendo una pequeña pintura en la mano, como si leyera un libro; otro estaba de pie con las piernas separadas, en la clásica postura del tirador; el tercero corría, inclinado hacia adelante, como si se estirara para cruzar la meta.

Bourne se movió alrededor del corredor. Arkadin estaba agachado, prudentemente inmóvil para acostumbrar sus ojos a la oscuridad. Era justo lo que había hecho Bourne al entrar en el estudio un momento antes.

De nuevo Bourne se sintió angustiado por la misteriosa imagen especular que representaba Arkadin. El observarse a sí mismo haciendo todo lo posible para encontrarse y matarse no sólo no le producía ningún placer sino que le generaba mucha ansiedad, al nivel más primitivo.

Acelerando el ritmo, Bourne acortó la distancia que lo separaba del maniquí sentado, que leía su pintura. Consciente de que no disponía de más tiempo, se situó furtivamente frente al pistolero. En el momento en que iba a lanzarse encima de Arkadin, sonó su móvil y la pantalla se iluminó con el número de Moira.

Con una exclamación silenciosa, Bourne saltó. Arkadin, pendiente de la más leve anomalía, se volvió a la defensiva hacia el sonido y Bourne chocó contra una pared de músculo, tras la cual había una voluntad asesina de una intensidad feroz. Arkadin atacó con el cuchillo; Bourne retrocedió, entre las piernas del maniquí tirador. Arkadin avanzó y se golpeó contra la cadera del maniquí. Retrocediendo con una maldición, atacó al maniquí con el cuchillo. La hoja se clavó en la piel acrílica y se hundió en el metal de debajo. Bourne pegó una patada mientras Arkadin intentaba liberar la hoja y acertó al lado izquierdo del pecho de su adversario. Arkadin intentó alejarse rodando. Bourne apretó el hombro contra la espalda del tirador. Era extremadamente pesado, pero empujó con todas sus fuerzas y logró hacerlo caer encima de Arkadin, de modo que quedara atrapado.

—Tu amigo no me dejó alternativa —dijo Bourne—. Me habría matado si no lo hubiera detenido. Estaba demasiado lejos y no tuve más remedio que lanzar el cuchillo.

De Arkadin salió un ruido parecido al estallido de un disparo. Bourne tardó un momento en comprender que era una risotada.

—Estaría dispuesto a jurar que, antes de morir, Mischa te dijo que eras hombre muerto, Bourne.

Jason estaba a punto de contestar cuando vio el brillo tenue de una SIG Sauer Mosquito en la mano de Arkadin. Se agachó justo antes de que la bala del .22 le pasara silbando sobre la cabeza.

—Tenía razón.

Bourne se apartó, se puso detrás de otros maniquíes y los utilizó para cubrirse mientras Arkadin disparaba tres balas más. Yeso, madera y material acrílico saltaron en pedazos cerca del hombro y la oreja izquierdos de Bourne antes de que pudiera esconderse debajo de la mesa de trabajo de Kirsch. Detrás de él, oía los gruñidos de Arkadin combinados con el chirrido de metal que producían sus intentos de salir de debajo del tirador caído.

Gracias a la descripción de Kirsch, Bourne sabía que la puerta principal estaba a la izquierda. Se puso de pie y corrió hacia la esquina mientras Arkadin disparaba otro tiro. El proyectil dio en la pared desintegrando un pedazo de yeso y astillas. Bourne llegó a la puerta, giró el pomo y salió al pasillo. La puerta abierta del piso de Kirsch estaba amenazadoramente abierta a su izquierda.

—No llegaremos a ninguna parte apuntándonos el uno al otro —dijo Ikupov—. Intentemos salir de esta situación de una forma razonable.

—Ése es tu problema —dijo Devra—. La vida no es racional: es un caos de mierda. Es parte del engaño; el poder te hace creer que puedes controlarlo todo. Pero no puedes, nadie puede.

—Leonid y tú creéis saber lo que estáis haciendo, pero os equivocáis. Nadie funciona en el vacío. Si matáis a Bourne las consecuencias serán terribles.

—Consecuencias para ti, no para nosotros. Esto es lo que hace el poder: pensáis en atajos. Viabilidad, oportunidades políticas y corrupción sin fin.

Fue en aquel momento cuando los dos oyeron los tiros, pero sólo Devra sabía que procedían de la Mosquito de Arkadin. Presintió que el dedo de Ikupov se tensaba sobre el gatillo de la SIG, y se situó en una posición semiagachada, sabiendo que si aparecía Bourne en lugar de Arkadin, lo mataría.

La situación había alcanzado el punto de ebullición, e Ikupov estaba claramente preocupado.

—Devra, te ruego que pienses en ello. Leonid no conoce todos los hechos. Necesito vivo a Bourne. Lo que le hizo a Mischa es despreciable, pero los sentimientos personales no tienen cabida en casos como éste. Tanta planificación y tanta sangre vertida no habrán servido de nada si Leonid mata a Bourne. Debes dejar que le ponga fin; te daré lo que quieras, cualquier cosa que quieras.

—¿Crees que puedes comprarme? El dinero no significa nada para mí. Lo que quiero es a Leonid —dijo Devra justo cuando Bourne apareció en la puerta de entrada.

Devra e Ikupov se volvieron al mismo tiempo. Devra gritó porque supo, o creyó saber, que Arkadin estaba muerto, y redirigió la Luger de Ikupov a Bourne.

Jason retrocedió al pasillo y ella disparó un tiro tras otro contra él mientras caminaba hacia la puerta. En tanto que toda su concentración estaba puesta en Bourne, apartó la mirada de Ikupov y no percibió el momento crucial en que él apuntaba la SIG en su dirección.

—Te he avisado —dijo, disparándolo al pecho.

La muchacha cayó de espaldas.

—¿Por qué no me has escuchado? —exclamó Ikupov, disparando otra vez.

Devra emitió un leve sonido y arqueó el cuerpo. Ikupov se la quedó mirando.

—¿Cómo pudiste dejarte seducir por un monstruo así? —dijo.

Devra le miró con los ojos enrojecidos. La sangre brotaba fuera de ella con cada latido forzado de su corazón.

—Eso es exactamente lo que le pregunté cuando me refería a ti. —Cada jadeo le producía un dolor indescriptible—. No es un monstruo, pero si lo fuera tú serías mucho peor.

Su mano se contrajo. Ikupov, distraído por las palabras de la chica, no prestó atención a la Luger que ella tenía en la mano, hasta que disparó. Le dio en el hombro derecho y le hizo retroceder contra la pared. El dolor le obligó a soltar la SIG. Viendo que la chica intentaba volver a disparar, se volvió y corrió fuera del piso, bajó corriendo la escalera y salió a la calle.

39

Willard descansaba en el cuarto de servicio contiguo a la biblioteca del piso franco de la NSA. Estaba tomando su taza de café matutina con azúcar y leche mientras leía *The Washington Post*. Sonó su móvil. Echó un vistazo y vio que era su hijo, Oren. La llamada no era de Oren, por supuesto, pero eso sólo lo sabía Willard.

Dejó el periódico y esperó a que apareciera la foto en la pantalla del teléfono. Era de dos personas de pie frente a una iglesia rural, cuyo campanario tocaba el margen superior de la foto. No tenía ni idea de quiénes eran ni dónde estaban, pero éstos eran detalles irrelevantes. Tenía seis claves en la cabeza, pero aquella foto le decía cuál debía utilizar. Las dos personas más el campanario significaban que debía usar la clave tres. Si, por ejemplo, las dos personas estuvieran frente a un arco, restaría uno de dos, en lugar de añadirlo. Había otras pistas visuales. Un edificio de ladrillo significaba dividir el número de figuras por dos; un puente, multiplicar por dos, y así sucesivamente.

Willard borró la foto del móvil, cogió la tercera parte del *Post* y empezó a leer el primer artículo de la página 3. A partir de la tercera palabra empezó a descifrar el mensaje que constituía su llamada a la acción. Mientras avanzaba en la lectura del artículo, sustituyendo unas letras por otras, como dictaba el protocolo, sintió una honda agitación. Había sido los ojos y los oídos del Viejo en la NSA durante treinta años, y la muerte repentina del Viejo el año anterior le había llenado de tristeza. Después había sido testigo del intento de LaValle de apoderarse de la CIA y había esperado que sonara su teléfono, pero durante meses, y de manera inexplicable, su deseo de ver otra foto en la pantalla no se había cumplido. No lograba entender por qué no lo utilizaba la nueva directora. ¿Había caído en el olvido? ¿Veronica Hart no sabía que existía? Eso parecía, sobre todo después de que LaValle atrapara a Soraya Moore y a su colega, que seguía encerrado en la cubierta inferior, como llamaba Willard en privado a las celdas de detención del sótano. Había hecho lo que había podido por el joven Tyrone, aunque apenas pudiera hacer nada. Aun así sabía que incluso el más insignificante rayo de esperanza —saber que no estabas solo— era suficiente para revigorizar un corazón valeroso, y si lo había juzgado bien, Tyrone tenía un corazón valeroso.

Willard siempre había querido ser actor —durante años su ídolo había sido Laurence Olivier—, pero ni en sus fantasías más desenfrenadas se le habría ocurrido que su carrera de actor se desarrollaría en el foro político. Había llegado a él por casualidad, durante una representación de *Enrique V* con la compañía teatral de la universidad, en la que tenía el papel protagonista, uno de los grandes políticos trágicos de Shakespeare, para ser más exactos. El Viejo había ido a felicitarlo a los camerinos y le había comentado que la traición de Enrique a Falstaff era más política que personal y acababa en éxito. El Viejo le preguntó si le gustaría interpretarlo en la vida real. Había ido expresamente a la universidad de Willard para reclutar gente para la CIA y le explicó que a menudo encontraba hombres en los lugares más inverosímiles.

Cuando acabó de descifrar, Willard tenía sus instrucciones inmediatas y dio gracias a las instancias superiores por no haber sido descartado con los trastos del Viejo. Se sintió como su viejo amigo Enrique V, aunque hiciera más de treinta años que no pisaba un escenario. Una vez más estaba llamado a encarnar su papel más importante, el que representaba como una segunda piel sin esfuerzo.

Dobló el periódico bajo el brazo, cogió el móvil y salió de la sala de descanso. Todavía le quedaban veinte minutos libres, tiempo más que suficiente para lo que le habían pedido: encontrar la cámara digital que llevaba Tyrone encima cuando lo habían capturado. Asomó la cabeza a la biblioteca, se aseguró de que LaValle todavía estuviera sentado en su lugar de costumbre, frente a Soraya Moore, y bajó por el pasillo.

Aunque lo hubiera reclutado el Viejo personalmente, fue Alex Conklin quien lo adiestró. El Viejo le dijo que Conklin era el mejor en su campo, es decir preparar agentes para trabajar sobre el terreno.

No tardó mucho en descubrir que aunque Conklin tuviera fama en la CIA por entrenar agentes para el trabajo sucio, también estaba versado en la preparación de agentes durmientes. Willard pasó casi un año con Conklin, aunque nunca en la sede de la CIA; formaba parte de Treadstone, el proyecto de Conklin que era tan secreto que ni siquiera la mayor parte del personal de la CIA conocía su existencia. Era de vital importancia que no tuviera relaciones evidentes con la CIA. Dado que el papel que el Viejo había planificado para él estaba dentro de la NSA, la revisión de sus antecedentes debía superar el escrutinio más escrupuloso.

Todo eso le pasaba a Willard por la cabeza mientras recorría las salas y pasillos sacrosantos del piso franco de la NSA. Se cruzó con un agente tras otro y supo que había cumplido su misión a la perfección. Era el don nadie imprescindible, la persona que siempre estaba presente pero en la que nadie se fijaba.

Sabía dónde estaba la cámara de Tyrone porque estaba allí cuando Kendall y LaValle habían hablado de lo que harían con ella, pero aunque no lo hubiera sabido, se habría imaginado dónde podía haberla escondido LaValle. Por ejemplo, estaba seguro de que no habría salido del piso franco, ni siquiera la habría sacado él mismo, a menos que las imágenes que Tyrone había sacado de las celdas y de las bañeras de ahogamiento hubieran sido trasladadas al servidor interno o borradas de la memoria de la cámara. En realidad cabía la posibilidad de que ya las hubieran eliminado todas, pero lo dudaba. En el breve lapso de tiempo en que el aparato había estado en manos de la NSA, Kendall había desaparecido y LaValle no había hecho más que intentar coaccionar a Soraya Moore para que entregara a Jason Moore.

Willard lo sabía todo de Bourne; había leído los archivos de Treadstone, incluso los que ya no existían, que habían sido destruidos y quemados cuando las informaciones que contenían se volvieron demasiado peligrosas para Conklin y también para la CIA. Sabía que detrás de Treadstone había mucho más de lo que el propio Viejo conocía. Era la forma de proceder de Conklin; para él la palabra «secretismo» era el santo grial. Nadie sabía en qué consistía su último plan para Treadstone.

Willard introdujo la tarjeta en la cerradura de la puerta del despacho de LaValle y marcó un código electrónico. Conocía los códigos de todos; de otro modo, ¿cómo habría podido ser útil un agente durmiente? La puerta se abrió hacia dentro y él entró y la cerró.

En la mesa de LaValle abrió los cajones uno por uno, buscando fondos falsos o cajones secretos. Al no encontrar nada, se acercó a la librería, el archivador y el aparador con botellas. Levantó los cuadros de las paredes, buscando detrás de ellos un nicho escondido, pero no había nada.

Se sentó en una esquina de la mesa y contempló la habitación, balanceando de manera inconsciente la pierna mientras intentaba descubrir dónde habría escondido la cámara LaValle. De repente el tacón del zapato hizo un ruido raro al rozar el borde de la mesa. Willard saltó, dio la vuelta al mueble, se agachó y se metió en el espacio vacío entre las dos hileras de cajones y tamborileó hasta que consiguió reproducir el sonido de antes. Sí, estaba seguro: aquella parte de la mesa estaba hueca.

Pasando los dedos por la superficie, Willard descubrió un diminuto pasador. Lo arrastró y la puerta se abrió. Ahí estaba la cámara de Tyrone. Estaba a punto de cogerla cuando oyó el ruido del metal frotando contra metal.

LaValle estaba en la puerta.

—Dime que me quieres, Leonid Danilovich. —Devra sonrió a Arkadin, que estaba arrodillado junto a ella.

—¿Qué ha pasado, Devra? ¿Qué ha pasado? —fue todo lo que él pudo decir.

Por fin había logrado quitarse de encima la escultura, y habría perseguido a Bourne, pero oyó los disparos procedentes del piso de Kirsch y después ruido de pasos que corrían. El salón estaba salpicado de sangre. La vio tirada en el suelo, con la Luger todavía en la mano. Su camiseta estaba teñida de rojo.

—Leonid Danilovich. —Había llamado su nombre al ver entrar a Arkadin en su campo visual—. Te esperaba.

Empezó a contarle lo que había pasado, pero las burbujas de sangre que se formaban en las comisuras de su boca la hacían borbotear de forma horrible. Arkadin le levantó la cabeza del suelo y la acunó sobre sus muslos. Le apartó los cabellos pegados a la frente y las mejillas, dejando tiras rojas como una pintura de guerra.

Devra intentó seguir hablando, pero calló y pareció que tenía la mirada perdida. Arkadin creyó haberla perdido. Pero volvió a mirarlo, recuperó la sonrisa y dijo:

—¿Me quieres, Leonid?

Él se inclinó y le susurró al oído. ¿Fue un «te quiero»? Había tanta tensión en su cabeza que no se oía a sí mismo. ¿La amaba? Y, si la amaba, ¿qué significaba? ¿Acaso importaba? Había prometido protegerla y había fracasado. Le miró los ojos, después la sonrisa, pero lo único que vio fue su propio pasado saliendo de nuevo a la superficie para sumergirlo.

—Necesito más dinero —dijo Yelena una noche apretándose contra él en la cama.

—¿Para qué? Ya te doy bastante.

—No soporto este sitio. Es como una prisión, las chicas lloran todo el rato, las pegan y después desaparecen. Antes hacía amigas para pasar el tiempo, para tener algo que hacer durante el día, pero ahora ya no me molesto. ¿Para qué? Al cabo de una semana ya no están.

Arkadin se había percatado de la necesidad de más chicas aparentemente imposible de satisfacer de Kuzin.

—No entiendo qué tiene que ver esto con que necesites más dinero.

—Si no puedo tener amigas —dijo Yelena—, quiero drogas.

—Te he dicho que nada de drogas —contestó Arkadin, mientras se apartaba de ella y se sentaba.

—Si me quieres, sácame de aquí.

—¿Amor? —Se volvió para mirarla—. ¿Quién ha hablado de amor?

Yelena se echó a llorar.

—Quiero vivir contigo, Leonid. Quiero estar siempre contigo.

Sintiendo una sensación desconocida que le cerraba la garganta, Arkadin se levantó y retrocedió.

—Por Dios —exclamó, recogiendo sus cosas—, ¿de dónde te vienen estas ideas?

Dejó a la muchacha llorando desconsoladamente y fue a buscar más chicas. Antes de que llegara a la puerta del burdel Stas Kuzin lo interceptó.

—Los llantos de Yelena están angustiando a las otras chicas —dijo con su voz sibilante—. Es malo para el negocio.

—Quiere vivir conmigo —dijo Arkadin—. ¿Te lo puedes imaginar?

Kuzin rió, con un sonido que recordaba a las uñas sobre la pizarra.

—No sé qué es peor: una mujer pesada que quiera saber dónde has estado toda la noche o los gemidos de los mocosos que no te dejan dormir.

Los dos rieron la broma y Arkadin no le dio más importancia. Durante tres días trabajó metódicamente peinando Nizhni Tagil en busca de más chicas para llenar el burdel. Después durmió veinte horas seguidas y al despertar fue directamente a la habitación de Yelena. Encontró a otra chica, una de las que acababa de secuestrar en la calle, durmiendo en la cama de Yelena.

—¿Dónde está Yelena? —preguntó él, levantando las mantas.

Ella lo miró, pestañeando, como un murciélago deslumbrado por el sol.

—¿Quién es Yelena? —dijo la chica con una voz pastosa de sueño.

Arkadin fue como una tromba al despacho de Stas Kuzin. El hombretón estaba sentado a su mesa gris de metal, hablando por teléfono, pero indicó a Arkadin que se sentara. Arkadin se quedó de pie, apoyado en el respaldo de una silla e inclinándose sobre él.

Kuzin terminó de hablar y colgó.

—¿Qué pudo hacer por ti, amigo mío?

—¿Dónde está Yelena?

—¿Quién? —Kuzin frunció el ceño, mirándolo como un cíclope—. Ah, la chillona. —Sonrió—. No te preocupes, no te molestará más.

—¿Qué significa eso?

—¿Por qué haces preguntas cuya respuesta ya conoces? —Sonó su teléfono y contestó la llamada—. Espera un momento, joder —dijo. Volvió a mirar a su socio—. Esta noche iremos a celebrar tu libertad, Leonid Danilovich. Por todo lo alto, ¿eh?

Y volvió a su llamada.

Arkadin tuvo la sensación de que el tiempo se paralizaba, como si estuviera condenado a recordarlo el resto de su vida. Mudo, salió como un autómata del despacho, del burdel, de aquel edificio del que era propietario junto con Kuzin. Sin pensarlo, entró en el coche y condujo hacia el norte, hacia el bosque de pinos y abetos canadienses húmedos. En el cielo no se veía el sol, el horizonte estaba decorado con chimeneas. El aire estaba nublado por partículas de carbón y azufre y teñido de un espeluznante naranja rojizo, como si todo estuviera en llamas.

Arkadin aparcó en la carretera y caminó por el sendero poco marcado, siguiendo el camino que había recorrido la furgoneta la primera vez. A partir de cierto punto echó a correr todo lo rápido que pudo entre los pinos, mientras el hedor de la muerte y la descomposición aumentaba, como deseoso de encontrarlo.

Llegó abruptamente al borde de la fosa. En el agujero habían vaciado sacos de cal viva para acelerar la descomposición; no obstante era imposible no reconocer lo que contenía. Sus ojos escrutaron los cadáveres hasta que la encontró. Yelena yacía en un ovillo de miembros en el punto donde había aterrizado, después de que la echaran dentro a patadas. Varias ratas muy grandes la estaban devorando.

Arkadin miró hacia la boca del infierno y soltó un gritito, el sonido que haría un cachorro si alguien le pisara la pata sin querer. Bajó a la fosa, haciendo caso omiso del horrible hedor. Con los ojos velados por las lágrimas, la arrastró fuera y la extendió sobre el lecho de hojas marrones del sotobosque. Entonces corrió al coche, abrió el maletero y sacó una pala.

La enterró a medio kilómetro de distancia de la fosa, en un pequeño claro apartado y tranquilo. La cargó sobre los hombros todo el camino. Cuando terminó, él mismo olía a muerte. En aquel momento, en cuclillas, la cara sucia y manchada de sudor, se preguntó si alguna vez lograría librarse de aquella pestilencia. Si hubiera sabido una oración, la habría rezado, pero sólo sabía obscenidades, que murmuró con el fervor de los justos. Pero él no era justo, era un condenado.

Como hombre de negocios, debía tomar una decisión. Pero Arkadin no era un hombre de negocios o sea que desde ese día su destino quedó sellado. Volvió a Nizhni Tagil con sus dos pistolas Stechkin cargadas y los bolsillos llenos de munición. Al entrar en el burdel, mató a los dos guardaespaldas que montaban guardia en la puerta. Ninguno de ellos tuvo ocasión de sacar el arma.

Stas Kuzin apareció en la puerta con una pistola Korovin TK.

—Leonid, ¿qué coño...?

Arkadin le disparó una vez a cada rodilla. Kuzin se dobló, gritando. Al intentar levantar la Korovin, Arkadin le pisó con fuerza la muñeca. Kuzin gimió con fuerza. En vista de que no soltaba la pistola, Arkadin le dio una patada en la rodilla. El aullido que esto provocó hizo salir a la última de las chicas de su habitación.

—Marchaos de aquí —dijo Arkadin a las chicas, sin dejar de mirar la cara monstruosa de Kuzin—. Coged todo el dinero que encontréis y volved con vuestra familia. Habladles de la fosa con cal viva que hay al norte de la ciudad.

Las oyó correr de un lado para otro, hablando entre ellas, y después se hizo el silencio.

—Hijo de la gran puta —dijo Kuzin, mirando a Arkadin.

Arkadin rió y le pegó un tiro en el hombro derecho. Después se guardó las Stechkins en las fundas y arrastró a Kuzin por el suelo. Tuvo que apartar a uno de los guardaespaldas, pero al final llegó al pie de la escalera y cruzó la puerta con Kuzin gimiendo detrás. Una vez en la calle una de las furgonetas de Kuzin frenó de golpe. Arkadin sacó las pistolas y las vació en el interior del vehículo. El coche se balanceó, el cristal se hizo añicos y la bocina sonó al caer encima el chófer muerto. No bajó nadie.

Arkadin arrastró a Kuzin a su coche y lo tiró sobre el asiento de atrás. Después condujo hacia el bosque, y entró en el sendero lleno de baches. Al llegar al final se paró y lo arrastró hasta el borde de la fosa.

—¡Hijo de puta! —gritó Kuzin—. Hijo de puta...

Arkadin le disparó a bocajarro en el hombro izquierdo, le dio un empujón y lo hizo caer a la fosa llena de cal. Se asomó. Allí estaba el monstruo, yaciendo sobre los cadáveres.

Perdía sangre por la boca.

—¡Mátame! —gritó Kuzin—. ¿Crees que temo a la muerte? ¡Vamos, mátame!

—No soy yo quien va a matarte, Stas.

—Mátame, te digo. ¡A la mierda! ¡Acaba de una vez!

Arkadin hizo un gesto hacia los cadáveres.

—Morirás en brazos de tus víctimas, con sus maldiciones en tus oídos.

—¿Y tus víctimas qué? —gritó Kuzin cuando Arkadin desapareció de su vista—. ¡Morirás ahogado en tu propia sangre!

Arkadin no le hizo ningún caso. Ya estaba al volante del coche, saliendo del bosque. Había empezado a llover, con unas gotas de color metálico que caían como balas de un cielo incoloro. Resonó un lento retumbo procedente de los hornos que empezaban el turno, como una descarga de cañones. Anunciaba el inicio de una guerra que seguramente lo destruiría, a menos que él encontrara una forma, que no fuera en un saco negro, de salir de Nizhni Tagil.

40

—¿Dónde estás, Jason? —preguntó Moira—. He intentado hablar contigo.

—Estoy en Múnich —dijo.

—¡Estupendo! Qué suerte que estés tan cerca. Necesito verte. —Parecía ligeramente sin aliento—. Dime dónde estás e iré a verte.

Bourne se cambió el móvil de oreja para poder vigilar mejor los alrededores.

—Ahora iba al Englisher Garten.

—¿Qué estás haciendo en Schwabing?

—Es muy largo de contar; te lo explicaré cuando nos veamos. —Bourne miró el reloj—. Pero he quedado con Soraya en la pagoda china dentro de diez minutos. Dice que tiene nueva información sobre el ataque de la Legión Negra.

—Qué raro —dijo Moira—. Yo también.

Bourne cruzó la calle, apresurándose, pero sin dejar de estar alerta a los posibles seguidores.

—Nos vemos allí —dijo Moira—. Tengo coche, puedo llegar en quince minutos.

—No creo que sea buena idea. —No quería verla envuelta en un asunto profesional—. Te llamaré en cuanto termine y podemos... —De repente, se dio cuenta de que estaba hablando solo. Marcó el número de Moira, pero le salió el contestador. «Maldita mujer», pensó.

Jason llegó a la entrada del parque, que era el doble de grande que el Central Park de Nueva York. Dividido por el río Isar, estaba lleno de senderos para correr y carriles bici, prados, bosques e incluso colinas. Cerca de la cima de una de ellas estaba la pagoda china, que de hecho era una cervecería.

Por supuesto estaba pensando en Soraya al acercarse al lugar de encuentro. Era raro que tanto ella como Moira tuvieran información sobre la Legión Negra. Se puso a pensar en la conversación telefónica que había mantenido con Soraya. Había algo en ella que le fastidiaba, algo que no lograba concretar. Cada vez que estaba a punto de recordarlo, se le escapaba.

No podía caminar muy deprisa debido a las hordas de turistas, diplomáticos estadounidenses y niños con globos o cometas volando al viento. Además en la pagoda había empezado a concentrarse una manifestación de estudiantes de instituto que protestaban por las nuevas reglas de acceso a la universidad.

Se abrió camino pasando junto a una madre con su hijo, y después una gran familia con zapatillas Nike y horribles chándales. El niño lo miró y, de manera instintiva, Bourne sonrió. Después se volvió y se limpió la sangre de la cara, que de todos modos seguía saliendo de las heridas que le había infligido Arkadin durante su pelea.

—No, no puedes comer salchichas —dijo la madre a su hijo con un fuerte acento británico—. Esta noche has tenido dolor de barriga.

—Pero, mami —contestó el niño—. Me encuentro bien. Ni más ni menos.

«Ni más ni menos.» Bourne se paró de golpe y se frotó la sien con la mano. «Ni más ni menos»; la frase le daba vueltas en la cabeza como una bola de acero en una máquina del millón.

Soraya.

«Hola, soy yo, Soraya. De hecho, estoy en Múnich.»

Y justo antes de colgar: «Ni más ni menos. Yo puedo llegar. ¿Y tú?».

Bourne, desorientado por las masas en movimiento, sentía la cabeza a punto de estallar. ¿Qué tenían aquellas frases? Las conocía y no las conocía. ¿Cómo era posible? Sacudió la cabeza para despejarla; los recuerdos estaban apareciendo como cortes de cuchillos en un pedazo de tela. La luz brillaba débilmente...

Y entonces vio a Moira. Corría hacia la pagoda china desde una dirección diferente, con expresión decidida, incluso inexorable. ¿Qué había ocurrido? ¿Qué información tenía para él?

Estiró el cuello, intentando ver a Soraya en medio del jaleo de la manifestación. Entonces lo recordó.

«Ni más ni menos.»

Soraya y él habían tenido aquella conversación antes, pero...
¿dónde? ¿En Odesa?

Decir «Hola, soy yo» antes del nombre significaba que estaba
bajo coacción.

«De hecho», si se decía antes del lugar donde se suponía que había que decirlo, significaba que no estaba allí.

«Ni más ni menos» significaba que era una trampa.

Alzó la mirada y el corazón le dio un vuelco. Moira se estaba metiendo directamente en ella.

Cuando la puerta se abrió, Willard se quedó inmóvil. Estaba a cuatro
patas, oculto por un lado de la mesa. Oyó voces, una de ellas la de
LaValle, y contuvo la respiración.

—No pasa nada —dijo LaValle—. Mándame las cifras por correo electrónico y cuando haya terminado con Moore, les echaré un
vistazo.

—De acuerdo —dijo Patrick, uno de los ayudantes de LaValle—, pero debería volver a la biblioteca. Moore está montando una
buena.

LaValle blasfemó. Willard le oyó caminar hacia la mesa y buscar
unos papeles. Quizá estaba buscando una carpeta. LaValle gruñó de
satisfacción, cruzó el despacho, salió y cerró la puerta. Willard no
respiró hasta que oyó el chirrido de la llave en la cerradura.

Encendió la cámara, rezando para que las imágenes no hubieran
sido borradas, y allí estaban, una tras otra, las pruebas que condena-
rían a Luther LaValle y a toda su administración de la NSA. Se sirvió
de la cámara y el móvil para enviarse las imágenes a su teléfono móvil,
vía Bluetooth. Una vez terminada la operación, buscó el número de
su hijo —que no era el número de su hijo, aunque si alguien llamaba
a ese número contestaría un joven que tenía instrucciones de hacerse
pasar por su hijo— y envió las fotos en un único archivo. Si las mandaba una por una con llamadas distintas encendería una alarma en el
servidor de seguridad.

Por fin, Willard se sentó y respiró hondo. Estaba hecho; ahora las fotos estaban en manos de la CIA, donde serían de gran ayuda o, desde el punto de vista de Luther LaValle, muy perjudiciales. Miró la hora, dejó la cámara en su sitio, cerró la puerta del compartimento secreto y salió a toda prisa de debajo del escritorio.

Cuatro minutos después, con los cabellos pulcramente peinados, el uniforme cepillado y un aspecto muy elegante, dejaba una taza de té de Ceilán delante de Soraya Moore y un escocés de malta frente a Luther LaValle. La señora Moore le dio las gracias; LaValle, con la mirada fija sobre la mujer, le hizo caso omiso, como siempre.

Moira no le había visto y Bourne no podía gritar llamándola porque en aquel barullo de gente no le oiría. En vista de que no lograba avanzar, se situó a un lado, avanzando hacia la izquierda para rodear la manifestación hacia Moira. Intentó llamarla de nuevo, pero o no le oía o no tenía intención de contestar.

Cuando estaba colgando vio a los agentes de la NSA. Se movían de manera coordinada hacia el centro de la manifestación, y sólo podía suponer que habría más agentes cerrando un círculo con la intención de atraparlo. Todavía no lo habían visto, pero Moira estaba cerca de la pareja a la que Bourne tenía a la vista. No había forma de llegar a ella sin que ellos lo vieran a él. De todos modos, siguió moviéndose por la periferia de la multitud, donde los jóvenes se empujaban unos a otros al mismo tiempo que gritaban sus eslóganes.

Bourne siguió adelante, aunque le parecía que cada vez avanzaba con más lentitud, como si estuviera en un sueño donde las leyes de la física no existieran. Necesitaba llegar a Moira sin que los agentes lo vieran; era peligroso para ella buscarlo entre la gente donde se habían infiltrado los agentes de la NSA. Era mucho mejor para él llegar a ella primero, y así poder controlar los movimientos de ambos.

Por último, se acercó a los representantes de la NSA y vio por qué la manifestación estaba degenerando en un súbito furor. Un grupo numeroso de cabezas rapadas había provocado los empujones. Algunos llevaban puños americanos y bates de béisbol. Tenían esvásticas tatuadas en los músculos hinchados de los brazos, y cuando empezaron a pelearse con los estudiantes que cantaban sus lemas, Bourne corrió hacia Moira. Pero cuando iba a cogerla, uno de los agentes apartó a un cabeza rapada y, al hacerlo, vio a Bourne. Se volvió y movió los labios hablando precipitadamente por el auricular con el que estaba conectado con los otros miembros de lo que Bourne daba por sentado que era un equipo ejecutor.

Cogió a Moira, pero el agente ya lo había cogido a él y tiraba, como si quisiera detenerlo durante el tiempo suficiente para que los demás miembros de su equipo acudieran en su ayuda. Bourne le pegó en la barbilla con el revés de la mano. La cabeza del agente rebotó hacia atrás y el hombre cayó sobre un grupo de cabezas rapadas, que creyeron que los estaba atacando y se pusieron a aporrearlo.

—Jason, ¿qué te ha pasado? —dijo Moira, mientras ella y Bourne intentaban abrirse paso entre la gente—. ¿Dónde está Soraya?

—Nunca ha estado aquí —dijo Bourne—. Es otra trampa de la NSA.

Habría sido mejor seguir por donde el jardín estaba lleno de gente, pero eso los conduciría al centro de la trampa. Bourne la guió alrededor de la manifestación, con la esperanza de salir a algún lugar donde los agentes no pudieran verlos, pero entonces vio a tres más fuera del grueso de manifestantes y supo que la retirada era una tarea imposible. Decidió dar la vuelta, arrastrando a Moira al epicentro de la manifestación.

—¿Qué haces? —dijo Moira—. ¿Así no vamos a meternos en la boca del lobo?

—Confía en mí. —Instintivamente se dirigió hacia el foco de los disturbios, donde los cabezas rapadas se estaban pegando con los estudiantes.

Llegaron junto a los dos grupos de jóvenes que se estaban enfrentando cada vez con más violencia. Bourne vio por el rabillo del ojo a un agente de la NSA que intentaba meterse en la misma masa de gente. Bourne intentó cambiar de rumbo, pero tenían el paso bloqueado, y una nueva ola de estudiantes los empujó como restos de un naufragio hacia la playa. Sintiendo la nueva ola de manifestantes, el agente se volvió para enfrentarse a ella y se encontró de cara con Moira.

Ladró el nombre de Bourne por el micrófono de su auricular y Jason le dio un puntapié en la rodilla. El agente vaciló, pero logró parar el golpe que Bourne le dirigió el hombro. El agente sacó una pistola y Bourne arrancó un bate de béisbol a un cabeza rapada, y pegó en las manos al hombre que lo llevaba con tal fuerza que lo obligó a soltar el arma.

En aquel momento, Bourne oyó que Moira gritaba detrás de él:

—¡Jason, que vienen!

La trampa estaba a punto de cerrarse sobre ellos.

41

Luther LaValle esperaba en vilo la llamada de su jefe de equipo de extracción en Múnich. Estaba sentado en su sillón favorito de cara a la ventana que daba a los ondulantes prados que había a la izquierda del ancho sendero de grava, y que serpenteaba entre hileras de olmos y robles a modo de centinelas. Después de volver de su despacho y de poner en su sitio a Soraya Moore, había decidido hacer caso omiso tanto a ella como a Willard, el cual, al segundo intento, había dejado de preguntarle si deseaba otro *whisky* de malta. No quería otro *whisky* de malta y no quería oír ni una sola palabra más de Moore. Lo que quería era que sonara su teléfono y que su jefe de equipo le dijera que Jason Bourne estaba bajo custodia. Era lo único que le pedía al día, y no le parecía mucho pedir.

De todos modos, la verdad era que sus nervios estaban más tensos que la cuerda de un violín. Tenía ganas de gritar y de pegar a alguien. La última vez que se le había acercado Willard, había tenido que reprimirse para no saltarle a la yugular. ¡Era tan condenadamente servil! A su lado, Moore estaba sentada con una pierna apoyada en una rodilla, bebiendo su maldito té de Ceilán. ¡Cómo podía estar tan tranquila!

Se levantó y de un manotazo le hizo caer la taza y el plato de las manos. Rebotaron en la gruesa alfombra, junto con lo que quedaba del café, pero sin romperse. Entonces él saltó y pisó la porcelana con el talón hasta que se rompió y volvió a romperse. Consciente de que Soraya lo estaba mirando, la apostrofó con malas maneras:

—¿Qué? ¿Qué está mirando?

Sonó el móvil y él lo cogió rápidamente de la mesa. Se le levantó el ánimo y sonrió de manera triunfal. Pero no era el jefe del equipo de extracción, sino el guardia de la puerta principal.

—Señor, siento molestarlo —dijo el guardia—. Pero está aquí la directora de la CIA.

—¿Qué? —LaValle respondió casi gritando. Su decepción era tremenda—. ¡Que se largue!

—Me temo que no puedo hacerlo, señor.

—Por supuesto que puedes. —Se acercó a la ventana—. ¡Te estoy dando una orden directa!

—Viene acompañada de un contingente de jefes de policía federales —dijo el guardia—. Ya se están dirigiendo a la casa principal.

Era cierto. LaValle podía ver la comitiva de coches en el sendero. Se quedó confuso, sin habla y furioso. ¡Cómo se atrevía la directora de la CIA a invadir su santuario privado! ¡La haría encarcelar por aquel ultraje!

Se sobresaltó al tomar conciencia de que había alguien de pie a su lado. Era Soraya Moore. En sus amplios labios se dibujaba una enigmática sonrisa.

Entonces se volvió a mirarlo y dijo:

—Creo que esto es el final.

La vorágine se desató alrededor de Bourne y Moira. Lo que antes era una simple manifestación se había convertido en una algarada en toda regla. Jason oyó gritos, alaridos e insultos, y entonces, en sordina, la conocida sirena de la policía que se acercaba desde diferentes direcciones. Bourne estaba bastante seguro de que la patrulla de extracción de la NSA no tendría ningún deseo de buscarse problemas con la policía de Múnich; se le estaba acabando el tiempo. El agente más cercano a Bourne también oyó las sirenas, y con las manos claramente entumecidas por el golpe de bate cogió a Moira por el cuello.

—Suelta el bate y acompáñame, Bourne —dijo en medio de la marea creciente de gritos—, o me veré obligado a retorcerle el cuello.

Bourne soltó el bate pero, mientras lo hacía, Moira mordió la mano del agente. Bourne le pegó un puñetazo en el delicado punto que hay debajo del esternón, le cogió la muñeca, le retorció el brazo con un ángulo poco natural, y con un golpe seco le rompió el codo. El agente gimió y cayó de rodillas.

Bourne le quitó el pasaporte y el auricular. Le pasó el pasaporte a Moira y se colocó el auricular en la oreja.

—Nombre —dijo.

Moira ya había abierto el pasaporte.

—William K. Saunders.

—Soy Saunders —dijo Bourne, hablando por el micrófono—. Bourne y la mujer se alejan. Van hacia el norte, desde el oeste de la pagoda.

Después cogió la mano de Moira.

—Morderle la mano —dijo, mientras saltaban por encima del agente caído—. Un gesto de auténtica profesional.

Moira rió.

—Ha dado resultado, ¿no?

Se abrieron paso entre la multitud, y se dirigieron hacia el sudeste. Detrás de ellos, los agentes de la NSA luchaban contracorriente por salir de la concentración. Delante de ellos, un cuerpo de policías uniformados con equipo antidisturbios se acercaban a paso ligero por el camino, con las semiautomáticas a punto. Pasaron junto a Bourne y Moira sin mirarlos.

Moira miró su reloj.

—Vamos a mi coche, rápido. Tenemos que coger un avión.

«No te rindas.» Aquellas palabras que Tyrone había encontrado en sus gachas fueron suficientes para mantener su moral elevada. Kendall no volvió y tampoco lo hizo ningún interrogador. De hecho, sus comidas empezaron a llegar a intervalos regulares, y eran bandejas llenas de comida de verdad, lo que era una bendición porque no creía que pudiera volver a comer gachas en su vida.

Los momentos en los que le quitaban la capucha negra le parecían cada vez más largos, pero su sentido del tiempo estaba alterado, o sea que no podía estar seguro de que fuera verdad. En cualquier caso, empleaba esos momentos en caminar, hacer flexiones y estiramientos, y cualquier cosa que le aliviara el horrible dolor de los brazos, los hombros y el cuello.

«No te rindas.» El mensaje podría haber dicho «No estás solo» o «Ten fe», unas palabras tan ricas como la cuenta corriente de un millonario. Cuando las leyó supo que Soraya no lo había abandonado y que, dentro del edificio, alguien que tenía acceso al sótano estaba de su parte. Y entonces tuvo la revelación, como si fuera Pablo en el camino de Damasco, convertido por la luz de Dios, si no recordaba mal la Biblia.

«Alguien está de mi parte», pensó, pero no de parte del antiguo Tyrone que se paseaba por el gueto cólerico y deseoso de venganza, ni el Tyrone a quien Deron había salvado de la vida en la calle, ni siquiera el Tyrone que se había colado por Soraya. No, en cuanto pensó espontáneamente «Alguien está de mi parte», se dio cuenta de que «de mi parte» significaba la CIA. No sólo había salido del gueto para siempre, sino que había salido de la sombra de la hermosa Soraya. Ahora era él y basta; había hallado su vocación, no como protector de Deron, ni como su discípulo, ni como ayudante adorador de Soraya. La CIA era el lugar donde quería estar, trabajando para cambiar las cosas. Su mundo ya no estaba definido por sí mismo a un lado y el gobierno al otro. Ya no luchaba contra aquello en lo que se estaba convirtiendo.

Levantó la cabeza y pensó que tenía que salir de allí. Pero ¿cómo? Su mejor opción era intentar encontrar la forma de comunicarse con quien le había mandado la nota. Reflexionó un momento. La nota estaba escondida en la comida, así que la respuesta lógica sería escribir una nota y esconderla de algún modo entre las sobras. Aunque no podía estar seguro de que aquella persona encontrara la nota, ni siquiera que supiera que estaba allí, pero era su única posibilidad y estaba decidido a aprovecharla.

Estaba buscando algo con que escribir cuando se sobresaltó con el ruido metálico de pasador de la puerta. Se volvió para enfrentarse a quien fuera que entrara. ¿Había vuelto Kendall con algún plan más sádico? ¿Había llegado el auténtico torturador? Por encima del hombro echó una mirada atemorizada a la bañera y se le heló la sangre. Miró hacia la puerta otra vez y vio a Soraya en el umbral. Le sonreía de oreja a oreja.

—Dios —dijo la chica—, ¡qué alegría volver a verte!

—Me alegro de volver a verle —dijo Veronica Hart—, especialmente en estas circunstancias.

Luther LaValle se había apartado de la ventana. Cuando la directora, escoltada por los jefes de policía federales y un contingente de agentes de la CIA, entró en la biblioteca, él estaba de pie. Todos los presentes en la biblioteca se quedaron pasmados y después, a petición de los jefes de policía, se batieron en precipitada retirada. LaValle se sentó derecho como una estaca en el borde de su sillón, frente a Hart.

—¿Cómo se atreve? —dijo—. Este comportamiento intolerable no quedará impune. En cuanto informe al secretario de Defensa Halliday de su criminal infracción del protocolo...

Hart blandió las fotos de las celdas de interrogatorio del sótano.

—Tiene razón, señor LaValle, este comportamiento intolerable no quedará impune, pero creo que el secretario de Defensa Halliday pronunciará las acusaciones que lo condenarán por sus protocolos criminales.

—Hago lo que hago para defender a mi país —dijo LaValle rígidamente—. Cuando un país está en guerra deben tomarse medidas extraordinarias para salvaguardar sus fronteras. Son las personas como usted, con sus tendencias izquierdistas, las que tienen la culpa, no yo. —Estaba lívido, con las mejillas encendidas—. El patriota soy yo. Usted..., usted no es más que una obstruccionista. Este país se desmembrará y se desmoronará si se permite que lo guíen personas como usted. Soy el único que puede salvar Estados Unidos.

—Siéntese —dijo Hart con firmeza—, antes de que uno de mis «izquierdistas» lo obligue.

LaValle la miró con furia un momento, pero después se sentó en el borde del sillón.

—Debe de ser agradable vivir en su propio mundo privado en el que impone sus reglas desdeñando por completo la realidad.

—No lamento lo que he hecho. Si espera remordimiento, se equivoca de la manera más miserable.

—Para serle sincero —dijo Hart—, no espero nada de usted, al menos hasta que no haya pasado por la bañera de ahogamiento. —Es-

peró a que toda la sangre se esfumara del rostro de él antes de añadir—. Ésa sería una solución, su solución, pero no es la mía. —Guardó las fotos en el sobre.

—¿Quién las ha visto? —preguntó LaValle.

La directora vio que el hombre se sobresaltaba cuando le dijo:

—Todos los que debían verlas.

—Bien. —Parecía inconmovible e impasible—. Entonces todo ha
terminado.

Hart miró hacia la entrada de la biblioteca.

—No del todo. —Hizo un gesto con la cabeza—. Ahí vienen Soraya y Tyrone.

Semion Ikupov estaba sentado en el portal de un edificio no muy
alejado de donde se había producido el tiroteo. Su abrigo absorbía la
sangre de su herida, de modo que no llamaba la atención, sólo alguna
mirada curiosa de un par de transeúntes. Se sentía mareado y con
ganas de vomitar, sin duda por la impresión y la pérdida de sangre, lo
que representaba que no podía pensar con claridad. Miró alrededor
con los ojos inyectados en sangre. ¿Dónde estaba el coche que lo había traído? Necesitaba alejarse antes de que Arkadin saliera del edificio y lo viera. Había liberado un tigre de la selva y después había intentado domesticarlo, un error colosal se mirase por donde se mirase.
¿Cuántas veces lo habían intentado con el mismo resultado? A los
tigres no se los podía domesticar, y a Arkadin tampoco. Era lo que
era, y nunca sería otra cosa: una máquina de matar con poderes casi
sobrenaturales. Ikupov había reconocido su superioridad y, codicio-
samente, había intentado adaptarlo a sus necesidades. Ahora el tigre
se había vuelto contra él. Antes había tenido el presentimiento de que
moriría en Múnich y ahora sabía por qué y cómo.

Volviendo la mirada hacia el edifico de pisos de Egon Kirsch sintió una repentina descarga de miedo, como si en cualquier momento
la muerte pudiera salir de allí y perseguirlo por la calle. Trató de serenarse, intentó ponerse de pie, pero un dolor terrible se lo impidió,
le fallaron las rodillas y cayó de nuevo sobre la fría piedra.

Pasó más gente haciéndole caso omiso. Pasaron coches. El cielo se volvió mate y el día se oscureció como si lo cubriera un sudario. Una súbita ráfaga de viento anunció el principio de una lluvia helada. Hundió la cabeza entre los hombros y se estremeció sin poder evitarlo.

Entonces oyó que gritaban su nombre, miró a un lado y vio la espeluznante figura de Leonid Danilovich Arkadin que bajaba los escalones de la finca de Kirsch. Más motivado, Ikupov intentó levantarse otra vez. Gimió al ponerse de pie, pero se balanceó inseguro mientras Arkadin corría hacia él.

En aquel momento, un Mercedes negro se detuvo delante de él. El conductor bajó corriendo y, sujetando a Ikupov, lo arrastró por la acera. Ikupov forcejeó, pero sin éxito; estaba débil por la pérdida de sangre y cada vez tenía menos fuerzas. El conductor abrió la puerta trasera y lo dejó en el asiento. Sacó una HK 1911 de calibre .45 y con ella detuvo a Arkadin. Después se puso al volante del Mercedes y el coche se alejó.

Ikupov, acurrucado en un rincón del asiento trasero, emitía gruñidos de dolor, rítmicos como vaharadas de humo de una locomotora de vapor. Era consciente de los suaves balanceos del coche que corría por las calles de Múnich. La conciencia de que no estaba solo en el asiento trasero tardó más tiempo en llegarle. Parpadeó pesadamente, intentado despejar su visión.

—Hola, Semion —dijo una voz conocida.

Entonces la visión de Ikupov se aclaró.

—¡Tú!

—Hacía mucho que no nos veíamos, ¿eh? —dijo Dominic Specter.

—El Empire State Building —repitió Moira, mientras estudiaba los planos que Bourne había logrado recuperar en el piso de Kirsch—. No puedo creerme que me haya equivocado.

Estaban aparcados en un área de descanso de la autopista que llevaba al aeropuerto.

—¿Qué quieres decir «equivocado»? —preguntó Bourne.

Ella le contó lo que había confesado Arthur Hauser, el ingeniero a quien había contratado Kaller Steelworks, sobre el defecto del programa de la terminal de GNL.

Bourne reflexionó.

—Si un terrorista utilizara ese defecto para controlar el *software*, ¿qué podría hacer?

—El buque cisterna es tan inmenso y la terminal es tan compleja que todas las operaciones portuarias se gestionan electrónicamente.

—A través del programa.

Moira asintió.

—Entonces podría provocar que el buque cisterna chocara contra la terminal. —La miró—. ¿Eso causaría una fuga de gas licuado?

—Es posible, sí.

Bourne estaba pensando frenéticamente.

—De todos modos, los terroristas deberían tener conocimiento del defecto, saber cómo explotarlo y cómo reconfigurar el programa.

—Parece más sencillo que intentar hacer volar un edificio importante de Manhattan.

Tenía razón, por supuesto, y gracias a las preguntas que hacía rato que le daban vueltas en la cabeza, comprendió de inmediato cuáles serían las consecuencias.

Moira miró el reloj.

—Jason, el avión de NextGen con la junta de acoplamiento está programado para despegar dentro treinta minutos. —Puso el coche en marcha y se dirigió a la autopista—. Tenemos que decidirnos antes de llegar al aeropuerto. ¿Vamos a Nueva York o a Long Beach?

—He intentado imaginar por qué Specter e Ikupov estaban tan empeñados en apoderarse de estos planos —dijo Bourne mirando los dibujos como si los conminara a hablar—. El problema —añadió lenta y reflexivamente— es que se los confiaron al hijo de Specter, Piotr, que estaba más interesado en chicas, drogas y la vida nocturna de Moscú que en su trabajo. En consecuencia, su red de informadores estaba plagada de proscritos, yonquis y niñatos.

—¿Por qué confiaría Specter un documento tan importante a una red tan deplorable?

—Ésa es la cuestión —dijo Bourne—. No lo haría.

Moira le miró.

—¿Qué significa esto? ¿Que la red es un timo?

—No para Piotr —dijo Bourne—, pero tal como la veía Specter, sí: todos los que formaban parte de ella eran prescindibles.

—Entonces los planos también son un timo.

—No, creo que son auténticos, y que Specter cuenta con esto —dijo Bourne—. Pero si piensas en ello con lógica y frialdad, cosa que nadie hace cuando se trata de una amenaza inminente de ataque terrorista, la probabilidad de que una célula consiga meter lo que necesita en el Empire State Building es muy baja. —Enrolló los planos—. No, creo que todo esto era un plan de desinformación muy elaborado: han filtrado comunicaciones a Typhon..., me han reclutado por mi lealtad a Specter... Todo estaba dirigido a movilizar las fuerzas de seguridad estadounidenses hacia la costa equivocada.

—Entonces crees que el objetivo real de la Legión Negra es la terminal de GNL en Long Beach.

—Sí —dijo Bourne—, lo creo.

Tyrone estaba de pie y miraba a LaValle. Un terrible silencio se había adueñado de la biblioteca cuando entraron Soraya y él. Observó a Soraya coger el móvil de LaValle de la mesa.

—Bien —dijo con un sonoro suspiro de alivio—. No ha llamado nadie. Jason está a salvo. —Intentó llamarlo, pero no obtuvo respuesta.

Hart, que se había levantado al entrar ellos, dijo:

—No tienes buena cara, Tyrone.

—Nada que un tiempo en la escuela de formación de la CIA no pueda arreglar —contestó él.

Hart miró a Soraya antes de decir:

—Creo que te lo has ganado. —Sonrió—. En tu caso me saltaré el habitual discurso sobre lo riguroso que es el programa de formación y cuántos reclutas abandonan en las primeras dos semanas. Creo que no debemos preocuparnos por que lo hayas dejado.

—No, señora.

—Llámame directora, Tyrone. También te lo has ganado.

Él asintió pero no podía apartar los ojos de LaValle.

Su interés no pasó desapercibido y la directora dijo:

—Señor LaValle, me parece oportuno que Tyrone decida su destino.

—Se ha vuelto loca. —LaValle estaba fuera de sí—. No puede...

—Al contrario —dijo Hart—. Sí puedo. —Miró a Tyrone—. Tú decides, Tyrone. Que el castigo se ajuste al delito.

Tyrone taladró a LaValle con la mirada, y vio lo que siempre veía en los ojos de los blancos que lo desafiaban: una mezcla ponzoñosa de desprecio, aversión y miedo. En un tiempo, aquello le habría provocado un ataque de rabia, pero ahora sabía que era debido a su ignorancia. Tal vez lo que había visto en ellos no era más que un reflejo de su propio rostro. Ni aquel día, ni nunca más, porque durante su encarcelamiento por fin había comprendido lo que Deron había intentado enseñarle: que su propia ignorancia era su peor enemiga. El conocimiento le permitía trabajar para cambiar las expectativas que tenían de él los demás, en lugar de enfrentarse a ellas con una cuchillada o un disparo.

Echó una mirada alrededor y vio la expresión expectante en la cara de Soraya. Se volvió hacia LaValle y dijo:

—Creo que lo adecuado sería hacerlo público, algo suficientemente vergonzoso para que salpique al secretario de Defensa Halliday.

Veronica Hart no pudo evitar reír, y rió hasta que se le saltaron las lágrimas. En su cabeza oía las estrofas de la opereta de Gilbert and Sullivan: «Su fin sublime alcanzará con el tiempo, ¡que el castigo se ajuste al delito!».

42

—Me parece que te encuentras en clara desventaja, querido Semion.

Dominic Specter miró a Ikupov, que intentaba mantenerse sentado a pesar del dolor.

—Necesito un médico. —Ikupov jadeaba como un motor sin potencia acometiendo una subida muy pronunciada.

—Lo que tú necesitas, querido Semion, es un cirujano —dijo Specter—. Pero, por desgracia, no hay tiempo. Necesito ir a Long Beach y no puedo permitirme el lujo de dejarte atrás.

—Esto fue idea mía, Asher. —Después de conseguir apoyar la espalda en el asiento, un poco de color volvió a las mejillas de Ikupov.

—Como lo fue utilizar a Piotr. ¿Cómo llamaste a mi hijo? Ah, sí, una verruga inútil en el culo del destino, ¿no?

—Era un inútil, Asher. Lo único que le interesaba eran las mujeres y colocarse. ¿Estaba comprometido con la causa? ¿Sabía lo que significaba esto? Lo dudo, y tú también.

—Lo mataste, Semion.

—Y tú hiciste asesinar a Iliev.

—Creía que habías cambiado de opinión —dijo Sever—. Creí que lo habías mandado tras de Bourne para descubrirme, para tener la ventaja de contarle que el objetivo era Long Beach. No me mires así. ¿Tan raro te parece? Al fin y al cabo, hemos sido más tiempo enemigos que aliados.

—Te has vuelto paranoico —dijo Ikupov, si bien en aquel momento era cierto que había mandado a su segundo para descubrir a Sever. Durante un tiempo había perdido la fe en el plan de Sever, le había parecido que los riesgos para todos ellos eran demasiado grandes. Desde el principio había discutido con Sever sobre la conveniencia de meter a Bourne en la operación, pero había aceptado el argumento de Sever de que tarde o temprano la CIA metería a Bourne en el juego.

—Es mejor que nos anticipemos, que reclutemos nosotros a Bourne —había dicho Sever, poniendo fin a la discusión. Y aquélla había sido su última palabra, hasta entonces.

—Los dos nos hemos vuelto paranoicos.

—Es triste —dijo Ikupov con un jadeo de dolor. Era cierto: la gran fuerza que les daba trabajar juntos sin que nadie lo supiera en ninguno de los dos campos también era su debilidad. Porque sus regímenes se oponían claramente, porque el enemigo de la Legión Negra era en realidad su más estrecho aliado, con todos los rivales potenciales fuera de juego, dejando que la Legión Negra funcionara sin interferencias. Sin embargo, los actos que debían realizar a veces los dos hombres para guardar las apariencias provocaban una inconsciente erosión de confianza entre ellos.

Ikupov presentía que su nivel de desconfianza había alcanzado el punto álgido, e intentó minimizarlo.

—Piotr se suicidó, y de hecho yo sólo me defendía. ¿Sabías que había contratado a Arkadin para matarme? ¿Qué querías que hiciera?

—Había otras opciones —dijo Sever—, pero tu sentido de la justicia es el del ojo por ojo. Para ser musulmán has interiorizado muchas cosas del Antiguo Testamento judío. Y ahora parece que esa misma justicia se va a volver en tu contra. Arkadin te matará si puede ponerte las manos encima. —Sever rió—. Ahora soy el único que puede salvarte. Qué curioso, ¿no? Matas a mi hijo y ahora tengo poder sobre tu vida y tu muerte.

—Siempre hemos tenido el poder de la vida y la muerte el uno sobre el otro. —Ikupov todavía se esforzaba por obtener una cierta paridad en la conversación—. Hubo pérdidas en ambos bandos, deplorables pero necesarias. Cuanto más cambian las cosas más iguales se mantienen. Con la excepción de Long Beach.

—Éste es precisamente el problema —dijo Sever—. Acabo de interrogar a Arthur Hauser, nuestro topo. Mi gente lo tenía vigilado. Hoy se ha dejado llevar por el pánico y se ha reunido con un miembro de Black River. Me ha costado un poco convencerlo para que hablara, pero al final lo ha hecho. Le ha hablado a esa mujer, Moira Trevor, sobre el defecto de *software*.

—O sea que Black River lo sabe.

—Si lo saben —dijo Sever—, no están haciendo nada al respecto. Hauser me ha dicho también que se han retirado de NextGen; Black River ya no se encarga de la seguridad.

—¿Y quién se encarga, pues?

—No tiene importancia —dijo Sever—. La cuestión es que el buque cisterna está a menos de un día de distancia de la costa californiana. Mi ingeniero de *software* está a bordo y a punto. Ahora la cuestión es si la operadora de Black River va a hacer algo por su cuenta.

Ikupov frunció el ceño.

—¿Por qué iba a hacerlo? Conoces Black River tan bien como yo, trabajan en equipo.

—Es cierto, pero la tal Trevor debería estar ya cumpliendo su siguiente misión. Mi gente me ha dicho que sigue en Múnich.

—Se estará tomando unos días libres.

—O piensa hacer algo con la información que le ha dado Hauser —dijo Sever.

Se acercaban al aeropuerto y con cierta dificultad Ikupov señaló:

—La única forma de descubrirlo es ver si está en el avión de NextGen que transporta la junta de acoplamiento a la terminal. —Sonrió débilmente—. Parece que te sorprenda que sepa tanto. También tengo mis espías, y a muchos de ellos ya los conoces. —Jadeó de dolor mientras buscaba bajo el abrigo—. Me han mandado un mensaje, pero no soy capaz de encontrar el móvil. —Miró alrededor—. Se me caería cuando tu chófer me ha arrastrado dentro del coche.

Sever hizo un gesto de la mano como si hiciese caso omiso del reproche implícito.

—Da igual. Hauser me ha dado todos los detalles, si es que logramos cruzar el control de seguridad.

—Tengo a gente en Inmigración que tú no conoces.

La sonrisa de Sever adquirió un matiz de crueldad que era común a ambos.

—Mi querido Semion, al fin y al cabo vas a serme útil.

Arkadin encontró el móvil de Ikupov en la acera, donde había caído cuando se habían llevado a rastras a Ikupov al Mercedes. Controlando sus deseos de hacerlo añicos, lo abrió para ver a quien había llamado Ikupov por última vez, y vio el último mensaje de texto entrante. Lo abrió y leyó la información sobre un *jet* de NextGen que debía despegar veinte minutos después. No sabía por qué podía aquello ser importante para Ikupov. Una parte de él deseaba volver con Devra, la misma parte que se había sentido mal al dejarla para salir tras Ikupov. Pero el edificio de Kirsch se estaba llenando de policías y toda la manzana estaba siendo acordonada, así que no miró atrás e intentó no pensar en ella retorcida en el suelo, en sus ojos borrosos mirándolo incluso después de dejar de respirar.

«¿Me quieres, Leonid?»

¿Cómo le había respondido? Incluso ahora no lograba acordarse. Su muerte era como un sueño, algo muy vivo que no tenía sentido. Tal vez era un símbolo, pero no sabía de qué.

«¿Me quieres, Leonid?»

No importaba, pero sabía que para ella sí era importante. Entonces había mentido, seguro que había mentido para aliviar el momento anterior a la muerte de la chica, pero la idea de haberle mentido fue como si le clavaran un cuchillo en el corazón, suponiendo que lo tuviera.

Volvió a mirar el mensaje de texto y supo que allí encontraría a Ikupov. Se puso a caminar hacia la zona acordonada. Haciéndose pasar por un periodista de crónica negra del periódico *Abendzeitung*, se acercó con descaro a uno de los agentes uniformados, y le hizo preguntas sobre el tiroteo y las versiones que había escuchado de los vecinos de los edificios colindantes. Tal como suponía, el policía sólo estaba de guardia y prácticamente no sabía nada. Pero aquello carecía de importancia porque ya estaba dentro del cordón, apoyado en uno de los coches patrulla mientras realizaba su falsa e inútil entrevista.

Al final alguien reclamó al policía y se despidió de Arkadin diciéndole que el comisario daría una rueda de prensa a las cuatro, y allí podría hacer todas las preguntas que quisiera. Entonces Arkadin se quedó solo, apoyado contra el parachoques. No tardó mucho en colocarse frente al vehículo y cuando llegó la furgoneta del forense, creando una distracción perfecta, abrió la puerta del conductor y se puso detrás del volante. Las llaves estaban en el contacto. Encendió el motor y se marchó. Cuando llegó a la autopista, puso la sirena y condujo a toda velocidad hasta el aeropuerto.

—No tendré dificultades para hacerte subir a bordo —dijo Moira mientras entraba en la avenida de cuatro carriles hacia la terminal de carga.

Le mostró su identificación de NextGen en la cabina de guardia y condujo hacia un aparcamiento junto a la terminal. Durante el trayecto al aeropuerto había reflexionado mucho sobre la conveniencia de explicar a Jason para quién trabajaba en realidad. Revelar que trabajaba para Black River era una violación directa de los términos de su contrato, y rezaba para no verse obligada a hacerlo.

Cruzaron los controles de seguridad, aduana e inmigración, llegaron a la pista y se dirigieron al 747. La puerta estaba abierta y había una escalera móvil para pasajeros bajada. En el otro extremo del avión, estaba aparcado el camión de Kaller Steelworks Gesellschaft, junto con un montacargas del aeropuerto, que estaba levantando partes de la junta de acoplamiento del GNL en la zona de carga del *jet*. Estaba claro que el camión había llegado tarde y que el proceso de carga era necesariamente lento y tedioso. Ni Kaller ni NextGen podían permitirse el lujo de sufrir un accidente en aquella etapa final.

Moira mostró su identificación de NextGen a uno de los miembros de la tripulación apostado al pie de la escalera. El hombre sonrió y les dio la bienvenida a bordo. Moira respiró aliviada. Ahora lo único que se interponía entre ellos y el ataque de la Legión Negra era el vuelo de diez horas a Long Beach.

Pero cuando se acercaban a lo alto de la escalera salió una figura del interior del avión. Se quedó en la puerta, mirándola desde arriba.

—Moira —dijo Noah—, ¿qué haces aquí? ¿Por qué no estás camino de Damasco?

Manfred Holger, el hombre de Ikupov en Inmigración, que los esperaba en el punto de facturación de las terminales de carga, subió al coche con ellos, y siguieron adelante. Ikupov le había telefoneado con el móvil de Sever. Estaba a punto de terminar su turno, pero por suerte para ellos todavía no se había quitado el uniforme.

—No hay problema. —Holger hablaba con el tono oficial que le habían inculcado sus superiores—. Sólo tengo que revisar los registros recientes de inmigración para saber si ha cruzado el sistema de seguridad.

—No es suficiente —dijo Ikupov—. Podría estar viajando con un nombre falso.

—Está bien, entonces subiré a bordo y pediré los pasaportes a todos. —Holger estaba sentado delante. Se volvió a mirar a Ikupov—. Si encuentro a Moira Trevor a bordo, ¿qué quiere que haga?

—Sacarla del avión —dijo Sever, casi sin darle tiempo a contestar.

Holger miró a Ikupov con expresión inquisitiva, y éste asintió. La cara de Ikupov estaba grisácea de nuevo, y el hombre tenía cada vez más dificultades para controlar el dolor.

—Tráenosla —dijo Sever.

Holger había cogido sus pasaportes diplomáticos, y les hizo cruzar rápidamente el control de seguridad. Ahora el Mercedes estaba en la pista. El 747 con el logo de NextGen a los lados y la cola estaba parado, esperando que terminaran de cargar las cajas del camión de Kaller Steelworks. El chófer había parado el coche de tal forma que el camión lo escondiera de la vista de alguien que subiera a bordo del avión o que ya estuviera dentro.

Holger asintió, bajó del Mercedes y caminó por la pista hacia la escalera plegable.

—*Kriminalpolizei* —dijo Arkadin, acercando el coche de la policía al punto de inspección de la terminal de carga—. Tenemos razones para creer que se encuentra aquí un hombre que ha matado a dos personas esta tarde.

Los guardias de la aduana le hicieron una señal con la mano y lo dejaron pasar sin pedirle ningún documento de identidad; para ellos el coche era acreditación suficiente. Una vez superado el aparcamiento y llegados a la pista, Arkadin vio el *jet*, la grúa que cargaba las cajas del camión de NextGen en la bodega y el Mercedes negro a cierta distancia de ambos. Reconoció el coche enseguida y colocó el coche patrulla justo detrás del Mercedes. Se quedó un momento detrás del volante, mirando fijamente el Mercedes como si el propio coche fuera su enemigo.

Distinguía las siluetas de dos figuras masculinas en el asiento posterior; no le fue difícil deducir que uno de ellos era Semion Ikupov. Se preguntó qué pistola utilizar para matar a su antiguo mentor: la SIG Sauer 9 mm, la Luger o la 22 SIG Mosquito. Todo dependía de la clase de daño que quisiera infligir, y en qué parte del cuerpo. Había disparado a Stas Kuzin a las rodillas, para que sufriera más, pero aquello había sido en otros tiempos y, sobre todo, en otro lugar. El aeropuerto era un espacio público; la terminal de pasajeros adyacente estaba llena de personal de seguridad. Aunque hubiera conseguido llegar hasta aquí haciéndose pasar por un miembro de la *kriminalpolizei*, era mejor no tentar a la suerte. No, aquella muerte debería ser rápida y limpia. Sólo deseaba mirar a Ikupov a los ojos cuando muriera, para que supiese quién había acabado con su vida y por qué.

A diferencia del momento de la muerte de Kuzin, Arkadin era plenamente consciente de lo que hacía, de la importancia del gesto —el hijo que superaba al padre— de vengarse de la superioridad psicológica y física que un adulto ejercita sobre un niño. Nunca se le ocurrió que, en realidad, no era un niño cuando Mischa había mandado a Semion Ikupov para que lo resucitara. Desde el momento en que se habían conocido, siempre había visto a Ikupov como una figura paterna. Le había obedecido como lo habría hecho con un padre, había aceptado sus juicios, había asumido su visión del mundo, le había sido leal. Y ahora, por los pecados que Ikupov había hecho recaer sobre él, iba a matarlo.

—Al no presentarte para embarcar en tu vuelo, me he imaginado que estarías aquí. —Noah miraba sólo a Moira, ignorando a Bourne por completo—. No permitiré que subas al avión, Moira. Ya no formas parte de esto.

—Todavía trabaja para NextGen, ¿no? —intervino Bourne.

—¿Quién es éste? —dijo Noah, sin dejar de mirar a Moira.

—Me llamo Jason Bourne.

Una lenta sonrisa atravesó el rostro de Noah.

—Moira, no nos has presentado. —Se volvió hacia Bourne, y le tendió la mano—. Noah Peterson.

Bourne se la estrechó.

—Jason Bourne.

Con la misma sonrisa maliciosa, Noah dijo:

—¿Sabe que le mintió? ¿Que intentó reclutarlo para NextGen con falsos pretextos?

Desvió la mirada hacia Moira, pero se llevó una desilusión al ver que la cara de ella no expresaba ni sorpresa ni indignación.

—¿Por qué haría una cosa así? —preguntó Bourne.

—Porque —dijo Moira—, lo mismo que Noah, trabajo para Black River, la empresa de seguridad privada. Nos contrató NextGen para supervisar la seguridad de la terminal de GNL.

Fue Noah quien se quedó de piedra.

—Moira, ya es suficiente. Has violado tu contrato.

—Me da lo mismo, Noah. Dejé Black River hace media hora. Me han nombrado jefa de seguridad de NextGen, de modo que en realidad eres tú quien no es bienvenido a bordo.

Noah se quedó rígido como una piedra, hasta que Bourne dio un paso hacia él. Entonces retrocedió y bajó la escalera plegable. A medio camino se volvió.

—Es una lástima, Moira. Hubo un tiempo en que confié en ti.

Ella meneó la cabeza.

—La lástima es que Black River no tenga conciencia.

Noah la miró un momento más y después siguió bajando. Cruzó la pista rápidamente sin fijarse en el Mercedes ni el coche patrulla que había detrás de él.

Arkadin se decidió por la Mosquito porque era la más silenciosa. Bajó del coche de la policía con la mano apretada sobre la culata, y se acercó furtivamente al lado del Mercedes. Primero tenía que eliminar al chófer, quien sin duda hacía las veces de guardaespaldas. Dejó la Mosquito oculta y golpeó la ventana del chófer con los nudillos.

Cuando el conductor bajó la ventanilla, Arkadin le apoyó la Mosquito en la cara y apretó el gatillo. La cabeza del hombre saltó hacia atrás con tal violencia que se le partieron las cervicales. Arkadin abrió la puerta, apartó el cadáver de un empujón y se encontró de cara a los dos hombres sentados en el asiento posterior. Reconoció a Sever por la vieja fotografía que Ikupov le había mostrado para que conociera al enemigo.

—El peor momento en el lugar menos indicado —dijo Arkadin, y disparó a Sever al pecho.

Mientras el hombre se desplomaba, volvió su atención a Ikupov.

—No creerías que podías escapar de mí, ¿verdad, padre?

Ikupov, quien, entre el ataque repentino y el dolor insoportable en el hombro, estaba sufriendo un ataque, dijo:

—¿Por qué me llamas padre? Tu padre murió hace mucho tiempo, Leonid Danilovich.

—No —dijo Arkadin—, está sentado aquí. Lo tengo enfrente, como un pájaro herido.

—Un pájaro herido, sí. —Haciendo un gran esfuerzo, Ikupov abrió su abrigo, cuyo forro estaba empapado de sangre—. Tu amada me ha disparado antes de que la disparara yo en defensa propia.

—Esto no es un juicio. Lo que importa es que está muerta. —Arkadin apretó el cañón de la Mosquito bajo la barbilla de Ikupov, y la inclinó hacia arriba—. Y tú, padre, todavía estás vivo.

—No te entiendo. —Ikupov tragó saliva con dificultad—. Nunca te he entendido.

—¿Qué he sido siempre para ti, sino un medio para conseguir un fin? Maté cuando me ordenaste que lo hiciera. ¿Por qué? ¿Por qué lo hice? ¿Puedes decírmelo?

Ikupov no dijo nada, incapaz de encontrar algo que decir que lo salvara del día del juicio final.

—Lo hice porque había sido adiestrado para hacerlo —dijo Arkadin—. Para esto me mandaste a Estados Unidos, a Washington, no para curarme de mi rabia homicida, como decías, sino para dominarla en tu favor.

—¿Y qué? —Por fin Ikupov encontró algo que decir—. ¿Para qué más servías tú? Cuando te encontré, estabas a punto de quitarte la vida. Te salvé, desagradecido de mierda.

—Me salvaste para poder condenarme a esta vida, que no es vida ni es nada. Nunca he huido realmente de Nizhni Tagil. Nunca escaparé.

Ikupov sonrió, seguro de tener dominado a su protegido.

—No quieres matarme, Leonid Danilovich. Soy el único amigo que tienes. Sin mí no eres nada.

—Nada es lo que siempre he sido —dijo Arkadin apretando el gatillo—. Ahora tú tampoco eres nada.

Después bajó del Mercedes y caminó por la pista hacia donde el personal de NextGen casi había terminado de cargar las cajas. Se subió al montacargas sin que lo vieran. Se quedó agachado detrás de la cabina del conductor, y cuando la última caja estuvo a bordo y los operarios de NextGen hubieron salido de la bodega por la escalera interior, saltó a bordo del avión, y se escondió detrás de unas cajas. Se sentó, paciente como la muerte, mientras se cerraban las puertas, confinándolo dentro.

Bourne vio llegar al funcionario alemán y sospechó que algo no andaba bien. Un funcionario de inmigración no pintaba nada allí. Entonces reconoció la cara del hombre. Pidió a Moira que entrara en el avión y se quedó obstruyendo la puerta mientras el hombre subía la escalera.

—Necesito ver todos los pasaportes —dijo el funcionario al acercarse a Bourne.

—Ya hemos pasado el control de pasaportes, *mein herr.*

—No importa, vamos a hacer otro control de seguridad. —El funcionario extendió la mano—. Su pasaporte, por favor. Y después comprobaré la identidad de todas las personas que hay a bordo.

—¿No me reconoce, *mein herr*?

—Por favor. —El funcionario se llevó la mano a la culata de la Luger enfundada—. Está obstaculizando el trabajo de un funcionario del gobierno. Le aseguro que lo arrestaré si no me enseña su pasaporte y se aparta.

—Aquí tiene mi pasaporte, *mein herr*. —Bourne lo abrió por la última página y señaló el punto dentro de la contracubierta—. Y aquí es donde me puso un dispositivo electrónico.

—¿De qué me está acusando? No tiene ninguna prueba...

Bourne sacó el micrófono roto.

—No creo que esté aquí en misión oficial. Creo que quien le ordenó que me pusiera esto en el pasaporte le paga para venir a fisgar nuestros pasaporte. —Bourne cogió al funcionario por el codo—. Vamos al puesto de mando de inmigración y les preguntaremos si lo han mandado.

El funcionario se puso tenso.

—No iré a ninguna parte con usted. Tengo un trabajo que hacer.

—Yo también.

Mientras Bourne lo arrastraba escaleras abajo, el funcionario intentó sacar su pistola.

Bourne le hundió los dedos en el nudo nervioso situado sobre el codo.

—Desenfunde si quiere —dijo Bourne—, pero esté preparado para las consecuencias.

Por fin, el gélido desapego del funcionario empezó a quebrarse, y mostró signos de miedo. Tenía la cara pálida y sudada.

—¿Qué quiere de mí? —dijo, mientras seguían caminando por la pista.

—Lléveme con su auténtico jefe.

El funcionario tuvo un último arrebato de chulería.

—No creerá que está aquí, ¿eh?

—La verdad es que no lo creía hasta que usted me lo ha dicho. Ahora lo sé. —Bourne sacudió al funcionario—. Lléveme con él.

Derrotado, el funcionario asintió débilmente. Sin duda, estaba visualizando su futuro inmediato. A paso ligero, acompañó a Bourne detrás del 747. En aquel momento, el motor del camión de NextGen se puso en marcha y el vehículo se alejó del avión por donde había venido. Entonces Bourne vio el Mercedes negro y el coche patrulla directamente detrás.

—¿De dónde ha salido ese coche patrulla? —El funcionario se deshizo del apretón de Bourne y echó a correr hacia los coches aparcados.

Bourne siguió al funcionario fijándose en que las puertas del conductor de ambos vehículos estaban abiertas. Al acercarse vieron que no había nadie en el coche patrulla, pero a través de la puerta abierta del Mercedes distinguieron al chófer, que yacía desplomado. Parecía que lo hubieran empujado hacia el lado del acompañante.

Bourne abrió la puerta de atrás y vio a Ikupov con la parte alta de la cabeza destrozada. Otro hombre había caído hacia adelante contra el reposacabezas del asiento delantero. Cuando Bourne lo echó cuidadosamente hacia atrás, vio que era Dominic Specter —o Asher Sever— y entonces todo le quedó claro. La enemistad pública ocultaba el hecho de que los dos hombres eran aliados secretos. Aquello respondía a muchas preguntas, como, por ejemplo, por qué todos aquellos con quienes había hablado Bourne de la Legión Negra tenían una opinión diferente sobre quién formaba parte de ella.

Sever parecía pequeño y frágil, mucho mayor de lo que era. Había recibido un tiro de una .22 en el pecho. Bourne le tomó el pulso y escuchó su respiración. Todavía estaba vivo.

—Llamaré a una ambulancia —dijo el funcionario.

—Haga lo que tenga que hacer —dijo Bourne mientras cogía a Sever en brazos—. Me llevo a éste.

Dejó al funcionario de inmigración para que solucionara aquel desastre y cruzó la pista hacia la escalerilla.

—Vámonos de aquí —dijo dejando a Sever echado sobre tres asientos.

—¿Qué le ha pasado? —preguntó Moira sobresaltada—. ¿Está vivo o muerto?

Bourne se arrodilló junto a su antiguo mentor.

—Todavía respira. —Mientras rompía la camisa del profesor,

dijo a Moira—. Diles que despeguen. Tenemos que salir de aquí enseguida.

Moira asintió. Bajó por el pasillo y habló con un auxiliar, que fue rápidamente a coger el botiquín. Con la puerta todavía abierta, Moira ordenó al capitán y al copiloto que despegaran.

Pocos minutos después, la escalerilla estaba recogida y el 747 se movía hacia el fondo de la pista. Acto seguido, la torre de control les dio permiso para despegar. Se soltaron los frenos, los motores se revolucionaron al máximo y, tomando velocidad, el *jet* corrió por la pista. Después se elevó, las ruedas se recogieron, las alas se ajustaron y se adentró en el cielo carmesí y dorado del sol poniente.

43

—¿Está muerto? —Sever miraba a Bourne, que le estaba limpiando la herida del pecho.

—¿Te refieres a Semion?

—Sí, a Semion. ¿Está muerto?

—Ikupov y el chófer, los dos.

Bourne sujetó a Sever mientras le aplicaba alcohol en la herida para evitar que supurara. No había afectado a ningún órgano, pero la herida parecía terriblemente dolorosa.

Bourne aplicó una crema antiséptica de un tubo del botiquín.

—¿Quién te ha disparado?

—Arkadin. —Las mejillas de Sever estaban llenas de lágrimas provocadas por el dolor—. Por alguna razón se ha vuelto completamente loco. Puede que siempre lo estuviera. Por lo menos era lo que yo pensaba. ¡Por Alá, qué dolor! —Jadeó un poco antes de seguir—. Ha salido de la nada. El chófer ha dicho: «Un coche de policía acaba de parar detrás de nosotros». Lo siguiente que he visto era que bajaba la ventanilla y una pistola lo apuntaba a la cara. Ni Semion ni yo hemos tenido tiempo de reaccionar. Arkadin ya estaba dentro del coche. Me ha disparado, pero estoy seguro de que venía a por Semion.

Bourne intuyó lo que había sucedido en el piso de Kirsch.

—Ikupov ha matado a su chica, Devra.

Sever cerró los ojos con fuerza. Tenía dificultades para respirar con normalidad.

—¿Y qué? A Arkadin nunca le importó lo que les pasara a sus chicas.

—Ésta sí le importaba —dijo Bourne, vendando la herida.

Sever miró fijamente a Bourne con expresión de incredulidad.

—Lo más raro es que creo haber oído que Arkadin llamaba «padre» a Semion. Y que Semion parecía no entenderlo.

—Y ya no lo entenderá.

—Para de manosearme. Déjame morir, ¡maldita sea! —dijo Sever con rabia—. Ya no me importa si vivo o muero.

Bourne terminó lo que estaba haciendo.

—Lo hecho, hecho está. El destino está sellado. Ni tú ni nadie puede hacer nada para cambiarlo.

Bourne se sentó delante de Sever. Era consciente de la presencia de Moira a un lado, observando y escuchando. La traición del profesor no hacía más que demostrar que nunca estás a salvo cuando permites que los sentimientos personales entren en tu vida.

—Jason. —La voz de Sever era débil—. Nunca quise engañarte.

—Sí, profesor, si querías engañarme. Es lo único que sabes hacer.

—Llegué a verte como a un hijo.

—Como Ikupov veía a Arkadin.

Haciendo un esfuerzo, Semion sacudió la cabeza.

—Arkadin está loco. Quizá los dos lo estaban, quizá la locura que tenían en común fue lo que los unió.

Bourne se echó hacia adelante.

—Una pregunta, profesor. ¿Crees que tú estás cuerdo?

—Por supuesto que lo estoy.

Los ojos de Sever sostuvieron la mirada de Bourne, desafiándolo todavía en aquel momento final.

Por un momento, Bourne no dijo nada. Después se levantó y, Moira y él fueron hacia la cabina de mando.

—El vuelo será largo —dijo ella suavemente—, y necesitas descansar.

—Los dos lo necesitamos.

Se sentaron juntos, en silencio. De vez en cuando oían gemir a Sever. Pero el ronroneo de los motores conspiró para sumirlos en el sueño.

Hacía un frío espantoso en la bodega, pero a Arkadin no le importaba. Los inviernos en Nizhni Tagil también eran brutales. Fue durante uno de esos inviernos cuando Mischa Tarkanian lo había encontrado, ocultándose de los restos del régimen de Stas Kuzin. Mischa, duro como una hoja de cuchillo, tenía corazón de poeta. Contaba historias tan bellas que podrían haber sido poemas. Arkadin se había quedado hechizado, si eso era posible. La gracia de Mischa como narrador tenía el poder de transportar a Arkadin lejos de Nizhni Tagil, y cuando Mischa le había ayudado a salir del anillo interior de chimeneas y del anillo exterior de prisiones de alta seguridad, sus historias llevaron a Arkadin a lugares más allá de Moscú, a tierras fuera de Rusia. Aquellas historias dieron a Arkadin la primera idea del mundo en su conjunto.

Sentado en el suelo, con la espalda apoyada en una caja, las rodillas contra el pecho para conservar el calor, tenía buenas razones para pensar en Mischa. Ikupov había pagado por matar a Devra, ahora Bourne debía pagar por matar a Mischa. Pero todavía no, cavilaba Arkadin, a pesar de que su sangre exigía venganza. Si ahora mataba a Bourne, el plan de Ikupov se cumpliría con éxito, y no podía permitirlo, porque entonces su venganza sería incompleta.

Arkadin apoyó la cabeza contra el borde de la caja y cerró los ojos. La venganza se había convertido en uno de los poemas de Mischa, y su significado se desplegaba para envolverlo con una especie de belleza etérea, la única forma de belleza que reconocía, la única belleza que duraba. Fue la visión de aquella belleza prometida, la idea de que la alcanzaría, lo que le permitió esperar con paciencia, acurrucado entre cajas, aguardando el momento de vengarse, su momento de inestimable gracia.

Bourne soñó en el infierno conocido como Nizhni Tagil como si hubiera nacido allí, y cuando se despertó tuvo la clara sensación de que Arkadin estaba cerca. Abrió los ojos y vio que Moira lo observaba.

—¿Qué sientes hacia el profesor? —preguntó, con lo que él sospechaba que quería decir «¿Qué sientes por mí?».

—Creo que tanto años de obsesión lo han hecho enloquecer. No creo que distinga el bien del mal, ni lo justo de lo injusto.

—¿Por eso no le has preguntado qué lo impulsó a emprender este camino de destrucción?

—En cierto modo —respondió Bourne—. Seguro que sus respuestas no habrían tenido sentido para nosotros.

—El fanatismo nunca tiene sentido —comentó ella—. Por eso es tan difícil de contrarrestar. Reacciona de forma racional, como hacemos siempre, no suele ser eficaz. —Ladeó la cabeza—. Te traicionó, Jason. Alimentó tu fe en él y se aprovechó de ella.

—Si montas a lomos de un escorpión debes esperar que te pique.

—¿No deseas vengarte?

—Quizá debería estrangularlo mientras duerme o dispararle como ha hecho Arkadin con Simeon Ikupov. ¿De verdad crees que eso me haría sentir mejor? Mi venganza será detener el ataque de la Legión Negra.

—Qué racional eres.

—No me siento racional, Moira.

La chica intuyó lo que pretendía decir y se le enrojecieron las mejillas.

—Puede que te mintiera, Jason, pero no te he traicionado. Nunca lo haría. —Le miró a los ojos—. Durante estas últimas semanas he deseado mil veces decírtelo, pero tenía una responsabilidad con Black River.

—Moira, entiendo el concepto de responsabilidad.

—Entender es una cosa, pero ¿me perdonarás?

Bourne alargó una mano.

—No eres un escorpión —dijo—. No es tu modo de ser.

Ella le cogió la mano, se la llevó a los labios y la apretó contra la mejilla.

En aquel momento oyeron que Sever gritaba y se levantaron y fueron hacia donde el anciano estaba acurrucado como un niño pequeño que tiene miedo a la oscuridad. Bourne se arrodilló, y colocó suavemente a Sever boca arriba para aliviar la presión sobre la herida.

El profesor miró a Bourne, y cuando Moira le habló, la miró a ella.

—¿Por qué lo ha hecho? —preguntó Moira—. ¿Por qué quiere atacar el país que lo acogió?

Sever no respiraba con normalidad. Tragaba saliva compulsivamente.

—No lo entendería nunca.

—¿Por qué no lo intenta?

Sever cerró los ojos, como si quisiera visualizar todas las palabras que salían de su boca.

—La secta musulmana a la que pertenezco, y a la que pertenecía Semion, es muy antigua. Tiene sus orígenes en el norte de África. —Se quedó sin aliento y calló—. Nuestra secta es muy estricta, creemos en un fundamentalismo tan radical que no puede expresarse a los infieles bajo ningún concepto. Pero puedo deciros esto: no podemos vivir en el mundo moderno porque éste viola todas nuestras leyes. En consecuencia, debe ser destruido.

»No obstante... —Se lamió los labios, y Bourne le sirvió un poco de agua, le levantó la cabeza y le permitió beber cuanto quiso. Cuando terminó, siguió hablando—. Nunca debí intentar utilizarte, Jason. Con los años, Semion y yo tuvimos muchos desacuerdos, y éste fue el último, la gota que colmó el vaso. Él dijo que nos darías problemas, y tenía razón. Creí que podía fabricar una realidad, que podía utilizarte para convencer a las agencias de seguridad estadounidenses de que íbamos a atacar en Nueva York. —Soltó una risita seca—. Perdí de vista el principio fundamental de la vida: que la realidad no puede controlarse, es demasiado casual, demasiado caótica. Así pues, querido Jason, ya ves que era yo el que tenía una misión absurda, y no tú.

—Profesor, todo ha terminado —dijo Moira—. No permitiremos que el buque cisterna atraque hasta que modifiquemos el programa.

Sever sonrió.

—Es una buena idea, pero no os servirá de nada. ¿Sabéis el daño que puede hacer una cantidad tan grande de gas natural licuado? Ocho kilómetros cuadrados de devastación, miles de muertos, la forma de vida americana codiciosa y corrupta se desplomará con el golpe con el que Semion y yo soñamos desde hace décadas. Es mi gran misión en la vida. La desaparición de la vida humana y la destrucción física son la guinda del pastel.

Se paró para recuperar el aliento. Su respiración era cada vez más tenue.

—Cuando el mayor puerto del país esté incinerado, la economía estadounidense se vendrá abajo. Al menos la mitad de vuestras importaciones se pararán. Habrá escasez de alimentos y bienes, las empresas se hundirán, los mercados se precipitarán y el pánico se desatará en todas partes.

—¿Cuántos hombres tienes a bordo? —preguntó Bourne.

Sever sonrió débilmente.

—Te quiero como a un hijo, Jason.

—Dejaste que mataran a tu hijo —dijo Bourne.

—Sacrificado, Jason. Es diferente.

—No para él. —Bourne volvió al tema—. ¿Cuántos hombres, profesor?

—Uno, sólo uno.

—Un hombre no puede apoderarse del buque cisterna —exclamó Moira.

La sonrisa jugó en los labios del anciano, incluso cuando cerró los ojos y se hundió en la inconsciencia.

—Si los hombres no hubieran creado máquinas para hacer su trabajo...

Moira miró a Bourne.

—¿Qué significa esto?

Bourne tomó el pulso al anciano, pero había perdido la conciencia.

Moira le examinó los ojos, la frente y la arteria carótida.

—Dudo que sobreviva sin antibióticos administrados por vía intravenosa. —Miró a Bourne—. Estamos muy cerca de Nueva York. Podríamos aterrizar y pedir que nos espere una ambulancia...

—No tenemos tiempo —dijo Bourne.

—Sé que no tenemos tiempo. —Moira le cogió el brazo—. Pero quiero que tengas la opción.

Bourne miró la cara arrugada y agrietada de su mentor que el sueño hacía parecer más vieja, como si se hubiera hundido hacia dentro.

—O sobrevive por sí mismo, o no sobrevive.

Se volvió hacia Moira y dijo:

—Llama a NextGen. Esto es lo que necesito.

44

El buque cisterna *Moon of Hormuz* avanzaba por el Pacífico y se encontraba a no más de una hora del puerto de Long Beach. El capitán, un veterano llamado Sultán, se había asegurado de que la terminal de GNL estuviera en contacto con el barco y a punto para recibir la carga inaugural de gas natural licuado. En la situación en la que se encontraban las economías mundiales, el GNL era aún más valioso que antes; en cuanto el *Moon of Hormuz* zarpó de Argelia el valor de su carga había aumentado más de un 30 por ciento.

El buque cisterna, con doce pisos y grande como un pueblo, transportaba 125.000 metros cúbicos de gas natural licuado enfriado a una temperatura de 160 grados bajo cero. Esto equivalía a más de setenta y cinco millones de metros cúbicos de gas natural en condiciones normales. Al barco le faltaban cinco millas marinas para llegar a su destino. Debido a la forma del casco y de los contenedores del puente, la visibilidad de Sultán se limitaba a poco más de tres cuartos de milla. El buque cisterna viajaba a veinte nudos, pero tres horas antes el capitán había ordenado reducir la velocidad. A cinco millas de la terminal, el barco viajaba a seis nudos y seguía desacelerando.

Al entrar en el radio de las cinco millas de la costa los nervios de capitán se tensaron al máximo: la pesadilla de una catástrofe apocalíptica siempre estaba presente, pues no otra cosa sería un accidente a bordo del *Moon of Hormuz*. Si los tanques se vertían en el agua, el incendio resultante sería de ocho kilómetros de diámetro. Y todo ser humano que hubiese en otros ocho kilómetros a la redonda sería incinerado por la radiación térmica.

Pero aquellos escenarios sólo eran pesadillas. En diez años nunca había ocurrido ni el más pequeño incidente a bordo, y no ocurriría, si él podía evitarlo. Estaba pensando en el buen tiempo que hacía, y en cuánto disfrutaría de los diez días de vacaciones que le esperaban en una playa de Malibú con un amigo, cuando el oficial de radio le entregó un mensaje de NextGen. En quince minutos llegaría un helicóptero, y él debía ofrecer toda la ayuda que le solicitaran sus pasajeros, Moira Trevor y Jason Bourne. Eso ya era sorprendente de por sí, pero lo que le puso los pelos de punta fue la última frase. Debía aceptar órdenes de ellos hasta que el *Moon of Hormuz* estuviera amarrado y a salvo en la terminal.

Cuando se abrieron las puertas de la bodega, Arkadin estaba a punto, agachado detrás de un contenedor. El personal del aeropuerto subió a bordo y él, permaneciendo a la sombra, pidió a voz en grito que alguien lo ayudara. Cuando acudió un hombre, Arkadin le partió el cuello y lo arrastró al fondo de la bodega, lejos de los contenedores de NextGen. Desnudó al hombre y se puso su uniforme de mantenimiento. Después fue a la zona de trabajo, con la identificación no demasiado a la vista para que nadie pudiera ver que su cara no se correspondía con la de la tarjeta. Tampoco importaba mucho: aquellos hombres estaban allí para descargar el avión y cargar los camiones de NextGen lo más rápido posible. A ninguno de ellos se le ocurriría que podía haber un impostor entre ellos.

Así pues, Arkadin llegó a las puertas abiertas de la bodega, y a los montacargas con el contenedor. Saltó a la pista mientras estaban cargando uno de los camiones, y después se alejó agachándose bajo una de las alas. Una vez en el lado opuesto, se puso a caminar con paso firme, como si tuviera algo concreto que hacer. Nadie le hizo preguntas, nadie lo miró una segunda vez, porque se movía con la autoridad del que tiene derecho a estar en un sitio. Aquél era el secreto para asumir una identidad diferente, aunque fuera temporal: los ojos de los demás aceptaban o ignoraban lo que veían como normal.

Arkadin respiró a pleno pulmón el aire puro y salado. Sintió la fresca brisa que le agitaba los pantalones contra las piernas. Se sentía libre de cualquier atadura terrenal: Stas Kuzin..., Marlene..., Devra..., Ikupov... Todos estaban muertos. El mar lo llamaba y él acudía a su llamada.

NextGen tenía una pequeña terminal propia en la zona de carga del aeropuerto de Long Beach. Moira se había puesto en contacto por radio con el cuartel general de NextGen, para ponerlos al día y pedirles que tuvieran un helicóptero preparado para llevarlos, a ella y a Bourne, al buque cisterna.

Arkadin llegó a la terminal de NextGen antes que Bourne. Apresurándose, utilizó la tarjeta electrónica para abrir las puertas de las zonas restringidas. Vio el helicóptero en la pista. El piloto estaba hablando con un encargado de mantenimiento. En el momento en que los dos se agacharon, para examinar uno de los patines, Arkadin se caló la gorra y se encaminó a toda prisa hacia el lado opuesto del helicóptero, fingiendo estar ocupado con una actividad de rutina.

Vio a Bourne y Moira salir de la terminal de NextGen y pararse un momento. Oyó que discutían sobre la conveniencia de que ella fuera o no, pero parecía una discusión agotada, porque hablaban con frases cortas y bruscas, como en taquigrafía.

—Seamos realistas, Jason. Trabajo para NextGen; sin mí no te vas a subir a ese helicóptero.

Bourne se giró y por un instante Arkadin tuvo la sensación de que lo había visto. Pero se volvió a hablar con Moira y los dos corrieron por la pista hacia el helicóptero.

Bourne subió por el lado del piloto, mientras Moira daba la vuelta hacia el lado del copiloto, hacia Arkadin. Con una sonrisa profesional, él le tendió una mano para ayudarla a subir a la cabina. Vio acercarse al encargado de mantenimiento y le hizo una señal para que se fuera. Alzó la mirada hacia Moira a través de la puerta curva de plexiglás y pensó en Devra mientras sentía una opresión en el pecho, como si la cabeza sangrante de la chica le hubiera caído encima. Saludó a Moira con la mano y ella le devolvió el saludo.

Los rotores empezaron a girar, y el encargado de mantenimiento hizo una seña a Arkadin para que se apartara. Arkadin le respondió levantando el pulgar. Cada vez más deprisa, los rotores giraron y la estructura del helicóptero empezó a sacudirse. Un momento antes de que el helicóptero se alzara, Arkadin saltó sobre un patín y se acurrucó como una bola, ondulando sobre el Pacífico, golpeado por el viento que soplaba desde el mar.

El buque cisterna se hizo más grande para los pasajeros del helicóptero, que se acercaba a él a toda velocidad. Sólo se veía otro barco, un barco de pesca comercial a varias millas de distancia, más allá de los límites que habían impuesto la guardia costera y la Agencia de Seguridad Nacional. Bourne, sentado detrás del piloto, vio que éste se esforzaba por mantener el grado de inclinación correcto.

—¿Va todo bien? —aulló Jason sobre el fondo del rugido de los rotores

El piloto señaló uno de los indicadores.

—Hay algo raro en el grado de inclinación; supongo que es el viento, pues las ráfagas son un poco fuertes.

Pero Bourne no estaba tan seguro. La anomalía era constante y el viento no lo era. Intuía que sabía qué —o más concretamente quién— estaba causando el problema.

—Creo que tenemos un polizón —dijo Bourne al piloto—. Cuando lleguemos a la nave, pruebe a bajar. Pase a ras de los contenedores.

—¿Qué? —El piloto sacudió la cabeza—. Es demasiado peligroso.

—Entonces echaré un vistazo yo mismo. —Se desabrochó el cinturón y fue hacia la puerta.

—¡Vale, vale! —gritó el piloto—. ¡Vuelva a sentarse!

Ya estaba casi sobre la proa del buque cisterna. Era increíblemente grande, como una ciudad que surcara las olas del Pacífico.

—¡Agárrense! —gritó el piloto mientras bajaba, demasiado rápidamente. Veían a los miembros de la tripulación corriendo por cubierta, y alguien, sin duda el capitán, salió de la cabina de mando que había cerca de la popa. Alguien estaba gritando que subiera; las partes altas de los contenedores se acercaban a una velocidad aterradora. Justo antes de pasar rozando la parte alta del contenedor más cercano, el helicóptero se balanceó ligeramente.

—La anomalía ha desaparecido —dijo el piloto.

—Quédate aquí —dijo Bourne a Moira—. Quédate a bordo, suceda lo que suceda.

Entonces cogió el arma que tenía sobre las piernas, abrió la puerta y, mientras Moira gritaba su nombre, saltó del helicóptero.

Bourne aterrizó detrás de Arkadin, quien ya había saltado sobre cubierta y se escurría entre los contenedores. Algunos miembros de la tripulación corrieron tras ellos; Bourne no podía saber si entre ellos estaba el técnico de *software* de Sever, pero levantó una ballesta de caza y todos se pararon de golpe. A sabiendas de que disparar una pistola en un buque cisterna lleno de gas natural licuado equivalía a suicidarse, había pedido a Moira que NextGen le dejara dos ballestas en el helicóptero. Era un misterio cómo las habían conseguido con tanta rapidez, pero estaba claro que una corporación de las dimensiones de NextGen podía conseguir prácticamente cualquier cosa en un tiempo récord.

Detrás de él, a la proa del barco, el helicóptero se posó sobre la parte de cubierta que había sido despejada y paró el motor. Agachado para evitar los rotores, Bourne abrió la puerta del helicóptero y miró a Moira.

—Arkadin está aquí, no sé dónde. Por favor, no te metas en medio.

—Tengo que hablar con el capitán. Sé cuidar de mí misma. —Ella también tenía una ballesta—. ¿Qué quiere Arkadin?

—A mí. Maté a su amigo. A él no le importa que fuera en defensa propia.

—Puedo ayudar, Jason. Si trabajamos juntos, dos son mejor que uno.

Él sacudió la cabeza.

—En este caso no. Además, ya ves lo despacio que avanza el buque cisterna; las hélices están al mínimo. Estamos dentro del límite de las cinco millas marinas. A cada metro que nos acercamos a la costa crece exponencialmente el riesgo de un cataclismo que ponga en peligro a miles de personas en el puerto de Long Beach.

Ella asintió hierática, saltó y corrió por cubierta hacia donde estaba el capitán, esperando órdenes.

Bourne se volvió, y se movió cautelosamente entre los contenedores, en la dirección por la que había visto desaparecer a Arkadin. Transitar entre los pasillos de los contenedores era como caminar entre los rascacielos de Manhattan. El fuerte viento ululaba por detrás de todas las esquinas, magnificado, como si estuvieran en un túnel.

Justo antes de llegar al final del primer grupo de contenedores, Bourne oyó a Arkadin, que le hablaba en ruso.

—No queda mucho tiempo.

Bourne permaneció inmóvil, intentando entender de dónde venía la voz.

—¿Qué sabes tú, Arkadin?

—¿Por qué crees que estoy aquí?

—Maté a Mischa Tarkanian y ahora tú quieres matarme. ¿No es lo que me dijiste en el piso de Egon Kirsch?

—Escúchame, Bourne, si eso fuera lo que quería te habría matado mientras la mujer y tú dormíais en el avión de NextGen 747.

A Bourne se le heló la sangre en las venas.

—¿Por qué no lo has hecho?

—Escúchame, Bourne: Semion Ikupov, que me salvó, y en quien confiaba, mató a mi chica.

—Sí, por eso lo mataste.

—¿Te parece mal que me haya vengado?

Bourne no dijo nada, pensando en lo que haría a Arkadin si éste le hiciera daño a Moira.

—No tienes que decir nada, Bourne, ya sé la respuesta.

Bourne se volvió. La voz parecía haber cambiado. ¿Dónde demonios se escondía?

—Pero como he dicho antes, tenemos poco tiempo para encontrar al hombre de Ikupov a bordo.

—Es el hombre de Sever, en realidad —dijo Bourne.

Arkadin rió.

—¿Crees que eso importa? Eran uña y carne. Durante todo este tiempo se hicieron pasar por enemigos encarnizados, pero estaban conspirando juntos para provocar esta catástrofe. Quiero detenerla, debo detenerla, o mi venganza contra Ikupov quedará incompleta.

—No te creo.

—Escucha, Bourne, sabes que no tenemos mucho tiempo. Me he vengado del padre, pero este plan era su hijo. Sever y él lo crearon, y lo alimentaron durante toda la infancia, en los momentos dolorosos de la adolescencia. Ahora, cada instante que pasa lleva esta supernova fluctuante más cerca de la destrucción que esos dos locos habían imaginado.

La voz cambió de lugar otra vez.

—¿Es eso lo que quieres, Bourne? Por supuesto que no. Pues unámonos para encontrar al hombre de Sever.

Bourne vaciló. No confiaba en Arkadin, y sin embargo tenía que hacerlo. Estudió todos los pros y contras de la situación, y concluyó que la única forma de afrontarla era hacer el siguiente movimiento.

—Es un ingeniero informático —dijo.

Apareció Arkadin, bajando de la parte superior de uno de los contenedores. Por un momento, los dos hombres se quedaron cara a cara, y una vez más Bourne tuvo la abrumadora sensación de estar mirándose al espejo. Cuando miraba a Arkadin a los ojos, no veía la locura de la que hablaba el profesor, sino que se veía a sí mismo, un corazón de tinieblas y de dolor inimaginable.

—Sever me dijo que sólo había un hombre, pero también ha dicho que no lo encontraríamos y que, si lo encontrábamos, no tendría ninguna importancia.

Arkadin frunció el ceño, asumiendo el aspecto feral y astuto de un lobo.

—¿Qué quería decir?

—No estoy seguro. —Se volvió, atravesando la cubierta directamente hacia los miembros de la tripulación que habían despejado la zona para que el helicóptero aterrizase—. Lo que estamos buscando es un tatuaje de la Legión Negra —dijo, mientras Arkadin se ponía a caminar a su lado.

—La rueda de caballos con la calavera en el centro. —Arkadin asintió—. Lo he visto.

—Está en la parte interior del codo.

—Los podríamos matar a todos. —Arkadin rió—. Pero me imagino que eso te ofendería.

Uno por uno, los dos hombres examinaron los brazos de los ocho tripulantes que había en cubierta, pero no encontraron ningún tatuaje. Cuando llegaron a la cabina de mando, el barco se encontraba a dos millas de la terminal. Apenas se movía. Cuatro remolcadores se habían parado al límite de una milla para guiar el buque cisterna dentro del puerto.

El capitán era un individuo de piel oscura con una cara que parecía esculpida por el ácido en lugar del viento y el sol.

—Como le decía a la señora Trevor, hay siete tripulantes más, la mayoría relacionados con la sala de máquinas. Después está mi primer oficial, el oficial de comunicaciones y el médico de a bordo, que está en la enfermería, atendiendo a un tripulante que se puso enfermo dos días después de salir de Argelia. Ah, sí, y el cocinero.

Bourne y Arkadin se miraron. El oficial de comunicaciones parecía el más lógico, pero cuando el capitán lo llamó él tampoco tenía el tatuaje de la Legión Negra. Lo mismo que el capitán y el primer oficial.

—La sala de máquinas —dijo Bourne.

Siguiendo las órdenes del capitán, el primer oficial los acompañó fuera, sobre cubierta, y después por la escalera interior que llevaba a las vísceras del barco, hasta que llegaron a la enorme sala de máquinas. Había cinco hombres trabajando, con la cara y los brazos cubiertos de una pátina de grasa y porquería. El primer oficial ordenó que enseñaran los brazos. Mientras Bourne estaba examinando al tercero de la fila, el cuarto hombre los miró con los ojos medio cerrados antes de darse a la fuga.

Bourne fue tras él mientras Arkadin intentaba cerrarle el camino, metiéndose entre las grasientas maquinarias rechinantes. El marinero logró huir pero después, al dar la vuelta a la esquina, Bourne lo distinguió cerca de la hilera de enormes motores diésel Hyundai, diseñados ex profeso para impulsar la flota mundial de buques cisterna de GNL. Intentaba empujar de manera furtiva una cajita entre las sujeciones estructurales de los motores. Arkadin llegó por detrás y lo cogió por la muñeca. El hombre se sacudió, recogió la cajita e intentó huir. Estaba a punto de apretar un botón de la caja cuando Bourne se la quitó de la mano de una patada. La caja salió volando y Arkadin se lanzó para cogerla al vuelo.

—¡Cuidado! —gritó el marinero mientras Bourne lo sujetaba. No hacía caso de Bourne, sólo miraba la caja que Arkadin llevaba en la mano—. Tienes el mundo entero en tus manos.

Mientras tanto, Bourne le levantó las mangas. Tenía el brazo untado de grasa a propósito. Jason cogió un trapo y se lo frotó. En la parte interior del codo apareció el tatuaje de la Legión Negra.

El hombre parecía totalmente indiferente. Todo su ser estaba concentrado en la caja que Arkadin tenía en la mano.

—Esto lo volará todo por los aires —dijo, e intentó abalanzarse sobre ella. Bourne lo retuvo agarrándolo por el cuello con el brazo.

—Llevémoslo al capitán —dijo Bourne al primer oficial.

Entonces vio la caja de cerca. La cogió de manos de Arkadin.

—¡Cuidado! —gritó el marinero—. Un golpecito y la harás explotar.

Pero Bourne no estaba tan seguro. El marinero insistía demasiado con sus advertencias. ¿No querría que el barco volara ahora que los enemigos de Sever estaban a bordo? Cuando dio la vuelta a la caja, vio que el sello que había entre el fondo y el lateral estaba roto.

—¿Qué haces? ¿Estás loco? —El marinero estaba tan agitado que Arkadin lo golpeó en un lado de la cabeza para que se callara.

Bourne insertó la uña en la junta y abrió la caja. Dentro no había nada. Era inofensiva.

Moira no lograba estarse quieta. Tenía los nervios de punta. El buque cisterna estaba a punto de encontrarse con los remolcadores; faltaba sólo una milla para llegar a la orilla. Si los tanques explotaban, la destrucción sería catastrófica, tanto en términos de vidas humanas como en lo relativo a la economía del país. Se sentía inútil, a la espera, hasta que los hombres volvieran de la cacería.

Salió de la cabina de mando y bajó a las cubiertas inferiores, buscando la sala de máquinas. Olió a comida y llegó a la cocina. Un argelino enorme estaba sentado a una mesa de acero inoxidable, leyendo un periódico en árabe de dos semanas antes.

Al verla, el hombre levantó la cabeza y blandió el periódico.

—Lo he leído quince veces, pero en alta mar ¿qué más se puede hacer?

Sus brazos inmensos estaban al aire hasta los hombros y tenían tatuajes de una estrella, una media luna y una cruz, pero no la insignia de la Legión Negra. Siguiendo las indicaciones que le habían dado, encontró una enfermería tres cubiertas más abajo. Dentro, un musulmán delgado estaba sentado a una mesita empotrada en un mamparo del buque. En el mamparo de enfrente había dos literas, y en una de ellas estaba el paciente que había enfermado. El médico murmuró un saludo musulmán tradicional. Dejó el ordenador con el que estaba trabajando y la miró. Frunció el ceño al ver la ballesta que tenía Moira en la mano.

—¿Es realmente necesario... o prudente? —comentó.

—Querría hablar con su paciente —dijo Moira, haciéndole caso omiso.

—Me temo que es imposible. —El doctor sonrió de la manera típica de los médicos—. Está sedado.

—¿Qué le pasa?

El médico señaló su ordenador.

—Todavía estoy intentando descubrirlo. Ha tenido varios ataques, pero por ahora no he podido reconocer la patología.

—Nos estamos acercando a Long Beach. Allí podrán ayudarle —dijo Moira—. Pero necesito ver el interior de sus codos.

El médico arqueó las cejas.

—¿Cómo dice?

—Debo comprobar si tiene un tatuaje.

—Aquí todo el mundo tiene tatuajes: son marineros. —El médico se encogió de hombros—. Pero adelante. No se enterará.

Moira se acercó a la litera de abajo y se inclinó para apartar la fina manta que cubría el brazo del paciente. Al hacerlo, el médico la golpeó en la cabeza. Moira cayó hacia adelante y se golpeó la mandíbula contra el marco de metal de la litera. El dolor la hizo regresar bruscamente de un precipicio de negrura y, gimiendo, logró darse la vuelta. Sentía el sabor ferroso de la sangre y tenía que luchar contra el mareo que le llegaba en oleadas continuas. Vio de manera confusa al médico, que estaba inclinado sobre el ordenador tecleando rápidamente y sintió que se le formaba una bola de hielo en el estómago.

«Va a matarnos a todos.» Con este pensamiento resonándole en la cabeza, cogió la ballesta del suelo. Apenas tenía tiempo de apuntar, pero estaba tan cerca que no necesitaba ser muy precisa. Recitó una plegaria silenciosa y soltó la flecha.

La flecha penetró en la espina dorsal del médico, que se arqueó. Se tambaleó hacia atrás, hacia donde estaba Moira sentada, agarrada al marco de la cama. Con los brazos extendidos, los dedos del médico se alargaron como buscando en vano las teclas del ordenador. Moira se levantó y le pegó en la nuca con la ballesta. La sangre se esparció como una lluvia sobre la cara y las manos del médico, la mesa y el teclado del ordenador.

Bourne la encontró en el suelo de la enfermería, acunando el ordenador en el regazo. Cuando entró, Moira lo miró y dijo.

—No sé qué ha hecho el médico. Me da miedo apagarlo.

—¿Estás bien?

Moira asintió.

—El hombre de Sever era el médico de a bordo.

—Eso parece —afirmó Jason mientras saltaba por encima del cadáver—. No lo creí cuando dijo que sólo tenía a un hombre a bordo. Era más propio de él tener un refuerzo.

Se arrodilló y examinó la cabeza de Moira.

—Es superficial. ¿Te has desmayado?

—Creo que no.

Bourne cogió una gran gasa del botiquín y la empapó con alcohol.

—¿Preparada?

La apretó contra la nuca en el punto en el que los cabellos se habían ensuciado de sangre. Moira gimió un poco entre dientes.

—¿Puedes sujetarlo un momento?

Ella asintió y Bourne le quitó el ordenador con suavidad. Estaba claro que había un programa en marcha. En la pantalla parpadeaban dos luces, una amarilla y otra roja. En el extremo opuesto había una luz azul inmóvil.

Bourne soltó un suspiro de alivio.

—Estaba cargando el programa, pero lo has detenido antes de que pudiera activarlo.

—Gracias a Dios —suspiró ella—. ¿Dónde está Arkadin?

—No lo sé. Cuando el capitán me dijo que habías bajado me puse a buscarte.

—Jason, no creerás...

Dejó el ordenador y la ayudó a ponerse de pie.

—Te llevaré con el capitán para que puedas darle la buena noticia.

La cara de Bourne estaba tensa.

—¿Y tú?

Le devolvió el ordenador.

—Ve a la cabina de mando y quédate allí. Y Moira, esta vez lo digo en serio.

Con la ballesta en una mano, salió al pasillo y miró a derecha y a izquierda.

—Vía libre. ¡Ve, ve!

Arkadin había regresado a Nizhni Tagil. Abajo, en la sala de máquinas, rodeados de acero y hierro, se dio cuenta de que, a pesar de todo lo que le había sucedido y de los lugares donde había vivido, no sería nunca capaz de escapar de las prisiones de su juventud. Una parte de él todavía seguía en el burdel del que era copropietario junto con Stas Kuzin, y otra parte patrullaba las calles nocturnas secuestrando chicas aterrorizadas de cara pálida y asustada que lo miraban como un ciervo que se vuelve hacia los faros de un coche. Pero él no podía o no quería darles lo que necesitaban de él. A cambio las había mandado a la muerte en la fosa con cal viva que la banda de Kuzin había excavado entre los pinos y los abetos. Había caído mucha nieve desde que sacó a Yelena de entre las ratas y la cal, pero el hoyo permanecía en su memoria, vivo como una llamarada. Si pudiera borrar todos sus recuerdos...

Se sobresaltó al oír a Stas Kuzin que le gritaba: «¿Y tus víctimas qué?».

Pero era Bourne, que bajaba la escalerilla de acero de la sala de máquinas.

—Ha terminado, Arkadin. Se ha evitado el desastre.

Arkadin asintió, pero sabía que no era cierto. El desastre ya se había producido, y era demasiado tarde para detener sus consecuencias. Mientras se encaminaba hacia Bourne, intentó memorizar al rival, pero parecía metamorfosearse, como una imagen vista a través de un prisma.

Cuando estaba a su alcance, dijo:

—¿Es verdad lo que Sever ha dicho a Ikupov? ¿Que a partir de cierto momento no tienes recuerdos?

Bourne asintió.

—Es verdad. No puedo recordar la mayor parte de mi vida.

Arkadin sintió un dolor punzante, como si el tejido mismo de su alma se estuviera desgarrando. Con un grito incoherente, abrió su navaja automática y se abalanzó sobre el estómago de Bourne.

Girándose de un lado, Bourne le cogió la muñeca, y la retorció intentando que Arkadin soltara el arma. Arkadin soltó un golpe con la otra mano, pero Jason la bloqueó con el antebrazo. Mientras lo hacía, la ballesta acabó sobre cubierta tintineando. Arkadin le pegó una patada y la mandó entre la penumbra.

—Esto no tiene por qué acabar así —comentó Bourne—. No hay razón para que seamos enemigos.

—Al contrario, existen mil razones para que lo seamos. —Arkadin se alejó para lanzar otro ataque, que Bourne neutralizó—. ¿No lo ves? Tú y yo somos iguales. No podemos formar parte del mismo mundo. Uno de los dos debe matar al otro.

Bourne miró a Arkadin a los ojos, y aunque sus palabras fueran las de un loco no vio locura en ellas, sino sólo una desesperación inenarrable y un deseo irrefrenable de venganza. En cierto sentido tenía razón. La venganza era lo único que les quedaba, la única razón de vida. Ahora su existencia tenía un solo objetivo: vengar la muerte de Tarkanian y de Devra. Bourne no podía hacer que cambiase de idea; la suya era una respuesta racional a un impulso irracional. Era verdad: ellos dos no podían existir en el mismo mundo.

Fue entonces cuando Arkadin, después de fintar hacia la derecha con la navaja, soltó un puñetazo contra Bourne con la derecha, y lo hizo retroceder. Después, con un movimiento veloz, le hundió la hoja en la carne del muslo izquierdo. Bourne gruñó, luchando con la rodilla que cedía mientras Arkadin apretaba su bota sobre la pierna herida de Jason. La sangre brotó y Bourne cayó. El otro saltó sobre él, utilizando sus puños para golpearlo en la cara una y otra vez. Bourne logró bloquear los intentos de apuñalarlo, pero sabía que no podría hacer mucho más. El deseo de venganza había conferido a su adversario una fuerza sobrehumana. Luchando por sobrevivir, Bourne consiguió contrarrestar su ataque lo suficiente como para rodar y zafarse, levantarse y echar a correr cojeando hacia la escalerilla interior.

Arkadin lo alcanzó cuando estaba seis escalones por encima de la cubierta de la sala de máquinas. Bourne pegó una patada con la pierna herida, y acertó en la barbilla a un sorprendido Arkadin. Mientras el otro caía hacia atrás, Bourne subió los escalones lo más deprisa que pudo. Le ardía la pierna izquierda y perdía sangre, de modo que el músculo herido se veía obligado a trabajar más de la cuenta.

Llegó a la siguiente cubierta y continuó subiendo hasta llegar al primer nivel bajo cubierta, que según Moira era donde estaba la cocina. La encontró, entró, y cogió dos cuchillos y un salero de cristal. Se guardó el salero en el bolsillo, y blandió los cuchillos mientras Arkadin aparecía en el umbral.

Se desafiaron, pero los cuchillos de carnicero de Bourne no podían competir con la hoja fina de la navaja de su rival, que volvió a cortarlo, esta vez en el torso. Jason pegó a Arkadin una patada en la cara, y dejó caer los cuchillos para arrancarle la navaja de la mano, pero sin éxito. Arkadin lo apuñaló de nuevo y casi le acertó en el hígado. Bourne se volvió y se dio a la fuga por la última rampa de escalones que llevaban al puente descubierto.

El buque cisterna estaba casi parado. El capitán estaba ocupado en tareas de coordinación de los amarres con los remolcadores que lo guiarían hasta la terminal de GNL. Bourne no podía ver a Moira, lo que era un alivio. No quería de ninguna manera que ella estuviera cerca de Arkadin.

Bourne se dirigió al santuario de los contenedores, pero Arkadin se le lanzó encima y lo hizo caer al suelo. Enzarzados, rodaron hasta que fueron a parar contra la barandilla de babor. El mar estaba a mucha distancia, y chocaba contra el casco del buque. Uno de los remolcadores hizo sonar la sirena al efectuar una maniobra de acercamiento. Arkadin se puso rígido. Para él aquello era la señal de alarma que indicaba que alguien se había evadido de las prisiones de Nizhni Tagil. Vio los cielos negros y saboreó el humo de azufre en los pulmones. Vio la cara monstruosa de Stas Kuzin, sintió la cabeza de Marlene entre los tobillos bajo el agua, y oyó la terrible detonación del disparo de Semion Ikupov que había matado a Devra.

Con un alarido animal, levantó a Bourne, y lo cubrió de puñetazos hasta que éste se inclinó hacia fuera, sobre la borda. En aquel momento Jason sólo sabía que estaba a punto de morir, cayendo por la borda de un barco. Sabía que se hundiría en las profundidades del mar y que sólo un milagro le permitiría que lo rescatasen las redes de un barco pesquero. Su cara era una máscara ensangrentada y tumefacta, y los brazos le parecían pesados como el plomo. Había llegado su fin.

Sin embargo, en el último instante, cogió el salero del bolsillo, lo rompió contra la barandilla, y lanzó la sal a los ojos de Arkadin. Éste aulló por el impacto y el dolor, levantó instintivamente la mano y Bourne le arrancó la navaja. Cegado, el otro siguió luchando y agarró la hoja. Con un esfuerzo sobrehumano, sin hacer caso de los bordes cortantes sobre los dedos, logró arrancar la navaja a Bourne. Jason lo empujó hacia atrás, pero Arkadin volvía a tener la navaja. Aun con los ojos llorosos había recuperado una visión parcial y corrió hacia Bourne con la cabeza hundida entre los hombros, con todo el peso y la determinación de que era capaz.

Bourne aprovechó la ocasión al vuelo. Dirigiéndose hacia el rival que corría, hizo caso omiso de la navaja, agarró a Arkadin por la chaqueta del uniforme y, utilizando el impuso del adversario, dio una vuelta a partir de la cadera, lo levantó y lo hizo girar. Los muslos de Arkadin se golpearon contra la barandilla, pero la parte superior del cuerpo siguió el impulso y se golpeó de cabeza contra la borda de la nave.

Cayó y cayó... desde una altura equivalente a doce pisos, antes de hundirse entre las olas.

45

—Necesito unas vacaciones —dijo Moira—. Estoy pensando que Bali me iría de maravilla.

Ella y Bourne estaban en la clínica de NextGen en un edificio con vistas al Pacífico. El *Moon of Hormuz* había atracado con éxito en la terminal de GNL y la carga de líquido comprimido se estaba canalizando desde el buque cisterna a los contenedores en tierra, donde se calentaría lentamente y se expandiría seiscientas veces su volumen actual para que pudieran utilizarlo los consumidores, las industrias y las plantas energéticas. Habían entregado el portátil al departamento informático de NextGen, para que pudieran examinar el programa y destruirlo definitivamente. El presidente ejecutivo de NextGen, rebosante de gratitud, acababa de salir de la clínica después de ascender a Moira a presidenta de la división de seguridad y ofrecer a Bourne un puesto de asesor muy bien remunerado. Bourne había llamado a Soraya, para ponerla al día sobre los últimos acontecimientos, y le había dado la dirección de la casa de Sever, describiéndole con detalle las operaciones clandestinas que tenían lugar entre sus paredes.

—Me gustaría saber qué se siente estando de vacaciones —dijo Bourne al terminar la llamada.

—Bueno... —Moira le sonrió—. Tú pregunta.

Bourne se lo pensó. Nunca se había planteado irse de vacaciones, pero si había un momento propicio para pensar en ellas, era aquél. La miró y asintió.

Ella sonrió feliz.

—Pediré a NextGen que se encargue de los preparativos. ¿Cuántos días quieres que nos vayamos?

—¿Días? —dijo Bourne—. Ahora mismo, para siempre.

Camino del aeropuerto, Bourne paró en el Long Beach Memorial Medical Center, donde habían ingresado al profesor Sever. Moira, que había preferido no subir con él, esperaba en el coche con chófer que NextGen había alquilado para la ocasión. Tenían a Sever en una habitación privada de la planta 5. La habitación estaba en silencio, exceptuando el sonido del respirador. El profesor había entrado en coma profundo y no era capaz de respirar por sí mismo. Un grueso tubo le salía de la garganta, conectado a un respirador que resollaba como un asmático. Otros tubitos estaban conectados con agujas a sus brazos. Un catéter para la recogida de la orina estaba conectado a una bolsa de plástico que colgaba a un lado de la cama. Los párpados azulados del hombre eran tan finos que a Bourne le dio la impresión de que podía verle las pupilas.

Al lado de su antiguo mentor, descubrió que no tenía nada que decirle. Se preguntó qué le había impulsado a ir. Tal vez sólo quería ver una vez más el rostro del demonio. Arkadin era lisa y llanamente un asesino, pero ese hombre había construido ladrillo a ladrillo una carrera de mentiras y engaños. Y sin embargo ahora parecía tan frágil y tan indefenso que resultaba difícil creer que fuera la mente pensante de un plan monstruoso para incinerar gran parte de Long Beach. Porque, como había afirmado, su secta no podía vivir en el mundo moderno, no podía hacer otra cosa que destruirlo. ¿De verdad era ése el motivo o una vez más Sever le había mentido? Ya no lo sabría nunca.

De repente, la presencia de Sever le produjo náuseas. Se volvió y vio que entraba un hombrecillo elegante, que cerró la puerta cuidadosamente.

—¿Jason Bourne? —Cuando éste asintió con la cabeza, el hombre dijo—: Me llamo Frederick Willard.

—Soraya me ha hablado de usted —dijo Bourne—. Buen trabajo, Willard.

—Gracias, señor.

—Por favor, no me llame señor.

Willard hizo una sonrisa avergonzada.

—Discúlpeme, pero tengo tan interiorizado mi adiestramiento

que ya no puedo comportarme de otro modo. —Miró a Sever—. ¿Cree que vivirá?

—Ahora está vivo —dijo Bourne—, pero a esto no le llamaría vida.

Willard asintió, aunque no parecía interesado en absoluto en la salud del hombre que yacía en la cama.

—Me están esperando abajo —dijo Bourne.

—A mí también. —Willard sonrió, pero con una cierta tristeza—. Sé que trabajó para Treadstone.

—Para Treadstone no —dijo Bourne—. Para Alex Conklin.

—Yo también trabajaba para Conklin, hace muchos años. Una cosa equivale a la otra, señor Bourne.

Bourne se impacientó. Estaba deseoso de volver con Moira, de ver los cielos deslumbrantes de Bali.

—Mire, conozco todos los secretos de Treadstone, todos. Esto es algo que sólo usted y yo sabemos, señor Bourne.

Entró una enfermera con sus silenciosos zapatos blancos, comprobó todas las sondas de Sever, escribió algo en la historia y los dejó solos otra vez.

—Señor Bourne, he pensado mucho si era conveniente que viniera a verle, a explicarle... —Se aclaró la garganta—. Mire, el hombre con el que luchó en el buque cisterna, el ruso que cayó por la borda.

—Arkadin.

—Leonid Danilovich Arkadin, sí. —Los ojos de Willard encontraron los de Bourne, y algo dentro de él se puso tenso—. Era de Treadstone.

—¿Qué? —Bourne no daba crédito a sus oídos—. ¿Arkadin formaba parte de Treadstone?

Willard asintió.

—Antes que usted; de hecho, fue el pupilo que Conklin tuvo antes que usted.

—¿Y qué le pasó? ¿Cómo acabó trabajando para Semion Ikupov?

—Fue Ikupov quien lo mandó a Conklin. Eran amigos, o lo fueron durante un tiempo —dijo Willard—. A Conklin le picó la curiosidad cuando Ikupov le habló de Arkadin. Para entonces Treadstone estaba entrando en una nueva etapa. Conklin creyó que Arkadin sería perfecto para lo que tenía pensado. Pero Arkadin se rebeló. Empezó a ir por libre y casi mató a Conklin antes de escapar a Rusia.

Bourne se esforzaba por digerir la información. Por fin, dijo:

—Willard, ¿sabe lo que tenía pensado Alex cuando creó Treadstone?

—Oh, sí, ya le he dicho que conozco todos los secretos de Treadstone. Su mentor, Alex Conklin, intentaba construir la bestia perfecta.

—¿La bestia perfecta? ¿A qué se refiere? —Pero Bourne ya lo sabía, porque lo había visto al mirar a Arkadin a los ojos, cuando comprendió que lo que veía reflejado en ellos era a sí mismo.

—La quintaesencia del guerrero. —Willard sonrió, con una mano en la manilla de la puerta—. Es lo que es usted, señor Bourne. Es lo que era Leonid Danilovich Arkadin, hasta que se encontró con usted. —Escrutó el rostro de Bourne, como buscando un rastro del hombre que lo había entrenado para ser un agente clandestino consumado—. Al final, Conklin se salió con la suya, ¿no le parece?

Bourne sintió un escalofrío.

—¿Qué quiere decir?

—Usted contra Arkadin. Estaba escrito que fuera así. —Willard abrió la puerta—. La lástima es que Conklin no viviera para ver quién ganaba. Pero ha sido usted, señor Bourne. Ha sido usted.

Visite nuestra web en:

www.umbrieleditores.com